정의는 가혹하다

정의는 가혹하다

정의는 가혹하다

초판 1쇄 인쇄 2011년 04월 15일
초판 1쇄 발행 2011년 04월 22일

지은이 | 김영복
펴낸이 | 손형국
펴낸곳 | (주)에세이퍼블리싱
출판등록 | 2004. 12. 1(제315-2008-022호)
주소 | 157-857 서울특별시 강서구 방화3동 316-3번지 한국계량계측협동조합 102호
홈페이지 | www.book.co.kr
전화번호 | (02)3159-9638~40
팩스 | (02)3159-9637

ISBN 978-89-6023-586-1 03810

정의는 가혹하다

김영복 장편소설

차례

왜 나는 조그마한 일에만
분개하는가
저 王宮 대신에, 王宮의 음탕 대신에
五十원짜리 갈비가 기름덩어리만 나왔다고 분개하고
옹졸하게 분개하고
설렁탕집 돼지 같은 주인년한테 욕을 하고
옹졸하게 욕을 하고

아무래도 나는 비켜 서 있다 絶頂 위에는 서 있지 않고
암만해도 조금쯤 옆으로 비켜 서 있다
그리고 조금쯤 옆에 서 있는 것이
조금쯤 비겁한 것이라고 알고 있다

그러니까 이렇게 옹졸하게 반항한다.

모래야, 나는 얼마큼 적으냐
바람아 먼지야 풀아 나는 얼마큼 적으냐
정말 얼마큼 적으냐……

김수영의 '어느 날 고궁을 나오면서(일부)'

제1장

악연(惡緣)

1

아침 8시 10분, 심정수가 '보상관리팀'이란 팻말을 이마에 지고 있는 사무실문을 열고 들어섰다.

"좋은 아침!"

"팀장님 나오셨어요?"

네다섯 명의 직원들이 모두 일어서 인사를 하며 그를 맞이해 주었다. 별로 넓지 않은 규모의 사무실 가장 안쪽 파티션으로 가려진 자그마한 공간이 서원화재해상 보상관리팀의 팀장인 정수의 책상이 놓인 곳이다.

정수는 입고 있던 트렌치코트와 양복 상의를 벗어 책상 뒤의 옷걸이에 걸은 후 자신의 책상에 앉아 컴퓨터를 켰다. 그가 회사의 홈페이지 화면이 열리는 것을 기다리며 책상 위에 놓인 조간신문을 펼치는 순간 팀의 막내 남진희가 그의 책상에 커피가 담긴 종이컵을 올려놓았다.

"그래, 남 주임, 늘 고마워."

"오늘 꽤 춥네요, 뜨거울 때 드세요."

“내가 좀 늦었지? 뭐 특별한 뉴스는 없고?”

“소식 못 들으셨나 봐요?”

“무슨 소식?”

“임원들 인사요. 정말 모르세요? 우리 파트 상무님도 바뀌셨는데……”

임원들 인사라니? 정수에게는 정말 느닷없는 소식이었다. 물론 부진한 실적으로 인해 해가 바뀌면서 조만간 임원 교체부터 시작해서 회사 안에 칼바람이 몰아칠 것이라는 추측은 전 사원 모두가 해왔던 터이고, 구체적으로 전무나 상무 자리에는 누가, 누가 온다더라 하는 식의 루머가 돌아다니긴 했으나 이렇게 새해 시무식을 한 지 며칠도 되지 않았는데 빨리 인사가 터질 줄은 예상치 못했다.

“그래, 우리 상무는 누구래?”

“성함이 뭐라고 그러더라, 하여튼 저는 잘 모르는 분이던데요? 박 차장님은 옛날 대리 때 센터장으로 모셔본 적이 있다고 하던데, 하여튼 홈피 한번 보세요.”

“알았어, 커피 고맙고……”

남진희의 말대로 홈피에선 각 파트 담당 상무들의 인사를 알리고 있었다. 보상담당 상무이사는 호남권역 본부장인 송시원이었다. 이사급인 지역 본부장이니 정수에게도 아주 낯설기만 한 이름이 아니긴 했다.

단지 일 년에 고작 한두 번뿐인 전체 간부 회의에서나 마주쳤을 터라 얼굴을 금방 떠올릴 수는 없었다. 정수가 자리에서 일어서 칸막이 너머의 직원들을 바라다보았다.

“오늘은 같이 차 한 잔 할까?”

아침이면 거의 전 부서가 특별한 안건도 없으면서 의례적인 회의로 하루를 여는 것을 유독 싫어하는 팀장답지 않게 아직 일과시간이 채 시작하기도 전인데 이렇게 자신들을 불러 모으는 까닭을 짐작하겠다

는 표정을 지으며 정수의 부서원들이 정수 책상 옆에 놓인 회의용 탁자에 둘러앉았다.

"아냐, 뭐 특별한 게 있어서는 아니고 그냥 차나 한 잔 하자고."

"임원들 인사 때문에 그러시죠?"

"그것도 있고. 참, 박 차장은 이번에 새로 오는 상무님이랑 같이 근무를 해 봤다면서요?"

"예, 옛날에 제가 광주 센터에 근무할 때 그 양반이 센터장이었습니다. 저는 주임에서 막 대리 단 상태였고요. 과장 때도 지점장으로 한 번 모신 적이 있습니다."

자신을 그리고 자기 부서를 직접 관장하는 직책이라 정수에게도 과연 그가 어떤 사람인지 당연히 궁금했다.

예전에 자신이 경찰관으로 근무할 때도 물론 그랬지만 사직을 하고 민간인 회사 특히 모든 게 수치로 계량화되는 보험회사로 옮겨와서 그가 제일 놀란 게 공무원 조직보다도 훨씬 경직된 조직 문화였다.

밖에서 볼 때에는 우리나라에서 내로라하는 재벌 그룹 산하의 회사이니 예컨대 상하 간에 훨씬 더 소통이 잘되고, 언로가 늘 열려있고, 직원들의 창의성을 존중하는 등 아주 개방적인 조직일 것이라는 생각을 했었는데 막상 옮겨 와서 보니 회사는 늘 숨이 턱턱 막히도록 폐쇄적이었다.

함께 근무를 했던 거의 전 상사에게 능력을 인정받으면서 그 어렵다는 진급 시험에 단 한 번도 누락되지 않고 승승장구하면서도 일사불란한 상명하복만이 강조되면서 상사의 불합리한 지시에도 무조건 순응해야 하는 공무원 사회에 염증을 느끼고 그곳을 뛰쳐나온 정수에게는 전혀 예상치 못했던 난감한 상황이었다.

마치 늑대를 피해 도망쳐 온 곳이 온통 자신을 잡아먹으려 눈에 불을 컨 호랑이들로 가득 차 있을 때의 황당함이라고나 할까?

　그래도 정수는 근 오 년을 넘게 악착같이 버텨왔다. 어차피 돌아 갈 곳도 없어졌고 무엇보다도 경찰관으로 있을 때에 비해 거의 두 배에 달하는 연봉이 보장해주는 안락한 가정을 생각해 보면 온갖 모멸감을 이겨내며 버티고 또 버틸 수밖에 없었던 것이다.

　그런데 이제 자신의 목줄을 죄고 있는 상무라는 자리에 또 새로운 사람이 왔으니 대체 그가 어떤 사람일까? 하는 궁금한 마음이 생기는 것은 당연했던 것이다.

　하지만 부하 직원들 앞에서 특히나 같은 차장 직급이면서 자신을 팀장으로 섬겨야 하는 박 차장 앞이라면 절대 그 내색을 해서는 안 되는 일이었다. 정수는 자신에게 늘 공손한 그가 속으로는 마냥 자신을 아니꼬워하면서 기회만 닿으면 자신을 밀어내고 팀장 자리를 차지할 것을 바라고 있다는 걸 잘 알고 있었다.

　게다가 새로운 상무와 그가 어떤 관계에 있는지도 전혀 모르는 상태였다. 그래 여느 때보다도 더 말조심을 해야 할 자리인 것이다.

　정수의 물음을 대신해 준 이는 역시 늘 사춘기의 소녀처럼 통통 튀는 막내 진희였다.

　"차장님, 그분은 어떤 사람이에요?"

　"누구?"

　진희가 무엇을 묻고 있는지 뻔히 알고 있으면서도 박 차장은 느물거렸다. 정수는 그의 득의양양한 표정을 보는 순간 송시원이라는 인간이 어떤 사람일지 대충 짐작이 갔다.

　"누구긴 누구예요? 새로 오시는 상무님 말이지요."

　"남 주임이 그게 왜 궁금한데?"

　"왜긴요? 우리 파트 상무님이니까 당연히 궁금하지요."

　"차장이나 부장도 아니고 주임이 상무랑 노는 직급이던가?"

　"어제 사모님이랑 싸우셨어요?"

"뭐?"

"아니 궁금해서 좀 여쭌 건데 뭘 그리 면박을 주세요?"

"야, 남 주임. 넌 이제 죽었다고 복창해. 아마 이따 부임하자마자 전국의 각 센터별 손해율 도표 가져와라, 뭐 가져 와라 하면서 난리도 아닐걸. 그런 통계 같은 건 전부 네 일이잖아"

"통계야 실시간으로 늘 나와 있는데요 뭘."

"지금 가지고 있는 거로는 안 되지, 아마."

"그럼 뭘 바라시는데요?"

"그거야 직접 겪어보면 알 것이고 하여튼 오늘부터 우리 부서도 좀 요란해질 거야."

잠자코 커피를 마시며 지켜보던 김 과장이 나섰다.

"차장님, 도대체 어떤 분인데 그러세요?"

"야, 김 과장, 너 입사한 지 얼마나 됐니?"

"저 12년차잖아요."

"야, 팀장님처럼 다른 데 있다 온 것도 아니고 입사한 지 12년이나 된 인간이 송시원 상무님을 정말로 모른단 말이야?"

정수는 그가 은근슬쩍 자신에게 도발을 하는 것임을 모르지 않았으나 전혀 내색치 않았다.

"저야 뭐 그 양반이랑 한 번도 같이 근무한 적이 없으니까요."

"소문도 못 들었어?"

"무슨 소문이요?"

"야, 이 양반이 예전에 몇 군데 센터장을 했었는데 자기 센터의 손해율이 전국에서 1위를 못 하면 직원들을 아예 집에 안 보냈었잖아."

"에이, 직원들 퇴근 안 시킨다고 손해율이 떨어지나요?"

"야, 당연하지. 집에 안 보내고 병원으로 계속 보내 무조건 빨리 합의를 봐 오라고 하는데 그럼 손해율이 안 떨어지냐?"

"그렇게 되나? 그래도 그렇지, 손해율이야 직접 보상을 맡고 있는 센터 문제이지 왜 우리가 요란해집니까?"

"야, 너도 명색이 과장인데 우리 부서야말로 손해율이랑 직접 상관이 있는 부서라는 말을 또 해야 하니?"

"저, 명색만 과장이 아니고 지금 과장 3년 차거든요."

"그래, 고참 돼서 좋겠다. 관두자."

정수가 정리를 했다. 더 들어 볼 필요도 없었다.

"다들 다 마셨지? 하여튼 박 차장 이야기대로 이것저것 미리미리 좀 챙겨 놓도록 하자고. 뭐 윗사람이 누가 되었건 닥치면 어떻게든 다 헤쳐 나가기 마련이니까 괜히 지레 겁먹거나 할 필요는 없고, 아무튼 오늘 하루 잘해봅시다."

2

오전 10시, 사장 대신 이번에 유임이 된 전무이사가 배석한 가운데 강당에서 새로 부임한 송기원 상무의 취임식이 열렸다. 정수는 전무, 영업 부문 상무와 두 명의 이사 등 단상에 놓인 의자에 앉은 다른 이들의 의례적이고 진부한 의식에 식상해하는 게 역력해 보이는 무덤덤한 표정과는 달리 송 상무의 눈은 유독 반짝거리면서 시선을 한 곳에 고정치 못하고 있는 것을 보고 닳을 대로 닳은 늙은 쥐가 자꾸 떠올랐다. 정수는 아마도 그 이유가 박 차장한테 들은 이야기가 선입감이 된 탓일 것이라 생각했다.

하지만 아무리 좋게 보려고 해도 정수는 그의 인상이 '신언서판(身言書判)'을 강하게 믿는 편인 자신의 기준으로는 뭔가 찜찜한 여운이 남는, 그런 탐탁치 않는 인상이라는 건 부정할 수 없었다. 그래 그런지,

왠지 그와는 악연이 될 것만 같은 느낌이 강하게 다가왔다. 그의 취임사 역시 정수의 느낌에서 한 치도 벗어나지 않았다.

"우리의 바람과는 달리 방카슈랑스 제도가 전면 시행되고 반면 새로운 상품개발 및 적극적인 영업활동을 통한 계약고의 성장은 한계를 드러내는 가운데 효율적인 보상관리를 등한시함으로써 회사의 손해율이 날이 갈수록 높아져 경쟁사들과의 격차가 점점 심화되는 것은 물론 진지하게 회사의 존망을 생각지 않을 수 없을 정도의 비상시국에 상무라는 중책을 맡게 되어 가슴이 무겁습니다.

제가 여러분에게 강조하고 또 요구하는 것은 단 하나, 바로 여태 우리에게 아예 없거나 많이 부족했던 '주인의식'입니다. 저부터 새로운 정신무장을 하고 열심히 하겠습니다. 여러분도 열심히 따라주셔서 저와 함께 하나가 되어 이 어려운 난국을 헤쳐 나갈 수 있기를 희망합니다."

정수는 상무의 말을 들으면서 바로 옆에 앉아 반쯤 눈을 감고 있는 영업부문 상무의 얼굴이 잠시 찌부러지는 걸 놓치지 않았다. 영업 파트 소속 직원들이 구시렁대는 소리도 들려 왔다. 행정과 보상 부문을 담당하는 상무가 상품개발과 영업을 총괄하는 상무가 앉아있는 그 면전에서 상품개발과 영업활동의 미진을 언급하다니, 정수의 생각으로는 분명 모욕이었고 또한 건방진 도발이었는데 그 말하는 태도로 보아 깊은 생각에서 나온 계산된 행동도 아니었으니 필시 새로 온 송기원 상무라는 작자는 아주 경망스런 인간일 것이라는 걸 짐작할 수 있었다. 그는 자신의 짐작이 맞지 않기를 바랐다.

상무의 이야기는 계속되었다.

"이에 저는 여러분들이 보다 치열해지기를 강하게 주문합니다. 앞으로 저는 최선을 다하여 자신의 능력을 십분 이상 보여 준 직원에겐 파격적인 처우를 약속드리고 반면, 과거의 관행이나 습관을 가지고 여태 그래왔듯 매사 대충 넘어가는 부서와 직원은 반드시 도태가 되고 만다는 것도 함께 보여드리겠습니다. 제 지휘 통솔 방침에 순응치 않는 직원들은 부서장이든 5급 신입 사원이든 그 직위나 직급 고하를 막론하고 철저한 불이익을 줄 것입니다. 이상입니다. 감사합니다."

그의 취임사는 그렇게 자신의 위치를 넘나드는 무모함과 천박한 협박으로 끝났다.

> **방카슈랑스**
> 은행이나 보험사가 다른 금융부문의 판매채널을 이용하여 자사상품을 판매하는 마케팅제도. 대형 은행이 거의 독과점 형태로 있는 우리나라에서는 은행에서 보험 상품 판매를 하게 되면 어쩔 수없이 을의 입장이 돼야 하는 보험회사에게 매우 불리한 제도라고 인식하고 있음.

3

이어 오전 11시. 송 상무 주재로 이제부터 그가 관장하게 된 보상 및 행정 부문 부서장 회의가 열렸다. 시간에 맞춰 정수가 회의실에 들어서자 회의실 가운데의 상석을 차지하고선 회사 내에서는 거의 금기시되다시피 한 담배를 태연하게 피우고 있던 사내가 눈에 들어왔다. 물론 송 상무였다.

"자, 이제 다 모인 건가? 그럼 시작해 보자고. 내 소개는 아까 취임식에서도 대강 했고 또 새삼스럽기도 하고 그러니까 생략하기로 하고, 그나저나 지방만 떠돌다가 6년 만에 입성을 해서 그런지 부서장들인데도 모르는 얼굴이 좀 있네. 회의 문화도 좀 바뀐 것 같고 말이야."

그가 말을 끊고 재떨이에 담배를 비벼 끄는 것을 보고 그의 옆자리에 앉아 있던 전호승 이사가 자리에서 일어났다.

"상무이사로 승진하여 본사로 들어오신 것, 다시 한 번 축하드립니다. 그럼 지금부터 보상 부문 부서장 회의를 시작하도록 하겠습니다.

전체 앉은 채로 차려, 경례.”

비록 같은 이사급이라고는 하지만 자신은 본사에서 이사로 있고, 새로 온 자는 권역 본부장 중에서도 중요도가 좀 떨어지는 호남 본부장이었으니 회사 내 서열상으로 봐도 그렇고 업무의 특성상으로도 바로 어제까지만 해도 자신의 지시를 받던 후배가 하루아침에 직근 상사로 부임을 하여 이렇게 보고를 하여야 하는 처지가 되었으니 지금 그의 속이 어떠하리란 것은 쉽사리 짐작할 수 있음에도 전 이사의 표정은 아주 담담했다.

권역 본부장과 같은 보직으로 좌천되지도 않고 인사에서 아예 빼놓고선 후배를 자신의 윗자리에 앉혔다는 건 이제 스스로 알아서 물러나라는 것임을 그도 아주 잘 알고 있을 터였다. 아마도 그는 혹시나 하는 일말의 기대를 가지고 며칠 정도를 버티다가 결국 비참한 마음으로 사표를 낼 것이었다.

그렇게 답이 나와 있는 아주 뻔한 게임임에도 그가 자기 방에 남아 있지 않고 속 쓰림, 낯 뜨거움을 애써 감춘 채 굳이 회의에 참석을 하여 비루한 모습을 연출한다는 게 바로 그 허망할 뿐인 실낱같은 기대 때문이라는 생각에 정수는 마음이 아팠다. 정수는 그의 두 딸이 아직 대학생이라는 걸 알고 있었다.

웬만하면 송 상무의 입에서 ‘이사는 나가셔도 된다.’는 말이 나와야 함에도 승자는 패자에게 절대 관용을 베풀지 않았다.

“전 이사, 오늘 날짜 우리 회사의 손해율이랑 지급준비율이 어떻게 되지요?”

보험회사에서 손해율이나 지급준비율이라면 회사의 명운이 걸려있는 중차대한 사안이니 자신은 물론 말단 신입사원도 알고 있을 통계를 어제까지만 해도 상사나 다름없던 이사에게 말해 보라고 한 것이다. 이건 대놓고 하는 모욕이나 진배없었다.

참석한 모든 부서장들의 마음속으로 먹구름이 피어올랐다. 바로 두 사람의 모습이 바로 머지않은 미래의 자신들의 모습이었다. 물론 확률 상 상무보다는 이사 쪽이 될 가능성이 단연 높았다. 전 이사가 표정 하나 변하지 않고 덤덤하게 그 시시한 통계를 말하는 동안 좌중에는 그야말로 무거운 침묵이 흘렀다.

"내가 이사에게 손해율이랑 지급준비율을 물은 것은 그걸 몰라서가 아니라 지금 우리 회사가 업계에서 바닥 수준이라는 걸 다시 한 번 상기하자는 거야. 몸통은 중간인데 실적은 꼴찌, 이게 말이 되냐고. 내가 첫 날부터 이런 말해서 미안하기는 한데 말이야. 나 어제 저녁에 발령받고 광주에서 막바로 우등인가 뭔가 하는 고속버스 타고 올라와서 오늘 아침 7시 10분쯤에 회사 나왔어. 여기 문 누가 열어 줬는지 알아? 경비실에서 열어 줬다고. 경비 새끼가 툴툴대면서 말이야. 우리 회사가 언제부터 이렇게 루즈해졌지? 본사는 원래 양반들만 있나 보지? 회의 소집해 놓으니까 상무란 놈은 미리 와서 기다리고 있는데 팀장 새끼들은 딱 그 시간에 맞춰 업무노트 달랑 들고 건들거리면서 회의실로 오질 않나 말이야. 어이, 총무팀장!"

"예."

"우리 회사 연봉이 업계 몇 위니?"

"예, 두세 번째 정도 수준으로 알고 있습니다."

"맞아, 메이저 3개사에 안 뒤지지. 너 연봉은 얼마인데? 너 작년 연말 정산할 때 연봉 얼마라고 되어 있디?"

"예, 8천5백 정도 되는 것 같습니다."

"그럼 네가 얼마나 벌어야 회사 입장에선 손해 안 보는 건데?"

"……."

"다섯 배야, 알지? 다섯 배. 그러니까 니가 최소 4억 이상은 벌어야 회사 입장에선 그나마 똔똔이라고. 그런데 너 작년에 얼마나 번 것 같

으니?”

“제가 총무 일을 맡고 있어서 그런 식의 계산은 못해 봤습니다.”

“넌 과장, 차장 때도 그런 식으로 어영부영하더니 고참 부장이 되어서도 아직도 그러고 있냐? 너 그러고서도 임원 바라보고 있지?”

“……”

“우리 회사 출근 시간은 몇 시니?”

“아홉 시……”

“야, 인마, 내가 노동부 감독관이야? 실제로 몇 시까지 출근들 하게 하냐고?”

“예, 부서별로 조금씩 다릅니다만 보통 8시 정도 됩니다.”

“그러니까 8시쯤 출근해서 차 마시고, 신문 보고, 인터넷하고 하면서 탱자탱자 놀다가 아홉 시 되면 그때서야 이제 슬슬 시작해 볼까? 이런다는 거잖아, 안 그래?”

“그게 노조 문제도 있고……”

“노조? 노조 같은 소리 하고 있네. 회사가 망해 가는 판에 지금 노무 관리 담당하는 총무팀장 입에서 그런 물러터진 소리가 나오니? 어이구, 인간아.”

“……”

“너 말이야, 지금 네 연봉이면 신입사원 3명을 채용하고도 남는다는 건 아냐? 그것도 박사급으로.”

“……”

“네가 새파랗게 젊고 의욕이 넘치는 박사보다 회사 일 더 잘할 수 있다고 생각해? 세 배까지도 필요 없고 일대일(1:1)로 따져서 말이야.”

“……”

“전산팀장.”

“예.”

"당신 누구야, 당신이 전산팀장이야?"

"예, 제가 전산팀장 유경주입니다."

"야, 내가 이 방에다 컴퓨터 한 대 놔 달라고 한 게 언제인지 알아?"

"예, 지금 준비하고 있습니다."

"뭘?"

"예, 기기도 그렇고 회선도 그렇고……."

"뭐 회선? 야, 회사에 노트북 있어, 없어?"

"있습니다."

"명색이 상무가 새로 와서 전임 상무님 방 비우실 때까지 임시로 쓰겠다고 했으면 노트북 한 대 들고 와서 회사 내부 전산망 세팅해주고 그러는 게 그렇게 어렵니? 그게 대여섯 시간 걸리는 일이야?"

"죄송합니다. 빨리 조치하겠습니다."

"나가."

"예?"

"나가서 지금 가지고 오라고."

전산팀장이 황망히 방을 빠져 나갔다.

"홍보팀장."

"예."

"어? 아직도 당신이 홍보야? 자리를 완전히 샀구먼. 어이, 홍보팀장. 당신 그 자리에 간 지 얼마나 됐지?"

"예, 만 3년 조금 안 됐습니다."

"무슨 소리야? 내가 내려 갈 때도 홍보에 있었잖아?"

"그땐 팀장이 아니라 차장으로 재직 중이었습니다. 당시 팀장은 정년 퇴직했습니다."

"내가 전임 팀장 지금 뭐하냐고 묻지는 않았잖아. 그러니 정년이니 뭐니 쓸 데 없는 소리는 그만하고. 어이, 그러니까 당신이 홍보부에 있

는 게 몇 년 째냐고?"

"예, 7년째입니다."

"잘들 한다. 하여튼 인사 관리하는 거 보면은 참. 어이, 말뚝! 작년에 우리 회사 총 홍보비가 얼마나 나갔지?"

"약 8억 2천만 원입니다."

"뭐라고? 너 지금 장난치니? 야, 광고 한 건에 돈이 얼마인데 겨우 그거라는 거야?"

"상품 광고는 영업파트 상무님이 총괄하고 계시기에 저희 경비로 잡지 않습니다. 순수 홍보비만 말씀드린 겁니다."

"그렇다고 치고, 니가 작년에 호남본부로 내려 보낸 홍보비는 얼마였니?"

어느새 하얗게 질린 홍보팀장이 자신의 노트를 이리저리 정신없이 들췄다.

"야, 노트 보고 말고 할 것도 없어. 내가 그렇게 사정을 했는데 겨우 9백만 원이었잖아. 그래, 안 그래?"

"예, 그 정도 되는 것으로 알고 있습니다."

"네가 뭔데?"

"예?"

"네가 뭔데 본부장이 요청하는 예산을 네 맘대로 삭감하느냐고. 본사에 있으니까 지방에 유배 가 있는 사람들은 본부장이고 뭐고 간에 모두 우습게 보인다 이거지?"

"아닙니다. 아시다시피 다 지침을 받아 그렇게 시행한 거지, 제가 마음대로 결정한 게 아닙니다."

"됐어. 하여튼 고이면 주제도 모르고 썩는다니까."

"상무님, 죄송합니다만 그건 홍보팀장을 나무라실 게 아닌 것 같습니다. 홍보는 제가 다 관장하고 있잖습니까? 여러 가지 이유가 있어 그런 것입니다만 어쨌든 간에 충분히 지원 못 해드린 거 죄송합니다."

상무는 공손히 나서는 이사에게 한 마디라도 해 주어야 마땅한 장면임에도 한 번 흘낏 쳐다보고선 이내 외면을 했다. 하지만 정수는 졸지에 한없이 초라하고 처량한 신세가 된 이사나 평소에 늘 거만한 눈초리로 자신을 대하는 홍보팀장이 망신을 당하는 걸 측은해 하지도 즐기지도 못했다. 이어서 바로 자신에게 불똥이 튄 것이었다.

"보상관리팀장."

"예. 제가 보상관리팀장 심정수입니다."

"당신은 직급이 아직 차장이지?"

"예, 그렇습니다."

"경찰 하다 왔다며?"

"예, 그렇습니다."

"얼마나 되었더라?"

"예, 5년 정도 됐습니다."

"이 사람 아주 트미하구만."

"예?"

"정도가 뭐야, 정도가?"

"예, 정확히 5년 2개월 되었습니다."

"경찰에서 이리로 넘어 올 때 막바로 차장 달았나?"

"아닙니다. 과장으로 와서 차장 된 지는 만 2년 되었습니다."

"경찰 때 계급은 뭐였는데?"

"예, 경감이었습니다."

"경감? 그럼 간부잖아?"

"예."

"뭘 잘못했었는데?"

"무슨 말씀이신지?"

"내 말 못 알아들어? 경찰 간부 하다가 중간에 관두고 보험회사로 올 때는 그냥 때려치울 리는 없었을 것이고 무슨 사연이 있었을 것 아니야?"

정수에겐 별로 낯선 물음도 아니었다. 보험업계에 근무하는 수많은 경찰 출신 대부분이 타의에 의해 경찰직을 중도에서 그만 둔 사람이니 그렇게 보는 건 거의 일반적인 시선이었다. 정수는 그들이 겉으로는 웃으면서 잘 대해 주지만 속으로는 '경찰에서 짤린 인간'이라는 생각을 가지고 은근히 멸시를 한다는 걸 잘 알고 있었다.

하지만 공개적인 회의석상에서 그런 류의 말이 거침없이 나오다니 이건 정말 아니었다.

"잘못해서 그만 둔 게 아닙니다."

"뭐라고? 그럼 자진해서 나왔다는 거야? 왜? 연봉이 탐나서? 우리 회사 차장 연봉이면 경감 월급 두 배 정도는 되던가, 아마 그 정도는 될 걸?"

"물론 연봉 생각도 많이 했습니다."

"그럼 왜 나온 건데?"

이런 인간 앞에서 주절거리면 더 비참해 질 터였다. 정수는 입을 다물었다.

"회사는 말이야, 공무원이랑은 달라. 월급 도둑은 안 된다고, 알아?"

"……."

"알아, 몰라?"

"예, 알고 있습니다."

"그런데 도둑질하는 것 같던데?"

"무슨 말씀이신지?"

"당신 팀장 되고 나서, 그러니까 작년에 당신네 팀에서 방지한 금액이 얼마나 되지?"

"예, 70억 원 정도 됩니다."

"이 사람 이거 '정도' 소리를 무지 좋아하는구만."

"예, 상무님도 잘 알고 계시다시피 방지금액이라는 것이 똑 떨어지는 게 아니라서 늘 '약'이나 '여'와 같은 용어를 쓰고 있기에 그렇게 말씀드린 겁니다."

"이봐, 그래도 통계는 있을 거 아니야?"

"예, 통계상으로 약 71억 원으로 되어 있습니다."

"뻥튀기는 빼고."

'뻥튀기라니!' 정수는 대답 대신 의아한 표정으로 상무의 얼굴을 바라보았다.

"내가 모를 줄 알아? 각 센터에서 직원들이 다 적발해 놓은 걸 당신네 팀에서 자기들 실적으로 슬쩍 올린다는 걸 말이야."

"그런 일 없습니다."

"뭐라고?"

"보상 담당 직원들이 고생해서 적발한 실적을 저희가 가로챈 적은 없다는 말씀입니다."

"뭔 소리야? 내가 다 알고 있는데?"

"잘못 알고 계신 겁니다."

"뭐라고? 당신 지금 나보고 잘못 알고 있다고 그런 거야?"

정수의 옆자리에 앉아 있는 특수보험팀장이 탁자 밑으로 손을 뻗어 정수의 무릎을 툭툭 건드렸다. 참으라는 소리였다.

"다시 말씀드리지만 저희가 남의 실적을 가로챈 적도 없고 슬쩍 이름을 올린 적도 없습니다. 저는 그런 식으로는 일을 해오지 않았습니다."

"뭐야? 이 사람 무지 뻣뻣하구먼. 어이, 당신 경찰 간부 출신이라서 그런 거야? 내가 감사 한 번 해 볼까?"

정수는 입을 꽉 다물었다.

"……."

"감사팀장."

"예."

"이 회의 끝나면 작년 보상관리팀 실적과 관련한 거 일체를 감사 실시해. 실적 부풀린 거, 남의 실적 가로챈 거, 슬쩍 이름만 얹은 거, 이런 거 철저히 밝혀내고, 특히 접대비 사용 내역 자세히 살펴보라고. 지들끼리 술 처먹고 다니면서 접대한 척 꾸며놓은 거 같은 거 다 끄집어내. 알았어?"

"예."

"당신 혹시 저기 보상관리팀장이랑 친한 거 아니야?"

"……."

"하여튼 철저히 파 보라고. 만일 어영부영 했다가는 당신이 나한테 감사받을 테니까, 알았어?"

"예."

"회의 끝내. 기분 더러워서 회의 못 하겠어."

하지만 정수는 생각보다 기분이 더럽지 않았다. 그는 담배를 피워 무는 상무에게 공손히 인사를 하고 회의실을 나왔다.

4

정수는 엘리베이터를 타고 내려가 회사 뒷마당에 서서 담배를 문 채 하늘을 바라다보았다. 을씨년스러운 잿빛 하늘에선 곧 눈이라도 한소끔 내릴 것만 같았다. 물론 먹고 살아야 하기에 그랬다고는 했지만 그래도 5년간을 버틴 자신이 제법 대견스럽다는 생각이 들었다.

이제 벗어날 때가 되었다는 직감과 함께 남들은 잘도 어울리고 잘도 참으면서 둥글둥글 살아가는 세상에서 유독 자신만이 늘 적응치 못하고 괴로움을 겪고 있다는 생각에 마음이 착잡했다.

그는 알고 있었다. 문제는 세상에 혹은 남들에게 있는 게 아니고 사회성이 현저하게 떨어지는 자신에게 있는 것이었다. 특별히 정의롭지도 못하고 소신이 뚜렷하다 할 수도 없으면서 왜 매사에 좀체 적응치 못하는 것일까? 왜 다른 이들처럼 지혜 또는 처세술이라는 이름으로 포장하여 대충 넘어가지 못하고 혼자서 힘겨워 하는 것일까?

채 불도 붙이지 않았던 담배를 항아리로 된 재떨이에 던져 버리고 그는 쓸쓸히 다시 엘리베이터에 올랐다. 이제 점심시간이 시작될 때였지만 사무실에 들어서자 예상대로 직원들이 분주히 움직이고 있었다.

"뭐해? 밥이나 먹으러 가자고."

"팀장님, 말씀 들으셨지요?"

"뭐요? 감사 이야기요?"

"예."

"아까 회의석상에서 지시합디다. 그나저나 감사 받으면 되지, 뭘. 너무 신경 쓰지 맙시다."

"감사가 문제가 아니라요. 그걸 지시한 상무님이 문제 아닙니까?"

"우리 부서가 원래 업무추진비를 다른 데보다 많이 쓰잖아요. 그거야 새삼스런 일도 아니고 또 회사에서 그렇게 책정해 준 것이긴 하지만 그래도 새로 오신 양반이 보기엔 좀 납득이 안 갈 수도 있겠지요. 갑시다. 밥 먹으면서 이야기하지요."

"이럴 땐 그냥 도시락이나 싸가지고 다녔으면 좋았을 걸 하네요. 저보고 한 시에 업추비 관련 서류 일체를 가지고 오라고 하는 소리를 들으니 밖에 나가고 하는 게 영 내키지 않네요."

"에이, 천하의 박 차장께서 뭘 그래요? 어차피 책임은 내가 지는데. 걱정 마세요, 감사팀에 내가 갈 테니까."

"저보고 가져 오라고 했는데 팀장님이 가시면 괜히 저만 더 혼나죠.

그냥 제가 갈게요."

"그럼 가셨다가 문제가 될 성 싶은 게 있으면 혼자서 감당하지 마시고 저를 부르세요. 하여튼 나갑시다."

"팀장님, 오늘 날도 꿀꿀한데 우리 김치찌개 먹으러 가요."

"남 주임, 점심 때는 냄새 배는 게 싫다고 찌개 잘 안 먹잖아?"

"그래도 오늘은 이상하게 땡기네요. 눈이 오려고 해서 그러나."

"그럼 그러지, 뭐."

하지만 조금 늦게 나온 탓에 자리가 없어 정수네 팀원 여섯 명은 김치찌개 집 앞에서 하릴없이 서서 기다려야 했다.

"팀장님, 회의 분위기가 아주 안 좋았다면서요?"

"그렇지 뭘."

"예감이 영 좋질 않은데요."

"괜찮을 거야. 강 과장이야 잘하고 있는데 뭘 그래."

"누가 잘하고 못하고가 문제가 아니라 우리 부서 전체가 첫 날부터 미운 털 박힌 것 아닌가 해서 말이에요."

"전체는 무슨? 걱정 마, 미운 털 박힌 건 나 혼자니까."

"김치찌개 냄새 맡으니까 소주 생각나네요. 낮술이라도 한 잔 했으면 딱이겠는데."

"그래? 그럼 우리 말 나온 김에 오늘 회식이나 할까? 어차피 새해 들어 한 번도 안 하지 않았든가?"

"찬성, 찬성."

"남 주임, 인마, 너는 저녁에 연애도 안하냐? 어떻게 된 애가 회식만 하자면 그렇게 좋아하니?"

"내 돈 안 내고 술 먹는데 안 좋아하게 생겼어요? 그러는 차장님은요? 술이라면 아주 사족을 못 쓰면서."

"나야 집에 일찍 들어가기 싫어서 그렇지. 너도 결혼하면 남자께나 들볶겠다.”

“내가 미쳤다고 내 남편을 들볶아요? 차장님 사모님이야 성격이 특이해서 그렇지, 아니면 차장님이 뭔가 약점이 있다거나.”

“이게 까져 가지고……..”

“저 원래 까진 데다 또 빠진 애잖아요?”

“그래, 넌 약점 없는 변강쇠 같은 놈 만나라.”

“그거 지금 성희롱인 거 알지요?”

“그래, 감사실에다 일러라. 어차피 한꺼번에 조사받게.”

그렇게 정수네 팀원들이 객쩍은 소리를 서로에게 건네면서 밖에서 기다리고 있는 사람들 눈치 보느라 입으로 들어가는지 귀로 들어가는지도 모를 점심을 대충 때우고 사무실로 돌아오자 뜻밖의 소식이 그들을 기다리고 있었다. 감사가 ‘일단’이라는 꼬리표를 달고서 보류되었다는 것이다. 그날 저녁 점심 때 나온 이야기대로 정수네 팀은 회식을 했다.

5

남 주임이 소주잔을 들고 일어섰다.

“자, 제가 대 서원화재해상보험주식회사 대 보상관리팀 1월 1차 회식 건배 제의를 하겠습니다. 지금 제가 술이 무척 고프니까 긴 말은 생략하겠고 무조건 위하여!”

“위하여!”

모두들 소주를 단숨에 들이켠 후 소리가 나게 탁자 위에 내려놓았다.

“대강 안주들 드셨습니까? 그럼 차례에 의해 제가 두 번째 건배 제의를 하겠습니다. 팀장님, 차장님을 비롯한 우리 식구들 모두의 건강

과 평안을 위하여!"

"위하여!"

그런 식으로 낮은 직급부터 순서로 건배 제의가 쉼 없이 이뤄지고 그때마다 직원들 모두는 마치 경건한 의식을 치르기라도 하는 양 똑같은 표정과 자세로 소주잔을 비웠다.

서원화재의 오랜 전통이었다. 정수의 보상관리팀같이 직원이 적은 곳은 큰 문제가 아니지만 전산팀처럼 직원이 근 이십 여명이나 되는 곳에서는 팀원 전체가 소주를 사람 수대로 이십여 잔이나 내리 마셔야 되니 보통 녹록한 일이 아니지만 회사의 전 부서가 공식 회식 자리에선 모두 그런 방식을 고수하고 있었다.

게다가 그런 식으로 일 배가 돌아가면 다음에는 직원 개개인이 부서장에게 술을 올리고 부서장은 그걸 받아 마신 후 그 직원에게 잔을 따라 주어야 해서 보통 부서장들은 직원들의 두 배 정도를 마셔야만 되니 여간 고역이 아니었으나 그게 바로 부서장의 통솔력이나 카리스마로 이해가 되는 조직인 터라 악착같은 인내를 발휘해 가면서 전통은 꿋꿋이 이어져 가고 있었다.

회식이 시작된 지 불과 삼십여 분만에 삼겹살을 몇 점 먹지도 못한 상태에서 소주 두 병 이상을 마신 정수는 이미 취기가 제법 올랐다. 직원들도 서서히 혀가 꼬여가고 있었다.

"자, 자, 팀장님. 오늘 기분도 꿀꿀하실 텐데 제가 한 잔 더 올리겠습니다."

"야, 인마, 너 나 죽이려고 작정했지? 안주 좀 먹자, 안주 좀."

"에이, 촌스럽게 무슨 삼겹살에 그렇게 목을 매세요. 빨리 제 잔 받고 저도 한 잔 주세요."

"알았어, 인마."

"어이, 김주연, 김 대리."

박 차장이었다.

"예, 차장님."

"너 씨팔 너무 팀장님한테만 딸랑거리는 거 아니야?"

순간 직원들 모두의 표정이 굳어졌다. 김 대리 역시 일순 흠칫거렸으나 곧 표정을 풀었다.

"에이, 차장님, 제가 뭘 그랬다고 그러세요. 잠깐만 기다리세요, 그렇지 않아도 팀장님 다음엔 차장님께 잔 올리려던 참이에요."

"야, 너 조금 아까 팀장님한테 술 드렸어, 안 드렸어?"

"드렸는데요."

"근데 또 팀장님한테 드리면 그게 딸랑거리는 거 아니니? 좀 모양새 이상한 거 아니야?"

"박 차장 내가 미안합니다. 이 친구가 술이 좀 과한 모양이네요. 야, 김 대리, 박 차장부터 드려라."

"지금 저보고 옆구리 찔러서 절 받는 놈 되라는 소리입니까?"

"이봐요, 박 차장, 취했어요? 새해 첫 회식인데 우리 기분 좋게 마십시다. 내가 미안하다고 했잖아요."

"아니 팀장님이 저한테 왜 미안합니까? 전 여기 김주연 대리한테 그런 건데요."

"죄송합니다, 차장님. 진작 드렸어야 하는데. 여기 잔 받으십시오."

"됐어, 인마, 너네 선배나 드려."

"그게 무슨 말씀이세요?"

"아, 나는 됐으니까 너네 경찰 선배나 드리라고."

'으음, 상무 하나 바뀌니까 이렇게 나오는 거구나.' 정수의 얼굴이 일그러졌다. 돌아가는 게 심상치 않아 보였던지 김 과장이 끼어들었다.

"아이 참, 차장님, 잘하는 김 대리한테 왜 그러세요. 자 그럼 제 잔이나 받으세요."

"야, 김태헌."

"예, 차장님, 김태헌이 여기 있습니다."

"새끼, 인마 네가 더 나빠."

"뭐가요? 뭔데 또 저보고 그러세요?"

"야, 김태헌. 너, 내가 매일 차장일 거 같지?"

"무슨 소리를 그렇게 하세요? 곧 부장이 되실 양반이."

"까고 앉았네. 과장 고참이라는 새끼가 완전 새대가리라니까."

"그래요, 저 닭띠거든요. 그러니까 제 술이나 받으세요."

"야, 김주연 대리, 너 우리 회사 온 지 얼마나 됐어?"

"예, 2년 됐습니다."

"본사로 들어온 지는?"

"7개월 됐습니다."

"개월이나 된 놈이 그래? 오자마자 막 대리 달아주고 그러니까 우리 회사가 우습게 보인다 이거지? 네가 아직도 경찰인지 알아? 씨발 놈."

정수는 더 이상 참을 필요가 없다고 생각했다.

"야, 박성광이."

"뭐요? 지금 '야'라고 했습니까?"

"이런 개호로 새끼가 술을 똥구멍으로 쳐 먹었나. 이게 어디서 몇 잔 처먹지도 않고 난리를 죽여. 야, 이 새끼야. 내가 만날 박 차장, 박 차장 하면서 대우 좀 해 주니까 보이는 게 없지, 응?"

"뭐? 개호로 새끼?"

"그래, 이 새끼야. 부장이 될 때 되더라도 이 새끼야. 넌 지금은 내 밑이야, 알아? 니가 말하는 우리 회사 위계질서가 원래 이런 거니? 응? 이 쥐 좆만 한 새끼가 보자보자 하니까 아주 막장으로 가네. 너 오늘 한 번 제대로 죽어 볼래?"

매일 자신에게 말 한 번 놓지 않고 고분고분하게 대하던 정수의 입

에서 그런 격한 소리와 함께 금방이라도 상을 뒤엎고 자신에게 발길질
이라도 날아올 것 같은 모습을 보이자 박 차장의 태도가 돌변했다.

"죄송합니다."

"팀장님, 그만 하세요."

강윤석 과장이었다.

"뭐?"

"참으시라고요. 여기 제 잔 한 잔 받으시고요."

"어, 미안. 야, 남 주임, 파도나 다시 타자. 아니 맥주 좀 시키고 맥주
잔도 가지고 오라고 해라. 이번엔 폭탄으로 가자."

늘 사춘기 소녀처럼 발랄한 남진희도 평소에 전혀 보지 못했던 정수
의 모습에 놀랐던지 금방 대답을 하지 못하고 그의 얼굴만 멀뚱멀뚱
바라보고 있었다.

"남진희, 뭐하니? 팀장님이 술 시키시잖아."

"아, 예."

잠시 후 맥주와 맥주잔 그리고 소주 들이 들어왔다.

"소리 질러서 미안하고, 하여튼 다 잊어버리고 우리 지금부터 회식
다시 시작하는 거로 합시다. 건배 제의는 생략하고 지금부터 각자 소
맥 폭탄 만들어서 다 함께 마시자고, 어때?"

박 차장이 자리에서 일어났다.

"전 먼저 좀 가 봐야겠습니다."

"왜? 방금 전 일 때문에?"

"그게 아니고 집에 일이 좀 있어서."

"회식도 사회생활이라고 늘 주창한 사람이 박 차장이었잖아요?"

"그래도 오늘은 좀."

"알았어요, 그렇게 하세요. 오늘 일은 잊읍시다, 우리."

"예."

정수는 자신도 그도 절대 잊을 리가 없다는 걸 알면서도 고작 그런 의례적인 멘트나 날리고 있는 자신에게 부아가 치밀었다.

그렇게 박 차장이 빠져 나간 술자리는 마치 어색함을 떨쳐버리기라도 하려는 듯 모두들 평소보다 더 오버하면서 한참을 이어져 갔고 결국 호프집과 노래방을 거치고서야 겨우 끝났다.

정수에게는 분명 술을 엄청 마셨음에도 마시면 마실수록 술이 깨는 듯한 느낌이 드는 아주 이상한 날이었다. 도로의 거의 가운데까지 나가 필사적으로 '일산'을 수없이 외친 뒤에야 겨우 오른 택시 안에서 차창에 비친 자신의 모습을 보고 있자니 까닭모를 서글픔이 밀려왔다.

유리 속, 이제 겨우 오십의 사내는 퀭한 눈 때문인지 거의 육십은 되어 보이는 듯했다.

6

다음 날 아침 무거운 머리로 사무실에 출근을 한 정수에게 남 주임이 다가와 상무가 아까부터 그를 찾는다는 이야기를 전했다.

"팀장님, 지금이 몇 시인데 아직도 안 나왔냐고 하면서 나오는 대로 당신 방으로 오라고 하시던데요."

"그래? 알았어."

아직 7시 40분이었다.

"안 가보세요?"

"커피 한 잔 하고 가지, 뭐."

"목소리를 보니 심기가 영 안 좋은 것 같던데요."

"밤새 뭐 특별히 들어 온 것은 없지?"

"예."

정수가 온수통과 커피 등이 놓인 사무실 한 구석을 향하자 진희가 냉큼 먼저 달려와 커피를 타 주었다.

"내가 타 먹어도 되는데 그래, 하여튼 고마워."

그때 전화기가 울리고 진희가 얼른 수화기를 들었다.

"응, 언니, 방금 전 나오셨어. 빨리 가시라고 할게."

짐작대로 비서실의 전화였다.

"왜? 빨리 오래?"

"예, 상무님 되게 화나셨다는데요."

그녀의 걱정 어린 눈길을 아랑곳하지 않고 정수는 그 맛을 음미하며 뜨거운 커피를 천천히 목으로 넘겼다.

"갔다 올게."

"팀장님."

"왜?"

"파이팅, 알지요? 파이팅."

그녀가 주먹을 쥐고 왼손을 들며 그에게 나지막하게 파이팅을 외쳐 주었다. 정수는 그녀를 향해 '씨익' 웃어주는 것으로 고마움을 대신하고선 사무실을 나섰다.

그가 임원실 문을 열고 들어서자마자 전무와 상무를 담당하는 여비서가 왜 이제 왔냐는 표정과 함께 그에게 빨리 들어 가보라는 눈짓을 했다. 정수는 노크를 한 다음 문을 열고 들어 가 상무를 향해 공손히 허리를 굽혔다.

"어이, 당신 지금 몇 시인데 이제 나오는 거야?"

"……."

"바로 어저께 내가 한 소리 못 들었어?"

"들었습니다."

"그런데 이제 나와? 당신 지금 배짱부리는 거야?"

"죄송합니다. 전 이 시간 정도에 나오면 될 거라고 생각했었는데, 내일부터는 더 일찍 나오겠습니다."

"뭘 했다고? 생각? 생각을 왜 당신이 해? 생각은 내가 할 테니까 당신은 시키는 대로만 하면 돼."

"예, 알겠습니다."

"그나저나 내가 왜 당신을 불렀는지 알아?"

"잘 모르겠습니다."

"어이, 심 팀장!"

"예."

"당신 정말 팀장 자격 없더구만."

"무슨 말씀이신지?"

"몰라서 물어? 당신 어젯밤에 술 처먹고 부하 직원들이랑 싸움했다며."

"싸움이라니요?"

"싸우지 않았으면?"

"그냥 몇 마디 왔다 갔다 한 것뿐입니다. 술자리에서 의례히 있을 수 있는 정도로 말입니다."

"이 사람 이거 근본적으로 인식에 문제가 있네. 어이, 명색이 부서장인 팀장이 자기 부하 직원들이랑 치고받고 한 게 의례히 있을 수 있는 일이라 이거야?"

"그런 일 없었습니다."

"본 사람이 있는데 거짓말을 해?"

"누가 보고서 어떻게 전했는지 모르지만 그런 일 없었습니다."

"직원 하나 장악도 못하면서 어떻게 팀장을 하나? 여기가 경찰같이 그렇게 만만한 데인 줄 알아?"

"죄송합니다. 제 잘못입니다."

"당연히 당신 잘못이지. 그리고 당신 말이야, 경찰 출신이라고 같은 경찰 출신 직원들만 싸고돈다면서?"

"그런 일 없습니다. 저 그렇게 편협한 놈 아닙니다."

"뭐라고? 말은 잘하네. 아니 그럼 회사 사람들이 심심해서 그런 이야기들을 하고 다닌다는 말이야?"

"상무님 아시다시피 전국 각 센터에 나가 있는 사람들 빼고 제 휘하엔 경찰관 출신이 과장 한 명, 대리 한 명, 이렇게 두 명밖에 없습니다. 회사 여론이 어떤지는 모릅니다만 여태까지 단 한 번도 그 직원들만 감싸고 돈 적 없습니다. 솔직히 말씀드리면 하루 빨리 회사에 융화가 되게 하려고 다른 직원들보다 훨씬 더 다그치고 때론 가혹하게 대해 왔습니다."

"어이, 당신 교회 다녀?"

"아닙니다."

"그런데 뭔 말을 그렇게 많이 해?"

"죄송합니다."

"하여튼 말이야. 내가 다시 한 번 생각해 보기로 했어. 그렇게 알라고."

"예."

"뭘?"

"뭐라니요?"

"뭘 그렇게 알 건데?"

"상무님 지휘 통솔 방침대로 열심히 하겠다는 겁니다."

"내 말은 그런 형식적인 소리가 아니라 아무래도 차장 직급으로는 부서장 하기는 좀 그렇다는 소리야, 당신 밑에도 차장이 있으니 그래서 통솔이 되겠어? 영이 서겠냐고?"

"……."

"하기는 뭐 꼭 직급이 더 높아야 장악하는 건 아니지만 말이야. 개

인의 능력 문제지."

"……."

"가 봐."

"예, 돌아가겠습니다."

상무는 다시 허리를 굽혀 인사를 하는 정수는 쳐다보지도 않고 신문에 고개를 박고 있었다.

정수는 자신의 사무실로 걸음을 옮기면서 어젯밤 일이 상무의 귀에 어떻게 들어갔을까 하는 생각을 해 보았다. 직원들과의 술자리에서 무심히 한 이야기가 채 술기운이 가시기도 전인 바로 다음날 상사들의 귀에 들어가는 걸 한두 번 경험한 게 아니었으니 뭐 새삼스러울 일도 아니지만 이렇게 몇 시간도 안 돼 갓 부임한 상무의 귀에 전해질 정도까지는 그도 전혀 생각 못했다.

크지도 않은 삼겹살집, 분명 홀 안에 회사의 다른 부서 직원들이 있었던 것도 아니고 또 자신들은 평소 주인 내외가 거주하는 내실에서 술을 마시다 그런 일이 벌어진 것이었으니 홀 안에 있던 손님이 그 상황을 알아챌 리는 없었다.

그렇다면? 박 차장의 얼굴이 떠올랐다. 정수는 그가 능히 그런 고자질을 할만한 인간이라는 생각을 했다. 그러나 그는 그런 박 차장이 별로 밉지도 않았다. 그 역시 남을 밟아야만 자신이 살아남는다고 믿는 회사원들 중 한 사람일 뿐이었다. 그가 기필코 밟아야 할 사람은 물론 정수 자신이었다.

그가 사무실로 들어서자 제일 먼저 맞이해 준이는 박 차장이었다.

"어제는 죄송했습니다. 제가 술이 좀 취해서."

"죄송은요, 어제 뭔 일 있었던가요?"

7

　다음 날, 나름 서두른다고 했으나 정수가 사무실에 도착했을 때 사무실의 벽시계는 어제와 별반 차이가 없는 위치에 시침과 분침을 두고 있었다. 정수는 알고 있었다. 자신의 내심에는 별반 서두르고 싶은 마음이 없었다는 걸, 그래 스스로에게 서두른 척 했을 뿐이라는 걸!

　정수로부터 출근 시간과 관련하여 아무런 지시를 받은 바 없음에도 직원들은 모두 이미 출근을 해 있었다. 어제 역시 그랬었다. 분명 데드라인을 보통 7시30분으로 정한 다른 부서들을 보고 알아서 긴 것이리라.

　남 주임의 말에 의하면 7시 30분이 조금 넘자 상무가 회사 전체를 직접 돌아보았다고 했다. 아마도 그는 바로 어제 출근시간을 두고 강한 질책을 했음에도 불구하고 그 시간에도 여전히 모습을 보이지 않은 정수를 두고 속깨나 끓었을 것이다.

　어쩜 일개 팀장 그것도 부장도 못되는 놈이 감히 자신에게 도전하는 것이라 받아들였을 것이다. 결국 오늘 하루도 평탄하게 넘어가기는 힘들다는 소리였다.

　정수는 남 주임이 가져다 준 커피를 더욱 천천히 아주 달게 마셨다. 잠시 후 김주연 대리가 조심스레 정수를 찾았다.

　"어, 김 대리 왜? 무슨 일 있어?"

　"예, 보고 드릴 게 좀 있어서요."

　"그래? 뭔데?"

　"저, 다름 아니라요, 지금 조사하고 있는 태안 건 말입니다. 아무래도 팀장님이 한 번 내려가 보셔야 할 것 같은데요."

　"그쪽 센터의 황 실장이 그래?"

　"예, 관할서 담당 팀장이 좀 거시기한 모양이에요."

　"왜? 협조가 안 된대? 그거 경찰에서는 손 안대고 코 풀 수 있는 사

건 아닌가?"

"글쎄 말이에요. 지들은 우리가 조사한 것 가지고 압수 수색하고 그
냥 검거만 하면 한 건 올리는 건데 왜 그러는지 모르겠어요. 뭐 우리
가 보험회사 배불리려고 사기꾼을 대신 잡아 주는 사람이냐고 그러더
라나 어쨌다나."

"형사팀장이 그런 소리를 했단 말이야?"

"예. 황 실장님이 굉장히 민망하셨던 모양이더라고요. 그 팀장이 황
실장님보다 더 고참이라네요. 내년에 정년이랍니다."

"그래? 뭐 그러려니 해야지 뭘. 우리도 현직에 있을 때는 전직들이
경찰서에 드나드는 거 굉장히 싫어했었잖아. 사실 전직이랍시고 도움
은 전혀 안 주면서 만날 이권에만 개입해서 설쳐들 대고 하니 누군들
안 그렇겠어. 그런데 나는 왜?"

"거기 형사계장이 아마 팀장님이 잘 아는 분일 거래요. 누구라고 하
더라?"

주연이 가지고 온 서류를 잠시 훑어보았다.

"여기 있네요. 손기영 경감이라네요. 팀장님 아시는 분이에요?"

"손기영? 글쎄, 들어 본 것 같기는 한데."

"옛날에 서울 형기대(형사기동대)에서 팀장님이랑 같이 근무했었다고
하던데요."

"아, 손기영. 맞아, 생각났다. 우리 반원이었어. 야, 그런데 그 친구가
벌써 형사계장을 다 하나? 진급 무지 빨리 했구먼. 경감 되서 순환보
직제 때문에 지방에 간 모양이네."

"사무실 분위기도 영 썰렁한데 바람도 쐴 겸 한 번 내려가 보시지요."

"그럴까? 우리 오늘 특별한 거 없지?"

"예."

"그럼 대전에 전화해서 황 실장보고 그쪽에서 약속 잡을 수 있는지

확인한 다음에 가능하다고 하면 출장 상신 해."

"그런데 강 과장은 어떻게 할까요?"

"강 과장? 그 친구는 사무실에 남겨놓고 이번엔 자네랑 나랑 둘만 가는 거로 하자고, 무슨 소리인지 알지?"

"예."

"그런데 강 과장은 안 보이네."

"예, 본청에 일이 있어 그냥 그곳으로 출근을 한다고 했습니다. 말씀 안 하시던가요?"

"그래? 알았어. 하여튼 대전에 전화나 해 봐."

하지만 주연이 전화를 할 필요도 없었다. 그 순간 대전 보상센터의 황 실장으로부터 전화가 걸려 왔으니까!

"예, 실장님, 새해 인사도 못 드렸네요. 잘 계시지요?"

"나야 뭐 심 팀장이 서울에서 팍팍 지원을 해주니까 잘 지내고 있지, 뭘. 그나저나 소문이 자자하던데 힘들겠네?"

"무슨 소문요?"

"상무님 말이야."

"아, 그거요? 그렇지요, 뭘. 그나저나 방금 김 대리한테 말씀 들었는데 오늘 약속은 가능하세요?"

"당연하지. 내려올 수 있겠어?"

"예, 특별한 일 없으면 내려가는 것으로 하겠습니다. 시간은 실장님께서 알아서 정해 주세요, 저희가 맞출 테니까."

"아무래도 저녁으로 해야 되지 않겠어? 그래야 혹시 술이라도 한잔하지."

"당연하지요."

"어디 가서 삼겹살이나 먹자고."

"삼겹살 가지고 되겠어요?"

"그럼, 요샌 향응이니 어쩌니 하면서 이 사람들 우리랑 밥 한 끼 먹는 것도 피한다고. 좋은 거 먹자고 하면 아예 안 올 거야. 하여튼 그건 내가 알아서 할 테니까 일단 심 팀장이 올 수 있는지 여부를 먼저 알려 주라고."

"예, 선배님, 결재 나는 대로 연락드리겠습니다."

"고마워. 힘내시고."

"제가 늘 고맙지요."

"그래, 들어가."

"예."

정수는 전화기를 내려 놨다.

"들었지? 오늘 출장 상신 준비하고 상무님에게 사건 개요 다시 설명해 드려야 하니까 파일도 정리를 해서 함께 줘."

얼마 후 주연이 결재 서류를 들고 왔다.

"팀장님, 이거요."

"응, 거기 놔 둬."

정수는 출장 상신 서류를 훑어 본 후 임원실로 전화를 걸었다.

"홍 대리, 나 관리팀장이에요, 지금 상무님 결재 가능한가?"

"예, 오세요."

잠시 후 정수는 상무 방에 있었다.

"뭔데?"

"예, 결재 좀 득하러 왔습니다."

"그러니까 뭐냐고?"

정수는 결재판을 펴서 상무가 편히 볼 수 있도록 그의 책상 위에 놓았다.

"출장 상신입니다."

"무슨 출장인데?"

"예, 저랑 김주연 대리, 이렇게 2명이 1박 2일간 충남 태안경찰서에 다녀오겠다는 내용입니다."

"거긴 왜?"

"예, 현재 저희 팀이랑 대전 보상센터에서 공동 조사하여 그 경찰서에 수사 의뢰를 한 보험사기 건이 있는데 경찰서 측에 최종 협조를 구하려고 합니다."

"어떤 내용인데?"

"흉부압박 골절 수술도 하지 않고 다른 사람 엑스레이 필름으로 바꾸어 놓은 채 등에다 봉합 자국만 낸 의사 건입니다. 관련자는 해당 의사와 그에게 가짜 수술을 받고 보험금을 받아 나눠 가진 환자 6명 등 총 7명입니다. 적발 금액은 총 3억 4천만 원 여인데 그중 우리 회사 환자가 3명으로 금액으로는 1억 9천만 원입니다."

"그럼 수사가 다 된 건이라는 소리잖아?"

"현재까지는 엑스레이 필름이나 진료기록 등 물증이 좀 부족한 상태입니다. 경찰 측에서 압수수색을 해야 하는데 의사라서 섣불리 건드리기가 좀 그런 모양입니다."

"개새끼들, 몸 사리기는."

"……."

"그런데 당신이 내려가면 경찰들이 움직인다는 소리야?"

"뭐 꼭 그런 거는 아니지만 그래도 만나서 같이 식사라도 하면서 저희 입장도 이야기하고 또 병원 수사를 안 해본 그들에게 수사 노하우도 알려주고 하면서 협조를 구하려고 하는 겁니다."

"당신이 내려가서 밥 사고 술을 사고 그랬는데도 그 인간들이 그냥 복지부동하고 있으면? 그럼 괜히 쓸데없는 돈만 날리는 거잖아?"

"경찰 입장으로 봐서는 중요사건도 아니고 하니 아무래도 의욕을 가지고 적극적으로 나서길 기대하기는 좀 어렵습니다. 그래 조금이라도

우리들 사건에 관심을 기울이게 만들고자 하는 겁니다."

"그러니까 당신만 나타나면 그들이 100% 움직인다는 거냐고?"

"그렇지는 않습니다. 그냥 최선을 다해보는 겁니다."

"야, 나도 정말 당신 보직 같은 거 한 번 해 보았으면 좋겠다. 이건 뭐 사람들 만나서 술 먹고, 놀고, 경치 좋은 바닷가에서 자고 그러면 끝이니까 말이야, 결과야 나오면 나와서 좋고 안 나오면 또 그만이고, 우리 회사 아니 대한민국에서 그만한 보직 없는 거 아니야? 어때? 당신 생각은?"

"어떻게 들리실지 모르지만 그런 일을 포함해서 회사의 손해율을 낮출 수 있는 그 어떤 방법이라도 사용하라고 저희 팀을 만들었고, 또 저를 이 자리에 배치한 것으로 알고 있습니다."

"뭐 그렇다고 치고, 가서 뭐 할 건데?"

"그쪽의 관계자 몇 명과 저녁을 같이 하면서 협의를 할까 합니다."

"그러니까 뭐 먹을 거냐니까?"

"그쪽 형편을 봐서 정할 겁니다만 현재까지로는 삼겹살집으로 가게 될 것 같습니다."

"겨우 삼겹살 얻어 처먹고 말을 들어준단 말이야? 치사한 새끼들."

정수는 결재판을 들어 그의 면상을 후려치고 싶은 것을 꾹 참았다.

"상무님, 저희가 그런 음식을 택하는 것은 과하게 하면 향응 제공으로 빌미가 될 수 있기 때문입니다. 그래 그냥 한 식구 같은 마음으로 갈 수 있는, 너무 비싸지 않은 편한 메뉴를 선택하게 되는 것이고요."

"어이, 당신, 당신 경찰 간부였다니까 대답 좀 해 봐. 등심 먹으면 향응이고 삼겹살 먹으면 아니다, 뭐 이런 거야?"

"그건 아닙니다만 그래도 상식선에서 생각해서 용인이 되는 범위라는 게 있지 않습니까?"

"알았어. 그나저나 심 팀장 당신 말이야, 내가 왜 감사 취소시켰는지 알아?"

"모릅니다."

"당신이 예뻐서가 아니라 사장님이 어떻게 그 소리를 들으셨는지 만류를 해서 그런 거야. 당신이 사장님께 보고를 한 거지?"

"아닙니다."

"아니면? 사장님이 어떻게 그걸 알고 계시느냐고?"

"상무님, 어제 감사 지시가 있던 이후 아직까지 사장님 방에 들어간 적이 단 한 번도 없습니다. 그건 비서실 기록을 보면 아실 겁니다."

"전화도 있잖아, 전화."

"저는, 감히 사장님께 전화를 드리고 할 위치가 아닙니다. 어제 그럴 시간도 없었고요."

"알았어. 하여튼 그건 취소된 게 아니라 보류된 것이라는 것만 명심해."

"예, 알겠습니다."

"나가 봐."

"결재는?"

"결재? 그게 그렇게 바쁜 거야? 두고 가."

"상무님께서 결심을 해주셔야만 그쪽이랑 약속을 잡을 수 있어서 그렇습니다."

"알았으니까 놓고 가라고. 아, 그리고 당신, 오늘 몇 시에 나오셨나?"

"7시 30분 쯤 상무님이 저희 방에 순시 다녀가신 직후에 출근했습니다."

"집에서 일찍 좀 나오는 게 그렇게 힘드나? 아니꼬워?"

"아닙니다."

"우리 참 궁합 안 맞는 것 같다. 그렇지?"

"……"

"당신 말이야, 조금 아까 나 쳐다보던 눈초리 내가 못 보았을 것 같지?"

정수는 대꾸하기조차 싫었다.

“…….”

“가 봐.”

“돌아가겠습니다.”

정수는 자신의 자리로 돌아와서 담배를 빼 물었다.

“어머, 팀장님! 지금 뭐하시는 거예요?”

“뭘? 담배 피잖아.”

“요새 누가 사무실에서 담배를 피워요. 빨리 휴게실로 가세요.”

“야, 남 주임, 인마, 나 좀 봐 줘라, 알았니?”

대답 대신 진희는 그에게 재떨이를 가져다주었다.

“미안해.”

“팀장님, 파이팅! 아자!”

“그래, 고마워.”

환기를 위해 작은 쪽 창문을 열자 차가운 바람이 정수의 뺨을 때렸다. 하늘에선 진눈깨비를 뿌리고 있었다. 정수는 담배를 비벼 끈 후 전화를 들었다.

“예, 황 선배님, 저 심정수입니다.”

“그래요, 심 팀장. 웬일이슈? 약속 잡으려고?”

“아닙니다. 죄송한 말씀 드리려고요, 오늘 아무래도 저희는 못 내려 갈 것 같습니다.”

“왜?”

“사무실에 일이 좀 생겨서요. 그냥 황 실장님만 다녀오시고 영수증을 저희 사무실로 보내 주시지요.”

“에이, 그래도 심 팀장이 내려 와야 일이 잘 풀릴 텐데.”

“죄송합니다.”

“할 수 없지 뭐. 그런데 정말로 영수증 보내도 되지?”

“예, 저희가 처리하도록 하겠습니다.”

"그래, 고마워, 가급적 조금만 쓸게."

"예, 여러 가지로 죄송하고 고맙고 그렇습니다. 하여튼 선배님, 그렇게 알아주시면 좋겠습니다."

"그래, 내가 영수증 보내면서 결과 보고도 드릴게."

"보고는요? 그냥 대충 알려주시면 됩니다."

"알았어. 그래도 형식은 지켜야지."

"예. 들어가십시오."

전화를 끊은 정수는 강윤석 과장과 김주연 대리를 자기 자리로 불렀다.

"강 과장, 본청 다녀왔다고?"

"예."

"무슨 일 있어?"

"아닙니다. 이번 인사 때 제 동기들이 본청으로 많이 들어왔기에 한번 가 봤습니다."

"동기 중에 총경도 나왔지?"

"예."

"속상하겠네."

"속상하긴요. 그런 거 잊어버린 지가 언제인데?"

"그래. 강 과장 속이야 내가 잘 아니까. 하여튼 아니꼽고 더러워도 좀 참아 보자고. 새끼들 키우려면 할 수 없지 않겠어?"

"팀장님, 대전 약속 취소하시는 것 같던데 상무님 방에서 무슨 일 있었어요?"

"아냐, 그런 건 아니고. 하여튼 우리말이야, 당분간 외부 활동은 특별한 건 아니면 접는 게 나을 것 같아. 특히 경찰 쪽 일은 더더욱 그렇고."

"……."

"무슨 말인지 알지?"

“예.”

“강 과장도 내 말 알아듣지?”

“예.”

“내가 이런 말 한다는 게 좀 창피한데 말이야, 새로 온 상무님이 우리에게 좀 편견이 있는 것 같아. 강 과장도 혹시 상무님한테 무슨 일 당할지 모르니까 늘 마음에 준비를 해놓고 그저 그러려니 했으면 좋겠어. 알잖아? ‘이 또한 지나가리라!’ 하는 말.”

“예.”

8

직원들을 물리친 후 정수는 다시 상무 방을 찾았다.

“왜? 기다리라고 했잖아.”

“저어, 오늘 출장 취소해야겠다는 말씀 드리려고 왔습니다.”

“취소? 왜?”

“그쪽에서 연락이 왔는데 관내에서 사건이 생겨 저녁을 같이 하기 힘들답니다.”

“참 잘한다. 어이, 당신은 그런 것도 제대로 확인 안 하고 결재해달라고 왔던 거야? 여기 사인한 나만 바보된 거 아니야?”

“죄송합니다.”

“알았어. 그렇다고 치고 당신 가서 거기 박 차장 내 방으로 오라고 그래.”

“예, 알겠습니다. 돌아가겠습니다.”

상무의 방에 들어간 박 차장은 상무와 함께 식사를 했다는 소리를 하며 점심시간이 훨씬 지나서야 나타났다. 그러거나 말거나, 정수는 괜한 물음으로 그의 득의양양을 도와줄 마음이 전혀 없어 한껏 들떠 있는 그에게 눈길도 주지 않았다.

잠시 후, 상무가 다시 정수를 찾는다는 전갈이 왔다.

"앉아."

그러고 보니 벌써 상무 방에 네 번째 출입인데 처음 자리에 앉는 것이었다.

"예."

"차 한 잔 할까?"

"예, 뭐 드시겠습니까?"

"나? 녹차로 할까?"

정수는 탁자 위의 인터폰을 눌렀다.

"어, 홍 대리, 상무님 녹차 드신대. 나도 한 잔 주고."

"담배 피우지?"

"예."

"지금 주머니에 안 가지고 왔지?"

"예."

"자, 내 꺼 같이 피우자고."

"아닙니다. 전 됐습니다."

"이 사람 이거 왜 이래? 나 당신 배짱 좋다는 거 다 알아. 괜히 그러지 말고 편하게 피우라고."

"예, 감사합니다."

머릿속에 각자 다른 생각을 담은 채로 두 사람은 동시에 파란 담배 연기를 내뿜었다.

"요새 사무실에선 담배 못 피우지?"

"예."

"그럼 자네도 나가서 피우나?"

"그런 편이지만 가끔은 창문 열어 놓고 피우기도 합니다."

"가끔 어떨 때?"

"예?"

"오늘 아침처럼 나한테 깨지고 그럴 때?"

"……."

"뭐 당신도 부서장이니까 내가 말은 안 하겠는데 사장님이 담배 냄새 무지 싫어하는 거 알지? 요령껏 피우라고. 뭐 내 방에 들어오실 일은 없지만 그래도 눈치 보여서 나도 웬만하면 방 안에선 잘 안 피우거든."

"예, 알겠습니다."

"형편은 엉망인데 간부들이 전체적으로 루즈해져 있는 거 같아서 그런 거니까 너무 서운해 하지는 말고."

"예. 알겠습니다."

"차 들어."

"예."

"우리 가끔 이렇게 차도 마시고 그러자고. 참 회식도 한 번 해야지?"

"예."

"그래, 날 한 번 잡아 보자고. 내가 그래도 경찰 출신들도 있고, 또 회사 돈도 제일 많이 세이빙 시켜주는 보상관리팀부터 회식을 해야 되지 않겠어?"

"예, 감사합니다."

"그건 그렇고 심 팀장."

"예."

"그 부서의 한 달 업무추진비가 얼마나 배정되어 있지?"

"예, 월 380 만원입니다."

"어떻게 그런 계산이 나오는데?"

"예, 부서장 1명 120만 원, 차장 1명 80만 원, 과장 2명 1인당 60만

원씩 해서 120만 원, 대리 40만 원, 주임 20만 원, 이렇습니다."

"그래, 나도 그렇게 들었어. 직급별로 따지면 다른 부서보다 훨씬 많네?"

"예, 저희가 대민 조사 또는 대 수사기관 업무를 많이 해서 그렇게 책정된 것으로 알고 있습니다."

"그거 다 쓰나?"

"예, 규모에 맞춰서 계획을 잡기 때문에 대충 다 씁니다. 가끔 지방의 센터에 있는 조사실장들도 좀 지원해 주고요."

"지방? 거기도 업추비 나가잖아?"

"예, 월 50만 원씩 나가는 것으로 알고 있는데 걸쳐있는 경찰서가 워낙 많다보니 늘 쪼들리는 것 같습니다. 그럴 때 저희가 아주 가끔씩 도와주곤 합니다."

"오십 만원이면 적은 돈이 아닌데?"

"……."

"씨발 자식들!"

"예?"

"씨팔, 상무를 만들어 놨으면 일을 하게 만들어 줘야 할 거 아니야?"

"무슨 말씀이신지?"

"고작 한 달에 돈 3백만 원 가지고서 나보고 업추비로 쓰라고 하니 이게 말이 되니? 술 한번 마시면 없어질 돈 가지고 말이야."

"……."

"하여튼 말이야, 일 안하고 그냥 자리나 차지하고 있던 사람 후임으로 들어오면 이래서 고생이라니까. 뭐 그것도 많다고 남겨서 반납도 하고 그랬다고 하더라고. 양심 있는 척 위선 떤 거지."

아닌 게 아니라 금융감독원에서 정년을 맞은 후 상무로 와 있던 전임 이 상무는 마음은 따뜻했지만 하루 종일 방만 지키면서 신문만 보

다 퇴근하던 사람이기는 했다.

"그래서 말인데 심 팀장, 내가 당신네 부서 업추비 좀 써야 될 것 같아."

그럼 그렇지, 담배와 녹차에는 다 이유가 있었던 것이다.

"뭐 내가 사람들 만나고 하는 것도 큰 틀에서 보면 다 회사 손해율 낮추려는 일이니 심 팀장 부서 업무도 되고 말이야, 안 그래?"

"예."

"그러니까 이 달부터 내가 그쪽 것 좀 쓸게. 한 백 정도만 말이야."

'추접스런 인간, 겨우 이거였군.'

"예, 알겠습니다."

"이해하지?"

"상무님 업무가 다 우리 일이고 회사일인데요, 뭘."

"그래, 정말 그렇게 생각해주면 고맙고. 회식 언제 할까?"

"아무 때나 상무님 편할 때 말씀해 주시면 준비해 놓겠습니다."

"아무 때나 이야기하면 요새 젊은 아이들 싫어하지 않나?"

"저희 부서는 그런 직원들 없습니다."

"그래, 박 차장이랑 김 뭔가 하는 과장 빼고는 다 당신 후배지. 아참, 거기 강윤석인가 하는 과장 있지? 그 친구는 경찰대학 출신이라며?"

"예."

"그럼 심 팀장보다 계급도 높았겠네."

"그 친구도 저와 같이 경감으로 그만 둔 것으로 알고 있습니다."

"나이가 몇이지?"

"지금 마흔 둘입니다."

"그럼 동기들 중에 높이 올라간 아이들도 많지 않나?"

"이번에 처음으로 총경이 4명 되었답니다."

"그런데 과장으로 만족해?"

"일 열심히 잘하고 있습니다."

“자네 말은 잘 듣고?”

“예, 그 친구 초임 간부 때 저랑 같이 근무한 적도 있고 그래서 저랑은 잘 맞습니다.”

“그래도 경찰대학 출신인데 순경 출신에게 머리 굽히고 그러는 게 아니꼽지 않을까?”

“뭐 그 속이야 다 모릅니다만 아직까지 그런 내색을 하거나 그런 적은 없습니다. 똑똑하고 성실한 직원입니다.”

“똑똑하고 성실한 친구가 왜 옷을 벗었대?”

“경찰서 경비계장으로 근무할 때 직원들이랑 회식을 했었는데 집에 갈 때 음주 운전을 한 직원 차에 같이 탄 모양입니다. 그런데 그만 사망사고가 나서 운전한 직원은 구속이 되었고 그 친구는 해임이 되었다고 합니다.”

“그래? 자기가 어디서 돈 먹은 건 아니고?”

“전 그런 걸로 알고 있습니다.”

“알았어, 바쁘지? 가 봐. 아까 내 이야기 기억하지?”

“예. 참, 상무님, 업추비 말씀인데요, 전결 규정도 미리 말씀드려야 될 것 같아서요.”

“전결 규정이라니?”

“그게 1회에 쓰는 금액에 따라 결재권자가 좀 다릅니다.”

“어떻게?”

“예, 30만 원까지는 부서장, 30에서 50만 원까지는 상무님, 그리고 그 이상은 전무님 전결입니다.”

“그깟 업추비 몇 푼 쓰는 것 가지고 전무 결재까지 받는단 말이야?”

“전무님께서 너무 방만하게 운영치 말라는 차원에서 그렇게 정한 것으로 알고 있습니다. 한 번에 너무 많이 사용함으로써 나중에 향응 운운하는 문제가 나오는 걸 걸리보려는 차원이기도 한 것 같고.”

"쪼잔하긴. 참 한가한 양반이네. 하여튼 외부에서 온 사람들은 뭐가 진짜 중요한지를 몰라서 탈이라니까. 하여튼 알았어. 내가 나중에 바꾸지 뭐."

"예, 전 이만 돌아가겠습니다."

개새끼, 그러니까 돈 백만 원이 욕심이 나서 태도가 돌변했던 것이었다. 정수는 사무실로 돌아 와 박 차장을 찾았다.

"박 차장, 상무님한테 들었지요? 업무추진비 문제요."

"예, 아까 식사하실 때 말씀하시던데요. 저는 잘 모르겠다고 팀장님에게 말씀하시는 게 좋겠다고 했습니다."

'행여나 니가 그런 식으로 이야기 했겠다.' 정수는 박 차장의 속이 훤히 보이는 말이 별로 밉지도 않았다. 그는 그저 보통의 직장인일 뿐인 것이다. 하지만 그냥 넘어가면 그는 분명 자신이 정말 속아서 그런 것이라 생각하고 더욱 득의양양해 할 것이었다. 괜한 쾌감을 줄 필요가 뭐 있으리.

"그래요? 상무님은 박 차장한테 자세한 내역이나 돌아가는 사정을 듣고 의논해서 결정했다고 저한테 통보하시던데요?"

순간 그의 얼굴이 붉어졌다.

"의논을 한 건 아니고 물으시기에 자세히 알려드린 겁니다."

"뭐 그건 아무래도 상관없고. 하여튼 말이에요, 박 차장 생각은 어때요?"

"뭐 말입니까?"

"상무님이 우리 부서 업추비를 쓰신다는 거요."

"아, 그거요? 제가 나설 문제는 아닌 것 같은데요? 팀장님이 판단하셔야지요."

"다른 부서는 어떻다고 합디까?"

"기획이랑 특수보험 쪽에도 비슷한 말씀을 하신 것으로 들었습니다만."

그러니까 이런 저런 부서의 업무추진비를 조금씩 빼앗아 자기 배를
불리겠다는 소리인 것이다.

"아, 그렇게 되나요?"

"팀장님은 뭐라고 하셨는데요?"

"저야 우리 팀과 관련된 업무 쪽에 쓰신다고 하는데 뭐라 그럴 수
있습니까?"

"그러니까 승낙을 하신 거네요?"

"왜요? 나중에 혹 문제라도 생기면 내가 승낙을 했으니까 즉 상무님
이랑 내가 짜고 그런 것이다, 그 말 하려고 그러는 겁니까?"

"그게 아니라……."

"어차피 우리 팀에서 일어난 일의 책임은 내가 지면 되는 것이고, 하여
튼 안에서 살림을 맡고 있는 박 차장이 지혜롭게 하실 거라 믿습니다."

"지혜롭게 하다니요?"

"상무님 쓰실 부분을 빼고 업추비를 배분하는 것 같은 것은 박 차장
이 알아서 해야지요. 뭐 일단 현재 분배율을 감안해서 직급별로 재책
정해야 되지 않겠어요?"

"그래야 되겠네요."

"내 생각엔 나한테서 50만 원, 박 차장 20만 원, 과장 10만 원씩 이
렇게 삭감을 하면 90만 원이 되니 얼추 맞출 수 있을 것 같거든요."

"김 대리랑 남 주임은요?"

"그 친구들은 얼마 되지도 않은데 그걸 뺏기는 좀 그렇잖아요?"

"그럼 팀장님 70만 원, 저 60만 원, 과장 2명 50만 원씩 100 만원, 대
리 40만 원, 주임 20만 원 이렇게 해서 290만 원이 되는 것 같은데요."

"뭐 대충 그 정도로 써 봅시다. 그리고 조금 오버해서 쓴 사람이 있
어도 금액 가지고 너무 따지지 말고 서로서로 메워 주는 식으로 갔으
면 싶고요."

“팀장님 쓰는 게 너무 줄어드는 거 아닌가요?”

악어가 물에 빠진 사슴 걱정한다더니, 자기가 예상했던 것보다 정수의 삭감액수가 높아 마음이 조금 환해졌던 모양이다.

“나야 박 차장이 늘 상기시켜 주듯이 원래 차장 아닙니까? 없으면 없는 대로 쓰면 되는 거지요. 뭐.”

“이거 완전 월급 삭감이네요.”

정수와는 달리 업무추진비의 대부분을 가족과의 외식이나 친구들과의 술자리에 쓰고 대충 서류를 꾸며 넘기는 그에게는 아닌 게 아니라 월급이 삭감되는 기분이 들기도 할 터였다.

“어차피 많으면 많을수록 좋지만 적다고 불평할 항목도 아니니까요.”

업무추진비 문제는 일단 그런 식으로 일단락을 맺기로 했다. 일단은.

9

업무추진비를 일부 양보함으로써 아주 잠깐 빚어졌던 상무와의 화합은 결코 오래가지 못하고 처참하게 깨져 버렸다. 상무가 큰 인심이라도 쓰는 양 거론했던 정수네 팀과의 회식도 해보지도 못한 상태에서였다. 그 일은 바로 사흘 후인 월요일 아침, 남진희 주임이 그에게 일상적인 결재서류를 내미는 것으로 시작되었다.

“뭐 특별한 건 없지?”

“예.”

대충 읽어보고 사인을 해나가던 정수의 눈에 이상한 게 띄었다.

“어? 이게 뭐야? 63만 원? 나, 이런 거 쓴 적 없는데?”

그건 63만 원짜리 카드 영수증이 붙어있는 업무추진비 사용내역 보고서였다. 정수는 사용자가 자신으로 되어있는 그 영수증을 자세히 살펴봤다. 사용일은 어젯밤이었고, 사용 장소는 소공동에 있는 '블루문'이라는, 업종이 유흥음식점으로 되어있는 것으로 보아 단란주점이나 간이 룸싸롱 정도로 짐작이 갔을 뿐 뭘 파는지도 모를 업소였다.

당연히 정수가 사용한 것은 아니었는데 서류에는 사용자가 정수로 되어있던 것이었다.

"남 주임, 이게 뭐냐니까?"

"업추비 사용보고서잖아요?"

"아니, 그건 알겠는데 이게 어떻게 된 거냐니까?"

"팀장님이 쓰신 거 아니에요?"

"내가? 아냐, 난."

"어? 박 차장님이 영수증 주면서 팀장님이 쓴 거로 결재 올리라고 해서 그렇게 만들어 온 건데."

"뭔 소리야?"

둘 사이의 대화를 듣고 있었던지 박 차장이 정수에게 다가왔다.

"박 차장, 이게 뭔 소립니까?"

"아, 그거요? 그거 상무님이 어젯밤에 쓰신 건데요."

"그래요? 이거 카드는 우리 부서 꺼 같은데요? 그나저나 상무님이 쓰신 걸 왜 내가 쓴 걸로 결재를 올립니까?"

"상무님이 그렇게 하라고 해서 그런 겁니다."

"그러니까 뭔 내용인지 자세하게 좀 말해 보세요."

"자세하고 말고도 없고요. 금요일 날 퇴근할 무렵에 상무님이 저를 부르시더니 우리 부서에서 가지고 있는 법인카드가 몇 장이냐고 해서 석 장이라고 했더니 그중 하나를 가지고 오라고 하셨거든요. 그래서 제가 가지고 있던 걸 드렸더니 오늘 아침에 제가 출근하자마자 절 부르시더니 그 영수증을 주시더라고요. 팀장님이 사용한 것으로 결재를 올리라고 하시면서 말예요. 전 그래서 상무님이랑 팀장님이랑 다 얘기가 되어 있는 줄 알았지요, 뭘."

어떻게든 상무에게 잘 보이려고 하는 녀석이랑은 더 이상 이야기를 나누어 볼 필요도 없었다.

"그래요? 알았어요. 일 보세요."

정수는 그 서류에 사인을 하지 않고 한쪽으로 밀어 두었다. 생각할수록 불쾌했다. 그러니까 자기는 절대 드러나지 않은 상태에서 부하 직원들이 사용하여야 할 업무추진비를 부하 직원이 사용한 것처럼 가장하는 아주 비열하고도 뻔뻔스런 방법으로 가로채겠다는 소리였다.

하지만 정수는 욱하는 마음으로 섣불리 반발할 문제가 아니라는 판단이 들었다. 당장 가서 이의를 제기하는 게 급한 게 아니라 우선은 상황을 잘 정리하고 판단을 하여 지혜롭게 대처를 해야 될 사안이었던 것이다. 정수가 이걸 어떻게 처리하는 게 가장 현명할까? 하는 궁리에 빠져 있을 때 박 차장이 전화를 받는 모습이 눈에 들어왔다. 넓지도 않은 사무실이건만 송화기를 손바닥으로 가리고 잔뜩 소리를 죽여 이야기를 함으로써 뭔가 건강치 못한 내용의 통화를 하고 있다는 것을 온 직원들에게 알리고 있는 그의 모습을 보면서 정수는 그게 상무의 전화일 것이라는 직감이 들었다.

이윽고 녀석이 사무실을 나갔다가 제법 한참만에야 들어왔다. 그 직후 비서실에서 정수에게 전화가 걸려왔다. 예상했던 대로 상무의 호출이었다. 정수는 결재를 미뤄둔 서류를 가지고 상무의 방에 들어섰다.

"어이, 당신 내가 준 영수증 결재 안 했다며?"

"예."

"왜?"

"제가 쓰지도 않은 게 제가 쓴 것으로 되어 있어서 내용을 알아보려 하던 참입니다."

"당신, 그거 내가 쓴 거라는 말 들었어, 못 들었어?"

"들었습니다."

"그런데 왜 결재를 안 하냐고?"

"제가 쓴 게 아니기 때문입니다."

"야, 이 사람아. 그건 나랑 이야기가 다 끝난 거 아니야. 내가 일부분 쓰겠다고 했고 당신도 동의했잖아?"

"예, 맞습니다. 하지만 상무님이 쓰신 걸 제가 쓴 것이라 한다는 건 좀 이치에 닿지 않는 것 같습니다."

"어이, 그건 당신네 부서에서 당신 한도액이 제일 많으니까 당신이 쓴 거로 한 거잖아."

"물론 다른 분도 아닌 상무님께서 회사일로 쓰신 것이니 적은 액수라면 저도 누구 명의를 사용하느냐 이런 건 별로 개의치 않습니다. 하지만 이것은 63만 원짜리입니다. 그렇다면 전무님 전결이 되는데 그분 평소 방침을 보면 사용자로 되어있는 제게 사용내역을 꼬치꼬치 캐물으실 겁니다."

"그건 당신이 적당히 설명을 하면 되잖아."

"상무님도 아시다시피 이거 사용 장소가 적당한 설명으로 전무님이 그냥 넘어갈 곳이 아닙니다. 특별한 경우를 제외하곤 저희한테는 절대 그런 곳에 가서 법인카드를 사용치 말라고 엄명을 내리셨거든요. 나중에 문제가 될 수도 있다고 하면서 말입니다."

"문제가 될 게 뭐가 있어? 괜히 그러는 거지."

"제가 전무님에게 이걸 가지고 가서 사실은 상무님이 쓴 것이라고 말씀드려도 된다면 그냥 가지고 결재를 들어가겠습니다."

"어이, 관 둬. 겨우 돈 13만 원 초과한 거잖아? 내 전결로 처리할게. 나중에 문제가 되면 내가 책임지고. 그러면 됐지?"

"죄송합니다만 상무님. 이거 어차피 돈 관리하는 회계경리팀으로 넘어가서는 지출이 될 때 다시 한 번 결재를 받아야 하는데 그러면 전

결규정 어긋난 거라든지 하여튼 내용이 다 밝혀져서 문제만 더 커지
게 됩니다."

"이 친구, 이거 되게 뻣뻣하네. 아, 그래서 당신 이름으로는 못하겠다
는 거야?"

"죄송합니다, 상무님. 그저께도 말씀드렸듯이 상무님께서 저희 부서
로 배당된 업추비 전체를 쓰신다고 해도 저는 상관이 없습니다. 단지
그걸 저희들이 사용한 것으로는 곤란합니다. 외람되지만 이건 상무님
입장에서도 별로 좋은 방법은 아닌 거 같습니다."

"알았어. 뭔 말을 그렇게 길게 해? 그러니까 당신은 몸 사려야 하니
까 죽어도 처리 못하겠다는 소리잖아?"

"몸을 사려서가 아니라 나중에 일어날지도 모르는 더 큰 문제를 방
지하자고 드린 말씀입니다."

분한 표정이 역력한 상무는 인터폰을 들어 애꿎은 비서에게 소리를
질렀다.

"보상팀 박성광이 지금 내 방으로 오라고 그래."

잠시 후 예의 박 차장이 상무실로 들어섰다.

"그래, 왔니? 너 말이야. 여기 잘난 너네 팀장이 죽어도 자기 이름으
로는 결재 못 올린다니까 이거, 니 이름으로 해서 다시 결재 올려."

박 차장은 상무의 지시에 기어들어가는 소리로 대답을 했다.

"죄송합니다만 상무님. 저는 한 번에 이런 액수를 쓰지 못하게 규정
이 되어 있습니다. 결재를 올려봤자 분명 전무님께서 난리를 치실 겁
니다."

"너도 차장이니까 이 친구 말고 네가 직접 결재 들어가서 말씀드리
면 되잖아?"

"뭐라고 말씀을 드려야 할지요?"

"이제 보니 이 자식도 병신일세. 인마, 그건 네가 알아서 해야지. 내

가 그런 것까지 가르쳐 주랴? 너 인마, 여기 너네 팀장 명의로 처리하면 된다고 해놓고서 이게 무슨 망신이야, 엉?"

짐작대로 녀석이 상무를 꼬드겨서 일어난 일이었다. 정수는 그의 교활함이 더럽다고 생각했지만 한편으론 참으로 측은한 놈이구나 하는 생각도 들었다. 정수가 다시 나섰다.

"상무님, 죄송합니다만 제 생각을 말씀드려도 되겠습니까?"

"당신은 생각하지 말라고 했잖아. 시키는 거나 잘하란 말이야. 부서장이라는 인간이 이런 사소한 것 하나도 제대로 처리하지 못하면서 생각은 무슨."

"예, 알겠습니다."

"말해 봐."

"예?"

"말해 보겠다며? 그러니까 당신 생각인가 뭔가를 말해 보라고."

"제 생각엔 상무님께서 아직 시스템에 익숙하시지 않아 이런 일이 생긴 것 같습니다. 일단 이건 상무님께서 쓰신 것으로 해서 넘어가고 저희 부서 업추비에서 그저께 저와 말씀 나눈 그 액수 정도를 이번 달에 더 쓰시면 될 것 같습니다. 이거야 사실대로 상무님이 쓰신 거라고 하면 전무님께서도 캐묻지 않으실 것이고 저도 결재를 가선 제가 상무님 모시고 경찰청 고위간부와 업무협의 차 술 한잔 나눈 것이라 말씀드리겠습니다."

"그 양반에게 쓸데없는 소리 하려고 그러는 건 아니고?"

"상무님, 저도 오십입니다."

상무의 얼굴이 한결 누그러졌다.

"알았어. 일단 이건 당신이 그런 식으로 처리한다 이거지? 그럼 당신 말 한 번 믿어 보지 뭘. 여기 박 차장도 함께 들었으니까 나중에 딴 말하기 없어, 알았지?"

“예.”

“그런데 혹시 전무님이 나보고 경찰청 간부 누구 만났느냐고 물으면 뭐라고 그러지?”

“예, 교통관리부장 신봉수 경무관이라고 하십시오. 제가 옛날에 모시던 분이라 나중에 딴 말 안 나오게 알아서 하겠습니다. 아차, 말 나온 김에 상무님 언제 그분이랑 진짜 식사 한 번 하시지요.”

“경무관? 경무관이면 지방에 청장급 아니야?”

“요샌 차장급입니다.”

“그런가? 좋지, 식사.”

“예, 적당할 때 날 한 번 잡아 보겠습니다. 마침 그쪽에서도 협조 요청할 게 있는 것으로 알고 있거든요.”

“뭔데? 요새도 민간회사에 손을 벌리나?”

“그런 건 아니고요, 그분이 적어도 횡단보도에선 사망사고가 나서는 안 되겠다는 생각에 전국의 모든 간선도로 횡단보도에 경고등이랑 야간 조명을 달았으면 하는데 아마 예산이 부족한 모양입니다. 그래서 그중 일부분을 저희 회사에서 저희 회사 이름을 걸고 설치하는 것이지요. 경찰은 목적을 달성해서 좋고 우리 회사는 홍보나 광고가 돼서 좋고. 즉 윈, 윈 게임이 되는 것으로 생각합니다. 전에도 이야기가 나온 적이 있는 건이고, 기획이랑 홍보 부서에서도 이미 긍정적인 검토가 있었던 건입니다.”

“그래, 알았어. 추진해 보라고. 내가 너무 화를 냈었나? 하여튼 그랬다면 그건 미안하고. 그나저나 당신도 그 태도 좀 고쳐 봐.”

“예, 죄송합니다.”

“그래, 가 봐. 아, 그리고 박 차장. 인마, 앞으론 좀 잘 알아보고 일 좀 처리해라. 그래 놓고선 부서장 자리 달라고 그러냐? 하여튼 맨 덜 떨어진 놈뿐이라니까.”

박 차장의 얼굴이 붉게 물들었다.

정수는 상무에게 인사를 하고 나올 때 그의 표정을 보면서 그가 미안해하기는커녕 이유야 어디에 있건 자신의 지시를 묵살한 정수에게 커다란 적개심을 가지고 있는 것과 동시에 기업의 임원에 걸맞게끔 사회 고위층과의 교유에 정수 같은 이를 이용할 방법도 있다는 걸 깨달은 것에 대한 기대도 적잖게 가지게 되었다는 걸 느낄 수 있었다.

대가리는 나쁜데 이리저리 생각이 많으면 늘 힘든 법이었으니 상무 이 인간도 만만치 않게 피곤하겠구나 싶어 문득 그 역시 불쌍하다는 생각이 들었다.

10

다음 날, 정수는 하루 종일 김주연 대리와 함께 경기 강화도 외포리 선착장 인근의 한 저수지 옆에 있는 전원주택 주변에서 보험사기 의심자에 대한 동향 조사를 실시하고 있었다.

중소기업에서 영업과장으로 근무하던 사내는 두 달 전인 어느 날, 자신의 차를 운전하고 출근 중 교차로에서 신호대기를 하고 있을 때 뒤에서 달려오던 차가 멈추지 못하고 추돌을 하는 바람에 차 앞 유리창에 이마를 부딪쳐 약간의 뇌진탕과 찰과상을 입고 병원에 3주일간 입원을 한 적이 있었는데 얼마 후 엉뚱하게도 뇌손상으로 인한 정신장애 진단서를 첨부하여 가해자가 보험을 들어있던 정수의 회사를 상대로 근 10억 원에 달하는 손해배상 청구를 해놓은 것이었다.

물론 아직 30대 중반인 남자가 교통사고로 인해 정상생활을 할 수 없을 정도의 뇌손상을 입었다면 10억 원으로도 보상이 충분하다 할 수는 없을 터였다.

하지만 사고현장을 관할하는 인천보상센터의 보상담당 직원이나 역시 전직 경찰관인 조사실장 모두 여러 가지 정황으로 미루어 브로커 조직이 개입한 보험사기 건으로 판단을 하였고, 역시 소송 결과에 따라 거액의 보험금을 내줘야 할 입장인 산업재해보험관리공단 측에서 같은 의견을 보여 합동 조사를 제의함으로써 이 조사를 정수가 총괄하게 된 것이었다.

사내는 경기도 가평 근처에 있는 한 정신병원에서 며칠 전 퇴원을 했다고 했다. 브로커들과 결탁하여 돈만 주면 진단서를 마구 남발하는 병원으로 전 보험업계의 블랙리스트에 올라있는 병원인데다 자신의 집인 강화도 인근에도 정신병을 진단, 치료하는 대형 병원이 여럿 있음에도 굳이 그 먼 가평에 있는 병원을 택했다는 게 의혹을 더욱 짙게 만든 사내였다.

하지만 그는 전문의의 진단서라는 아주 강력하고도 효과적인 무기를 가지고 있었다. 의사가 틀림없이 문제가 있다는 데야 일개 보험회사에서 뭘 어떻게 할 수 있을까? 기껏해야 재판부에 의해 보다 공신력이 있는 병원에서 재감정을 하게끔 하는 것인데 한 식구라는 인식이 심한 우리나라 의사 사회에서 다른 동료의사가 진단을 내린 것을 과감히 뒤집을 의사는 그리 흔치 않으니 그러한 소송에서 보험회사가 승소를 한다는 일은 정말 힘든 일이 아닐 수 없었다.

같은 분야를 전공했고, 그러니 같은 학회 소속이고 또 대학, 대학원, 병원 등 학연, 지연 등을 따져보면 직, 간접적으로 얽혀있기 일쑤인 의사 사회에서는 동료의사의 판단을 부정한다는 것은 학자적 소신이나 양심이 여간하지 않고서는 쉽사리 할 수 있는 일이 아닌 것은 어찌 보면 당연한 일이기도 했다.

때문에 그런 것을 악용한 사기행각이 이뤄진다 해도 그걸 밝힐 수 있는 유일한 방법은 일단 보험회사에서 그가 진단과는 달리 정상적인 사회생활을 하고 있다는 것을 밝혀낸 후, 경찰과 같은 수사기관에 고발이나 제보를 하여 수사가 이뤄지게끔 하는 것뿐이었다.

그러나 경찰이나 검찰에서 보험회사의 제보만으로 무조건 수사에 착수할 리는 없는 일이었다. 자칫 청탁수사나 민사관계에 개입한다는 오해의 소지가 있기 때문이다.

사실 수사기관에서는 보험사기에 대해선 수사 자체를 꺼리는 편이었다. 수사하는 데 많은 시간과 노력이 필요할 뿐만 아니라 다른 강력사건과는 달리 별로 실적으로 인정받지도 못하다보니 굳이 의욕을 보일 필요가 없는 것이었다.

그러한 이들에게 떳떳이 수사에 임할 수 있는 명분이나 의욕을 가지게끔 할 수 있는 것은 무엇보다도 확실한 증거뿐이었다. 하지만 수사권이 없는 보험회사에서 그러한 물적 증거를 확보한다는 것은 보통 힘든 일이 아니었다. 자칫 사생활침해 또는 불법행위로 인식되어 사기꾼을 도리어 도와주는 결과를 초래할 수가 있기에 함부로 찾아가 만난다거나 일상의 모습을 녹화를 한다거나 또는 녹취 같은 걸 할 수도 없었다.

그동안 정수네 팀은 이런 어려움을 오직 끈기로 버텨냈다. 오늘 같은 경우 즉 피의심자가 소송 제기 내용과는 달리 정상적인 사회생활을 아무 문제없이 한다는 것을 밝히기 위해선 그저 관찰 또 관찰하여 기록함으로써 정식 수사를 할 권한이 있는 수사관들에게 범죄자라는 확신을 가지고 수사에 착수할 수 있는 계기를 마련해주는 것이었다.

오늘도 정수는 출근 즉시 김 대리와 함께 강화도까지 달려와 그의 집이 잘 보이는 곳에 차를 세워두고 묵묵히 그가 어떤 움직임을 보일 때까지 기다리고 있는 것이었다. 사내는 좀체 집 밖으로 모습을 드러내지 않았다. 정수와 주연은 관광객들로 북적이는 외포항 앞의 편의점에서 즉석 라면으로 겨우 점심을 해결하고 계속 그의 집을 주시하였다.

"팀장님, 그런데 우리 오늘 여기까지의 차 기름 값이라든지 라면 값,

물 값, 이런 건 다 뭐로 해결합니까?”

“뭘 뭐로 해결해?”

“오늘 팀장님 생돈 들어가는 거 아니에요?”

“그렇게 되나?”

“당일 출장 신청하면 다 실비 보상이 되잖아요?”

“그렇긴 한데 아주 큰돈이 들어가는 것도 아닌데 일일이 서면으로 신청하고 보고하고 한다는 게 좀 치사하잖아?”

“그럼 여태 저는 치사하게 살아 온 거네요.”

“말하는 꼬라지 좀 봐라. 야, 네가 그렇다는 소리가 아니잖아?”

“어쨌든 오늘 같으면 최소 오만 원 정도는 깨지는 거 아니에요?”

“글쎄?”

“요새 회사 분위기도 완전 살벌하게 돌아가는데 팀장님만 괜히 순진하게 나가는 거 아니에요? 누가 알아주는 것도 아닌데.”

“알아주거나 말거나.”

“팀장님, 형수님도 돈 버신다 이거죠? 그러니까 몇 푼 안 되는 건 치사해서 그냥 넘어가고 말예요?”

“또 씨잘 데 없는 소리.”

정수는 스스로에게 물었다.

‘비록 작은 돈이기는 하지만 그게 몇 번 합쳐지면 결코 적지 않은 액수인데 왜 나는 이런 식으로 어영부영 넘어갈까?’

물론 정수는 이미 그 정답을 알고 있었다. 자신이 비겁해서 그런 것이다. 당당히 부딪히면서 자신의 권리를 떳떳이 주장해도 될 터지만 그런 과정이나 절차에서 겪어야 하는 아주 사소한 불편함까지도 싫은 탓이었다.

회사엔 분명 ‘치사하게 그깟 돈 이삼만 원을 청구하느냐’는 식의, 또는 ‘그런 돈을 받으려고 일부러 일을 만들어 외근을 다니는 게 아니냐’

는 식의 생각을 하는 이들이 있었다. 특히 다른 부서도 아닌 바로 자신의 팀원인 박 차장이 사정을 빤히 알고 있으면서도 그런 식으로 이야기를 하고 다닌다는 걸 그는 알고 있었다. 내근 행정을 책임지고 있으니 자기는 하루 종일 상사나 선배가 우글거리는 사내에서 고생해야 하는데 누구는 툭하면 무슨 조사니 하면서 나갔다가 와서는 실비 변상해 달라며 몇 만원씩 챙겨가니 뭐 그럴 만도 싶었다.

정수는 그 모든 게 다 피곤했다. 그런 게 아니라고 일일이 해명하는 것도 싫었다. 그러거나 말거나 그냥 무시하고 밀고 나갈 만큼의 소신까지도 다 귀찮았다. 그러한 쪽으로의 의욕상실은 근자 들어 더더욱 심해졌다는 생각도 들었다.

11

오후 세 시경, 차 안에서의 무료함을 이런저런 잡담으로 애써 달래고 있던 정수의 눈에 한 사내가 지켜보고 있던 집에서 나와 마당에 세워져 있던 차 쪽으로 향하는 모습이 들어왔다.

"찍고 있지?"

"예."

"사진에 날짜도 입력하는 거 잊지 말고."

"예, 한두 번 하는 장사 아니니까 염려 마세요."

사내는 주변을 두리번거리다가 정수네 차가 세워져 있는 곳을 한참 동안 주시했다. 다행히 그곳은 저수지에 온 낚시꾼들의 차가 아주 여러 대 세워져 있어 그들만 특별히 주목을 받을 염려는 없어 보였다.

"안 보이게 조심하고."

"아, 거 참, 알았다니까요."

이윽고 사내는 차에 올라 시동을 걸고 있었다.

"운전을 할 정도면 멀쩡한 거 아닌가요?"

"운전을 하는 것만 가지고선 어렵잖아. 일단 따라가 보자고."

사내가 향한 곳은 얼마 전 정수와 주연이 컵라면을 사서 먹은 편의점이었다. 담배라도 샀는지 잠시 후 그곳에서 나온 그는 담뱃갑을 뜯어 담배를 피워 물더니 바로 차에 올랐다. 그리고선 다시 자신의 집으로 향했다.

"겨우 담배 한 갑 사려고 나온 모양이네요?"

"담배가 고팠었던가 보지."

"어떻게 할까요?"

"혹시 모르니까 조금 더 있지, 뭐."

"지금 출발해야 퇴근 시간 맞출 수 있을 것 같은데요?"

"알아, 그래도 모처럼 나왔으니까 해질 때까지는 있어야지."

"우리가 이렇게 열심히 하는 거 회사에선 알아주지도 않을 텐데."

"그 인간들이 알아주고 말고가 뭐 중요하냐? 그냥 우리 마음 가는 대로 하는 거지."

"이런다고 월급 더 주는 것도 아니고."

"야, 넌 그저 월급, 오직 월급만 바라고 이러고 있니?"

"그럼 팀장님은요? 솔직히 월급 주니까 이러고 있는 거 아녜요? 우리가 무슨 황금박쥐나 타이거 마스크도 아니고."

"야, 넌 그런 만화 보지도 못했으면서 뭘 안다고. 하여튼 알았다, 알았어. 위선 떨어 미안하다. 그래도 꼭 월급, 이렇게만 따지면 더 서글퍼지잖아. 안 그래?"

"전 그런 거 없어요. 팀장님도 어제 같은 일 다 월급 때문에 참았던 거 아녜요?"

"그래, 내가 미안하다고 했잖아, 알았어. 참, 애 병원비 만만치 않지?"

"그게 인큐베이터에 들어가는 건 보험도 안 된다고 그러더라고요."

"그래? 설마."

"뭐 전부 그런 건 아니고, 하여튼 좀 힘드네요. 병원이란 게 빚쟁이처럼 꼭 열흘마다 입원비를 정산해 달라고 하고 말예요."

"제수씨가 무지 힘들겠다."

"집사람은 괜찮은데 갑작스레 큰 애 떠맡은 엄마가 더 고생하는 것 같아요."

"뭐 할 수 없지. 결국 자식 일이고 또 손자 일인데."

"그나저나 이번 애도 딸인 게 더 걱정이에요. 노인네, 그깟 아들이 뭐라고."

"시골분이잖아. 다 그런 거지 뭘."

정수와 주연이 그런 대화로 시간을 보내고 있을 때 남 주임으로부터 전화가 걸려 왔다.

"팀장님, 전데요, 지금 어디 계세요?"

"아직 강화도에 있는데 왜?"

"빨리 오셔야 되겠어요, 오늘 7시부터 상무님 모시고 차장 이상 간부 사원 회식이 있대요."

"그래? 그런데 지금 출발해도 늦겠는데?"

"하여튼 빨리 오세요. 일단은 제가 박 차장님한테 그렇게 말씀드릴 테니까요."

"알았어."

정수는 자신이 늦을 경우 박 차장이 어떤 식으로 상무에게 이야기를 할지 뻔히 짐작이 갔다. '불쌍한 자식.'

"뭔데요?"

"가자, 오늘 저녁에 회식 있단다."

"무슨 회식이요?"

“차장급 이상 사원들 상무랑 회식하는 거래, 7시에.”

“그때까지 도착 못할 텐데요?”

“늦으면 늦는 거지, 뭘. 천천히 가자고.”

12

말과는 달리 열심히 달려 왔음에도 회사에 도착했을 땐 이미 7시 반이 넘어 있었다. 정수는 서둘러 회식이 열린다는 회사 부근의 식당으로 향했다. 구두를 벗고 방 안으로 들어가려 막 미닫이문을 열던 때, 정수의 눈에 희한한 광경이 들어왔다. 몇몇 부장과 차장들이 상무 앞에서 부동자세로 서 있는 뒷모습이 문틈으로 보인 것이다.

정수는 선뜻 안으로 들어가지 않고 잠자코 그 광경을 지켜보았다.

“열중 쉬어.”

상무의 말에 의해 서있는 이들이 열중 쉬어 자세를 취했다.

“차려.”

상무는 그들에게 ‘차려, 열중 쉬어’로 기합을 주고 있었던 것이다.

“자동.”

그들은 일제히 두 자세를 번갈아 취했다.

“그만.”

모두들 열중 쉬어 자세를 한 채 멈췄다.

“야, 니들이 그렇게 일을 열심히 하냐? 응? 7시에 회식이라면 7시까지 맞춰 와야 할 거 아냐? 회식이 장난이야? 장난이냐고? 총무부장, 니가 대답해 봐, 회식이 장난이니?”

“아닙니다.”

“근데?”

"죄송합니다. 잔무 처리를 하다 보니 좀 늦었습니다."

"까고 앉았네. 회식은 근무가 아니니까 별 신경 안 쓰고 열심히 일했다 이거네?"

"죄송합니다."

"회사 기강을 책임지는 너부터 그러는데 다른 새끼들은 오죽하겠니?"

"……."

"하여튼 노는 꼬라지들하고는. 야, 다들 들어가. 들어가서 전체 다 같이 한 잔 한다. 사이다 컵으로, 알지? 원 샷, 다들 자기 앞의 잔 채워."

상무 앞에 서있던 이들이 모두 각자의 자리로 돌아가고 이윽고 소주가 가득 담긴 맥주잔을 치켜들고 상무의 건배사를 기다렸다.

"당신들 말이야, 나 있던 호남 본부 이야기 들었을 거 아니야? 회식도 엄연한 근무라고, 근무. 7시라고 시간을 정했으면 그건 명령이고. 그런데 간부랍시고 폼 잡으면서 주머니에 손 넣고 어슬렁어슬렁 나보다도 늦게 나타나는 새끼들이 있다는 게 말이 되니? 니들 말이야, 직급이 최소한 차장들이니 아무리 잘나서 팍팍 올라온 놈도 회사에 들어온 지 적어도 10년은 넘었을 텐데 아직도 분위기 파악 못하고 있다는 게 말이 되냐고. 그리고 사람이 바뀌었으면 행동도 좀 바뀌어야 할거 아니야? 그런 눈치 가지고 간부를 해 먹겠다고? 이 살벌한 판국에? 하여튼 내가 더 이상 긴 말 안 할 테니까 지금 이 순간부터 모두 정신 바짝 차린다. 알았지?"

"예."

거의 스무 명 가까이 된 방 안의 직원들은 여전히 잔을 치켜 든 채로 상무의 장광설을 듣다가 일제히 대답을 했다.

"그럼 앞으로 다 같이 정신 차리기. 위하여."

"위하여."

그들은 모두 벌컥벌컥 잔을 단숨에 비웠다.

정수는 문틈으로 그 한심하고 웃기는 꼴을 보고서 들어가지 않고 그대로 돌아가려다 '까짓 거 부딪쳐 보지 뭐.'하는 마음으로 문을 열고 방 안으로 들어섰다.

순간 상무를 비롯해 안에 있던 모든 이들이 일제히 정수를 바라다보았다. 정수는 상무에게 공손히 허리를 굽혔다.

"죄송합니다. 늦었습니다."

정수가 인사를 마치고 맨 구석으로 가 자리를 잡으려고 할 때 상무의 날카로운 목소리가 그를 불러 세웠다.

"어이, 당신, 뭐야?"

"예, 보상관리팀장입니다."

"글쎄 당신이 차장 주제에 팀장 하고 있는 건 아는데, 뭐냐고? 지금 몇 시야?"

"예, 7시 39분입니다."

"회식은 몇 시에 시작했는데?"

"예, 7시로 들었습니다."

"그런데?"

"예, 출장 나갔다가 좀 늦었습니다."

"출장? 무슨 출장?"

"아침에 출발할 때 보고 드린 대로 보험사기 의심자 조사 때문에 강화에 다녀왔습니다."

"그게 보고야? 통보지. 그래서 잡아 왔어?"

"동향 파악하고 있던 중 회식이 있다는 연락 받고 바로 달려 왔습니다."

"어이, 당신 말이야. 내가 잡아 왔냐고 물었잖아? 그럼 엉뚱한 소리 말고 그 대답을 해야 할 거 아니야? 안 그래?"

"못 잡아 왔습니다."

"왜?"

“저희는 사람을 잡아 올 권한이 없습니다.”

“왜?”

“아시다시피 저희는 민간인이기 때문에 수사권이 없습니다.”

“당신은 경찰이잖아?”

“예전에 경찰이었었습니다.”

“그래? 난 당신 하는 꼴 보고서 아직도 경찰인 줄 알았는데?”

“……”

“그리고 말이야, 당신, 아까 내가 당신 뭐냐고 물었을 때 뭐라고 대답했어?”

“보상관리팀장이라고 대답했습니다.”

“이 사람 이거 아주 시건방지구만. 어이, 경찰에선 그딴 식으로 대답하나?”

“……”

“그딴 식으로 노니까 경찰에서 짤린 거 아니냐고?”

“짤리지 않았습니다.”

“뭐라고?”

“경찰에서 짤리지 않고 제 발로 나왔다는 말씀입니다.”

“나보고 그걸 믿으라고?”

“상무님께서 믿고 안 믿고와 관계없이 사실이 그렇다는 말씀입니다.”

“이 친구 이거 말대꾸하는 것 좀 봐. 어이, 당신들, 지금 이 친구 하는 꼬락서니 다들 보고 있지?”

“말대꾸를 하는 게 아니라 상무님께서 물으시기에 답변 드린 겁니다.”

“뭐라고? 어이 당신, 그런데 지금 그 자세가 뭐야? 차려.”

정수는 미동도 하지 않았다.

“야, 안 들려? 차려.”

정수가 서 있는 곳 바로 옆에 앉아 있는 전산팀장이 상 밑으로 슬

머시 손을 뻗어 정수의 바지 밑단을 잡아 당겼다. 일단 참고 말을 들으라는 소리였다. 정수의 눈과 흥미진진한 표정으로 자신을 지켜보는 박 차장의 눈이 마주쳤다.

'그래, 갈 데까지 가 보자.'

마음이 편해진 정수의 입에 은근한 미소가 피어올랐다.

"야, 너 이 새끼 지금 웃냐? 차려 안 하지?"

"예, 못 하겠습니다."

정수는 아주 넉넉한 표정으로 광분하는 상무의 얼굴을 내려다보았다. 그리고선 구석 자리로 걸어가 털썩 주저앉았다.

"야, 이 새끼야. 너 어디 네 맘대로 주저앉는 거야, 엉? 일어나서 차려 안 할래?"

"욕하지 마십시오. 대 서원해상화재보험주식회사에선 상무이사가 간부사원인 차장에게 그런 욕을 해도 되는 겁니까?"

"뭐라고? 어, 이 새끼 봐라."

"욕하지 말라고 했습니다."

"놀고 있네, 하면?"

"총무부장님."

정수는 엉뚱하게도 의외의 사태에 놀라 뜨악한 표정을 짓고 있던 총무팀장을 불렀다. 그는 정수가 느닷없이 자신을 지목하자 깜짝 놀라 황급히 대답을 했다.

"나요? 나 말이에요?"

"예, 부장님. 제가 잘 몰라서 하나 여쭈겠습니다. 우리 회사 사규에 임원이 직원들 얼차려 시키고, 욕하고, 그래도 괜찮다고 나와 있나요?"

"이 양반이 갑자기 날 물고 늘어져?"

"혹시 모르시는 건 아니지요?"

그런 정수에게 일어나서 술잔을 날린 건 다른 이 아닌 박 차장이었다.

"좆 까네. 씨발 놈."

술잔은 정수의 어깨 위로 날아가 벽에 부딪혀 산산조각이 났다.

"어이, 박성광 차장. 당신 지금 상사에게 욕하고 폭행했다는 거 알아? 아부도 좋고 과잉충성도 좋지만 당신 그런 거 다 그럴 이유가 있잖아? 그런데 괜한 흠집 남으려고 이딴 짓 하면 안 되지. 이건 아니잖아. 안 그래? 그리고 말이야, 너, 그러다가 정말 돼지게 한 번 맞는다. 진짜로 돼지게 말이야."

박 차장은 정수의 차가운 말에 금방 한 풀이 꺾였는지 정수에게 더 이상 도발은 하지 않고 다시 자리에 앉으면서 혼자서 씨부렁 씨부렁댈 뿐이었다.

"야, 이 개새끼, 너 나가."

다시 상무가 정수를 향해 소리를 질렀다. 정수는 젓가락으로 삼겹살을 집어 입에 넣고 씹으면서 태연한 목소리로 대답을 했다.

"어허, 또 새끼. 욕 하시지 말라니까 그러시네."

전산팀장이 일어나 정수에게 와서 조용히 말을 했다.

"그래요, 관리팀장. 일단 먼저 나가세요."

"예, 부장님, 이거 한 잔만 먹고 나가겠습니다."

정수는 자기 앞에 놓인 소주병을 들어 맥주잔에 가득 따른 후 꿀꺽 꿀꺽 마시고선 '먼저 가겠습니다.' 하며 상무를 향해 허리를 굽히고선 방을 나섰다. 문을 닫는 정수의 귀에 '씨발 새끼, 내가 너 안 짜르면 사람이 아니다.' 하는 상무의 악담이 날아왔다.

식당을 나서는 정수의 코끝으로 차가운 겨울바람이 사정없이 들이닥쳤다. 정수는 주연에게 전화를 걸었다.

"나야, 지금 어디니?"

"예, 정리하고 조금 전에 사무실에서 나왔어요. 지금 전철 타러 걸어가는 중인데요."

"맞아, 애기 병원에 가야지?"

"예, 가 보려고요."

"그래. 그럼 내일 보지 뭐."

"팀장님, 무슨 일 있으세요? 지금 회식 중 아니에요?"

"응, 그냥 먼저 나왔어."

"왜요?"

"응, 그냥. 전화 끊자."

"팀장님, 지금 어디신데요?"

"왜? 빨리 가보라니까."

"팀장님 목소리 들으니까 소주 생각나서 그렇지요. 어딘데요?"

그날 밤 정수는 코가 완전히 비틀어졌다.

13

다음 날 아침, 자리에서 겨우 일어난 정수는 소파에 앉아 담배를 피우며 자신을 출근시키기 위해 분주히 움직이는 집사람의 모습을 찬찬히 바라보았다.

정수는 그녀가 자신이 가져다주는 적지 않은 월급에 황감해하기 이전에 늘 마음고생을 겪고 있는 남편의 모습 때문에 적지 않게 힘들어한다는 것을 잘 알고 있었다.

그녀는 그렇게 괴로워하느니 그냥 회사를 때려치우고선 다른 일을 찾아보라는 말을 하고 싶음에도 집안 형편상 차마 그런 말은 못하고 그저 남편을 위로하고 감싸는 것으로 자신의 안쓰러움을 표현할 수밖에 없다는 현실에 슬퍼했다. 정수는 그래 더욱 미안했다.

다른 집 남편은 자신보다도 훨씬 더 박봉에다 혹독한 여건에서 온갖 수모와 멸시를 당하면서도 꿋꿋하게 버팀은 물론, 집에 와선 그런 모습을 절대 보이지 않으려 하건만 유별나게도 못나고 또 못나 빠진 자신은 집에 와서도 늘 바깥일을 가지고 끙끙 앓고 있으니 남편의 그런 지질한 모습을 잠자코 지켜봐야 하는 그녀의 마음은 오죽하랴?

"뭐해요? 그 담배 좀 제발 그만 좀 피우고 빨리 먹기나 하라니까."

"웬 북엇국?"

"언제 적 것인지는 모르지만 냉동실에 있기에 끓여 봤어. 진짜 나밖에 없지?"

"그렇다고 하지, 뭘."

"괴롭고 힘들다고 만날 그렇게 퍼마셔가지고 건강을 해치면 자기만 손해 아닌가? 그럼 지는 거잖아?"

"……"

"정 힘들면 관두고. 우리 이참에 나도 사표 내고선 분식집이라도 할까? 자기 음식 잘하잖아?"

"내 더러운 성격으로 식당을 잘도 하겠다."

"자기는 주방 안에만 있어. 손님은 내가 알아서 다 접대할 테니까. 그럼 되잖아?"

"해도 나 혼자 해야지, 미쳤니? 요새 공무원을 때려치우게?"

"나도 별 전망도 없으니 그렇지."

"그 나이에 전망은 무슨 전망? 그냥 하는 거지."

"동기들은 착착 올라가는데 난 진급시험에 응시조차 못하니까 자존심 상하잖아."

"그럼 자기도 공부 해, 하면 되잖아. 꼭 어차피 떨어질 사람들이 시간 타령하더라. 할 놈은 아무리 바쁜 부서에서 근무해도 다 하거든?"

"또 그 소리. 알았어, 다 들었으면 빨리 나가보셔."

"자기야."

“왜?”

“나 정말 회사 관두면 안 될까?”

“내가 늘 말했잖아. 정 힘들면 관둬야지 별 수 있냐고. 하여튼 난 몰라, 자기가 알아서 해.”

“당장 살림은 어떻게 하고?”

“살림 걱정하는 사람이 어린애처럼 툭하면 때려치운다는 소리를 하냐? 하여튼 정말 그렇게 된다면 그땐 또 그때 수입에 맞춰 사는 거지, 뭐 어떻게 해? 다 살게 마련 아닌가?”

“나 정말 때려치운다?”

“맘대로 하셔, 난 모르니까.”

“맘대로 하라면서 모른다고 하면 그건 관두라는 거야 말라는 거야?”

“마음 닿는 대로 하라니까.”

“알았어, 정말 내 마음대로 한다? 나중에 딴 말 하기 없는 거 알지? 그럼 나 먼저 나갈 게.”

정수는 아내의 배웅을 받으며 현관문을 열고 또 싸락눈이 내리고 있는 밖으로 나왔다.

“자기야.”

자신을 부르는 소리에 정수는 뒤를 돌아보았다.

“힘!”

베란다 난간에 기댄 채 그의 아내가 주차장으로 향하는 그를 향해 주먹을 쥔 손을 들어 보였다. 정수는 왠지 눈물이 나왔다. 차에 시동을 걸고서도 그는 좀체 출발을 하지 못했다.

힘! 하고 소리치던 아내, 이제 힘든 훈련은 다 끝나고 자대 배치를 받는데 생활하기에 아주 좋다며 자기 걱정은 절대 하지 말라고 하던 큰아들놈, 고3이라는 게 무슨 벼슬이라도 된 양 말을 붙이면 늘 찬바람만 쌩쌩 이는 딸년에다, 별 소질도 없어 보이는 야구에 목숨을 걸다시피 매달려 있는 중학생인 작은아들놈, 형네 집에 있어 일 년에 고작 서너 번 얼굴을 볼 때마다 제발 그놈의 담배 좀 끊으라며 종주먹을 대곤 하는 엄마의 처참하게 주름진 얼굴까지 계속 그의 눈에 아른거렸다.

정수는 질 때 지더라도 자신이 먼저 사표를 던짐으로써 몇몇 인간에게 승리감을 안겨 줄 필요가 전혀 없다는 결론을 또 다시 내렸다.

그는 만약에 그의 아내가 자신의 마음은 진혀 헤아려주지 못하고 그저 보통의 가정주부들이 그렇듯 사표는 절대 안 된다며 앙앙댔다면 벌써 회사를 관두었을 것이라는 것을 잘 알고 있었다.

하지만 어떻게든 자신을 보듬어 주려는 그녀를 두고서는 절대 그래서는 안 된다는 생각을 하지 않을 수 없었다. 어쩜 그의 아내는 아주 고단수인지도 몰랐다.

어쨌든 정수는 또 부딪히기 위해 회사를 향해 가속페달을 힘주어 밟았다. 그저께의 업무추진비에 이어 어제 저녁, 회식 자리에서 또 그런 사단이 있었으니 아마도 엄청 피곤한 하루가 될 터였다.

‘해보지 뭘.’

<h1 style="text-align:center">14</h1>

세상일은 늘 예상을 뛰어넘는 반전이 있어 지루하지도 않고 또한 살짝 재미도 있는 법인가 보다. 사표까지 염두에 두고선 상무와의 일전을 각오하고 들어선 사무실에서 커피를 가져다 준 남 주임으로부터 뜻밖의 이야기를 듣게 된 것이었다.

“팀장님, 회사 분위기 뭔가 좀 어수선하지 않아요?”

“뭐가? 난 모르겠는데. 나야 출근하자마자 바로 우리 사무실로 온 거잖아. 친한 사람도 별로 없고.”

사실 정수는 그녀가 자신의 이야기를 하는 것으로 생각했다. 그도 그럴 것이 고참 부장, 차장들도 속절없이 모욕을 당하는 자리에서 인사권을 쥐고 있는 것과 진배없는 막강한 자리인 상무에게 감히 대들었으니 분명 그 이야기로 회사가 좀 어수선할 수도 있겠다는 생각을 한 것이었다.

비록 그다지 강성도 아니고 활동이 두드러진 노조도 아니기는 하나 그래도 노조원인 차장이 공개적인 회식석상에서 임원에게 상소리와 얼차려 모욕을 당한 것이나 또는 정수와 같이 직접 분쟁이 있었던 것 모두 새로 부임하자마자 전횡을 일삼는 상무를 어떻게든 제어를 함으로써 힘을 과시하고 싶은 노조 측에게 좋은 먹이가 될 수도 있을 것이기도 했다.

물론 오후의 일이기는 하지만 노조의 긴급 총회가 열리기는 했다.

어쨌든 남 주임이 전하는 소리는 제법 충격적인 내용이었다.

"팀장님, 어제 회식에서 일찍 가셨다면서요?"

"응, 왜?"

"그럼 당연히 모르시겠네요?"

"뭔데 그래? 왜, 회식자리에서 무슨 일 있었대?"

"회식자리는 아니고요. 아마 상무님이랑 몇 명이서 호프집을 들렀다가 노래방까지, 그러니까 3차까지 갔었대요."

"그거야 정석이잖아."

"그런데 말이에요, 노래방에서 상무님이 글쎄 연수 언니, 알지요? 저랑 성이 같은 홍보부의 남연수 과장 말이에요. 아, 맞아. 팀장님 그 언니랑 친하잖아요, 그렇죠? 글쎄 그 언니를 성추행했다 하잖아요."

정수가 이 회사로 자리를 옮겼을 때 대리였던 남연수는 다른 부서에 근무하면서도 일부러 찾아오기도 하면서 지금의 남 주임처럼 유독 정수에게 아주 친절하고 따뜻하게 대해 주었다. 모든 것이 낯설고 서

툰 정수에게는 그야말로 커다란 도움이 되었고 마음의 위안을 준 고마운 친구였는데 그녀의 아버지가 시골에서 파출소장으로 정년퇴직을 한 사람이라는 걸 알게 된 건 한참 후의 일이었다.

그래 정수는 늘 고마운 마음으로 또 이상한 유대감으로 비교적 그녀와 친하게 지나왔던 터였다.

"그게 뭔 소리야? 어제는 간부 회식이었는데 남 과장이 기기에 왜 있었대? 그리고 성추행은 또 뭐야?"

"상무님 일행이 노래방으로 가다가 늦게 퇴근을 하던 연수 언니랑 우연히 마주쳤나 봐요. 그런데 거기에 있던 홍보팀장님이랑 다른 분들이 연수 언니한테 자꾸만 같이 들어가자고 해서 마지못해 이끌려 들어갔던 모양이에요. 글쎄 그 안에서 상무님이 언니 가슴을 만졌다지 뭐예요, 그것도 마구 말이에요. 항의를 하는 언니에게 박 차장님이 막 욕을 했다나, 어쨌다나. 아주 쌍욕을 말이에요. 하여튼 언니 지금 총무부장이랑 있거든요. 고소를 한다고 그러더라고요."

"그래? 원래 술 취하면 개라고 하잖아."

"아니. 그럼 지금 팀장님은 그럴 수도 있다 이거예요? 결혼까지 한 언니를? 하여튼 남자들은 다 똑같다니까."

"인마, 언제 내가 그럴 수도 있다고 했니? 남자들은 다 똑같으면? 그럼 남 주임 너네 아버지도 그러시고 남자 친구도 그렇다는 거야?"

"……."

진희의 표정이 뭔가 애매하게 변했다.

"왜? 내가 말 잘못했어?"

"그게 아니라요. 팀장님이 상무님을 두둔하는 것 같으니까 화가 나잖아요."

"내 말은 있어서는 안 될 일이 벌어지긴 했지만 한편으로 생각해보면 일어날 수 있는 일이라는 소리야. 사람이 술이 너무 취하면 지금

자신이 뭘 하는지도 모르는 경우가 다반사거든. 그런 면에선 솔직히 나도 이해가 되기도 해. 아니다. 내가 남 주임 데리고 이딴 소리를 뭣하려 하니, 내 앞가림도 못하는 내 주제에. 관두자, 관둬."

"언니가 정말 고소한다고 하면 경찰에다 하라고 해야 되는 거예요?"

"내가 성추행 고소 전문가도 아니고. 그나저나 남 과장 그 친구 무척 속이 상했겠네."

"언니는 그 자리에 같이 있던 사람들이 더 얄밉다고 하는 것 같더라고요. 특히 박 차장님 같은 사람 말이에요."

남 주임은 행여 박 차장이 자신의 말을 듣기라도 할까 싶은지 사무실을 둘러보았다.

"그나저나 박 차장은 아직 안 보이네."

"지금 상무님 방에 계신 모양이에요."

"상무님도 나오셨대?"

"그런가 봐요."

"무지 불안해하겠구먼. 하여튼 신기하다니까."

"뭐가요?"

"그런 인간들은 결국에 가서는 꼭 자기 발등을 찍더라니까."

"당연히 가만히 있으면 안 되겠지요?"

"노조도 알겠네?"

"예, 지금 간부들 회의 중일 거예요."

"그래, 알았어. 이야기 해 줘서 고마워."

"팀장님은 정말 아무렇지도 않은 모양이에요?"

"나? 글쎄."

"칫."

그때 노조 사무실에서 정수에게 좀 와 달라는 전화가 걸려 왔다. 차장까지는 의무적으로 가입하게 되어있는 노조인지라 정수도 노조원이기는 했지만 그는 그 신분이 아직까지도 왠지 자신에게는 맞지 않는 옷 같다는 생각을 가지고 있었다. 경찰관으로 재직 중에 극렬노조와 대립을 하고 해산 작전을 펼치고 하던 기억에서 여태 완전히 벗어나지 못하고 있어 그런 것일 터였다.

그래 정수는 아주 가끔 있는 일이기는 하나 그래도 일종의 투쟁이자 의사 표시로 검은 색 노소 조끼를 다 같이 입는다든지, 리본을 달고 근무한다든지 하는 일이 영 어색해 외근 근무를 핑계로 거의 동참을 하지 않은 편이었다.

노조원들도 그런 정수를 별로 개의치 않았다. 물론 노조의 혜택은 다 받으면서 싸움에는 동참치 않는다는 비난도 있기는 하다는 것 또한 정수는 알고 있었다. 맞는 비난이니 그러려니 하면 그뿐이었다.

아주 오랜만에 들어와 보는 것이어서 정수는 이런저런 구호로 벽을 가득 메운 사무실 안의 풍경이 영 낯설었다.

"어? 심 차장님이시네. 어서 오세요."

"안녕하세요? 위원장님. 자주 못 와 미안합니다."

"위원장님은 무슨? 그냥 편하게 부르세요."

하지만 정수도 자기보다 나이도 훨씬 젊고 회사 내 직급도 아래라고는 해도 전임직인 노조위원장을 위원장 아닌 다른 호칭으로 부르는 것은 금기라는 것 정도는 알고 있었다. 민주를 부르짖는 조직, 예를 들어 운동권 대학생들의 조직 같은 곳일수록 굉장히 경직되어 있어 상하 간 구분이 철저하고 호칭과 같은 문제에도 아주 엄격하다는 건 참 이상한 일이기도 하고 일종의 모순이기도 하지만 어쨌든 굳이 정수가 그런 예민한 문제에 소홀할 필요는 없는 것이었다.

"차 한 잔 하세요. 뭐 드릴까요? 차장님이 잘 안 오셔서 그렇지, 여긴 차도 없는 게 없고 다른 오락거리도 제법 있어요. 그러니 자주 좀 놀러 오세요."

이번에 피해를 당했다는 남 과장과 같은 홍보부에 근무하는 것으로
알고 있는 여직원이 아주 상냥하게 정수에게 말을 건넸다. 사무실이
서로 멀지 않은지라 안면은 제법 있지만 정수는 그녀의 이름이나 나
아가 노조 내 직책 같은 것은 알지 못했다.

"차장님, 저 모르시지요?"

"모르긴요. 홍보부에 근무하시잖아요?"

"홍보팀이 맞기는 한데 제 이름도 아세요?"

"미안합니다. 잘 기억이 안 나네요."

"차장님, 그러니까 우리 사무실에 자주 놀러 오시라는 겁니다. 우리
회사에서 제일 미인인 김윤빈 대리를 잘 모른다는 게 말씀이 됩니까?
게다가 우리 운영부장이에요."

"아, 운영부장님, 하여튼 이래저래 미안합니다."

"그럼 여기 심 차장님께서 우리 직책들 잘 모르시는 것 같으니 말
나온 김에 모두들 자기소개들 좀 하세요."

"쟁의부장을 맡고 있는 기획팀 문성현 대리입니다."

"대외협력팀 총무부 이기성 대리입니다."

"여성부장 이지영 과장입니다."

"부회장 상품개발팀의 심동섭 대리입니다. 저도 전임자입니다."

앉아있던 이들이 정수를 향해 차례로 자기소개를 하고 정수도 일일
이 악수도 나누고 했지만 그는 솔직히 그들의 노조 내 직책이나 이름
이 머릿속에 잘 입력이 되지 않아 괜스레 미안해졌다.

"차장님, 저희가 오늘 뵙자고 해서 부담 갖지는 마시고 차 마시면서
편하게 계시면 됩니다. 의논 좀 드리려고요."

"예, 말씀하세요."

"오늘 혹시 홍보팀의 남연수 과장 이야기 들으셨습니까?"

"예, 정확한 내용인지는 모르지만 대충 듣기는 했지요."

"누구한테 들으셨는지 모르지만 아마 거의 정확할 겁니다. 남연수 과장이 그렇게 가볍게 처신할만한 직원도 아니고. 그래서 말인데요, 저희들은 남 과장 개인문제를 떠나 이건 노조 차원에서 뭔가 대응조치가 있어야 하지 않나 이렇게 생각하거든요."

"회사 내에 그런 문제에 대해 잘 알고 있는 분들이 많을 텐데 뭐 굳이 나한테까지 의견을 물을 필요가 있나요?"

"그게 아닙니다. 차장님은 노조원이기는 하지만 일단 유일하게 부서장을 맡고 계시고, 그러니까 뭐냐 하면 저희와 부서장, 임원의 통로역할도 가능할 것이고, 또 저희들이야 법학을 전공한 직원도 있기는 하지만 어디까지나 이론에만 강한 거지 실무적으로는 아무래도 차장님 의견을 들어보는 게 낫다고 생각하거든요."

"실무 말씀을 하는 것으로 보아 남 과장이 고소를 하겠다는 게 사실인 모양이네요?"

"아직까지는 그런 뜻을 가지고 있는 것으로 들었습니다. 차장님 생각은 어떠세요?"

"고소하는 거 말인가요?"

"예."

"그거야 뭐 아무래도 당사자 뜻이 제일 중요하겠지요."

"아니, 그게 아니라 차장님은 남 과장이 어떻게 하는 게 가장 좋겠다고 생각하시느냐 이겁니다."

"글쎄요, 여기서 제가 제 판단을 말씀드리면 왜 그렇게 판단하는지도 밝혀야 할 텐데, 으음, 괜찮으시다면 전 여기서는 제 생각을 말씀 안 드리는 게 낫지 싶습니다. 여기서 개인의 문제를 그것도 좀 민감한 내용을 너무 공개적으로 한다는 것은 나중을 생각해도 그렇고, 무엇보다도 저와 상무님 관계가 별로 매끄럽지 못하다는 걸 전 사원이 다 알고 있는 마당이라 괜한 오해의 소지도 있을 수 있을 것 같거든요."

"아, 그렇지 않아도 어제 간부회식 때 이야기도 들었거든요. 나중에 그 문제도 한번 짚어봤으면 하는데요."

"물론 저도 관계가 된 것으로 파악하고 계신지 모르지만 어쨌든 간에 그건 노조 측에서 알아서 하실 문제인 것 같고……."

"그럼 남 과장이랑 말씀 좀 나눠보시겠어요?"

"글쎄요, 그 친구가 어떨지 모르겠네요."

"그럼 저희가 한번 연락해볼게요. 그런 다음 남 과장이 차장님을 뵙겠다고 하면 저희가 다시 연락을 드리도록 하겠습니다. 괜찮겠지요?"

15

남연수 과장이 노조 사무실에서 정수를 기다리고 있다는 전갈이 왔다. 혼자 소파에 앉아있던 그녀는 안으로 들어서는 정수를 보자 울음을 터트리는 바람에 정수는 영 당혹스러워졌다. 그가 알고 있는 한 평소의 그녀는 이런 일로 눈물을 보일만큼 유약한 여자가 절대 아니었다.

"울긴 왜 울어요? 바보 아니야?"

"글쎄 말이에요. 그런데 생각할수록 자꾸 분해지거든요."

"뭐가? 상무가 남 과장에게 더러운 짓을 해서?"

"그것도 그것이지만 옆에 있던 인간들이 더 치가 떨려서 말이에요."

"신입사원도 아니고 과장이면 다 겪어본 사람들일 텐데 새삼스레 뭘. 다 술들이 취해서 그런 거지."

"그래도 그렇지, 어떻게 저한테 도리어 욕을 다하느냐 말이에요."

"박 차장이 연수 씨한테 욕까지 했다는 게 정말인가 보네."

"때리는 시어머니랑 말리는 시누이 이야기가 왜 생겼는지 이해가 딱 되더라니까요."

"내 생각엔 일단 연수 씨가 마음을 추스르는 게 제일 중요한 것 같아. 안 그러면 괜히 속만 계속 쓰리잖아. 일단 그런 상태에서 담담한 마음으로 일을 해결하는 게 낫지 않겠어?"

"예."

"그래, 어떻게 할 건데? 회사 내엔 고소를 한다는 소리기 파다하던데."

"제가 회사를 안 다니면 안 다녔지, 그냥 넘어갈 수는 없잖아요."

"남 과장 가만히 보니까 정말 바보구나. 회사 안 다닌다는 소리는 왜 해? 그 말, 그거 원래 내 것이니까 나한테 로열티 내지 않고선 그딴 말은 하지 마. 안 다녀봤자 연수 씨만 손해인 거 몰라? 그럴수록 보란 듯이 더 다녀야지."

"말이 그렇다는 소리지요."

"그래, 그럼 고소하는 것으로 마음 정한 거야?"

"예, 그래도 팀장님 의견 한 번 들어보고 싶어요."

"내가 솔직히 이야기해도 섭섭해하지 않는다면 내 의견을 이야기할게."

"말씀해보세요."

"솔직히 난 고소하는 건 반대야."

"왜요?"

"자, 봐. 어저께 그 자리에 있던 사람들은 말이야. 상무랑 3차까지 갔다는 것 자체가 그야말로 심복이거나 어떻게든 상무에게 잘 보이려고 노력하는 사람들이라는 소리잖아. 그렇지?"

"그러네요."

"수사를 한다면 분명 상무는 부인할 것이고, 그럼 현장에 같이 있던 자들의 증언이 제일 중요하게 되는데 만일 그들이 이구동성으로 절대 그런 일이 없었다고 하면 어쩔 거야? 난 충분히 그럴 수 있는 상황이라 보거든."

"……."

"만일 그렇게 되면 싸움 자체가 이전투구로 변질될 것이고 결국 상무가 증거 불충분으로 무혐의로 끝나거나 설령 남 과장이 악착같이 투쟁을 하여 혐의를 밝혀낸다 해도 그땐 이미 그곳에 있던 부장이나 차장들은 연수 씨랑 완전히 원수가 된 다음이란 말이야. 상무는 물론이고, 안 그럴까?"

"원수가 되면 어때요? 이깟 회사 안 다니면 그만이지."

"또 그 바보 소리. 하여튼 내 말이 일단 맞는 것 같지?"

"예."

"그러니까 고소를 하면 자칫 연수 씨만 멀쩡한 회사 임원을 파렴치범으로 몰려고 한 인간이 되거나 아님 이겨도 회사 상사들을 원수로 만들게 돼. 결국엔 연수 씨가 진 것이나 다름없는 결과가 나올 수 있다 이거지."

"그럼 그냥 넘어가란 말씀이에요?"

"그건 아니고, 내 생각엔 상무랑 박 차장으로 하여금 공개사과를 하게끔 하고 만일 그렇게 된다면 연수 씨도 다 잊어버리고 그냥 다시 열심히 근무하는 게 낫지 않을까 싶어."

"그럼 그 인간들에겐 아무 불이익도 없잖아요?"

"없기는? 회사의 임원이 직원들에게 공개사과를 하는 게 어째서 아무 타격을 안 입힌다는 거야?"

"그래도 그건 너무 소심한 것 같아요."

"난 분명히 연수 씨 마음이 닿는 대로 하라고 했어. 단지 내 의견은 어떠냐고 해서 말했을 뿐이고. 그러니 판단은 연수 씨가 해."

"노조는 어떻게 할지 모르겠네요."

"중요한 건 연수 씨 의중이지 뭐. 다시 말하지만 좋은 게 좋은 거라 대강 넘어가라는 게 아니고 그들에게 망신과 타격을 주면서도 연수 씨도 괜한 불이익을 당하지 않는 방법을 생각해 보라는 거야."

"그럼 어떤 식으로 사과 요구를 할까요? 노조에게 부탁할까요?"

"내 생각엔 노조가 움직이게 되면 공식적인 문제가 되어버려 일을 더 키울 수도 있다고 봐. 만일 이게 신문이라도 나면 상무야 물론 짤리기는 하겠지만 회사 입장에선 남 과장을 도리어 원망하게 될 수도 있거든. 생각해 봐. 회사는 공신력이 당연 떨어질 테고 그렇다면 경영진은 상무도 밉지만 연수 씨도 미워하게 되지 않겠어? 아마 연수 씨를 고사시키려 할 거야. 그래 난 노조가 움직이는 건 별로라고 생각해."

"……."

"연수 씨, 나는 말이야, 알다시피 경찰관 출신이라 그런지 아직도 노조가 영 익숙하질 않아. 때문에 욕도 먹지만 그래도 노조를 좀 객관화해서 봐라볼 수 있는 장점도 있다고 생각해. 자, 보자고. 이번에 노조가 움직이면 그건 물론 연수 씨를 위하는 일로 시작되겠지만 결국 남는 것은 연수 씨의 입장이 아닌 노조라는 조직의 입장일 뿐 아니겠어? 그럼 어떻게 될까? 결국 연수 씨의 의중과는 전혀 상관없이 이 상황이 흘러갈 개연성이 아주 높아지는 거지. 그렇게 되면 연수 씨는 불쏘시개 이상도 이하도 아닌 존재가 돼 버리고. 더더군다나 우리 노조의 상급노조가 어디인지 생각해 봐. 강성인 금융이잖아."

"……."

"연수 씨, 아버님이 우리 선배이시니까 내가 부끄럽기는 해도 아주 솔직히 이야기할게. 나는 말이야, 나이 오십이 된 지금 와 생각해보니 여태 남들의 지혜로운 처신, 사려 깊은 행동을 두고 비굴한 처세라고 생각했던 게 무지 많았다는 걸 알았어. 혼자 정의롭고, 혼자 소신 있고 나만 똑똑한 척 잔뜩 폼만 잡았던 거지. 그런데 결국 이 모양 이 꼴이 되고 나니 그게 아니었구나 하는 걸 알겠더라고. 물론 아직도 여전히 실천까지는 못하지만 말이야. 어쨌든 간에 너무 빨리 판단하고

너무 빨리 행동하지는 않았으면 좋겠어."

"……."

"바보 같은 소리인데, 남편께서 이 일을 알아?"

"말 안 했어요."

"잘했어. 별 것도 아니지만 이런 일은 알고 나면 정말 괴로워지는 거거든. 남자들이 원래 좀 그래."

"그래도 창피해서 어떻게 낯을 들고 회사를 다녀요?"

"정말 그렇게 생각해? 그럼 영 실망인데. 아니 그깟 일이 왜 창피한 일인데? 피해자가 창피해? 부끄러워? 연수 씨가 그런 일을 유도한 거야? 속말로 연수 씨가 몸을 마구 놀린 거야? 창피한 건 그 인간들이지, 왜 연수 씨가 창피하다고 하는지 난 도저히 모르겠어. 절대 그런 생각 마. 그런 생각이야말로 창피한 거야. 난 정말 그렇게 생각해."

"……."

"아, 그나저나 말이야, 내가 자꾸 별 것도 아닌 일처럼 표현을 해서 미안해. 남 과장 정도라면 내 속마음은 알 거라고 한 건데 너무 내 마음 같지 않다고 속상해하지 않았으면 좋겠어."

"알고 있어요. 고맙습니다, 팀장님."

"팀장한테 이야기해서 한 이틀 정도 연가나 내지. 주말도 끼고 하니 며칠 쉬면서 차분히 생각해 보는 것도 안 나쁠 것 같은데. 그동안 상무랑 박 차장 속도 좀 타게 만들고 말이야."

"그럴까요?"

"그러는 게 괜찮을 것 같은데?"

"……."

"그리고 보니 오늘 내가 겁도 없이 연수 씨, 연수 씨 하면서 건방을 떨었네. 이해하지?"

"그럼요."

"그럼 나 먼저 나갈게. 힘!"

<h1 style="text-align:center">16</h1>

점심을 먹고 오니 남연수가 노소 측에 자신의 문제에 대해선 좀 기다려 달라는 부탁을 하고선 이틀 동안 휴가를 갔다는 소식이 들려 왔다. 회사 내엔 그녀가 상무와 박 차장을 고소하는 것으로 마음을 굳혔다더라 하는 식의 소문도 함께 돌아다니고 있었다.

박 차장은 그때쯤에서야 나타났다. 그는 완전히 풀이 꺾여 있었다.

"어제 일 정말 죄송합니다. 회식자리에 들어가자마자 파도를 타는 바람에 제가 좀 취했었나 봅니다."

"내가 보기엔 전혀 안 취해 보이던데."

"아닙니다. 제가 원래 겉보기엔 멀쩡해 보여도 벌써 필름이 끊어져 있을 때가 많거든요."

"어쨌든 간에 난 원래 술자리 일은 잘 기억 안 해요. 못 하기도 하고. 박 차장도 나랑 술 마신 게 꽤 여러 번이니까 알잖아요?"

"어쨌든 죄송합니다."

"알았으니 잊어버립시다. 난 개의치 않는다니까. 내가 뭐 마음이 넓거나 그래서 그런 건 절대 아니고 술 마시면 나도 늘 실수하니까 다른 사람의 행동도 무조건 이해를 하거든요. 그래야 내 실수도 뭐 그럴 수도 있는 거구나 하는 식으로 합리화시킬 수 있으니까 말이에요."

"그건 그렇고 오전에 남 과장을 만나셨다는 소리 들었거든요."

"그래요? 예, 만나서 이야기 좀 했어요."

"저, 남 과장이 어떻게 한다고 하던가요?"

"글쎄요, 생각이 많아 보이더라고요."

"아무래도 이번 일은 팀장님이 좀 나서주셨으면 좋겠습니다. 상무님 생각도 그러시고요. 부탁드릴게요."

"상무님도 그렇고 박 차장도 그렇고 속으로는 내가 나서는 게 별로 마음에 들지 않을 텐데요? 우리 별로 좋은 사이 아니잖아요."

"……."

"뜬금없이 내가 나선다는 것도 이상하기도 하고요."

"남 과장 아버지가 전직 경찰관이라서 팀장님이랑 친하다는 거 저희들도 다 압니다."

"거기서도 경찰이 나오네."

"그동안 팀장님이 상당히 기분 나빠했을 것이라는 것, 저 잘 압니다. 이런 말씀 드리기 낯 뜨겁지만 저도 살아남기 위해 그런 것으로 이해를 해주셨으면 합니다."

"알아요. 나도 옛날에 저를 각별히 생각해주는 상사를 위해서는 행동대장 역을 많이 맡아봤어요. 그게 또 의리 아닙니까?"

"하여튼 부탁드립니다. 아마 상무님께서도 팀장님 곧 부르실 겁니다."

"갑자기 몸값이 올라가니 되게 어색해지네."

하지만 상무가 부른 건 정수가 아닌 강윤석 과장이었다.

"팀장님, 상무님이 왜 저를 찾지요?"

"가 봐. 어제 일로 그렇겠지 뭘."

"전 내용을 잘 알지도 못하는데요."

"내용이랄 게 뭐 있겠어? 남자들 술자리에서 있어서는 안 되겠지만 있을 수도 있는 일이 일어난 거지."

그는 한 이십여 분 뒤에 돌아왔다.

"뭐래?"

묻기는 했으나 상무가 강 과장에게 했을 이야기는 별로 궁금하지도 않았다. 아니 뻔히 짐작이 갔다. 경찰대학 운운하면서 '이번에 도움이

된다면 미래를 보장해 주겠다.' 딱 그런 류의 말을 했으리라는 짐작이
갔고 왠지 곤혹해 하는 강 과장의 표정에서 정수는 자신의 짐작이 절
대 틀리지 않으리라 확신을 했다.

"이것저것 물어 보시던데요."

"뭘?"

"뭐 고소 이야기 이런 것들이요."

"그래? 그 양반 똥줄이 타긴 탄 모양이네."

"좀 초조해하시는 것 같더라고요. 그나저나 팀장님 오시라던데요."

"나? 지금?"

"예."

상무는 이번에도 차와 담배를 권했다. 쓸데없는 책을 잡히는 바람에
채 24시간도 안 된 바로 어제 저녁 '맹세코 짤라 버리겠다.'고 공언을
한 부하 직원에게 맞담배질을 권할 때 얼마나 속이 쓰릴까?

정수는 언제든 필요한 쪽을 향해 순간적으로 손바닥을 뒤집는 기술
을 지닌 그가 밉다기보다는 차라리 애처로워 보였다. 수없이 많은 경
쟁자들을 제치고 신입사원부터 임원까지 올라오려면 얼마나 힘이 들
었을까?

공무원처럼 승진시험이 있는 것도 아니고 오로지 실적과 인간관계
가 모든 평가의 기준이 되는 민간 회사에서 임원이 된다는 것은 말 그
대로 하늘의 별따기라는 걸 정수도 모르지 않았다. 경찰 조직이라면
순경 출신이 경무관을 거쳐 치안감까지 된 격이니 그는 분명 존경받
을 구석이 있을 것이고, 또한 어느 정도 존경받아 마땅한 것이다.

"어제 내가 좀 취했지?"

"아닙니다. 어제 저녁엔 죄송했습니다."

"우리 회사 회식문화도 이젠 좀 바꿔야지 말이야, 이건 앉아마자 사
람 수대로 일제히 퍼 마시니 견딜 수가 있나 말이야. 그래도 옛날엔

끄떡없었는데 이제 나이가 있어서 그런지 완전 죽겠다니까.”

“저도 늘 대단들 하다고 생각해 왔습니다.”

“경찰은 그렇게 마시지 않지?”

“이젠 폭탄주니 파도타기니 그런 게 많이 없어진 걸로 알고 있습니다. 제가 초임 땐 우리 회사랑 좀 비슷했던 거 같습니다.”

“그런데 말이야, 강 과장인가 하는 그 친구 경찰대학 출신이라고 해서 좀 똑똑할지 알았는데 완전 허당이더라고.”

“……”

“내가 간단한 거 물어 봤는데도 자신은 경험이 없어 잘 모르겠다, 이러니 그게 말이 돼? 하여튼 그건 그렇고. 심 팀장, 어제 일 들었지?”

“예, 들었습니다.”

“씨발, 완전히 똥 밟았지 뭐야.”

‘인간아, 똥 밟은 건 남 과장 그 친구야.’

정수는 그의 천박한 말에 조금 열리려던 마음이 다시 닫히는 걸 느꼈다.

“아냐. 똥 밟은 건 아니고, 결국 내 잘못이지 뭐.”

“뭐 다 술 때문이지요.”

“그렇지? 내가 그렇게 안 취했으면 설마 그런 멍청한 짓을 하겠냐고. 정 그러고 싶으면 길 하나 건너 소공동으로 가지, 안 그래?”

말하는 본새가 마뜩치는 않았으나 맞는 말이기는 했다.

“예. 그러니까 실수인 거지요.”

“맞아, 실수, 실수잖아? 그런데 그걸 가지고 고소 어쩌고저쩌고 한다는 게 말이 되냐고?”

“……”

“아까 남 과장이랑 만났다며?”

“예.”

“남 과장이랑 친하다고 했지? 걔 아버지도 경찰 출신이라고 말이야.”

“친하다는 건 좀 그렇고 늘 제게 잘 대해줘서 고맙게 생각하고 있던 직원입니다.”

“만났더니 뭐래?”

“아직 좀 혼란스러워 하는 것 같았습니다.”

“당신 설마 혹시 고소하라고 부추기건 아니지?”

“상무님.”

“어, 미안, 미안. 그래도 혹시나 싶어서……”

“상무님, 솔직히 말씀드려서 상무님께서 잘못하신 건 맞긴 하지만, 저도 남자이고, 저도 술 좋아하고, 저도 상무님이 마음만 먹는다면 얼마든지 어리고 예쁜 아이들 불러서 놀 수 있는 능력 있다는 거 다 압니다.”

“맞아, 그래서 내가 심 팀장을 보자고 한 거잖아.”

“……”

“그럼 심 팀장이 보기에 남 과장이 어떻게 할 것 같아? 정말 고소를 할까?”

“노조도 그렇고 또 여직원들도 그렇고 고소를 하라는 식으로 이야기를 한 것 같습니다. 그래 그쪽으로 마음이 기울어져 보였습니다.”

“도움이 안 되는 것들. 씨발, 우리 회사도 노조를 확 없애 버려야 하는데 말이야. 삼성 봐, 삼성. 걔들이 왜 만날 1위냐고. 노조가 없잖아. 그러니까 일사불란하게 앞으로 나갈 수 있는 거 아니냐고. 아니 그럼, 실적 올라서 좋고, 실적 오르면 지들 봉급 많이 받아서 좋고. 안 그래? 하여튼 돌대가리들이라니까.”

“……”

“고소를 하면 어떻게 될까? 경찰에 나가서 조사 받고 그래야 하는 거잖아, 나 참.”

“……”

"까놓고 말해서 말이야, 증거도 없는 거잖아? 거기 있던 놈들이 내가 그랬다고 할 리도 없고. 씨발, 그냥 고소를 하든지 말든지 맘대로 하라고 할까? 심 팀장, 내 말이 틀려? 맞잖아?"

"증거가 있건 없건 그건 나중 문제고 일단 고소가 되면 상무님이나 거기에 있던 직원들 다 불려가서 조사를 받음은 물론 기자들까지 다 알게 될 겁니다. 문제가 커지는 것이지요."

"뭐? 기자? 으음, 정말 신문에 날까?"

"우리 회사가 그래도 대기업이니까 기자들 입장에선 충분히 먹잇감이 될 수 있을 것 같습니다."

"맞아, 그 생각을 못했네. 그럼 씨팔, 어떻게 해야 하는 거지? 미치겠구만."

기자, 신문, 이런 소리를 듣자 상무는 거의 패닉 상태가 되는 것 같았다.

"이봐요, 심 팀장. 이럴 땐 어떻게 해야 되는 거야? 응? 당신은 경험이 많을 테니까 알 거 아니야? 아까 강 과장인가 뭔가 하는 인간도 당신이 경험이 많으니까 당신이랑 상의해 보라고 하더라고."

'이봐요' 라고 했다가, 심 팀장이라고 했다고, 당신이라고 했다가, 정수는 그가 정말로 불안해하고 있다는 걸 다시 한 번 느꼈다.

"고소가 되면 그건 또 그때 가서 대처하면 될 것이고 제 생각엔 이 시점에선 우선 남 과장을 설득하는 게 제일 중요할 것 같습니다."

"설득? 설득이 될까? 뭐라고 설득하지? 차장 진급시켜 준다고 할까? 그런데 설득은 또 누가 하지?"

"제 생각엔, 죄송합니다."

"뭐가?"

"생각을 해서."

"어이, 심 팀장. 사람 치사하게 왜 그래? 내가 미안하다고 했잖아. 정말 그렇게 나올래?”

“죄송합니다. 상무님께서 너무 초조해하시는 것 같아 농담한 겁니다.”

“이봐, 당신 같으면 지금 초조하지 않겠냐고. 그래, 내가 또 미안하니까 당신 의견 좀 말해 봐.”

“남 과장이 믿을만한 분이 그 친구를 만나 생각도 들어 보고 또 여지가 보인다면 설득을 하는 게 좋을 것 같습니다.”

“그럴까? 그런데 누구를 보내지?”

“아무래도 상무님께서도 믿을 수 있고 그 친구도 신뢰를 해야 할 터이고 거기다가 또 무게감도 좀 있어야 하지 않을까요?”

“그러니까 누구?”

“이사님이나 총무팀장 같은 분 말입니다.”

“이사? 안 돼, 그 친구는. 그 친구는 말만 이사지, 홍보 관리만 하고 우리 쪽이랑은 완전 남이나 다름없잖아. 괜히 이 일을 알려 줄 필요가 뭐 있겠어?”

“그래도 직제상으로는 우리 파트 이사님이시잖습니까? 어차피 모르실 리도 없고요.”

“그거야 직제상으로만 그렇고 사장님 지시로 일은 대외 홍보 쪽 일만 하잖아?”

“……”

“그래, 총무부장이 낫겠네. 알았어, 내가 그렇게 할게. 그리고 심 팀장도 이 일이 마무리 될 때까지는 멀리 나가지 말고 회사 내에서 내근 좀 하고 있어. 내가 부르면 금방 올 수 있게 말이야. 알았지?”

“예, 그렇게 하겠습니다.”

“어제 우리 일은 없었던 거다. 알지?”

“예.”

사무실로 돌아 온 정수는 이런저런 잡무를 처리하는 데 빠져 그 일을 잊고 지냈다. 뭐가 그리도 바쁜지 박 차장만 연신 사무실을 들락거리고 있었을 뿐이다.

17

다음 날 오전, 남 과장한테 전화가 걸려 왔다.

"어, 남 과장. 나예요."

"예, 팀장님. 전데요, 죄송하지만 팀장님 잠깐 밖에 좀 나오실 수 있는지 해서요."

"지금?"

"예, 저 지금 회사 앞이거든요."

"어딘데? 내가 나갈게."

정수는 하루 새 눈에 띄게 수척해진 그녀의 얼굴을 보자니 가엽기도 하고 새삼스레 상무나 박 차장, 두 인간의 얼굴이 떠올라 씁쓰레해졌다.

"얼굴이 상했네. 속 끓이지 말라니까."

"그게 이상하더라고요. 마음을 편하게 먹자고 할수록 점점 더 화만 나고."

"오죽하겠어. 그런데 오늘은 왜?"

"바쁘시죠? 죄송해요."

"바쁘긴, 연수 씨가 우리 부서 일 뻔히 알잖아?"

"다름이 아니라요, 어저께 저녁에 총무부장을 만났었거든요. 그 일 때문에 상의 좀 드리려고요."

"총무팀장이 뭐래?"

"뻔한 소리지요, 뭘. 고소하지 마라, 잊고 잘 지내자, 혹 원하는 건 있냐, 뭐 이런 것들이요."

"그래 뭐라고 했는데?"

"제 생각, 속 시원히 다 말씀드렸어요."

"……"

"제가 뭐라고 했느냐 하면요, 두 사람이 전 사원이 모인 데서 무릎 꿇고 공개사과를 해라. 그러면 고소를 안 하겠다. 만일 그렇지 않으면 제가 회사에서 나갈 각오를 하고선 고소도 하고, 노동부, 여성단체, 언론 이런 데다 다 알리겠다, 이랬어요."

"무릎을 꿇으라고 했다고?"

"예."

"그럼 마음이 풀어질 것 같아서?"

"예, 분도 풀리고 제가 아무 잘못도 없는 피해자라는 게 다 입증이 되잖아요?"

"뭐 그렇기는 하겠지만. 하지만 말이야, 솔직히 내 생각은 좀 달라."

"어떻게 다른데요?"

"사과를 받아내기는 해야겠지. 하지만 그 사람들이 그래도 명색이 임원이고 또 차장인데 사원 앞에서 무릎을 꿇고서 그 다음부터 근무를 할 수 있겠어? 설령 본인들이 악착같이 붙어 있으려고 한다고 해도 말이야. 사장님이나 전무 같은 분들 입장으로 그런 사람들을 그냥 놔 두겠냐고?"

"그거야 인과응보지요. 자신이 한 일, 자신이 책임지는 거 아니겠어요?"

"그렇다고 치고, 그 후엔 아무 연락도 없고?"

"오늘 아침에 총무부장님한테 전화가 왔는데요, 일단 제 뜻을 전했으니까 좀 기다려 달라고 하더라고요."

"그랬구나."

그때 남 주임으로부터 상무가 급히 찾는다는 전화가 걸려 왔다. 정

수는 비서실로 전화를 걸어 지금 밖에 있는데 되도록 빨리 들어가겠다고 전해 달라는 부탁을 했다.

"상무가 찾으시나 봐요?"

"응, 부른다네. 연수 씨 일 때문일 거야."

"그 사람이 팀장님한테만 상의를 한다면서요?"

"그건 아니고, 내가 연수 씨랑 친하다고 누가 그랬나 봐. 그러니까 나를 보고 연수 씨를 설득 좀 해 달라는 거지."

"그럼 팀장님은 누구 편에 서신 거예요? 설마 상무, 그 인간 편에 서 계신 건 아니지요?"

"연수 씨. 과장도 빨리 되고, 하여튼 똑똑한지 알았는데 어린애같이 왜 그래?"

"죄송해요."

"어쨌든 간에 말이야. 나는 남 과장이 남의 눈, 그게 나쁜 놈 눈이라 해도 피눈물 나게는 안 만들었으면 좋겠어. 연수 씨를 위해서 말이야."

"제가 뭘?"

"아까 말했잖아. 고소도 그렇고 무릎 꿇고 공개사과도 그렇고, 어떤 것이든 결국 그 인간들을 사지로 내모는 거나 진배없잖아. 그럼 원한이라는 게 생긴다고. 무슨 소리인지 몰라? 앞으로 연수 씨 회사생활도 문제지만 나아가서는 연수 씨나 가족들 안전문제까지 생각해 봐야 된다는 거지."

"아무리 그래도 그렇지 무슨 안전까지."

"아니야, 내가 경찰할 때 배운 게 뭔지 알아? 무조건 원한을, 미움을 사지 마라, 이거야. 요샌 또라이들이 넘쳐나서 하다못해 온라인 게임 하다가도 자기를 자꾸 이긴다고 찾아 와 칼을 휘두르는 세상이란 말 이야, 무슨 소리인지 알지?"

"……"

"자기들 잘못한 건 생각 안하고 그저 연수 씨를 보고 이빨을 갈아대는 인간들이 있다면 안전을 생각해야 하는 건 당연하잖아? 아이 생각해 봐."

"설마 그런 짓까지 할까."

"아니야, 그 인간들 속 아무도 모르잖아. 내 말이 너무 비겁한가?"

"그건 아니고요. 그런 거 생각하면 아무 일도 못하는 거잖아요. 그럼 가만히 있어야 하겠네요?"

"아니지. 어차피 일은 벌어진 것이고, 그렇다면 연수 씨가 일방적인 피해자라 할지라도 이미 일이 터지는 순간에 어느 정도 똥물을 쓰게끔 돼 있다는 것이야. 웃기고 억울하지만 그런 게 세상이거든. 그래서 나는 그나마 연수 씨가 덜 상처 받고, 덜 위험하고, 그러면서도 마음이 풀리고 회사에도 마음 편히 다닐 수 있는 방법을 생각해 보았으면 싶은 거지."

"어떤 방법이요? 그런 방법이 있기나 하겠어요?"

"예를 들자면, 일단 공개사과는 하되 무릎을 꿇고 이런 건 하지 말고 그냥 좀 가볍게 그러니까 그들의 입장도 좀 고려해서 하게끔 하고, 연수 씨는 다른 부서로 가는 거지. 그 인간들이랑 별로 마주 칠 기회가 없는 곳으로."

"아니 내가 회사를 안 다녔으면 안 다녔지, 내가 왜 다른 부서로 쫓겨 가요? 그 사람들은 희희낙락 다닐 회사를요?"

"쫓겨나는 게 아니고. 들어 봐, 저번에 연수 씨가 나보고 그랬잖아. 교하에서 회사까지 다니려니 너무 힘이 든다고. 그래서 일산이나 파주 쪽에서 근무를 했으면 정말 좋겠다고 말이야. 그러지 않았었나?"

"……."

"그런데 그쪽은 영업부서 외에는 여자 과장이 갈만한 자리가 없다고 했지?"

“예.”

“신입 때부터 했던 보상 업무는 그나마 자신이 있다고도 했었고.”

“예.”

“내 생각엔 집에서 다니기 편하고, 좌천이라는 인상도 안 주고, 차장 진급을 위한 경력 관리도 되고, 그 인간들이랑 부딪히지도 않고, 만일 그런 자리가 있다면 이 기회에 그쪽으로 가는 것도 나쁘지 않다 이거지. 어차피 정규 인사이동이 곧 있을 테니까 모양새도 자연스럽고 말이야.”

“……”

“나 지금 상무한테 갈 거야. 아마 틀림없이 연수 씨 이야기 물어볼 것이거든? 어때? 생각해 볼래?”

“예.”

“그럼 아무 때나 내가 전화하면 받을래?”

“예.”

“알았어. 일단 앉아서 내 이야기 차분하게 생각해 봐.”

남 과장과 헤어져 회사로 들어오면서 정수는 이번 일을 다시 한 번 돌아보았다. 부임하여 처음 얼굴을 마주칠 때부터 대뜸, 정말 밑도 끝도 없이 그가 보여준 적개심에 가까운 분노를 정수는 도저히 납득을 할 수 없었다.

분명 과거에 경찰에 대한 증오심이 마음속에 각인이 될 만한 일을 겪었거나 아니면 정수의 부서에 대해 그런 불신을 가질 만큼의 잘못된 정보를 가지게 된 계기가 반드시 있을 것이라는 짐작은 갔다.

거기다가 신입 사원으로 들어와 기껏 차장의 자리에 올랐건만 자신의 입사 선배도 아니고 엉뚱하게도 경찰에서 날라 온 자, 그것도 직급도 같은 차장인 자의 밑에서 그들은 전국을 돌아다니며 재미있게 생활하는데 자기는 뒷바라지나 하고 있다는 것에 분노나 비애를 느낀

박 차장이란 자가 새로 온 자의 신임도 얻으면서 더불어 미운 털을 뽑기 위해 옆에 달라붙어 꼬드겼기에 더욱 그러했을 것이다.

하지만 설령 그렇다고 해도 길지 않은 기간 정수가 본 상무라는 자의 치기나 광기는 차마 온전한 정신을 가진 자라고는 절대 말할 수 없었다.

보통 상무의 임기가 2년인 것을 생각해 보면 앞으로 아주 상당 기간 그런 멸시와 모욕을 당해야 한다는 것은 말 그대로 지옥, 아마도 정수는 회사를 포기하게 될 게 뻔했다.

그렇다면? 그렇다면 이번 기회에, 지 스스로 무덤을 파고들어 간 바로 이번 기회에 영원히 그곳에서 나오지 못하게 만드는 게 낫지 않을까? 모르긴 몰라도 적어도 며칠 동안 느껴야만 했던, 마음고생을 해야만 했던 것에 대해선 일단 보상은 될 것이었다. 아픈 이가 빠진 듯 시원하고 홀가분할 것이다. 비열하고 비루하며 권모술수밖에 모르는 하찮은 인간인 박 차장도 아주 속 깨끗하게 날려 보낼 수 있는 찬스이기도 했다.

정수는 지금 이 순간 자기 자신이 이 모든 것을 별 어려움 없이 이뤄낼 수 있는 아주 확실한 방아쇠를 쥐고 있다고 생각했다. 그러나, 그러나 정수는 송시원이라는 이 인간이 떠나면 또 어떤 인간인가는 상무라는 직책을 달고 자기 앞에 나타나 있을 것이고, 그 인간이 송 상무보다 분명히, 아주 확실하게 합리적이고 따뜻한 인간이라는 보장은 전혀 없다는 걸 또한 알고 있었다.

아울러 이런 성향의 인간일수록 한번 믿기 시작하면 의리라는 미명하에, 제 식구라는 포장 하에 정신없이 매달리고, 챙긴다는 것 또한 경험으로 잘 알고 있었다.

결국 정수는 이걸 기회로 삼아봤자 사람 하나를 나락으로 밀어 넣어 잠시 쾌감을 느낀 후, 그때부터는 분명 두고두고 그 일을 떠올리면서 제 자신이 비겁하고 음흉한 짓거리를 한 것이라는 찜찜함에 시달

려야 한다는 생각이 들었다.

'그래, 순리대로 가자. 그 인간 하나 보낸다고 세상이, 회사가, 내 위치가 바뀌는 것도 아닌데 차라리 앞으로는 내 앞에서 그런 어처구니없는 짓을 하지 않게끔 믿음을 주자. 그게 훨씬 더 현실적이지 않나.'

정수는 그렇게 생각을 정리했다.

18

상무는 정수를 초조히 기다렸던 모양이었다.

"이봐, 내가 사무실에서 대기하면서 내근만 하라고 했잖아? 그런데 어딜 그렇게 쏘다녀? 내가 오라고 한 게 벌써 언제야?"

"죄송합니다. 실은 남 과장이 좀 만났으면 해서 이야기를 하고 오는 길입니다."

남 과장이라는 말에 상무는 급격히 누그러졌다.

"그래? 그 미친년이 뭐래?"

정말 대책이 서지 않는 인간이었다.

"어제 총무팀장을 통해 자기의 뜻을 분명히 전했다고 하던데요."

"총무부장인지 총무팀장인지 하는 그 띨띨한 새끼, 뭔 말인지 와서는 횡설수설만 하던데 뭘 분명히 전해?"

"딱 한 가지 요구를 했다고 하던데요."

"어이, 심 팀장. 나 보고 공개적으로 사원들 앞에서 무릎 꿇고 사과를 하라고 했대, 그 미친년이 말이야. 안 그러면 고소도 하고 여기저기 알리기도 하고 그런다면서. 이게 말이 돼? 이게 말이 되냐고?"

"그랬습니까?"

"당신 지금 그년 만나고 오는 길이라며? 그럼 당신한테도 그런 말을 했을 거 아니야. 그런데 뭐 시치미를 떨면서 그런 표정으로 태연하게 나한테 되물어? 이런 거 모두 당신이 그년 꼬드기는 거 아니야? 그년이 자꾸 당신한테 연락을 하는 것도 이상하고 말이야. 뭐 당신이 먼저 연락하는 건지도 모르지만."

"상무님, 바로 어제도 그런 말씀하셨잖습니까? 아직도 저를 그렇게 생각하세요?"

"생각? 맞아. 생각을 해 봐. 당신이야말로 이번 기회에 미워하는 나를 거꾸러트릴 좋은 찬스잖아. 그러니까 내 앞에선 내 입장 생각해주는 척하면서 남 과장인가 하는 그 여우년 계속 만나가지고 살살 부채질하는 거 아니냐고. 내가 그런 생각 안하게 생겼어, 지금?"

"솔직히 말씀드리겠습니다. 저 솔직히 상무님께서 오시자마자 저를, 그리고 저희 부서를 한 번도 안 겪어 보시고서 무조건 미워하면서 짓밟는 것 보고 마음 참 복잡하고 원망스러웠던 건 맞습니다. 예, 저 상무님 미워했습니다. 그것도 엄청 말입니다. 하지만 겨우 이딴 일 가지고 찬스다 하면서 비열하게 놀 그럴 배짱도 없는 놈입니다. 저 아주 깨끗하다고 할 수는 없지만 그래도 그렇게 더러운 놈 아닙니다."

"당신 그 말 내가 믿어도 되겠어? 믿어도 괜찮겠냐고. 솔직히 내가 처음부터 당신을 미워한 건 부정 안 할게. 난 말이야 경찰도 싫고, 회사 카드 가지고 다니면서 회사 일한답시고 사람들 만나 술 마시고 그러는 것도 질색이야. 보험회사는 말이야, 열심히 영업해서 실적 올리고 보상은 최대한 적게, 그리고 하루라도 빨리 해주면 그걸로 게임 끝인 업종이라고. 안 그래? 그렇기 때문에 난 당신도, 당신네 부서도 다 못마땅해. 그 인원이나 그 운영비 가지고 대리점 하나 개설하는 게 훨씬 회사 이익 아니냐고."

충분히 이해가 갈 수 있는 소리였다.

"저희들이 와서 만든 조직도 아니고 저희들은 회사가 필요하다고 해

서 만든 조직에 입사한 죄밖에 없습니다. 또 나름대로 열심히 했고 인원수나 들어가는 투자비용에 비해 성과도 만만치 않았다는 말씀도 드리겠습니다. 그건 상무님께서 좀 차분히 살펴보시면 금방 알 수 있는 내용이라 생각합니다."

"뭐 그렇다고 치고. 지금은 한가하게 그걸 따질 자리는 아니잖아? 그래, 심 팀장 당신 생각은 어때? 내가 직원들 앞에서 무릎을 꿇으면 정말 해결이 될까?"

"그렇게 하시려고요?"

"뭐 별 수 있어? 나 말이야, 입사 28년차야. 그동안 한 번도 다른 회사로 안 옮기고 거의 대부분을 제일 힘들다는 영업이랑 보상 파트에서 뼈 빠지게 일해 겨우 여기에 올라 온 거라고. 그런데 겨우 열흘 만에 관둔다는 게 말이 되겠어? 잠깐 창피한 걸 참는 거지 뭘."

"박 차장도 그런다고 했습니까?"

"누구? 박성광이? 아, 그 새끼야 내가 하라면 하는 거지, 지가 별 수 있어?"

"상무님께서 그렇게 마음을 굳히셨다면야 제가 만류할 문제는 아닙니다만, 그래도 외람된 말씀 드리겠습니다. 상무님, 정말 그렇게 전 직원 앞에서 무릎 꿇고 공개사과를 하면 이게 없던 일처럼 잘 넘어 갈 것 같습니까? 전 그렇게 안 보거든요."

"당연히 얼마 동안은 지내는 게 팍팍하겠지. 하지만 하루하루 지나가다 보면 다 잊히는 거지 뭘. 안 그래? 당신은 직장 생리를 아직 잘 몰라서 그러는 모양인데 시간이 좀 지나면 다 어영부영 잊히는 거야. 별일도 아닌데 뭘."

"아닙니다, 상무님. 상무님께서 그냥 직원이면 모를까 그래도 임원이신데 그렇게 쉽게 넘어가지는 못할 겁니다."

"그게 뭔 소리야?"

"그렇게 사과를 한다는 것은 상무님께서 정말 파렴치한 짓을 했다는 걸 공개적으로 시인을 하는 겁니다. 더 큰 문제는 누군가는 분명 그런 사실을 외부에다 떠벌릴 거라는 겁니다."

"어떤 새끼가?"

"그거야 모르지요. 상무님 같은 임원이 하루라도 빨리 나가길 기다리는 권역 본부장이나 고참 부장일 수도 있고, 상무님이 무심코 욕 한마디 뱉은 신입사원일 수도 있고, 남 과장이랑 같은 여직원들일 수도 있고. 하여튼 분명 어디선가 새나가고 그렇게 되면 상무님은 회사 내에서가 아니라 사회 전체에서 공개 망신을 당할 수도 있게 되는 겁니다. 제 생각은 그렇습니다."

"본부장들, 고참 부장. 으음, 그 새끼들. 맞아, 그 새끼들은 그러고도 남아. 그 생각을 못했네. 그럼 도대체 어떻게 해야 되는 거야, 씨팔."

"그리고 사장님 귀에도 반드시 들어가게 되어 있습니다."

"그래, 어떤 개새끼가 꼬질렀는지 벌써 알고 계시더라니까."

"……."

"하여튼 사장님은 말이야, 요란하지 않게 잘 처리하라고 하셨다고. 그러니까 무릎이라도 꿇어 가지고 어떻게든 넘겨야 될 거 아니냐고?"

"제 느낌으로는 아까 미친년이라고 표현하신 남 과장도 분한 김에 말은 그렇게 했지만 그리 모질거나 생각이 비합리적이거나 그렇지는 않은 것 같습니다. 그래 그 친구가 이 정도면 됐다 싶은 방안을 제시해보면 어떨까 싶거든요."

"뭐? 그런 게 있어? 그럼 정말 좋지. 뭐, 뭔데? 남 과장이 뭘 요구하는 게 있던가? 진급시켜 달래?"

겨우 이런 인간을 앞에 두고 뭐 하는 일인가 싶었지만 꾹 참았다.

"그건 저는 잘 모르겠고 하여튼 혹 그 친구에게 그런 게 있다면 상무님께서도 아무런 앙금 가지지 마시고 정말 깨끗하고 순수하게, 그러

니까 앞으로도 말입니다. 조치를 취하면 그 친구의 성격이나 심성으로 봐 이 일은 잘 넘어가지 않을까 싶거든요, 저는."

"으음, 알았어. 무슨 말인지 대충 알겠다고. 그러니까 내가 이 순간만 모면하고 나면 분명 앞으로 남 과장 그 친구를 어떻게든 괴롭히거나 불이익을 주는 복수를 할지 모른다는 그런 걸 걱정하는 거네, 그렇지?"

"……."

"맞아, 그 친구 입장으로 보면 그렇게 생각될 수도 있겠지. 나도 솔직히 어떻게든 이번 일만 잘 넘기고 나면 절대로 가만 안 두겠다는 생각도 했던 건 사실이니까."

"……."

"그래, 이제 알았어. 나 말이야, 당신, 심 팀장 당신 앞에서 맹세하는데 절대 그딴 짓 안 할게. 뭐 나도 장성한 딸년이 둘이나 있는데 선후야 어쨌든 내가 실수한 건 사실이라는 거 알거든."

"예, 상무님께서 그렇게 생각하셔야 비로소 방도도 생기고 그럴 것 같습니다."

"솔직히 내가 몰랐겠나? 몰랐겠냐고. 하지만 나도 너무 분했던 거라. 그 친구가 아주 예쁘고 어린 여자도 아니고 그 펑퍼짐한 아줌마를 내가 미쳤다고 그랬겠냐고. 다 그놈의 술 때문이지. 그건 당신도 이해한다 했잖아. 하지만 솔직히 미안하긴 해. 암, 미안하다 말다. 우리 딸도 둘 다 직장 다니는데 내가 안 미안하겠냐고?"

"……."

"알았어. 그럼 내가 심 팀장한테 정식으로 부탁 하나 할게. 남 과장 좀 다시 만나서 내가 정말 미안하게 생각한다는 말도 전하고 나나 회사가 해줄 수 있는 게 뭔지 다시 한 번 물어 봐 줘. 뭐 굳이 날 죽이려고 한다면 내가 깨끗이 죽겠다는 말도 하고."

"예, 그렇게 해 보겠습니다."

"내 부탁 알지? 아까 내가 죽겠다는 그 말은 그 말이고, 일단 어떻게 든 긍정적인 방향으로 잘 타일러 달라는 거."

"예."

"이봐, 심 팀장, 내가 당신 정말 오해 많이 한 것 같아. 나도 사귀어 보면 보기보다 의리도 있고 사람 챙기는 것도 할 줄 안다고. 이 일이 랑은 상관없이 내가 미안하다는 말 하니까 속으로 너무 꽁하지 말고 앞으로 가끔 소주도 한잔 하고 좀 사귀어 보자고."

"예, 감사합니다."

"심 팀장, 올해 몇이지?"

"예, 만으로 마흔 아홉입니다."

"만 나이로 아홉수네. 오십이면 나랑 여섯 살 차이밖에 안 나네, 뭐."

"……."

"우리 회사 팀장 그러니까 부장들 평균 나이가 마흔 여덟인데 좀 늦 었네?"

"아닙니다."

"그래. 내가 오늘 그런 이야기하면 또 속 보인다 하겠지. 나중에 이 야기 한번 하자고."

"예."

"아, 그리고 말이야, 노조 있잖아? 내가 위원장인가 뭔가 하는 친구 만나 봤거든? 그런데 그쪽에서도 당신 이야기를 하더라고."

"예, 제가 부서장이면서도 노조원인 차장이니까 이번 일 가지고 저 한테 좀 묻고 그러더라고요."

"노조에서도 심 팀장 당신을 많이 신임하는 것 같던데?"

"아닙니다. 저야 노조 사무실 한 번 안 가는데요 뭐. 5년 동안 총회에 단 한 번도 참석하지도 않았고. 제가 경찰에 오래있다 보니까 이상하게 그쪽은 좀 어색하더라고요. 나이도 제가 거의 제일 많고 말입니다."

"그럴 수도 있겠네. 하여튼 노조 측이랑도 이야기 한 번 해 보지 그래. 이왕이면 말이야."

"예, 그렇게 해 보겠습니다."

"오늘 남 과장 만날 수 있겠어?"

"예, 연락해 보겠습니다."

19

다음 주 월요일, 직원 전체 정례조회가 열렸다. 조회를 주재한 전무 이사가 퇴장을 한 다음 상무가 연단에 오르자 장내는 쥐죽은 듯 조용해졌다. 상무는 먼저 직원들을 향해 정중히 그리고 깊숙이 허리를 굽혀 인사를 했다.

"부임하여 첫 번째 열린 조회에서 반갑다는 말도, 그리고 제 포부도 미처 말씀드리지 못하고 이런 말씀을 드려야 함에 대해 진심으로 죄송하게 생각합니다. 며칠 전 저는 한 여직원에게 커다란 결례를 범했습니다. 간부 사원들과 부임 직후의 반가운 회식자리에서 제가 과음을 하는 바람에 상당한 주취상태였고 또 장소가 노래방이었던지라 긴장이 풀렸었던 것도 사실입니다. 하지만 술이나 분위기 탓으로 돌리지는 않겠습니다.

단지, 결단코 제게 불순한 의도가 있었던 것은 아니라는 말씀을 감히 드리고 싶습니다. 전 그때 술김에 순간적으로 제가 여종업원이 근무를 하는 유흥업소에 있던 것으로 착각을 하고 실수를 했었던 것 같습니다. 이런 말씀드리면 여러분께서 분명 유흥업소 여종업원은 괜찮으냐고 하면서 저를 또 나무라시겠지만 절대 그런 뜻이 아니라 제가 좀 긴장을 풀고 놀아도 되는 분위기로 착각을 한 데서 비롯된 일이라는 말씀입니다.

경위야 어떻게 되었든 간에 저의 사려 깊지 못한 행위 때문에 마음의 상처를 입었을 당사자에게 진심으로 고개 숙여 사죄드립니다.

아울러 부임하자마자 심려를 끼쳐드린 데 대하여 직원들께도 죄송하다는 말씀도 드립니다. 모두 저의 부덕의 소치이니만치 당사자분도 그렇고 직원 여러분들께서도 너그리운 마음으로 이해해주시길 부탁드립니다. 죄송합니다.”

그가 다시 한 번 허리를 굽혀 절을 한 뒤 강당을 나서자 직원들은 한참을 웅성거렸다. 정수는 노조 측에서 당사자가 더 이상 문제 제기를 하지 않는 상태에서 노조나 직원들이 이 문제를 가지고 더 이상 왈가불가한다는 건 당사자에 대한 배려가 될 수 없다는 결정을 내린 사실을 이미 알고 있었다. 물론 그 결정 과정에는 정수가 있었다.

다음 날 오전 총무부 앞 복도에는 직원들 인사 발령 공고문이 붙었다. 연초 임원 인사에 이은 정기 인사였다. 대상자는 부장부터 사원까지 20여 명. 그 안에는 박 차장과 남연수가 포함되어 있었다.

그 시간에 이미 남연수는 그곳의 내부 인사권을 가진 보상센터장에 의해 파주지역 대인보상팀장으로 임명되었다. 남 과장이 사는 교하지구에서 멀지 않은 파주 금촌에 아주 작은 팀 사무소가 있고 그녀는 내처 그리로 출근을 하여 지역 내에서 일어난 상해나 교통사고에 대한 보상 업무를 담당하다가 일주일에 한 번 월요일에만 일산에 있는 보상센터로 나가면 되게끔 되었다고 했다.

아울러 박 차장은 집에서 멀지 않은 영업지점의 부지점장으로 가게 되었다는 말도 들려 왔다. 그리고 바로 그날 상무가 이사회에서 서면 경고 조치를 받았다는 것도 직원들에게 전해졌다.

정수네 부서는 박 차장 자리가 충원이 되지 않아 인원이 한 명 줄었

다. 사건은 그렇게 마무리가 되었다. 정수는 사람의 본성은 쉽사리 변하지 않는다는 것을 알면서도 이젠 상무도 정수, 그리고 정수의 부서에 대한 인식을 좀 바뀌지 않을까 하는 기대를 가지게 되었다.

하지만 그 기대는 친해지는 것도, 다른 이 또는 다른 부서보다 잘 대해주는 것도 아니었다. 정수는 그저 일에만 열중할 수 있도록 가만 놔두어 주기만 바랐던 터였다. 사람에 치이고 사람들과 엮이는 게 정수에겐 너무 피곤했다.

20

평온하게 사흘이 지나갔다. 강화도로 직원들을 당일 출장 내보낼 것임을 보고하러 갔던 정수를 상무는 차 한 잔 하고 가라며 붙잡아 앉혔다.

"그 건은 잘 돼 가나?"

"예. 저희들 판단으로는 틀림없는 것 같은데 과연 경찰 쪽에서 얼마나 의욕을 가지고 접근을 해줄지 그것이 관건인 것 같습니다."

"그게 청구액이 얼마나 된다고 했지?"

"예, 원래 회사에 청구액은 8억이었는데 지급 보류를 시켰더니 소송을 걸어 지금은 9억 8천, 그러니까 약 10억 원 정도 됩니다."

"뭐가 그렇게 많아?"

"예, 통상 정신장애 1급 판정이 내리면 최소 몇 억은 훌쩍 넘어 갑니다. 그 친구는 아직 젊은 데다 소득도 제법 있어서 그렇게 산정이 된 것 같습니다."

"만약에 우리가 소송을 이기면 한 푼도 안 줘도 된다 이거잖아?"

"예, 통상의 지급 금액 외엔 안 줘도 됩니다."

"그쪽 변호사는 어때?"

"예, 이런 사건만 전문적으로 하는 친구입니다. 의료계 쪽에 발도 넓은 것 같고요."

"이길 수 있을까?"

"말씀드렸듯 저희가 증거를 확보해서 경찰 또는 검찰의 수사 의지만 고양시키면 충분히 승산이 있다고 봅니다."

"그래. 알고 보니 심팀장네가 하는 일이 대단하구만. 내가 그간의 실적 같은 것도 사실 다 보긴 했는데 난 그걸 좀 오해해서 해석했었거든. 내가 전에 이야기했던가?"

"예."

"옛날에 말이야, 내가 경찰들에게 좀 안 좋은 추억이 있어. 아니 조금이 아니라 엄청 안 좋은. 뭐 심 팀장한테 그 이야기를 일일이 하기도 그렇고 기억을 떠 올리기도 싫으니까 말은 안 할게. 어쨌든 그 일 때문에 심 팀장한테 좀 편견도 많았다는 것도 사실이야. 또 누가 이야기한 것도 좀 있고."

"……."

"어쨌든 내가 겪어보지도 않고 오해부터 한 건 맞으니까, 미안하네."

"아닙니다. 상무님 말씀도 사실 맞는 말씀이기도 합니다. 그런 실적들이 모두 저희 부서에서 만들어 낸 게 아니고 많은 것이 각 보상센터 직원들이나 조사실장들과 함께 일해서 얻은 결과거든요."

"그래, 그 조사실장이라는 사람들 말이야, 모두 심 팀장처럼 경찰관 출신이라고 했지? 전국에 총 몇 명이나 있지?"

"예, 저희 부서의 3명 포함 총 14명인데 그중엔 검찰 수사관 출신 2명, 군 헌병 수사관 출신 1명이 있고 나머지는 모두 경찰 출신입니다."

"맞아, 내가 있던 전주에 검찰 출신이 근무한다는 소리 들었던 것 같았어. 아, 뭐 그건 그렇고, 심 팀장, 내가 전에 당신네 부서랑 회식

한번 하자고 했던 말 기억하지?"

"예."

"오늘 어때? 오늘 뭐 특별한 일 있나? 나는 오늘 시간이 딱 비고 좋은데."

정수는 영 마음이 내키지 않았다. 설마 오늘 또 이상한 짓거리를 하지는 않겠지만 일단 그와 함께 자리를 한다는 사실 자체가 마땅치 않았던 터이다. 하지만 새로운 임원이 오게 되면 각 부서가 돌아가면서 회식을 하는 게 관례이니 무조건 피할 수도 없는 노릇이었다.

"예, 그럼 강화에 가는 직원들한테 조금 일찍 들어오라고 하겠습니다."

"그러자고. 그런데 어디가 좋을까?"

"뭐 드시겠습니까?"

"회 어때? 우리 횟집 갈까?"

"어디 아시는 데 있으세요?"

"차타고 좀 나가자고. 신촌에 싸고 괜찮은 집 있거든. 괜찮겠지?"

"예, 괜찮습니다."

"7시쯤 가면 되겠지?"

"예, 제가 7시 전에 상무님 모시러 오겠습니다."

그날 저녁 상무와 정수네 식구 다섯 명이 상무와 남 주임 차 등 두 대의 차에 나누어 타고 도착한 횟집은 부서 회식 때는 감히 쳐다도 못 볼 만큼 고급의 일식집이었다. 그 집에 들어선 순간 정수는 마음이 영 찜찜해졌다.

그는 남 주임에게 귓속말로 물어 보았다.

"이번 달 부서운영비 얼마나 남았어?"

"육십 가까이 돼요."

"그래? 다행이네."

정수네 일행이 모두 자리를 잡고 앉자 잠시 후 나이가 오십 정도 돼 보이는 여자가 방으로 들어왔다. 기모노 비슷한 옷을 입고 딱 일본의 게이샤 풍으로 머리를 치켜 올린 여자는 미모가 제법 괜찮았다.

"안녕하세요? 잘 부탁드립니다. 정은영이라고 해요."

상무는 여자와 상당히 친한 듯 보였다.

"잘 지냈지? 샛서방이 생겼나, 못 보는 새 더 예뻐졌네."

여자는 남 주임을 살짝 쳐나본 후 상무에게 눈을 흘겼다.

"어머, 이이 좀 봐, 젊은 여직원 앞에서 못하는 소리가 없네."

"뭐? 이이?"

"아니, 본부장님. 아니 그것도 아니지. 이제 상무님이라고 해야겠네."

"오늘 귀한 분들이랑 같이 왔으니까 우리 교양 있게 놀자고. 교양 있게."

"알았어요, 알았어. 그런데 다들 누구시기에 소개도 안 시켜주고 귀한 분, 귀한 분, 하실까?"

"심 팀장, 인사 나누지. 여긴 이 집 사장 정 마담이야. 어이, 정 사장, 이 양반들 아주 무서운 사람이니까 오늘 잘해."

"안녕하세요, 심정수라고 합니다. 여긴 모두 같이 근무하는 사람들이고요."

"무섭게 생긴 분은 하나도 없는데 우리 상무님께서는 뭐가 무섭다고 호들갑일까?"

"나쁜 짓하면 막바로 잡아가는 분들이라고, 알았어? 물론 서비스가 나빠도 잡아가고."

"어머, 나는 이 총각이라면 백 번이라도 잡혀 가겠다. 총각 손님, 오늘 서비스 엉터리로 할 테니 저 좀 잡아가 주실래요?"

정 마담은 뭐가 그리 즐거운지 주연의 손을 잡고선 연신 호호거렸다.

"어머, 이분 수줍어하는 것 좀 봐, 정말 매력 있네."

정수는 주연의 곤혹스러워 하는 모습을 보고 얼른 그녀의 관심을 다른 데로 돌렸다.

“사장님, 오늘 뭐가 좋습니까?”

정 마담 대신 엉뚱하게도 상무가 대답을 했다.

“오늘 농어가 좋다고 하더라고. 내가 그걸로 준비해 달라고 했는데 다들 괜찮겠지? 어이, 남 주임, 자네 농어 먹을 줄 아나?”

“예, 상무님.”

“그래, 피부에 좋다고 하니 많이 먹어. 알았지? 많이 먹어야 돼.”

“예, 상무님, 감사합니다.”

“그럼 준비해 가지고 올게요. 앞에 있는 차 마시면서 우선 이야기들 나누세요.”

정 마담이 나가자 갓 마흔이나 넘겼을 법한 여자가 전복죽이 담긴 쟁반을 들고 들어와 공손히 식탁에 올려놓았다.

“아줌마, 아줌마가 오늘 우리 서빙 담당인가?”

“예.”

“오늘 잘해야 돼. 여기 다 귀한 분들이라고. 알지?”

“예.”

“우리는 아무거나 막 가져다 주는 건 안 먹는다고. 알지?”

“예.”

정수는 다짜고짜 마구 반말을 해대는 상무를 보면서 또 속이 살살 끓어오르는 것을 느꼈다. 나가려는 여자를 정수가 불러 세웠다.

“아주머니, 오늘 잘 부탁드립니다. 이거 얼마 안 돼서 죄송한데 이따 집에 가실 때 차비에 보태세요.”

정수는 한사코 마다하는 그녀에게 2만 원을 쥐어 주었다.

“역시 심 팀장이 매너를 아는구만. 아줌마, 나가서 여기 실장 오라고 좀 해.”

여자가 나간 후 머리에 높은 요리모를 쓰고 하얀 조리복을 걸친 사내 하나가 들어와 인사를 했다.

"김진만 실장입니다."

"이봐, 김 실장, 나 알지?"

"예. 전에 몇 번 모셨습니다."

"나 자연산 아니면 안 먹는 것도 알고?"

"예. 자연산으로 준비했습니다. 드셔보면 아실 겁니다."

"내가 먹어보고 양식이면 오늘 돈 안내는 기야. 알지?"

"예."

정수의 눈에 그가 아주 살짝 한숨을 쉬는 것이 들어왔다. 지금 저속은 얼마나 끓고 있을까? 정수 역시 한숨이 저절로 나왔다. 직원들은 모두 뜨악한 표정을 짓고 있었다.

"실장님, 오늘 잘 부탁드립니다."

정수는 얼른 돈 3만 원을 지갑에서 꺼내 그에게 내밀었다. 고맙다는 인사를 남기고 그가 방에서 나가자 상무의 악담이 또 시작되었다.

"저 인간들 말이야, 지 아버지 제사상에도 양식을 자연산이라고 태연히 내민다니까. 하여튼 절대 믿으면 안 돼. 뭐 이 집이야 내가 사장이랑 아삼육이니까 속이지야 않겠지만 심 팀장도 어디 가서 절대 순진하게 속지 말라고."

"예."

정수는 원래 자연산은 얼마, 양식은 얼마 하면서 사람의 자존심이나 체면 또는 허영심을 은근히 자극하며 자연산을 권하는 집은 아예 가지를 않았다. 그는 늘 의례히 양식이겠거니 하면서 먹는 게 훨씬 마음이 편했다. 자연산을 고집하다가 괜히 돈만 많이 주고 속는 바보는 절대 되고 싶지 않았다. 오늘 먹을 농어도 분명 양식일 터였다. 속 쓰리게 돈은 자연산 값으로 내야 할 터지만……

정수는 상무가 회사 주변에도 괜찮은 일식집이 널려 있는데도 굳이 차까지 타고 이곳에 온 이유를 대충 알 듯했다. 잘 보이고 싶은 여

자에게 회사 돈으로 생색도 내고 즉 임도 보고 뽕도 따고 하는 식인
게 틀림없었다. 회식은 그렇게 처음부터 아주 애매한 분위기로 시작
되었다.

21

술이 관례대로 급하게 몇 순배 돌아 모두들 상당히 취기를 느낄 무
렵 드디어 상무는 본색을 드러냈다.

"야, 야, 여기 누구 없어? 아무도 없냐고?"

서빙을 담당하는 여자가 황급히 문을 열고 들어섰다.

"아줌마, 재수 없으니까 당신 말고 여기 정 마담 오라고 그래."

"예."

잠시 후 정 사장이 방으로 들어섰다.

"씨발, 어디 가서 코빼기도 안 보여? 정말 샛서방 생긴 거 아니야?"

"어머, 상무님 벌써 취하셨나 보네. 숙녀 앞에서 점잖지 못하게 씨발
이 뭐예요, 씨발이?"

"숙녀? 숙녀 누구? 아, 우리 남 주임? 어, 남 주임, 미안."

상무는 남 주임을 향해 징그러운 웃음과 함께 윙크를 했다. 정수는
그의 면상에다 술병을 날리는 대신 그에게 술을 따라 주었다.

"상무님, 제 잔 한 잔 받으시지요."

"어, 그래, 우리 심 팀장, 암, 받아야지. 아니야, 모처럼 심 팀장이랑
술 마시는데 이것 가지고선 절대 안 되지. 우리 지금부터 폭탄을 터트
리자고. 어이, 정 마담, 여기 양주 가지고 와, 양주. 대자로, 알지? 가짜
가지고 오면 죽는다."

"상무님, 그냥 소주로 계속 가시지요."

"아냐, 오늘은 양주로 달리자고. 뭐해? 빨리 가지고 오라니까."

정 마담은 냉큼 나가더니 양주 한 병을 들고선 맥주병이 잔뜩 놓인 쟁반을 들고 있는 여자와 함께 들어왔다.

"그거 가짜 아니지? 진짜 맞지?"

"상무님, 촌스럽게 왜 이러실까? 염려 붙잡아 매고 직원분들 술이나 따라 주세요."

"술? 그래. 여기 술 따를 아이들 좀 불러. 예쁜 아이들 있지?"

정수는 정 마담을 향해 만류를 하는 눈짓을 보냈다.

"여기 나 있으면 되지. 여자는 무슨 여자예요? 자, 제 잔이나 받으세요."

"아냐, 폭탄 만들어. 사람 수대로 폭탄 만들어서 돌리라고. 회오리로. 참, 아이들도 빨리 부르고. 없으면 보도방인가 뭔가로 전화하면 될 거 아니야."

"아, 좀 기다려 봐요. 지금 술 만들잖아요."

이윽고 각자의 앞에 양주잔이 빠져있는 맥주잔이 하나씩 놓였다. 잔 안에서는 맥주가 작은 공기방울을 단 채 소용돌이 치고 있었다.

"자, 이유도 묻지 말고 사정도 묻지 말고 무조건 원 샷. 알지, 원 샷 말이야."

모두들 잔을 비웠다.

"한 잔 더."

정 사장이 다시 술을 만들어 모두에게 건넸다.

"이젠 옆 사람이랑 반 잔씩 러브 샷. 그럼 양 옆 사람이랑 다 되는 거지?"

"상무님은 저랑 러브 샷 하시면 되겠네."

"당연하지, 어? 야, 남진희, 넌 뭐야? 넌 안 해?"

남 주임은 빈 잔을 들어 옆에 앉아있는 김 과장과 러브 샷 자세를 취했다.

“야, 남진희, 그거 빈 술잔이잖아.”

“예, 죄송합니다. 술이 너무 취하는 것 같아서. 마시는 시늉만 할게요.”

“시늉 같은 소리하고 있네. 빨리 채워.”

남 주임이 마지못해 잔을 채웠다.

“야, 기분 망가져서 러브 샷은 취소. 그냥 완전히 다 비우고 술잔을 자기 머리에 대고 턴다. 실시.”

혼자 흥이 나있는 상무와는 달리 직원들은 영 달갑지 않은 표정으로 마치 사약이라도 마시는 양 겨우 잔을 비우고 머리에 거꾸로 대고 터는 동작을 했다.

“뭐야, 남진희, 넌 왜 안 마셔?”

“죄송합니다. 차도 가지고 오고.”

“죄송하면 마시라고, 마시면 되잖아. 여기 차 없는 사람 없으니까 쓸데없는 소리도 하지 말고.”

남 주임이 잔을 들었다.

“상무님, 남 주임은 못 이기는 모양인데 놔두시고 저희랑 마시지요.”

“뭐? 이봐, 심 팀장, 당신 말이야, 아이들 겨우 이 따위로 가르친 거니?”

“죄송합니다.”

“죄송? 지금 그 태도가 죄송한 태도야? 회식도 근무라는 거 아직도 몰라?”

“제가 남 주임 것 대신 마시겠습니다.”

“어머 우리 팀장님 멋지다. 흑기사, 파이팅.”

“야, 정 사장, 너는 빠져.”

“어머, 상무님, 또 왜 이러실까? 저기 아가씨는 그냥 내버려두고 우리끼리 즐겁게 마셔요. 자, 저랑 찡 한 번 해요.”

“야, 남진희, 너, 아직도 안 마시지? 내 입에서 꼭 쌍욕이 나가야 마실래?”

남 주임이 마시려는 듯 잔을 기울였다. 그녀의 눈은 이미 촉촉해져 있었다.

정수는 이제 때가 되었다는 걸 느꼈다. 어떻게든 피하고자 했건만 악착같이 따라 다니는 그 괴물을 더 이상 못 본 체하지 않기로 했다. 돌이켜 보면 경찰관 시절부터 따져 직장생활이 거의 25년째이니 그간 몰상식하고 거만하고 오만방자하기 그지없는 상사를 만난 것도 꽤 여러 번 되었건만 이 정도로 말 그대로 최악인 경우는 정말 처음이었다. 하지만 그가 어쨌든 간에 그 살벌한 죽음의 링 속에서 수많은 자들을 밟고, 때려눕히면서 상무 자리까지 올랐다면 이런 추악한 모습만이 그의 전부는 결코 아닐 것이라는 걸 정수는 분명히 알고 있었다. 만일 늘 이런 식이었다면 그는 벌써 도태되고도 남았을 터였다.

정수는 우연을 믿지 않는 편이었다. 우연이란 그런 것이 있다고 믿는 사람들이 만들어 낸 단어일 뿐이고 모든 사소한 인연조차 이미 정교하게 설계되어 있는 것이라 믿어 왔다.

그래 정수는 이건 분명 그와 자신의 아주 특별한, 피하려 해도 절대 피할 수 없는 악연이고 숙명이라는 생각까지 다 들었다. 어차피 자신과 상무, 이 인간은 한 회사에서 같이 존재할 수 없게끔 누군가가, 그게 신이든, 조물주든 간에, 그 누군가가 이미 빠져나갈 수 없는 덫을 놓아 둔 것이라는 생각을 버릴 수 없었다. 그 덫에 이미 단단히 걸렸다는 것도 인정했다.

하지만 정수는 그래도 마지막 예의라고 생각하고 한 마디 더 함으로써 스스로에게 명분을 쌓고 그 덫으로부터 탈출할 마지막 기회를 자신에게 주었다.

"상무님, 여기선 꽤 마셨으니 우리 어디 물 괜찮은데 가서 2차나 하시지요."

"쓸데없는 소리. 온 지 얼마나 됐다고. 야, 남진희, 이년아 너, 정말

못 마시겠다 이거지?"

'그래, 운명이 나를 미는구나.'

"남 주임, 됐어. 그거 내려놓고 먼저 가."

"아네요, 팀장님, 저 마실 수 있어요."

"됐다고 인마. 먼저 가."

"뭐라고? 야, 이 새끼야, 니가 뭔데 먼저 가라 말라 하는 거야. 이 새끼 이거 무지 건방지네."

"상무님, 남 주임 있으면 좀 그러니까 보내놓고 아이들 불러서 재미있게 드시지요. 남 주임, 뭐해? 가라니까."

"어, 이 새끼 봐라. 야, 심정수, 요 며칠 좀 봐줬더니 이제 눈깔에 보이는 게 없다 이거지?"

"에이 씨발, 회식인지 나발인지 좆같아서 못 하겠네."

한숨과 함께 혼잣말로 나직이 내뱉은 건 주연이었다.

"뭐라고? 야, 너지? 너 지금 뭐라고 했어?"

"아, 그만 좀 하시라고요, 거."

"넌 뭐야? 이 대가리에 피도 안 마른 새끼가 어디 끼어들어."

상무가 잔을 들어 주연의 얼굴에 술을 끼얹었다. 주연은 한 손으로 자신의 얼굴을 닦아 내리며 상무를 무섭게 쏘아 봤다. 당장 일어나 한 대라도 칠 기세였다. 그런 주연의 팔을 윤석이 강하게 붙잡고 있는 게 보였다.

"어이, 다들 일어나. 다들 집으로 가."

직원들이 모두 일어났다.

"앉아, 앉으라고, 이 개새끼들아."

"뭐해? 집으로 가라니까."

주춤거리던 직원들이 밖으로 나가려는 모습을 보자 상무는 벌떡 일어나 정수의 뺨을 후려쳤다.

"이런 개호로 새끼. 시건방지게."

정수는 얼얼한 뺨을 만지면서 상무를 노려보았다.

"야, 이 건방진 새끼야, 니가 꼬나보면 어떻게 할 거야? 응? 어떻게 할 거냐고? 개새끼."

정수는 문득 옛날 헌병학교를 떠올렸다. 성남 초입의 육군종합행정학교 내에 있는 헌병 학교에는 일명 남한산성 따귀라는 게 있었다. 양손으로 상대의 뺨을 점차 속도를 높이면서 번갈아 때리는 것이다.

"사장님, 나가쇼. 어이, 주연이, 방문 닫아."

"어, 이 새끼가 날 칠 모양이네. 야, 정 사장, 112 신고 해. 경찰 부르라고."

"112 신고를 하건 119 신고를 하건 그건 맘대로 하시고 일단은 좀 나가쇼."

정 마담이 나가고 정수와 정수를 따르는 직원들만 남게 되자 비로소 겁이 났던지 상무는 잽싸게 방문을 열고 나가려 했다. 그런 상무의 멱살을 정수가 왼손으로 움켜쥐었다. 그리고선 목을 죄고 있던 손을 놓는 것과 동시에 상무의 뺨에서 아주 깔끔한 소리가 작렬을 했다.

'딱, 딱, 따닥, 따다닥, 따다다닥, 따다다다……' 어구구구 소리를 내며 고꾸라지는 상무의 코에서는 한 줄기 피가 흘러내리고 있었다. 정수는 직원들을 이끌고 밖으로 나왔다. 정 마담이 부리나케 그들을 따라 나왔다.

"계산은 어떻게 하고요?"

"왜, 경찰 부르시지?"

"내가 미쳤어요? 장사 말아 먹을 일 있나?"

"내일 와서 해줄게요. 아니면 저 인간한테 받든지. 자, 우리는 여기서 막바로 해산하자고."

"괜찮겠어요? 팀장님."

"들어가, 걱정 말고."

남 주임, 그리고 두 과장과 그 자리에서 헤어진 정수는 주연을 데리고 부근의 포장마차로 들어갔다.

"속은 시원해서 좋지만, 팀장님, 오늘 진짜 사고 치셨네요. 하여튼."

"인마, 너도 내가 치는 사고에 한번 당해볼래?"

"와, 그 따귀, 그거 뭐예요?"

"그거? 그게 바로 남한산성 따귀라는 거야. 하긴 너 같은 의경 출신이 뭘 알겠니?"

"어떻게 넘어지지도 않고 그걸 서서 다 맞나 몰라."

"인마, 그게 헌병의 노하우잖아. 넘어지거나 피할 틈을 아예 안 주는 거지 뭐. 그냥 어, 어, 하다 다 맞는 거거든. 속도전. 알아, 속도전?"

"소주 맛 죽이는데요."

"야, 아까는 상무가 주는 양주를 얼굴로 받아먹던 놈이 이깟 소주가 뭐가 맛있다고 그래?"

"아까 말이에요, 저, 솔직히 술잔으로 상무 얼굴 내리쳐 버릴까 했어요. 강 과장이 꽉 붙잡고 있어 참은 거예요."

"행여나 그랬겠다."

"안 믿으면 말고. 그나저나 이제 어떻게 할 거예요?"

"뭘?"

"몰라서 물어요?"

"뭘 어떻게 해. 여태 해먹을 만큼 해먹었잖아?"

"형수님 믿고 너무 막 나가시는 거 아니에요?"

"……."

"괜히 우리한테도 불똥 튀는 거 아닌지 몰라. 하여튼 윗사람을 잘 만나야 한다니까."

"내 말이 그거잖아. 너 인마, 어떻게 하려고 아까 나선 거니?"

“나서다니요?”

“아까 네가 상무한테 뭐라고 하면서 시작된 일이잖아. 덕분에 양주로 세수를 하긴 했지만.”

“그럼 상무인가 이상 없음인가 하는 그 새끼가 남 주임한테 이년 저년 하는데 속이 안 뒤집힙니까? 게다가 그 인간이랑 팀장님이랑 당장 치고 받고 하게 생겼는데 거기서 가만히 있으란 말이에요?”

“야, 그건 알겠는데 너는 아직 계약직 신분이잖아. 내가 너 정규직 될 때까지 무슨 일이 있어도 나서지 말라고 몇 번이나 말했냐. 이제 곧 심사잖아.”

“아니, 그 와중에 정규직, 계약직 이런 게 생각납니까?”

“야, 김주연, 너 나랑 장사하자, 밥장사.”

“미쳤어요, 내가? 애 잡으려고? 사양합니다.”

“참, 애는 좀 어때?”

“어제 인큐베이터에서 나왔잖아요.”

“그래, 잘 됐네. 건강하지?”

“예, 일단 그렇게는 보이는데 애라고 딱 쥐새끼만 해 가지고.”

“야, 원래 작게 나서 크게 키우라고 했잖아. 술이나 마시자.”

“팀장님, 제가 예언 하나 할까요?”

“뭘?”

“과연 지금 이 시간 강 과장은 어디에 있을까? 하는 거요.”

“인마, 예언은 앞으로 일어날 일에 대해 하는 거야.”

“그럼 예측, 아니면 예상이거나. 하여튼 어디에 있게요?”

“어디에 있는데?”

“뭘 어디예요? 상무님 옆이지.”

“놔둬. 어차피 그냥 두고 가기 좀 찜찜하잖아.”

“난 머리가 나빠서 그런지 그런 걸 도저히 못 배우겠던데 말이에요.”

"좋잖아? 좋게 생각해."

"아까 남 주임 우는 거 보셨어요?"

"응."

"상무 그 새끼 진짜 완전 구제불능이네요."

"너나 나나 다 똑같지 뭐."

"그때 보내버려야 했는데."

"뭔 소리야?"

"며칠 전 남 과장 일 일어났을 때 말이에요. 회사에선 팀장님이 중재를 해서 그런 식으로 어영부영 끝나게 된 거라고 하더라고요. 하여튼 이해 못 할 양반이라니까."

"누가, 상무?"

"그 새끼는 양반은 못 되고."

"이해 못 하겠으면 이해하지 마. 그 머리로 뭘 그렇게 어렵게 이해하려고 노력을 하냐?"

"하긴 진짜 구제불능은 팀장님이긴 하지."

"뭐가?"

"아, 대충 맞춰 줘 가면서 분위기 좀 잘 끌고 가지, 꼭 그런 식으로 판을 깨야 속 시원해요?"

"야, 너 같으면 안 그러고 배기겠니? 그리고 그 판을 내가 깬 거야?"

"예, 팀장님이 깬 거 틀림없이 맞고요. 그리고 말입니다. 저 같으면 안 그래요. 절대, 네버."

"……."

"아니, 성질부리려고 하면 좀 딸랑거리면서 어디 다 떨어진 여자 아이라도 하나 불러와 붙여 주면 끝일 텐데 그걸 못하니 참."

"야, 인마, 남 주임도 있고 그러는데 어딜 여자를 불러, 부르긴?"

"걔가 애입니까? 개도 직장생활 벌써 4년째라고요. 그리고 정 아니다 싶으면 남 주임 먼저 보내놓고 부르면 되는 거고."

"인마, 나도 나중엔 남 주임 보내고 여자 부르자고 했었잖아?"

"그땐 벌써 분위기 파장 되었을 때잖아요. 제가 모를 것 같아요? 팀장님이 면피하려고 그런 말 한 거라는 걸. 하여튼 은근히 교활하다니까."

맞는 말이었다. 사실 상무가 그 패악을 떨지 않게끔 다룰 방법은 진즉에 얼마든지 있었다는 거 정수도 인정을 했다. 그냥 그리고 싶지 않았을 뿐이었다. 면피 이야기도 맞는 말이었다.

22

주말에 이어 월요일인 아침에도 정수는 늦잠을 잤다. 천천히 나가서 총무팀장에게 희망퇴직원서를 제출하고 얼마 되지는 않지만 짐을 싸 나올 요량이었다. 회사로 오는 내내 정수는 그냥 사직 아닌 희망퇴직을 할 경우 받을 수 있는 1년 치 연봉과 퇴직금을 합하면 근 1억 원이 되지 않을까 하는 생각을 하며 그 돈으로 무엇을 하면 좋을까 하는 궁리를 해 보았다.

비단 사흘 전 일이 아니고서도 정수는 정말 미련이 없었다. 도리어 좀 더 빨리 나오지 않고 미적거린 자신이 바보 같다는 생각이 다 들었다. 물론 과연 희망퇴직을 받아줄지 그것이 관건이었다. 하지만 상무가 아무리 바보 같은 인간이라도 어제 일을 가지고 정수에 대한 징계위원회라도 열리게 되면 자신에게 결코 유리하지 못한 사실들이 새삼 들쳐질 게 뻔하니 그 일을 문제 삼을 리는 없다는 확신이 들었다.

사무실에 도착한 시간은 근 11시가 넘어서였다. 그런 정수를 직원들은 아주 심란한 표정으로 맞아 주었다.

"남 주임, 뭐 해? 오늘은 지각했다고 커피도 안 주는 거야?"

남진희가 황급히 커피를 가져다주었다. 비록 인스턴트이기는 하지만 느긋하게 그 향을 즐기며 뜨거운 커피를 마시고 있을 때 강윤석 과장이 그에게 다가왔다.

"괜찮으세요, 팀장님?"

"어, 강 과장. 그날 잘 들어갔지?"

"저 완전 죽었다 살아났잖아요."

"왜?"

"아무래도 상무님을 그 상태로 두고 가서는 안 될 것 같아 팀장님이랑 헤어지고 다시 그 집으로 갔었거든요. 죄송해요."

"죄송하긴, 무슨 소리야? 그나마 고마운 일이지, 그래 고생했겠네."

"우리가 그렇게 헤어지고 제가 다시 들어가는 그 새에 상무님이 또 몇 잔을 드셨다고 하더라고요. 하여튼 제가 들어갔을 때는 완전 뻗기 일보직전이었지 뭡니까?"

"그래서?"

"어떻게 합니까? 마담 년은 계속 돈 내놓으라고 지랄이지, 상무님은 몸도 못 가누지. 하여튼 대리기사 불러 태워 보내느라 죽는 줄 알았다니까요."

"집은 어떻게 알고?"

"상무님 핸드폰을 보니 우리 집이라고 나와 있는 게 있어서 전화를 했더니 딸이 받더라고요. 그래서 대리 기사에게 아파트 앞까지만 모셔 드리라고 부탁했지요."

"정말 수고했네. 참 돈은?"

"외상 했지요, 뭐. 그런데 70 만원이나 나왔다고 하더라고요."

"무지 나왔네, 별로 먹은 것도 없었는데. 그럴 줄 알았으면 회나 더 먹고 엎을 걸."

"상무님은 아직도 안 나오셨어요."

“그래?”

“그날 보니까 상무님 뺨이 상당히 부었던데…….”

“사흘 전에 뺨 몇 대 맞았다고 회사에도 못 나오겠어? 무슨 다른 일이 있겠지. 아니면 숙취로 누워있던지.”

“그냥 안 넘어갈 텐데요?”

“그러겠지. 괜찮아, 나도 다 생각하고 나온 거니까.”

“하여튼 팀장님, 너무 성급히 생각하시지는 마세요.”

“성급하기는커녕 내내 너무 늦었다는 생각하면서 회사에 왔거든.”

“믿습니다. 믿어도 되지요?”

“고마워.”

“팀장님, 비서실인데요.”

“나?”

“예.”

정수는 남 주임으로부터 전화를 건네받았다.

“예, 심정수입니다.”

“팀장님, 저 홍 대리인데요, 상무님께서 조용히 전화 좀 해달라고 하던데요. 급한 일이라고 하면서.”

“어디 계신데요?”

“외부에 계신 것 같아요. 사무실엔 아직 안 나오셨거든요.”

“예, 고마워요.”

‘이건 또 무슨 도깨비 같은 상황이래?’

아무도 없는 직원 휴게실에 앉아 담배를 피워 물고선 심호흡과 함께 상무에게 전화를 넣었다. 상무는 이번에도 정수의 예상을 100% 배신했다.

“여보세요.”

“예, 저 심정수입니다.”

"어, 심 팀장, 늦게 나온 모양이네."

'개새끼도 아니고 웬 심 팀장?' 정수는 어안이 벙벙했다.

"……."

"내가 말이야, 심 팀장에게 부탁이 있어서 전화 달라고 한 거거든."

'뭔 소리야? 이게.'

"심 팀장, 지금 회사인가?"

"예."

"여기 말이야, 강남경찰서거든. 이리 좀 와주지. 이왕이면 빨리 좀."

"……."

"내가 말이야, 지금 심 팀장 마음 다 아는데 그건 나중에 이야기하고 일단 좀 와 주었으면 좋겠어. 어때? 올 수 있겠어?"

"무슨 일 있습니까?"

"응, 그게 말이야, 내 일은 아니고. 하여튼 이리로 좀 왔으면 좋겠어."

"저에 대한 고소장 접수하러 가신 모양이네요."

"이 사람, 지금 바쁘다니까 무슨 쓸데없는 농담을 하고 그래? 올 수 있지?"

'고소가 쓸데없는 농담이다 이거지?' 정수는 상무에게 뭔가 안 좋은 일이 생겨 자신에게 도움을 요청하는 것이라는 걸 직감했다.

정수는 거짓말처럼 거듭되는 얄궂고 극적이면서도 한편으로는 신기하기도 한 이 대반전을 대체 어떻게 받아들여야 될지 머리가 혼란스러워졌다. 마치 어떤 보이지 않는 힘이 자신과 상무를 두고 장난을 치고 있는 거나 아닐까 하는 생각에 쓴웃음이 다 피어났다. 아니 이게 무슨 온갖 우연과 말도 안 되는 상황이 연이어 펼쳐지는 막장 드라마도 아닐 진데 어떻게 기다리고나 있었다는 듯 상황을 일거에 뒤집어 버리는 반전이 한 번도 아니고 매번 계속될 수 있단 말인가! 하여튼 재미

있는 세상이기도 했다.

순간적으로 갈까, 말까 하는 갈등이 생겼다. 갈까? 아니, 그냥 총무팀장 만나서 희망퇴직이나 알아볼까? 하다가 일단 가 보기로 마음을 정했다.

"예, 제가 차가 없어서 김주연 대리랑 같이 가겠습니다. 차 안 막히면 한 이십 분 정도 걸릴 겁니다."

"그래, 여기 사고조사계 앞이거든. 거기에 있을게."

사고조사계, 그럼 상무나 누군가가 교통사고를 냈다는 소리였다.

"강남 서에는 뭐 하러 가세요?"

"상무가 기다린다고 하더라."

"그럼 우리 지금 상무 만나러 가는 거예요?"

"응."

"고소장을 접수했나? 아니 그래도 그렇지, 피고소인 조사를 이렇게 빨리 받을 리 없는데. 상무가 왜 거기서 팀장님을 기다리는데요?"

"몰라. 가보면 알겠지."

"뭔 소리야?"

"귀신 씨나락 까먹는 소리잖아."

"일이 어떻게 돌아가는 거지?"

"잘 돌아가는데 왜?"

"……."

상무는 교통사고조사계가 아닌 경찰서 정문 앞에서 정수를 기다리고 있었다. 부인으로 보이는 여자와 함께였다. 강 과장의 말대로 그의 얼굴은 아직도 붓기가 남아 있어 보였다. 정수는 주연에게 주차를 해 놓으라고 하고 혼자 차에서 내렸다.

"왔어?"

"예. 그런데 무슨 일이신데요."

“어디 좀 앉자고. 여긴 매점도 없나?”

“지하에 매점이 있습니다. 그리로 갈까요?”

“그래. 새벽부터 와 있으려니까 속이 쓰려 죽겠구만. 거기 커피도 팔지?”

“있을 겁니다.”

이미 점심시간이 시작되어 경찰관들로 북적이는 식당 옆 간이 휴게실에 정수는 상무 부부와 마주 앉았다. 식당과는 달리 휴게실은 텅 비어 있었다.

“인사 드려. 우리 회사의 심정수 팀장이야. 여긴 우리 집사람.”

정수는 상무의 부인이라는 여자와 인사를 나누었다.

“참, 심 팀장. 밥 먹어야지.”

“상무님도 뭐 드시렵니까?”

“아니야, 나는 됐어. 심 팀장, 그리고 같이 온 직원이랑 두 사람은 뭐라도 좀 먹지.”

“상무님 안 드시면 저희도 됐습니다.”

“그럴래?”

“예. 그런데 무슨 일인지?”

“내가 이야기할게. 오늘 새벽에 아니 6시 경이니까 아침이라 해야 되나, 하여튼 오늘 아침 6시경에 우리 큰아이가, 딸이야, 서른 먹었고. 그 아이가 교통사고를 냈어. 저기 삼성동 봉은사 앞길에서.”

정수는 이제 제대로 짐작이 갔다.

“어떤 사고를 냈는데요?”

“1차선으로 말이야, 천천히, 교통규칙 다 지키면서 가고 있는데 상대쪽에서 달려오던 오토바이가 와서 들이받았다는 거야. 그 오토바이에 젊은 애들 둘이 타고 있었나 봐. 그런데 둘 다 무지 많이 다쳤대. 지금 삼성의료원에 있다고 그러더라고.”

“차는 무슨 차인데요? 보험은 들어 놨고요?”

“그럼. 차는 소나타야. 걔가 서울대 나와서 자기 교수 조교 생활을 하다가 석사 다 따가지고 지금 국립박물관에 학예원으로 들어가 있잖아. 지금은 7급인데 내년에 박사 마치면 진급 한다고 하더라고.”

“그럼 별 거 아닌데요?”

“그렇지? 분명 별것도 아닌 사고인데 조사하는 놈, 아니 조사하는 경찰관은 자꾸 우리 애가 중앙선을 침범했다고 하더란 말이지. 참 미치겠네.”

정수는 사건이 머리에 그려졌다. 사고조사경찰관이 아무 이유 없이 중앙선을 넘었다고 할 리 없으니 분명 중앙선을 넘어 사고를 내고선 안 넘었다고 우기는 모양이었다.

“이건 대체 말이 통해야 대화를 해보지. 우리 애도 놀라서 거의 다 죽어 가는데 조사를 해야 한다고 아직도 붙잡고 있거든. 나는 이제 그 사무실에 들어오지도 못하게 하고 말이야.”

“아니 경찰이 어떻게 우리를 이렇게 막 대한단 말이에요? 기껏 무궁화 하나 주제에.”

“당신은 가만히 있어.”

“아, 분해서 그러잖아요, 분해서.”

“조용히 하라니까. 심 팀장, 일단 자네가 어떻게 된 일인지 좀 알아 봐 주지.”

“죄송하지만 상무님, 저 말고 아시는 분도 많으실 텐데요.”

“내 솔직히 이야기할게. 그렇지 않아도 내가 아는 총경, 서울 어디 서장이거든. 그 총경한테 벌써 전화를 했었어. 그 양반이 우리 애 담당하는 부서, 그러니까 사고조사계장이라는 사람이라고 하더라고. 하여튼 그 사람에게 전화를 했었지.”

“그런데요?”

“그때부터 이 난리잖아. 높은 사람에게 전화로 청탁하면 사건이 바뀌느냐고 하면서 막 화를 내더라고. 그리고선 사무실도 못 들어오게 하고 말이야."

정수는 부부의 말이 이해가 갔다. 형사나 사고조사를 하는 경찰관들이 제일 싫어하는 짓을 한 것이었다. 사람들은 높은 사람에게 전화를 하여 부탁을 하면 일이 잘 풀릴 것으로 믿지만 실상은 전혀 그렇지 않았다.

담당 경찰관의 입장으로는 계급으로 압력을 주는 듯 느껴져 불쾌하기도 하거니와 일단 그런 식으로 윗사람에게 사건이 알려지면 그만큼 자신들의 운신의 폭이 좁아지기 때문이었다. 잘 봐주고 싶어도 청탁 또는 압력에 의해 사건의 본질을 바꾼 것으로 비쳐질 테니 어찌 보면 아주 당연한 반응이기도 했다. 중요한 건 직접 사건을 조사하고 처리하는 담당 경찰관임을 모르기에 저지르는 오류인 것이다.

"죄송한 말씀입니다만 담당 경찰관이 따님께서 중앙선을 넘었다고 한다면 다 이유가 있어서 하는 판단일 겁니다. 다른 것도 아니고 오토바이라면 잘 부서져서 파편이나 기름 같은 게 충돌 지점에 남거든요. 그걸 보면 누구나 금방 판단이 되지요."

"그래도 우리 아이는 절대 아니라고 하던데."

"사고를 낸 사람은 늘 그런 식의 착각을 하는 편입니다. 자기 자신을 합리화시키고 싶거든요. 본능이지요, 뭐."

"그럼 만약에 우리 아이가 정말로 중앙선을 넘은 거라면 어떻게 되는 거지요?"

"예, 사모님, 중앙선을 넘은 게 사고의 원인이면 일단 형사입건이 되고 만약에 피해자가 죽기라도 하면 구속이 될 수도 있습니다."

순간 여자가 비명을 질렀다.

"뭐요? 구속?"

그리고선 얼굴을 탁자에 묻고 흐느꼈다.

“어떡해, 어떡해.”

“조용히 하라고 이 사람아.”

“내가 지금 조용히 하게 됐어요? 응, 애가 구속이 된다는데 조용히 하게 됐냐고?”

“뭐 좋은 방법 없을까?”

“구속이야 최악의 경우니까 생각 안하셔도 되고요. 그나저나 강 과장을 부르실 걸 그랬네요. 저보다 똑똑하고, 또 저는 솔직히 오늘부터 회사에 안 나오려 했거든요.”

“이봐, 내가 미안하네. 솔직히 아까 그 계장이란 사람이 젊기에 물어보니 경찰대학을 나왔다고 하더라고. 그래서 강 과장 이야기를 살짝 했거든. 그랬더니 자기 선배가 맞기는 맞지만 이 사건은 담당자가 알아서 조사하여 처리하는 것이니 자기는 도와줄 수 없다고 하질 않나 글쎄. 역시 담당이 중요한 것 같은데 계급은 무궁화 하나인데 나이도 좀 있어 보이고 하는 걸 보면 혹시 자네를 알지도 모른다는 생각에서 자네를 부른 거네.”

“그 사람에게 제 이야기를 했어요? 저도 나온 지 꽤 오래 되어서 저 아는 사람 거의 없을 텐데.”

“안했어. 괜히 했다가 아까같이 되면 일만 망칠 것 같아 안 했어. 잘했지?”

“예.”

“어떻게 해야 되지, 응? 심 팀장, 그 아이 형사 입건되면 절대 안 되는 아이야, 공무원이라고. 거기다가 구속이 될지도 모른다니 이게 말이 되는 일이냐고. 이봐, 심 팀장, 내 이런 이야기 정말 미안한데 우리 남자 대 남자로서 나 한 번 더 도와주게. 응? 내가 그날 저녁 일 무릎 꿇고 빌라고 하면 빌게. 정말이야, 나 심 팀장 앞에 무릎 꿇을 수 있어. 지금 꿇을까?”

정말 무릎을 꿇을 양으로 몸을 일으키는 상무를 정수가 황급히 제지를 했다.

"상무님, 솔직히 말씀드려서 이번 일은 제가 별로 도와드릴 게 없을 것 같네요. 중앙선침범 이런 건 사건이 똑 떨어져서 어떻게 해 볼 여지가 없거든요. 피해자도 그렇고."

"아니야. 나도 알아. 당신이 열심히만 하면 분명 방법이 있을 거야. 돈? 돈이 필요하면 내가 얼마든지 낼게. 일단 한 번 알아보기라도 해 주지, 응?"

"따님 지금 어디에 있는데요?"

"아까 우리가 심 팀장 기다릴 때 현장 조사한다고 경찰들이랑 같이 나갔어. 따라가려다 심 팀장 못 만날까 봐 안 가고 있던 거야."

경위 계급장이 달려있는 교통경찰 옷을 입은 경찰관 한 명이 휴게소 구석의 커피 자판기에서 커피를 뽑아 마시다가 정수를 향해 다가온 것은 바로 그때였다.

"어? 심정수 선배님 아니세요? 선배님 맞지요? 여긴 웬일이세요?"

한때 같은 경찰서에서 정수와 함께 교통사고조사를 담당했던 이였다. 당시 그이는 정수의 조원이기도 했었다.

"앗, 장 부장. 아니, 이제 주임이시네. 장 주임, 오랜만이요. 와, 이게 얼마만이야?"

"벌써 5년도 훨씬 넘은 것 같은데요?"

"이야, 어떻게 얼굴이 그대로냐?"

"에이, 선배님도 하나도 안 늙으셨는데 뭘 그러세요? 저야 이제 4학년 5반인데."

"그래, 지금은 어디 있어요? 교통계에 있는 모양이지?"

"저 지금 사고조사반 근무하잖아요. 예나 지금이나 완전 일복 터진 거지요, 뭘."

“여기?”

“예, 여기 사고조사계에 있어요.”

“그래? 마침 잘 됐네. 그렇지 않아도 궁금한 게 있어서 혹시 누구 아는 사람 좀 없나 하던 참인데.”

“왜 무슨 일 있으세요?”

“응, 내 조카 되는 애가 사고가 나서.”

장 경위는 정수 앞의 상무 부부를 흘끗 쳐다보았다.

“아침에 있었던 충침 사건 가해자 아가씨가 선배님 조카라고요?”

“응, 그렇게 돼.”

장 경위의 표정은 조카는 무슨 조카, 당신 앞에 있는 가해자 부부 부탁을 받고 알아보러 온 것이구만, 하는 표정이 역력했다. 하지만 경찰 사회에서 그런 거는 별 흠이 되지 않는다는 걸 그는 잘 알고 있었다. 지인의 부탁을 받았을 때 그저 아는 사람이다, 라고 말한다면 사건 브로커 취급이나 받지 누가 개입을 하는 걸 용인을 해 주겠는가? 정수도 이런 걸 그가 다 알고 또 이해하리라는 걸 믿기에 조카라고 한 것뿐이었다.

“알아보고 말고 할 것도 없는 사고예요. 딱 떨어지는 충침에다 중상 두 명, 그건데요, 뭘.”

“피해자들은 상태는 괜찮고?”

“글쎄 말입니다. 요새 우리 서장님이 사망사고 줄이라고 하도 난리가 나서 중상자가 발생하면 저희도 무지 신경 쓰거든요. 저야 담당이 아니라 잘 모르는데 들어보니 잘하면 죽지는 않을 것 같다고 하긴 하더라고요.”

“그럼 정말 다행이고.”

“아가씨가 공무원이던데 형사 처벌되면 무지 곤란할 텐데. 사망이 아니라도 두 명이라 아주 중상이면 영장 칠 수도 있고……”

정수는 장 경위, 그가 가해자의 부모에게 슬쩍 겁을 주어 정수의 위
상을 높여 주려는 배려라는 걸 눈치 챘다. 아닌 게 아니라 상무 부부
의 얼굴은 벌써 흙빛으로 변하고 있었다.

"선배님, 그럼 일 보고 가세요. 저는 들어 가 보겠습니다. 아참, 우리
사무실에 오시겠네."

"어, 장 주임. 올라가요."

"오세요, 우리 사무실. 제가 녹차 드릴게요. 작설차 좋은 거 갖다 났
거든요."

"고마워요. 이따 한 잔 얻어먹으러 갈게."

"그럼 이따 뵙습니다."

장 경위가 계단 위로 사라졌다. 그가 사라지자 상무 부인의 울음이
다시 터졌다.

23

정수가 굳이 따라 들어오려는 상무를 복도에서 기다리라고 한 후
혼자서 교통사고조사계 사무실에 들어섰을 때 마침 젊은 여자와 경찰
관 한 명이 그의 뒤를 따라 들어왔다. 정수는 직감적으로 그녀가 상무
의 딸임을 알 수 있었다. 경찰관은 들어서자마자 손에 들고 있던 굴렁
쇠 자를 팽개치듯 바닥에 내려놓으며 여자를 나무랐다.

"아니, 거기에 아직도 오토바이 부서진 파편이 수두룩한데 자꾸 엉
뚱한 델 지목하면 어떻게 해요? 그 앞의 편의점 아가씨 하는 말 들었
지요? 사고 장소가 바로 거기라고. 자기가 똑똑히 봤다고 하잖아요?
우길 걸 우겨야지. 거 참 정말 답답한 아가씨네."

"저는 분명히 그쯤이라고 생각했거든요."

"이봐요, 아가씨, 그러니까 스키드 마크 하나 없는 거잖아요. 오토바이가 오는데 브레이크도 못 밟는 실력이니까 사고 장소도 엉뚱한 델 지목하는 거 아니냔 말이에요."

"너무 순간적이라 제가 정말 못 봤거든요. 그쪽에서 얼마나 달려왔던지 '쾅' 하면서 부딪히는 순간에 겨우 봤단 말이에요."

"어이구, 그게 운전한 사람 입에서 나올 밀이요? 이 답답하신 아가씨야."

정수는 그런 경찰관을 보면서 내심 마음이 복잡해짐을 느꼈다. 다행인지 아니면 불행인지 정수와 경찰 동기로서 군 생활이나 다름없던 청와대 경비대에 근무할 때 만 3년여를 넘게 한 내무반을 쓰면서 함께 뒹굴던 친구이기도 했던 것이다. 물론 정수가 퇴직한 이후 단 한 번도 만나지 못한 터라 색이 좀 바라기는 했을지 모르나 친구라는 사실이 변하는 것 아니었다.

이제 정수는 확실한 결론으로 마음을 정하여야만 했다. 상무를 위해 결과와 상관없이 이 사건에 개입할 것인지 아니면 무시하고 그냥 희망퇴직이나 성사될 것을 바랄지를……. 하지만, 상무 부부가 이렇듯 매달리는 사건을 나 몰라라 했을 때 그의 성정에 비추어 또 새로운 원한을 가지게 될 것은 자명한 사실이었다. 만일 저 덜 떨어진 인간이 자신이 당할 망신이나 불이익은 생각지 않고 우선 분한 마음에 회사 측에다 정수로부터 구타를 당한 사실을 알릴 경우 희망퇴직은커녕 사표 수리도 되지 않고 파면이 될 가능성이 아주 높았다. 희망퇴직에 걸린 돈만도 정수의 일 년 치 연봉이니 거의 8,000만 원 가까이 될 것이다. 혹 파면이라도 된다면 그 돈에다 몇 푼 안 되기는 했지만 퇴직금도 그나마 반밖에 못 받을 터, 정수는 자신이 하기에 따라 1억 원에 가까운 돈이 왔다 갔다 할 수 있다는 걸 새삼 깨달았다. 더 이상의 병신 짓을 할 필요가 뭐 있으리? 너무나도 간단한 이치인지라 그렇게 마음을 정

하는 데는 오랜 시간이 필요하지도 않았다. 때마침 바로 그때 절묘하게도 아내로부터 점심식사 잘 했냐는 내용의 문자가 날라 왔으니까!

그걸 보는 순간 정수는 자기 자신에게 다시 한 번 기회를 주어야 한다고 생각했다. 정수는 우선 민원인이 없어 비교적 호젓이 책상에 앉아 서류를 들여다보는 장 경위 앞으로 갔다.

"장 주임, 뭘 그렇게 열심히 해?"

"어, 오셨네. 이리 오세요. 제가 차 한 잔 끓여 드릴게. 아마 드셔보면 죽일 겁니다."

장 경위는 그를 한쪽 구석에 작은 테이블이 놓여있는 소파로 안내했다. 그리고선 사무실과 또는 자신의 신분과 전혀 어울리지 않는 다기 세트를 책상 안에서 꺼내 탁자 위에 진열해 놓고 커피포트에다 물을 끓이기 시작했다. 한쪽에선 네가 박았느니, 네가 갑자기 끼어들었느니 하면서 악다구니를 해대고 있는 살벌한 경찰서의 사무실 내에 하얀 자기로 만든 다기 세트의 모습은 생경한 걸 넘어 그 자체가 하나의 희극이었다.

"사무실에서 다도를 하다니 무지 우습기도 하고 멋있기도 하고 그러네."

"그렇지요? 저번에 서장님이 순시를 왔다가 어울리지 않게 우아 떤다면서 당장 집어 치우라고 하더니 내 차 한 잔 드시고선 그날로 부속실에도 똑같은 것 사다 놓았다는 거 아닙니까? 히히."

"경찰서가 아주 문화적으로 바뀌는 모양이네."

"헤헤, 김 선배님, 선배님도 이제 그만 하시고 이리 와서 차 한 잔 하세요. 거기 아가씨도 데려오고."

장 경위가 부르는 소리에 정수 쪽을 바라보던 경찰관과 정수의 눈이 마주쳤다. 정수는 잠자코 씨익 웃을 뿐이었다.

"누구야? 와, 심정수, 심정수 아니야? 웬일이냐, 너? 너 요새 보험회사에서 아주 잘나간다고 그러더니 여긴 어떻게 왔어?"

둘은 서로의 손에 잔뜩 힘을 주며 악수를 나누었다.

"그냥 왔어. 너도 볼 겸 해서."

"나 여기 있는 거 어떻게 알았어? 정말 나보러 온 거야?"

"그렇다니까?"

"우리 장 주임이랑 아는 사이였나?"

"예, 여기 심 선배님이 옛날에 세 사수였습니다. 마포에서 시고 조사
할 때."

"그래? 그럼 장 주임 보러 온 거야? 참, 아가씨, 이리로 와요. 이리 와
서 편하게 앉아 차 한 잔 마시면서 잘 생각해 보라고요. 나도 피곤해
돌아가시기 일보 직전이니까 이제 우길 생각은 그만 좀 하고."

상무의 딸이 쭈뼛거리며 그들에게 다가왔다.

"선배님, 여기 심 선배님 이 아가씨 사고 때문에 오신 것 같은데요."

"그래? 정말이야?"

"겸사겸사 왔다니까?"

"이 아가씨랑 어떻게 되는데?"

"조카."

"조카 같은 소리하고 앉아있네. 조카가 삼촌 얼굴도 모르냐?"

"아가씨, 내 조카 맞아, 안 맞아?"

상무 딸은 어안이 벙벙하여 어쩔 줄 몰라 했다.

"야, 한섭아, 나랑 다른 데 가서 이야기 좀 하자."

"왜?"

"뭘 왜야? 이야기 좀 하자는데?"

"그래? 그러지 뭐? 어디 가서 이야기 하지?"

"아까 보니까 지하 매점이 그나마 조용하더라, 따뜻하고."

잠시 후, 정수와 김한섭 경위는 상무의 딸을 사무실에서 그냥 쉬면
서 기다리라고 한 후 지하 매점 내 휴게실에 마주 앉았다.

“누구야? 그 아가씨?”

“우리 회사 상무 딸이야.”

“아, 아까 명함 주던데 난 보지도 않고 주머니에 넣어 버렸네. 너 네 회사 상무구나.”

“응.”

“그런데 왜? 사건은 간단한 건데. 알잖아? 너도.”

“응, 들었어, 중침이라며?”

“응.”

“도와주자.”

“뭐?”

“도와주자고.”

“뭘 어떻게?”

“방법을 찾아 봐야지.”

“말이 되는 소리를 해라. 사고조사라면 날고 긴다던 네가 그런 소리 하니까 이상하다, 야.”

“피심(피의자심문조서) 받았니?”

“이제 받아야지.”

“그럼 그건 천천히 받고 일단 오늘은 집으로 보내자.”

“조사도 안하고?”

“그래, 당사자도 그렇고 부모도 그렇고 신분 확실하니까 걱정 말고 일단 집으로 보내 줘. 도망가거나 그러지는 않을 테니까.”

“꼭 그래야 되는 거니?”

“아니, 꼭 그래야 된다는 건 아니고 그럴 수 있으면 그렇게 해 달라는 거야. 너 곤란하면 놔두고.”

“그러지, 뭘.”

“뭐가?”

“나도 어제 눈 때문에 사고가 많아서 꼬박 밤 새웠거든. 이제 피곤해서도 더 못할 판인데 잘 됐네. 그럼 오늘은 집으로 보냈다가 내일 피심 받는 거로 할게. 그럼 됐지?”

“응, 고마워.”

“내가 피곤해서 그런 건데 고맙기는. 너 민간인 회사 다니니까 좀 변했네.”

“변해야 살지.”

“그게 그렇게 되나?”

“현장은 어때?”

“시립병원 알지? 그 앞 4차로 도로야. 중침 확실하고.”

“현장 검증 했으면 사진도 다 찍었겠네.”

“응, 위에 있어. 볼래?”

“아냐, 됐어.”

“그런데 어떻게 하냐? 워낙 똑 떨어지는 사건이라.”

“할 수 없지 뭐.”

“나 원망하기 없기다?”

“당연하지. 원망은 무슨.”

“내가 네 얼굴이라도 살려줄게.”

“뭘?”

“오늘 일단 집으로 보내는 거 말이야. 너 없었으면 절대 안 되는 거라고 하면서.”

“관둬. 내가 더 치사해지잖아.”

“그래도 고마운 건 알긴 알아야지.”

“알았어. 그건 마음대로 하고.”

“지금 보내줄까?”

“좋지.”

24

　잠시 후, 정수는 다시 장 경위 옆 소파에 앉아 있는 상태에서 복도에서 기다리고 있는 상무 부부를 한섭이 불렀다.

　"아버님, 따님이 계속 부인을 해서 정말 미치겠습니다. 아니 어떻게 운전을 배웠는지 자기 사고 장소도 모릅니까? 현장에 이렇게 증거물이 가득한데?"

　한섭은 자신의 사진기를 들어 현장이 찍힌 화면을 상무에게 보여 주었다.

　"죄송합니다. 애가 놀라 그런 것 같습니다."

　"놀라도 그렇지요, 어린아이도 아니고. 들어보니 박사 과정에다가 현직 공무원이라면서 자꾸 그러니까 정말 피곤해 죽겠네요. 아세요, 저 어젯밤 꼬박 새운 거. 아직 점심도 못 먹고 말입니다."

　"예, 수고 많으십니다."

　"현장조사까지 마쳤으니까 말씀드릴게요. 따님은 이제 교통사고처리특례법 중앙선침범 및 업무상과실치상 혐의로 정식 입건되는 겁니다. 무슨 말씀인지 아시지요?"

　"예."

　상무는 정말 애절한 눈빛으로 정수를 바라다보았다.

　"그럼 앞으로 따님이 어떤 처벌을 받을지도 아시겠네요?"

　"……."

　"뭐 지금 피해자 2명이 병원에 있기는 한데 둘 다 복합골절도 있고 뇌진탕도 있지만 다행히 사망할 것 같지는 않다고 하더라고요. 다행히 사망을 안 하게 되면 따님에게 벌금 몇백만 원 정도 나올 겁니다. 물론 보험 외에 따로 합의도 보셔야 할 거고요. 그나마 형편이 괜찮은 집안으로 보여 다행이기는 하네요."

"다른 방법은 없습니까? 벌금도 전과인데 그런 기록이 안 남는 방법 같은 거 말입니다."

"아시잖습니까? 그런 건 없습니다. 그렇게 알고 먼저들 가세요. 따님은 이제부터 조서 받아야 하니까."

소파에 앉아 지켜보고 있던 정수가 한섭의 책상 앞으로 다가왔다.

"아직 식사 못했다면서?"

"응, 이제 해야지."

"그럼 밥도 먹일 겸 우리 조카 좀 집으로 데리고 가자."

"어딜? 왜 그래? 알면서. 지금 농담이지? 정 그럼 구내식당엘 가서 빨리 밥만 먹여서 돌려보내. 조사는 최대한 빨리 할게."

"오늘은 피곤할 텐데 조사, 내일하는 게 어때?"

"야, 너 왜 그러냐? 민간회사 다니더니 자꾸 엉뚱한 소리를 하고 있어. 안 된다는 거 알잖아? 오늘 새벽에 접수된 건이라고. 오늘 조사해서 일단 초동처리는 해야 되잖아?"

"알아. 뻔히 알면서 이런 부탁해서 정말 미안한데 말이야, 지금 조카 몸 상태가 너무 안 좋다 그러잖아. 부탁 좀 하자."

"그럼 난? 새파랗게 젊은 계장한테 나만 찐빠 먹으라고?"

"피의자도 좀 다쳐서 치료받고 오라고 병원에 보냈다고 해. 내일 아침 오기로 했다고 하면 되잖아."

"야, 새벽부터 계장이 저 아가씨를 몇 번이나 봤는지 아냐? 그런데 이제 와서 속 보이게 다쳤다고 하란 말이야? 그리고 만일에 내일 안 오면? 그럼 난 뭐가 되는데?"

"내가 데리고 올게."

"네가?"

"응, 내가 책임지고 데리고 올게."

"정말이지? 그럼 신원보증서 네가 쓸 거지?"

“그래, 내가 신원보증서 쓰고 내가 데리고 갈게.”

한섭은 잠시 생각을 하는 듯했다.

“아버님, 이리 오세요. 지금 이야기 들으셨지요?”

“예.”

“내일 아침 딱 10시까지 따님 책임지고 데리고 오실 수 있지요?”

“당연하지요.”

“그럼 신원보증서 작성하고 일단 데리고 가세요. 정수 너도 쓰고.”

“예, 감사합니다. 정말 고맙습니다.”

“저한테 고마워하실 필요는 없고요. 그래도 한솥밥을 먹었던 동기가 와서 책임지겠다고 저렇게 말하니까 내가 이 친구 얼굴보기 민망해서 보내드리는 거예요. 아시지요?”

“그럼요.”

그렇게 해서 정수와 상무 부부는 딸을 데리고 밖으로 나올 수 있었다. 딸은 곧 쓰러질 듯 보였다. 정수는 연신 자신에게 허리를 굽히는 상무 부인을 보자 왠지 코끝이 찡해졌다. 자식이 다 뭔지?

“상무님, 일단 댁으로 따님 데리고 가세요. 저는 여기서 김 대리랑 대충 점심 먹고 담당 경찰관 좀 만난 후 갈게요. 전화 드리겠습니다.”

“아까 그 양반도 식전이라고 하던데 이왕이면 식사를 같이들 하시지, 왜. 내가 점심값 드릴게.”

상무는 정말 정수에게 돈을 주려는 듯 바지 뒷주머니에서 지갑을 꺼냈다.

“놔두세요, 상무님. 어차피 그 친구 저랑 밥 안 먹을 겁니다. 그리고 설령 같이 먹더라도 제가 알아서 할게요.”

“그러시려나? 그럼 내 나중에 다 갚을 테니 아끼지 말고 팍팍 좀 쓰소.”

“예, 알았으니 들어가십시오.”

상무는 그들을 보내고 다시 경찰서 안으로 들어갔다.

25

정수가 경찰서 안으로 들어서자마자 그동안 어디에 있었는지 주연이 나타나 정수에게 다가왔다.

"어디 갔었어?"

"예, 그냥."

"왜? 같이 있지 않고."

"상무 얼굴 보기 이상하게 민망하더라고요. 그나저나 어떻게 하시려고 그래요?"

"뭘 어떻게 해? 방법을 찾아 봐야지."

"중침이라고 하는 것 같던데 방법은 또 무슨 방법?"

"뭘 무슨 방법이야, 잘 풀리는 방법이지."

"난 말이에요, 팀장님 정말 이해를 못하겠어요. 정말로."

"쓸데없는 소리 말고 밥이나 먹자. 구내식당 갈까?"

"에이, 아는 사람이나 만나면 창피하게 왜 거기서 밥을 먹어요. 어디 가서 속 풀이나 하지요."

"나는 아까 담당 좀 만나봐야 하는데?"

"그분도 어차피 식사하시겠지요, 뭘. 다시 나갑시다."

다시 경찰서 밖으로 나오니 마침 식당이 눈에 들어왔다. 둘은 육개장을 시켰다.

"아까 제가 팀장님 이해 못 할 양반이라는 말 무슨 말인지 알지요?"

"몰라."

"알잖아요."

"모른다니까."

"홍보부 남 과장 건도 그렇고 오늘 일도 그렇고, 우습잖아요. 다른 사람도 아닌 팀장님이 나서서 이런 일을 하신다는 게. 더더군다나 불과 이틀 전 밤에 서로 치고 받고 한 사이이면서 말이에요."

"김주연, 너 연봉 한 5천 되지?"

"자존심 상하게 뜬금없이 웬 연봉?"

"네가 그랬잖아. 돈보고 회사 다니는 거라고. 나도 그렇거든?"

"그래서요?"

"금요일 날 내가 상무를 두들겨 팼잖아? 그 인간이 앙심을 품고 회사에 이야기하면 그냥 넘어 가겠니? 징계위원회 열릴 것이고 그럼 옳다구나 하면서 나를 파면 아니면 최소 해임을 시킬 거 아니야? 그럼 최소 네 연봉 이상이 날아가는 거거든."

"그렇게 되나?"

"그럼. 우리 회사에는 희망퇴직이라는 제도 있다는 거 알아, 몰라?"

"저야 계약직인데 그런 걸 알아서 뭐 하게요."

"희망퇴직이 되면 퇴직금에다 1년 치 연봉을 얹어주게 돼 있잖아. 이제 무슨 소리인지는 알지?"

"그렇다고 해도 딱 떨어지는 중침 사고라면서요. 어떻게 할 수도 없을 텐데요, 뭘."

"그래도 일단 몸이 달은 상무에게 내 나름 최선을 다하는 모습을 보이는 거지. 설마 이런 모습을 보고서 새삼스레 나한테 맞은 일을 꺼내겠냐고."

"일이 잘 안되면 그러고도 남을 인간 아닌가?"

"물론 그렇기는 하지만 그래도 기대해 보는 거지. 나 정말 치사하지?"

"……."

"좀 낯 뜨거운 이야기지만 아까 딸 때문에 부부가 반죽음이 되는 걸 보니까 솔직히 좀 짠하기도 하더라고. 뭐 내 위선이니까 그러려니 해."

"하여튼 전 팀장님 속 정말 모르겠어요. 알아서 하세요. 그나저나 진짜 웃긴다."

"뭐가?"

"웃기잖아요. 어떻게 된 게 팀장님이랑 싸우면 꼭 그 다음 날 상무한테 일이 생기냐 말이에요. 이게 말이 되는 거예요?"

"인마, 말이 되니까 현실이 된 거잖아."

"그래도 그렇지, 우연치고는 너무 신기하지 않아요?"

"니가 몰라서 그렇지, 세상에 우연은 없어. 그나저나 강화 건도 그렇고, 태국 건도 그렇고 일은 쌓여있는데 만날 이러고 있으니 큰일이다, 야."

"강 과장이랑 저랑 하면 되지요, 뭘. 팀장님 있어봤자 별 도움도 안 되거든요."

"그래. 내가 강 과장한테도 이야기해놓을 테니 너라도 좀 열심히 해라."

"예, 알아서 할게요."

"나이는 동갑인데 누구는 경찰대학 출신이라고 정규직 과장이고 누구는 순경 출신이라고 계약직에다 대리 대우이고. 뭐 새삼스런 일은 아니지만 내가 힘이 없어 정말 미안하다."

"또 그 소리. 제가 감사하다는 말 또 해야 합니까? 저 총대 매고 나와서 빌빌거리고 있을 때 이런 회사에 넣어준 팀장님, 저 안 잊어요. 여기라도 안 다녔으면 아마 작은놈은 죽였을 거예요."

"여기라도, 하는 그런 생각하지 말고 조금만 진득하니 참고 기다려. 심사 끝나면 정규직 될 테고 또 금방 과장 진급도 될 거야. 옛날 상무님이 그냥 계셨어야 하는데……."

"제 운이지요, 뭘."

"다 먹었니? 그럼 너 먼저 회사 들어가. 나 아까 그 직원 좀 만나고 갈게."

"차 없잖아요."

"이따 지하철 타고 가면 되잖아."

"국물이 얼큰하니까 낮술이 팍팍 생각나네요."

"그래? 그럼 이따 한잔할까?"

"좋지요."

"야, 너는 어떻게 사양이라는 걸 모르냐?"

"사양하면요? 금세 또 삐질 거면서."

"그날 밤 완전 조졌으니 말 나온 김에 우리 오늘 회식할까?"

"남 주임 부모님이 팀장님 보면 죽이려고 할 거예요."

"만날 술 먹여 늦게 보낸다고?"

"예."

"야, 그래도 내가 강제로 붙잡고 그런 적은 없었잖아?"

"하여튼 이렇다니까. 아, 만날 집에다 꿀 발라 놓았냐? 술 마시는 것도 근무의 연장이다, 그러면서 애를 옴짝달싹 못하게 만든 게 누군데요?"

"그랬나, 내가?"

"파쇼. 하여튼 전 갑니다."

"그래, 이따 전화 하자."

26

주연을 보내고 난 정수는 다시 교통사고조사계 사무실로 들어가 한 섭을 만났다.

"퇴근해야지?"

"응. 그러려고."

"옛날 생각난다. 무지 피곤하지?"

"난 이게 체질인 모양이야. 그럭저럭 살 만 하다니까."

"우리 사우나 가자."

"사우나, 좋지. 가서 푹 담그고 들어가야겠네."

얼마 후 두 사람은 한섭의 차를 타고 경찰서를 빠져 나왔다.

"나온 김에 현장이나 한 번 보고 가자."

"현장은 왜? 중침 딱 떨어진다니까 뭐 하러 보려고 그래?"

"아니, 그래도 내가 한 번 직접 보고 싶어서 그래. 시립병원 앞이라며. 1분 거리잖아."

"그래. 하긴 신호 한 번만 받으면 되니까 들렀다 가지, 뭐."

시립병원 주차장에 차를 세워 둔 두 사람은 사고 현장 앞 인도에 섰다.

"저기야, 편의점 바로 앞. 저기 오토바이 파편이 좀 보이지?"

"어, 있네."

정수는 주머니 안에서 디지털 카메라를 꺼내 여러 각도에서 사진을 찍었다. 그러고선 고개를 들어 사방을 둘러보았다.

"뭐 하냐?"

"응, CCTV 있나 하고 보는 거야."

"야, 이 사건 담당이 나야, 나. 너 정말 사건 복잡하게 만들어서 나 귀찮게 하려고 아주 작심을 했구나."

"그건 아니고."

"그럼 왜?"

"사우나 가자. 가서 이야기 할게."

얼마 후, 둘은 연신 '어이, 좋다, 죽인다.'를 연발하며 뜨거운 탕 안에 앉아 있었다.

"아까 CCTV는 왜 찾았니? 나 솔직히 기분이 좀 그렇더라."

"그랬어? 미안해. 야, 한섭아, 아까 말이야, 네가 오늘 새벽부터 눈이 오는 바람에 사건이 많다 그런 말 했지?"

"그랬나?"

"눈이 언제쯤부터 내렸는데?"

"새벽 3시쯤일 걸?"

"아까 내가 현장 사진 찍는 것 봤지?"

"말해."

"왜 찍었냐면 현장 부근에 좀 결빙이 보이더라고."

"그래서?"

"거기다가 눈까지 제법 왔다고 하고."

"……."

"그러니까 새벽 6시면 아직 캄캄한데다 눈은 와서 시야는 흐리지, 도로엔 결빙 위로 눈도 좀 쌓여있지, 그러니까 중앙선을 못 볼 수도 있었다 이거야."

"소설 쓰고 있네."

"현장에 스키드마크도 없더라."

"그러니까 그 여자가 완전 초보라는 거지."

"그건 말이야, 미끄러졌을 수도 있다는 거잖아?"

"미끄러졌건 어땠든 간에 중침은 중침이지, 뭘."

"그건 나도 아는데 말이야, 고의적인 침범이 아니라 미끄러졌거나 실수로 넘어가면 그냥 안불(안전운전불이행)로 의율해야 한다는 판례가 있다는 거 너도 알지?"

"시끄러. 나 지금 미결사건 널려 있으니까 괜히 별것도 아닌 거 가지고 복잡하게 만들려는 생각은 아예 마. 난 그런 거 못 해."

"사건을 꾸미자는 게 아니잖아. 어떻게 보면 좀 치밀하고 과학적인 조사를 해보자 이거잖아."

"내가? 내가 왜? 아무리 네 부탁이라 해도 말이야. 너도 잘 알잖아. 괜히 그런 시각으로 사건을 몰고 갔다가는 검사가 당장 의심을 한다고. 대뜸 '당신 돈 먹고 이러는 거지?' 한다는 거 너도 알잖아. 여기 강남이야, 강남. 사건 관련자들이 맨 돈 많은 사람들만 있어 그런지 의심부터 하고 본다니까."

“알지.”

“알면서 그런 소리를 해? 놔둬. 그 판례는 전관예우 받는 변호사나 사고 그래가지고 법정에서 개소리들 한 거고 현장에선 그런 식으론 결론 못 내. 그리고 난 안 해. 나보고 이 나이에 새파란 검사한테 불려 다니라고?”

“해보자.”

“다른 사람도 아니고 조사 잘 한다고 시경 재조사반까지 가서 근무했던 네가 그러니까 정말 더 기가 막힌다, 야.”

“이유가 있어서 그래.”

“너 그 상무라는 사람이랑 친하냐? 친할수록 안 되는 건 안 되는 거라고 알려줘야지, 헛된 희망이나 가지게 만들면 어떻게 하려고 그래? 정 그러면 비싼 변호사나 사라고 알려 주라고.”

“친하기는커녕 나랑 원수야. 그런데 그럴만한 이유가 있어.”

“꼭 그래야 하는 거니?”

“응.”

“당장 우리 계장부터 날 의심할 텐데? 사건 가지고 장난친다고. 알잖아, 아직 원칙만 따지는 착한 경대생들.”

“원칙을 따지고 제대로 하려고 하는 경대 출신이니까 더 좋지. 정정당당히 정확한 조사를 하는 건데 어때? 사건을 왜곡하거나 꾸미자는 게 아니잖아. 솔직히 그 장소에서 미끄러졌거나 아니면 숭앙 자선이 눈에 덮여 구분을 할 수 없을 수도 있는 거잖아. 현장 보니까 많이 들어가지도 안 했구만.”

“…….”

“내가 아까 그럴만한 이유가 있어서 그렇다고 했지? 나 솔직히 이 수준 이상으로는 더 부탁 못 해. 무슨 말인지 알지?”

“그래, 그깟 자존심 하나 때문에 잘나가던 경찰도 때려치운 네가 너 경감일 때 겨우 경사 달 정도로 멍청한 나한테 이런 소리 하려면 지금 속으로는 무지 자존심 죽이고 있다는 거 잘 알아. 그러니까 내가 더 이상하게 생각되거든?"

"자존심 그런 거는 절대 아니고 그냥 내 마음이 그래서 그러는 거야."

"알았어. 정 그렇다면 제대로 붙어 보지 뭐. 우와, 검사 새끼가 가만히 안 있을 텐데."

"고마워."

"그딴 소리는 나중에 결과 난 후에 하라고."

"그래. 그런데 말이야, 정말 내 부탁은 따로 있어."

"또 뭐?"

"이 사건 가지고 네가 아무리 고생을 한다고 해도 그렇고, 또 결과가 아무리 잘 나온다고 해도 그렇고, 하여간에 이 건과 관련 내가 너에게 해줄 수 있는 건 아무것도 없어."

"지랄하네. 야, 내가 네 돈 바랄까 봐?"

"정말이야."

"알았어, 알았다고. 그런데 그런 회사 상무라면 돈 좀 있을 텐데 완전 짠돌인가 보네."

"아마 몇 천이라도 내놓을 인간이야."

"그런데 왜?"

"그 인간 주머니에서 뭐가 조금이라도 나오면 나중에 반드시 그 이야기 떠벌리고 다닐 놈이거든."

"그런 인간을 왜 도와주려고 하는 건데?"

"그 인간 도와주려고 하는 게 아니라 내 스스로 나를 도우려고 이러는 거잖아. 이야기하자면 복잡해."

"뭔 소리인지 모르겠다. 그리고 나 말이야, 먹고 살만큼 있거든. 쓸데없는 걱정 마. 나야말로 그런 소리 들으니까 확 자존심 상하네."

“미안해.”

“그럼 아예 오늘 현장 앞에 편의점이랑 병원 CCTV 확보해 가지고 가야겠네. 피해자들도 만나보고.”

“피곤할 텐데 정말 미안해.”

“내가 그랬잖아, 난 체질이라고. 넌 승진 시험공부 체질이고.”

“체질은 무슨. 순 운이지.”

“관두자, 관둬. 공부 단어만 들어도 머리 아프다.”

“…….”

“그런데 말이야, 피해자들 말이야, 내가 아직 조서를 안 받아서 어떻게 나올지는 모르는데 아마 그 아이들도 섭섭지 않게 해줘야 될 걸?”

“당연하지. 하지만 따로 합의금은 못 줘. 알잖아, 합의 보면 중침 인정하는 거라는 거.”

“그럼 어떻게 할 건데?”

“상무잖아. 무슨 소리인지 몰라? 보험회사 상무, 하여튼 따로 형사 합의 보는 거 이상으로 피해자에게 돌아가게끔 만들어 줄게. 그럼 윈윈 게임 아닌가?”

“나중에 딴 말 나오게 하면 안 되는 거 알지?”

“알다마다.”

“그럼, 너는 이만 들어 가. 그 아가씨는 내일 일단 서로 오지 말고 내가 연락할 때까지 기다리라고 하고 말이야. 우선 다른 조치부터 해놓고 피심 받아야지.”

“그래. 연락해.”

정수는 상무가 초조히 기다리고 있을 회사로 돌아왔다.

27

방으로 들어서는 정수를 상무는 중국에서 온 사신이라도 된 양 과한 말과 동작으로 반겼다.

"심 팀장, 수고 했어요. 정말 고마워."

"아닙니다."

"애를 그 추운 경찰서에서 데리고 나오니까 비로소 살 것 같더라고. 집사람도 그렇고 나도 그렇고 우리 그때까지 물 한 모금 못 넘겼었잖아? 나중에 들어 보니 우리 집 애는 컵라면도 먹고 커피도 마시고 그랬다고 하더라고."

"어차피 조서 다 꾸미면 집으로 보내줄 텐데요, 뭘."

"조서? 아, 조사가 남았지. 그래 담당 경찰이랑 이야기 좀 해 봤어?"

"예, 저도 현장에 가 봤지만 사건이 워낙 똑 떨어져서……."

정수는 카메라 안에 담긴 영상을 보여 주었다.

"어떻게 하지, 그럼?"

"아까도 말씀드렸지만 보험 들어있고 그러니 피해자랑 합의만 보면 형사 입건되어도 벌금 일이 백만 원 정도만 내면 다 해결될 것 같습니다."

"벌금도 전과라 하잖나?"

"전과라도 무슨 파렴치범도 아니고 교통사고 전과니까 앞으로 별 불이익은 없을 겁니다."

"그래도 그렇지. 공무원이 전과자가 된다는 게 말이 되나? 앞으로 진급은? 또 시집은 어떻게 가는데?"

"시댁 될 집에서 따님이 교통사고를 낸 전력이 있다는 걸 어떻게 압니까? 그리고 요샌 공무원 사회에서도 징역이나 금고 같은 형이 아니면 아무 상관없다고 알고 있습니다."

"그건 당신 이야기고. 하여튼 뭔 방법이 없겠나?"

“……”

“아까 내가 말했지? 돈은 얼마든지 들어도 좋다고. 그 경찰한테 어떻게 좀 안 될까?”

“그게 피해자가 없는 사건이면 어떻게 해볼 여지가 있을지 모르지만……. 상무님도 아시다시피 그 아이들이 가만히 있겠습니까?”

“내가 피해자한테 단단히 합의를 보고 경찰에서는 이 사건을 아예 접수 안 한 거로 하면 되잖아. 모르는 거로.”

“그건 아닙니다. 사고가 났을 때 112 신고도 되어 있고, 사건 접수부에도 다 등재되어 있고, 또 상무님 덕분에 계장, 과장, 다 아는 사고고. 하여튼 그 방법은 아예 아닙니다.”

“으음, 그렇겠네. 그럼 내가 어떻게 해야 좋은 거지? 당신 교통사고 처리는 박사라며?”

“그건 절대 아니고요. 일단 내일 말이지요, 그쪽에서 연락 올 때까지 따님은 그냥 계시라고 하세요. 출근을 해도 좋고요.”

“출근을 해도 괜찮다고?”

“예. 근무하다가 연락이 가면 잠깐 나오면 되지요, 뭘.”

“그래, 그건 고맙고. 이봐요, 심 팀장. 나 말이야, 알고 보면 그렇게 나쁜 인간 아니라고. 당신이 아직 날 잘 겪어보지 않아서 자꾸 오해를 하는 모양인데 회사 사람 아무나 붙잡고 물어 보라고, 내가 어떤 놈인지. 이상하게 심 팀장, 당신이랑 나랑은 자꾸 인연이 안 맞는 것처럼 삐걱거리는데 이번엔 날 좀 확실히 도와줘. 나 말이야, 우리 회사에서만 28년이라고 했잖아. 무슨 소리인지 알지? 부장 하나 정도는 얼마든지 만들 수 있다고. 저번에 봤잖아, 나 경고로 끝난 거. 다른 사람 같으면 해임이라고 해임. 그걸 보면 사장님이 나를 얼마나 믿는지 알겠지?”

“상무님, 저도 왜 상무님이랑 그렇게 궁합이 지독하게도 안 맞나 그런 생각 해보았거든요?”

"그래, 내가 며칠 전에도 이야기 했잖아. 내가 과했다는 거 알아. 금요일만 해도 내가 술이 너무 빨리 취해서 그런 일이 생긴 거잖아. 그리고 솔직히 당신도 무조건 잘한 것만 있는 것도 아니잖아? 또 나한테 분 풀릴 만큼 했고."

"죄송합니다. 상무님께서 갑자기 뺨을 때리시는 바람에."

"아니야, 그 일은 없던 걸로 하자고. 난 벌써 다 잊었어."

"예."

"우리 딸 어떻게 할 거냐고."

"예?"

"심 팀장이 살려야지, 별 수 있어? 아까 심 팀장 말 한 마디에 그렇게 찔러도 피 한 방울 나올 것 같은 경찰서에서 우리 애 순순히 놓아 주는 거 보고 그 순간부터 나도 그렇고 우리 집사람도 그렇고 무조건 당신만 믿어야 하겠다, 이런 결심을 했다고. 알지? 내 말."

"무슨 말씀인지는 알지만 그게 그렇게 간단한 사안이 아닙니다."

"간단한 거면 내가 당신에게 이러겠냐고?"

"……."

"심 팀장, 당신도 자식 키우잖아. 큰아들 지금 군대 가 있다며? 그 아이한테 무슨 일 생기면 당신이라면 어떻게 할 거 같아? 지금 내 심정 알지?"

"예."

"나 말이야, 보험에서 잔뼈 다 굵은 놈이고 보상 업무도 꽤 해봤어. 그래서 교통사고에 대해선 나름 잘 알고 있다 생각했거든. 그런데 이게 딱 우리 가족 이야기가 되어 버리니까 머릿속이 그냥 비어버리는 거라. 뭘 어떻게 해야 될지 아무 생각이 안 난다니까. 전라도 전체에서 합의를 제일 빨리, 제일 적게 잘 보고, 난다 긴다 했던 난데도 말이야. 변호사인데도 잡혀 가면 변호사를 사는 이유를 알겠다 이거지. 하여튼 더 이상 긴 말 안 할게."

"예, 이만 나가 보겠습니다."

"그래, 좋은 소식만 기다릴게."

28

다음 날 아침, 정수가 출근을 하자 오는 즉시 상무 방으로 오라는 메모가 책상 위에 놓인 것을 발견하였다. 사무실에 제일 빨리 나와 아직 아무도 없을 때였으니 아마 비서실에서 가져다 둔 모양이었다. 정수가 느긋하게 커피를 타는 순간 남 주임이 사무실로 들어섰다.

"어머, 팀장님, 오늘 무지 일찍 나오셨네요."

"남 주임도 커피지?"

정수는 한 잔을 더 타 그녀에게 건네주었다.

"와, 이 사무실에 와서 팀장님이 타주는 커피 처음인데요. 오늘 하루 좋은 일이 있으려나?"

"그래, 연애 좀 해라. 만날 회식자리만 따라 다니지 말고."

"또 그러신다. 안 오면 죽인다고 하면서. 그나저나 상무님이랑 아무 일 없는 거예요?"

"무슨 일?"

"당신이 말 꺼내기 창피해서 그런가? 왜 아무 일 없는 거지?"

"남 주임한테 욕한 거 반성하고 있나 보지."

"저 있잖아요. 여태 거의 삼십 년 살면서 맞아는 봤어도 욕은 처음 들어봤거든요. 물론 중고등학교 때 노는 애들이 한 거 빼고요."

"맞아 봤다니 그게 무슨 소리야?"

"그런 게 있어요."

“못 들은 척해. 생각해 보았자 속만 상하지, 뭐.”

“대체 그 양반은 무슨 생각으로 그러는 줄 모르겠어요. 바로 며칠 전에 연수 언니 일도 있는 판에.”

“상무님이랑 나랑 그저께 일은 없던 것으로 하기로 했으니까 절대 딴 사람한테 이야기하면 안 돼. 알지?”

“정말 상무님께서 없던 일로 하재요? 이상하다.”

“알지? 보안.”

“걱정 마세요. 제가 무슨 신입사원도 아니고.”

“맞아, 올해는 대리 올라가야지?”

“틀렸어요.”

“왜? 연차가 되었잖아. 평점도 좋고.”

“상무님 하는 거 보셨지요? 그런데 절 시켜주겠어요?”

“심사위원회에서 결정하면 도장 찍는 거지 뭘.”

“하여튼 우리 팀장님, 진짜 순진하신 건지 아니면 순진한 척하시는 건지 모르겠다니까. 아, 진급심사위원들이 누구예요? 다 부장들이잖아요. 그분들이 자기 마음대로 심사를 하나요? 미리 사장님, 전무님, 그리고 상무님한테 오더를 받는 거지.”

“그런가? 뭐 어쨌든 간에 그런 이야기는 나중에 하고 나 상무님 방에 갔다 올게.”

“참 신기하단 말이야.”

“뭐가?”

“원수 같은데 만날 팀장님 찾는 거 보면 말이에요.”

“……”

“팀장님, 힘!”

정수는 그녀를 뒤로 하고 사무실을 나서다가 다시 돌아섰다.

“어이, 남 주임, 내가 밖에서 밥 먹을 때는 커피 많이 타다 준 거 몰라?”

“빨리 가보기나 하세요.”

“일찍 나오셨습니다, 상무님.”
“어, 심 팀장, 왔어? 그래 오늘 어떻게 되는 건가 해서.”
“그쪽에서 제게 연락이 올 겁니다.”
“알았어. 혹시 필요할지 모르니까 내가 미리 경비 좀 주려고 불렀어.”
“상무님, 그런 것 필요 없다고 말씀드렸잖아요. 괜히 역효과만 납니다.”
“그래도 당신이 왔다 갔다 하려면 경비가 들 것 아닌가? 밥도 먹어
야 할 거고. 그러니 가지고 있어.”
“오늘부터는 시내 출장 올릴 겁니다. 그러면 경비 충분합니다.”
“그래도 필요할 텐데.”
“아닙니다.”
“그래? 그럼 할 수 없고.”
“상무님, 제게 말씀 다 하셨으니 저도 상무님 심경 다 이해합니다. 그
렇지만 아무리 그러서도 이 일은 너무 기대하지 않으셔야 한다는 거
다시 말씀 드리고 싶습니다.”
“알아. 정 안 되면 할 수 없는 거지 뭘.”
“예, 그렇게 생각하고 계셔야 마음 편하실 겁니다. 저도 상무님께서
너무 그러시는 거 같아 염려되어 드린 말씀입니다.”
“그래도 내가 당신 믿는 거 알지?”
“그럼 저 제 사무실로 가서 일 보면서 그쪽에서 연락 오는 거 기다
리고 있겠습니다.”
“그래, 가 봐.”

159

29

오후 2시쯤 한섭으로부터 기다리던 연락이 왔다. 정수는 오늘은 그가 저녁 6시면 퇴근을 할 수 있는 일근 근무일이기 때문에 혹시나 있을지도 모를 그와의 술자리를 염두에 두고 지하철을 이용해서 경찰서로 향했다.

"한번 붙어볼 수 있을 것 같아."

"그래?"

"어제 너랑 헤어지고 나서 편의점이랑 병원 현관에 있는 CCTV 녹화분을 확보했거든. 병원 것은 너무 희미하게 보여 별 소용없고 편의점 것을 보니까 사고 순간이 제대로 찍혔더라고. 좀 애매하긴 하지만 미끄러지면서 중앙선을 넘은 것으로 판단해도 될 것 같기도 해. 당시 눈이 내리고 있고 노면이 특히 중앙선이나 차선이 눈에 덮여 식별이 곤란한 부분도 분명 나오고 말이야. 게다가 현장 부근에서 어제 새벽에만 두 개의 사고가 더 있었어. 그들 역시 전부 미끄러지면서 일어 난 접촉사고야. 물론 그들은 브레이크를 밟는 순간 미끄러진 것이기는 하지만 어쨌든 이 모든 걸 잘 조립하면 되지 않나 싶기도 해."

"잘 됐네."

"어제 피해자들도 만나서 피해조서도 받아 왔어."

"체력 정말 좋다."

"다행히 둘 다 복합골절이 아닌 단순골절이더라고. 찰과상이 좀 깊어서 복합으로 생각했었나 봐. 뇌진탕이야 별 문제는 안 될 것 같기도 하고. 하여간 진단이 둘 다 전치 4주 정도 나올 것 같아."

"젊은 애들이라고 하던데 많이 안 다쳐서 정말 다행이네."

"자기들도 그렇게 진술하더라고. 길도 미끄럽고 눈이 오는 바람에 시야가 별로 안 좋아서 천천히 달려가는데 그냥 지나칠 줄 알았던 마주 오던 차가 갑자기 자기 쪽으로 확 들어오더라고 말이야. 그래서 '어, 어' 하며 피하는 순간 부딪혔다고."

"……."

"그 아가씨가 굳이 중앙선을 넘을 이유도 별로 없기도 하더라고. 좌측에 건물이라 봤자 시립병원인데 사고 장소는 병원으로 좌회전해서 들어 갈 수 있는 지점을 이미 지나쳤거든."

"일이 좀 되겠네."

"문제는 말이야. 뭐 우리 계장에겐 내가 충분히 설명을 해서 과감히 중침 아닌 안불로 의율하겠다고 했고 계장도 정황이 그렇다면 알아서 하라고 하긴 했는데 과연 검찰에서 이걸 순수하게 봐주겠냐 이거지. 분명 내가 사건 가지고 장난친다고 생각하지 않겠어? 계장이 걱정하는 것도 그 부분이고. 나도 이 나이에 잔뜩 의심 품은 새파란 검사한테 불려가 닦달 당하는 것도 싫고 말이야."

"그러겠지. 경찰서에서 그냥 중침으로 처리하면 간단할 사건을 굳이 안불로 의율했다고 하면 의심하는 건 당연할거야. 생색을 내도 송치가 된 다음에 검찰 자기들이 내야 할 사건을 말이야."

"딱 거기에서 막히는 거 있지?"

"아예 지휘를 받는 건 어때?"

"뭐?"

"아예 무엇으로 의율할까요? 하는 식으로 검사에게 시휘 품신을 하면 어떻겠냐고."

"쪽팔리게 그런 걸로 어떻게 지휘품신을 하냐?"

"아니야, 사건을 정확히 판단하고자 하는 지휘 품신인데 뭐가 쪽 팔려? 우리가 아니 네가 이 사건을 말아 먹으려고 하는 게 아니잖아. CCTV 화면, 피해자 진술, 가해자 심문조서, 목격자 진술, 이런 모든 것을 종합해서 과학적으로 판단하자는 거잖아. 따지고 보면 원래 다 이

런 식으로 해야 되는 거 아닌가?"

"그래도 그렇지 구속, 불구속 이런 신병 지휘도 아니고 여태 잘 해오다가 뜬금없는 지휘 품신이라니 더 모양이 빠지지 않나?"

"내 생각엔 너도 그렇고 나도 그렇고 그런 식으로 확실히 해 놓는 게 좋을 것 같아."

"……"

"나도 네가 이 일로 나중에 조금의 불이익이나 하다못해 사소한 망신을 당하는 것도 영 마음에 내키지 않고, 우리 상무에게도 보다 확실히 보여 줄 수도 있고. 그래, 아무래도 지휘 올리는 게 제일 나을 것 같아."

"오해 안 받게 품신서 잘 꾸며야겠는데?"

"그래야겠지."

"그 아가씨 지금 부를 수 있지?"

"응, 집에 있겠다고 했어. 압구정동이니까 넉넉히 20분이면 올 거야."

"그래. 그럼 그 아가씨 오라고 해. 오면 네가 그 아가씨에게 교육을 단단히 시켜서 내가 물을 때 답변 잘 하게끔 단도리 해 놔. 조서 받은 다음에 오늘 내일 주말 동안 차분하게 지휘품신서 만들자고."

"알았어, 내가 연락할게. 미안하다. 괜히 고생시켜서."

"아니야. 꼭 너 때문이 아니라 네 이야기 듣다 보니 나도 의욕이 생겨. 여태 이런 유의 지휘품신은 별로 없었잖아. 좋은 게 좋은 거라는 식으로 만날 대충 넘기기만 했고 말이야. 이런 걸 매너리즘이라 하나? 맞냐? 매너리즘?"

정수는 상무에게 전화를 걸어 딸을 경찰서로 보내라고 했다. 20분쯤이 지나자 상무의 부인과 딸이 도착했다. 상무의 부인은 하루 새 기가 많이 되살아난 듯 보였다. 남편의 부하 직원 앞에서 자신의 나약하고 비루한 모습을 보였던 게 마음이 상했었던지 정수를 보고서도 고개만 끄덕일 뿐 별 말이 없었다. 준장 부인은 소장이라 굳게 믿고 있는, 남편의 부하라면 자신의 아랫사람이나 같다고 철석같이 믿고 있는 천박한 아줌마의 모습 그대로였다. 정수는 참 어울리는 부부라는 생각에 허공에다 헛웃음만 날렸다. 그녀가 하는 꼴이 영 마뜩치 않고 나아가 웃기기도 했으나 그래도 정수는 그녀의 딸에게 어제 있었던 일에 대해 어떻게 대답을 할지 몇 가지를 차분하게 알려 주었다. 주 내용은 그저 유리하다 생각하는 쪽으로 꾸미려고 하지 말고 사실대로 당당히 그리고 공손히 답변을 하라는 것이었다.

<h1 style="text-align:center">30</h1>

다시 며칠이 지나고 다음 월요일 오전, 정수에게 한섭으로부터 전화가 걸려 왔다.

"야, 드디어 검찰로 보냈다."

"어, 수고했어."

"과장이 이틀 동안 결재를 안 하려고 해서 완전 속 뒤집어졌던 거 넌 모르지? 그래 늦었던 거야."

"당연히 그랬겠지. 내가 과장이라도 순순히 결재를 할 리 없을 덴데 뭘."

"다 좋다 이거야. 그런데 왜 나를 의심하느냐 이 말이지. 하여튼 이제 뭐 내가 할 일은 다 했고 결과나 기다려보자. 그런데 결과가 안 좋게 나오면 어떻게 하냐?"

"할 수 없는 거지 뭘 그래. 할 만큼 했잖아?"

"네가 곤란해질까 봐 그렇지."

“곤란하긴. 하여튼 결과 나오면 알려 줘.”

정수는 한섭과의 전화를 끊고 상무 방으로 갔다. 정수는 토요일만 해도 몸이 달아 자신에게 전화를 걸어 이렇게 손 놓고 있어도 되겠느냐며 종주먹을 들이대던 상무의 표정이 냉랭해진 걸 보고 이 인간이 어디서 또 엉뚱한 정보를 얻었구나 하는 짐작을 했다. 그러고 보면 출근하자마자 안달을 내며 허겁지겁 찾아야 했을 정수가 스스로 자신의 방에 나타날 때까지 기다렸던 것도 좀 마음에 걸렸다.

“어, 왔어? 뭐 좋은 소식 있어?”

정수는 그때서야 검사에게 지휘 품신을 올린 과정을 그에게 자세히 설명을 했다. 그는 한섭이 기울인 노력이나 마음고생 같은 건 아예 들리지도 않는 듯했다.

“그럼 검사가 안 된다고 하면 다 황이잖아?”

“어쨌든 간에 그게 조사 담당관이 할 수 있는 최선입니다.”

“결국 자기는 가만히 있고 검사에게 떠밀었다는 소리네.”

“떠민 게 아니라 나중을 생각해서라도 좀 더 확실히 하자는 겁니다.”

“확실히 가고 말고 할 것도 없다던데 뭘 그래?”

“무슨 말씀이신지?”

“이봐, 심 팀장. 당신 정말 내가 아는 사람도 하나 없고, 또 그런데 완전 숙맥인지 알았던 거야?”

“……”

“나도 주말에 여기저기 다 알아 볼만큼 다 알아 봤다고. 그 사람들이 그러는데 그건 가만히 놔둬도 그냥 보험처리해 준 다음에 딱지 하나 떼면 끝나는 거라고 하더라고.”

정수는 자신이나 담당 경찰관인 한섭이 아무리 애를 써서 그의 딸을 도와주어도 결국 이런 말을 할 인간이라는 건 이미 알고 있던 터였다. 하지만 이렇게 빨리 이런 식으로 나올 줄은 진짜 몰랐다. 새삼 이런 인간에게 뭔 과정을, 그리고 한섭이 상사나 검사에게 의심을 받아 가면서까지 피곤한 몸을 이끌고 안 해도 될 노력을 얼마나 많이 했는지를 설명했나 싶었다.

"그 사람들이 뭐라고 그러는 줄 알아? 다 그런 사건에 대해 전문가인 사람들이 말이야, 당신이 사건을 질질 끌면서 순진한 나를 가지고 노는 거라고 하더라고. '자연 뽕' 가지고 말이야."

"아, 그러니까 그냥 가만히 놔둬도 잘 될 걸 가지고선 제가 생색을 낸다 이거네요."

"글쎄, 그렇게 이야기들을 하더라고."

"상무님, 뭐 아직 어떤 결과가 검찰 쪽에서 내려질지는 모르겠습니다만 그런 말씀은 결과가 잘 나왔을 때 하셔야 맞을 것 같습니다. 혹시 형사입건해서 중앙선 침범으로 처리하라는 지시라도 내려오면 어떻게 하시려고요?"

"그러니까 내 말은 그 경찰이랑 당신이랑 그냥 알아서 처리하면 될 별것도 아닌 사건을 가지고 괜히 검찰 들먹이고 그래서 나나 우리 식구에게 겁주고 하면서 연극하는 거 아니냐고."

"정말 그렇게 생각하신다면 달리 드릴 말씀 없습니다. 전 이만 나가 보겠습니다."

"알았어, 알았다고. 그나저나 말이야. 그 경찰한테 수고비로 얼마나 주면 되는 거야? 몇 푼 쥐어 주어야지, 괜히 그냥 넘어갔다가 우리에게 원한이라도 품게 되면 그것도 귀찮잖아. 안 그래? 원래 먹자고 덤벼드는 인간들은 못 이기게 돼 있거든. 한 백만 원이면 되지?"

"에이 그럼 백만 원이 뭡니까? 쪼쫀하게. 이왕 주시는 거 팍팍 좀 써서 많이 주세요. 그래야 상무님을 뇌물수수로 제대로 입건을 할 수 있으니까 말입니다. 명색이 막걸리 마시는 시골도 아니고 그래도 전국에

165

서 제일 잘나가는 서울의 강남 경찰서인데 겨우 돈 백만 원 뇌물 줬다
고 해서 그걸 덜컥 입건하려면 그 친구도 자존심 상하잖아요?"

"뭐라고? 어이, 당신 지금 날 비아냥거리는 거야?"

"예, 비아냥거리는 겁니다."

"뭐? 이 새끼가 또 기회다 싶어서 아주 간이 부었구만."

"한 번만 더 새끼, 새끼 그러면 남한산성 따귀가 뭔지 이번에 아주
제대로 보여준다. 알았니? 인간아."

"뭐? 뭐라고?"

"암만해도 그날 덜 맞아서 자꾸 헛소리하는 것 같아서 이번엔 제대
로 정신 차리게 만들어 줄 거라고. 왜, 또 맞아볼래? 이 개새끼. 아니
개만도 못한 새끼야."

아마 정수가 닫고 나온 문에다 뭘 집어던졌는지 그의 등 뒤로 요란
한 소리가 들려왔다. 그날 오후, 한섭으로부터 검사가 그냥 중침 아닌
안불(안전운전불이행)로 처리하라는 지휘를 내렸다는 전갈이 왔다.

"고맙다. 정말, 그런데 내가 전에도 이야기했지만 말이야. 이번 건 가
지고 내가 너에게 해줄 게 아무 것도 없어. 정말 미안해."

"야, 금요일 날 술 샀잖아."

"겨우 곱창?"

"야, 맛 죽였지 않냐?"

"하여튼 미안하다. 나중에 만나서 자세히 이야기할게."

나중에 알고 보니 검사가 그냥 그런 지휘를 내린 것도 아니었다. 한
섭을 불러 대체 무슨 의도로 이런 지휘를 올렸는지 아주 모욕적인 언
사로 캐물었다고 했다. 검사의 입장으로는 뇌물을 받지 않고서는 굳
이 경찰관이 그렇게 나설 일이 아닌 것으로 보였던 것이다. 한때 아주
친하다고는 했으나 상당 시간 보지도 못하고 지내온 친구에게 그런 모
욕을 감수하고도 아낌없는 우정을 보여 준 한섭이 정수는 정말 고마

왔다. 반면 상무라는 인간에 대한 증오는 더욱 커졌고.

31

다음 날 아침, 정수가 출근을 하자마자 총무팀장이 차나 한 잔 하자면서 정수를 불렀다. 둘은 아무도 없는 회의실에 마주 앉았다.

"심 팀장, 요새 죽겠지요?"

"아닙니다. 고생은 부장님이 하시지요, 뭘."

"맞아요, 나야말로 정말 죽겠네요. 뭘 그렇게 내놓으라는 게 많은지 말이에요."

"부장님이야 보직이 원래 그런 닦달 받는 자리잖아요."

"저 양반이 예전엔 안 그랬었거든요. 성질이 급하기는 했지만 그래도 저 정도까지는 아니었는데 왜 그렇게 변했는지 몰라."

"변한 게 아니라 조금씩 힘이 생기면서 본성이 나타나는 거겠지요 뭐. 원래 그런 인간들 많잖아요."

"뭐 그건 그렇다고 치고, 오늘 심 팀장 보자고 한 건 당분간 조심을 했으면 해서예요."

"죄송합니다, 자꾸 말이 나오게 해서."

"심 팀장, 회식자리에서 상무 뺨을 때렸다는 게 진짜입니까?"

"예."

"상무님이 먼저 때렸나요?"

"그게 뭐 중요합니까? 구차하게 변명하고 싶지는 않습니다."

"그럴만한 이유가 있었으리라는 건 짐작은 가지만 우리 회사가 당나라 군대도 아니고, 어쨌든 간부사원이 임원 뺨을 때렸다는 건 절대 그냥 넘어갈 수 없는 문제라는 건 알지요?"

“예, 부장님, 각오하고는 있습니다.”

“심 팀장, 기분 나쁘게 들릴지는 모르지만 솔직히 지금 그러고 다니는 거 너무 철없는 일 아닌가요?”

“압니다.”

“심 팀장 보셨겠지만, 저요. 그 인간 앞에서 차려, 열중 쉬어 하면서 얼차려도 받은 사람이에요. 조인트도 깨지고. 심 팀장 눈에는 이런 제가 비굴해 보이지요?”

“무슨 말씀을, 아닙니다.”

“맞아요, 저 비굴해요. 뭐 마누라랑 새끼들 때문에 비굴한 거 참는다는 말은 안 할게요.”

“……”

“심 팀장, 경찰에서 간부로 있다가 우리 회사로 넘어와 이왕 이 꼴 저 꼴 다 보고, 당하고, 그러면 조금만 더 참고 부장이라도 올라가야 하는 거 아닙니까? 차장 연차도 거의 다 차가고 사장님이 직접 챙길 정도로 실적도 좋고. 그래 내년 인사 때는 틀림없이 승급을 할 텐데, 참 답답하네요.”

“죄송합니다.”

“내가 여태 말씀 안 드렸는데 말이에요. 우리 큰 형님도 경찰이셨어요. 바로 올해 정년 했거든요.”

“아, 그래요? 몰랐습니다.”

“누구라고는 안 할게요. 하여튼 그 형님이 심 팀장 알더라고요. 똑똑하고 성실한 친구인데 가만히 있으면 지금 경찰서장 바라보고 있을 사람이 거긴 왜 가있는지 모르겠다고 하시더라고요.”

“……”

“참읍시다. 내년에 나는 이사 되고 심 팀장은 부장 되고, 그래서 우리 좀 웃자고요. 심 팀장 저보다 겨우 두 살 아래잖아요? 그리고 여태 우리 좋은 술친구도 되었었고요."

"……."

"내 솔직히 말할게요. 상무님이요, 심 팀장, 징계위원회에 회부해 달랍니다."

"……."

"사유가 뭐냐고 하니까 상사 폭행에다가 방에 들어와 폭언을 퍼부었고, 업무추진비, 출장비 횡령, 이거랍니다. 그러면서 개인의 불행을 이용, 배를 불리려는 아주 나쁜 놈이니 반드시 짤라야 된다는 말도 하더라고요."

"폭행이야 아까 그 이야기일 테고 나머지는 금시초문인데요."

"압니다. 업추비 문제 같은 것은 전에 박 차장이 있을 때 그 인간이 먼저 흠을 찾으려고 기를 썼는데도 못 찾아낸 거, 저도 다 알거든요. 그리고 내가 일부러 회계경리팀에 가서 지불 결재 올라온 거 다 봤거든요. 그래 아무 문제가 없다는 건 알지만, 그래도 먼지는 늘 나게 마련이라는 거 잘 알잖아요?"

"마지막 이야기는 뭡니까?"

"상무님 딸 교통사고 났었다면서요?"

"예."

"심 팀장이 중간에 서서……. 하여튼 이 정도면 무슨 소리인지 눈치 채겠지요?"

"조사해보면 다 나오겠지요, 뭐."

"어쨌든 제가 현 상태에선 징계위원회 회부는 안 된다고 말씀드렸어요. 폭행 건을 조사하다보면 상무님도 다치실 거라고 하면서요. 전에 남 과장 건까지 이야기까지 했더니 조금 물러서시더라고요."

"부장님 뜻은 고맙지만 그냥 징계위원회라도 열렸으면 좋을 걸 그랬네요."

"그래 상무님 비위가 밝혀지면 속이 시원해집니까? 우선 심 팀장이
먼저 당할 생각은 안 하고요?"

"……."

"어쨌든 오늘부터 감사실에서 회계감사는 시작될 겁니다. 대비 좀
잘해놓으세요."

"예, 고맙습니다."

"감사실장 하는 우 부장, 심 팀장 좋아하는 사람이니까 별일은 없겠
지만 말입니다."

"……."

"심 팀장, 우 부장이랑 별로 안 친하지요?"

"친하고 안 친하고가 아니라 부딪힐 기회가 별로 없었습니다."

"사귀어 보세요. 우리 고등학교 2년 후배인데 사람 정말 괜찮거든요.
그럼 심 팀장이랑 갑장이잖아요. 무엇보다도 심 팀장을 좋아하기도 하
고. 심 팀장도 자꾸만 밖으로만 겉돌지 말고 회사 사람들 특히 간부들
이랑 자꾸 친해져야 해요. 우리나라가 원래 친한 사람끼리 끌어주고
밀어주고 하는 거 아닙니까? 경찰도 그런 줄 아는데……."

"예, 제가 사회성이 많이 떨어지는 모양입니다."

"그거 회사에선 치명타라는 건 알지요? 어느 누구도 사회성이 좋아
그런 게 아니라 다 살아남자고 하는 거니까 심 팀장도 이제 좀 다른
부서 사람들이랑도 자꾸 어울렸으면 좋겠어요. 노조도 가끔 올라가
보시고."

"예."

"위원장 말 들으니까 심 팀장을 상당히 의지하고 있더라고요. 눈길
을 안 준다고 섭섭해하기도 하고."

"예, 고맙습니다."

"제가 주제넘다고 기분 나빠 하지 말았으면 좋겠어요."

“무슨 말씀을요. 절대 아닙니다.”

“심 팀장이 이렇게 나오니까 말 나온 김에 한 마디만 더 할게요. 심 팀장, 저번에 우리 회식하던 날 말이에요, 그날 심 팀장이 많은 간부들을 적으로 만들어 버린 거 압니까?”

“무슨 말씀이신지?”

“그날 얼차려 받은 사람들 말입니다. 심 팀장 때문에 자존심이 더 상했다는 거 몰라요?”

“……”

“만약에 심 팀장도 아무 말 없이 상무님 명령에 따랐다면 말입니다. 우리는 좀 창피하고 비굴하긴 하지만 먹고 살기 위해 어쩔 수 없이 그런 것이라고 자위하면서 스스로를 합리화시킬 수 있는 거거든요. 나만 그렇게 사는 것이 아니라는 생각도 할 수 있잖아요. 옛날에 항우 가랑이 사이를 기어 간 한신 이야기도 있듯이 말입니다. 그런데 심 팀장이 과감히 거절을 해버리니까 그럼 시킨 대로 한 우리 꼴은 뭐가 되나 이겁니다. 다른 사람한테 묻어갈 수 있는 것으로 스스로 안도하던 우리만 초라하기 짝이 없는 병신된 것이다, 이런 말 이해가세요?”

“그게 그렇게 되네요.”

“누구든지 자신을 초라하게 만든 사람은 원망하게 마련 아닙니까? 얄밉잖아요.”

“무슨 말씀인지는 압니다. 하지만 그렇더라도 저보다 상무를 원망해야 맞는 거 아닌가요?”

“심 팀장이 그렇게 나오지 않았다면 상무를 원망했겠지요. 그런데 심 팀장이 그러는 걸 보는 순간 소신 있다, 용감하다, 이런 생각을 하면 안 그런 자신은 비겁하고 못난 사람이 되잖아요. 그러니까 중뿔나네, 잘난 척하네, 이렇게 생각하게 된다, 이겁니다. 상무 대신 심 팀장으로 원망 대상이 바뀌는 거지요. 이런 게 사람 심리잖습니까?”

"그렇다고 다른 사람을 배려해서 거기서 차려, 열중쉬어를 할 수는 없지 않습니까? 잠자코 그런 일을 당한 분들의 심정을 이해 못하는 것도 아니고, 그런 분들이 저보다 훨씬 지혜로운 분들이라는 것도 알기는 하지만 어쨌든 간에 저는 그때 그럴 수밖에 없었다고 이해를 좀 해 주십시오. 그냥 제 한계가 딱 그 정도밖에 안 되는 인간이라 생각하시고요."

"알아요. 지금 내가 그날 심 팀장이 잘못 한 거라는 말 하는 건 아니잖습니까? 하여튼 세상 이치가 그렇다는 거지요."

"무슨 말씀인 줄 알겠습니다."

"아무튼 우리 조금만 더 참고 조금 더 조심하고 그럽시다. 내 말 무슨 뜻인지 알지요?"

"저, 부장님, 드릴 말씀이 있는데요."

"뭔데요?"

"저희 팀 김주연이 말입니다."

"김 대리가 뭘요? 근무 잘 하고 있잖아요."

"이제 곧 재계약 때거든요."

"벌써 그렇게 되나요?"

"예."

"근무 잘 하고 있는데 별일 있겠어요? 일선 센터에 있는 조사역들도 별 하자 없으면 재계약 다 되거든요."

"혹시 그거 상무님 권한사항 아닌가요?"

"엄밀히 말하자면 권한은 아니고 형식적으로 승인 결재만 하긴 하지만 그 양반이 안 된다고 하면 어렵긴 할 겁니다."

"그래서 말입니다. 그 분이 경찰 출신에 워낙 알레르기가 있는 것 같아서."

"……"

"부장님. 김 대리, 그 친구가 좀 어렵습니다. 큰아이는 심장병을 앓고 있고 작은애는 미숙아라서 인큐베이터에 있다가 얼마 전에 나왔는데 계속 병원 드나드는 모양입니다."

"그래요?"

"만일 재계약 안 되면 뭐 다른 회사 찾아보기는 하겠지만, 하여튼 좀 도와주셨으면 좋겠습니다."

"내가 주무부서장이기는 하지만, 상무님 뜻에 달려있기는 한데. 알겠습니다, 무슨 말씀인지."

"솔직히 말씀드리면 지금 재계약 걱정한다는 것도 좀 우습거든요. 지난번 상무님께서는 이번 계약 경신 때 정규직으로 전환해 주는 것은 물론 강윤석 과장과의 형평성을 고려해서 과장 직급까지 생각해 보겠다고 하셨는데 이젠 정규직은커녕 재계약 자체를 걱정하게 되었으니 말입니다."

"저도 알고 있습니다. 하필 요 때 인사가 있어가지고……."

"그리고 말입니다. 제가 혹 희망 퇴직원 제출하면 그것도 잘 좀 부탁드립니다."

"쓸데없는 소리. 여태까지 내가 이야기 한 거 안 들었어요? 참읍시다. 상무가 천 년 만 년 해먹는 자리도 아니고 좀 참으면 될 걸 뭔 희망퇴직?"

"혹시 그럴 일이 생기면 말입니다."

"알긴 알겠는데 바보 같은 소리 그만 좀 합시다. 시간 나면 저랑 소주나 한 잔 하고요."

"예."

32

　징계 회부 지시는 총무팀장의 만류에 의해 거두었다고 해도 자신에게 그렇게 험한 욕설을 퍼붓고 나갔으면 당연히 뭔가 조치가 있을 법도 한데 이상하게도 별 탈 없이 하루하루가 지나갔다. 정수는 그런 상무의 얼굴도 보기 싫고 또 괜스런 마찰도 피하고자 결재도 전부 강 과장으로 하여금 들어가게 했다.

　그래 매일 몇 번씩 상무와 얼굴을 맞대게 되었으면 분명 뭔가 정수에 관한 이야기가 오고 갈 법도 했건만 강 과장은 워낙 말수가 적은 탓인지 도통 그런 이야기는 하지 않았고 정수 또한 자신이 궁금해 하는 모습을 보인다는 게 왠지 초라해 보여 일체 묻지 않았다.

　한섭으로부터는 상무의 딸을 불러 안전운전불이행에 대한 스티커를 발부하는 것으로 그 사건을 종결지었다는 전갈이 보내져 왔다. 상무의 부인이 얼마나 거만하고 눈꼴시게 굴던지 하도 꼴 같지 않아 한참을 웃었다는 이야기도 함께였다. 정수는 그가 웃었다고 표현을 했으나 고마운 것을 알아주기는커녕 경찰을 아랫사람 대하듯 거들먹거리는 모습을 보면서 쓰렸을 속이 다 짐작이 가 그에게 정말 미안했다.

　경리 감사는 예상대로 아주 소소한 행정 착오 몇 가지를 제외하고선 아무 이상이 없다는 결론을 내고 끝이 나버렸다. 어느새 달도 바뀌어 2월로 접어들고 있었다.

　그 며칠 새 조금 특별한 내용이 있었다면 정신장애를 이유로 거액의 보험금 청구 및 소송을 걸었던 자와 그에게 진단서를 발부해 준 의사, 그리고 중간에 껴있던 브로커가 경찰에게 검거된 일이었다. 다행히 김주연 대리의 동기생이 주연으로부터 자세한 내용을 듣고 그가 전해준 사진 등 증거물로 보아 의사, 브로커가 개입된 조직적인 보험사기라는 걸 알고 열심히 수사해 준 덕분이었다.

그 사건 덕에 정수는 어쩔 수 없이 상무를 또 만나야만 했다. 상무는 정수가 방안으로 들어서자마자 보고 있던 신문을 그를 향해 집어던졌다. 정수는 자신의 발치에 어지럽게 반쯤 펼쳐 놓인 신문을 거들떠보지도 않았다.

"어이, 당신 신문 봤어? TV 뉴스 봤냐고."

"무슨 내용을 말씀하시는 줄 모르겠습니다."

"무능하기는. 강화도 가짜 정신병자 그 사건 잡혔잖아. 알아? 몰라?"

"알고 있습니다. 그렇지 않아도 그걸 보고 차 온 겁니다."

"당신이랑 그 김 머시기인가 하는 시건방진 놈은 대체 뭐했어? 산재에서 열심히 조사하여 경찰에다 신고하고 같이 잡았다고 하잖아? 그럼 당신들은 만날 강화도니 어디니 다니면서 놀다 온 거야?"

"그거 다 김주연 대리가 강화도 구석에서 차 안에서 밤을 새우면서 조사하여 잡은 겁니다. 신문에 난 경찰이 김 대리 친구고요."

"무슨 소리? 아, 그 신문 좀 보라고. 산재 직원들이 다 했다고 하잖아. 어저께 TV에는 걔들 인터뷰하는 것도 나왔다고. 그런데 거짓말을 해?"

"거짓말을 하는 게 아니라 원래 저희들은 가급적 노출이 안 되도록 하고 있고 그래 인터뷰 같은 것도 피하고 있습니다."

"놀고 있네. 왜? 당신들이 겸손해서?"

"놀고 있는 게 아니라 보험회사에서 조사하고 수사의뢰하고 그래서 보험 사기범이 잡혔다고 하면 그 순간 계약이 뚝뚝 떨어지기에 그렇다는 말씀 드리는 겁니다."

"그게 뭔 개소리야?"

"개소리가 아니라 서원화재해상보험 보상관리부 심정수 팀장이 상무이사에게 보고하는 소리입니다. 어떤 병신 같은 인간이 만날 조사하고 경찰에 고발하고 이러는 보험회사에 가입하겠냐 이 말입니다."

"무슨 말도 안 되는 소리?"

"왜 말이 되는지 공부 좀 하십시오. 대 서원화재해상보험주식회사 송기원 상무님. 보험회사 상무면 그 정도는 기본으로 아셔야지요. 고생, 고생해서 회사에다 돈을 10억이나 벌어 준 직원한테는 잘했다고 최소 격려 한마디 정도도 해줄 줄 알아야 하고요. 말씀 끝났으면 전이만 돌아가 보겠습니다."

"너 이 새끼, 하여튼 두고 봐."

"맞습니다. 하여튼 두고 보십시오."

"뭐라고?"

"두고 보시라고요."

"너 이 새끼, 지금 날 협박하는 거야?"

"두고 보자고 먼저 협박한 사람이 누군데요? 그나저나 협박 받을 짓 하신 거 있나 보지요?"

"이 새끼가 어디서 터진 입이라고 마구 지껄여? 너 이 새끼 내가 징계위원회 회부해서 잘라 버리려다 인생이 불쌍해서 봐줬더니 은혜도 모르고. 사표 내, 새끼야. 당장."

"이보쇼, 상무님. 내가 욕을 할 줄 몰라서 지금 새끼 소리를 가만히 듣고 있는 줄 아쇼? 쯧쯧. 그나저나 요샌 은혜의 뜻이 바뀐 모양이네. 당신 입에서 다 나오고. 하여튼 사표 낼 때 되면 낼 테니 국으로 얌전히 기다리셔."

정수는 그대로 방문을 열고 나왔다. 밖으로 나오자 비서실 홍대리가 흠칫하며 놀라는 모습이 보였다.

"재미있지?"

"팀장님, 어쩌시려고?"

"나? 괜찮아요."

그러나 괜찮지 않았다. 절대로.

바로 그날 오후 주연에게 재계약 불가 통보가 내려진 것이었다. 총무팀장은 정수에게 상무의 장난이 아니라 회사의 방침 때문임을 누누이 설명을 했다. 전직 간호사들로 채워져 있는 본사 및 각 센터의 의료 심사역 직원들이 노조와 연계를 하여 조직화를 꾀하고 있다는 정보를 들은 회사 측에서 기간이 끝난 모든 계약직 사원들에 대해 재계약을 않기로 결정했다는 것이었다. 그녀들은 모두 계약직으로 근무하고 있었다.

"부장님, 회사 방침이라면 그거 결국 인사를 담당하는 부장님 방침 아닙니까?"

"미안해요, 심 팀장. 이사회에서 그렇게 결정했다고 하더라고요. 그간 심사역 여직원들이 말이 좀 많았거든요. 난 그 불똥이 애꿎은 김 대리한테 떨어질 줄은 저도 꿈에도 몰랐어요."

그깟 대리급 비정규직 재계약 문제와 이사회? 심사역들의 집단행동과 아무런 관련이 없는 조사역인데도? 정수는 누가 뭐래도 그게 상무의 장난이라는 걸 직감했다. 총무팀장은 중간에서 말을 전하는 곤혹스런 역할을 맡고 있는 피해자일 뿐이라는 것도 모르지 않았다.

"그럼 누구에게 부탁할 것도 항의할 것도 더 이상 없겠네요?"

"글쎄 말입니다. 심 팀장 얼굴 보기가 정말 민망하네요."

"그럼 각 센터에 계신 조사실장들은 어떻게 되는 건가요?"

"거기도 연세가 많거나 실적이 떨어지는 분들은 좀 힘들 것 같습니다. 물론 센터장 의견에 따르기는 한다고는 하는데."

"……."

"다른 회사엔 자리가 없을까요? 심 팀장이 다른 회사 조사실장들 돌아가는 사정 잘 알잖아요."

"신입 채용이 아니라 회사를 옮겨 올 땐 보통 전 회사에서 추천서를 받아오라고 하거든요."

"그건 내가 알아서 할 테니 심 팀장은 자리나 좀 알아보시지요."

"예."

총무팀장을 만나고 돌아오자 어느새 통보를 받았는지 주연이 담담히 짐을 꾸리는 모습이 보였다.

"야, 김주연, 가지고 갈 게 뭐 있다고 짐을 싸냐? 다 버려, 인마."

"글쎄 말입니다. 기껏 2년인데 뭔 짐이 이렇게 많은가 모르겠네요."

"김 대리님, 어떻게 해요?"

남 주임은 이미 울고 있었다.

"어이, 남 주임, 울긴 왜 우냐? 사람이 멍청하면 이런 일 다 겪는 거야. 그러니까 자네는 신랑 잘 만나라고."

"팀장님, 지금 농담이 나와요?"

"그럼 같이 울까? 야, 주연아, 나도 울어야 하는 거니?"

"쓸데없는 소리 그만하고 빨리 술이나 사줘요."

"술? 그래. 나가자. 남 주임, 우리 다 나가자. 그런데 강 과장은 어디 갔니?"

"경찰청 간다고 하시던데요?"

"김 과장은 오늘도 금감원에 있고?"

"그렇겠지요, 뭐."

김태헌 과장은 2주 전부터 금융감독원의 보험사기 방지시스템 구축 작업에 차출되어 일주일에 월요일 하루만 정수네 사무실로 출근을 하는 터였다.

"그래? 그럼 겨우 우리 셋이네? 오붓해서 좋지 뭐. 나가자."

"팀장님, 아직 일과시간도 안 끝났어요."

"아, 그렇지. 그럼 나랑 여기 김 대리는 먼저 나가서 먹고 있을 테니 남 주임 자네는 6시 땡 하면 나와. 알았지?"

"예."

“늦으면 자른다.”

“팀장님, 그게 상무님 흉내 내는 거예요? 하나도 안 웃기거든요.”

“유머 감각하고는. 알았어, 나가서 어디에 있을지 전화할게.”

33

“미안하다, 힘이 없어서.”

“팀장님, 아니 형님이 왜 미안해요? 술맛 떨어지게 그런 의례적인 말 좀 하지 마세요.”

“그래, 마시자.”

“……”

“주연이, 너 당분간 제수씨한테 아무 말 말아. 알지?”

“예, 그럴 참이에요.”

“그때 다른 회사 가게 그냥 놔두는 건데 괜히 끌고 와서 지켜주지도 못하고. 하여튼 내가 죽일 놈이다.”

“또 그런 소리. 술 맛에 집중하자니까요.”

“주연아.”

“예, 형님.”

“주연아.”

“그만 부르고 말씀하시라니까요.”

“너, 형 믿지?”

“형님을 어떻게 믿어요? 이건 뭐 사람을 잘 사귀나, 돈을 잘 먹나, 괜히 똥 폼 잡고 윗사람하고 싸울 줄이나 알고. 뭐 그렇다고 딱히 소신이 있는 것도 아니고. 한 마디로 형님은 위선기가 다분해요. 알지요?”

“맞아, 나 위선자야.”

"기분 나쁘세요?"

"아니야."

"기분 나쁘구나?"

"아니라니까. 인마, 그래도 나 믿지?"

"예."

"너 말이야, 다른 회사 가지 마라."

"에이, 배운 도둑질인데 제가 뭐 다른 거 할 거나 있어요?"

"아니야. 요새 다른 회사도 다 계약직밖에 안 받아. 돈도 얼마 안 주고. 가면 또 이런 일 당할 게 뻔하니까 가지 마."

"그럼 형님이 나 먹여 살릴 거예요? 우리 식구도 다?"

"내가 먹여 살리는 게 아니라 같이 먹고 사는 거지."

"뭐 해서요?"

"생각해 봐야지."

"형님은 잘 나가는 팀장으로 그냥 있으면 되는데 생각할 게 뭐 있어요? 조금 버티다가 부장 진급도 하고."

"아냐. 나 말이야. 너 재계약 결과에 따라 나도 움직이려고 했어. 알잖아, 나 희망 퇴직원 내려고 하는 거."

"진짜 낼 거예요? 그러다가 안 받아주고 사직 처리되면 형님만 개털 되는 건데?"

"응, 낼 거야."

"상무 그 새끼가 행여나 OK하겠다."

"OK하게 만들어야지. 돈이 1억 가까이 걸렸는데."

"무슨 방법이 있는 거예요?"

"있긴 뭐가 있겠어? 만들어 봐야지."

"나 같아도 절대 안 해주겠다. 형님 상무한테 또 막 욕하고 그랬다면서요?"

“누가 그러디?”

“회사에 소문 다 났어요. 비서실 아이들이 못 들은 척 가만히 있겠어요?”

“소문 나 보았자 그 새끼 자기만 망신이지 뭐.”

“내가 형님이라면 희망퇴직 떨어질 때까지 상무 궁둥이라도 핥겠네.”

“나도 그러고 싶은데 이 새끼가 방에만 들어가면 꼭 지랄을 떤다니까.”

“아 그걸 못 참아요? 형님이 무슨 임꺽정도 아니고.”

“임꺽정? 임꺽정이 왜 나오냐? 여기서.”

“그 사람도 잘 못 참잖아요.”

“인마, 소설 좀 읽어라. 책 읽으면 남 안 준다. 다 네 꺼야.”

“형님은 그렇게 책 많이 읽어서 만날 윗사람이랑 티격태격하고 그럽니까?”

“야, 그 이야기는 아까 했잖아? 내가 덜 떨어져 그런 거 나 다 알거든. 그 이야기는 고만 하자. 술 맛 집중.”

“상무 딸 사고는 대체 어떻게 된 거예요?”

“뭘 어떻게 돼. 너도 있었잖아.”

“전 첫 날만 잠깐 봤잖아요.”

“별 거 없어. 검사 지휘 받아서 안불로 끝냈어.”

“검사 지휘를 받았다고요? 정말로요?”

“응.”

“왜요?”

“그냥.”

“그러니까 내가 형님 속 모르겠다고 하잖아요. 아니 그리고 그 동기 분 정말 미친 거 아닙니까?”

“뭔 소리야?”

“검사한테 얼마나 깨지려고 그런 지휘를 올리느냐 말입니다. 검사가 의심 안 하겠어요?"

"다 끝난 이야기야."

"그럼 상무가 그분한테 인사 좀 했나요?"

"인사 같은 소리하고 앉아 있네."

"형님, 도대체 왜 그런 겁니까? 형님 정체가 뭐냐고요."

"야, 어렵게 생각할 거 뭐 있니? 희망퇴직 때문에 그런 거지."

"아니 그 정도면 상무랑 싸움도 하지 말았어야지요."

"야, 아까 말했잖아? 자꾸 지랄을 한다고."

"그러니까 자꾸 지랄하고 그러는 인간한테 뭐 하러 그런 일을 해줬냐 말이에요. 상무 그 새끼 고마운 것도 모르지요?"

"내가 자연 뽕 가지고 장난을 친다고 하더라."

"그럼 그렇지. 개새끼, 그때 횟집에서 죽여 놨어야 하는 건데. 하여튼 형님이 더 나쁘다는 건 알지요?"

"내가 뭘?"

"이건 때렸다가, 욕했다가, 일 봐줬다가, 하여튼 갈피를 못 잡게 하잖아요."

"야, 우리도 술자리에선 여자 이야기 같은 것도 좀 하고 그러자. 만날 이게 뭐니?"

"아참, 남 주임한테 전화해 줘야지."

주연이 남 주임에게 전화를 걸어 지금 있는 장소를 알려 주었다.

"남 주임 오면 우리 자리 옮깁시다, 형님."

"왜?"

"그래도 우리한테 참 잘해 주었잖아요. 마지막 날인데 겨우 목살 가지고 되겠어요?"

"그러네."

"형님, 회사 카드 가지고 있지요?"

“응.”

“오늘 그걸로 좋은 데 가서 먹읍시다. 우리 제일 좋은 데로 가요.”

“……”

“또 새가슴 나오는구나? 아, 희망퇴직 신청 한다면서요.”

“야, 그래도 너무 속 보이잖아?”

“겨우 이러면서 자기를 믿어 달래요, 참. 알았어요, 그럼 팀장 한도액이나 먹읍시다. 됐지요?”

“그래, 남 주임이 먹고 싶다는 거 있으면 사주지 뭐.”

“그나저나 형님, 박 차장 그 새끼 날아가고, 형님이랑 나, 나가고, 이제 서원 보상관리팀 완전 해산이네요?”

“강 과장 있잖아. 걔 중심으로 다시 충원하겠지 뭐.”

“강 과장한테 양평서장 이야기 들었어요?”

“뭔 소리야?”

“아, 형님한테 말 안했구나. 며칠 전에 강 과장이랑 상무랑 양평에 갔다 왔잖아요.”

“응, 그 이야기는 들었는데 왜?”

“그날 상무 그 병신새끼가 말이에요, 술 몇 잔 들어가니까 또 맛이 가버려서 거기 서장한테 막말을 한 모양이더라고요.”

“뭔 소리냐니까?”

“양평서장이 이번에 총경 달고 나간 강 과장 동기잖아요? 그 사람이 관내에 교통시설물 설치 문제 때문에 강 과장한테 뭔 부탁을 한 거라. 강 과장은 충분히 가능할 것 같아서 상무에게 보고를 했고, 상무가 들어보니까 그럴듯하거든. 그럼 그냥 강 과장만 보내면 될 걸 가지고 이 병신이 경찰서장한테 생색낼 수 있는 자리니까 폼 잡고 싶어서 같이 내려간 거지. 그런데 술이 거나해지니까 이 인간이 또 그 버릇이 나와 가지고선 그 서장도 자기 부하인 강 과장 같이 생각이 됐던 거

라. 간이 완전 배 밖으로 나온 거지. 결국 그 서장이 상을 뒤엎고 나갔다 하잖아요."

"정말?"

"제가 강 과장이 그 서장한테 미안하다고 전화하는 것도 봤거든요. 와, 강 과장 입장이 얼마나 곤란했을까?"

"그것도 다 자업자득이지 뭘. 우리 회식 때 딱 보았으면 미친놈이라는 거 알고서 그런 자리는 안 만들었어야지."

"……."

"강 과장도 생각이 많은 것 같더라고요."

"아니야. 뭐 우리가 신경 쓸 일은 아니지만 아마 걔는 아주 잘 살아남을 거야. 우리보다 훨씬 속이 깊은 데가 있잖아."

"그건 그래요."

"똑똑한 친구야. 속 뒤집어지는 일이 얼마나 많겠어? 그래도 묵묵히 참잖아. 소리 없이 자기 할 일 차분하게 다 하면서 말이야."

"하긴 똑똑했으니까 경찰대학 갔겠지."

"내 말은 그 친구가 머리만 좋다는 게 아니야. 그만큼 들기도 했지만 되기도 한 사람 그러니까 결국 난 사람이다 이거지. 그리고 좀 차가워 보이는 겉모습이랑은 달리 심성도 곱고 여리기도 하잖아."

"이제 보니까 우리 형님 눈에 콩깍지가 제대로 씌었구나."

"그건 또 뭔 헛소리니?"

"강 과장한테 다른 측면이 많다는 걸 정말 모른단 말이에요? 내가 괜히 남 헐뜯는 것 같아서 이런 말하기 칙칙하지만 그 친구도 만만치 않은 데가 정말 많거든요?"

"너는? 또 나는? 야, 사람 별 거 있냐? 다 그래. 누구나 다 얼마 정도는 착하고 얼마 정도는 악하고 그런 거지 뭘. 너 세계에서 가장 많이 존경 받는 사람이 누구라고 생각하니?"

"또 유식한 티내려고 그러지요?"

"아마 간디, 링컨, 슈바이처, 테레사 수녀, 뭐 대충 이런 사람들일 거야. 그 사람들 거의 성인 취급 받지? 하지만 알고 보면 그 사람들도 다 나나 너보다도 더 추잡하고 그런 면도 있었거든. 하인을 사람 취급 안 한다던지. 야, 관두자, 관둬."

34

이틀 후인 월요일, 정수는 출근을 하자마자 총무팀장에게 희망퇴직원을 제출했다.

"사람 참, 조금만 더 참으라니까. 심 팀장 대체 사람이 왜 그래요?"

"죄송합니다, 부장님."

"꼭 이래야겠어요?"

"예. 나름 많이 생각한 겁니다."

"김주연 대리 일로 서운해서 그러는 거 아니에요?"

"부장님, 서운하다고 사직서 내는 사람이 어디에 있겠습니까? 희망퇴직으로 끝날 수 있게 잘 좀 처리 부탁드립니다."

"그거야 심 팀장은 특별한 하자 없으니까 제가 도와드릴 것은 없는데 문제는 상무님인 거 알지요?"

"그건 제가 알아서 하겠습니다."

"또 두들겨 패시려고?"

"예?"

"아니에요. 농담이고. 그런데 말이에요, 정 안 되면 두들겨 패서라도 상무가 도장 찍게 만들어야 하는 거 알지요? 그렇다고 정말 때리지는 마시고."

"예, 알고 있습니다."

"상무보다 사장님을 먼저 뵙는 건 어때요?"

"정 안될 것 같으면 그때 가서 생각해 보겠습니다."

총무 팀을 나온 정수는 비서실로 갔다.

"홍 대리, 상무님 혼자 계시나?"

"예, 그런데……."

"왜?"

"저기요, 팀장님, 상무님께서 앞으로 상무님이 부를 때까지는 절대 방에 들이지 말라고 하셨거든요?"

"그랬어요? 알았어요. 그런데 오늘은 괜찮으니까 걱정 말아요. 미안."

정수는 잔뜩 곤란한 표정을 짓는 홍 대리를 뒤로 하고 상무실 문을 열고 들어섰다. 소파에 앉아서 담배를 피우며 신문을 보고 있던 상무는 정수의 모습을 보자마자 인터폰을 들어 홍 대리에게 소리를 질렀다.

"그만하십시오. 안 된다는 걸 제가 강제로 밀고 들어 온 겁니다."

"당신 얼굴 보기 싫으니까 나가. 빨리 나가라고."

"오늘 마지막 뵈러 온 겁니다. 저 좀 앉겠습니다."

정수는 상무의 앞에 털썩 앉았다.

"어쨌든 간에 그간 속 썩여 죄송했습니다."

"뭔 소리야?"

"오늘 총무부에 희망퇴직원 제출했습니다."

"당신이 그걸 냈으면 냈지, 왜 나한테 오냐고."

"예, 드릴 말씀이 있어서요."

"난 당신 이야기 듣기 싫어. 듣기 싫으니까 빨리 나가라고."

"들으셔야 할 걸요? 안 그러면 경찰청 가서 들어야 할 거니까요."

"뭐라고?"

"듣기 싫으면 경찰청에 가서 이야기한다고. 왜, 정말 나, 나갈까요?"

"경찰청 가서 뭔 이야기를 한다는 거야?"

"송기원 상무님, 댁 이야기지 뭐겠어요?"

"아침부터 또 뭔 개소리야. 경찰청이고 지랄이고 간에 난 당신 이야기 안 들을 거니까 나가. 나가라고."

"그래? 그럼 나 나갈 테니 이거나 보셔. 구체적인 건 내가 따로 가지고 있고 이건 대충 제목들만 나열한 거라는 거 참고하고."

정수는 들고 들어갔던 서류봉투를 상무에 앞에다 소리 나게 던져 놓고 밖으로 나와 자신의 사무실로 향했다. 정수가 사무실로 들어서자마자 그새 벌써 전화를 했는지 남 주임이 그에게 상무님 방으로 오라는 전갈을 전했다. 정수는 자신의 자리에 앉아 느긋하게 담배를 피워 물었다.

"팀장님, 또 담배. 아 그거 빨리 끄시고 상무님 방으로나 가보세요. 어휴, 냄새."

"남 주임, 인마, 오늘은 좀 봐줘라. 월요일이잖아."

"월요일이랑 담배랑 뭔 상관이에요?"

"그런가? 그럼 마지막 날이니까 봐 주던지."

"봐요, 또 전화 오잖아요. 빨리 가보시라니까."

정수가 자리에 앉자 상무는 그를 무섭게 째려보았다.

"이게 다 뭐야, 응? 뭔 쓰레기를 가지고 와서 나를 협박하냐고?"

"그게 쓰레기인지 아닌지는 수사해보면 다 나올 것이고, 나, 상무 당신 협박한 적 없거든?"

"뭐 당신?"

"그나마 조금 있으면 나한테 당신 소리 듣는 것도 호사였구나 하고 알 거요."

"그런다고 내게 씨알이나 먹힐 줄 알아?"

"알았다니까. 그런데 사람은 왜 부른 거요? 사표내고 나가는 사람을."

"알았어. 내가 심 팀장 당신 희망퇴직 받아 줄 테니까 어디 가서 이런 말도 안 되는 것 가지고 사람 협박하고 그러지 말라고. 응?"

"내가 말했잖아. 그게 말이 되는지 안 되는지는 수사해 보면 나올 거라고. 주쇼, 경찰청 특수대 가져다주게."

"야, 내가 알았다고 하잖아"

"일개 차장 희망퇴직이니까 전무님, 사장님 결재 받을 것도 없고, 그러니까 오늘 처리해 주쇼. 그럼 내가 한 번 생각해 볼 테니까."

"……."

"결재할 거요?"

"이러다가 무고로 걸리는 건 알고 지금 설치는 거지?"

"그러니까 수사해 보자고. 무고면 내가 콩밥 먹으면 되는 거고. 사실이면 대 서원화재해상보험주식회사의 상무이사님께서 쇠고랑 차는 거고. 뭐 간단한 걸 가지고 무슨 말씀이 그렇게 많으신가?"

"알았어. 내가 당신이 오죽하면 이딴 짓을 꾸밀까 싶어 인생이 불쌍해서 결재해 준다. 불쌍해서."

"그래요? 난 안 불쌍한데 그럼 이걸 그냥 가지고 가야 되겠네."

"너 이 새끼, 내가 이 원수 반드시 갚아. 알아? 네가 아직 날 잘 모르는 모양인데 내가 어떻게 해서 이 바닥에서 여태 살아남았는지 알아?"

"여보쇼, 상무님. 그 이야기는 이미 신물 나게 하셨거든? 28년 하신 거 참 장하다는 건 알겠고. 그나저나 나야 말로 잘 보고 있을 거요. 내가 구체적인 내용이 있는 건 따로 가지고 있다고 했잖수. 하다못해 그 서류 사본도 많이 있다고."

"……."

"내 생각에 상무 당신이 좀 겸손하게 행동하는 것 같으면 그냥 내가 가지고 있을게. 그리고 말이야, 이 서류가 나한테만 있는 게 아니거든. 혹시 나한테 무슨 일이라도 있으면 그 순간 이건 전 인터넷, 경찰, 이런 데 다 퍼진다고. 무슨 말인지 알지? 착하게 사쇼. 제발 좀 착하게 좀 사시라고."

"……."

"앞으로 당신이 내 앞에서 알짱거리지만 않으면 이 서류가 세상으로 나올 일은 전혀 없을 거요. 그러니 그냥 평범하게 사시다가 전무도 되고, 사장도 되고 그러시라고. 알지?"

"그걸 내가 어떻게 믿어?"

"자꾸 그러니까 내가 착하게 살라고 하잖아. 사람이 다 당신 같은지 알아? 다 아무 돈이나 더럽게 뜯어 먹고, 회사 카드 가지고 깡이나 해서 처먹고, 아무 여자나 강제로 따 먹고, 다 이런 줄 아냐고. 안 그렇거든?"

"그럼 이 자리에서 나랑 약속해."

"이 양반이 뭘 잘못 먹었나? 아니 내가 당신이랑 왜 약속을 해야 하는데? 하여튼 긴 말 필요 없으니까 알아서 하쇼. 나, 갑니다."

"……."

"그리고 한 마디만 더 합시다. 나나 강남서의 그 경찰관이 왜 당신 딸 봐주려고 그렇게 애썼는지 모르시지? 돈이나 노리고 그랬을 것 같은데 돈을 달라는 소리는커녕 주는 돈도 마다하고 그러니까 그게 도리어 의심스러웠지? 주위 사람들은 애먼 소리 꽉꽉하고 말이야. 뭐 이런 말 어차피 이해도 못 하겠지만 나나 그 친구, 당신이 예뻐서도 아니고, 더더군다나 뭘 바라서도 아니고 물론 그렇다고 착하거나 정의감, 사명감, 이런 말도 안 되는 것 때문에 그런 것도 아니라고. 알아?

뭐 이제 다 지나간 일이니까 말하는 거조차 웃기긴 하지만 말이야. 여보쇼, 상무님. 앞으론 남의 깨끗한 마음 절대 그렇게 함부로 밟지 마슈. 고마워 해 달라는 것은 아니지만 그래도 터진 입이라고 그렇게 함부로 지껄이고 다니는 건 아닐 거요. 분명 말해 두겠는데 당신, 그리고 당신 부인이라는 여자, 그런 식으로 살면 반드시 벌 받을 거요. 만

약 안 그렇다면 우리 같은 놈 억울해서 살겠수? 쯧쯧."

다시 서류봉투를 들고 상무 방을 나온 정수는 자기 사무실로 가지 않고 복도에서 엘리베이터를 타고 지하상가로 내려 왔다. 그곳 다방에서는 주연이 그를 기다리고 있었다.

"어떻게 됐어요?"

"뭐가 어떻게 돼?"

"잘 됐냐고요."

"결과 보면 알겠지 뭐."

"도대체 그 서류가 뭐예요?"

"이거? 별 거 아니야. 그냥 상무 목 줄 잡고 있는 거지, 뭐겠어?"

"내용이 뭐냐고요."

"궁금해 하긴. 봐라, 인간아."

정수는 주연에게 서류봉투를 밀었다. 그 안에 들어있던 서류들을 꼼꼼히 살피던 주연이 고개를 갸웃거렸다.

"뭐예요, 이거? 이거 별것도 아니잖아."

"내가 뭐라 그랬니?"

"아니, 겨우 이걸 들고 상무 방에 들어 간 거예요?"

"그게 어때서?"

"구체적인 게 하나도 없잖아요."

"야, 그건 네 생각이고 상무가 본다고 생각해 봐라. 구체적인지 아닌지."

"에이, 그래도 이건 좀 너무했다. 아니 상무 그 새끼가 이거 보고서 겁을 먹었어요? 진짜로?"

"얼굴이 파랗게 질리던 걸."

"설마."

"내가 쇠고랑 이야기를 했더니 완전 굳어버리더라니까. 병신."

"그 새끼 진짜 병신이네. 참 신기하단 말이야."

"뭐가?"

"어떻게 그런 새끼가 좋은 대학 나온 똑똑한 인간들이 수천 명이나 있는 회사 상무가 되냐 이 말이에요."

"잘하는 게 있나 보지 뭐."

"결과는 언제 나오는데요?"

"밖에서 놀고 있으면 총무부장이 전화해주겠지."

"그나저나 아무리 병신이라도 그렇지, 정말 이걸 보고 겁을 먹었다는 게 안 믿겨지네."

"인마, 원래, 꿩 잡는 게 매라고. 자, 이것 봐. 이건 그 새끼가 있던 광주의 상무 지구 아파트 보험가입현황이야. 신도시나 마찬가지인 그 대단지를 이 새끼 있을 때 거의 싹쓸이했잖아. 그럼 리베이트 안 줬겠냐고."

"당연히 줬겠지요. 그런데 그걸 못 밝혀냈으니까 뺏긴 회사에서도 조용히 있는 거잖아요?"

"봐, 그 새끼가 회사 돈으로 리베이트를 줬다면 그걸 또 다 줬겠냐고. 뻔하지 뭐. 회사에단 1억 줬다고 하고선 9천만 주고 천은 자기가 먹고. 그 새끼 업추비 가지고 욕심내는 것 봤잖아. 틀림없이 그럴 놈에다 그 권한을 가지고 있는 본부장이니까 분명 해먹지 않았겠어? 그 이야기한 건데 뭐."

"진짜 먹긴 먹었나 봐요. 그러니까 겁먹지."

"지가 구리니까 겁을 먹는 건 당연하지. 아, 내가 그 자세한 정보를 가지고 있고 그걸 경찰에나가 알리겠다고 하는데 지가 뻗댈 게 있겠어? 그냥 희망퇴직 도장 하나 찍어주면 될 일 가지고."

"병신, 그런데 이건 또 뭐예요?"

"그거, 티켓 다방 아가씨 강제 추행한 거잖아?"

"그걸 어떻게 알았는데요?"

"광주 센터의 조사실장님, 옛날에 우리 사수였잖아. 명퇴하고 고향 내려갔는데 일이 있으면 좋겠다고 하시더라고. 마침 센터에서 사람을 구할 때였거든."

"서울에서 근무한 양반을 광주에서 채용한다는 게 이상하잖아요."

"뭐 그땐 센터를 새로 개설해서 사람이 없었잖아. 나보고 추천해 달라고 해서 가신 건데 워낙 광주에서 큰 집안 분이라 여기 저기 아는 사람, 얽힌 사람들도 많고 하여튼 일 잘하고 계시잖아."

"그럼 이거 다 그분이 준 거예요?"

"응."

"강제추행을 했다면서 어떻게 살아났데요?"

"야, 그것도 그 실장님이 중간에 나서서 돈으로 막아줬다고 하더라고. 그러니까 이 새끼가 말이야, 그 아가씨뿐만이 아니라 티켓 끊는 아가씨는 다 쳐드셨다고 하더라고. 그래서 그중 하나로 하여금 문제도 삼고 고소도 하도록 하겠다고 써 놓은 거지 뭐."

"다른 건요?"

"다 그런 식이지 뭘."

"상무가 안 속았으면요?"

"그럼 할 수 없는 거지 뭐. 야, 그런데 자기가 한 일이 있는데 안 속고 배기냐?"

"하여튼 형님도 은근히 비열하단 말이야."

"야, 은근히 가 아니라 나 원래 비열하거든. 어쨌든 우리도 이젠 그렇게 살아야겠다. 봐, 잘 통하잖아. 내가 들어가서 좋은 말로 사정하고 설득했으면 그 새끼가 내 말 들어 줬겠니? 아마 입에 거품 물고 개새끼, 소 새끼 하면서 나가라고 했을걸? 세상 다 그런 거라고."

"그나저나 진짜 악연이다, 악연."

"뭐가?"

"상무새끼랑 우리들 말이에요. 솔직히 얼마 전만해도 형님이나 나나 희망을 가지고 근무 열심히 했잖아요. 그런데 어떻게 된 게 그 새끼 오자마자 이런 꼴이 생기냐 이거 아닙니까."

"인마, 해 먹을 만큼 해 먹었으니 알아서 나가라는 하늘의 계시인가 보지, 뭘 그래."

"그럼 상무 그 새끼가 하늘의 사자네. 씨발. 형님, 낮술이나 먹으러 갑시다."

"좋지, 우리도 장모 얼굴도 몰라 볼 정도로 한번 취해 볼까?"

재계약 불발로 인한 주연에 이어 서원화재해상에서의 정수의 생활도 그렇게 끝이 났다. 물론 희망퇴직이라는 형식으로 말이다.

착하게 살자

1

재계약이 끝나 그 날짜로 사원자격이 말소된 주연과는 달리 정수의 희망퇴직은 근 20여 일이 지난 다음에야 최종 처리될 터였다. 기준이 되는 날을 넘기면 그달치 월급을 전부 주게 되어있는 제도를 이용, 나가는 직원들에게 조금이라도 더 챙겨주려는 회사의 관행 덕분이었다.

정수는 년 초에 상무가 부임을 하자마자 자신에게 패악을 부리기 시작한 그날부터 여러 회사의 약관을 꼼꼼히 살핀 후 무려 8개의 생명 또는 상해보험에 새로 가입을 했다. 기존에 가지고 있던 서원의 것까지 합치면 모두 11개의 보험에 가입을 한 것이다.

그는 한 개인이 이렇게 여러 개의 보험에 가입을 하게 되면 각 보험사에서 underwriting 이라는 심사 기능을 동원 일단 보험사기를 노리는 자로 인정, 가입을 거부한다는 것을 잘 알고 있었다.

정수가 서원의 부서장이라는 신분이 상실되기 전 가입을 서두른 것도 바로 이것 때문이었다. 같은 업종인 보험회사의 간부사원이라면 서로가 서로를 챙겨주는 형태 즉 내가 다른 회사의 것을 하나 들어주면 그 친구는 나의 회사 것을 들어주는 식, 즉 품앗이 형태의 보험가입이 일반화되어 있어 중복 가입에 특별한 의심이나 제재를 받지 않는다는 것을 알기에 말이다.

정수는 보험에 들 때마다 자신이 이미 다른 보험사에도 여러 개의 보험에 가입되어 있다는 것을 일일이 알리고 약관 그대로 계약서에 그 내용을 명기해 두었다. 설계사들은 이런 그가 보험회사의 간부 사원이라는 이유 하나로 중복가입을 거부하지도 문제 삼지도 않았다. 물론 약간의 의아심이 들었다 할지라도 실적에 대한 욕심을 이겨 낼 정도는 아니었을 것이다.

이제 매달 정수가 내야 할 보험료만 해도 거의 80만 원에 육박했다. 수입에 비해 턱없이 많은 보험료 지출도 당연히 의심의 대상이긴 했다. 그러나 정수는 전혀 개의치 않았다. 의심만으로 사람을 막을 수도 잡을 수도 없다는 걸 너무도 잘 알고 있기 때문이었다.

정수는 이제부터 주연의 인생을 자신이 책임져야 한다고 믿었다. 경찰에서 옷을 벗고 나온 후 좀 더 나은 다른 조건을 제시하는 보험사를 마다하고 그가 서원에 들어 온 것은 오직 짧은 한 때 자신의 형사 반장이었던 정수가 있기 때문이라는 걸 정수는 잘 알고 있었다. 게다가 정수는 자기네 회사로 올 것을 강권하기도 했다.

그때까지만 해도 정수는 평소 성실하고 의리를 중시하는 주연이라면 서원에서 자신과 함께 충분히 커 나갈 수 있을 것이라 믿었다. 그런데 이제 불과 2년밖에 지나지 않았건만 커 나가기는커녕 재계약도 거부당하는 것을 지켜봐야 했으니 그 사태가 아무리 회사의 방침이라고 해도 정수는 그의 불행이 자기 자신에게 일정 부분 책임이 있다는 것을 잊지 않았다.

아울러 정수는 이제부터는 남에게 얽매이지 않는 자신의 삶을 살고 싶었다. 남에게 휘둘림을 당한 건 그간 넘칠 만큼 충분하다는 생각이

들었다.

이제 정말로 오십이었다. 정수는 정말 자유로워지고 싶었다. 그렇다고 무엇을 하면서 어떻게 살아야 할지에 대해서는 구체적인 계획도 목표가 있는 것도 아니었다. 그건 차차 생각하면 된다고 믿었다.

이렇게 아직도 뜬구름 잡는 식으로 막연하고 자기 몸 하나도 제대로 건사 못하는 정수가 주연을 챙기고 또 원대로 자신의 삶을 찾으려면 필요한 게 있었으니 바로 돈이었다. 물론 주연에게 느끼는 마음의 빚을 갚는 데도 그건 당연 필요한 터였다.

그걸 위해서라면 매달 80만 원 정도의 투자는 충분히 가치 있는 일일 터였다.

2

"뭐라고 그러고 나왔니?"

"형님 말대로 출장 간다고 하고 나왔지요."

"안 캐묻디?"

"결혼할 때부터 툭하면 없어지고 그랬으니 별 말은 없는데 나오기 미안하기는 미안하더라고요."

"왜?"

"큰애 수술 날짜 잡혔잖아요. 닷새 후로."

"아, 그렇지. 그럼 그 전에 와야 되겠네."

"요새는 아이들 심장병 수술이 별 게 아니라고 하더라고요. 뭐 꼭 그것 때문에 일부러 일찍 올 필요는 없고."

"그래도 작은애도 그렇고, 제수씨랑 어머니가 얼마나 힘드시겠냐. 알았어. 일찍 오자."

"대체 어디 가는 건데요?"

"말했잖아. 너나 나나 다 짤린 놈들이니까 아무 데나 가서 술이나 실컷 마시고 올라오자고."

"그러니까 아무 데나 어디 말이냐고요?"

"자식, 참 낭만 없네. 인마, 목적지도, 목적도, 시간도, 이런 거 안 정하고 그냥 마음 내키는 대로, 발 닿는 대로, 이런 거 몰라?"

"참 가지가지 하십니다요. 형님."

"가자."

"어디로 가냐니까?"

"그 새끼 참, 야 네가 운전대 돌리는 대로 가는 거라고."

"그럼 일단 가까운 고속도로 탑시다."

"알아서 하셔."

"씨발, 속초나 갑시다."

"가면 되지, 욕이 왜 나오니?"

얼마 후 차는 영동고속도로로 접어들었다. 주연은 한동안 아무 말도 없이 운전대를 움켜진 채 묵묵히 앞만 바라보고 있었다.

"옛날에 말이요. 나 마포 서에 막내 형사로 있을 때 속초로 기소중지자 인수하러 간 적 있었거든. 죄명이 뭐였더라? 하여튼 사람이 없다고 해서 나 혼자 내려갔는데 가보니까 피의자가 새파랗게 젊은 여자인 거라. 속초 서에서 인계 받아가지고 수갑 채워 차 앞자리에 태워 살살 달래면서 오는데 이 거지같은 년이 글쎄 불과 1km도 안 왔는데 똥 마려 죽겠다고 하더라고. 그래서 경찰서에선 뭐하느라 화장실도 안 갔냐고 짜증을 내니까 변소에 칸막이가 작아 자기가 쭈그리고 앉아 일을 보는 걸 전경이 다 쳐다보는 게 싫어 억지로 버텼다고 하는 거 있지. 좀 참으라고 했는데 도저히 못 참겠다고 진짜 난리도 아니더구면.

그래 어떻게 해. 한계령 초입에 간이 휴게소가 있기에 차 세웠지 뭐. 그런데 관광버스들이 많아 여자 화장실이 바글바글한 거라. 수갑 차고 똥 누라고 할 수는 없고 풀어줬다가는 그 틈에서 어영부영 나를 것 같고. 그래서 거긴 포기하고 그 휴게소 뒤의 동네로 데리고 갔잖아. 무작정 그 동네에서 제일 그럴싸한 집에 들어 가 사정을 했지. 집 안에 화장실이 있을 법한 집으로 말이야. 그래가지고선 수갑 풀어주고 문 열어 놓은 채 볼일 보게 하면서 난 거실에 앉아 그 집의 어떤 젊은 여자가 타다주는 커피 마셨잖아. 그 여자는 화장실 쳐다보고 있고. 내가 혹시 자해라도 할까 봐 부탁한 거였거든. 그런데 그년이 그만 샤워까지 하는 거 있지. 그 집 여자가 속옷도 다 빌려줬잖아."

"제수씨 이야기 하는구나?"

"응. 형, 화장실 감시해주던 그 여자가 바로 우리 애 엄마야. 그때 방학하고 집에 와 있던 거였거든. 수갑 차고 다니고 그러는 형사가 너무나 멋있었다는 거 있지. 그래서 말이야, 형. 양양에서 제일 양반 집 딸이고, 제일 예쁘고, 제일 똑똑하다는 여자를 말이야, 내가 데리고 와서는……."

"놀고 있네, 제일 예쁘긴."

"……."

"야, 차 세워. 저기 갓길에 차 세우라고."

"……."

"세우라고 인마, 너 그 눈물 때문에 운전이 되겠냐?"

"그런데 씨발, 이 병신 새끼는 그런 여자 데려다 놓고는 감옥엘 가지 않나, 툭하면 짤리기나 하고. 애새끼들은 전부 그 모양이고, 집은 겨우 언덕 꼭대기 연립, 그것도 겨우 전세로, 흑."

차를 세운 주연은 운전대에 얼굴을 묻고 대성통곡을 하기 시작했다. 정수는 주연의 마음을 너무나도 잘 이해할 수 있었다. 히로뽕 피의자를 검거했다가 그냥 풀어 준 후 마약을 계속 사고팔게끔 하면서 정보원으로 활용을 한 게 탄로가 나 관례대로 반원들 중 어차피 누군가 하나는 총대를 메야 하게 됐을 때 주연은 피하지 않았다. 결국 그는 혼자 구속이 되었었다.

다행히 1심에서 정당한 직무집행으로 인정을 받아 무죄 판결을 받고 두 달 만에 석방이 되긴 했지만 결국 그는 소청심사와 행정 소송에서 모두 패해 복직에 성공치 못했다. 그리고선 통닭집 창업. 그는 채 1년도 되지 못해 동료들이 총대를 메준 대가로 걷어 준 것과 많지도 않은 퇴직금을 모두 날리고 술에 묻혀 살다가 한 보험사가 내민 손을 잡으려 하던 참에 정수의 눈에 뜨여 원래 회사를 마다하고 정수의 권대로 한 식구가 되었었던 것이었다.

정수는 그가 겪었을 이런저런 고통을 너무나 잘 이해할 수 있었다. 정수 자신은 철도 없이 경직된 관료조직에 질렸네, 어쨌네 하면서 등을 떠다 민 사람도 없건만 미련하게도 뛰쳐나왔으니 그 어떤 질곡도 그냥 자기 선택의 응보라고나 생각할 수는 있지만 똑똑한 형사로 잘 지내다가 아무 잘못도 없이 느닷없이 수갑을 차고 구속을 당하고 하면서 그는 이 세상 모든 게 얼마나 분하고 억울했을까? 정수네 회사로 와서도 유독 혼자만 계약직 사원이라는 것 때문에 비록 잘 드러나지는 않지만 또 얼마나 많은 마음고생을 해야만 했을까. 또 아픈 아이들은?

"내가 운전할까?"

"아니에요."

"그럼 가자."

차가 고속도로를 벗어날 때까지 둘은 아무 말이 없었다.

"내려갈까요?"

"뭐?"

"속초 쪽으로 가지 말고 삼척 쪽으로 내려가자고요."

"양양 지나가기 싫어서 그러냐?"

"……."

"네 마음 내키는 대로 가라고 했잖아."

주연은 말과는 달리 속초 방면으로 들어섰다.

"야, 바다 죽이는데. 그래도 이렇게 나오니까 좋은데요."

"죽이긴."

"형님은 참 이상하다니까."

"뭐가 또?"

"만날 나보고 책 좀 읽어라, 음악 좀 들어라, 낭만이 있네, 없네 하면서 자기는 저런 걸 봐도 아무렇지도 않고 말이야."

"난 겨울바다가 어쩌니 이런 사람 보면 좀 웃기더라고. 솔직히 자기는 별 감흥도 못 느끼면서 남들이 겨울바다 어쩌고저쩌고 하니까 의례히 그래야 하나보다 하면서 괜히 들뜨고 하는 사람들 말이야."

"멋있는 걸 멋있다고 하는 게 뭐가 어때서?"

"아니, 그게 아니라, 봐, 모나리자 그림 보고서 그게 잘 그린 건지, 멋있는 건지, 왜 대단한 건지, 이런 거 전혀 모르면서 개나 소나 그냥 남들 하는 대로 무조건 '우와' 그러잖아. 안 그래? 난 그런 게 웃긴다 이거지."

"뭐가 그렇게 어려워요? 대충 좋으면 좋다 그러면 되는 거지."

"그래, 겨울바다 진짜 죽인다. 됐지?"

그렇게 끊어졌다, 이어졌다 하며 뭔가 허전한 대화를 이어가는 가슴 먹먹한 두 사내가 탄 차는 바다를 끼고 나있는 7번 국도를 따라 북으로, 북으로 향했다.

3

신호대기를 위해 차가 멈췄다. 양양 삼거리 부근이었다.

"씨발 새끼."

"뭐?"

"앞의 저 차 말이에요, 하얀색 소나타."

"그게 왜?"

"저 새끼 아까부터 보고 있었거든요. 운전 진짜 좆같이 하네요. 깜박이도 안 켜고 그냥 차선을 왔다갔다 완전 미꾸라지 새끼에다 브레이크를 밟았다, 급가속을 했다, 지금도 갑자기 끼어들어서 우리 앞에 선 거잖아요. 에이, 씨발 놈."

"냅두고 너나 운전 조심해."

"저거 지금 안 보여요?"

정수네 차 바로 앞에 정차해 있는 그 차의 운전석 문이 열리고 한 사내가 머리를 내밀어 아스팔트 바닥에 침을 뱉는 모습이 정수의 눈에 들어왔다. 차 뒷문 유리창 문으로는 귀엽게 생긴 아이들 둘이 고개를 잔뜩 내밀고 뒤 쪽 정수네를 향해 혀를 날름거리고 있었다.

"저 새끼 저러다 언젠가는 애 죽이지."

"내버려 둬라, 촌놈이 어쩌다 차 한 대 샀나보지 뭐."

신호가 풀리면서 정수네도 그 차를 따라 출발을 했다. 아이들은 여전히 바람에 머리를 흩날리며 창문 밖으로 머리를 내밀고 까불고 있음에도 그 차는 무서운 속력으로 질주를 했다.

"야, 천천히 가, 인마."

"저 새끼 하는 꼴 보니까 나도 저절로 따라가게 되잖아요."

그때, 창문 밖으로 운전을 하던 사내의 손이 나오고 그의 손에서 아직도 불이 붙어 있는 담배가 도로로 팅겨져 나왔다.

“저 개새끼, 완전 양아치 새끼네.”

얼마 후, 그 차가 깜박등도 켜지 않은 상태로 그야말로 갑자기 차선을 변경 옆 차로로 끼어들자 그 차선을 진행하던 승용차 운전자가 경적을 울리면서 상향등을 깜박거려 그에게 경고인지 아님 항의인지 하는 신호를 보냈다. 소나타의 운전자는 한 손을 들어 보였다.

“새끼, 그래도 양심은 있나보네, 미안하다는 표시도 할 줄 알고.”

“형님, 저 새끼 저거 아까 손 올린 게 미안하다고 하는 건지 알았어요?”

“그랬잖아.”

“저 새끼 가운데 손가락 치켜세운 건 못 봤어요? 욕 한 거라고요.”

“그래? 야 주연아, 저 새끼 놓치지 말고 따라가 봐.”

정수는 순간 이런 게 바로 살의구나 싶었다. 길을 가다 보면 간혹 마주치게 되는 안하무인 식의 인간들, 매번 미움과 분노를 느끼긴 했지만 남이랑 시비를 벌이는 걸 극도로 꺼리는 정수답게 그는 늘 속으로 ‘양아치 새끼.’ 하는 한 단어로 끝내고 말았었다. 자신이 정당함에도 앞으로 닥칠 상황이 싫어 그냥 피해버리곤 한 적도 부지기수였다.

정수는 여태 그런 자신의 비겁함을 교양이니 인내니 측은지심이니 하는 포장으로 자기 합리화를 하면서 지혜롭게 비켜가곤 했었다. 신물이 팍팍 오를 정도로 불편한 속을 겨우 참으면서 내심으로는 점잖은 척, 교양 있는 척하는 자기 자신을 그야말로 신물이 나게 경멸을 하면서도 말이다.

언제까지 이런 위선, 가식으로 마냥 이렇게 살 것인가.

“야, 놓치잖아. 바싹 붙으라니까.”

“이 형님이 왜 또 안 하던 짓을 하신대?”

“쓸데없는 말 말고 따라가기나 잘해.”

소나타는 낙산 해수욕장 뒤 낙산사 후문으로 올라가는 도로변 상가의 한 식당 앞에 멈췄다. 부부로 보이는 남녀와 두 아이가 차에서 내려 식당 안으로 들어갔다.

"어떻게 할까요?"

"뭘 어떻게 해. 어차피 밥 때잖아. 우리도 그냥 저 집에서 밥 먹고 가자."

"뭐 먹을 건데요?"

"물회나 먹지 뭐. 차 출발해."

"밥 먹자면서?"

"이 길로 조금만 더 올라가면 우측으로 이 상가 끼고 바다 바로 앞으로 또 도로가 있어. 무슨 말인지 몰라? 이 상가 앞뒤로 길이 나 있다고. 그러니까 우리는 반대쪽에다 세우는 거지."

"왜요?"

"말 많네. 야, 가자면 좀 가자."

정수가 말한 대로 바다를 끼고 나있는 상가 앞 도로에 차를 세우고 둘도 그 식당으로 들어갔다. 소나타가 세워진 도로는 식당 뒷문 앞, 정수네는 식당 정문 앞인 격이었다.

관광철 성수기도 아닌데 나름 유명한 곳인지 식당에는 손님들이 제법 많았다. 정수네도 소나타 가족과 좀 떨어진 곳에 자리를 잡고 앉았다. 운전을 하던 사내가 종업원을 부르는 광경이 정수와 주연의 눈에 들어왔다.

"아줌마, 아줌마."

사내의 목소리는 제법 넓은 방을 쩡쩡 울릴 정도로 크고 거칠었다. 나이를 제법 먹은 앞치마 차림의 여 종업원이 그의 앞에 섰다.

"아줌마, 우리가 들어온 지 얼마나 됐는데 물도 한 잔 안 갖다 주는 거예요? 주문 받을 생각도 안 하고."

"미안해요, 바빠서."

"아무리 바빠도 할 건 해야 되잖아요. 정 바쁘면 사람을 더 쓰던지."

"뭐 드실 건데요?"

"이 아줌마 참, 아, 뭐가 있는지 알아야 시키지요. 여기 메뉴판 없어요?"

"저기 벽에 다 써 붙여 놨거든요."

어김없이 사내의 부인인 듯한 여자가 나섰다. 딱 정수의 예상대로였다. 그들은 마치 정수가 써 놓은 각본대로 움직이는 인간들 같았다.

"그러기에 내가 뭐랬어? 이런 뜨내기나 받는 식당엔 들어오지 말자고 했잖아."

"야, 인터넷에서 여기가 맛있다고 그랬다니까."

"모처럼 여행이라고 와서 겨우 데려온 데가 분위기라고는 하나도 없는 집이잖아."

여자는 잔뜩 입이 나와 있었다.

"야, 분위기가 밥 먹여 주냐?"

"저어, 손님, 뭐 드실 것인지……."

"아줌마, 지금 우리 이야기 하고 있는 거 안 보여요? 이 아줌마 참 교양 없네."

종업원의 얼굴이 벌겋게 물들었다.

"이 집 유명한 게 뭐예요? 아니에요, 그냥 물회 주세요. 두 개만."

"네 사람인데."

"아줌마, 애들이 그 매운 걸 어떻게 먹어요? 그냥 두 개만 주세요."

교양을 찾던 부부는 네 살, 여섯 살이나 돼 보이는 사내아이들이 온 방을 헤집고 뛰어 다니며 소리를 치고 있는 모습엔 곁눈도 안주고 그러거나 말거나 지들끼리 낄낄거리며 그야말로 게걸스럽게 먹고 있었다. 옆 테이블에 앉아 밥을 먹고 있던 노인들이 눈살을 찌푸린 채 아이들에게 연신 좀 가만히 좀 앉아 있으라고 타일러도 애들은 들은 체도 하지 않고 막무가내로 뛰어 다니고, 부부는 고개를 박고 처먹다가도 이젠 간간히 고개를 들어 그런 새끼들을 그윽한 눈으로 한 번 바라보고 또 먹는 데 열중하고 있었다.

보다 못한 아까의 그 종업원이 나섰다.

"뛰어 다니면 안 돼. 얌전히 있어야지. 안 그러면 저 할아버지가 이놈 한다."

그녀의 단호한 말에 좀 겁을 먹었는지 그중 작은 아이가 비칠거리며 자기 엄마에게 다가가 무릎에 털썩 앉았다.

"어머 깜짝이야. 애, 엄마 밥 먹는데 갑자기 와서 앉으면 어떻게 해. 다 엎을 뻔 했잖아."

아이는 이제 삐죽삐죽 눈물을 보였다.

"왜 그래? 너 왜 우는 거야?"

아이는 손가락으로 황망한 표정으로 서 있는 여자를 가리켰다.

"저 아줌마가 이놈이래."

"뭐라고?"

"나보고 이놈이래."

아이는 본격적으로 울기 시작했다.

"아줌마, 아줌마가 우리 애보고 뭐라고 했어요?"

"예, 손님. 아이들이 하도 뛰어 다녀서 옆에 계신 어르신들이 불편해하시기에 얌전히 있으라고 좀 했어요."

"아니, 아줌마가 뭔데 남의 아이한테 이래라 저래라 해요?"

"뭐요?"

"아줌마가 왜 남의 집 귀한 아이를 야단치느냐고요. 주제넘게시리."

옆 자리에서 이 모습을 보고 있던 할머니 한 분이 끼어들었다.

"이봐요, 색시. 그 아줌마한테 뭐라고 할 것 없어요. 아까 그 집 아이가 뛰어 다니는 바람에 내가 국물을 다 쏟았거든. 자 봐요, 여기 이 얼룩 보이지요. 그래서 내가 좀 뭐라고 한 거예요."

이번에도 인간들은 역시 어김없었다. 사내가 들고 있던 젓가락을 상에다 집어 던지면서 일어선 것이었다.

"별 좆같아서 밥 못 먹겠네. 씨발, 늙었으면 집에나 처 있지, 왜 나와 돌아다니면서 남의 애는 갖고 지랄이야, 지랄은."

"뭐라고? 이 사람 말본새 좀 봐, 젊은 양반이 어쩜 이렇대?"

"씨발, 재수 없게 보긴 뭘 봐."

할머니와 그 일행은 그 기세에 질려버렸는지 아무 말도 못한 채 물러서 혀를 차고 새로 나선 이는 식당의 사장으로 보이는 중년의 사내였다.

"아저씨, 식사하러 오셨으면 좋게 식사나 하고 가시면 됐지 어른들한테 뭔 욕을 그렇게 해요."

"뭐?"

"식사 다했으면 조용히 나가세요."

"우리도 나가자."

"예?"

"나가서 차 시동 걸어."

"아직 덜 먹었잖아. 싸움 구경도 재미있고."

"나가자니까."

정수는 의아해 하는 주연을 이끌다시피 해 돈을 내고 식당 밖으로 나왔다. 유리창 넘어 식당 안에서는 아직도 시끄러운 고함들이 오가고 있었다.

"시동 걸어놓고 차 안에 앉아서 좀 기다려. 저기 저 모자 좀 주고."

"왜요?"

"정말 말 많네. 일 좀 보려고 그래. 기다리라니까."

"화장실? 그래도 그렇지 화장실 가는데 모자는 왜 찾느냐고."

정수는 입고 있던 점퍼를 벗어 차 안에 던져두고선 주연이 건네준

야구 모자를 눌러쓴 채 상가 건물의 통로를 이용해 사내 부부가 차를
세워놓은 도로로 나와 서서 담배를 피워 물었다. 얼마 후 사내 일행이
식당 밖으로 나오더니 차에 오르지 않고 바로 앞의 건어물 가게로 들
어가더니 한참을 있다가 한 축이나 될 법한 포장된 오징어를 들고 나
와 차에 올랐다. 정수는 벌써 세 대째의 담배였다.

차에 시동이 걸렸다. 정수는 피우던 담배를 땅바닥에 비벼 끈 후 그
차의 진행을 막을 수 있게 천천히 차도로 걸어 차로 다가갔다. 차 앞
유리로 사내가 그런 정수를 잔뜩 못마땅한 모습으로 노려보는 게 보
였다. 정수가 운전석 문 앞에 서서 그를 향해 정중히 고개를 숙인 후
유리문을 몇 번 가볍게 두드렸다. 그러자 사내가 차창을 내렸다.

"뭐요?"

정수는 왼손을 차 안으로 넣어 그의 멱살을 거머쥐고 당긴 후, 미리
부터 힘주어 쥐고 있던 오른손 주먹으로 그의 얼굴을 내려쳤다. 연속
으로 몇 번이고 계속, 운전석에 앉은 상태로 느닷없이 멱살을 잡힌 사
내는 머리를 숙이지도 못하고 '억, 억' 소리만 내며 속절없이 그 주먹세
례를 고스란히 받아야만 했고 옆 자리에 앉아있던 여자는 갑자기 벌
어진 일에 놀라 마구 비명을 질렀다.

정수는 사내의 코와 입에서 피가 흘러내리는 걸 보고 후다닥 뛰어
어두운 상가 통로를 통해 주연이 기다리고 있는 곳으로 달려가 재빠
르게 차 문을 열고 들어가 앉았다.

"왜 그러세요?"

"출발해, 빨리. 빨리 출발하라니까."

차는 굉음을 내며 낙산해수욕장 옆 해변도로를 따라 달렸다. 그들
을 따라오는 차는 없었다.

"무슨 일인데? 손은 또 왜 그래요? 피 나는 거 아냐?"

정수가 차창 문을 내리자 소금기 가득 머금은 차가운 바닷바람이

차 안으로 한꺼번에 몰려 들어왔다. 정수는 잔뜩 심호흡을 했다. 바람에선 아주 역겹거나 비위 상한다고 말하기엔 조금 애매한 비린내가 풍겼다.

정수는 자기의 오른손이 좀 삔 것을 알았다. 아픔은 제법 심했다. 그런데 그 아픔보다 가슴을 뻥 뚫는 듯한 쾌감에 몸을 떨었다.

"아, 추워. 문 좀 닫아요."

"속초 말고 지금 이 방향으로 그냥 계속 가자."

"강릉 쪽으로 다시 내려가자고요?"

"응."

"왜요?"

"그럴 일이 있어."

"손은 왜 그랬느냐고."

"이따 이야기해줄게."

4

정수가 차를 세우게 한 건 제법 오랜 시간을 달려 동해시에 다다랐을 때였다.

"시내로 들어가서 항구 쪽으로 가보자."

"어디 아는 데 있어요?"

"알기는, 가다가 깨끗한 모텔 있으면 들어가자."

"대낮에 무슨 모텔이에요?"

"너 전에는 안 그런 것 같더니 정말 말 많구나. 인마, 일단 숙소 잡아서 차 안전히 세워두고 술이라도 한잔하러 나오면 되잖아."

정수의 말대로 그들은 한 모텔에 들어 방을 잡아 놓은 후 차는 세워

두고 걸어서 바닷가 횟집타운의 한 횟집으로 들어갔다. 정수는 모둠
회와 소주를 시켰다.

"나도 한 낮술 하기는 하지만 모처럼 여기까지 와서 대낮부터 마셔
버리면 시간이 너무 아깝지 않나?"

"마시자."

정수는 주연이 마시거나 말거나 자기 손으로 연거푸 세 잔을 따라
단숨에 들이켰다.

"오늘 진짜 여러 가지 한다. 실연당했어요? 안주 나오면 천천히 즐기
면서 마시지, 뭔 멜로연기를 그렇게 해요?"

"안 마시니?"

"나는 천천히 마실 테니 아까 무슨 일이 있었는지 그거나 말 좀 해
봐요."

정수는 주연에게 아까의 일을 말해 주었다.

"그래서 손이 그렇게 된 거구나."

"응."

"쫓아오기라도 하면 어떻게 하려고 백주 대낮에 겁도 없이 그런 거
예요?"

"쫓아오기는. 너 같으면 그야말로 졸지에 어떻게 해 볼 겨를도 없이
얼굴이 작살났는데 정신 차리고 쫓아올 수 있냐? 내가 차를 반대편에
세우라는 것도 다 그럴 생각이 있었던 거야. 어차피 그 새끼 설대 못
쫓아오게 돼 있던 거지."

"손에 피 묻은 거 보면 진짜인 것 같기는 한데 난 정말 못 믿겠거든
요. 형님답지 않게 그럴 리가 없는데."

"연속극 대사 하냐?"

"그건 또 뭔 소리예요?"

"야, 연속극 보면 '너답지 않게 왜 그래?' 하면 '나다운 게 뭔데?' 이런

대사 꼭 나오잖아."

"그래, 그래서 속 좀 시원해요?"

"시원하기도 하고 찜찜하기도 하고 그러네."

"찜찜한 건 또 뭐에요?"

"내가 너무 한 것 같기도 해서 말이야. 아까 너도 그 새끼 마누라 년 하는 말 들었잖아. 모처럼 여행이라고 말이야."

"……."

"자기 딴에는 열심히 살다가 정말 모처럼 만에 여행 와서 괜히 마누라 앞에서 폼 한 번 잡으려다 그 꼴이 된 것일 수도 있는 거거든. 여행은커녕 분명 병원 가고 어쩌고 완전 악몽이 됐을 거 아니냐는 말이지."

"뭐 그렇기도 하지만 그 새낀 당해도 싸요. 아까 저도 속이 완전 뒤집어졌었잖아요."

"어련하셨겠어?"

"농담이 아니라 진짜거든요. 우리 동네에도 딱 그 새끼 부부 같은 년이 있다고요. 볼 때마다 스트레스 팍팍 올리는 인간 말이에요."

"어떻게 스트레스를 올리는데?"

"우리 동네가 대부분 워낙 길이 좁고 그래서 거의 일방통행으로 되어 있거든요. 그년은 우리 집 올라가는 초입에 커다란 호프집. 그 집 장사가 무지 잘 되거든요. 맞아 왜 저번에 형님이랑 갔던 집 기억나지요? 바로 그 집 사장 년이거든요. 이년 차가 다 썩은 BMW인데 말이에요. 꼭 일방통행을 거꾸로 다니잖아요. 그래서 동네사람들이랑 몇 번 시비도 붙고 그랬다고 하는데 자기는 그쪽으로 가야 집에 빨리 갈 수 있다고 하면서 절대 그 버릇 안 고친다고 그런다 말이지요. 저도 한 번 당했었잖아요. 내가 집에 들어가는데 딱 그년 차랑 마주친 거라. 그럼 역주행하는 지가 미안해서라도 좀 비켜줘서 차가 지나가게 해줘야 하는 거잖아요. 그런데 나보고 비키라고 하면서 상향등을 켰다 껐

다, 생 지랄을 하더라고요. 성질 같아서는 내려서 때려죽이려다 '관둬라. 재수 없으면 괜한 일로 장사 치를라. 속 넓은 내가 참자.'하고 그냥 내 차를 벽에다 바짝 붙여졌거든요. 그런데 그 씨발년은 고맙다고 손 한 번 안 들어주고 그냥 가버리는 거 있지요."

"그냥 비켜준 네가 병신이지."

"그럼, 그럼 형 같으면 여자랑 치고받고 싸워요?"

"싸울 만하면 싸우는 거지."

"거짓말. 형은 그럴 때 더 참잖아요."

맞았다. 정수는 늘 비겁한 자기라면 아마 처음부터 시비를 피해 길을 비켜 주었을 것이다. 어제까지의 정수라면 말이다.

"우리 동네 어떤 사람이 저랑 똑같은 상황에서 시비가 붙었었다 하더라고요. 그 여자가 어땠는지 아세요? 자기 혼자 자기 목을 손톱으로 막 긁고 땅바닥에 누워 개지랄 발광을 하더라는 거예요. 사람 친다고 하면서 말이에요. 경찰이 왔었는데 그 멍청한 남자 새끼가 싹싹 빌었다는 아닙니까. 때리기는커녕 욕 한 마디 안 한 새끼가 말이에요."

"젊을 때 대폿집에서 몸 팔던 년이네."

"그 호프 집 앞 도로에 개구리 주차하게 되어 있잖아요. 그런데 그년은 누가 거기다가 주차해 놓으면 거품 문다니까요. 지네 땅도 아니고 나라에서 아무나 주차해 놓을 수 있게 한 건데도 말이에요. 하여튼 동네에서 완전 학을 떼는 년이에요."

"그 동네 사람 다 양반이네."

"그냥 더러운 똥이니까 안 밟으려고 몸 사리는 거지요 뭐. 그나저나 그 새끼도 형님이랑 진짜 악연이다. 그렇지요?"

"그런가?"

"그렇잖아요. 왜 하필 그런 모습 보일 때 우리 눈에 띄느냔 말이

에요. 안 그랬으면 지금쯤 마누라랑 새끼들이랑 신나게 놀고 있을 텐데."

"……."

"그러고 보니 맨 악연이네. 상무 랑도 그렇고, 박 차장이랑도 그렇고, 나랑 우리 마누라 랑도 그렇고."

"주연이 너, 장총찬 모르지?"

"장총을 찼다고요? 그게 뭔데요?"

"하긴 네가 알 리가 없지. 인마, 그건 사람 이름이야."

"누군데요?"

"너 인간시장이라는 책은 들어봤지?"

"아, 그 인간시장 장총찬? 도대체 사람을 뭐로 보고 그래요? '인간시장' 모르는 사람이 어디 있다고. 그런데 갑자기 그 이름은 왜?"

"나 말이야, 아까 낙산에서 여기까지 오면서 내내 그 이름 생각하면서 왔어."

"이 형님 정말 짜증나게 만드네. 뱅뱅 돌리지 말고 이야기나 해보라니까요."

"별 이야기 그런 건 없고, 그 책에서 보면 그 장총찬이가 늘 못된 놈들 혼내주잖아. 그냥 그 생각했다는 거야."

"왜요? 그래서 형님도 장총찬인지 단총을 찬 놈인지 하는 그 사람같이 되려고요?"

"그것도 괜찮을 것 같아."

"나보고 지금 웃으라는 거에요? 그러니까 제가 낮술은 적당해야 한다고 하는 거잖아요."

"인마, 진짜 그럴까 생각중이라고."

"그럼 아예 '더티 해리'인가 하는 클린트 이스트우드 나오는 영화 주인공이 된다고 하지, 겨우 물푸레나무 몽둥이 휘두르는 장총찬이 뭐예요, 스케일 작게."

"그 사람은 정의를 위해서 그런 것이고 나는 네 말대로 째째한 인간이니까 그냥 보기 싫은 새끼들 앗 뜨거워라, 하게 만들려고 그러려는 거잖아. 야, 됐으니까 그냥 술이나 마시자."

"아까 그 새끼 분명 신고할 텐데."

"신고하면? 괜찮아. 누가 한가하게 그런 사건에 매달리냐? 그 동네 양아치 아이들이나 대충 수사하다 말겠지."

"CCTV 같은 데 찍혔으면 어떻게 하려고요?"

"야, 나도 그거 다 확인해 보고 그런 거거든. 그래서 옷도 벗고 모자도 쓰고. 하여튼 괜찮을 거야."

"기껏 여행 와서 사고나 치고 말이야."

"사고? 맞아. 난 말이야, 여태까지 그런 거를 다 사고라고 생각했거든. 그런데 요새 생각이 좀 변해가고 있어."

"이 형이 겁나게 왜 그러신대? 형, 사람이 갑자기 안 하던 짓 하면 어떻게 된다는 거 몰라요?"

"안 하던 게 아니고 못 하던 거지."

"짤리더니 진짜 충격이 컸구나."

"인마, 짤린 건 너지. 난 내가 희망해서 나온 거거든."

"어이구, 그러서? 참 좋겠수다."

"너보다는 좋지."

"맞아. 난 경찰에서도 회사에서도 다 짤리고, 형님은 다 희망해서 나오고. 당연히 나보다는 좋겠네, 뭐."

"관둬라."

"형, 농담도 좋고 사고 친 것도 다 좋고, 뭐 그렇기는 한데 우리 이제 뭐 해먹고 살아요?"

"야, 굶기야 하겠니? 내가 책임진다고 했잖아."

"내가 지금 농담하는 거로 보여요?"

"나는 농담하는 거로 보이니? 책임진다니까."

"그러니까 구체적으로 형이 어떻게 날 책임지느냐 말이에요."

"너 퇴직금 얼마나 받았다고 했지?"

"2년 근무했으니까 겨우 두 달 치 월급 받았지 얼마나 받았겠어요."

"그럼 일단 두 달은 살 수 있잖아. 그러니까 천천히 좀 생각해 보자고."

"……."

"너도 들었겠지만 지금 두세 군데 자리가 있기는 한 거 같더라."

"회사에서 추천서 써줄까요?"

"내 일만 없었다면 써 줄 텐데 내가 엎어버려서 솔직히 잘 모르겠다."

"……."

"미안하다."

"형이 미안할 건 없고요."

"주연이 너 말이야, 내가 책임진다고 하는 말 절대 농담 아니거든. 날 무조건 믿으라는 소리는 아니지만 하여튼 난 앞으로 너랑 먹으면 같이 먹고, 굶으면 같이 굶고 그런 생각은 하고 있다 이거야."

"저도 형 믿기는 해요. 그런데 이제 사십 조금 넘은 놈이 아무리 형님이라도 그렇지, 어떻게든 날 먹여 살려 주겠지 하고 가만히 있다는 게 말이 안 된다는 건 형도 알잖아요. 솔직히 말해 형이 그렇게 능력이 빵빵한 것도 아니고."

"다 마셨냐? 방에 올라가서 이야기하자."

"자기 혼자 다 마셨다고 또 그런다. 이제 막 술이 받기 시작하는데."

"저녁 때 또 마시면 되지. 아니면 지금 맥주 좀 사가든지."

"청승맞게 대낮에 남자 둘이 모텔 방에서 술을 마시자고?"

"그럼 어때? 나 나간다."

"하여튼 완전 이기주의자라니까."

정수는 맥주를 사가지고 가겠다는 핑계로 주연을 모텔로 보내놓고 조금 걸어 방파제로 갔다. 그는 그곳에서 도대체 어디에서 뭘 하기에 안 오고 있냐는 여러 통의 주연의 전화를 아랑곳하지 않고 차가운 바닷바람을 고스란히 맞으며 앉아 연신 꽁치를 낚아 올리는 낚시꾼들을 바라보다가 바다에 어둠이 깔리기 시작하고 낚시꾼들이 채비를 걷는 것을 보고서야 자리에서 일어섰다.

그가 모텔로 돌아 왔을 때 주연은 잠이 들어 있었다. 정수는 그를 깨워 다시 밖으로 데리고 나와 한 식당으로 들어갔다. 여전히 술이 고팠다.

5

비록 언제까지라는 기약은 없었지만 그래도 내심으로는 최소 며칠은 돌아다니게 되겠지 하는 생각을 하던 두 사람은 정수의 강한 주장에 따라 다음 날 서울로 돌아왔다. 정수는 전혀 자기답지 않게 엉뚱하고, 무모하고, 어리석으면서도 한편으론 용감(?)했던 어제 벌어진 일이 자신에게 아주 획기적인 전환을 가져다 줄 것만 같은 예감에서 벗어나지 못했고, 그래서 그 일에 대해 혼자서 깊게 생각할 시간이 필요하다고 판단했던 것이다.

"하여튼 변덕도 팥죽 끓듯 하다니까."

"야, 너 큰애 수술 잘 끝나면 아니 얼마 안 있으면 설이니까 아예 설 지내고 서로 연락하자."

"나 안보면 심심할 텐데."

"쓸데없는 소리 그만하고 제수씨나 잘 챙겨 드려. 아이 간병도 네가 좀 하고. 전화할게."

"형도 형수님한테 제 안부 좀 전해드리고 그러세요."

"인마, 널 잘 알지도 못하는 데 무슨 안부."

"내가 형수랑 얼마나 친한지 모르는구나."

"그럼 같이 도망이라도 가든지."

서울로 접어든 후 집까지 데려다 준다는 주연의 말을 굳이 마다하고 지하철을 타고 가겠다며 그의 차에서 내린 정수가 향한 곳은 구파발 북한산성 초입에 위치한 작은 암자였다.

몇 년 전, 정수네 부부가 등산길에 그곳에 절이 있다는 것을 발견하고 별 생각 없이 그저 물이라도 먹으면서 쉬었다 갈 요량으로 들렀던 그곳은 중년의 부부가 지키고 있었다. 부부 모두 중이라기보다는 그냥 머리 깎고 먹물 옷 걸친 사기꾼 점쟁이 냄새가 풀풀 풍기고는 있었다. 그러나 대웅전이라는 현판을 이마에 달고 있는 조악하게 지은 건물의 툇마루에 앉아 바라보는 계곡의 풍광이 아주 으뜸이어서 정수네는 산을 오를 때면 꼭 일부러 찾고는 하던 곳이었다.

삼각산 청량사라는 그럴듯한 간판도 있고 대웅전, 명부전, 칠성각 등 몇 개의 건물도 있었지만 모두 절의 양식을 흉내는 내었으나 목조 아닌 콘크리트로 지어졌음이 한 눈에 보여 기품이라고는 찾아볼 수 없었다. 가끔은 살생 금지 이런 것과는 아무 상관이 없는지 마당에 돼지가 통째로 꽂혀있는 청룡도를 세워놓고 굿판이 벌어지는 희한한 장면도 볼 수 있는 재미있는 곳이기도 했다.

그렇게 가끔 출입을 했던 통에 부부 중과 정수네는 자연스레 서로 안면을 텄는데 두 부부의 나이도 비슷하고 이야기를 나눠보니 의외로 제법 죽도 잘 맞아 이제는 중과 신도라기보다는 그냥 친구같이 허물없이 지내는 사이이기도 했다.

중 부부는 경찰관인 정수 부부의 직업이 신기했고, 정수네는 중 흉내를 열심히 내면서도 굿도 하고 점도 봐주고 육식을 좋아하는데다 두주불사인 그 부부가 또 신기해 몇 번인가는 이름뿐인 요사채에서 밤을 보낼 정도로 나름 재미있게 어울려 왔던 터였던 것이다.

평일이라 그런지 절은 괴괴할 정도로 조용했다. 정수는 늘 그렇듯 부부를 찾지 않고 제 집이라도 되는 양 툇마루에 편하게 앉아 잔설이 남아있는 황량한 계곡을 내려다보며 맛있게 담배를 피웠다.

"어머, 심 처사님이시네요. 웬일이세요? 주일도 아닌데."

정수는 삭도 자국이 파르라니 남아있는 그녀의 머리통을 바라보며 이 여자는 주일의 '주'가 예수님을 가리키는 말이라는 걸 절대로 모르리라는 확신이 들었다. 그저 주말을 말하는 것이라 믿고 있으리라. 게다가 정수를 바라보는 여자의 눈에는 엉뚱하게도 색기(色氣)가 철철 넘쳐났다. 그렇게 빡빡 밀은 머리 외에는 말이나, 눈웃음 짓는 모습이 딱 구성진 육자배기로 미당(서정주)을 홀리던 선운사 사하촌의 주막집 여자가 연상이 돼 무거운 마음으로 산을 오른 정수의 마음을 한결 풀어지게 만들었다.

"안녕하셨어요? 올 겨울은 무지 추웠는데 잘 지내셨지요?"

"다 부처님 은덕이지요."

난데없이 합장을 하며 머리를 숙이는 그녀의 태연자약한 점입가경이 정수는 또한 즐거웠다.

"그렇게 부처님 자꾸 팔았다간 정말 극락 구경은 힘들겠어요."

"여기가 극락인데요."

"그러면서 사람들에겐 극락 보내준다고 굿도 하고 부적도 팔고 겁도 주고 그러시잖아요."

"극락이라도 쌀은 사야 되니까."

"고기도."

"예, 고기도 사야지요, 소주도 사고요."

“오늘 그 소주 한 잔 얻어먹고 싶어서 올라 왔습니다.”

“우리 처사님, 실직하셨구나?”

“예?”

”직장에서 쫓겨나셨다고요.”

“그게 보여요?”

“주일도 아니지, 사모님도 없이 혼자지. 그리고 담배 태우실 때의 멋 있는 표정, 이런 거보면 딱 실직이라고 나오잖아요.”

“실연일 가능성은 없나요?”

“그건 오늘 하실 수도 있겠네.”

“그건 또 어느 부처님 말씀입니까?”

“부처님은 단 한 분인걸요.”

“오늘 실연을 하다니 무슨 말이냐 묻잖아요.”

“말인즉슨 오늘 우리 큰 스님이 절에 안 계시다 이 거지요. 밤에도 못 오실 거고요.”

“어디 가셨어요?”

“전주에요.”

“아, 애 학교 때문에 가셨구나.”

하나뿐인 부부의 딸은 전주에 있는 명문 자사고(자립형 사립 고등학교)에 다니고 있었다.

“어떻게 하실래요?”

“뭘요?”

“큰 스님 안 계신다는데도 소주 생각이 계속 나시냐고요.”

“그럼 안 됩니까?”

“안 되긴요. 절문 닫아 걸어버리려고 그러지요.”

“대문에 오늘 영업 끝이라고 붙여 놓으세요.”

“삼겹살 괜찮으시겠어요?”

“절집에서 먹는 삼겹살만큼 맛있는 게 있나요?”

“사모님도 없이 제 술동무 해주시려면 만만치 않을 텐데.”

“큰 스님인지 남편인지 하는 분 없이 제 동무 해주는 것도 만만치 않기는 마찬가지일걸요.”

“힘만 좋으시다면 밤새라도 동무 해드릴게요.”

“원래 ‘힘’ 하면 또 저 아닙니까.”

“그거야 겪어보지 않고서는 모르는 일이고.”

“제발 잠 좀 자자, 뭐 이런 말하기 없는 겁니다.”

“저야 원래 불면증이거든요. 잠이 들어도 새벽 세 시에는 깨야 되고요.”

“세 시에는 왜?”

“중노릇 하려면 새벽 예불 드려야 하잖아요.”

“뭐 그럼 좀 자다가 새벽 세 시에 재충전해서 일어나면 되겠네.”

“우리 절에 노래방 기계도 있는 거 모르지요?”

“부처님이 역시 자비롭기는 하시네요.”

“술 마시고 놀려고 산 게 아니라 염불 같은 거 틀어주려고 앰프 한 대 샀는데 요샌 다 붙어 나오더라니까요.”

아주 한참 동안 그렇게 실없는 말장난이 오간 뒤에 정수와 여자는 따뜻한 온돌방에 술상을 마주하고 앉았다.

“삼겹살은 굽고 그러려면 번거롭고 해서 그냥 삶았어요. 여기 묵은지랑 해서 드시면 꽤 괜찮을 거예요.”

“잘 먹겠습니다.”

6

막상 술상이 들어오자 그렇게 단 둘만이 좁은 공간에 앉아있다는

사실이 새삼스러웠는지 두 사람의 대화는 아주 조심스러웠고 그나마 술이 오르기까지 한참 동안에는 몇 마디 오고가지도 않았다. 두 사람은 마치 술기운을 빌어야 할 일이라도 있는 양 빠른 속도로 묵묵히 술만 펐다.

"안 스님, 나 답답해서 왔어요."

"……."

"아, 사람들 관상이나 점도 봐주고 그러면서 답답해서 왔다는 사람에게 아무 말도 안 하세요?"

"답답하시면 남의 말을 들으려 하지 말고 그 답답한 이야기를 다 풀어 놓으세요. 아마 그럼 싸악 풀릴 거예요."

"제가 말입니다, 어제 사람을 두들겨 팼다 이겁니다. 생각해보니 군대 제대하고 나서는 처음이더라고요. 그러니까 25년 만에 말입니다."

"경찰 생활 하실 때 범인들 잡으면 막 때리고 그러셨을 거 아녜요."

"제가요?"

"……."

"그것도 제가 곰곰이 따져봤지요. 그랬더니 이 병신이 경찰 생활 20년 가까이 하면서 사람 때려 본 기억이 별로 없더라고요."

"좋은 나라 편이었나 보네요."

"그랬으면 좋겠는데 전혀 그게 아니고 제가 아주 비겁한 놈이고 위선자라서 그랬다는 거 아닙니까?"

"천성이 착하고 어진 사람들도 있거든요."

"착해서 그랬다고요? 제가요? 그거 아니거든요. 아주 패 죽여 버리고 싶은 새끼, 찢어 죽이고 싶은 새끼, 구속이 되었다가 얼마 살면 그냥 나오게 될 거 생각하면 화가 끓어 몰래 뒤통수라도 까고 싶었던 새끼, 이런 인간들이 바글바글 했었는데 말이에요. 저는 그저 말썽 나고 이러는 게 싫어 피했던 거지요. 그것도 의뭉스럽게 선한 척, 자비로운 척, 좋은 경찰인 척하면서 말입니다. 지금 와 생각해 보면 너무 역겨워요. 드시는데 이런 이야기 죄송한데요, 정말 제 자신이 역겨워서 그냥 토해버리고 싶은 거 있지요."

"다 그렇게 살지요. 인생 뭐 별거 있나요?"

"정말 그렇게 선문답만 하실 거면 저 그만 마시고 내려갑니다."

"무섭게 여기서 나 혼자 자라고요?"

"……."

"그럼 무슨 말이 듣고 싶으세요."

"어제 내가 때린 놈 말입니다. 그때는 정말 통쾌하고 속이 시원했었는데 자꾸 마음에 걸린다, 이겁니다. 분명 나쁜 놈인데 말입니다."

"어떤 게 걸리시는데요?"

"하여튼 잘한 것 같기도 하고 너무 치졸했던 거 같기도 하고 이래저래 찜찜하더라고요."

"복잡하게 생각할 거 하나도 없어요. 그냥 마음 가는 대로 하세요."

"맞지요? 저 정말 마음 가는 대로 못 살아왔거든요. 그래 앞으로는 그렇게 남 쳐다보고 남 의식하고 그러지 않고 내 마음 편한 대로 하면서 살려고 하거든요."

"그럼 그렇게 하시면 되지, 뭘 그리 생각이 많으세요?"

"그런데 그게 또 웃긴다 이거지요. 양심이니 도덕이니 윤리니 이런 게 자꾸 생각이 나니까 말입니다. 거기다가 겁까지 나고."

"그럼 마음 편히 사시겠다는 게 그런 걸 다 팽개쳐 버리는 일을 말씀하셨던 거예요?"

"예, 그런 측면이 좀 있어요."

"할 수 없지요, 뭘."

"뭐가요?"

"그런 것 때문에 못 하겠으면 안 하고 그냥 사시는 대로 사시면 되는 것이고, 그런 것을 상관 안하고 뛰어넘을 정도로 하시고 싶은 일이 있으면 하면 되는 거잖아요."

"……."

"인생 별거 없다니까요."

"맞아요, 별거 없지요?"

"윤회니 그런 거 다 거짓말이고요. 어차피 한 번밖에 못 살잖아요."

"맞다니까요. 한 번밖에 못 살지요. 그러니 제가 이러는 거 아닙니까?"

"하시고 싶은 대로 하세요. 그나마 힘닿을 때 말이에요."

"그래야겠지요?"

"따지고 보면 다 부처님 손바닥 위라고 하잖아요. 괜히 별것도 아닌 것 가지고 이게 옳을까 저게 맞을까 하면서 파닥거리기만 하는 거지요 뭐."

"안 스님, 장총찬 아세요?"

"누구요?"

"인간시장 장총찬 말입니다. 아시지요?"

"왕년에 내가 그 양반 팬이었잖아요."

"소설 속 사람인데 팬은 무슨."

"어머니 자주 뵈러 가세요?"

"갑자기 어머니는 왜요? 잘 사는 형네 계신다는 핑계로 1년에 겨우 몇 번 뵈러 갑니다."

"그럼 안 뵐 때는 그 어머니가 살아 계시나 돌아가셨으나 다 똑같은 거 아닌가요?"

"못 보기는 마찬가지라도 기분이나 마음가짐은 다르잖아요?"

"그건 다 자기 합리화고, 장총찬이도 있건 없건 그냥 가서 만나 볼 형편이 안 되는 사람이라고 생각하면 소설 속이나 현실이나 다 똑같은 거 아닌가요?"

“뭐 그렇게 생각할 수도 있겠네요.”

“그런데 장총찬이는 왜요?”

“그 친구같이 살면 어떨까 싶어서 말이에요”

“그 친구는 어떻게 살던가요?”

“나쁜 놈 응징하고…….”

“그래서요?”

“멋있잖아요.”

“정말 그게 멋있다고 생각하시면 처사님도 그렇게 사시면 되는 거지요, 뭐. 여태 말씀 드렸잖아요.”

“그런데 그게 또 찜찜하다 이겁니다.”

“또 뭐가요?”

“세상에 진짜 나쁜 놈, 진짜 악당은 따로 있는데 기껏 남 무시하는 인간, 규칙 안 지키는 인간, 이기적인 인간 뭐 이런 소소한 잘못을 저지르는 인간을 상대하려 생각한다는 게 말이에요. 아마 전 쫀쫀하고 비겁한 게 아주 본능인가 봐요.”

“저는 그릇을 키워야 한다는 말 그런 거 안 믿거든요. 내 그릇이 요만하면 딱 그만하게 살면 되는 거지, 왜 자꾸 남의 그릇을 봅니까?”

“그게 서글프다 이거지요. 내 그릇이 얼마나 작다는 걸 확인해야 된다는 걸 말입니다.”

“정 서글프면 키우려고 노력을 하시든지.”

“그게 마음먹은 대로 되나요?”

“어차피 못 따먹을 포도라면 괜히 쳐다보면서 시네, 떫네, 할 필요 없잖아요.”

“…….”

“그나저나 왜 그렇게 사시려고요?”

“뭐 제가 좀 나쁜 놈들 혼내준다고 해서 그런 인간들이 사라지는 것도 아니고, 세상이 맑아지는 것도 아니란 거는 저도 알거든요. 그냥 제 만족을 위해서지요."

"원한을 살 텐데요?"

"압니다. 그래도 이젠 그런 새끼들이라도 두들겨 패면서 살아야 내가 살겠구나 싶은 걸 어떻게 합니까? 말도 안 되는 멍청하고 덜 떨어진 생각이라는 걸 아는데도 말입니다."

"말씀 드렸잖아요. 마음 가는 대로 하시면 된다고요."

"분명 업을 쌓는 일이거든요."

"저보다 더 중 같으시네요. 업 쌓는 게 싫으면 안 하면 되잖아요."

"……."

"아, 취해."

"난 여태 우리 안 스님이 이렇게 예쁘신 줄 몰랐어요."

"나도 아까 처사님이 담배 피우시는 거 한참 바라다 봤다니까요."

"우리 이러다 사고치는 거 아닙니까?"

"본인이 비겁한 분이라면서요?"

"비겁해도 남자거든요."

"전 비겁한 남자는 질색이거든요."

"이만 내려가라는 말씀인가요?"

"이 야밤에 지금 그 상태로 내려가시다가는 낙상 할 게 뻔하니 건너 가시라는 거예요."

"저 방문 안 잠그고 잘 겁니다."

"저도 그래요."

"안 스님, 저 사기꾼 될까 생각중이에요."

"장총찬이가 사기도 쳤었던가?"

"사기꾼 어떠세요?"

"우리같이 굿 해주고 부적 써주고 그러시려고요?"

“뭐 비슷합니다.”

“당하는 사람이 속상하지 않으면 괜찮기는 하지요. 하기는 그렇다면야 사기가 아니겠지만.”

“저 여기서 며칠 있어도 되겠지요?”

“그럼 내일은 내려가 삼겹살이랑 소주 좀 많이 사다놔야 되겠네.”

“바깥 스님 핸드폰 번호 좀 알려 주세요.”

“뜬금없이 그건 왜요?”

“저 오늘 여기서 자고 가겠다고 허락받게요.”

“그러고 싶으세요?”

“그래야 편히 잘 수 있을 것 같아요. 저도 딴 마음 안 먹고 말입니다.”

“문 열어놓고 주무신다고 안 했나?”

“내 방문 열어놓는 건 괜찮은데 안 스님 방 열어놓겠다는 말은 좀 걸리거든요.”

7

　며칠이라고 말했던 정수의 청량사에서의 생활은 근 열흘 여가 지나고 정수의 부름에 의해 주연이 찾아와 하룻밤을 같이 보낸 다음 날에야 막을 내렸다. 정수는 그동안 낮이고 밤이고 가리지 않고 중 부부와 매일 통음을 즐기는 가운데 때론 불목하니 흉내도 내고 때론 굿의 보조역할도 하고 또 때로는 홀로 산도 오르면서 지냈었다.

“이게 절이에요, 예배당이에요, 아니면 굿당이에요?”

“다야.”

“그날부터 계속 여기에 계신 거예요?”

“응.”

"뭐하고요? 짤린 기념으로 도 닦고요?"

"좋잖아."

"뭐가 좋은데?"

"그냥. 다."

"와, 사람이 이렇게 가는 거구나."

"수술은 잘 됐다며?"

"별 수술 아니라니까 자꾸 그래요."

"어쨌든 잘 됐네, 작은 놈도 잘 지내고?"

"우리 애들 안부가 궁금해서 불렀수?"

"그건 아니고, 나 장총찬 됐다는 말 하려고."

"씨나락 깐다는 말 아세요?"

"뭐 너도 차츰 알게 될 거니까 그 이야기는 천천히 하고."

"형수님은 여기 계신 거 아세요?"

"내일 내려갈 거야."

"그럼 형수님 혼자 명절 보낸 거네, 형님은 어디에 계신지도 모르고. 그런 거예요?"

"그렇게 되나?"

"하여튼 무책임하긴. 그나저나 장총찬은 뭔 소리예요?"

"너 내가 책임진다고 했지? 뭐 그 말하면 네가 또 자존심 상할 테니까 책임 이런 말은 그만 하고, 너 그냥 나랑 함께 가자."

"어딜?"

"내가 가자는 데로."

"그게 어디인데요?"

"장총찬 되는 길. 장총찬의 길."

"이 형 정말 맛탱이가 단단히 갔구나."

"응. 나 맛이 갔어. 이제 맛이 간 채로 살 거야. 너랑 같이."

“그럼 나 정말 다른 데 취업 알아보지 말까요? 정말?”

“응, 네가 싫다고, 못 믿겠다고 하면 나도 열심히 알아보기는 할게. 하지만 날 조금이라도 믿으면 나랑 같이 가.”

“그럼 우리 식구 먹여 살려 주는 거 확실하지요?”

“그래야지.”

“4대 보험 됩니까?”

“4대 아니라 백 대 보험이라도 해 주지 뭐.”

“노조도 인정해주고?”

“그래, 내가 조끼랑 머리끈 사줄 테니까 네가 위원장, 투쟁위원장 이런 거 다 해.”

“사무실은 있는 겁니까? 아니면 만날 길바닥에서 만나고 이러는 겁니까?”

“사무실? 당연히 있어야지. 오피스텔 하나 얻을 거야.”

“형님, 가만히 듣고 보니 농담이 아니네. 정말로 무슨 계획 있는 거예요?”

“야, 넌 형이라고 했다가 형님이라고 했다가. 인마, 통일해.”

“무슨 구체적인 계획을 잡은 거냐고요.”

“응.”

“대충 어떤 건데?”

“장총찬 되는 거.”

“형.”

“진짜야, 인마. 나 진짜 장총찬이 될 거라니까.”

“아예 간단하게 개명을 하시지, 왜?”

“내가 장 씨면 한다, 그런데 심 씨잖아. 그래서 호를 장총찬으로 하려고 해. 장총찬 심정수 선생. 멋있지? 멋있잖아.”

“가도 아주 제대로 갔네.”

"사업계획 짤 게 무지 많아. 그러니까 이제 너도 어영부영 하지 말고 빠릿빠릿하게 열심히 해."

"파업한다면?"

"그럼 막 바로 구속이지."

"진짜 오피스텔 얻을 거야?"

"꼭 오피스텔은 아니더라도 사무실은 얻어야지. 시내에다."

"시내? 시내 어디?"

"서원이랑 최대한 가까운 곳. 아님 서원빌딩이면 더 좋고."

"왜?"

"인마, 너나 나나 당당하게 보이고 좋잖아."

"형, 만약 진담으로 그러는 거면 진짜 유치하다. 안 그래?"

"원래 장총찬이가 좀 유치찬란해."

"시내에 오피스텔이나 사무실 무지 비싸다는 건 알지?"

"돈 걱정은 마."

"겨우 그 희망 퇴직금인가 하는 거, 그거 믿고? 아니면 은행이라도 털 건가?"

"은행이 아니라 보험회사를 털 거야."

"뭐라고?"

"나중에 알게 돼."

"나 구속되는 거 싫거든. 한 번이면 경험할 거 충분히 다 했다고."

"새끼, 새가슴 하고는."

"여보세요, 천하에 새가슴이 누군데 그런 말을 하세요. 아주 막 가네."

"낙산에서 그 새끼 때린 다음부터 새가슴은 끝이라니까."

"바가지가 갑자기 안 샌답니까?"

"응, 이제 안 샐 거야."

"사이비가 무섭기는 무섭네. 무슨 놈의 절이 며칠 만에 사람을 이렇게 만들어 놓냐?"

"인마, 김주연, 나 농담 아니니까 자꾸 실실거리지만 말고 단단히 들어. 정 마음에 안 들면 따로 가는 거고."

"……."

"사무실은 일단 한 두어 달쯤 있다가 얻을 거야."

"그동안은 뭐하고."

"사업계획 확정, 자금 마련, 그리고 정보 수집."

"무슨 정보."

"너, 네 동네에 BMW 탄다는 여자 있다고 했지? 그런 거."

"그럼 생각해 낸 게 겨우 보험 사기야?"

"겨우 보험사기가 아니라 그냥 보험 사기야."

"여보세요, 보험 사기범 잡는 일 하다가 짤리자마자 자기가 그걸 하겠다고?"

"하면 안 될 게 뭔데?"

"형만 똑똑한 거 아니거든."

"똑똑한 거 필요 없어. 규칙대로, 약관대로 가면 되는 거야. 그러니까 따지고 보면 사기도 아니지."

"형이나 나나 각 사 블랙리스트에 올라 있는 건 알지?"

"보험에 대해 잘 아는 사람이라고 올려놓은 거지 뭐 별거 있냐?"

"그래도 일단 보험 접수되면 우리 같은 사람들은 정밀조사 들어간다고. 알잖아."

"누가?"

"누구긴, 각 사 보상관리팀이나 조사실장들이지. 그전에 계약파트에서도 다 거를 거고."

"조사실장 누가 나를 잡을 건데?"

"뭐?"

"어느 조사실장이 우리를 잡겠냐고. 뭐 하러? 회사에 충성하려고?
승진하려고?"

"일단 혐의가 있으면 잡는 거지 뭐."

"조사실장들은 나 안 잡아. 잡으면 자기들도 결국에 가서는 회사에
서 이런 식으로 해먹을 가능성이 높구나, 하며 의심 받을 텐데? 그리
고 내가 말했잖아. 사기는 안 친다고."

"아까 보험사기라고 했잖아."

"하여튼 형법상 사기에 해당되게는 안 되게끔 한다는 소리야. 심정
적으로는 어떨지 모르나 적어도 법률상이나 겉으로는 사기가 아니게
끔 한다는 거지, 뭐."

"대체 뭘 어쩔 건데?"

"그러니까 네가 재계약 안 된 거잖아. 인마, 뭘 어떻게 해. 빈틈을 보
는 거지."

"또 그 놈의 재계약 소리."

"난 너보다 더 비참하게 짤렸잖아."

"스스로 그만둔 거라며? 희망퇴직이니까 본인이 스스로 희망한 거
라며?"

"그렇게 되나?"

"어쨌든 난 몰라."

"보험사기니 이런 건 나중에 혹시 꼭 필요하다고 판단될 때가 오면
하든지 말든지 할 것이고, 그러니까 그건 그때 가서 생각하고 일단 너
한테 고용주로서 네게 첫 임무를 줄게. 아까 말한 그 BMW에 대해 철
저히 알아 봐. 하다못해 그 여자 빤쓰 색깔이나 똥 누러 가는 시간까
지 아주 구체적으로. 알았지?"

"……."

"알았어, 몰랐어?"

"알았어."

"옛날 형사 시절 개코 다 원복시켜서 철저히."

"개코같은 소리 하고 있네."

"이 자식, 이번엔 계약도 하기 전에 짤리고 싶나?"

"차라리 나 좀 짤라 주쇼."

"그럼 사표 쓰던지."

"누구한테."

"나한테."

"아직 계약서도 안 썼는데 사표는 무슨. 하여튼 높은 자리는 하고 싶어 가지고. 아차, 그건 그렇고요. 형님, 강 과장 소식 못 들었지?"

"뭐?"

"강 과장 말이에요. 날라 갔잖아, 전라도 광주로."

"그게 뭔 소리야?"

"강 과장 광주에 있는 호남보상센터 조사역으로 발령 났다고요."

"언제?"

"우리 속초 갔던 날 있잖아요, 바로 그 날이요. 이제 본사의 보상관리팀은 조사 기능은 없애고 말 그대로 각 센터 보상에 대한 지도, 감독 업무만 한대요. 팀장도 새로 왔잖아요. 전에 감사팀장 말이에요. 직원들도 충원했다고 하더라고."

"새끼, 그렇다고 아무 연고도 없는 광주까지 보내냐? 관두라는 거네."

"양평서장한테 망신당한 분풀이한 거지요, 뭘."

"거기 원래 있던 권 실장님은 어떻게 되고?"

"그분도 재계약 못했잖아요."

"개새끼, 그 양반이 나한테 정보 줬다고 생각했던 모양이네."

"그분은 먹고 사실만 하다고 그러던데요."

"응, 부자야. 소일거리로 다니셨던 건데 뭘. 그건 그렇고, 그래서 강 과장 아무 말 안하고 내려갔대?”

“예, 가서 벌써 원룸 얻었다고 하던데요.”

“잘할 거야.”

“강 과장 역시 대단한 것 같아요.”

“금방 올라오게 될 거고.”

“어떻게요?”

“경찰대 동문들이 있잖아. 강 과장이 동문회에서 평판이 좋다고 하니까 분명 누군가가 챙겨 줄 거야. 아님 다른 회사로 옮기던지.”

“그럴 수도 있겠네.”

“다른 회사에서도 탐낼 텐데 뭘. 일도 잘하잖아.”

“하여튼 학연, 빽, 이런 거 없는 나 같은 놈만 병신이라니까.”

“학연 때문이 아니라 일단 업무 능력이 있다는데 뭔 딴 소리야. 꼭 못난 놈이 그런 거 따지더라.”

“아, 나 안 해.”

“뭘?”

“뭐든지 다.”

“싫으면 말고. 하여튼 내려가자. 내일엔 가볼 데가 있으니까 다른 약속 하지 말고.”

“어디를 가는데?”

“내일 이야기할게.”

8

다음 날, 정수가 주연을 데리고 간 곳은 경기도 양평 청운면에 있는 한 전원주택이었다. 서울서 별로 멀지도 않은 양평이라고는 하나 그

집은 읍에서도 근 30분이나 더 달려가다 국도에서 또 다시 비포장도
로로 된 산길을 제법 올라가야한 하는 아주 외지고 한적한 오지 산속
에 덩그러니 혼자 서 있었다.

집은, 몸체는 하얀색 사이드 판넬로 감싸여 있고 아스팔트 색 싱글
기와를 이고 있었다. 지붕 사이로 실내에 벽난로가 있음을 짐작케 하
는 단아한 모습의 굴뚝까지 솟아있어 한눈에 봐도 정성을 들여 예쁘
게 지은 집이라는 건 알 수 있었는데 주위에 인가 하나 보이지 않는
산속 분지에 홀로 들어앉아 있어 생경하기도 하거니와 나아가 귀기까
지 서려 보였다.

"누구길래 겁도 없이 이런 데다 집을 지었대요?"

"너 조규익이라고 모르니?"

"옛날에 한강순찰대에 계셨던 형 동기, 그 조 부장님이요?"

"주임된 지 오래인데 뭔 부장? 그나저나 알긴 아는구나."

"저기가 그분 집이에요? 여기서 어떻게 출퇴근을 한다고. 아님 그냥
별장인가?"

"작년에 사표 내고 나와 지은 집이잖아."

"사표는 왜요? 무슨 일 있었나요?"

"신문에도 났었는데 못 들었어?"

"예."

"신고 받고 출동을 하다가 경비정이 전복을 당하는 사고가 났었는
데 그때 조원이 빠져 죽었잖아. 그 일 겪고 나온 거야."

"한강순찰대 직원이면 수영을 잘 할 텐데. 그리고 설령 못하는 직원이
라도 조 부장님이 구해주실 수 있지 않나? UDT 출신이라고 했잖아요."

"죽은 직원은 행정요원이라 수영을 잘 못했다고 하더라고. 라이프 재
킷도 안 입은 상태였고. 저 친구가 구해 주려고 팔까지 꺾었는데도 못
구했대."

"팔을 꺾다니요?"

"물에 빠지면 구해주려는 사람에게 죽기 살기로 달라붙잖아. 그럼 같이 죽는 거고. 그래서 팔을 뒤로 꺾어 어깨뼈를 부러트리기도 하거든."

"사고인데 사표는 왜요?"

"징계위원회 열리고 그러자 그냥 나왔어. 징계고 뭐고 일단 죽은 직원한테 미안해서 도저히 근무를 못하겠다고 하더라고. 야, 다 왔다. 쓸데없는 소리 안 하기다, 너."

"걱정도 팔자라니까."

규익은 집에 있었다. 혼자였다.

"왔냐? 닭은?"

"너도 참 웃긴다. 집에서 기르는 거, 저기 있네. 저거 잡아주면 되지, 닭을 사가지고 오라는 건 또 뭐냐?"

"야, 집에서 모이 주고 키우던 걸 어떻게 죽이냐?"

"넌 옛날엔 뱀도 잡아먹고 그랬을 거 아니야."

"인마, 그건 군대 때 이야기지, 뱀을 징그럽게 어떻게 잡아먹니? 그리고 요샌 UDT고 특전사고 간에 뱀 안 잡아먹어. 다 TV 촬영하고 그럴 때만 보여주려고 흉내만 내는 거야. 뱀이 기생충이 얼마나 많은데."

"어쨌건 간에 딱 소도둑놈같이 생긴 네가 닭 한 마리 못 잡는다고 하니까 웃긴다, 야."

"못 잡는 게 아니라 안 잡는 거라니까. 시장에 가면 돈 오 천원이면 살 수 있는 걸 뭣 하러 죽이냐고."

"아차, 주연아 뭐하냐? 인사드리지 않고."

"안녕하세요, 선배님. 김주연이라고 합니다. 전에 몇 번 뵌 적이 있기는 한데."

"그러고 보니 낯이 좀 익기는 하네요. 조규익입니다."

"주연아, 말했지? 내가 제일 좋아하는, 아니 존경하는 친구니까 너도

어색하게 굴지 말고 그냥 형님으로고 불러라. 큐익이 너도 편하게 대
해주고."
　"예, 알겠습니다. 앞으로 형님으로 모시겠습니다."
　"정수 밑에서 형사 생활을 하셨나?"
　"무슨 말씀이신지."
　"형님으로 모신다, 이런 말 조폭 아이들이 좋아하는 말이잖아요. 형
사들도 그렇고."
　"예, 시정하겠습니다."
　"이봐요, 김주연 씨, 우리 편하게 갑시다."
　"예."
　"그나저나 닭 한 마리 먹겠다고 여기까지 왔을 리는 없고, 정수 너
여기 왜 왔냐?"
　"닭이나 삶아라. 소주 마시면서 천천히 이야기하자."
　"난 술 못하잖아. 난 구경할 테니까 많이들 드셔."
　얼마 후 세 사람은 잔디마당에 놓인 야외식탁에서 삶은 닭을 안주
로 소주를 마시기 시작했다.
　"야, 닭이 퍽퍽하잖아. 저걸 잡았어야 하는데."
　"닭고기가 다 그렇지, 인마."
　"놔먹인 건 쫄깃쫄깃하잖아."
　"인마, 닭도 키우다보면 정이 든다고. 나만 보면 반갑다고 와서 十구
대는 놈을 어떻게 잡니?"
　"그래, 너야 원래 좀 이상한 놈이니까 내가 이해한다."
　"내가 이상하다고? 내 눈엔 나를 이상하게 보는 네가, 아니 세상이
이상해 보이는데?"
　"그나저나 여기서 뭐 해먹고 사냐?"
　"집사람이 서울에서 약국 하고 있잖아. 그거 뜯어먹고 사는 거지 뭘."

"그럼 아침저녁으로 서터라도 올려주고 해야 하잖아."

"내가 옆에 없는 게 편하다는데 뭘."

"그나저나 선배님, 이런 데서 혼자 주무시려면 안 무서우세요?"

"산밖에 없는데 뭐가 무서워?"

"그러니까 더 무섭지요."

"무서운 건 사람이지. 나무, 풀, 이런 게 뭐가 무서우냐고."

"진짜 UDT 출신다우시네요."

"그 이야기는 그만 하지. 난 말이요, UDT니 무슨 특수부대니 하는 부대 나왔다고 제대하고서도 군복 입고 설치고 돌아다니는 사람들 보면 참 한심하다고 생각하는 사람이거든. 얼마나 자랑할 게 없으면 그걸 다 자랑하겠어?"

"그래도 전우회니 이런 게 활성화되어 있잖아요."

"봉사 열심히 하는 건 좋지. 하지만 사회에서 정말 성공한 사람이 그러고 다니는 거 본 적 있어? 그게 다 자기가 별 볼 일 없는 인간이라고 광고하고 다니는 거나 다름없다고."

"무슨 소리예요. 내가 아는 사람들만 해도 형님보다 훨씬 더 성공한 사람 많거든요. 형님이나 잘하시지 그러서."

"야, 규익아, 너 내 부탁 좀 들어 주라."

"뭔데? 너 원래 자존심 센 척하면서 남한테 부탁 같은 거 잘 안 하잖아."

"나 여기 좀 자주 와도 되니? 여기 이 친구랑."

"넌 그 말을 몇 번이나 하냐? 전에 내가 네 집이라고 생각해도 된다고 했잖아. 아무 때나 오라니까. 아님 아예 여기서 살아도 되고."

"저 뒤에 창고 있지? 내가 가끔 그것 좀 쓸게."

"뭐 하려고?"

"거기서 법정을 열려고."

“법정? 그게 뭔데?”

“재판 열리는 법정 말이야.”

“뭔 소리야? 알아듣게끔 이야기 좀 해 봐.”

“말 그대로야. 저 창고에서 법정을 열거라니까. 재판도 하고.”

“그러니까 뜬금없는 소리 그만 하고 구체적으로 말해 보라니까.”

“이 형님 원래 이렇게 엉뚱하다는 거 선배님도 아시잖아요. 하여튼 뭔 소리를 하는지 알아들을 수가 있어야지.”

“나 말이야, 저기서 재판 열거야. 내가 판사하고 여기 애는 검사하고, 그래, 변호사는 규익이 네가 하면 되겠다.”

“무슨 재판을 한다는 건데?”

“개새끼들. 나쁜 놈들 붙잡아 와서 재판하는 거지.”

“놀고 있네. 장난 하냐? 그걸 말이라고 해?”

“장난? 내가 장난하려고 여기까지 왔겠냐? 정말이야, 인마.”

“이 닭 이거 상한 거 사 온 거 아니야? 아니 맛이 멀쩡한 걸 보면 그건 아닌 것 같고. 그런데 얘는 왜 헛소리를 지껄이지?”

“주연아, 너 말이야, 여기 이 친구한테 그날 낙산사 앞에서 있던 이야기 좀 해 줘라.”

“그게 뭔 자랑이라고 여기서 이야기를 합니까. 하시려면 형님이 직접 하든지.”

“인마, 너 말 잘하잖아. 빨리 말씀드려.”

주연이 정수에게 그날 있었던 일을 이야기했다.

“인마, 처음에 난폭운선 부분부터 자세히 말하란 말이야.”

주연이 다시 처음 그 차를 주목하게 된 순간부터 세세히 이야기를 했다.

“들었지? 규익이 너 그 일 어떻게 생각하니?”

“미친 걸 보면 네가 짤린 게 충격이 크긴 컸구나, 그런 생각이 든

다, 왜."

"충격이 큰 거 맞기는 한데 짤린 거 때문이 아니고 그 새끼 때린 충격이 컸어. 너도 알다시피 전혀 나답지 않은 일이잖아."

"……."

"어떤 충격이었냐면 말이야. 내가 얼마나 위선, 가식, 이런 데 빠져 살았는지를 안 거지. 무지 비겁했었다는 것도. 머리에 충격이 콩 오더라고. 그래서 이제부터는 그렇게 안 살려고."

"그게 재판이랑 뭔 상관인데?"

"바로 그런 새끼들을 잡아다가 재판을 하겠다 이거지. 구형도 하고 선고도 하고 처벌도 하고 그러는 재판 말이야."

"으음, 인제 대충 알겠네. 그러니까 세상에다 분풀이 좀 해보겠다, 이거네."

"뭐 그런 측면도 있고."

"네가 뭔데?"

"……."

"네가 뭐냐고. 네가 전지전능한 신이야? 네가 무슨 자격으로 그런 걸 하는데?"

"신이 아니라 사람 자격으로 하는 거야, 사람 자격."

"자던 개가 봉창 두드리고선 풀 뜯어먹는 소리 하고 있네."

"아니야. 네가 정 내 말 이해 못하면 딴 데 알아볼게. 쓰게 해줄래, 말래?"

"나도 공범이 되는 건데?"

"당연하지. 너도 장소 제공하고 그러면 당연 공범이 되는 거겠지."

"그런데 내가 미쳤다고 너에게 장소를 빌려주니?"

"미친 일이 아니라니까. 하다보면 너도 알게 될 거야. 너 만날 나 믿는다는 소리 잘했잖아."

"너 머리 좋은 건 믿기는 믿지. 그런데 그 머리가지고 겨우 생각한 게 그런 소꿉장난이냐?"

"하여튼 며칠 있으면 시작할 거고 그럼 누가 될지는 모르지만 누군 가를 데리고 올 거야. 그리고 재판 열거고. 선고된 대로 처벌도 하고 말이야. 정 싫으면 그때 막으려면 막아."

"심정수 너, 정신병원이 되건 아님 교도소가 되건 하여간 곧 들어가 겠구나."

"그렇게 될 수도 있겠지. 그땐 그때고 하여튼 내 말 알았지?"

"알긴 뭘 알아? 안 돼."

"데리고 온다."

"안 된다고 했잖아."

"그럼 데리고 왔을 때 신고를 하든지 말든지 하면 될 거 아니야."

"너 진짜구나?"

"그렇다니까."

"미친 놈. 정신 차려, 인마."

"맞아, 나 미쳤어. 주연이, 너 말이야, 너도 지금 내 이야기 들었지?"

"난 못들은 걸로 할 거요."

"너랑 같이할 거야, 인마."

"누구 맘대로?"

"내가 사장이잖아, 인마."

9

야외식탁에서 시작된 셋의 대화는 거실에서 계속 이어졌다.

"그러니까 정수, 네 말은 대충 알겠다 이거야. 솔직히 나도 그런 생각

해본 적 무지 많거든. 따지고 보면 정말 별것도 아닌 잘못인데 속이 뒤
집어져서 거의 살의를 느끼게 만드는 인간들 말이야."

"그렇지? 천하의 조규익이 너도 그런 생각을 하는데 우리 같은 놈들
이 그러는 거야 당연한 거 아니야?"

"천하의 조규익? 웃기고 있네."

"너 나랑 동기지만 나보다 두 살이나 어리지? 그리고 그때 말이야,
한강순찰대에 있을 때, 그때 나보다 계급도 낮았잖아. 그런데 내가 너
에게 늘 뭐라고 했니? 존경한다고 했지? 그리고 너도 그 말이 빈말이
아니라는 것도 알고 있었잖아."

"그건 내가 시체를 대하는 것만 가지고 한 말이었잖아."

"형님, 시체 이런 게 다 무슨 말씀하시는 거예요? 거, 같이 좀 압시
다. 그래야 대화가 되지요."

"어른들 말씀 하시는데 끼어들기는."

"그럼 저 갈까요?"

"인마, 우리가 한강에서 근무할 때 말이야, 일 년에 시체를 거의 삼
백 구 가까이 건졌었잖아."

"거짓말. 무슨 시체가 그렇게 많을까?"

"그래, 네가 뭘 알겠니. 하기는 그 말하면 믿는 사람들 하나도 못 봤
으니까."

"정말이에요?"

"야, 그럼 없는 말 하겠니? 그것도 우리 서울경찰 관할, 그러니까 미
사리에서부터 행주대교까지 그 사이에서만 그렇게 건졌었어."

"우와."

"그런데 말이야, 물위에 떠있는 시체는 대부분 물속에 잠겨 있다가
시간이 지나 썩으면서 뱃속의 가스가 차서 떠오르는 거야. 그러니까
어떻겠어? 썩어 문드러져서 만지기만 해도 살점이 묻어나올 정도로 끔

찍한 시체들이 무지 많았던 거지. 또 그 썩는 냄새, 완전 장난 아니거
든. 솔직히 우리가 경찰이라고 해서 별난 인간들도 아니잖아. 더럽기
도 하고 무섭기도 하고,

　그래 변사체 떠있다고 신고 받으면 나가서 대충 끌고 오고 그랬어.
긴 꼬챙이로 시체 옷을 걸고 배로 끌고 오는 거지. 그렇게 해서 대충
뭍에다 올려놓고 관할서 형사들한테 인계해주면 우리 임무 끝이거든.
그런데 이 친구는 어떻게 했는지 알아? 그 썩어 문드러진 시체를 고이
안아서 배 위에다 모셔. 그럼 다른 직원들은 난리도 아니지. 생각해
보라고, 살점이 묻어나고 그 냄새나는 끔찍한 시체를 물속으로 뛰어
들어가 고이 안아서 배로 올리는데 미쳤다고들 안하겠냐고. 태연하게
그 썩어 문드러진 시체의 얼굴도 닦아주고 그러는데 미쳤다고 하고 위
선자라고도 하고 그러는 건 당연하잖아. 그런데 여기 규익이 이 친구
는 그 사람들을 도리어 야단을 쳤다니까.”

　“뭐라고요?”

　“너네 가족 시체라면 쇠꼬챙이로 찍어 가지고 오겠냐고 하면서 말
이야.”

　“그러네.”

　“아무리 그래도 처음엔 직원들이 말이 무지 많았다고. 그런데 이 친
구는 정말 묵묵히 그렇게 하는 거라. 나중엔 그 냄새가 밴 배도 혼자
서 다 닦고 말이야. 나이니 계급이니 이런 걸 떠나 존경 안 할래야 안
할 수 없었다니까.”

　“우와, 정말 대단하시다.”

　“주연 아우도 가족이라면 안 그랬겠어? 그게 뭐 대단한 일이라고.”

　“아니야. 지금 내가 그때 상황을 제대로 설명을 못 해서 그렇지, 그
런 일은 우리 같은 사람들은 절대, 절대로 못 해. 물속에서 썩은 시체
를 네가 봤어야 내 말을 이해할 텐데.”

“저도 교통사고 조사해서 끔찍한 시체 많이 봤거든요.”

“인마, 사고 나서 금방 죽은 시체 이런 거랑은 비교가 안 된다니까. 어쨌든 말이야, 내가 이 친구한테 붙여준 별명이 있어. 그게 뭐냐면 바로 ‘생불’이야. ‘사천왕’이라고도 했고.”

“그게 무슨 뜻인데요?”

“이 친구 생긴 거 봐. 완전 소도적놈 같이 생겼잖아. 거기다가 UDT 출신이고. 그래서 사람들이 무지 무서워했거든. 그런데 알고 보니 속은 완전 살아있는 부처님인 거라. 그래 붙여준 별명이라고. 사천왕은 왜 절에 들어갈 때 보면 일주문 안에 험상궂게 생긴 사람들 조각이 있잖아. 그게 사천왕상이거든. 하여튼 거기서 나온 말이야. 생긴 건 무서운데 진짜 정체는 부처님이라고 말이야.”

“아, 그렇구나. 이제 형님이 여기 선배님 존경한다는 말이 이해가 되네.”

“넌 기껏 후배 데리고 여기까지 와서 낯간지럽게 무슨 쓸데없는 소리를 하냐?”

“아니야. 그렇게 천사 같은 너한테도 나랑 비슷한 분노의 감정이 있다는 사실을 확인하니까 마음이 좀 놓인다. 주연이 넌 어때?”

“뭐가요?”

“그런 새끼들 볼 때 말이야.”

“어떤 새끼인데요?”

“여태 뭘 들었어? 낙산에서 본 그런 새끼 같은 놈들 말이야.”

“때려 죽여 버리고 싶지요, 뭘. 그런 인간들은 법 없으면 당장 맞아 죽을 놈들이잖아요?”

“내 말이 그 말이야. 법 없어도 살 사람이 아니라 법 없으면 죽을 놈들. 하지만 법 때문에 죽일 수도 없는 놈들. 바로 그런 새끼들을 잡아다가 처벌을 해버리겠다, 이 말이라고.”

"그럼 이왕에 하는 일인데 아주 진짜 나쁜 놈들, 뭐 이런 놈들을 상대하지 쪼잔하게 겨우 그런 놈들 상대로 분풀이를 하겠다 이거네요."

"맞아, 내가 여태 이야기 했잖아. 쪼잔한 일이라고. 하지만 난 그런 새끼들에게 살의를 느낀다니까. 주연이 너 김수영 알지? 시인 김수영."

"여보세요, 나도 대학 물 먹었거든요. 이거 왜 이러셔."

"만날 유도만 한 놈이. 그래, 가방끈 길어 좋겠다."

"갑자기 그 양반은 왜요?"

"나 어릴 때 말이야, 마포 서강에 살았거든. 한강에서 근무할 때 규익이 너한테 몇 번이나 서강대교 건너편 저 동네가 내 고향이라고 한 말 기억하지? 주연이 너한테도 강북 강변로 지나가면 꼭 이야기했었잖아."

"그런데요?"

"나 어릴 때, 그러니까 초등학교 삼사 학년 정도 됐을 거야. 그때 우리 동네에 살던 아저씨가 버스에 치어서 죽은 사고가 있었어. 그때 죽은 양반이 바로 김수영 그 양반이야."

"……."

"그래서 내가 그분에 대해 관심이 좀 많잖아. 그 양반 시 중에 말이야. 하여튼 정확한 제목은 잘 모르겠고, '나는 왜 조그만 일에만 분개하는가, 저 왕궁 대신에, 왕궁의 음탕 대신에, 오십 원짜리 갈비탕에 기름 덩어리만 들어있다고 분개하고, 옹졸하게 설렁탕집 돼지 같은 주인년한테만 욕을 하고' 뭐 그런 비슷한 게 있다 이거지."

"또 유식 자랑."

"인마, 그냥 우리 동네 아저씨였었기에 관심이 있는 거라고 했잖아."

"그런데요?"

"무슨 말이냐 하면 위대한 시인이라고 모두들 우러러 보는 그 양반 같은 사람들도 사실은 아주 소소한 것에 더 분개하고, 분노하고, 뭐 그런다는 거지. 그러니까 주연이 너나 나 같은 보통 이하 인간은 물

론, 여기 규익이 같은 좋은 나라 사람도, 아님 위대한 시인도, 즉 모든 사람들이 생각보다 아주 소소한 일에 열 받고, 스트레스 팍팍 느끼고, 패 죽여 버리고 싶어 하고, 없애 버리고 싶어 하고 하기는 마찬가지다, 이 말씀이라고."

"그게 어때서?"

"인마, 누구나 그렇게 느낀다는 건 보기엔 작지만 실지로는 엄청난 범죄나 다름없다, 그러니까 이제부터 나는 그런 인간들에게 스트레스 받지 않을 것이고 내가 처치해 버리겠다, 이 말이라고. 아직도 못 알아 듣겠어?"

"그게 나이 오십 먹은 형이 목숨을 걸고 할 만큼 중요한 일이에요? 이 형 정말 웃긴다니까."

"목숨을 왜 걸어?"

"형이 여태 말한 거, 그거 실천하면 범죄거든요. 범죄 맞잖아요. 그러다가 잡히면? 그 나이에 구속이라도 되면? 그게 바로 목숨이 왔다 갔다 하는 일 아니냐고요."

"잡히긴 왜 잡혀. 그러니까 인마, 머리를 쓰자, 방법을 연구해 보자, 그거 아니냐고."

"형이 무슨 일지매나 홍길동도 아니고. 아니 장총찬이라고 했지."

"홍길동? 그래 너 말 잘했다. 홍길동이도 같이 되자고. 그럼 되겠네, 장총찬이도 되고 홍길동이도 되고. 아니면 일지매도 좋고."

"하여튼 이 형은 끝까지 이런다니까."

"야, 주연아, 네 말대로 내가 하려는 일, 내가 지금 머릿속에 그리고 있는 일, 분명히 범죄는 맞아. 그러니까 양심의 가책을 조금이라도 덜 느끼기 위해 홍길동같이 좋은 일도 같이 하자, 이 말이야. 모르겠어?"

"형이 돈이 어디에 있다고. 과부한테 섹스 봉사하는 것도 아니고 진짜 좋은 일 하려면 돈이 들잖아. 아닌가?"

“돈? 맞아, 돈이 있어야지. 만들면 되지, 뭐.”

“땅 파서?”

“방법이 있겠지, 뭐.”

“뭐 생각은 하고 있는 거야?”

“글쎄. 그나저나 규익이 너도 찬성한 거다. 맞지?”

“네가 하겠다는 일엔 난 전혀 찬성을 안 하거든. 하여튼 그건 꼭 알고서 나머지는 알아서 하셔.”

“그게 동의한다는 소리네, 뭐.”

정수는 규익이 결국 자신의 행동에 동의해 주리라는 걸 미리부터 알고 있었다. 그러기에 찾아간 길이었다.

10

다음 날 아침 정수와 주연은 서울로 돌아왔다. 정수는 주연과 헤어진 후 자신의 집에서 멀리 떨어진 교외의 한 폐차장으로 향했다. 물론 정수가 눈여겨 봐왔던 곳이었다.

“납 좀 있습니까?”

“납은 뭣에 쓰시게?”

“쓸 데가 좀 있어서요.”

“그럼 그런 걸 파는 데 가서 덩어리로 된 걸 사지 그래요.”

“조금만 있으면 되거든요. 자동차 폐 밧데리를 뜯으면 그 안에 납 들어 있잖아요. 그거 조금만 파시지요.”

그가 다음에 들른 곳은 자신의 아파트 단지 내에 있는 테니스장이었다.

“요샌 왜 이렇게 얼굴 뵙기가 힘듭니까? 그렇게 열심히 하시더니 이젠 테니스에 흥미를 잃은 거예요?"

"요새 좀 바빠서 그래. 날 풀리면 나아지겠지 뭐. 그땐 김 코치에게 다시 레슨도 받고 그럴게."

"오늘 평일인데 이 시간에 웬일이세요?"

"어, 석회 좀 얻어가려고."

"석회는 왜요?"

"많이는 필요 없고 조금만 있으면 돼. 나 조금만 퍼간다."

"그러세요."

정수가 집에 들어서자 의외로 아내가 그를 반겼다.

"어, 집에 있었네."

"어제 당직하고 일찍 들어왔잖아. 집에 민호 혼자 있는데 말도 없이 어딜 가서 외박을 하고 다니는 거야. 전화도 안 받고."

"당직인지 몰랐지."

"전화는?"

"규익이네 갔었거든. 거기 아직 전화 안 터져."

"그럼 미리 전화도 못해? 도대체 요새 뭐하고 다니는 건데?"

"뭘 하긴. 그냥 왔다 갔다 하는 거지."

"어디 나갈 데는 알아보고 있는 거야?"

"나? 나, 이제 취직은 안 해."

"그럼 뭐로 먹고 살 건데?"

"그것도 다 생각하고 있으니까 너무 걱정 말고 나 하는 대로 가만히 놔둬."

"어련히 알아서 할까 싶지만 그래도 그냥 보고만 있기는 그렇잖아."

"걱정 말라니까."

"도대체 무슨 꿍꿍이 속인지 알아야지, 참."

"나 오늘도 안 들어와. 청량사에 며칠 있을 거야."

"거긴 왜? 그 나이에 머리 깎으려고?"

"뭐 그럴 수도 있고."

"술은 원 없이 마시게 생겼네."

"와, 그 집 여자 술 진짜 잘 먹더라."

"누구? 안 스님?"

"응."

"하여간 참 잘한다. 남이야 죽건 말건 산천 좋은 데 찾아다니면서 중이랑 술이나 마시고. 누군 정말 좋겠네."

"미안해."

"남한테 직장 잃고 폐인 됐다는 소리 듣지 않으려면 잘하고 다녀. 괜히 기죽거나 초라하게 굴지 말고."

"이 브랜드를 봐라. 이 옷이 초라해 보이니? 걱정하지 마."

"하여튼 난 몰라. 알아서 하셔."

"미안해. 고맙고."

"우리 시골로 내려가자. 나 전출 신청하면 웬만한 데는 다 갈 수 있거든."

"시골? 것도 좋지."

"규익 씨네 집 땅 넓다며? 거기다가 집 조그맣게 짓자고. 난 양평이나 홍천으로 가면 되니까 말이야."

"애들은 어떻게 하고?"

"효주는 대학 기숙사 들어가면 되는 거고, 민호야 합숙소 들어가면 되잖아."

"그 동네는 불편해서 못 살아."

"규익 씨도 살잖아."

"자기가 사무실 관두면 모를까 출퇴근은 못 한다니까. 말이 양평이지, 완전 산속이야. 핸드폰도 안 터진다니까."

"그럼 동네 있는 데로 좀 나오면 되잖아."

"알았어. 뭐 그건 나중에 생각해 보자고."

"나도 요새 사무실이 싫어서 그래."

"그래, 힘들겠지. 그래도 어떻게 하냐? 그냥 못난 놈 남편으로 만난 죗값 치른다 생각하고 참아야지."

"뭔 희망이 있어야 그걸 바라보고 참지."

"우리가 왜 희망이 없어? 진호 군 생활 잘 하고 있으니 제대하면 복학해서 학교 다니다 취직하면 될 거고, 효주도 그렇고 민호도 운동 잘 하고 있잖아. 그럼 모두 지 앞가림은 하고 살 거 아니야. 우리야 자기 말대로 나중에 시골 가서 작은 집 하나 지은 다음에 자기 연금 가지고 살면 될 것이고."

"그건 그렇지만."

"따지고 보면 우리 같은 사람들도 없다고. 나중에 이 아파트 팔면 시골에 집 짓고도 남을 텐데 뭘."

"규익 씨는 그냥 거기서 혼자 사는 거야?"

"응, 집사람 약국 하잖아, 방배동에서."

"안 심심한가?"

"그놈은 뭐 거의 도사 수준이잖아. 이번에 보니 면도도 안 해서 완전 임꺽정이더라고."

"자기 그거 알아?"

"뭘?"

"규익 씨 말이야, 점점 잘 생겨지고 있잖아."

"뭔 소리야?"

"옛날 자기가 한강순찰대 근무할 때 규익 씨 처음 봤었잖아. 한 십년 되었나? 어쨌든 난 그때 어떻게 이렇게 험상궂게 생긴 사람이 경찰이 되었지, 하는 생각을 했었잖아. 기억 안 나? 자기도 UDT인가 뭔가 하는 특수부대 출신이라서 특채된 사람이라고, 일반 공채라면 면접에서 탈락했을 거라고 농담도 하고 그랬잖아?"

"그랬나?"

"그런데 말이야, 왜 우리 저번에 만났었잖아, 규익 씨 사표내고 얼마 안 있어서 말이야. 그때 보니까 얼굴이 환해졌더라고."

"내가 보기엔 별 차이 없던데."

"아니야. 난 말이야, 규익 씨 보고 알았어. 아, 마음 비우고 착하게 살면 얼굴이 저렇게 편해지는구나 하는 걸 말이야."

"그러고 보니 내 얼굴은 완전 개판이 되긴 했네."

"자기는 부정적이라서 그러잖아. 남 원망하고, 남 미워하고. 그러면서 그걸 제대로 발산도 못하고 속으로만 삭히려니 얼굴이 망가지는 건 당연하지."

"그런가?"

"자기, 거울 좀 보라고. 이마 가운데 그러니까 미간에 세로로 주름 세 개 깊게 패인 거 보일거야. 그게 다 늘 인상 써서 그런 거잖아. 눈가 주름도 보기 흉하게 나고."

"보기 좋은 주름도 있던가?"

"자기 손 코네리 좋아 하지? 그 사람 봐. 얼마나 멋있게 늙어 가냐고."

"그 사람이야 돈이 얼마나 많은데 그래. 부러울 게 뭐가 있겠어. 그러니까 만날 웃을 일만 있겠지, 뭐."

"어린애 같은 소리 한다. 돈만 많으면 만날 웃을 수 있다는 게 말이 돼?"

"당연하지. 말 되고말고."

"그나저나 자기 홍정표 씨 소식 들었어?"

"정표 소식? 몰라. 왜, 무슨 일이 있대?"

"암이래, 폐암 말기. 지금 고향에 내려가 있다고 그러더라고."

정수의 심장이 쿵 떨어져 내렸다.

"뭐? 폐암? 무슨 소리야? 지난번에 만났을 때도 멀쩡하게 나랑 술을 마셨는데."

"그게 언제 적 이야기인데."

"그러네. 그게 벌써 예닐곱 달 가까이 된 이야기네. 아니야, 얼마 전에도 전화 통화 했었다고."

"암이야 원래 발견되기 전에는 멀쩡하잖아."

"정말이야? 암이 확실하대?"

"그럼 그런 이야기를 농담으로 했을까봐 그래?"

"……."

"어떻게 하나? 가엾어서. 정표 씨도 그렇고 애들도 그렇고."

"그런데 암이라면서 고향은 또 무슨 소리야?"

"수술이고 항암 치료고 간에 다 거부하고 고향에 있는 무슨 교회에서 안수기도 받으러 갔다고 그러더라고."

"그 새끼 미친 놈 아니야? 정말 안수기도로 암이 낫는다고 믿는다는 게 말이 돼?"

"글쎄 말이야. 그 사람 자기가 똑똑하다고 매일 칭찬했었잖아. 그런데 죽는다, 어쩐다, 이런 소리 들으니까 판단력이 완전 흐려지는 모양이더라고."

"제수씨 있잖아. 연지 엄마 말이야. 그 제수씨 똑똑한 여자라고. 절대 그런 결정을 할 사람이 아니거든. 자기도 알잖아."

"후배인데 알지, 왜 몰라? 그런데 당사자가 막무가내로 우기니까 못 당하겠다는 거 있지."

"그래서?"

"휴직계 내고 지금 청양에 정표 씨랑 같이 내려가 있대."

"부부가 아주 동시에 맛이 갔구나."

"어떻게 하지?"

“뭘?”

“자기 말이야. 자기가 김주연 씨도 그렇지만 홍정표 씨도 아주 친동생같이 대해 왔잖아. 그러니까 한 번 가 봐야 되는 거 아니야?”

“걔네 언제 내려갔대?”

“보름 정도 됐다고 그러더라고. 영등포서 정보과장이 힘을 써서 서울대학에 겨우 병실 잡아 줘서 입원을 했는데 사흘 만에 말도 없이 퇴원하고 내려가 버렸다고 경찰서에서 말들도 많다고 하더라니까.”

“자기는 언제 알았고?”

“어제 알았지. 연지 엄마 동기가 우리 사무실에 들렀다가 이야기해 줘서 알았잖아.”

“그런데 왜 나한테는 안 알렸지?”

“누가? 정표 씨가? 연지 엄마가? 자기라면 그걸 대뜸 알리겠어?”

“진단이 아주 심각했었나?”

“수술은 아예 불가능하고 그나마 항암치료 잘 받으면 6개월에서 1년은 바라볼 수 있다고 했었대.”

“그럼 내려갈 만도 하네.”

“뭐가?”

“아무리 치료 받아도 6개월 있으면 죽는다는 소리 하는데 별 생각이 다 들었을 거 아니야.”

“그래도 어떻게든 최선을 다해 봐야지, 안수기도가 뭐냐고.”

“야, 그놈은 담배도 안 피우는데 폐암이 뭐냐, 폐암이.”

“글쎄 말이야.”

“자기 정표 제수씨 전화번호 알지?”

“왜?”

“전화 좀 해보게.”

“나도 무슨 소리를 해야 될지 몰라 전화 안 했었거든. 그럼 자기가 해볼래?"

"연결이나 해 보라니까."

정표의 부인은 예상했던 대로 댓바람부터 눈물부터 쏟았다.

11

다음 날 아침, 정수는 주연을 불러 정표가 머물고 있다는 충청도 청양으로 향했다.

"형, 세상 진짜 웃긴다."

"……."

"정표 씨, 그 친구 담배도 안 피웠잖아."

"운전이나 똑바로 해."

"내가 그 친구 처음 봤을 때가 형이 마포 소년계에 있었을 때였잖아. 그날 형 만나러 갔다가 우리 신촌에서 같이 술 마셨던 거 기억나?"

"응."

"그날 우리들 말이야, 동갑이라고 친구하기로 했었거든. 그런데 말을 해 보니까 사람이 완전 나랑은 상대도 안 되게 유식하더라고. 하여튼 문학, 음악, 미술, 모르는 게 없더라니까. 그래서 나는 이런 사람이 어떻게 순사가 되었지? 딱 선생님 할 타입인데 그런 생각이 들더라고. 그래 내가 물어봤잖아. 어쩌다가 경찰이 되었냐고 말이야. 그런데 그 친구 대답이 완전 FM인 거 있지. 우리 들어올 때 면접관 앞에서 대답하는 거 말이야. 자기는 자기보다 못 한 사람 도와주려고, 나라를 좀 밝게 하고 싶어서 들어 왔다는 거야.

다른 놈이 그런 소리를 하면 솔직히 놀고 앉았네 하는 그런 심정이 들잖아. 그렇지? 그냥 솔직히 먹고 살려고 이 시험, 저 시험 보다가 보

니 어쩌다가 들어오게 됐다 이러지 않고 위선 떠는 놈들 말이야. 그런
데 그 친구가 하는 말은 이상하게 진짜 믿게 되더라니까."

"걘 정말 그런 마음으로 근무해왔잖아."

"어쨌든 그날 말이야, 좀 아니꼽더라고. 그래 내가 그렇게 큰 뜻을
품었으면 검사나 판사가 되든지 하다못해 경찰대나 간부 후보생으로
라도 들어오지, 겨우 경장 계급 달고 무슨 나라를 밝게 하느냐고 좀
긁었었거든."

"하여튼 새끼가 옹졸해 가지고선."

"그런데 뭐라고 그랬는지 알아? 집이 가난해서 고등학교밖에 못 나
왔다고 하더라고. 그 말 듣고선 얼마나 미안하던지."

"……."

"지금 생각해 보니까 좀 친하게 지낼 걸 하는 마음이 드는 거 있지?"

"그러지 그랬어. 정말 좋은 애인데."

"나랑 너무 다른 사람 같아서 만나면 이상하게 열등감이 생기더란
말이지. 그러다 보니 그냥 대충 지내왔던 거 같아. 같이 근무한 적도
없었고 말이야."

"……."

"형, 지금 우냐? 울어?"

"……."

"하여튼 툭하면 영화 찍는다니까. 형 올해 오십이란 건 알지?"

"너 같으면 눈물 안 나겠니? 걔 정말 똑똑하고 착하고 그런 친구라
니까. 애들이 몇 살인지 알아? 아들은 아마 3학년이고 그 밑에 딸은
이제 다섯 살인가 그럴 거야."

"그 사람 부인도 직원이지?"

"응. 너도 봤잖아."

"사람이 좀 무뚝뚝해 보이던데. 이제 경사 정도 됐지?"

“맞아, 경사.”

“그래도 아이들 걱정은 없겠네 뭐. 엄마 직업 튼튼하니까 말이야.”

“엄마 직업이 없어도 아이들은 어떻게든 다 크게 되어 있어. 죽는 놈만 불쌍한 거지.”

“크기야 크겠지. 고생을 하니까 문제지.”

“나 봐. 우리 아버지가 딱 지금 영표 그 자식 나이 때 돌아가셨잖아. 난 그때 네 살이었다고. 내 생일이 원래 음력으로 11월인데 설날 다다음 날인가 돌아가셨으니까 나이만 네 살이지, 실제로는 겨우 두 돌 지난 거였지. 봐, 그래도 양아치는 안 되었잖아.”

“형, 자랄 때 아버지 많이 보고 싶었겠다.”

“나? 아니. 아버지라는 존재 자체를 몰랐으니 보고 싶고 말고가 어디에 있냐? 난 말이야, 친구네 놀러 갔다가 걔네 아버지가 집에 들어오면 얼마나 무섭던지. 말 시키면 그냥 울어버렸다니까.”

“왜?”

“우리 집에는 없는 존재니까 그냥 어색하고 무서웠던 거지.”

“지금도 안 보고 싶어?”

“지금? 보고 싶지. 미치게 보고 싶어.”

“그게 형이 늙어 간다는 증거야.”

“우리 아버지가 보고 싶기 시작했던 건 진호 낳고 나서야. 어느 날 집안에서 뒤뚱거리면서 돌아다니는 걔를 보니까 무지 예뻐 보이더라고. 그날부터 아버지 생각 많이 했지.”

“왜?”

“내가 딱 진호 만했을 거 아니야. 그 양반도 내가 얼마나 예뻤겠느냐고. 그런 아이들을 두고서 눈을 감았을 때 얼마나 분하고 원통했을까 이런 마음이 들었던 거지.”

“슬프다.”

"그 전엔 나 아버지 원망 많이 했었거든."

"왜?"

"어린 자식 두고서 무책임하게 가버려 살기 팍팍하게 만들었다고."

"형 진짜 철없었다."

"맞아, 나 진짜 철없었어. 뭐 지금도 그렇지만."

"알았어. 알았으니 이제 그만 좀 울어라. 나도 자꾸 눈물 나서 운전을 못 하겠네."

"주연이, 너 애들한테 정말 잘 해 주어야 한다. 제수씨한테도 당연히 그렇고."

"자기한테 할 소리를 태연히 남에게 하네. 형이나 잘하셔."

"글쎄 말이다."

"뭐 개뿔이나 잘해줄 게 있어야 잘 해주지. 지금 내 꼴을 봐."

"미안하다."

"형, 내가 무능력해서 그런 거 가지고 형이 자꾸 미안하다 이러면 내가 얼마나 자존심이 상하는 줄은 알아? 형이 무슨 우리 아버지라도 돼?"

"그러니? 미안하다."

"그런데 정표 씨 어떻게 대하지?"

"왜?"

"어색할 것 같아. 괜히 위로한답시고 마음만 다치게 할 것도 같고 말이야."

"마음 내키는 대로 하면 되는 거지, 뭘."

"자기가 죽는다는 걸 알고 있을까? 아니야, 알 거야. 그렇지?"

"글쎄."

"얼마나 무서울까?"

"무섭기는. 안 죽는 사람 있냐?"

"말은. 형은 죽는 걸 나보다 더 무서워하잖아. 난 말이야, 밤에 자다

가도 가끔 벌떡벌떡 일어나."

"왜?"

"뭘 왜야. 잠들었다가 못 깨어나면 죽는다는 생각 때문에 그렇지. 그런 날은 무서워서 밤새 담배만 피우잖아."

"……."

"형, 우리 교회라도 다닐까? 아차, 형은 절에 다니지."

"절은 무슨. 거긴 그런 절 아니야."

"그런데 거긴 왜 자꾸 가는 건데."

"그 부부도 좋고, 경치도 좋고, 조용하고, 참견하는 사람 없고, 뭐 그래서 가는 거지."

"형, 그 부부 가짜 중이지?"

"이게 미쳤나. 왜 멀쩡한 스님들보고 가짜래?"

"에이, 결혼해서 사는 중이 어디 있냐?"

"너 정말 몰라서 물어보는 거야?"

"그런 게 있어?"

"인마, 불교에도 여러 종파가 있잖아. 결혼을 해도 되는 곳도 있어. 너 신촌의 새 절 알아, 몰라? 봉원사."

"연대 옆에 있는 그 봉원사?"

"그래, 인마. 거기 가 봐. 결혼은 하셨지만 얼마나 덕이 큰 스님들이 많은데 그래?"

"정말?"

"하긴 내가 너를 데리고 뭔 말을 하겠니?"

"난 정말 몰랐네. 그나저나 형, 우리 진짜로 교회 다녀볼까?"

"하기는 장례식장 가보면 교회 다니는 사람들이 좋긴 좋더라. 와서 품앗이로 다 일도 치러주고."

"맞아. 돈이 없거나 외로운 사람들한테는 정말 좋을 것 같더라."

“그래도 난 안 다녀.”

“어딜?”

“교회 말이야. 성당도 그렇고 절도 그렇고.”

“형은 성격이 못돼서 믿지를 못하니까 그렇지.”

“내가 믿는 건 하나야. 그 누가 뭐라고 해도 사람은 죽는다는 거. 그러니까 그런데 아무리 다녀 봤자 다 소용없다는 거 말이야.”

“그래도 마음 편히 죽을 수는 있잖아. 천당이나 극락 간다고 생각하면 무섭지도 않고.”

“그래봤자 죽는다는 사실엔 전혀 변함이 없잖아. 죽긴 마찬가지라니까. 그리고 죽으면 그만이지, 천당이 어디 있고 지옥이 어디 있냐? 다 지어낸 거지.”

“여보세요, 형님보다 수십만 배 더 배우고, 더 똑똑한 사람들도 열심히 다니거든요. 그 사람들은 바보입니까?”

“그 사람들은 그 사람들이고.”

“형, 이 길로 빠지면 되지?”

“나도 처음인데 뭘. 지나가는 사람들한테 물어보자.”

“차에 내비게이션 좀 달지. 몇 푼이나 한다고.”

“내가 차를 얼마나 탄다고 그걸 다냐? 돈도 돈이지만 난 내장되어 있는 거면 모를까, 따로 달지는 않아.”

“그건 또 무슨 말도 안 되는 고집인데?”

“초라해 보이잖아.”

“내비게이션 다는 게 초라해 보인다고? 그게 말이 돼?”

“없으면 없는 대로 타지, 그걸 굳이 따로 단다는 게 그렇다는 거야. 하여튼 난 그래. 설명하기 복잡하니까 그냥 넘어가자.”

“하기는 형이 옛날에 했던 말 생각나네.”

“내가 뭐라고 했는데?”

"형 옛날에 처음으로 차 샀을 때 말이야. 포니 투. 그거 에어컨 없다
는 거 보이기 싫어 여름에도 창문 닫고 다녔다면서?"

"왜? 그게 어때서?"

"남의 시선이 그렇게 중요해?"

"응, 나한테는 중요해."

"그거 다 똥 자존심이고, 열등감이라는 건 알지?"

"인정해. 그래도 나한테는 중요하다니까."

12

어느 정도 예상은 했었지만 그야말로 피골이 상접한 정표의 몰골은
한참 동안 두 사람의 말을 앗았다. 암이 아무리 무섭다 한들 살아있
는 사람이 과연 이렇게 마를 수가 있을까, 정수는 도저히 이해할 수가
없었다.

"많이 아프다더니 생각보다 괜찮네?"

"괜찮기는. 억지로 그런 말 할 필요 없거든."

"그래. 다른 데는 모르겠는데 얼굴은 좀 마르긴 말랐다."

"형, 나 몇 키로 나가는 줄 알아? 34키로. 우리 형민이보다도 적게
나간다니까."

"형민이가 많이 큰 모양이네. 그러고 보니 우리 만난 지 좀 됐다. 그
렇지?"

"거의 일 년 가까이 됐을 걸? 주연씨도 오랜만이네요."

"예, 자주 연락 못해 미안합니다."

"밥은 잘 먹니?"

"응."

"잘 먹기는 뭘 잘 먹어요? 하루 종일 굶으면서."

"또 그 소리. 아, 그거 먹어야 금방 낫는다고 그러잖아. 봐, 먹은 지 일주일밖에 안 되었는데 많이 좋아졌잖아."

정표의 부인은 눈물 속에서도 남편을 아주 못마땅하게 노려보았다.

"좋아지기는? 자기가 지금 얼마나 말랐는지는 알고 하는 소리야? 의사가 뭐랬어? 뭐랬냐고. 일단 잘 먹어야 한다고 그랬잖아. 잘 먹어야 그나마 병이랑 싸울 힘이 나는 거라고 말이야."

"여태 아무거나 가리지 않고 잘 먹었었잖아. 그런데 암이 걸렸지? 그럼 먹는 걸 바꾸고 체질도 바꾸고 해야 한다는 말이 맞잖아."

"제수씨, 지금 무슨 이야기들을 하는 거예요?"

"저 사람 말이에요, 아예 곡기를 끊었다니까요."

"곡기를 끊다니 밥을 안 먹는다는 소립니까?"

"밥 대신에 이거만 먹는다니까요. 뭔지도 모를 이 가루만 먹겠다고 우긴다고요."

그녀가 내민 것은 선식(仙食)이라는 글자가 가운데 박혀있는, 가로 세로 10센티 정도 크기의 조그만 밀폐포장 봉투였다. 흔히 홍삼이나 건강식품 같은 것이 담겨있는 것 말이다.

"이게 뭡니까?"

"형, 그거 선식이거든요. 웬만한 암은 그것만 꾸준히 먹으면 낫는대."

"누가 그러는데?"

"암에 걸렸다가 완치된 사람들 모임 같은 게 있거든. 그 사람들이 그러더라고."

"그러니까 밥은 안 먹고 하루 종일 이것만 먹는다고?"

"응. 그래야 장 청소도 되고 체질도 개선이 되잖아."

정수는 봉투의 뒷면을 살펴보았다. 그곳에는 아주 작은 글씨로 '본 제품은 의약품이 아니고 건강보조식품입니다.' 라는 글귀와 함께 각종

곡식 이름이 깨알같이 나열되어 있었다.

"야, 정표야, 이거 약이 아니라고 여기 쓰여 있잖아. 이거 겨우 미숫가루 같은 거네."

"미숫가루 그런 거 하고는 완전 다른 거라니까."

"이걸 하루에 몇 번 먹는데?"

"세 번."

"하루 종일 이거 세 번 먹고 배 안 고파?"

"배는 좀 고프지만 그래야 낫는다고 하니까 참아야지."

"그런데 아까 그 암이 낫다는 사람들 말이야. 그 사람들은 어떻게 알게 되었는데?"

"몰라요. 어떻게 알고 여기를 찾아 왔더라고."

"그럼 이거 돈 주고 샀겠네."

"하루치가 십오만 원. 그러니까 한 개에 오만 원밖에 안하는데, 뭘."

"이거 한 개에 오만 원이라고?"

"응."

"그래? 네 말대로 생각보다 안 비싸네. 이왕 먹는 거 열심히 먹어라. 거르지 말고."

"그것 봐. 내가 뭐랬어? 형은 내 말 알아듣잖아."

정수는 밭게 기침을 하는 영표를 바라보며 그의 부인에게 가볍게 고개를 끄덕였다.

"먹는 건 그렇다고 치고 뭐 다른 치료는 안 받는 거야?"

"아침마다 교회 가서 안수기도 받고, 또 약도 먹어."

"어떤 약? 병원에서 처방해 준 약?"

정수는 약 이야기를 하는 정표의 눈이 몹시 흔들리고 있다는 것을 알았다.

"그래, 알았다. 이야기하기 힘들지?"

“아니야, 괜찮아.”

“그래, 우리 이야기는 천천히 하면 되니까 좀 쉬어라.”

“형, 언제 갈 거야?”

정수는 그의 얼굴에서 자신이 곁에 있어주기를 간절히 바라는 눈치를 발견했다.

“나? 글쎄.”

“형, 많이 안 바쁘면 여기 좀 있다가 가. 여기 경치도 좋고, 공기도 좋고 정말 좋아. 그렇지? 자기야.”

그의 부인은 남편의 물음에 대답 대신 눈물만 떨구었다.

“그래. 오다 보니까 정말 좋더라. 그럼 우리 잠깐 구경 좀 하고 올 테니까 너는 쉬고 있어.”

정수와 주연이 밖으로 나오자 정표의 부인이 그들을 따라 나왔다. 그들의 발걸음은 자연스레 집에서 멀지않은 커다란 느티나무 밑으로 옮겨졌다.

“제수씨, 제수씨 무척 똑똑한지 알았는데 이게 다 뭡니까?”

“못 이겨요. 저 고집 절대 못 이긴다니까요.”

“그래도 그렇지, 그 가루 먹고 견디는 게 말이 됩니까? 산 사람도 송장이 될 것 같은 걸 말이에요.”

“그럼 어떻게 해요? 자기가 그걸 먹어야 산다고 다른 건 아예 입에도 안 대는데.”

그녀의 눈물에 정수는 자신이 너무 잔인하게 몰아 붙였다는 걸 알았다.

“제수씨, 죄송합니다. 제가 그만 너무 화가 나서 말입니다.”

그예 정수도 눈물을 보였다.

“아니에요. 그래도 애 아빠 표정을 보니까 오시기 정말 잘 하셨어요. 언니도 잘 계시지요.”

"예. 그나저나 먹는다는 그 약은 뭡니까?"

"그렇지 않아도 우리 사무실 직원들한테 그 이야기를 하려던 참이에요. 사기꾼한테 걸린 거예요."

"사기꾼이라니요?"

"며칠 전에 애 아빠 고등학교 동창이라는 사람 둘이 병문안을 왔다고 하더라고요. 그러더니 제가 없을 때 그 사람한테 그 약을 주고 갔대요."

"무슨 약인데요?"

"미국 나사에서 우주인을 위해 만든 약이라는 말도 안 되는 소리를 하더라고요. 어떤 암도 낫게 만들 수 있다고 하면서."

"뭐요? 정표가 그 말을 정말 믿는다고요?"

"그렇게 똑똑하던 사람이 중병에 걸리니까 그런 말만 귀에 들어오는 모양이에요."

"그럼 그 약이라는 건 그냥 준 거예요? 아니 그냥 줄 리가 없지."

"그게 하루에 딱 한 알씩 일곱 번을 먹는 건데 한 알에 자그마치 백만 원이래요, 백만 원."

"그럼 제수씨가 그 돈을 그 새끼들한테 줬다는 말입니까? 설마 그러지는 않았지요?"

"안 주면요? 돈이 아까워 자기를 죽이려고 한다고 길길이 날뛰는데 안주고 배겨요? 그래서 일단 삼백만 원을 줬지요."

"제수씨, 제수씨 경찰관이잖아요. 그게 말이 됩니까? 아, 어떤 개새끼가 우주인을 위해 암 약을 만듭니까?"

"이 사람들이 찾아와 자기도 비싼 돈 주고 사 오는 것이라 돈을 안 주면 더 이상 못 갖다 준다고 한 모양이에요. 그 소리 듣고선 애 아빠가 얼마나 포악을 떨던지."

"그 새끼들은 정표가 그런 병에 걸린 걸 어떻게 알았대요?"

"여기가 그 사람 고향이잖아요. 동창들이 많이 왔다 갔어요."

"그 새끼들 얼굴 똑바로 봐뒀지요? 연락처는 알고요?"

"동창이 맞긴 맞는 모양이더라고요. 연락처는 저한테는 없고 혹시 애 아빠가 몰래 가지고 있을지도 모르지요."

"제수씨, 정표 죽습니다."

"……."

"이렇게 죽게 만들 수는 없어요. 이게 말이 됩니까?"

"저라고 그 생각 안 해 봤겠어요? 그런데 그 고집 못 꺾는다니까요."

"혹시 돈 걱정 때문에 그런 건 아닐까요? 입원하면 돈 많이 들까봐 말이에요."

"처음엔 그런 것 같더니만 이젠 살겠다고, 살아 보겠다고 저러고 있잖아요."

"제수씨, 저랑 서울로 데리고 갑시다. 죽을 때 죽더라도 뭐라도 해 봐야 되는 거 아닙니까? 정표가 정말 돈이 걱정되어서 저러는 거라면 경찰병원으로 갑시다. 요샌 거기서도 암 다 치료하잖습니까?"

그러나 정수, 주연, 그리고 자신의 처의 설득에 대한 정표의 답은 아주 싸늘했다.

"형, 나 여기서 나가면 죽어. 봐, 지금 치료 잘되고 있잖아. 그런데 왜 자꾸들 그러는 거야? 형, 정 그러려면 올라가."

"정표야, 너 정말 왜 그러니? 야, 형이 너한테 나쁜 일 하겠니? 응? 너, 형 알잖아. 내 말대로 하자. 서울대병원 싫으면 경찰병원으로 가면 되잖아."

"그래요, 정표 씨. 여기 형님 말씀대로 올라갑시다. 요샌 웬만한 암은 병도 아니잖습니까?"

"그래요. 정수 큰아빠 말씀대로 우리 경찰병원으로 갑시다. 네?"

정표는 대답 대신 고개를 돌려 그들을 외면했다. 정수는 티셔츠 위

로 등뼈가 선명히 드러나는 그를 보자니 서울로 데리고 가도 오래 버티지 못할 것이라는 느낌이 강하게 들었다.

"그래. 알았다, 알았어. 너 싫으면 할 수 없는 거지 뭐. 하긴 여기 공기도 좋고 괜찮기는 하다."

정표는 여전히 아무 대답 없이 등을 돌리고 있었다. 정수는 그의 어깨가 아주 가늘게 들먹거리고 있는 걸 보았다. 녀석은 울고 있었던 것이다.

13

다음 날 아침, 정수와 주연은 정표 부부와 함께 그가 안수기도를 받는다는 교회를 갔다. 무슨 권사라고 하는 여자가 정표의 머리 위에 손을 얹고 알아들을 수 없는 주문을 외는 것을 창밖에서 바라보며 정수는 정표의 부인과 대화를 나누었다.

"제수씨, 그 가루 가지고 온 새끼들, 약 가지고 온 새끼들, 그런 새끼들 단단히 챙겨 놓으세요. 알지요?"

"예, 그렇지 않아도 애 아빠 잘못되면 모두 사기로 잡아넣으려고요."

"제수씨가 주로 민원부서에만 계셔서 수사를 잘 모르시는 모양인데 그런 새끼들은 막상 처넣으려고 하면 미꾸라지같이 빠져 나갑니다."

"저도 알아요."

"하여튼 연락처고 뭐고 간에 아무 거나 다 알아 놓으세요."

"예."

"제수씨가 잘 아는 형사고 뭐고 간에 일단은 제수씨 혼자만 알고 계시는 게 나을 것 같습니다."

"말씀하시는 대로 할게요."

"제 이야기 좀 잔인하게 들리시겠지만 형민 아빠 저 친구 오래 못 버틸 것 같습니다. 무슨 말인지 아시지요?"

"예, 각오하고 있어요."

"순직 처리도 안 될 거예요. 그렇지요?"

"예, 제가 전에 경무계에서 공상 담당을 했었거든요. 암은 순직 처리 안 돼요."

"제가 네 살 때 우리 아버지가 돌아가셨다는 이야기했던가요?"

"언니한테 들은 거 같아요."

"형민이고 연지고 간에 걱정 마세요. 제수씨가 힘들어서 그렇지, 아이들은 다 크게 되어 있습니다."

"예."

"그만 우시고요. 제수씨가 그렇게 자꾸 눈물 보이고 그러니까 그런 사기꾼 새끼들이 달라붙는 겁니다. 앞으로는 더 할 거예요."

"……."

"정표 집에서는 뭐라고 그럽니까?"

"형님 한 분 계신데 아직 한 번도 안 와보네요."

"나중에 혹시 일을 당하면 나타나서 감 놔라, 배 놔라 할지도 몰라요. 그때 흔들리면 안 되는 거 알지요?"

"아무리 얼굴이 두껍다고 해도 그렇지, 설마 자기 동생인데 그러기야 하겠어요?"

"물론 그렇기는 하겠지만 세상엔 별 인간들이 많다는 거 제수씨도 알잖아요."

"……."

"늘 나는 경찰관이다, 이런 생각 하셔야 된다고요."

"예."

"저희는 오늘 일단 올라가겠습니다."

"예. 바쁘실 텐데."

"아닙니다, 저 요새 백수잖아요."

"좋은 회사 다니신다고 하던데."

"나왔어요."

"……."

"바빠서는 아니고 여기 있다가는 제 속이 터져버릴 것 같아 그럽니다. 이기적이라고 오해 안하셨으면 좋겠습니다."

"오해는요."

정수와 주연은 아쉬워하는 부부의 눈길을 애써 외면하고 서울로 올라왔다.

"형, 나도 저렇게 될까?"

"뭐가?"

"와, 그 똑똑하던 사람이 어떻게 그렇게 변하냐?"

"죽는 게 무서워 그렇지. 너나 나나 다 별 수 있겠냐?"

"그 새끼들은 가만히 놔두면 안 되겠지?"

"그럼. 절대, 절대로 안 되지."

"정표 씨 죽으면 잠수 타 버릴지도 모를 텐데."

"잠수 타기 전에 처벌해야지."

"뭔 소리야? 정표 씨 살아있을 때 사기나 보건범죄 같은 거로 의율하려면 좀 힘들잖아. 좀 모호하지 않나?"

"내가, 아니 우리가 처벌한다니까."

"우리가?"

"내가 규익이네 집에 가서 말했잖아. 재판하고 처벌하고 그런다고 말이야. 일단 그놈들이 일 번이야."

"형, 정말로 그럴라고?"

"싫거나 겁이 나면 넌 빠져. 너도 식구들 있고 그러니까 내가 더 이상 안 권할게."

"내가 왜 빠져? 그런 개자식들 처벌하는데. 걱정 마 나도 열심히 할 테니까."

"나중에 나 원망하기 없는 거다. 알지?"

"형이나 잘하셔."

"그럼 우리, 집 말고 절로 가자, 청량사. 소주 몇 병 사가지고."

"거긴 왜?"

"차 트렁크에 필요한 거 넣어 두었거든. 아예 마음 내킬 때 해 버려야지."

"뭘 하는데? 연장이라도 준비한 거야?"

"넌 말이야, 다 나쁜데 말 많은 건 더 나쁘거든. 내가 하는 대로 하기로 했으면 그냥 따르기나 해, 제발."

"형도 다 나쁜데 속에 뭐가 들어있는지 안 보여주는 게 더 나쁘거든."

"가자. 가보면 알 거야."

청량사엔 이번에도 여자 혼자였다.

"소주 사왔습니다."

"소주는 여기도 많은데 같이 마실 사람이 없어 부처님이라도 마주하고 마실까 하던 참이에요. 그런데 예쁜 총각거사님까지 달고 오셨네. 하여튼 운 좋은 비구니는 넘어져도 가지 밭에서만 넘어진다니까."

"먹물 옷 입고 그렇게 밝히는 사람은 아마 안 스님밖에 없을 설요?"

"죽으면 썩어질 몸, 살아서 열심히 공양하겠다는 게 뭐가 나빠요? 예전엔 큰스님들도 다 그랬는데요."

"그 스님들이야 씨만 뿌려준 거지요. 그럼 안 스님은 아예 낳아 주실 겁니까?"

"아들 둘에 딸이 하나니까 딸 생각이 또 나는 모양이지요?"

"저는 됐고요. 저기 저 친구는 딸만 둘이거든요."

“그럼 안 되겠네. 내가 원래 딸만 드는 체질이거든요.”

“안주거리도 좀 사가지고 올라 올 걸 그랬나요?”

“있어요, 육고기 좋은 놈으로.”

“성불은 아예 포기하신 거 맞지요? 절집 냉장고에 순 고기만 들어 있으니 참.”

“진짜 부처님은 그런 시시한 건 안 따지시거든요.”

“시장이나 슈퍼에서 고기나 비린 거 살 때도 그 승복입고 가세요?”

“그럼요. 그게 어때서요?”

“사람들이 이상하게 보지 않나요?”

“중생들은 원래 우매하잖아요.”

“저희는 저 뒷마당에서 일 좀 하고 있겠습니다.”

“그러세요. 그동안 나도 찌개 끓여놓고. 아니야, 몸단장도 해야 되겠네.”

“예. 분칠 좀 팍팍 해 놓으세요.”

“그런데 어떻게 우리 큰스님 만행 중일 때만 오시나 몰라.”

“저보고 대신 품어주라고 살짝 연락을 하시잖아요, 그분이.”

“하여튼 그 양반은 정말 자비로운 보살이라니까.”

정수는 차에서 미리 준비해 놓았던 것을 꺼내 주연을 데리고 절 뒷마당으로 갔다.

“무슨 중이 입이 완전 미아리네.”

“인마, 저런 스님이 원래 덕이 더 높은 거야.”

“그놈의 덕 더 높았다가는 내 앞에서 그냥 형님 덮치겠네.”

“인마, 아까 못 들었어? 네가 마음에 든다고 하잖아.”

“전 됐거든요. 형수님 무서워하는 형님이나 보시 많이 하셔.”

“쓸데없는 소리 그만하고 이거나 만들자고.”

“뭐 만들 건데요?”

“도장. 아니 낙관.”

"그림이나 글씨 뒤에 찍는 그 낙관?"

"야, 물 좀 가지고 와서 여기 석회나 좀 개. 알지? 우리 학교 다닐 때 진흙공에 하던 식으로 말이야."

"반죽을 하라고?"

"응."

정수는 폐차장에서 사 온 납판을 구거 가지고 온 코펠에다 넣고 야외 가스레인지 위에 올려놓았다.

"뭐해?"

"납 녹이잖아."

"납도 쇠인데 그렇게 해서 녹나?"

"새끼, 모르면 가만히 있어."

"반죽 다 했어."

"어디 봐. 됐어. 그럼 여기다가 다져 넣어."

정수가 주연에게 내민 것은 폭이 4cm, 길이 7-8cm, 깊이 역시 4cm 정도의 나무로 된 틀이었다.

"이게 뭐야? 이거 형이 만든 거야?"

"그래. 우리 집 수저통 뜯어서 만든 거야."

"진짜 여러 가지 한다니까. 그나저나 여기다가 뭘 하라고."

"석회 반죽 다져 넣으라고. 반 정도 차게."

"이렇게 하면 되나?"

"그래, 됐어."

"다음엔?"

"너 공양간 가서 젓가락 하나만 얻어 와라."

"젓가락은 왜?"

"가져 오라면 토 달지 말고 좀 가져와."

주연이 젓가락을 가지고 왔다.

"뭐 할 거냐니까?"

"일필휘지."

"뭐라고?"

"글씨 써야지."

"무슨 글씨?"

"하여튼 말 무지 많다니까. 인마, 나 하는 거 그냥 봐. 보면 알 거 아냐."

정수는 젓가락을 거꾸로 들어 석회 반죽 위에다 한 자씩 굵게 아주 정성들여 글씨를 썼다. '착, 하, 게, 살, 자.'

"장난쳐?"

"뭐가?"

"아예 '차카게 살자' 그렇게 쓰지, 왜? 난 또 무슨 대단한 일이나 하는 줄 알았네."

"시끄러워, 인마. 보고만 있으라니까."

정수는 주머니 안에서 조각도를 꺼내 자신이 쓴 글씨를 꼼꼼히 깎아내며 다듬었다. 이제 각 글씨는 깊이와 획의 굵기가 거의 5mm 정도로 패인 단정한 모습을 보였다. 같은 굵기로 테두리도 깎아 냈다.

"이제 완전히 굳을 때까지 기다려. 참 납 다 녹았나 모르겠네."

"거의 다 녹았네. 야, 신기하네. 냄비 안에서 납이 녹고 말이야."

"인마, 학교 다닐 때 납땜 안 해봤어?"

"난 문과였거든."

"문과 같은 소리하고 있네. 너 인마 수업 안 들어가고 매일 유도만 했지?"

"여보세요, 오전수업은 하거든요."

"장하다, 참."

"진짜 유도로 한 번 확 넘겨 버려야 하는데."

"뭐라고?"

"반죽 거의 다 굳었다고. 꾸둑꾸둑 하잖아."

정수는 녹은 납 물을 아주 조심스레 틀에다 부었다.

"아, 이제 알겠다."

"새끼."

"이 형 정말 웃긴다니까. 그럼 이 도장을 어디다가 쓸 건데."

"이마."

"어디?"

"이마에 찍어 줄 거라고."

"미쳤구나. 완전 미쳤어."

"인마, 조용히 해. 이거 집중해서 박아야 하거든."

"그건 또 뭔데?"

"손잡이."

정수는 납 물 중앙에다 조심해서 커다란 둥근 건전지를 박았다.

"하여튼 머리도 좋다니까. 별걸 다 연구했네."

"인마, 좀 조용히 하고 기다려. 잘못 되면 처음부터 다시 해야 되니까."

"왜? 아예 좋은 작품 나오게 해 달라고 고사라도 지내시지."

"맞다. 가자. 가서 소주나 한 잔 하고 오면 다 굳어 있을 거야."

방 안에는 이미 상이 차려져 있었다.

"두 처사님이 무슨 일을 꾸미시길래 뒷마당에서 그렇게 이마를 맞대고 계신대? 내 하도 진지해 보여 가 보지도 않았다니까."

"낙관 좀 팠습니다."

"서예라도 하시려고?"

"예. 이제부터 서예 좀 하려고요. 아니 글씨 좀 새겨 주려고요."

"새기다니? 어디다가?"

"사람 이마에다요."

"사람 이마에다 글씨를 새긴다고?"

“예, 안 스님. 경치는 거 아시지요?”

“아, 그러니까 우리 처사님께서 사람 이마에다 경을 치시겠다 이거네.”

“예, 사람 이마가 아니라 사람 꼴을 하고 있는 짐승만도 못한 것들에다 새기려고요.”

“호호, 정말 재미있겠네.”

“그렇지요? 아마 재미 많이 있을 겁니다.”

“혼자만 재미 보지 말고 나중에 다 이야기해줄 거지요?”

“제가 말씀 안 드려도 신문 보면 다 나올 겁니다.”

“그래도 죄는 지어서는 안 되는 건 아시죠?”

“죄 지을 겁니다. 제가 전에 말씀드렸잖아요.”

“그렇다고 마음이 편해질까?”

“안 편해도 괜찮습니다. 스님도 말씀하셨잖아요. 어차피 한 번 스쳐 가는 인생인데 하고 싶은 거라도 하다가 가야지요.”

“실직을 하시더니 완전 해탈을 하셨네. 이제 하산해도 되시겠어.”

“예, 하산해서 강호로 나갈 겁니다.”

“강호 바람이 만만치 않을 텐데.”

“그러니까 제가 나선다는 거 아닙니까? 만만치 않으니까.”

“그런 건 고수나 하는 건데.”

“제가 초 절정 고수가 되는 비급을 입수했거든요.”

“뭐라고 쓰여 있던가요?”

“알고 보니 별거 없더라고요. 일단 저질러라, 하고 싶은 게 있으면 앞뒤 따지지 말고 해 버려라, 이게 다더라고요.”

“앞뒤 안 따지기 힘드실 텐데. 어떤 일을 하건 부인, 자식, 돈, 체면, 용기, 이런 거 다 따져야 하실걸. 하긴 해탈하셨으니 속세의 인연쯤 벗어 던지실 수도 있겠지만 말이에요.”

“그놈의 인연 때문에 이러는 거 아닙니까.”

“…….”

“인연이 소중해서, 인연에 매달려서 이러는 거라고요. 안 스님 같으면 죽어가는 내 동생한테 수백만 원 받고 미숫가루나 파는 인간들 보면 어떻게 하실 건데요? 전 저같이 못난 놈을 형이랍시고 따르던 친구에게 그런 짓을 하는 인간들 도저히 그냥 못 놔두거든요.”

“경찰하셨다며.”

“경찰이요? 아, 법이요? 어떤 일 잘하는 경찰관이 그런 새끼들 잡아넣는다고 내 동생이 살아나는 것도 아니고.”

“그럼 그런 인간한테 경을 치면 동생분이 살아나나?”

“분풀이라도 하겠다는 거지요. 그런데 안 스님 오늘 정말 말씀 많으시다. 야, 주연아, 뭐하냐? 빨리 술 좀 드리지 않고.”

“이왕이면 권주가도 한 자락 해주시지.”

“정말 노래할까요?”

“정말이지 않고. 점잖은 우리 처사님이 강호로 나가신다는데 노래 아니라 춤도 춰드려야지요.”

“알겠습니다. 그런데 스님, 절에 어울리지 않게 점잖지 못하다고 하기 없기입니다.”

“일체유심조.”

“예?”

“일체유심조, 어떤 거든 다 마음먹기 나름이지.”

“야한 노래인데도요?”

“이 처사님은 생긴 것만 잘생긴 게 아니라 내 취향도 딱 맞추네. 젓가락 두드려 드릴까?”

14

“형, 그거 진짜 그럴 듯하다. 그렇지?”

정수는 대답 없이 조각도를 가지고 열심히 글씨만 다듬을 뿐이었다.

“형, 그거 언제 쓰지?”

“내가 연락할 테니까 멀리 가지 말고 있어.”

“…….”

“너 나 안 만나면 뭐하고 지내니? 제수씨한테 이야기한 건 아니지?”

“도서관 가잖아.”

“어딜 간다고? 도서관? 네가? 참 가지가지 한다.”

“시간 보내기 딱 이라니까. 구내식당 밥도 맛있고.”

“글씨가 눈에 들어오디?”

“그래, 형 팔뚝 굵어 좋겠다.”

“그래, 도서관을 가든 어딜 가든 다 좋은데 너 전에 내가 하라는 일은 잘하고 있는 거지?”

“무슨 일?”

“이게 빠져가지고선, BMW 말이야.”

“아, 그거. 참, 생각났다. 형, 며칠 전에 그 여자가 하는 호프집에서 손님이랑 싸움이 났었거든. 그런데 이 여자가 말이야, 출동한 직원 거기를 잡고 늘어졌다고 하더라고. 손도 다 물어뜯고.”

“정말?”

“정말이지 그럼 없는 말 지어내겠어?”

“입건 안했대?”

“입건을 하네 마네 하다가 대충 넘어갔다고 그러더라고.”

“그걸 어떻게 알았는데?”

“우리 동네 지구대에 내 동기 있잖아. 걔가 그러더라니까.”

“직원들이라고 안심하지 말고 은밀히 알아 봐.”

“왜, 그 여자도 도장 찍게?”

“찍을만하면 찍어야지.”

“그래도 젊은 여자인데 너무 잔인한 거 아니야?”

“그러니까 자세히 알아보라는 거잖아.”

“하긴 그년은 그래도 싸긴 싸.”

“그건 또 무슨 소리니?”

“지금 하는 호프집 있잖아. 전에 하던 사람이 장사가 좀 되는 것 같
으니까 중간에 돈 엄청 들어서 인테리어도 다시 하고 그랬는데 이 여
자가 계약기간이 끝나자마자 내쫓고 자기가 한다는 거 아냐. 권리금
한 푼 안 주고 말이야.”

“그럼 그 상가가 다 그 여자 것이라는 소리냐?”

“내가 전에 말했잖아. 그렇게 돈이 많으면서 어떻게 그렇게 사나 몰라.”

“남편은?”

“옛날에 이혼했다는 말만 들었는데 잘 모르겠어.”

“애들도 없고?”

“중학교 다니는 딸 하나 있거든. 올해 3학년이 되었는데 이게 또 무
지 웃긴다니까.”

“뭐가?”

“그 학교 일진인 거라. 그래서 어떤 애한테 빵 서들을 시켰대요. 몇
대 쥐어박기도 하고. 그걸 담임이 알아 가지고선 교무실에서 걔를 불
러 야단을 치니까 이년이 선생님한테 박박 덤빈 거라. 그래서 옆에서
보고 있던 체육선생님이 지시봉으로 걔 머리를 한 대 때렸다 이거지.
어떻게 되었는지 알아?”

“어떻게 되었는데?”

“다음날 그 여자가 학교를 찾아가 그 선생님 뺨을 갈겼다는 거 아

냐. 자기 딸 때렸다면서. 그런데 학교에서 또 유야무야 넘어갔다고 하더라고."

"병신만 있나? 선생님 뺨을 때렸는데 그냥 넘어 갔다고?"

"이유야 어떻든 그 선생님이 먼저 때렸잖아."

"야, 그게 같니, 같아?"

"이 형이 또 애먼 나한테 소리를 지르네. 아, 요새 학교 어떤지 몰라? 걔를 처벌하면 때린 선생님도 문제가 될 것 같으니까 그냥 넘어간 거지."

"씨팔, 학교가 아니라 완전 막장이네."

"그 체육 선생님이 누군지 알아? 우리 테니스장 회장이시라고. 정말 사람 좋은 양반이거든. 왜 형 그런 사람 있지, 진짜 선생님 같은 분 말이야. 애들이 잘못해서 파출소라도 가면 가서 새파랗게 젊은 직원한테 빌고 또 빌어 데리고 나오고, 가난한 아이들 몰래 참고서 사주고 그러는 옛날 선생님 말이야. 이 양반이 술 먹고 그 이야기하시다가 우시더라니까. 그 양반 눈물 보고 나도 울었잖아. 진짜 말세야, 말세."

"넌 절대 그러지 마라."

"뭘?"

"절대 선생님들한테 함부로 하지 말라고. 세상에 선생님하고 의사만큼 존경받아야 할 사람은 없는 거야."

"선생이고 의사고 간에 다 사람 나름이지, 뭘."

"물론 그렇기는 하지만 그래도 사람 살리는 일, 사람 가르치는 일만큼 대단한 건 절대 없어."

"경찰은 어떻고, 또 소방관들은?"

"자식, 물고 늘어지기는. 내려, 인마."

"연락하서. 내 꿈일랑 절대 꾸지 말고."

"연락이고 뭐고 간에 내일 아침 9시에 이 자리로 나와."

"또 왜?"

"인마, 출근하라는데 뭔 말이 그렇게 많니?"

"길바닥에서 만나는 게 출근이야?"

"그럼 아침에 일하러 나오는 게 출근이지. 너 노가다 하는 사람들 어디로 출근을 하디?"

"현장이겠지 뭐."

"그거야 현장 잡은 사람들 이야기이고 보통 길바닥 인력시장으로 모이잖아."

"알았어. 나보고 말 많다고 하더니 정말 말 많네."

"너 말이야, 용팔이들 좀 알지?"

"용산?"

"응."

"왜?"

"대포폰 좀 사게."

"……."

"믿을만한 놈 있으면 미리 연락해 둬. 내일 가지러 간다고. 무슨 말인지 알지? 믿을만한 놈."

"이제 막 가는구나."

주연을 내려준 정수는 자신의 집으로 가서 차를 세워놓고 택시를 타고 중고자동차 판매장이 몰려있는 강서구의 가양동으로 갔다. 정수가 전화를 걸자 몇 분 후 한 사내가 나타났다.

"구했어?"

"어렵게 구하기는 했는데, 반장님이 도대체 그런 차를 왜 찾는지 모르겠네요."

"반장은……. 관둔 지가 언제인데. 잘 지내지?"

"못 지내면 또 학교 보내시게요?"

"관둔 지 6년이라니까 또 그 소리다. 인마, 미안하다고 했잖아."

“하기는 학교에 있을 때 사건 담당 반장이 면회 와서 영치금 넣어준 사람은 나밖에 없을 거예요.”

“그때 네가 총대 맨 거 다 알고 있었다고 했잖아.”

“차 정말 어디다가 쓰실 거예요?”

“넌 어째 영업윤리도 모르냐? 야, 대포차 팔면서 용도를 묻는 장사꾼도 있니? 좋은 데 쓸 거야.”

“차 내가 몰아 봤는데 아직 빵빵해요. 아직은 세금이나 범칙금 밀린 것도 별로 없고.”

“그래, 수고했다. 차 어디 있니?”

“조금만 가면 있어요. 같이 가시죠.”

“그래, 이거 받아. 세어 봐.”

“에이, 세어 보기는요.”

“그래도 확실히 해야지.”

“그건 됐고, 제가 뭐 도와드릴 일 없어요?”

“필요하면 연락할게.”

“저 의리 하나로 버티는 놈인 거 아시지요?”

“그러니까 너네 조직에서 네가 총대 맨 거 아냐?”

“조직은 개뿔, 그냥 양아치 모임이었는데.”

“요샌 연락 안 오니?”

“그 새끼들 내 눈에 띄기만 하면 연장질 해버린다고 해 놓았더니 전화 한 통 하는 새끼들 없는데요, 뭘.”

“애 잘 크지?”

“예, 걔 때문에 차 한 대라도 더 팔려고 이 지랄 떨고 다니잖습니까?”

“다 그렇게 사는 거지, 뭐. 누군 별 수 있냐?”

“저 차입니다, 반장님.”

“차 깨끗하네.”

"콘솔 안에 등록증이랑 열쇠 두 개 다 들어 있습니다. 한 번 시운전 해 보시지요."

"시운전은 무슨. 됐어, 그냥 가지고 갈게."

"반장님, 제가 선물로 내비 달아 놓았습니다. 기름도 가득 채워 놓았고요."

"안 그래도 되는데. 고마워."

"예, 연락 주십시오, 반장님."

"간다."

새카만 색깔의 9인승 밴은 이외로 승차감이 괜찮았다, 차에는 선팅이 진하게 되어 있어 마치 연예인이 타는 차같이 보이기도 했다. 정수는 그 차를 몰고 청량사로 향했다. 정수는 차 안에서 주연에게 전화를 걸었다.

"응, 난데, 너 내일 용산에 혼자 가서 사 가지고 청량사로 올래?"

"제 차는 두고요?"

"응, 두고 와. 거기 차 댈 때도 별로 없잖아. 참, 돈은 있니?"

"그 정도도 없을까 봐요."

"그래, 일단 네 돈으로 사 가지고 와. 두 개, 확실한 거로."

"걱정 말라니까. 내가 벌써 다 수배해 놓았다고."

"그래, 그럼 내일 절에서 보자."

정수는 이번에는 정표의 부인에게 전화를 걸었다.

"예, 접니다, 제수씨. 연지 아빠는 좀 어때요?"

정수와 정표의 부인 사이에 정표의 병세를 두고 몇 마디가 오고 갔다.

"다름이 아니라 제수씨, 거, 약이랑 미숫가루 같은 거 판 사람들 있잖아요. 그 사람들 연락처 좀 아시나 해서요."

"약 판 동창 놈 전화번호만 있다고요? 일단 그거라도 불러 보세요. 인상착의도 자세히 말씀 해 보시고요."

정의는 가혹하다

1

다음 날 오전 새로 산 밴을 몰고 정수가 청량사에 도착했을 때 그를 합장으로 반갑게 맞이해 준 이는 자기들끼리 큰스님으로 부르는 주인 남자였다.

"강호를 평정하러 하산하신다더니 차까지 새로 준비하셨네."

"바깥 스님, 정말 오랜만에 뵙는 것 같습니다."

"소승이 없을 때 우리 마누라 잘 보살펴 주셨다고? 육보시도 좀 해 주시지."

"그 곤란한 걸 다 이른 모양이네요."

"오늘은 나밖에 없는데 우리끼리 대낮부터 곡주나 한 잔 합시다."

"좋지요, 곡주."

"나라면 깜빡 죽는 여자들 있는데 좀 부를까?"

"안 스님 안 계시니까 양기가 넘치시는 모양이네요. 그런데 누가 못생긴 스님 보고 깜빡 죽는답디까?"

"내가 한 소리 하잖아. 신촌에서 쫓겨나기 전엔 내 소리 들으러 오는 도깨비들이 절 마당에 득실득실 했다니까."

"도깨비는 또 뭡니까?"

"몰라요? 아 먹물 옷 입고 절에서 설치는 여인네들 보고 도깨비라고 하잖아요."

"전 처음 듣는데요."

"그 여자들한테 잘못 보이면 절에서 쫓겨나는 건 일도 아니라고."

"그런 여자들한테 노래를 불러줬다는 말씀인가요?"

"염불소리가 좋았다 이거지."

"아아, 난 또 소리를 잘한다고 하서서."

"부를까?"

"관두시지요. 그러다가 안 스님이 알게 돼도 뜯길 머리도 없으면서."

"그 여자가 잡고 늘어지는 건 따로 있거든."

"그것마저 뽑히면 어쩌려고요."

"전주에 있는데 뭘."

"따님한테 가셨구나."

"모르지, 따님한테 가셨는지 딴 놈한테 갔는지."

"오늘은 이따 밤에 마시지요. 제가 좀 할 일이 있어서."

"그럴까? 그럼 나 나갔다 저녁에 올라올 테니까 우리 절 누가 떠메고 가지 않게 잘 붙잡고 계슈."

"예, 다녀오세요."

주연이 나타난 것은 정수가 절 부엌을 뒤져 혼자 라면을 끓여 먹고 설거지까지 다 하고 나서였다.

"어, 저거 형 차야?"

"그래, 우리 차."

"누구 차?"

"우리 차라고, 너랑 나랑 쓸 차 말이야."

"샀어?"

"그럼 사지, 훔쳤겠니?"

"차 때깔 좋은데?"

"대포야."

"차도 대포, 전화도 대포, 이제 대포 통장만 만들면 되겠네."

"샀니?"

"응, 이건 형 거야. 화면 열면 번호 나와."

"그래, 수고했다. 얼마라던?"

"두 개에 팔십. 요금 신경 쓸 필요 없고 하여튼 편하게 쓰면 되는 거야. 로밍은 안 되고."

"판 아이들이 번호 누설하거나 하는 건 아니지?"

"걱정은 참. 이거 걔들은 명의만 수배해 준 거고 오늘 아침에 번호 새로 개설된 거거든. 내가 바보인줄 알아?"

"밥은?"

"점심? 먹고 왔지. 지금 시간이 몇 시인데."

"그래. 그럼 지금부터 일하자. 오늘이 며칠이지?"

"오늘? 3월 6일."

"그래, 2010년 3월 6일. 잘 기억해 둬. 너랑 나랑 새로운 인생을 시작하는 날이니까."

"연설하고 계시네."

"까불고 있네. 방으로 들어가서 이야기하자."

"뭔데 그렇게 심각한 척하는 거야?"

"주연이, 너 여태 거의 한 달 내내 내 말 여러 번 들었으니 내가 장난하는 거 아니라는 건 알지?"

"……."

"별 거 없어. 내 말 그대로야. 그래서 마지막으로 너한테 물을게. 같이 할래?"

"새삼스럽게."

"예, 아니오로 분명하게 대답해."

"같이 한다고 했잖아."

"일단 규익이도 대충 찬성은 했어. 그러니까 시작은 우리 셋이야. 지금이야 비록 셋이지만 앞으로 어떻게 될지는 몰라. 더 커지든지 아니면 망하든지 어떻게든 되겠지만 하여튼 오늘부터 우리 셋이서 함께 가는 거지."

"규익이 선배님은 대충 찬성을 했다니, 그게 무슨 소리야?"

"응, 장소 제공할 것이고, 적극적으로 나서지는 않지만 우리 하는 일 최소한 방해는 안하겠다는 거지. 걘 그 정도면 충분해."

"……."

"제일 먼저 그러니까 우리의 사업 1호는 정병철이란 놈이야. 정표한테 약 판 놈."

"왜 그 새끼가 1호인데? 상무, 그 더러운 새끼 있잖아."

"인마, 아무리 그래도 그렇지. 회사에서 부하 직원한테 좀 못 견디게 굴었다고 그게 이마에 도장이 박힐 일이냐? 그리고 지금 그 인간한테 무슨 일이 생기면 너랑 나, 즉 우리가 제일 먼저 용의자로 부상할 것이잖아. 안 그래? 그 인간은 말이야, 그냥 우리에게는 원수지만 그건 단지 우리랑 악연이었네 하고 생각해. 그리고 정표 일이 더 급하잖아."

"그냥 악연이었네 생각하라고? 오죽하겠어, 하여튼 마음도 넓어요. 정표 씨 일이 더 급하다는 건 뭔 소리인데?"

"정표 죽기 전에 하지 않으면 우리가 꼬리가 잡힐 수도 있잖아."

"그럴 수도 있겠네. 그래 어떻게 하려고?"

"간단해. 그 새끼 잡아다가 규익이네로 데리고 가서 재판 여는 거야. 유죄면 경을 쳐주는 거고."

"무죄면?"

"그야 돌려보내주는 거지, 뭐."

"그걸 누가 판단하는데?"

"말했잖아, 우리가 검사, 변호사, 판사 할 거라고."

"만약 실패하거나 잡히기라도 하면?"

"그런 것까지 일일이 설명해야겠니? 들어가는 거지, 뭐겠어. 경치기 전에 잡히면 납치 정도 될 것이고. 후에 잡히면 납치에다 중상해 정도 더 붙겠지."

"형, 학교생활이 그렇게 만만한지 알아?"

"힘들겠지. 그러니까 나중에 딴소리 말고 겁나면 미리 빠지라니까."

"좋아, 그렇다고 쳐. 그나저나 계획 짜는 게 만만치 않을걸?"

"계획? 당연 신중히 짜야지. 우리가 수사하는 경찰관 입장이 돼서 뭐든지 하나씩 다 따져보고 또 챙겨봐야 할거야. 장비도 그렇고."

"그 새끼 만약에 정말로 잡으면 정표 씨한테 준 돈 토해내게 해야 되지 않나?"

"물론이지. 하지만 돈이 관계되면 정말 조심하지 않으면 금방 잡혀. 무슨 말인지 알지?"

"……."

"일단은 처벌 우선, 벌금은 상황에 따라 징수. 이렇게 가야지."

"우리도 자금이 있어야 할 텐데."

"우선 내 퇴직금 있잖아. 우선 그거 쓰고 다음에 적당한 기회가 오면 장만해야지."

"어떻게?"

"예를 들어 BMW 같은 인간."

"그 여자도 납치하려고?"

"납치? 말은 맞는데 듣기가 좀 그러네. 앞으로는 그냥 모신다고 표현

하자."

"그러시던지."

"바쁘니까 오늘은 딴 이야기 말고 정병철이한테 집중하자."

"뭐 좀 알아낸 거 있어?"

"핸드폰 번호, 사는 곳은 대충."

"어디 산대? 다른 직업은 없고?"

"정확히는 모르고 잠실 어디라고 하더라. 하는 일은 부동산이라고 하는 거 보니까 분명 사기나 치고 다니겠지, 뭐."

"어떻게 모시지?"

"일단 부딪쳐 봐야지. 그래야 어떤 놈인지 대충 설계를 할 수 있잖아."

"어떻게 부딪쳐? 가서 무작정 만나게?"

"새끼, 형사 생활을 십 년도 넘게 한 놈이."

"그러니까 혼자만 알지 말고 말을 해줘야 할 거 아냐?"

"알았으니 운전해. 일단 여기서 나가자고."

"어디 가는데?"

"너 정말 하루 종일 물어만 볼래? 인마, 여기서 전화 하면 나중에 위치 추적이 되잖아. 하다못해 연신내라도 가자고. 아니면 의정부 쪽으로 가든지."

정수는 주연이 사온 핸드폰을 이용해 정표 부인이 가르쳐준 번호로 전화를 걸었다. 오랜 시간 벨이 울려 음성녹음 안내 소리가 늘릴 때까지 상대방은 전화를 받지 않았다. 정수가 다시 한 번 전화를 걸어도 역시 마찬가지였다.

"안 받아? 번호가 잘못된 거 아냐?"

"너 형사한 거 맞냐? 어떻게 내가 너 같은 애를 데리고 있었는지 모르겠네. 인마, 사기꾼 새끼들이 금방 전화 받는 것 봤어? 기다려 봐."

정수의 말대로 얼마 지나지 않아 그에게 전화가 걸려 왔다.

"전화 하신 분 누구시지요?"

"예, 선생님, 저기 정 선생님 맞으시죠?"

"누구시더라? 처음 보는 전화번호인데."

"예, 선생님, 저는 문성현이라는 사람입니다."

"나 그런 사람 모르는데, 바쁘니까 전화 끊습니다."

"저기요, 선생님."

상대방은 일방적으로 전화를 끊었다.

"그 새끼 보통이 아닌 거 같은데."

"보통이면 사기 처먹고 다니겠니? 걱정 마, 전화 올 거야."

아닌 게 아니라 얼마 지나지 않자 그에게서 다시 전화가 걸려 왔다.

"아까 누구시라고 했지요?"

"예, 저는 문성현이라고 합니다."

"그런데 나한테 전화는 왜 한 거요? 땅이라도 사시게?"

"그게 아니고요, 선생님. 제 집사람 때문에 전화 드린 겁니다."

"부인이 왜요?"

"지금 간암 말기거든요. 선생님한테 아주 좋은 약이 있다고 해서."

"나를 어떻게 알았는데요?"

"병원에서 어떤 간병인 분한테 우연히 들었습니다."

"어떤 분 누구?"

"가만 그분 성함이 어디에 있더라? 잠깐만요. 여기 어디 메모해 두었
는데."

"아, 그건 됐고 지금 부인은 어디에 계시는데요?"

"예, 동숭동 서울대병원입니다. 내과병동에요."

"지금 입원해 있는 거란 말이요?"

"예, 선생님, 그런데 그 약 좀 어떻게 구할 수 없습니까? 뭐라고 그러
더라? 여기 메모해 놨었는데. 아, 우루시올, 우루시올 맞지요?"

"성함이 문성현 씨라고 했나요? 부인 성함은 어떻게 됩니까?"

"전현주입니다. 전자, 현자, 주자, 전현주요."

"일단 알았고요. 내가 지금 일이 좀 있으니까 다시 연락드릴게요."

"저, 선생님, 꼭 좀 부탁드립니다."

"연락드린다니까요."

전화가 끊겼다.

"문성현은 뭐고 전현주는 다 누굽니까? 형이 지어낸 거예요?"

"지어내긴. 지금 서울대병원에 입원해 있는 사람들이지."

"형이 그걸 어떻게 알았는데?"

"뭘 어떻게 알아, 오전에 거기 들렀다 왔는데."

"아는 분들이에요?"

"얘가 왜 또 갑자기 존댓말을 쓰나. 인마, 헷갈리게 하지 말고 하던 대로 싸가지 없게 계속 해. 그리고 알긴 뭘 알아, 간호사들 데스크에 가면 이름, 나이, 병명, 병실, 번호 다 있고 병실에 올라가면 보호자 이름 다 나와 있잖아."

"그 새끼 분명 병원으로 전화할 텐데."

"아마 지금 하고 있겠지."

"보호자 바꿔 달라고 할걸?"

"그래서 내가 주중에는 보호자가 잘 못 오는 사람으로 다 고른 거야."

"아까 그 이상한 약 이름은 뭐고?"

"그 새끼가 정표네 부부한테 미국 NASA 팔아먹었잖아. 내가 가만히 생각해 보니까 그런 사기꾼 새끼가 생판 없는 이야기를 만들어 낼 리는 없을 것 같더라고. 그래서 찾아보았지. 내용인즉 나사에서 우주선의 어떤 특정부위를 보호하기 위해 옻칠을 한다더라. 그만큼 옻이 대단한 식물이다, 그래 옻에 대한 연구를 계속 하다 보니 항암 효과가 있다는 것도 밝혀냈다, 뭐 그러더라고. 그 항암효과를 낸다는 성분 이름이 아까 말한 그거고. 그러니까 그 새끼는 그걸 자기 맘대로 조합했던 거고 말이야."

"형 머리 좋은 건 알겠는데 과연 통할까?"

"안 통하면 다른 방법 생각해 봐야지."

정수의 예상대로 다시 전화가 울렸다. 전화를 받는 정수를 향해 주연이 씨익 웃으면서 엄지손가락을 올려 보였다.

"예, 선생님, 저 문성현입니다."

"참 운이 좋으십니다. 내가 얼마 전에 미국 들어가서 몇 알 가지고 온 게 마침 있기는 한데. 뭐 효능이야 들어서 아실 거고."

"예, 그걸 저희한테 좀 파십시오. 부탁드리겠습니다."

"그런데 아시겠지만 그게 또 값이 만만치 않거든요. 부담이 크실 텐데."

"예, 압니다. 그래도 사람은 우선 살리고 봐야지요. 저희가 얼마나 준비하면 되겠습니까?"

"그거 한 번에 두 알씩 네 번 먹는 겁니다. 사실 저도 정말 급할 때 쓰려고 겨우 구해 온 건데 뭐 6인실에 계시고 하니 형편도 넉넉지 않으신 거 같고. 그냥 한 알 당 백만 원만 주세요."

"저, 선생님, 어떻게 조금만 더 생각해주시면 안 될까요?"

"이 양반이? 그럼 관둡시다. 댁 말고 한 알에 수백만 원씩에 팔 데가 널려 있거든. 불쌍해서 좀 봐주려고 했더니 마누라 목숨 가지고 흥정을 다하는 양반이구만. 전화 이만 끊습니다."

"아, 아닙니다. 저희한테 주십시오. 제가 죄송하게 됐습니다."

"이거 솔직히 아직 시판이 안 되는 거라는 건 알지요? 그래서 수표는 못 받습니다."

"예, 현금으로 준비하겠습니다. 선생님, 제가 어디로 갈까요?"

"서울 지리 잘 알아요?"

"잘 모릅니다."

“그럼 내가 내일 마침 서울대병원에 갈 일이 있으니 거기서 만납시다.”

“예, 몇 시에 어디로.”

“사람들 보는 데서 돈 주고 받고 그러면 꼴사나우니까 소아병동 앞 마로니에 나무 있는 데로 오세요. 시간은 두 시로 하고요. 알지요? 현금.”

“선생님, 제가 지금 시골집이라 내일 저녁 6시쯤이면 안 될까요? 죄송합니다.”

“이 양반 급하다는 거 다 헛말이구만, 알았어요, 6시.”

“예, 고맙습니다. 마로니에 나무 밑에서 기다리고 있겠습니다.”

“기다리고 있으면 내가 전화할게요.”

2

두 사람은 다시 청량사로 올라왔다.

“어때? 일단 미끼는 문 것 같지?”

“그렇기는 한데 장소가 너무 취약하지 않나?”

“좀 그렇기는 하지? 하지만 우리 입맛대로 고를 수 있는 것도 아니니 어느 정도 위험부담은 감수해야지. 계획도 거기에 잘 맞춰야 할 테고.”

“그럼 형이 생각하는 계획부터 말해 봐.”

“으음, 약을 사는 건 내가 맡고, 너는 운전, 그리고 차에 태울 때는 내가 전기충격기로 기절을 시키는 순간 두 사람이 힘을 합친다. 대충 그 정도야.”

“그게 겨우 계획이야? 그 유동인구가 많은 곳에서, 어둡지도 않은 시간에, 어디에 CCTV가 있는지도 모르면서. 무엇보다도 상대방이 우리의 예상이나 기대를 벗어나는 행동을 할 변수가 무지 많은 상황에서 사람을 납치하자면서 그걸 계획이라고 짠 거냐고. 이 형 정말 순진한

거야, 아님 겁이 없는 거야? 정말 황당하네."

"그래, 네 말, 일리 있어. 하지만 말이야, 계획을 완벽히 짜 놓으면 거기에서 조금이라도 어긋나게 되는 경우 일 전체가 흐트러진다고. 계획에 맞춰야 한다는 강박감, 또는 안 맞아 떨어지는 데에 대한 당황함, 이런 것 때문에 일을 망치게 되거든. 대신 우리같이 큰 틀만 정해 놓으면 순발력을 발휘할 수 있잖아. 변수가 많을수록 계획이 유연하지 않으면 안 된다 이거지."

"그래도 그렇지, 기본 매뉴얼 정도는 있어야 하는 거 아냐?"

"매뉴얼보다 더 중요한 건 우선은 꼭 하지 않으면 안 되는, 그런 일까지는 아니라는 널널한 마음가짐이야. 이건 설령 실패해도 별 거 아니잖아. 우리 목숨이 달린 일도 아니고. 그러니 편하게 달려들자고."

"그런 마음가짐으로 행여나 성공하겠다."

"성공할 거야. 그놈은 아주 약은 놈일 테니 이게 어쩜 경찰들의 함정일지도 모른다는 생각까지 하고 있을 거야. 그러니까 자기 딴에는 무지 조심스럽게 머리를 굴리겠지. 하지만 말이야, 그놈은 결국 우리의 의중에 말려들게 돼 있어. 왜냐, 탐욕이지. 눈앞에 어른거리는 공돈 800만 원의 환상 때문에 무너지게 돼 있다고."

"……"

"그러니까 너랑 나랑은 현장에서 커뮤니케이션만 잘되면 돼. 순간적인 상황 변화에도 이심전심할 수 있으면 된다고."

"그래도 너무 허술하니까 불안하다."

"이론은 허술해도 실전엔 강하면 된다니까."

"형이나 나야말로 이론엔 강하고 실전에 허술한 사람들이잖아. 그게 경찰의 한계 아닌가?"

"인마, 너 옛날에 검거 실적 좋았잖아. 우리가 직접 범죄를 안 저지르고 이미 벌어진 일을 쫓기만 했다고 해서 실전에 약할 것이다, 그게 바로 패배주의라고. 그 새끼들이 할 수 있는 일이면 우리도 할 수 있어."

"하여튼 형은 영화를 너무 많이 봤어."

"어떤 상황에서도 태연하게 행동하면 돼. 너무나 태연해서 사람들이 무심히 지나칠 정도로."

"그놈이 정한 마로니에인가 하는 나무 있는 데가 CCTV가 딱 비추고 있는 곳이라면?"

"새끼 참, 인마, 아까 말했잖아. 내일 사전답사하고 정 아니다 싶으면 장소를 옮겨야지. 그러니까 상황을 우리가 주도해야 된다고 하는 거고. 그놈은 돈 욕심 때문에 결국 우리 페이스에 말려들게 될 거다. 정 아니다 싶으면 나중을 기약하고 마음 편히 빠진다. 됐니? 됐어?"

"씨팔, 어떻게 되겠지."

"아까 내가 우리끼리의 소통이 제일 중요하다고 했지? 자, 이게 그걸 좌우할 장비야. 켜 봐."

"페이징이네."

"그래, 내 말 잘 들리지?"

"성능 좋네. 옛날에 교통할 때 삼백(경호) 근무 나가서 이거 안 들려 가지고 조인트께나 깨진 적이 있었는데."

"오늘 충전 다시 시키고 내일 현장에서 점검하면 되고, 나머지 필요한 건 차에 다 실어 왔으니까 그것도 내일 다시 한 번 점검하면 되고. 자, 됐지?"

"난 몰라."

"야, 출출하다. 내일 아침 늦게 나가도 될 테니 이제 술이나 마시자."

"그럼 오늘 일은 다 끝난 거야?"

"왜?"

"나는 집에 가서 자려고."

"그럴래? 그럼 내일 아침 10시까지 이리로 와."

“응.”

“아니다, 같이 나가자. 너도 저 차 익숙해져야지.”

“됐어. 차 운전 다 똑같지, 익숙은 무슨?”

“인마, 버스 타려고 해도 한참 내려가야 하잖아. 구파발까지 같이 가자.”

“그럴까?”

“야, 너 안 바쁘면 여기 아무도 없을 때 아예 작업을 하고 가자.”

“또 무슨 작업?”

정수는 대답 없이 차 뒤편에서 번호판 두 개와 공구를 꺼냈다.

“그건 또 어디서 났어?”

“알아 뭐하게? 이거나 갈아 끼워.”

“대포라며?”

“대포라도 판 놈이 있으니까 갈아 끼워 놓는 게 좋을 거 아니야.”

“등록증 번호랑 다르면 도리어 의심 받을 텐데.”

“그러니까 일 할 때만 갈아 끼우는 거지.”

두 사람은 자동차 번호판을 갈아 끼웠다. 원래 번호판을 가져다 두려 주연이 오른 차 안에서 주연이 감탄하는 소리가 새나왔다.

“어, 번호판 여러 개 있네. 하여튼 준비성도 밝아요.”

3

청량사의 이름만 주지인 사내와 거의 밤을 패다시피 해가며 술을 마신 탓에 새벽에 겨우 잠이 들었음에도 정수는 아침 9시 경에 눈을 떴다. 그리고선 부리나케 차 안에 미리 준비해 놓았던 등산복을 입고 모자에 배낭, 피켈까지 완벽한 등산객 차림을 하고선 절 옆의 경사면을 따라 제법 한참을 내려와 북한산 산성입구의 주 등산로로 접어들었다. 그는 국립공원 입구 탐방안내 사무소 앞에 서서 일행을 기다리는 듯 무심히 서 있다가 산을 오르기 시작했다. 그러나 그는 불과 한 오분도 지나지 않아 등산로를 버리고 다시 잔설이 제법 덮여 있는 산의 비탈을 따라 능선을 오르고 다시 한참을 걸어 청량사로 돌아왔다. 주연이 그를 기다리고 있었다.

"왔니? 지금 몇 시냐?"

"11시 다 됐잖아. 어디 갔다 온 거야? 등산하고 왔어?"

"그래."

"참 이해 못 할 양반이라니까. 형이 무슨 산꾼이야? 뜬금없이 등산은 또 뭐래?"

"인마, 다 이유가 있어 그러지. 밖에 스님 안 계시디?"

"없던데."

"그래, 나 대충 씻고 나가자."

"어딜 가는데?"

"현장답사하고 해장 겸 점심 먹고 그래야지."

"아직 시간이 많이 남았잖아."

"인마, 그 새끼도 분명 일찍 와서 수상한 사람들 없나 하고 동태를 살필 텐데 마주치면 안 되잖아. 미리 둘러보고 와야지."

"그러시던지."

"주연아, 너 이거 저기 대웅전에 들어가면 불전함 있지? 그 안에다 좀 넣고 와라."

"이게 뭔데?"

"그동안 먹은 밥값, 술값, 숙박료."

"이럴 때 보면 속도 깊다니까."

두 사람은 바로 동숭동 서울대학병원으로 향했다.

"봐, 지금 우리가 들어가는 곳이 정문이고, 그 새끼 만나기로 한 곳이 후문 바로 앞이야. 그리고 저기 창경원 쪽으로 나가는 통로도 있어. 거긴 주로 장례식장 차들이 쓰지."

"그건 나도 알고."

"이따가 너는 차를 이 주차장에다 대 놔. 시간이 되면 시동 걸어놓고 있다가 내가 페이징으로 연락하면 즉시 와서 합류하는 거고."

"온 사방이 CCTV잖아."

"인마, 그렇게 빤히 쳐다보면 어떻게 해. 하여튼 차 대놓고 가보자."

둘은 주차장에 차를 세워둔 채 소아병동 앞으로 사방을 살피면서 걸어갔다.

"저 나무 말한 거야?"

"응. 다행히 이쪽엔 차량출입통제소가 없어, CCTV는 저기 병동 입구에 붙어 있는데 잘하면 사각지대도 있을 수 있겠네. 그러니까 저기 보이는 현금 인출기 앞은 안 잡힐 것 같아."

"현금인출기가 있는데 사각지대라고?"

"봐, 각도가 그렇잖아. 아마 인출기 부스 내부에 CCTV가 있으니까 굳이 잡으려고 안 했겠지. 뭐."

"사람이 너무 많이 다닌다."

"그러니까 역으로 태연해야 된다고 했잖아."

"6시라면 어둡지도 않겠지?"

"병원이잖아. 한밤중에도 안 어두울 텐데, 뭘. 하여튼 말이야, 일단 우리에게 좋은 시나리오는 내가 그 새끼를 저기 현금인출기 쪽으로 데리고 가는 거야. 그때 너는 주차장에서 출발하는 거고. 거리가 얼마 안 되니까 1분 정도면 오겠지? 문제는 주차료 내고 나가는 차들이 네 앞에서 밀려 있게 되면 내가 시간을 끌기가 좀 어렵다는 거겠지."

"그럼 어떻게 할 건데?"

“그때 가서 상황에 맞게 머리를 써야겠지.”

“만약에 그 새끼가 자기 차를 저기 바깥에 대학로 같은 데 세워놓고 형한테 그리로 오라고 하면 어떻게 하지?”

“그것도 생각해 봐야지. 뭐 어떻게든 될 거야.”

“난 아무래도 CCTV가 마음에 걸리네.”

“주연아, 만약에 네가 그 새끼 입장이 된다고 하면 어떻게 할래?”

“뭘 어떻게 해?”

“자기가 사기를 치려다가 당하는 일이잖아. 그런데 돈 뺏기는 거 없지. 피해라고는 달랑 이마에 도장 하나 찍히는 거라고. 그런데 신고할까?”

“그게 달랑 도장 하나야? 평생 흉이 남을 텐데.”

“그러니까 어차피 일은 당했고 말이야. 나 같으면 성형수술 먼저 생각하지, 신고는 안 할 것 같아. 물론 개인적으로 어떻게든 찾아서 복수하려고 하겠지만 말이야.”

“……”

“CCTV에 찍혀도 별 거 없어. 이 넘버 판은 이번에만 쓰고 버릴 텐데 뭘.”

“……”

“밥이나 먹자. 밥 먹고 사우나 가서 한숨 자야 되겠다.”

사우나로 향하는 정수의 손에는 제법 커다란 가방이 들려 있었다.

“뭐야, 그거?”

“응, 이따 보면 알아.”

“뭐냐니까?”

“그 자식 참, 뭐겠어? 갈아입을 옷이지.”

“변장하게?”

“변장은. 인마, 난 충청도 당진에서 농사짓는 사람이잖아. 거기에 맞게 입어야지.”

“여보세요, 지금 입고 있는 것도 무지 촌스럽거든요. 그리고 요새 시골 사람들이 옷을 얼마나 잘 입는데 그럽니까. 그냥 가서도 될 것 같구만.”

“너 같은 촌놈이 브랜드를 알겠니?”

“브랜드만 좋으면 뭐하냐고요? 때깔이 안 나오는데.”

“시끄러, 인마. 너도 이거 나 써.”

“모자 아니야? 왜?”

“주차장 안이랑 출구 CCTV는 가깝게 있잖아. 나중에라도 네 얼굴이 식별이 되면 안 된다고.”

“겨우 이 모자 쓴다고 내 얼굴을 몰라본다고? 이 형 진짜 웃긴다니까.”

“인마, 여긴 병원이잖아. 모자 쓰고 그 마스크도 써. 그리고 우리 차 코팅 필름 얼굴 잘 식별 안 되는 거니까 걱정 말고 시키는 대로나 해.”

저녁 6시, 주차장에서 대기하고 있는 주연과는 달리 정수는 자그마한 서류봉투를 들고 CCTV를 피해 멀리 소아병동이 보이는 병원 현관의 기둥 뒤에서 서성거리고 있었다. 그는 ‘당진 축협’이라는 금박 글씨가 큼지막하게 박혀있는 하얀색 챙 모자에다 검정색 오리털 파카 차림이었다.

6시 5분, 정수의 전화벨이 울렸다.

“당신 뭐요? 6시에 약속을 했으면 시간 맞춰 와있어야지. 내가 얼마나 바쁜 사람인 줄 알아요?”

“예, 선생님, 정말 죄송합니다. 지금 돈을 맞추느라고 여기 바로 병원 안의 로비입니다.”

“뭐요? 이제 와서 돈을 맞추다니 아니 그럼 돈 준비도 아직 안 했다는 거예요?”

“준비는 됐는데 수표를 현금으로 바꾸느라 그렇습니다. 제가 금방 갈 테니 조금만 기다려 주십시오."

"오 분 안에 안 오면 약이고 뭐고 없는 줄 알아요."

"예, 죄송합니다, 선생님."

정수는 소아병동 앞 마로니에 나무쪽을 향해 발길을 옮기며 나무 주변을 주의 깊게 살펴봤다. 하지만 조금씩 땅거미가 깔리기 시작한데다 여러 명의 사람들이 나무 주위에 있어 놈이라 추정할만한 사람은 좀체 식별이 되지 않았다. 정수는 발길을 돌려 아까 봐 두었던 현금인출기 앞으로 갔다. 현금인출기 부스랑 나무와의 거리는 백 여 미터. 다시 전화벨이 울렸다.

"뭐해요? 안 오고."

정수는 전화기를 귀에 댄 채 병원 건물 쪽을 바라보는 한 남자를 발견했으나 내색치 않았다.

"예, 선생님, 안에 있는 인출기에서 돈이 다 안 나와서 지금 여기 있는 다른 인출기에서 빼려고요. 정말입니다. 금방 됩니다."

"이 양반이 장난치나?"

정수는 개의치 않고 전화를 끊고 부스로 들어 가 통장을 집어넣으며 한참동안 돈을 빼는 시늉을 했다. 다시 전화가 걸려왔다.

"이 양반이 자기 마음대로 전화를 끊고 말이야. 어이, 약을 살 거요, 말 거요?"

"아닙니다, 선생님. 전화가 끊긴 모양입니다, 지금 막 돈을 다 맞췄는데 혹시 가까이 계시면 여기가 한적하니까 이리로 좀 올라오시지요. 나무 밑에는 사람도 많고 그러네요."

사내가 걸어오는 모습이 보였다. 정수는 페이징으로 주연을 불렀다.

"지금."

그러나 사내가 정수에게 완전히 다가올 때까지 주연의 차는 나타나지 않았다. 정수는 부스에서 나와 바로 옆의 화단 턱에 걸터앉았다.

그리고선 뒤늦게 사내를 발견한 양 반색을 하며 일어났다.

"혹시 정 선생님 아니신가요? 죄송합니다. 늦어서."

"죄송하고말고. 나 바쁘니까 빨리 돈이나 내쇼. 약은 여기 있으니까."

차는 아직도 소식이 없었다.

일어섰던 정수가 다시 화단 턱에 앉았다.

"아, 뭐하냐니까? 이 양반 무지 답답하네."

"선생님도 여기 잠깐만 앉으세요. 돈도 세어봐야 하고 또 약도 확인해야 하니까 말입니다."

정수는 봉투에서 돈을 꺼내 손가락에 침을 발라가며 세기 시작했다.

"팔백이라고 하셨지요? 정말 죄송한데 한 백만 원이라도 좀 깎아주시면 안 될까요?"

사내도 드디어 정수의 곁에 앉았다.

"여보쇼, 지금 장난치쇼? 자, 약, 여기 있으니까 살 건지 안 살 건지 딱 말해요. 이 양반이 바쁜 사람 붙잡아 놓고서는."

사내는 진짜 짜증이 난 듯했다. 정수는 왼손을 뻗어 사내의 어깨에 걸치고선 오른손으로는 주머니에서 전기 충격기를 꺼내 그의 목에 들이댔다.

"지금 뭐……."

순간적으로 파란 섬광이 일고 사내는 고개를 떨궜다. 정수는 그런 사내가 앞으로 고꾸라지지 않도록 아주 다정한 표정을 지으며 어깨에 걸쳤던 왼손에 힘을 주어 그를 잡고 있었다. 그런 정수와 사내를 눈여겨보는 이는 아무도 없었다. 아마 보았어도 그저 술 먹은 친구 둘이서 다정히 앉아 있다고 생각했을 것이다.

"뭐하냐?"

"어, 지금 도착하고 있어."

대답과 동시에 정수와 사내의 앞에 차가 멈추고 주연이 재빨리 운전

석에서 뛰쳐나왔다. 그리고선 조수석 쪽 뒷문을 열고 정수와 함께 사
내를 부축하여 안에다 태우고선 목을 뒤로 젖혀 쓰러지지 않게 한 후
정수는 반대편 문으로, 주연은 운전석으로 아주 침착하게 올랐다.

"뭐하느라 인제 왔어, 인마. 하여튼 가자, 천천히."

"다 그럴만하니까 늦었지. 어디로 갈까?"

"어디긴, 여긴 외통수잖아. 일단 대학로로 나가야지. 알지? 위반하지
말고."

"규익이 선배네로 막 바로 갈까?"

"인마, 이름 부르면 어떻게 해. 새끼, 이거 바보 아냐?"

"어디로 가냐니까?"

"일단 계속 직진해서 장충단 쪽으로 빠져. 거기가 좀 한적하잖아."

"알았어."

차가 비교적 주위가 어두운 신라호텔 앞 부근에 이를 때 정수는 테
이프로 사내의 손과 발을 칭칭 감고 눈과 입에도 테이프를 붙인 후 바
닥에 뉘였다.

"저기 저 트럭 위에 잠깐 세워 봐."

국립극장을 막 지났을 무렵이었다. 정수가 차에서 내려 천막 천으로
덮여있는 트럭 뒤 짐칸에다 무엇인가를 쑤셔 박은 후 차로 돌아와 앞
자리에 올랐다.

"가자."

"뭐 한 거야?"

"저 새끼 핸드폰."

한남대교를 건넌 차는 올림픽대로로 들어섰다. 이제야 정신이 돌아
왔는지 뒤에서 사내의 신음소리가 들려왔다. 정수가 주연에게 눈짓을
했다.

"서부간선도로는 막히겠지? 그냥 순환도로로 해서 고속도로 타자."

"지금 시간에 고속도로 막힐 텐데. 그냥 국도로 가는 건 어때?"

"아니야, 그래도 고속도로가 빠르지. 가다가 휴게소에서 좀 쉬기도 하고."

"휴게소?"

"응, 화성휴게소 육개장 맛있잖아."

차는 미사리 카페 촌을 지나고 있었다.

"거 봐. 그래도 고속도로가 낫지?"

"그러네."

"휴게소 거의 다 왔지?"

"응."

"들어가."

"조금 더 가서 서해대교 밑에 있는 데로 가지. 거기가 더 낫지 않나?"

"인마, 거긴 복잡하잖아."

"난 육개장 별로인데."

"그럼 뭐 먹으려고?"

"짜장면."

"미친놈, 휴게소 짜장면이 짜장면이냐? 퉁퉁 불은 게."

"그래도 난 맛있더라고."

"인마, 화성 지나쳤잖아."

"서해대교 밑으로 가자니까. 거기 경치도 좋잖아."

"이 밤에 경치는?"

"어, 차가 갑자기 왜 이렇게 밀리지? 사고 났나?"

"야, 안 되겠다. 차라리 국도로 빠지자."

"그럴까? 그럼 짜장면은?"

"당진 가면 잘하는 집 있어. 내가 너 배 터지게 먹여 줄게."

주연이 갓길에 차를 멈췄다.

"예, 얼마라고요? 예, 여기 있습니다. 아, 예, 감사합니다."
다시 출발을 했다.
"요샌 톨게이트 여자들이 무지 친절하다니까."
"글쎄 말이야."
양수리를 지났다. 사내가 다시 소리를 냈다. 이번에는 주연이 정수에게 눈짓을 했다.
"어, 저 새끼 정신 차린 것 같은데."
"야, 그럼 이제부터 조용히 해. 다 듣겠다. 짜장면이고 뭐고 간에 빨리 가자."
"이 길 맞긴 맞는 거지?"
"인마, 저기 표지판 안 보여? 직진하면 당진이고 좌회전하면 평택이라고 써 있잖아."
"그러네."
"조용히 하라고. 듣잖아."
"아냐, 아직 정신 못 차렸을 거야."
"하여튼 도착할 때까지 얼음. 알았지?"
사내는 두 사람의 대화를 아주 주의 깊게 듣고 있었다.

4

정수와 주연은 사내에 다리에 감겼던 테이프를 떼 내고 차에서 내리게 한 후 그를 규익의 창고 안으로 데리고 갔다. 이런저런 잡동사니로 어지러웠던 창고는 이미 정수의 주문대로 말끔히 바뀌어 있었다. 정수와 주연은 사내를 가운데 놓인 의자에 앉힌 후 그의 다리를 다시 의자 다리와 함께 테이프로 칭칭 감아버렸다.

301

그리고서는 정수, 주연, 규익까지, 세 사람 모두 초등학교 인근 문방구에서 흔히 살 수 있는 가면을 얼굴에 썼다. 물론 정수가 미리 준비한 것이었다. 가면은 '스크림'이라는 외국의 공포영화에 나오는 바로 그대로 해골 상태의 얼굴이 입을 벌리고 비명을 지르는 '그로테스크'한 모습이어서 쓰는 사람들의 장난기와는 달리 보는 사람에게는 공포감을 심어 주기에 충분했다.

사내가 앉아있는 책상과 의자로부터 약 3미터 정도 떨어진 곳에는 하얀색 플라스틱 의자 세 개가 나란히 놓여 있었다. 규익과 주연이 그 의자에 앉자 정수가 사내에게 다가가 눈과 입에 붙어있던 테이프를 떼어 주고선 자기도 의자에 앉았다. 사내는 눈을 뜨자마자 해골 가면을 쓴 사람 셋이 바로 자기 앞에 앉아있는 모습을 보고선 '흑' 하며 숨을 들이쉬었다.

그의 얼굴은 공포로 잔뜩 일그러져 있었다. 정수가 먼저 나섰다.

"이름."

"예?"

"이름."

"예, 정병철입니다."

"나이, 주소, 직업, 가족관계는?"

"마흔한 살이고요, 서울시 송파구 잠실5동 잠전 아파트 301동 203호 삽니다. 직업은 부동산중개업이고 집사람과 아들 하나 딸 하나가 있습니다."

"진짜 직업은 사기꾼이지?"

"아, 아닙니다."

"너 여기가 어디인지 알아?"

그때야 사내가 사방을 둘러보았다. 벽에는 '비인농협'이라는 글씨와 전화번호가 쓰인 커다란 달력, '군사리 회원 비상연락망'이라는 제목이 위에 있고 그 아래로는 좌우로 칸을 나누어 사람 이름과 전화번호가 쓰여 투명 아크릴로 코팅이 되어 있는 2절지 크기의 전지가 붙어 있었다. 그리고 반대편 벽에는 덮개 유리에 '축 발전 서천읍장 김민수'라는 금빛 글씨가 위, 아래 두 줄로 쓰여 있는 커다란 원형 벽시계가 걸려 있었다.

"모, 모릅니다."

"여기는 너 같은 인간쓰레기들을 잡아다 죽이는 곳이야."

"살려주십시오. 살려주시면 뭐든지 하겠습니다."

"살고 싶어?"

"예. 제발 살려만 주십시오."

정수 다음 나선 이는 규익이었다.

"이봐요, 정병철 씨."

"예."

"당신 말이에요, 살고 싶으면 왜 우리가 당신을 죽이면 안 되는지 지금부터 그 이유를 대봐요."

"뭔 말씀이신지?"

"당신이 꼭 안 죽일만한 가치가 있는지 알아야 되니까 당신 입으로 직접 말해보라고."

"저, 저는 처자식도 있고, 시골에 어머니도 계시고……."

"울지 말고, 울면 못 듣잖아."

"예. 잘못했습니다. 안 울겠습니다. 안 울려고 하는데 자꾸 눈물이 나네요. 죄송합니다."

"처자식이랑 어머니는 이유가 안 돼."

"……."

"그들은 당신 없어도 다 살 게 마련이거든."

"아닙니다. 제가 있어야 먹여 살리지요. 다 저만 바라보고 있는 걸요."

"그건 말이 안 되고. 그럼 여태까지 살면서 착한 일 한 거 있으면 말

해 봐.”

“착한 일이요?”

“그래, 착한 일.”

사내는 어떻게든 자신이 한 착한 일을 기억해내려 애쓰지만 좀체 떠올릴 수 없어 답답하다는 표정을 지었다.

“없지?”

“아, 아닙니다. 있습니다.”

“그럼 말해보라니까?”

“그래도 효자 소리 들어 왔고요. 아이들한테도 좋은 아빠가 되려고 노력해 왔습니다. 마누라한테도 잘해 줬습니다.”

“그건 가족이니까 착한 일이 아니라 당연한 일이고.”

“불우이웃 성금도 냈습니다.”

“언제?”

“예, 학교 다닐 때.”

“그건 당신이 내고 싶어서가 아니잖아. 다 반 강제로 걷는 거잖아. 없지?”

“아닙니다. 있습니다. 갑자기 기억해 내려니까.”

“그럼 그건 천천히 기억해내고 이젠 당신이 저지른 나쁜 짓을 말해 봐.”

“…….”

“부동산 하면서 사기 많이 쳤지?”

“아니, 그건 제가 한 게 아니라 회사가 기획부동산 업체이기 때문에 그런 겁니다.”

“그러니까 돈도 안 될 땅 가지고 개발이 되네 뭐네 하면서 순진한 사람들한테 많이 팔아먹었잖아.”

“회사가 그런 건데요.”

“당신 지금 사는 아파트 당신 거 맞지?”

"예."

"몇 평이야?"

"삼십칠 평인데요."

"그럼 한 십 억 가나?"

"……."

"그거 다 사기 친 거로 산거지?"

"아닙니다. 꾸준히 저축해서 장만한 겁니다."

"그러니까 사기 친 돈을 저축한 거 아니냐 말이야."

"……."

"선배님, 이제 제가 하겠습니다."

주연이었다.

"너 죽어가는 사람한테 가짜 약 판 거 다 조사해 봤어. 만일 우리가 아는 내용이랑 다르면 그땐 바로 이 자리에서 사형이다. 알았어?"

"예, 다 사실대로 말씀드리겠습니다."

"그동안 몇 명한테 팔아먹었어?"

"한 열 명 됩니다."

"뭐? 한 열 명? 이 새끼 '한'이 뭐야, '한'이. 정확히 몇 명이야? 시간 줄 테니까 기억해 봐."

"제 노트를 봐야 정확히 기억할 수 있을 것 같습니다."

"이 노트?"

"예."

"여기 보니까 12명인데 12명 맞지?"

"예, 거기에 그렇게 나와 있으면 그게 맞을 겁니다."

"그 약 먹고 살아 난 사람도 있니?"

"예, 있습니다. 말기 암이었는데 네 사람이나 그 약 먹고 살아났습니다."

"개새끼, 인마, 그건 자연 뽕이잖아?"

“예?”

“어차피 회복 중이거나 병원 치료 받고 살아남을 사람이란 말이야. 안 그래?”

“……”

“너 그 약 가짜고 아무 효과도 없다는 거 알아, 몰라?”

“압니다.”

“그런데도 죽어가는 사람한테 몇백만 원씩 받고 팔면서 양심에 가책도 안 되디?”

“저도 사기 당해서 시작한 겁니다. 우리 아버지 돌아가실 때 저도 사기를 당했거든요.”

“우리가 누구인지, 왜 이러는지 알아?”

“혹시 여기가 충청도 서천 맞습니까?”

“이 새끼, 쓸데없는 소리 말고 우리가 누군지 알겠냐 말이야?”

“저 죄송합니다만 혹시 손봉술 씨 유가족분들 아닙니까?”

“새끼, 눈치는 빨라 가지고. 어떻게 할래?”

“살려주시면 제가 다 돌려 드리겠습니다. 아니 저희 아파트라도 팔아서 몇 배, 몇십 배로 갚아 드리겠습니다.”

“너 환자는 어떻게 구하니?”

“아시잖습니까. 큰 병원에 아르바이트 하는 사람들 보내는 거.”

“그러니까 그 사람들한테 어떻게 해주느냐고?”

“한 사람 물어오면 나중에 십만 원씩 줍니다.”

“천만 원씩 받아 처먹고 십만 원 준다고?”

“아닙니다. 어떤 사람들한테는 백만 원도 받고 또 조금 받은 것도 어떨 땐 다 돌려주고 그랬습니다.”

“고소한다고 할 때?”

“예. 어떤 사람한테는 받은 것보다도 더 준 적도 있습니다.”

"인마, 그걸 보고 꿩 잡는 게 매라고 하는 거야. 그건 그렇고 너 지금 수배되어 있지?"

"예, 기소중지 되어 있는 걸로 알고 있습니다."

"형님, 저 새끼 저거 오줌 싼 거 맞지요. 냄새 나니까 빨리 판결을 내립시다."

규익이 다시 나섰다.

"착한 일 한 거 생각해 냈어?"

"아닙니다. 조금만 더 시간을 주십시오."

이번에는 정수 차례였다.

"지금부터 정병철이 너에게 판결을 내린다. 유죄. 사형."

"안 됩니다. 착한 일 한 거 기억해 낼게요. 제발 살려주세요. 제발."

"어이, 재판장, 처자식에다 노모가 있다고 하잖아."

"그래? 그럼 선택권을 주지 뭐. 야, 정병철, 변호인 말씀이 있으니까 너에게 특별히 선택권을 주겠다. 잘 생각해 보고 골라."

"형, 무슨 소리야? 무슨 선택권을 준다고 그래? 저 새끼 살려 주려고? 저 개새끼 가짜 약 먹고 억울하게 돌아가신 아버지 생각도 안 해?"

"잘못했습니다. 살려만 주시면 뭐든지, 뭐든지 정말 다 하겠습니다."

"1번은 사형, 사형은 여기 이 칼로 목을 따서 집행하고 시체는 밖에 쓰레기 소각장에 태운다. 2번, 이마에 낙인형."

"그, 그게 뭔데요?"

"네 이마에다 넌 나쁜 놈이라고 불도장을 찍는 거야."

"안 됩니다. 제발 살려주십시오."

"시간은 5분 준다. 단 2번을 선택하면 조건이 붙는다."

"무슨 조건?"

"2번을 선택하게 되면 살아나가는 즉시 경찰에 자수를 한다. 자, 지금부터 5분이다. 담배 피우냐?"

“예.”

주연이 그에게 다가가 담배를 물려주고 불을 붙여 주었다.

“우리도 잠깐 나가서 바람 좀 쐬고 오자고.”

셋은 밖으로 나왔다. 정수와 주연은 흉측한 해골 입으로 담배를 피우는 상대의 기괴한 모습에 함께 낄낄거렸다.

“정말 낙인을 찍으려고?”

“정말이지 않고. 아니면 뭐 하러 여기까지 끌고 와 이 지랄이냐? 왜 마음에 거슬려?”

“그건 아니고 난 자꾸 우리가 자격이 있나 하는 생각이 들어서.”

“우리 자격이 문제가 아니라 우선 저 새끼가 세상 살 자격이 없다는 게 중요하잖아. 저런 새끼는 앞으로도 계속 남의 피를 빨 새끼 아니냐고.”

“너 ‘죄와 벌’의 전당포 할머니 기억하지?”

“난 도스토예프스키가 아니거든. 이야기 끝났잖아. 너네 엄마를 치고 뺑소니쳐서 돌아가시게 만들었는데 아직 잡히지도 않은 새끼, 그 착하던 생안계(생활안전계) 강 부장을 강간살인 해놓고서도 현장 검증할 때 피식피식 웃던 새끼, 바로 그런 새끼들 생각하라니까. 뭐 네가 정 마음에 안 내키면 다음엔 장소를 옮길게.”

“모르겠다.”

“확신을 갖자. 저 새끼 이마에 낙인찍히면 설마 앞으로는 사기는 못 칠 거 아니니?”

“그것보다 더 나쁜 짓하면?”

“굳이 If까지는 생각 말고.”

“형, 그런데 저 새끼 자수하면 우리도 곤란해지는 거잖아. 그런데 웬 자수?”

“어차피 기소중지 되어 있는 놈이잖아. 어디 가서 잡혀도 잡힐 텐데 뭐.”

“형이 저 새끼가 분명 신고 안 할 거라고, 그러니 CCTV 같은 거 걱정 안 해도 된다고 하지 않았나?”

“걱정 마. 우린 안 잡혀.”

“하여튼 난 몰라. 여차하면 난 잠수 탈 테니까.”

“들어가자.”

“그런데 선배님, 저 안에 달력, 시계 이런 건 다 어떻게 준비하셨어요?”

“인마, 네가 그거 알아 뭐하게? 들어가자고.”

셋은 다시 들어와 자리를 잡았다.

“어때? 결정했어?”

“제가 정말 죽을죄를 지었습니다. 한번만 용서해 주시고 살려 주시면 정말 착하게 살겠습니다. 돈도 다 돌려 드리고요.”

“죽을죄라면 죽어야지. 결정한 거야, 만 거야?”

그의 입술에는 침이 말라붙었는지 하얀 거품이 붙어 있었고 눈은 여전히 마구 희번덕거리고 있었다.

“2번 하겠습니다. 2번.”

“2번은 조건이 있다고 했는데?”

“예, 자수하겠습니다.”

“너 딸 있다고 했던가? 걔 몇 살이지?”

“딸은 왜요?”

“이 새끼. 인마, 몇 살이냐니까?”

“고1입니다.”

“우리가 너 사는 집까지 다 안다는 거 세발 안 잊길 바랄게. 남의 마누라랑 딸 아이 죽이는 건 우리도 찜찜하거든? 강간해서 불태워 죽이는 거 말이야.”

“시키는 대로 다 한다고 했잖습니까?”

“너 자수하면 기껏해야 사기니까 변호사 사고 피해 변제해주고 그러

면 구속도 안 되거나 구속 되어도 얼마 안 있어서 나오게 될 거야. 나
와서 만약에 우리를 찾아다닌다거나 아니면 또 사기라도 친다면 바로
그날이 네 마누라와 딸이 강간당하고 칼로 자궁 다 도려내진 후 소각
장에서 불로 태워지는 날이라는 거 명심해라. 응? 우리도 이제 사고치
는 거 지겹거든."

"예, 알겠습니다. 절대로 그런 일 없게 하겠습니다. 맹세합니다."

"형, 지금 저 말을 믿는 거야? 저 새끼 살려줘 봤자 또 우리 아버지
같은 사람 만들 거라고."

"아닙니다, 절대 아닙니다. 정말 착하게 살게요. 흑흑."

"그럼 대충 알아들은 것 같고. 이제부터 형을 집행한다."

정수가 주연에게 눈짓을 하자 주연이 사내에게 다가가 다시 입과 눈
에 테이프를 붙였다. 제법 추운 창고 안이건만 사내의 이마에선 땀이
마구 배 나오고 있었다.

"잠깐 동안 조금 뜨거울 거야. 만약에 뜨겁다고 도리질이라도 치고
그러면 그 순간 이 칼이 네 목에 박힌다. 알겠지?"

정수가 칼날을 목에다 대고 지그시 누르자 사내가 마구 고개를 끄
덕였다.

"이거 잡고 있다가 여차하면 찔러버려."

정수는 주연에게 칼을 들게 하고 자신은 준비해 간 도치램프에 불
을 붙인 후 정성들여 빚고 조각을 한 납 도장을 달구었다. 곧 납이 녹
아내릴 듯 번들거렸다. 사내는 도치램프의 강력한 불길 소리가 들려오
자 목에 칼을 대고 있음에도 마구 몸부림쳤다. 그런 사내의 목에서 피
가 배 나왔다.

"안 되겠다. 의자 뒤로 눕혀."

사내가 의자와 함께 뒤로 벌렁 넘어졌다.

"머리 잡아, 못 흔들게. 꽉."

주연이 그의 머리칼을 힘주어 잡아 얼굴을 못 움직이게 하면서 또한 이마가 드러나게 했다. 드디어 정수가 그의 이마에 왼쪽부터 오른쪽으로 힘을 옮겨가며 천천히 납 도장을 찍었다. 그러자 살이 타는 역한 냄새가 피어올랐다. 입이 막혀 있는 사내는 그저 부들부들 몸을 떨 뿐이었다.

"저 물 좀 줘."

정수는 사내의 이마에 차가운 물을 부었다. 그리고서는 정성들여 작은 플라스틱 통에 들어있는 약을 손가락으로 찍어 상처에 발라주었다.

"일으켜 세워. 눈이랑 입 테이프도 뜯어주고."

"이 개새끼들, 언젠가 내가 아주 너네들을 잘근잘근 씹어 먹고 말거다. 잘근잘근."

"어이, 병철 씨, 마누라랑 딸 생각 금방 잊으셨나? 조금 뜨거우니까 아무 생각 안 난다 이 거지? 지금 가서 데리고 올까?"

두 눈을 부릅떴던 사내가 금방 풀이 죽었다.

"찬물로 주위 열 식히고 상처엔 바셀린 약 발랐으니 손만 안대면 괜찮을 거야. 괜히 손으로 문지르고 그러면 너만 더 고생인 거 알지?"

"……."

"참, 이발을 안 시켜 드렸네."

정수는 전기 바리깡으로 그의 앞머리를 머리 중간까지 밀어 이마가 훤히 드러나게 했다.

"병원 가서 치료 받고 항생제 주사도 한 대 맞아. 그러면 금방 나을 테니. 그 다음엔 어디로 간다?"

"경찰서."

"그래, 경찰서 가서 착하게 자수하시고. 아, 경찰서 먼저 가도 돼. 아마 병원도 보내줄 거야."

"……."

311

“마누라, 딸, 알지?”

“예.”

“연락할게.”

“예? 무슨 연락을?”

“연락할 일 있으면 말이야, 네 딸도 볼 겸.”

“안 그러시기로 했잖습니까?”

“너 하기 나름이라니까.”

상처에선 벌써 물집과 함께 핏빛 진물이 배 나오기 시작했다. 그래도 직사각형의 테두리와 그 안에 ‘착 하 게 살 자’ 라는 글씨는 제법 선명했다. 아마도 상처가 다 아물면 아주 선명해질 터였다.

5

정수와 주연은 그를 데리고 올 때와 같이 테이프로 손, 발, 입, 눈을 묶고 가려 차에 태워서 갈 때의 역순으로 그를 데리고 서울로 왔다. 물론 그가 듣고 있으리라는 걸 뻔히 알면서도 마치 모르는 양 도로나 지명에 대한 대화도 잊지 않았다,

그리고 정수가 그의 핸드폰을 길가에 주차되어 있던 트럭 짐칸에 넣은 장소를 조금 지나 국립극장 맞은편의 자유센터 옆 작은 공터에서 주위를 주의 깊게 살피고선 역시 전기 충격기를 이용해 그를 기절시킨 후 결박을 풀어주고 그를 내려놓았다.

시간은 이미 날짜를 넘겨 새벽 한 시가 되어 있었다. 정수와 주연의 길었던 하루는 예전 동대문운동장 부근의 식당에서 몇 병의 소주와 바로 옆 찜질방에서의 단잠으로 아주 평온하게 그렇게 마감을 했다.

병철은 그렇지 못했다. 정수와 주연이 그를 내려놓고 간 지 채 20분

도 안 돼 한 버스 운전자가 도로가에 멍하니 앉아있는 그를 보고 112로 신고를 한 것이다. 관할 지구대 경찰관은 그를 순찰차에 태울 때만 해도 또 흔해 빠진 주취자구나, 하는 귀찮은 생각뿐이었다. 하지만 불 켜진 순찰차 안에서 무심히 그를 쳐다보던 경찰관은 그의 몰골을 보고선 대경실색을 하게 된다.

"아저씨, 아저씨 이마 이거 왜 이래요? 누가 그랬어요?"

"……."

사내는 아무 대답이 없이 머리를 시트에 기댄 채 피곤한 듯 눈을 뜨지 않았다.

"어떻게 하지?"

"뭘 어떻게 해. 일단 병원으로 데리고 가야지. 상처가 만만치 않잖아."

"그런데 저거 글씨 맞지? '착하게살자' 같은데?"

"보면 몰라? 상처 보니 오래 되지도 않았네."

"아저씨, 아, 눈 좀 떠 봐요. 이마 왜 그러냐고요?"

사내는 여전히 말이 없었다.

"저 사람 지금 울고 있는 것 맞지? 가자고, 빨리."

그때서야 사내가 눈을 떴다.

"아저씨, 여기 어디예요?"

"어디기는, 순찰차 안이지."

"저거 장충체육관 맞지요?"

"이 양반 술 냄새는 안 나네."

"나 좀 내려주세요. 저 잘못한 거 없잖아요."

"아 지금 병원으로 가잖아요. 이마는 왜 그렇게 됐어요?"

"이거요? 이거 제가 그런 거예요. 별거 아니에요."

"여보세요, 아저씨, 본인이 이마에다 글씨를 쓰고 머리를 밀고 그랬다는 거예요? 지금 우리보고 그걸 믿으라는 소리입니까?"

"글쎄 저는 괜찮으니까 좀 내려 달라니까요."

"어떻게 하지?"

"뭘 어떻게 해."

"내려달라고 하잖아. 정신도 멀쩡하고 술도 안 취했는데 괜히 우리가 데리고 갈 필요가 있을까?"

"야, 너는 저 이마가 정상으로 보이니? 분명히 누군가가 린치한 거잖아. 안 돼. 일단 확인해 봐야지."

"아저씨, 이마 누가 그랬냐고요."

"제가 그랬다니까요."

"왜요?"

"그냥 화가 나서요. 제가 원래 조울증이 좀 있거든요. 그러니 집에 좀 갑시다. 난 괜찮다고요."

"아저씨, 아저씨 이마에 뭐라고 쓰여 있는지 아세요?"

"……."

"모르지요? 그러면서 무슨 본인이 했다고 그래요? 간단히 치료 받고 몇 가지 확인만 하고 보내 드릴게요."

"내 이마에 뭐라고 쓰여 있는데요?"

"갑시다. 가서 이야기하자고요."

그로부터 한 시간 후 병철은 중부경찰서 형사계 사무실에서 마흔이나 될까 싶어 보이는 당직 형사를 마주 하고 앉게 되었다.

"이거 선생님 수배사항 맞지요?"

"예."

"수배된 거 알고 있었어요?"

"대충."

"사기 전과가 두 개나 더 있네. 그러면서 또 사기를 쳐요?"

"죄송합니다."

"뭐 나한테 죄송할 건 없고 어차피 수배 건은 송파서에서 가져갈 거고, 거 송파 직원들이 데리러 올 때까지 이마 이야기나 좀 해 봅시다."

"제가 그랬다니까요."

"어디서요? 뭐로, 어떻게 한 거냐고요?"

"아니 내가 자해 좀 한 게 무슨 죄라도 됩니까? 말하기 싫다는데 왜 자꾸 그래요."

"뭐 반성하는 의미에서 그런 걸 쓰신 건 잘한 일이기는 하지만 그래도 입장 바꿔 생각하면 선생님께서는 아, 그러십니까? 하고 넘어가겠습니까?"

"거 선생님, 선생님 하면서 자꾸 약 올리지 좀 맙시다. 내가 왜 형사님이랑 입장을 바꿔 생각합니까?"

"이 양반아, 당신 그렇게 만든 인간들 잡아주려고 그러지. 내가 미쳤다고 그러겠어?"

"뭐 당신? 당신 몇 살인데 나한테 당신이라는 거야."

"놀고 있네, 수배자 새끼가. 야, 이 사기꾼 새끼야, 내가 왜 너한테 당신이라고 못 그러니? 하여튼 요샌 도둑놈들이 더 설쳐요."

"뭐? 도둑놈?"

"그럼 사기꾼이 도둑놈 아니면? 남의 돈 사기 쳐 먹는 게 도둑놈이지, 다른 게 도둑놈이냐고."

"어이, 이 형사, 이리 좀 잠깐 와 봐."

데스크라고 해서 당직상황을 관리하는 고참 형사였다.

"예."

"뭐야? 뭔데 그렇게 시끄러워?"

"사기 기소중지자입니다. 송파서 거요."

"그럼 인수하러 올 때까지 잠이나 재우다 보내지, 뭔 말이 그렇게 많아?"

"저, 부장님, 저 새끼 이마에 '착하게 살자' 라는 낙인이 찍혀 있다니까요. 착, 하, 게, 살, 자, 이 다섯 글자가 말입니다, 머리도 누가 밀어 버리고요."

"뭐라고?"

"누가 저 새끼 이마에다 불로 도장을 찍고 그게 잘 보이게 하려고 머리도 밀어 버렸다니까요."

"이마에 진짜 글씨가 찍혔어?"

"예, 제가 봤다니까요. 부장님도 보실래요? 거즈만 잠깐 떼면 되는데."

"그런데?"

"아, 저거 분명히 어떤 놈한테 린치 당한 거 아닙니까? 그런데 이 새끼가 말을 안 하는 거예요."

"말을 안 한다고?"

"자기가 조울증이 걸려서 가끔 엉뚱한 짓을 한다고 말도 안 되는 소리만 한다니까요."

"그럼 정말 그랬나 보지 뭘."

"자기가 그랬다면서 무슨 글씨가 쓰여 있는지도 모르는 게 말이 됩니까?"

"그렇기는 하지만 본인이 범죄 피해를 입은 게 아니라고 한다면서. 그럼 그만이지, 뭘."

"저 새끼 저거 타워호텔 옆에서 정신 놓고 있다가 지나가는 차 운전사가 112 신고한 거거든요. 그러니까 누가 저렇게 린치를 가하고 거기다가 버리고 간 거 아닙니까?"

"뭐 다른 상처 같은 건 없고?"

"핸드폰 잃어버렸다는 소리만 하더라고요."

"알았어. 내가 이야기 해볼게."

"예, 그러시지요."

데스크 형사가 병철에게 다가갔다.

“여보쇼, 당신 왜 그런 거요?”

“제가 그랬다니까요. 거 참 보는 양반마다 물어보니 귀찮아 죽겠네.”

“당신 꼴 보면 안 물어보게 생겼나 보쇼.”

“전 괜찮습니다. 괜찮다고요.”

“이 양반아, 우리가 안 괜찮으니까 그러지. 아마 당신을 그렇게 만든 놈이 경찰에게 이야기를 하면 가만 안 두겠다고 협박을 한 모양인데 걱정 말고 말 해 보쇼. 우리가 잡아 줄 테니까.”

“아, 몰라요. 마음대로 생각들 하쇼. 난 더 이상 할 말 없으니까.”

“당신 정말 앞으로 다른 말하기 없기요.”

“예, 아무 걱정 마시라니까. 안 귀찮게 해드린다 했잖아요.”

“알았으니 송파서 형사들 올 때까지 거기서 얌전히 눈이나 붙이쇼.”

“예, 고맙습니다.”

두 형사는 다시 데스크 쪽으로 왔다.

“이 형사, 너 말이야, 저 새끼 계속 자해라고 우기니까 일단은 송파에다 인계해주고 내일 강력팀 아이들 출근하면 이 이야기 그대로 전해라. 인적사항이니 이런 거 다 주고. 똑똑한 놈 아는 애 있지?”

“예, 2팀에 동기 있습니다. 김결이라고 외자 이름을 쓰는 친구인데 형사 경력은 얼마 안 되지만 아주 성실하고 똑똑한 직원입니다.”

“인마, 성실하고 똑똑하다고 다 형사하냐? 면서기나 하면 모를까?”

“아닙니다. 일도 아주 잘합니다.”

“그래. 은밀히 수사 한 번 해 보라고 해. 발견된 곳 주변의 CCTV 같은 거 잘 확인해 보면 의외로 큰 사건 건질 수도 있으니까.”

“예, 이럴 땐 강력이 좋네요.”

“뭐가?”

“우린 당직팀이니까 맨 가져다주는 검거사건이지, 인지사건은 별로 못해 보잖아요."

"인마, 형사가 다 똑같지. 너도 강력팀으로 갈래? 보내줄까?"

"아닙니다."

그날 아침, 정병철을 수배하였던 송파경찰서에서 중부경찰서로 신병을 인수하러 왔을 때 그는 부인이 가지고 온 모자를 쓰고 있었다. 중부서 형사는 송파서 형사에게 그의 이마에 난 상처에 대해 아무 말하지 않았다. 본인이 범죄 피해를 당한 것이 아니라 극구 부인하고 있는 것을 굳이 전할 필요가 없다고 느낀 탓이었다. 군대를 안 가려 한 것도 아니고, 남에게 겁을 주려고 그런 것도 아닌 자해는 범죄가 아닌 것이다.

병철은 송파서에 와서 당연히 상처의 사연에 대해선 사실대로 말하지 않았다. 송파서 담당 형사도 병철의 이마 위에 붙어있는 거즈를 보고 '이마가 왜 그러냐?' 물었으나 '넘어져서 조금 다쳤다.'는 말을 듣고선 그 이후엔 그의 혐의에 대한 수사에만 열을 올릴 뿐 더 이상의 관심을 보이지 않았다.

도로도 없는 맹지를 본격 개발 예정이라고 속여 판 혐의로 수배가 되어있던 병철은 그날 오후 연락을 받고 달려 온 피해자에게 토지 대금의 일부를 우선 돌려주면서 언제까지 남은 잔액 전체를 변제해 주겠다는 공증 각서를 썼고 피해자는 고소를 취하하였다.

이에 따라 경찰은 그를 불구속 입건 형태로 하여 그를 내보내주고 며칠 후 관할 검찰청으로 사건을 송치하였으며 검찰은 그를 소환 조사 없이 벌금 200만 원에 약식 기소하고 사건을 종결함으로써 병철의 이마는 그대로 묻혔다. 일단은…….

6

병철에게 낙인을 찍고 새벽에 서울로 돌아온 다음 날, 정수와 주연은 다시 청량사에서 만났다. 대웅전에서는 부부 중이 어느 젊은 죽음의 49재를 주재하며 모처럼 스님 노릇에다 돈벌이를 겸하느라 바쁜 날이었다. 두 사람은 요사채 툇마루에 앉아 아무 말 없이 한동안 오열을 하는 유가족들을 바라보았다.

"난 말이야, 왜 이렇게 눈물이 느는지 모르겠어."

"형, 원래 잘 울잖아."

"정병철이는 지금 뭐하고 있을까?"

"송파서에 수배되어 있으니 자기 말대로 자수를 한다면 지금쯤 들어앉아 있겠지, 뭐. 왜? 알아볼까?"

"놔둬."

"만약에 그 이야기를 하면 형사들이 벌떼같이 달려들겠지?"

"자수를 해서 이야기를 했다면 벌써 신문이나 방송에 났을 거야. 기사거리로 대박이잖아. 그런데 아직 조용한 걸 보면 분명 자수를 안했거나 자수를 했다고 해도 그 말은 안 한 거겠지."

"그 새끼 지금 심정이 어떨까?"

"그날 우리에게 한 말 있잖아. 잘근잘근 씹어 먹겠다고. 지금도 뭐 그렇겠지. 하지만 쉽사리 보복을 할 생각은 못 할 거야."

"마누라랑 딸 때문에?"

"너 같으면 어떻겠어?"

"글쎄?"

"쌀쌀하다. 방에 들어가서 이야기하자."

둘은 한지로 벽지를 바르고 노란색 장판이 정갈한 방으로 들어 왔다. 보일러 온도를 잔뜩 올려놨는지 방바닥이 아주 따뜻했다.

"형, 난 말이야, 이런 방에 들어오면 좀 슬픈 거 있지."

"왜?"

"나 어릴 때 살던 우리 집이 생각나서 말이야."

"일 이야기나 하자."

"또 하게?"

"정표한테 미숫가루인지 밀가루 볶은 건지 팔아먹은 새끼들 있잖아. 그 새끼들도 정표 가기 전에 손 봐야지."

"정표 씨 부인도 연락처를 잘 모른다며?"

"내가 누구니? 자, 이것 봐."

정수가 들고 있던 서류 봉투에서 꺼내 내민 것은 바로 정표가 자기의 목숨을 부지해 줄 것이라 굳게 믿고 있던 그 포장지였다.

"이거 어디서 났어?"

"뭘 어디서 나. 그날 정표네 집에서 가지고 온 거지."

"언제 그걸 다 챙겼어? 하여튼."

"여기 뒤에 전화번호 있지? 내가 다 전화해 보았거든. 그런데 다 가짜야."

"당연하지. 그 새끼들이 진짜로 적겠어?"

"이건 어때?"

정수가 봉투에서 또 무언가를 꺼내 주연에게 내밀었다.

"스티커네? 어, 이거 바로 이 약인지 뭔지 하는 걸 선전하는 거네?"

"맞지? 이 포장지에 찍힌 '仙食'이란 글자랑 스티커에 있는 글자가 완전 똑 같잖아. 문구도 그렇고. 그 새끼들이야."

"이거 어디서 난 건데?"

"거기 읽어 봐. 뭐라고 되어있나."

"말기 암 환자들이 스스로 찾아낸 기적의 선약, 그 비법을 드디어 공개하다. 모든 말기 암 환자에게 특효. 효험 없으면 전액 환불. 사단법인 암을 이겨낸 사람들. 그리고 핸드폰 번호가 두 개 쓰어 있네. 이거 어디서 난 거냐니까?"

"내가 정병철이 낚으려고 서울대 병원에 갔던 날 병원 화장실에서 뜯어 온 거야."

"병원 화장실에 이런 게 떠억 하니 붙어 있다고?"

"인마, 너도 애들 때문에 병원에 자주 갔었잖아. 못 봤어? 장기 알선이니 기적의 약이니 하는 스티커 많이 붙어 있는 거?"

"맞아, 그랬지."

"만약 이 새끼가 그 새끼라면 넌 어떻게 하면 좋을 것 같니?"

"도장 찍어줘야지."

"왜?"

"뭐 이런 거 가지고 말도 안 되는 과대 선전하는 거야 워낙 흔해 빠져 있으니 그러려니 하면 되지만 이 새끼는 아예 다른 곡기를 끊으라고 했다 했잖아. 진짜 나쁜 놈 아니면 감히 그럴 수가 있겠어?"

"내 말이 그 말이야. 어쩜 이 새끼가 정병철이보다 더 나쁜 놈이라고."

"그건 왜?"

"그 새끼가 만든 건 옻나무 액을 캡슐에다 넣은 거잖아. 즉 그거 먹고 살 수는 없지만 그거 먹었다고 죽는 건 아니라고. 거기다가 플라시보 효과도 있을 수 있고. 그런데 이 새끼는 잘 먹어야 할 말기 환자를 아예 죽게 만들잖아."

"곡식가루면 먹어도 해는 안 될 거 아닌가?"

"해는 안 되지만 사람이 그것도 암 환자가 하루 종일 그것만 먹고 견딜 수 있니? 있어?"

"이 형은 왜 나한테 열을 내고 그래?"

"어쨌든 너도 찬성했으니까 이 새끼도 빨리 작업 들어가야겠어."

"이 핸드폰 번호로 전화 해봤어?"

"아직. 이 새끼는 계획을 좀 세밀히 짜야 하거든."

"……."

"이 새끼는 무조건 신고할 확률이 아주 높다고, 어쨌든 NASA니 이런 거 끄집어들이지 않고 그 안에 먹어도 해가 안 될 곡식가루를 넣고 효능을 좀 부풀린 거라면 자기도 그렇고 일반 사람들도 그렇고 낙인을 찍힐 정도까지는 아니라고 믿을 거란 말이야."

"그래도 일단 어떤 놈인지를 알아야 맞춰서 계획을 짜지."

"일 자체는 어렵지 않을지도 몰라. 정병철이도 그랬지만 이런 새끼들은 아주 약고 경계심도 많기는 하지만 탐욕은 못 이기거든. 그러니까 자기들 딴에 챙긴다고 챙기는 게 도리어 어딘가에 반드시 허술한 곳을 만든다고. 우리는 그걸 알아내고 그걸 이용하면 돼."

"……."

"그리고 말이야, 도장도 다시 만들어야겠어."

"왜?"

"납으로 만들었더니 조금만 달구면 녹더라고, 내가 머리가 나빴던 거지."

"뭘로?"

"청동이건 주석이건 잘 모르지만 하여튼 주물이라는 거 있잖아."

"그럼 그런 걸 전문적으로 하는 곳으로 가야 할 텐데."

"그래서 생각 중인 거야. 괜히 아무나 '착하게살자'라는 글씨라도 봤다가는 나중에 그게 문제가 될 거란 말이지."

"형, 그거 동상 같은 거 조각하는 사람은 만들 수 있지 않나?"

"당연히 만들 수 있지."

"어? 그럼 내가 알아 볼 수 있을 것 같은데."

"어떻게?"

"옛날에 내가 광역수사대에 있을 때 말이야, 왜 건물 큰 거 지으면 앞에다가 의무적으로 조각 같은 미술품을 설치해야 하잖아. 그때 내가 그거 수사했었거든."

"무슨 수사?"

"그거 말이야, 알고 보니 완전 아싸리 판이더라고. 그러니까 건축하는 사람이 대학교수 이런 사람한테 5억을 주기로 하고 조각품을 만들어 달라고 계약을 한다고 쳐. 그럼 그 교수는 실제로는 한 2억만 받고 3억은 돌려주는 거지. 그럼 건축주는 3억 원을 비자금으로 만들 수 있잖아. 그런 것을 전문으로 연결해주는 브로커 새끼들이 많이 있거든. 교수야 대충 만들어 주고 2억이 들어오니까 얼씨구나 하고 응하는 거고."

"머리 좋은 새끼들 정말 많다니까."

"그때 내가 어떤 조각가 하나를 입건하려다가 금액도 별로 크지 않고 또 사정도 좀 딱하고 해서 봐 준적이 있어. 그 사람 지금도 저기 의정부에 자기 공방을 차리고 길거리 같은 데서 파는 조각 그런 거 만들거든. 그 사람한테 부탁하면 될 거야."

"입이 무거워야 할 텐데."

"그 사람 부인이 교통사고를 당해 하반신 불구더라고. 그때 벌써 10년이 넘었다는데 자기가 똥, 오줌 다 받아내고 하여튼 괜찮은 사람인 것 같았어. 의리도 지킬 사람이고."

"……"

"그 사건 때문에 알게 돼서 가끔 놀러가기도 하고. 하여튼 믿어도 될 사람이야."

"가보자."

"언제?"

"지금. 의정부면 여기서 금방이잖아."

"일단 전화부터 걸어보고. 혹시 작업장이라도 옮겼으면 어떻게 해. 기다려 봐. 차에서 수첩 좀 가지고 올게."

조각가는 다행히 여전히 그 자리에서 공방을 운영하고 있었다. 정수
와 주연은 조니 워커 두 병을 사서 들고 의정부에서 포천으로 넘어가
는 길목 야산 속에 있는 그의 공방을 찾았다. 술은 절대 돈은 받지 않
을 것이니 그 사람이 좋아하는 양주나 사가지고 가자는 주연의 주장
에 따라 산 것이었다. 예순도 훨씬 넘어 보이는 조각가는 주연을 아주
반갑게 맞이해 주었다.

"어이구, 김 형사님이 오늘은 웬일로 다 행차하셨나?"

"또 유 작가님 토종닭 좀 얻어먹으려고 왔지요. 여기 술도 사 왔습
니다."

"닭이야 만날 먹는 거 오늘은 다른 안주 있으니 그걸로 하시지."

"뭐 좋은 게 있는 모양이네요?"

"오늘 김 형사님이 오실 걸 알았는지 아침에 누가 새조개를 가져왔
더라고."

"이제 형사 아니라니까 자꾸 김 형사, 김 형사 그러세요?"

"나한테야 영원히 김 형사지 뭐."

"사모님은요?"

"저기 저 안에 누워있지 뭐. 어디 가겠어?"

"차도가 있으신가 모르겠네요."

"차도를 보일 게 있는 병이라야 차도가 있지. 다리가 햇볕에 내놓은
장작처럼 하루가 다르게 말라가는데 뭘."

"힘 드셔서 어떻게 한대요?"

"무슨 소리야? 힘이 아무리 들어도 이렇게 눈 뜨고 살아 있으면 그
게 행복이라고. 그나저나 모시고 온 분 소개도 안 해 주시나."

"예, 안녕하십니까? 심정수라고 합니다."

"옛날에 우리 반장님이셨어요."

"그럼 지금도 현직에?"

“아닙니다. 저도 이젠 그냥 회사원입니다.”

“관상이 참 좋으시네.”

“좋긴요? 팔자가 세서 세상 살기 팍팍한 걸요.”

“살아 있다는 것 자체가 행복이라니까. 그리고 건강하시잖우. 저기 우리 마누라 좀 보여 드릴까?”

“아닙니다.”

“아참, 새조개.”

주연이 유 작가라 부르는 사내가 부엌에서 새조개가 가득 담겨있는 작은 냄비 하나와 초장이 담긴 종지, 그리고 소주잔 세 개를 쟁반 위에 얹어 가지고 왔다.

“여긴 약 냄새 나가니까 밖으로 가시지.”

아닌 게 아니라 공방 안은 고약한 약 냄새가 나고 있었다.

“약 냄새가 꼭 뽕 만들 때 나는 냄새 비슷하네요.”

“무슨 냄새요?”

“아, 히로뽕을 만들 때 이런 냄새가 나거든요. 산속에 숨어서 만드는 사람들 그 냄새로 잡곤 합니다.”

“이건 그 뽕이 아니고 조각할 때 쓰는 중화제입니다.”

셋은 밖으로 나와 전선을 감는 나무통을 엎어놓아 식탁으로 쓰는 곳에 자리를 잡았다.

“우리 김 형사님이 손님까지 모시고 온 걸 보면 뭔가 용무가 있으실 텐데.”

“예, 차차 말씀 드릴게요.”

“나, 낮술 취하면 필름 끊기거든.”

“천천히 드시면 되지요.”

“그래도 무슨 일인지 정확히 들어 놓고 취해야 편할 것 같은데.”

말은 그렇게 하면서도 유 작가는 정수와 주연의 잔을 한 번도 사양

하지 않았다.

"이 조개 꽤 먹을 만하지?"

"예, 정말 맛있네요."

"이럴 때 고생하면서 자식 키운 맛이 난다니까."

"자제분이 가지고 온 모양이네요."

"애들이라도 맡아줘야 하는 건데 마누라가 저 모양이라서."

"맞벌이를 하나 보네요?"

"그런데 무슨 일로 오셨다고?"

"예, 조각, 아니 도장 하나 만들어 주십사 하고 왔습니다."

"도장? 도장은 도장장이한테 가서야지."

"쇠나 청동으로 만들었으면 하고요."

"요샌 관인이나 직인도 다 나무나 뿔로 만드는데."

"그런 건 아니고요."

"그럼 어따 쓰실 건데."

"이겁니다."

정수가 유 작가에게 도면이 그려진 종이를 내보였다.

"'착, 하, 게, 살, 자.' 이걸 어디다가 쓰시게?"

"예, 쓸 데가 좀 있어서 그럽니다."

"어디다가 쓰실지 모르지만 이것도 나무나 뿔 같은 걸로 만들면 아주 쉬운데."

"사람한테 쓸 겁니다."

유 작가가 술잔을 내려놓고 정수를 지그시 바라보았다.

"무슨 소리인지 알아듣게 말씀해 봐요."

"예, 사람, 아니 사람 같지 않은 사람에게 찍어 주려고 합니다."

"어떻게 찍기에 쇠가 필요하냐고."

"예, 불에 달구어서, 그러니까 낙인을 찍어 줄 겁니다."

“사람 몸에?”

“예. 이마에.”

유 작가는 다시 술을 들이켰다.

“이봐요, 형사 양반, 내 대충 무슨 소리인지는 감이 잡히는데 흠 없는 사람 없는 법이거든.”

“알고 있습니다.”

“그런데?”

“어르신 앞에서 드릴 말씀은 아니지만 제 나이 오십입니다. 그걸 쓸 만한 짐승들이 있습니다.”

“아직 젊어서 그렇지.”

“……”

“아직 젊어서 마음속에서 화를 못 뽑아내서 그렇다고.”

“제가 나이 말씀을 드린 건, 저도 나름 진지하게 생각하고 속 깊게 판단할 수 있다는 말씀 드리려 한 겁니다.”

“유 작가님, 여기 우리 형님, 그냥 믿으시면 돼요. 절대 허튼 짓 할 분이 아니라고요.”

“딱 보아도 허튼 짓 하실 양반은 아니라는 건 알겠지만 이건 이야기가 좀 다른데.”

“부탁드리겠습니다.”

“일단 생각해 봅시다. 오늘은 조개 상하기 전에 술이나 마시자고.”

“만들어 주시면 나중에 험한 소식 듣게 되실지도 모른다는 말씀도 드리겠습니다.”

“내가 아니라도 누군가에게 만드시긴 하겠구만.”

“선생님이 만들어 주실 걸로 믿겠습니다.”

“술이나 마시자고.”

“그 잔 드시기 전에 한 말씀 더 드리겠습니다. 만약에 사모님 같은 분 벌떡 일어나게 할 수 있는 약이 있다고 하면서 가난한 사람한테 아주 큰돈을 받고, 그것도 잘못 먹으면 죽는 걸 약이라고 만들어 파는 인간들이 있으면 어떻게 하시겠습니까?"

"어이, 취한다. 그나저나 우리 김 형사님은 왜 한 잔도 안 드시나?"

"예, 저는 운전해야 되거든요."

"꼬붕 노릇 참 고달프시지?"

7

"형, 형한테도 아직 유 작가 아무 연락 없지?"

"이제 이틀밖에 안 됐잖아, 연락 오겠지, 뭐."

"만들까?"

"안만들 거면 그날 거절했겠지. 기다리자고. 그나저나 이틀 동안 제수씨 좀 많이 도와줬니?"

"도와주긴."

"이번 출장은 아무 말 안하디?"

"뭔 출장이 갑자기 더 많아졌냐는 소리지, 뭐."

"그래, 그럼 됐고. 자, 전화할게."

"잘 해."

정수가 스티커에 쓰어 있는 핸드폰 번호 중 하나로 전화를 걸었다.

"예, '암이사'입니다."

전화를 받은 여자는 이외로 여자였다.

"여보세요."

"예, 암을 이겨낸 사람들이라고요. 말씀하세요."

"저기요, 병원에서 스티커 보고 전화 드렸는데요."

"어느 병원인지, 무슨 내용인지 말씀해 보세요."

"서울대 병원이고요. 선약인가 하는 거 말입니다."

"아, 서울대 병원이요. 거기 우리 환자들이 많이 있는 곳이지요."

"예?"

"우리 선약을 먹는 사람들이 많다고요."

"아, 그렇구나."

"그런데 왜 전화하셨어요? 약 사시게?"

"글쎄 지금 어떻게 해야 할지 몰라서."

"누가 무슨 암에 걸리셨는데?"

"예, 제 마누라가 유방암이거든요."

"몇 기래요?"

"예, 4기."

"4기면 말기시네. 수술은 받으시고?"

"재작년에 수술 받은 게 전이가 돼서 재발한 것이거든요. 그런 사람한테도 효과가 있을까 모르겠네요."

"아직 책도 못 보시고, 소문도 못 들으셨구나."

"무슨 소문을?"

"우리 약 말이에요. 하긴 다들 알아서 찾아오시니까 우리가 뭐 홍보를 하거나 그러지는 않으니까."

"저기 죄송한데 약을 사려면 어떻게 해야 하는지?"

"지금 환자가 어디에 계시는데요? 병원에 계신가요?"

"인제, 강원도 인제에서 요양 중이거든요."

"약수 마시러 가신 모양이네."

"어떻게 아셨어요?"

"잘 됐네. 우리 약은 약수에 타서 마시면 효과가 더 좋거든요."

"제가 어디로 가면 그 약을 살 수 있는지 좀."

"저희는 우리가 환자를 직접 찾아가요. 가서 진맥도 하고 체질도 살피고 하는 거지, 무슨 감기약 먹듯이 막 먹는 그런 게 아니라고요."

"아, 예. 그래도 여기는 좀 멀걸랑요."

"사람을 살리는 일인데 먼 게 문제예요?"

"예, 그래 주시면 저희야 너무나 고맙지요."

"유방암이면 한 두어 달 먹으면 확실한 효험이 있을 거예요."

"죄송하지만 그렇게 먹이려면 돈은 얼마나?"

"나 참, 이럴 때마다 맥이 풀린다니까. 아니 부인이 암 말기라면서 꼭 그렇게 돈 얘기부터 해야 돼요?"

"예, 죄송합니다. 그래도 저희가 형편이 좀 어려워서."

"출장이랑 진맥 비용 포함해서 두 달 치 팔백만 원. 정 형편이 어려워서 우선 한 달만이라도 먹이려면 오백 만원이고요. 그나마 이건 우리 재단에서 보조를 해주는 사람들이 있어서 그렇게 싼 거예요."

"어떤 재단……."

"우리 약 먹고 살아 난 사람들이 고맙다고 후원금을 내 준단 말이에요. 워낙 좋은 거니 싼 값에 좀 더 많은 환자 목숨 살리라고요."

"아, 예, 감사합니다. 그럼 생각해보고 다시 연락드리겠습니다."

"생각하고 말고 할 게 뭐 있어요? 하루가 급할 양반이."

"예, 아무래도 돈이 좀."

"정 형편이 어려우면 우리도 방법을 찾아 볼 테니까 생각이 있으면 전화해요."

"예, 감사합니다."

정수가 전화를 끊었다.

"뭐래?"

"팔백만 원이래."

"아니 그 새끼들은 지들끼리 담합이라도 했나? 정병철이도 그러더니 만만한 게 팔백이네."

"앞뒤 다 재보고 정한 거겠지. 너무 비싸면 안 사먹을 것이고, 너무 싸면 돈도 안 되는데다 사람들이 믿지도 않을 테니 말이야."

"인제는 무슨 소리야."

"정표네 제수씨가 그때 그랬던 거 기억나니? 사람들이 찾아왔었다고 하잖아. 그러니까 이 새끼들은 아마 직접 환자 있는 데로 와서 형편도 살피고 하면서 돈을 더 뜯어낼 궁리를 하는 모양이라. 그리고 직거래면 걸릴 염려도 거의 없고 말이야. 그래서 말한 거야."

"인제에 아는 사람이라도 있어?"

"있기는. 거기에 약수터가 여러 군데가 있고 전국에서 많은 환자들이 찾아 와 머물고 있다는 거는 알지."

"그럼 순간적으로 떠 올렸다는 거야?"

"아니, 지금처럼 나올 경우를 대비해서 미리 생각해 놓았던 거지."

"하여간, 그나저나 형, 우리 진짜 인제로 가야겠네. 그렇지?"

"내일 내려가서 작업할 장소 선정해 놓고 유 작가한테 도장 받는 대로 일 해야겠지."

"형, 그런데 아까 전화 목소리 여자 같던데?"

"응, 그게 좀 찜찜해. 이게 어떤 조직이 정말 있는 건지, 정표한테 판 인간들이 맞는 건지 말이야, 괜히 엉뚱한 사람 잡을 수도 있잖아."

"그럼 일단 내가 그런 단체가 정말 있는지 확인해 볼게. 뭐라고 그랬더라? 여기 있네. 사단법인 암을 이겨낸 사람들."

"확인해보나마나 그게 있겠니? 순진하긴."

"자기네들끼리 법인을 만들 수도 있는 거지."

"행여나 그러겠다."

"내가 확인해 보겠다는데 뭐 아니꼬운 거 있어?"

"이 자식이 뭔 헛소리야."

“유 작가한테 전화해 볼까?”

“아니, 내일 양주 사가지고 가보자. 만들어 놓았을 거야.”

“아니면?”

“인마, 좀 생각 좀 하고 살아라. 밥은 먹고 다니니?”

“형이 늘 그랬잖아. 생각은 형이 할 테니까 넌 시키는 거나 잘하면 된다고 말이야. 아주 잘났다니까.”

돌연 상무의 얼굴이 떠올랐다.

“인마, 그건 너 신빵 형사 시절이야기잖아.”

“그나저나 형, 내가 뭐 알아냈는지 알아? 정병철이 말이야, 송파에 와서 조사를 받고 벌써 합의 보고 불구속으로 나갔더라고. 그런데 웃기는 건 송파에서 그 새끼 상처에 대해 아무것도 모른다는 거 있지.”

“인마, 아는 직원이 있어도 그 새끼에 대해 묻고 그러면 나중에 그게 다 빌미가 될 수 있다는 거 몰라? 하여튼.”

“에이, 어떤 형사가 그깟 다 떨어진 기소중지자 한 명 물어본 걸 기억해? 그건 그렇고 형, 그 새끼 정말 겁먹었나 봐. 그러니까 경찰들에게 말을 안 했지.”

“마누라, 딸.”

“그건 다 좋은데 말이야, 그럼 형이 자수하라고 했던 목적이 달성되지 않은 거잖아.”

“내 목적? 내 목적이 뭔데?”

“이거 왜 이러셔. 형은 그 새끼 이마에 새긴 글씨, 이런 거 세상에 알리고 싶었던 거잖아. 그게 아님 뭐 하러 굳이 도장을 찍을 것이며 뭐 하러 자수하라고 했겠어. 뻔한 거 아니야?”

“……”

“형도 딜레마지? 알리고는 싶은데 알려지면 우리가 잡힐지도 모르고.”

“딜레마 같은 소리하고 있네. 인마, 어차피 다 알려지게 돼 있잖아.

그리고 말이야, 어쩜 이거 우리 대신 다른 사람들이 해줄 거야."

"뭐라고? 누가 우리 일을 대신해 줄 거라고? 뭔 소리야 또."

"너 우리가 한 세 번만 하면 말이야, 신문, 방송에서 난리날 거 아니겠어? 그럼 온 사방에서 모방범죄가 일어날 거란 말이지."

"모방범죄?"

"생각해 봐. 속이 뒤집어져도 법이 있어서 참던 사람들이 우리가 하는 일 보고선 안 따라 하겠냐고. 아마 아이들까지 다 따라 할걸?"

"그렇게 될까?"

"나중에 내 말 틀렸나 봐. 아마 길가다 침만 뱉어도 누군가가 '착하게 삽시다.' 이럴 거라니까."

"유행이 된다?"

"말 그대로 완전 대박이 터지는 거지. 그때 우리는 다른 데 취직을 해도 되고. 아님 그냥 좋은 데 가서 편히 살면 돼."

"뭔 돈으로, 어디로 가서?"

"인마, 내가 책임진다고 했잖아."

"보험사기? 어련하시겠어."

"너 내가 떼어오라는 거 가지고 왔어?"

"뭐? 이력서랑 주민등록등본? 가지고는 왔는데 이걸 어따 쓰게."

"어디긴!? 취직해야지."

"취직?"

"너 내일 회사로 가서 총무부장한테 경력증명서 받아 가지고 와. 우리 두 사람 것. 내가 전화 해 놨으니까 넌 가서 받아오기만 하면 돼."

"회사 들어가기 싫은데."

"지하 다방에 앉아 전화하면 총무부장이 직원 시켜서 내려 보내 줄 거니까 회사엔 안 들어가도 돼. 아니면 남진희에게 전화를 하던지."

"누구라도 만나면?"

"왜? 너 죄졌어? 정 그런 게 무서우면 회사에서 좀 떨어진 데서 전화를 하던지."

"형, 그런데 이력서에다 경력증명서며 등본이며 정말 어디 취직하는 거야?"

"나중을 생각해서 어느 회사에다 적만 올려놓자는 거야."

"월급도 안 받고?"

"인마, 일도 안 하는데 무슨 월급. 주긴 주겠지만 반납해야지."

"일도 안 시키면서 명단만 올려주는 회사도 있나?"

"넌 이따 그 사장 만나면 공손하게 대답이나 잘해."

"어디서 만나는데?"

"청량사."

"오늘 사장이라는 사람이 그 절을 온다고?"

"응. 내가 절밥 먹으러 오라고 했거든."

"그 집 밥이 뭐가 맛있다고. 만날 고기만 먹으면서."

"너 안 스님 음식솜씨 못 봤지? 아마 너 같은 촌놈은 맛보기도 전에 보기만 해도 죽을 거다."

"그래?"

"우리나라 사찰요리의 대가라는 거 모르지?"

"난 그 양반 만날 술이나 먹고 남자나 밝히는 줄 알았는데."

"말조심 해, 인마. 밝히긴 누가 밝힌다고 그래. 넌 농담, 진담도 구분 못하냐?"

정수와 주연이 탄 차가 청량사 경내로 들어섰다. 안에서는 굿마당이 질펀하게 벌어지고 있었다.

"무지 시끄럽네. 형, 무슨 절에서 굿을 다 하냐?"

"하면 좀 어떠니? 다 그게 그건데."

"하여튼 형도 그렇고 이 절도 그렇고 다 도깨비 소굴이라니까."

"……."

"왜 웃는데?"

"도깨비 이야기 하니까 바깥 스님 생각이 나서."

"……."

"관두자."

8

그날 저녁, 정수와 주연이 마치 자신들의 방이나 사무실이라도 된 양 편한 마음으로 쓰고 있는 요사채 방에서는 절의 여주인이 차려준 만찬이 열리고 있었다. 정수와 주연, 그리고 주연이 모르는 나이 지긋한 사내와 주연보다도 더 젊어 보이는 사내, 이렇게 네 명이 만찬의 주인공이었다.

이미 안 스님의 음식 솜씨를 잘 알고 있는 정수와는 달리 정갈하면서도 맛스러운 사찰 정식이 여러 종류의 방짜 유기에 담겨 있는 것을 본 나머지 세 사람은 감탄을 금치 못했다.

"심 반장 말씀이 사실이네. 사찰음식이 유명하다는 인사동 골목을 수없이 찾아 다녔어도 이렇게 단아하고 정갈한 상차림은 정말 처음이에요."

"예, 사장님, 아마 입맛에도 맞으실 겁니다."

"그렇겠지. 하신 분 내공이 팍팍 느껴지는군."

"사장님, 여기 제 아우 인사드리겠습니다."

"어이구, 그러고 보니 내 음식에 빠져서 그만 서로 인사도 못 나눴네요. 나는 권민호라고 합니다. 여긴 내 아들 상민입니다. 아이가 여러 가

지로 부실하니 앞으로 심 반장께서 잘 좀 보살펴 주셨으면 좋겠어요."

권 사장의 아들이라는 사내가 정수와 주연에게 공손히 머리를 숙였다.

"인사 올리겠습니다, 김주연이라 합니다. 여기 정수형님한테 말씀 많이 들었습니다."

"내 말 많이 해 보았자 좋은 이야기도 없었을 텐데. 자, 듭시다. 들면서 이야기하자고요."

"사장님, 이거 이강주인데 음식이 모두 소채뿐이라 괜찮으실지 모르겠습니다."

"우리 고향 술을 여기서 다 보네. 생강이 들어있어 좀 독하기는 하지만 몇 잔은 괜찮을 것 같은데. 아무튼 신경 써줘서 고마워요."

"사장님, 말씀 좀 편하게 하시라니까. 자꾸 그러시면 대하기가 더 어렵습니다. 잔 받으시지요."

"그래 심 반장께서는 하고 싶은 일을 하면서 살고 계시다고?"

"그러고 싶은 거지, 아직은 그렇게 까지는 못 됩니다."

"옛날부터 심성이 형사할 사람은 아니라고 보았는데, 아무튼 심 반장이 하고 싶다는 일은 좋은 일이겠지?"

"요즈음은 뭐가 좋은 일인지 잘 모르겠습니다."

"좋은 일이 뭐 별거 있나? 내가 하는 일을 누구에게나 떳떳하게 말할 수 있고 거기다가 내가 만족을 하면 그게 좋은 일이지."

"……."

"그래도 두 양반이 회사 구경은 해 놔야 되겠지?"

"예, 당연한 말씀이지요. 내일 모레 서류 다 준비해서 찾아뵙겠습니다."

"여기 이놈이 우리 회사 인사랑 총무업무를 관장하는 인사부장이에요."

"아, 예."

"사람들은 아직 이르다고 하는데 내가 좀 지쳐서 말이야. 좀 무리했지."

"아직 건강하신데요."

"건강이야 하지. 그래도 나도 이젠 심 반장처럼 하고 싶은 일을 해야 겠다는 생각이 자꾸 들더라고."

"사업을 워낙 치열하게 하셔서."

"그래도 내가 사업을 접지 않게 해준 심 반장 은덕은 내가 안 잊고 있어요. 새삼스런 이야기지만 그땐 사업이고 뭐고 그저 세상만 원망했 었으니 말이에요."

"은덕이라니 무슨 말씀을요? 저도 그때 사장님 덕분에 필리핀이랑 말레이시아 구경을 잘하고 왔는데요."

"일하다 온 사람이 구경을 하길 뭘 했겠어요. 언제 같이 한 번 나갑 시다."

"예, 말씀만이라도 정말 감사합니다."

"아니 말치레가 아니라 진짜 한 번 같이 나가서 세상일 다 잊고 신 나게 놀다 오자고. 기회가 닿으면 바람도 펴보고."

"예, 바람 좋지요."

"내가 이 녀석한테 늘 이야기하는 게 있어요. 세상일은 열심히 한다 고 해서 다 되는 게 아니라 운이 맞아야 된다는 말. 그리고 운이 맞으 려면 그 운 때에 맞는 사람을 잘 만나야 한다는 말, 말이에요."

"……."

"심 반장이야 업무라고 하지만 그때 우리 회사 사정 심 반장이 질 아실 거고, 하여튼 지금의 쓰리-파이브는 심 반장 때문에 다시 일어났 다는 걸 내 안 잊고 있거든."

"말씀이 과하십니다."

"아니, 이건 심 반장 칭찬하는 게 아니라 내 운을 이야기하는 거에 요. 심 반장은 그냥 당신 일 한 거라고 했잖아. 하지만 나한테 그건 회 사의 명운이 달려 있었다는 거지. 그러니까 그 때 내가 운이 좋았다

이 말이라고."

"여러 번 말씀드렸습니다만 그때 마닐라에 주재하고 있던 그 양반이 다 해준 일인데요, 뭘."

"그것도 심 반장의 운이지, 상사인데 자기보다 나이 어리다고 함부로 했으면 그 양반이 그렇게 열심히 심 반장을 도와주었겠냐고, 사람은 다 자기 하는 만큼 과실을 따는 거거든, 물론 악운이 따르지 않는다는 걸 전제해서 말이야."

그런 식으로 정수와 권 사장 간의 대화는 밥 먹는 내내 이어졌다. 주연과 권 사장의 아들은 아마도 별로 편치 못한 식사였을 터였다.

식사가 끝나자 권 사장은 바쁘다며 서둘러 일어났다. 밖으로 나온 그는 대웅전 앞으로 걸어가더니 부처상을 향해 합장을 하고 고개 숙여 인사를 하더니 양복 안주머니에서 봉투 하나를 꺼내 조심스레 법당 바닥에 내려놓았다.

"사장님, 안 그러서도 됩니다. 제가 모신 건데."

"어허, 무슨 말씀을, 아, 절에 와서 부처님을 뵈었으면 당연히 초 값이라도 놓고 가야지."

둘이 그런 실랑이를 하고 있을 때 식사시간 내내 모습을 보이지 않던 안 스님이 다가와 인사를 했다.

"오랜만에 해보려니 손이 따로 놀아서. 그래도 맛은 있었지요?"

"밥 먹기 전에 찾아뵙고 고맙다는 말씀 올렸어야 하는데 음식이 너무 멋있는 바람에 그만 결례를 했습니다."

"입맛에 맞으시면 자주 오세요. 매번 오늘 같이는 못해드리더라도 일품 하나씩은 해드릴게요."

"예, 오다마다요. 꼭 오겠습니다. 꼭이요."

"예, 우리 심 처사님처럼 언제든 오셔서 툇마루에도 앉아 보시고, 약주도 하시고, 노래도 한자락 하시고, 아니면 몰래 우시기도 하고 그러시면서 마음 편히 계시면 돼요. 비 오는 날에 오시면 여긴 더 좋아요."

"우리 심 반장이 여기 와서 웁니까?"

"아마 그럴걸요? 다정도 병인 거지요."

"그런 병은 앓아도 좋잖습니까?"

"아버지."

"응, 그래, 가자. 스님, 공양 잘하고 갑니다."

"손꼽아 기다리겠습니다."

"예, 또 뵙지요."

사장 부자는 민머리 아낙과 두 사내의 배웅을 받으며 그렇게 절을 떠났다.

"술 더해야지요? 명색이 사찰정식이라 비린내 나는 것은 안 냈지만 내가 우리끼리 마시려고 낙지볶음 해 놨거든요."

"바깥 스님은 아직 안 오셨나 보네요?"

"이 양반이 중질도 지겨워졌는지 이제 박수무당이 되려나 봐요. 아까 낮에 굿해준 집에 따라 갔잖아요."

"조금 있으면 바깥 스님 작두 타는 것도 보겠네요."

"그래도 그런 사기까지 하실까?"

"예?"

"작두 타고 그러는 거 다 사기라고요. 아니, 그건 그렇고 술 마실 거예요, 말 거예요? 심 처사님 안 드신다면 나는 저기 총각거사님이랑 마시려니까."

"사랑도 변하나요?"

"세상에 안 변하는 게 어디 있다고."

"그 꼴은 아직 보기 싫으니 저도 같이 들어가겠습니다."

겉모습과는 달리 속은 모두 다 속인인 두 남자와 한 아낙이 정담을 나누면서 술을 마시기 시작했다. 권 사장과의 자리가 내내 어렵고 불

편했던 주연은 이 제서야 물을 만난 고기가 되었다.

"형, 아까 권 사장님, 그분 말이에요. 형 때문에 회사가 살아났다고 계속 이야기를 하던데 그게 무슨 소리에요?"

"내가 말했었잖아."

"필리핀 이런 이야기가 다 뭐냐고요?"

"내가 마포 경제계에 있을 때 일이야. 그 양반 회사 지금도 용강동이라는 데 있잖아. 그때 그 회사가 공장은 별로 크지 않았지만 되게 알찼었거든. 뭐냐면 지퍼랑 손톱깎이에선 전 세계에서 거의 1위를 하던 업체였거든. 쓰리 파이브 상표 알지? '555'말이야. 그때 이런저런 상도 많이 받았었지. 그런데 어느 날부터 수출이 안 되더라 이거지. 외국 거래처가 하나 둘씩 떨어져 나가는 거라. 이유를 알고 보니 필리핀이랑 말레이시아에서 대량으로 가짜를 만들어 내기 때문에 그렇다는 거야. 문제는 이게 상표만 똑같은 게 아니라 품질도 거의 차이가 안 난다는 거지. 가격은 거의 1/3 수준이고. 그러니 어느 바이어가 한국에 와서 사겠냐고. 그런데 뭐 그때만 해도 지적재산권이니 이런 개념이 좀 희박하기도 했고 또 그 나라들 입장에선 고용도, 돈벌이도 되니까 단속에 거의 신경을 안 쓰는 거라.

그러니까 달랑 그거 두 가지 만들어서 외국에 팔아서 살아가던 회사가 안 망하게 생겼냐고. 권 사장 그분이 외교부나 산자부 이런 데다 진정도 많이 내고 그랬는데 만날 항의를 하느니 단속 요청을 하느니 하면서 말로만 끝내는 거라. 그 나라에 우리나라에서 파는 물건들이 더 많으니까 통상마찰 이런 걸 꺼렸던 거겠지, 뭐.

이 양반이 하도 답답하니까 우리 서장님을 찾아와 호소를 한 거야. 다행히 그 서장님이 추진력이 참 대단했던 양반이었거든. 그분이 가만히 생각해보니까 자기가 경대 생활지도 교수를 할 때 많이 도움을 주었던 친구가 경정을 달고 마닐라 대사관 주재관을 하고 있다는 걸 떠

올린 거지. 그래서 나랑 내 조원이 마닐라로 출장을 나갔었잖아. 경찰서 단위에서 수사를 위해 외국 출장을 간다는 건 거의 생각도 못 할 때인데 지휘관이 똑똑하니까 그게 가능하더라고."

"형이 뭐 대단하다고 형이 가게 됐는데요?"

"야, 다행히 내가 영어가 조금 되잖아. 그리고 그 주재관이 경감으로 기동대 중대장일 때 내가 경사 달고 중대 부관을 했었거든. 나이가 어려 철은 좀 없는데 사람 자체는 괜찮더라고, 순수하고. 그래서 내가 잘 챙겨줬지. 잘 모셨다고 해야 하나. 하여튼 저녁 때 퇴근을 해서 같이 술 마시고 그러면 이 친구가 나보고 형님, 형님 그럴 정도로 좀 친해졌거든. 뭐 그런 인연으로 가게 된 거겠지."

"그래서요."

"우리야 가라고 해서 가긴 했지만 어디가 어디인지도 모르는데 솔직히 한 게 뭐 있겠냐? 다 주재관 그 양반이 해 준거지. 야, 그때 보니까 대사관 영사라는 게 꽤 대단하더라. 그리고 우리가 운도 좋았고."

"뭐가?"

"현지 경찰이랑 마닐라에서 좀 떨어진 곳에 있는 공장을 덮쳤거든. 공장이 권 사장님네 것보다도 더 큰 거 있지? 가짜가 진짜보다 덩치가 더 크더라니까. 그런데 거기에서 이태리, 프랑스 명품 핸드백 이런 걸 같이 만들고 있더라고. 한 쪽에선 손톱깎이 만들고 한쪽에선 핸드백 만들고 하여튼 재주들도 좋더라."

"그게 뭐가 운이 좋았던 건데?"

"아, 그때 필리핀이 그 가짜 명품들 때문에 여기저기서 당하고 있던 시절이었거든. 우리 것만 베끼고 있었다면 어영부영 넘어갈지도 모르는 것이었는데 괜히 세계적인 명품에도 욕심 부렸다가 사장 구속되고 공장 폐쇄되고 하여튼 그냥 깨져버린 거라. 말레이시아에 가지고 있던 공장도 똑같이 그랬고. 됐니?"

“그래서 다시 살아난 거야?”

“결국 그렇지. 그때 권 사장 그 양반이 생각하길 그런 나라, 그런 공장에서 똑같은 품질의 것을 만들 수 있다면 앞으론 살아남을 수 없다고 판단해서 그때부터 본격적으로 기술 연구팀을 육성해 가지고 지금의 쓰리 파이브가 있게 된 거니까.”

“그분 입장으론 형이 고마울 수도 있겠네.”

“마닐라에 있던 그 양반이 다 했다니까. 우리야 그냥 따라 다니면서 구경한 것밖에 뭐 있겠니? 우리가 거기 경찰한테 가서 말 한마디 할 수 있겠냐고.”

“그 사람은 지금 뭐하는데?”

“죽었어, 간암으로.”

“아, 이제 누구 말하는지 알았다. 김 과장 동기라는 그 사람이구나.”

“동기던가?”

“아깝다. 정표 씨도 그렇고 웬 암이 그렇게 많지?”

“나무관세음보살.”

“안 스님, 곡주 잡수시다 말고 웬.”

“나무관세음보살.”

9

다음 날 오전, 정수와 주연은 자동차의 번호판을 다시 갈아 끼우고 느긋하게 절을 나섰다. 정수는 주연을 회사에서 경력증명서를 받아 오라며 구파발 전철역 앞에 내려주고 자신은 가양동 중고자동차 시장에서 지금 운전을 하고 있는 대포차 밴을 구해준 이영걸을 만나러 갔다.

정수와 주연이 시청 앞에서 다시 만난 건 오후 두 시경이었다.

“나 지금 인제에 내려 갈 건데 바람이나 쐴 겸 같이 갈래?”

“이 형은 가끔가다 귀신 씨나락 까먹는 소리를 한다니까. 인제에 가면 당연히 같이 가야지.”

“그래, 간 김에 한계령 넘어가 회나 먹고 오자.”

“또 사람 패게?”

“팰 일 있으면 패야지.”

“참, 형 나 아까 누구 만났는지 알아?”

“아까 언제?”

“나 총무팀장 만났어. 이거 총무팀장이 직접 가지고 내려왔더라고. 그런데 말이야, 무슨 이야기 들었는지 알아? 세상 참.”

“뭔데?”

“상무 그 새끼 말이야, 풍 맞았대. 개새끼 그 지랄하더니.”

“뭐라고?”

“사우나 하다가 뇌졸중인가 뇌일혈인가로 쓰러져 지금 강남성모병원에 있다고 그러더라고. 의식이 없다나, 어쨌다나. 늦게 발견되는 바람에 피가 워낙 많이 고여 죽을 확률이 높다고 하더라고.”

“언제?”

“그저께. 아니 어제 새벽이 되는 건가?”

“……”

“총무팀장이 나보고 자꾸 미안하다는 거 있지. 그러면서 이것저것 캐묻는 거야. 형 안부도 묻고.”

“좋은 사람이잖아.”

“그런데 말하는 뉘앙스가 어쩜 보상관리팀을 옛날처럼 다시 부활시키게 될지도 모르겠다, 뭐 그런 식으로 이야기를 하더라고. 사장 이야기도 해가면서. 또 경력증명서가 왜 필요하냐고 그러더라고.”

“……”

"내가 뭐라고 했는지 알아?"

"……."

"형이란 나랑 다른 데 취업을 하게 되었다 그랬지."

"잘했네."

"형, 그런데 우리 '쓰리 파이브' 가면 뭐 하는 거야? 진짜 이름만 올려 놓는 거야? 그런 거 걸리잖아."

"그 회사에 '시장질서 팀'을 만들기로 했어. 내가 팀장, 너는 과장급 부팀장으로 해서."

"그럼 둘이 다하는 거야? 뭐 하는 건데."

"쓰리 파이브가 서서히 명품 취급을 받으니까 다시 카피가 나돌기 시작한대. 우리는 그걸 감시 단속하는 거고."

"그럼 진짜로 일해야 되는 거잖아."

"뭐 당장은 아니고. 그 일 해볼래?"

"미쳤어? 단속권도 없는데 만날 나가서 싸우는 게 일일 텐데."

"만약 일을 한다면 우리는 정보만 입수하고 단속을 하게 되면 경찰 이랑 같이 해야지."

"그것도 싫어. 경찰한테 아쉬운 소리해야 되는 거잖아. 나 솔직히 회 사에 다니면서 자존심 상한 적 무지 많았거든. 뭐 형한테는 내색 안하 려고 노력했지만 말이야."

"야, 너만 그랬겠니?"

"하여튼 같은 식구인데도 더러운 새끼들이 많다니까."

"인마, 우리가 현직에 있을 때도 보통 전직들 싫어했잖아. 만나봤자 맨 부탁이나 불평 아니면 사건 청탁이니 좋을 게 뭐 있겠어. 어떤 놈 은 자존심도 없이 옛날 동료들에게 정수기니 전기요니 이딴 거나 강 매하러 다니고 말이야. 중요한 건 그래도 의리 있고 우리를 도와주려 고 노력하는 좋은 사람들이 훨씬 더 많다는 거야."

“······.”

“너 2대8 법칙 알지?”

“묻지 말고 그냥 좀 말해.”

“어떤 조직이나 사회든 간에 꼭 20% 정도의 나쁜 놈이 있게 마련이거든. 경찰도 그렇고 검, 판사에 선생님, 목사, 의사도 그렇고, 나라 전체로 봐서도 그렇고. 어쨌든 나도 다시는 옛날 동료들에게 아쉬운 소리 하는 걸 직업으로는 안 할 거야.”

“형, 그 회사에서 월급도 받나? 아차, 이건 물어 봤었지.”

“일 안할 거니 반납하는 게 맞겠지만 권 사장님 그 양반이 그걸 다시 받을 사람도 아니고.”

“그럼 써도 된다는 소리네.”

“힘든 건 알지만 너무 불안해하지는 마. 정 안되면 그 회사에서 정말로 열심히 일하면 되는 거지 뭐.”

“경찰한테 아쉬운 소리 하는 일은 안 하겠다며?”

“아쉬운 소리 안 하고 일하면 되는 거지, 안 그래? 그래서 실적 없다고 나가라고 하면 또 나가면 되는 거고.”

“······.”

“걱정 마, 회사엔 적만 올려놓는다니까.”

“형, 상무 그 새끼 그렇게 됐다는 소리 들으니까 솔직히 고소하지 않아?”

“새끼, 생각하는 거 하고는. 야, 그 인간이랑 나랑 무슨 대명천지의 원수라고 사람이 죽어가는 데 그게 고소하냐?”

“부처님 나셨네.”

“주연아, 너 나이 먹으면서 제일 서글픈 게 뭔지 알아?”

“이젠 부처님에서 철학자로 변신하려고?”

“하나는 내가 사랑하는 사람 늙어 가는 걸 보는 것이고, 또 하나는

주위사람들이 하나 둘 씩 죽어 가는 걸 보는 거야."

"형이 누구 늙은 걸 본다고?"

"엄마는 당연히 그렇다고 치고 집사람 같은 경우 말이야. 너도 알잖아? 형수 옛날에 잘 나갔다는 거. 그런데 요새 보면 목에 주름이 자글자글 하거든. 우연히 그걸 보게 되면 얼마나 속이 쓰린지 알아?"

"잘났어, 정말."

"내가 죽음을 무지 무서워하는 건 뭐 너도 잘 알겠지만 말이야. 그러는 너도 무섭다고 했지? 자다가도 무서워서 벌떡 일어나 담배만 피는 날도 있다며? 그러니 너한테 오늘이 어제 죽은 사람이 그렇게 보고 싶어 하던 내일이니, 개똥밭에 굴러도 이승이 낫느니, 이런 시시한 말 하면 웃긴다고 하겠지만 어쨌든 나는 그 누가 뭐라고 해도 살아있다는 것만큼 좋은 건 없다고 생각하거든. 그런 내가 조금 원망이 있다고 상무 쓰러진 걸 고소해 한다고? 야, 차라리 나도 그런 배포가 있었으면 좋겠다. 솔직히 말하면 고소한 게 아니라 불쌍해. 찜찜하고."

"뭐가?"

"자기가 얼마 안 있다 뇌 속에서 혈관이 터져버릴 것이란 걸 알았다면 절대 안 그랬을 거 아니야. 겨우 그렇게 되려고 그 지랄을 떨었겠냐고. 그러니까 누구든 아무리 발버둥을 쳐도 바로 한 치 앞도 못 본다는 게 찜찜하고 또 불쌍하고 그런 거지 뭐."

"또 연설한다. 됐어, 그만 해."

"인마, 측은지심(惻隱之心), 수오지심(羞惡之心)이 없으면 사람이 아니라는 말 있잖아. 측은해 할 줄 알아야 하고 부끄러워도 할 줄 알아야 사람이라는 말, 몰라?"

"공자가 그랬어?"

"맹자."

"하여튼 별 쓸 데도 없는 건 다 알고 있어요. 그 양반이 그 이야기만 했어?"

"사양하는 마음이랑 시비를 가릴 줄 아는 마음 이야기도 했지."

"형은 도대체 그런 거 다 어떻게 아는 거야?"

"인마, 우리 고등학교 때는 국어 과목에 고문(古文)시간이 따로 있었잖아."

"그러니까 고등학교 때 배운 걸 여태 기억한다 이거네. 참 머리 좋아 좋겠수. 아는 게 많으면 먹고 싶은 것도 많다는데 입은 또 왜 그렇게 짧으신가?"

"까부네."

"하여튼 나는 그딴 소리 들으면 머리 아파지고 열등감 생기니까 그만 좀 해라. 괜히 상무 말 꺼냈네."

"그러시던지."

"맞다, 지금 생각해 보니까 형이랑 상무 그 새끼랑 전생에 부부였나 봐. 그래서 자기가 죽을 걸 미리 알고 정을 끊으려고 형한테 그런 거 아닐까?"

"참, 너도 가지가지 한다."

"뭐 그건 됐고. 형, 아까 왜 나보고 바람이나 쐬러 가자고 한 거야?"

"너, 진짜 바람이나 쐬라고."

"사전 답사 가는 거잖아."

"너는 이번 일에 빠져."

"뭐? 그게 또 무슨 소리야?"

"내가 곰곰이 생각해 보았는데 말이야, 아무래도 이번엔 네가 빠져야 될 것 같아."

"여보세요, 무슨 소리냐고요."

"우리가 처음에 그랬지? 늘 수사관의 입장에 서서 우리를 봐야 한다고. 만약에 이번 일이 세상에 드러나면 어쩜 정병철이 일도 같이 드러

나게 될지 모른다고. 그럼 계속 두 사람의 공통점을 파고 들 거잖아. 결국 두 사람 모두 죽어가는 사람에게 가짜 약 같은 걸 팔았었다는 게 밝혀질 테고 그걸 또 자세히 조사하다보면 두 사람이 모두 정표랑 관련이 있다는 걸 알게 될 거란 말이야. 무슨 소리인지 알겠지?”

“…….”

“정표에 맞춰 수사를 하다보면 자연스레 내가, 그리고 다음에는 네가 떠오를 거야. 설령 우리를 수사해도 아무것도 안 나온다고 해도 계속 주시를 할 거라고. 그럼 앞으론 더 이상 이 일 못하는 거 아냐? 그래서 너는 이번에 빠지고 대신 우리들의 완벽한 알리바이를 만들어내는 거야. 둘 다 아예 용의선상에서 빠질 수 있게 말이야.”

“그럼 형 혼자 한다고?”

“같이 할 사람이 있어. 하지만 너는 아직 그 사람 알 필요 없어. 하나라도 더 알면 나중에 그만큼 더 피곤해지잖아.”

“아예 점조직을 만들겠다고?”

“그것도 좋지.”

“형 머리야 알아주니까 정 그래야 한다면 할 수 없지, 뭐.”

“너 필레 약수 알지?”

“거기 갈 거야?”

“그럴까 하고. 네 생각엔 어때?”

“어차피 인제라고 했으니까 그쪽도 뭐 무난하겠지.”

“그럼 그쪽으로 가 본다?”

“알아서 하셔. 언제부터 내 의견을 그렇게 물으셨다고 그래. 새삼스럽게.”

“유 작가한테 아까 전화 왔었어.”

“만들어 놨대?”

“응.”

"그 양반 참."

"필레 약수로 해서 한계령이나 구룡령으로 넘어가자."

"알아서 하시라니까. 난 어차피 장기출장 중인 몸이니까."

"이번에 집에 가면 너 재계약 안 된 거, 제수씨한테 이야기 해. 쓰리 파이브 이야기도 하고."

"형, 그나마 이야기할 수 있게 돼서 참 다행인 거 있지?"

"……."

"형, 정말 고마워."

"놀고 있네."

"아냐, 형. 형 막내라고 했지? 난 장남이거든. 그러니까 형은 동생이 없는 거고 나는 형이 없는 거잖아. 내 말 무슨 말인지 알지?"

"조선말인지는 알겠다."

"그냥 유도로 콱."

"새끼, 올림픽은커녕 아시안게임도 한 번 못 나가 본 주제에 무슨."

"내가 운이 없어서 그렇지. 하필 그때 내 체급에 유망주들이 몰려 있었거든."

"인마, 그럼 체급을 내리든지 아님 올리거나."

"그래도 전국체전에선 금메달을 두 번이나 땄거든. 그 걸로 대학 간 몸이라고."

"장하다. 동네잔치에서 금메달 따서."

"전국체전에 대해 잘 모르는구나."

주연과 실없는 농담을 주고받으면서도 정수의 뇌리에서는 상무에 대한 생각이 영 떠나지 않았다.

10

  필레 약수터 일대의 집, 민박 그리고 도로와 지형 등에 대해 꼼꼼히 살핀 두 사람은 정수의 말대로 구룡령을 넘어 양양에서 밤을 보낸 후 다음 날 서울로 돌아왔다. 정수는 처가가 멀지않은 곳임에도 지난번과는 달리 편한 마음으로 달게 술을 마시는 주연을 보며 새삼 권 사장이 고맙다는 생각을 했다. 정수는 상무의 상태가 못내 궁금하면서도 전화를 돌리지 않았다.

  그날 두 사람은 마포의 '555' 회사로 가서 권 사장 및 몇몇 간부 사원들과 인사를 나누었다. 권 사장은 그들에게 앞으로 이 두 사람은 재택근무 형태로 일할 것이며 업무 내용은 자신과 인사부장 두 사람에게만 보고할 것이니 철저한 지원을 해주되 관여는 일체 하지 말아 줄 것을 당부하였다. 이제 두 사람은 중견기업 '555'의 정식 사원이 된 터였다.

  오후엔 도장을 받으러 유 작가한테 갔다.

  "형, 아까 유 작가 그 양반 이야기가 뭔 소리야?"

  "야, 너는 뭐 그렇게 궁금한 게 많니? 꼭 이제 말 배우는 아이들처럼 그저 하루 종일 물어보냐?"

  "장길매, 그게 무슨 소리냐고?"

  "뭐 무슨 소리야? 우리 이름이지."

  "그게 뭔데?"

  "숙제니까 네가 풀어 봐."

  정수의 전화가 울린 것은 둘이 그런 대화를 나누며 청량사로 오던 길에서였다. 정수는 두 개의 전화기를 놓고 허둥대다 겨우 자신의 원래 전화기를 찾아 들었다.

  "하여튼 개그는 혼자 다 한다니까."

  "조용히 해, 인마. 예, 제수씨 접니다."

……

"아, 예."

……

"알겠습니다, 지금 바로 그리로 가겠습니다."

전화를 끊은 정수는 한참동안 말을 잇지 못했다. 주연도 정수의 표정에서 뭔가 심상치 않은 일이 벌어졌음을 직감했다.

"형, 정표 씨 부인 전화야? 왜, 정표 씨 무슨 일 생겼대?"

"방금 전에 경찰병원에 도착했대."

"살아서?"

"응."

"……."

정수는 자신의 부인에게 전화를 넣었다.

"응, 나야, 바쁘지?"

"그렇지 뭐. 어디야?"

"자기야, 지금 정표, 경찰병원에 도착했다더라."

"나쁜 소식이구나?"

"나 지금 주연이랑 같이 있는데 거기 가 보려고 하거든. 같이 안 갈래? 집에 급한 일이 생겼다고 하고 조금 일찍 나오지."

"알았어. 그런데 자기는 지금 어디에 있는 건데?"

"여기? 응, 송추 쪽이야. 내가 자기 사무실 앞으로 갈까?"

"그래. 그럼 도착할 때쯤 전화해. 아니야, 내가 경찰서 밖으로 나갈게. 한 이십 분 걸리겠지?"

"그래, 내가 먼저 도착하면 주변에서 기다리고 있을게."

정수의 부인이 차에 오르고 주연과 인사를 나누었다.

"나, 사무실에서 방금 전에 연지 엄마랑 통화했어."

"그래, 뭐라고 하는데?"

"정표 씨가 갑자기 경찰병원에 가서 입원하고 싶다고 그랬대."

"자기 입으로?"

"응."

"……."

"연지 엄마 말로는 꼭 본인이 갈 때가 되었다는 걸 알고 그러는 것 같더래."

"병신 새끼."

"어떻게 하냐? 정표 씨 불쌍해서."

"……."

"연지 엄마는 또 어떻게 하고."

"병신 새끼."

"형님, 형수님 계시는데 왜 자꾸 욕을 하고 그러세요."

"병신이잖아. 죽긴 왜 죽느냐고. 개새끼."

"형, 차 세워. 빨리 차 세우라니까."

정수는 주연의 말에 순순히 따랐다. 그는 운전대를 주연에게 넘겨주었다.

"자기는 도대체 어떻게 하려고 그렇게 눈물이 많냐?"

"미안해. 나 원래 덜 떨어진 놈이잖아."

"병원 가면 정표 씨 앞에서 절대 눈물 보이지 마."

"개새끼, 진짜 너무 불쌍하다."

"그만 좀 울라니까."

"씨팔, 뭔 놈의 세상이 이러냐?"

"세상이 뭐 어때서? '생. 노. 병. 사.' 그거밖에 더 있어?"

"자기야, 정표 그 놈, 지금 얼마나 무섭고, 억울하고, 또 외로울까, 응?"

"그만 하라니까."

정표는 송파구 문정동 경찰병원의 특실에 누워 있었다.

‘특실’, 임종을 맞이할 환자에게 병원에서 베푸는 마지막 호의인 1인 특실. 그의 주변엔 벌써 소식을 듣고 달려 온 친한 동료 몇 명이 애써 태연한 표정을 지으며 그와 이야기를 나누고 있었다. 대부분 정수와 함께 근무를 한 적이 있거나 안면이 있는 형사들이었다. 정표는 비교적 의식이 뚜렷했다.

“형, 형, 미안해. 내가 잘못했어.”

“인마, 내가 미안하지, 네가 왜 미안해. 청양에서보다 얼굴 좋아졌다, 야.”

“형, 나 순찰차 타고 싶어. 순찰차.”

“그래, 빨리 퇴원해서 순찰차도 타고 형기차(경찰서 형사기동대)도 다시 타고 그래야지.”

“아니, 지금 타고 싶다고.”

“지금 순찰차를 타고 싶다고?”

“응, 순찰차 타고 우리 경찰서도 가보고, 우리 집도 가보고 그럴래. 형, 나 아직 경찰 맞지? 경찰 맞잖아.”

“그럼, 너도 경찰이고 너희 집 사람도 경찰이고 여기 있는 사람들 다 경찰이지. 그러니까 지금 경찰병원에 있는 거잖아.”

“순찰차 불렀어?”

“응, 지금 오고 있을 거야. 말 너무 하지 말고 좀 쉬어.”

정수는 남편의 손을 쥐고 있는 정표의 부인에게 어서 조치를 취하라는 눈짓을 했다. 그녀 대신 동료 서너 명이 병실을 빠져 나갔다.

“형, 나 형 동생 맞지?”

“인마, 당연한 걸 왜 물어. 그럼 내가 동생이겠니?”

“형. 미안해. 우리 형민이랑 연지. 무슨 말인지 알지?”

“그럼, 알지. 아무 걱정하지 마.”

“형민아, 너 왜 큰아빠한테 인사도 안 드려?”

기운이 없는 듯 그의 눈이 감겼다. 고르지 못한 그의 숨소리는 몸에서 생명이 빠져 나가고 있음을 알리는 비명같이 들렸다. 간호사가 그에게 산소마스크를 씌어준 후 가슴에 청진기를 대보더니 지금은 그냥 잠이 들은 상태라고 말을 해 주었다. 잠시 후 정표의 '순찰차' 소리를 듣고 병실을 빠져 나갔던 동료 중 한 명이 병실로 들어섰다.

"선배님, 어떻게 할까요? 지금 밖에 우리 서 형기차랑 순찰차 와 있거든요."

"송파 근무하시나 봐요?"

"예, 선배님, 송파는 아니고 중부서 강력계에 근무하는 김결이라고 합니다. 옛날에 선배님이 형사기동대 계실 때 저는 다른 제대에 근무하고 있었습니다. 정표 동기고요."

"아, 예. 이름이 참 멋있네요. 들어 본 기억도 나고요."

"순찰차는 여기 지구대에서 협조해 주기로 한 것이고, 형기차는 오늘 우리 차, 제가 타고 온 겁니다."

"송파 직원도 아닌데 여기 지구대가 정말 고맙네요."

"송파고 영등포고 중부고 할 게 뭐 있습니까. 다 같은 식구인데."

그는 울고 있었다. 정표가 다시 눈을 떴다. 그리고선 힘겹게 산소마스크를 턱 아래로 내렸다.

"순찰차."

정수는 마침 정표의 상태를 살피러 온 의사에게 그가 원하는 것을 말하며 괜찮겠냐고 물었다. 의사는 처음에는 앰불런스가 아님에 난색을 표했으나 역시 경찰관인 정표의 심정이 헤아려지는 듯 너무 오랜 시간을 보내지 말라는 당부와 함께 허락을 해주었다.

승용차인 순찰차에 태우기엔 불편해 승합차인 형기차에 그를 태운 후 정수, 정표의 처, 그리고 차를 수배해 준 김결이라는 동기생 친구가 차에 함께 올랐다. 병원에서는 작은 산소통을 싣고 정표의 코에 관을 꽂아 호흡이 편하게끔 배려를 해주었다. 칸보이(선도) 역할로 앞장선 순찰차가 번쩍거리는 경광등과 함께 요란한 경고음을 울리고 정표를 태운 형기차 역시 경광등을 돌렸다, 형기차 안은 앞의 순찰차와 형기차 자신의 경광 불빛이 어지럽게 교차해 마치 나이트클럽에 들어선 듯했다. 정표는 의식이 아주 또렷해져 있었다. 그는 코에 꽂은 관을 거추장스러워 하면서도 연신 밖을 둘러보며 즐거워했다.

두 대의 차가 요란하게 올림픽대로를 달려 정표가 근무를 하던 영등포 경찰서 서정(경찰서 마당)으로 들어섰다. 서정에는 이미 연락을 받고 기다리고 있던 경찰서장과 형사과장, 그리고 많은 동료들이 그를 맞이해 주었다.

차 문을 연 상태로 그들과 짧은 인사를 마치고 나온 정표는 자신의 집은 볼 수 없었다. 영등포 서를 돌아 나오자마자 다시 의식을 잃은 것이다.

밤 11시 40분, 의식이 돌아 올 때에는 자신의 부인과 아들, 정수, 정수의 처, 동료 등과 조금씩 잦아드는 쉰 목소리로나마 태연스레 대화를 나누고, 의식이 없을 때는 당장 임종을 맞이할 것 같은 상황을 몇 시간 째 반복하던 정표는 드디어 숨을 거뒀다. 끝내 감지 못한 그의 양쪽 눈에서는 한 줄기 눈물이 흘러내리고 있었다.

마흔 셋, 두 아이의 아빠, 자신이 경찰관이란 사실에 자긍심을 가지고 열심히 일을 하고, 시골의 가난한 형에게 해 줄 것이 없음에 괴도워하고, 격무에 시달리는 부인에게 미안한 마음으로 늘 따뜻했고, 두 아이 볼에 자신의 볼을 비벼대기를 즐겨 아이들을 질색케 하던 사내를 폐암이 저 세상으로 데리고 가버렸다.

정수는 빨리 영안실로 모시고 가야 한다는 병원 직원들의 재촉엔 아랑곳 하지 않고 정표의 얼굴을 덮은 하얀 보를 계속 벗겨내는 그의 처의 낭자한 울음소리를 병실 밖에서 금지된 담배연기로 들었다.

정수는 아버지 생각을 했다. 그리고 살인자 폐암의 공범이 된 인간들을 떠 올렸다. 이윽고 정표를 실은 침대가 영안실로 향하기 시작했다. 정표의 부인은 하얀 시트 밖으로 삐죽 빠져나온, 돌아오지 못할 먼 길을 떠나는 남편의 야윈 손을 붙잡고 오열을 하며 함께 걸음을 옮겼다.

"제수씨, 내가 말입니다, 그 개자식들을요, 반드시 갚아 줄 겁니다. 정표, 이렇게 만든 새끼들. 무슨 수를 써서라도 꼭 되갚아 주겠단 말입니다."

정표는 차가운 형광불빛이 환하게 비추는 병원 복도가 아주 길고 또 어둡다는 생각을 했다.

11

자신을 끔찍이 여기던 젊은 아빠가 한 줌 재로 변하고 있는 것을 아는지 모르는지 정표의 딸 연지가 앙증맞은 소복에 단발머리 나풀대며 온 화장장을 뛰어 다니는 모습을 눈물로 지켜본 정수는 주연과 함께 용미리에 있는 납골당까지 따라가 그의 유해가 봉안이 되는 것을 다 보고서야 차를 돌렸다.

"형, 이젠 일 해야겠지?"

"너도 정표 딸, 그 조그만 애가 소복 입은 거 봤지? 우리가 왜 이 일을 해야 되는지 이제 좀 감이 오지?"

"알았으니까 빨리 일이나 하자고."

"그럼 절로 막바로 가지 말고 직진해서 불광동 쪽으로 가 봐. 전화하기 좋은 데 있으면 차 세우고."

불광동 사거리에 있는 식약청 구내로 차가 들어섰다.

"지금 그 새끼한테 전화를 해서 말이 통하면 당장 오늘이라도 약속을 잡을 거야. 날이랑 시간이 정해지면 너는 내가 말한 대로 우리 두 사람의 알리바이를 만드는 것이고."

"전화나 해 봐."

정수가 며칠 전 통화를 한 번호로 전화를 걸었다, 전화는 역시 예의 그 여자가 받았다.

"당연히 그러셔야지요. 그럼 직접 왕진을 나갈 회원님을 연결해 드릴 테니 그분과 자세한 상담을 하세요."

그녀가 말해 준 전화번호는 스티커에 있는 또 다른 번호였다. 이번에는 사내였다.

"예, 그 정도면 잘 준비하셨네요. 두 달 치에다 인제 왕진이면 그 가격이 맞고요. 지금 환자들이 좀 밀려서 천생 내일 오후에나 도착할 수 있겠네요."

"예, 그럼 몇 시쯤이면 오실 수 있는지?"

"글쎄요, 한 세 시쯤 출발하면 요새 길 좋으니까 한 여섯 시쯤 도착 안 하겠습니까?"

"예, 제가 나가서 기다리고 있겠습니다. 그런데 선생님, 이 사람이 지금 점점 상태가 안 좋아지고 있거든요. 그 약을 먹으면 정말 좋아질까요?"

"그렇게 확신이 없으시다면 뭐 굳이 내가 안가도 되겠네요. 어차피 그 먼 데까지 가기도 그런데."

"그게 아니고요, 선생님. 너무 걱정이 돼서."

"책도 못 읽었어요?"

"예?"

"우리 약 먹고 살아 난 사람들 증언을 모아놓은 책 말이에요."

"예, 못 봤는데요."

"그렇게 정보가 어두우시니까 사모님이 그런 지경이 된 거잖아요."

"예, 죄송합니다."

"아, 뭐 그건 됐고, 내가 6시경에 도착할 테니까 길 안내나 잘하세요. 뭐 필레 약수터는 나도 알고 있고, 또 내비 찍어도 되긴 하지만. 어쨌든 일단 그리로 가면 됩니까?"

"예, 선생님, 약수터 바로 아래 동네에 있거든요."

"어딘지 대충 짐작이 되네요. 그럼 내일 봅시다."

"저기, 선생님, 몇 분이 오실 건가요?"

"그건 왜요?"

"저녁이라도 준비해 놓으려고요."

"저녁이요? 그런 거 필요 없어요. 그리고 나 혼자 갈 겁니다."

"예, 선생님, 꼭 오셔야 합니다."

"알았어요."

전화가 끊겼다.

"들었지? 6시."

"응."

둘은 다시 청량사로 돌아 왔다.

"그럼 계획을 짜자. 일단 내가 한 다섯 시경부터 거기에 가 있으려면 내일이 토요일이니까 밀릴지도 모른다는 걸 감안해 서울에서 12시 정도엔 출발해야 할 거고."

"그럼 난 어떻게 하면 되지?"

"너는 말이야, 내일 저녁 7시쯤 우리 아파트 상가에서 맥주 몇 병이랑 안주거리를 사가지고 우리 집으로 와. 버스 CCTV 같은 데 찍히는 게 좋으니까 차는 가지고 오지 말고."

"그땐 형이 작업하고 있을 시간이잖아."

"당연하지. 나는 그때 인제에서 작업 마치고 규익이네로 가고 있어야지."

"내가 7시에 가서……."

"그런 다음에 밤 11시쯤 우리 집에서 나오는 거야. 그래 가지고선 다시 버스를 타고 너네 집으로 가는 거지. 그럼 밤 12시 반쯤 되겠지?"

"응, 그 정도 걸릴 거야."

"동네에 도착하면 바로 집에 들어가지 않고 호프집 같은 데 있으면 들어가서 술을 마셔. 한 두 시 정도 될 때까지. 그리고선 집에 들어가는 거야. 더 좋은 건 호프집에서 주인한테 시비를 걸어서 파출소까지 가는 건데 그건 마음에 안 내키면 안 해도 되고."

"파출소는 좀 그러네."

"알았어. 그렇게 집에 도착한 다음에 내 핸드폰으로 전화를 걸어. 네 원래 핸드폰을 가지고 내 원래 번호로."

"그럼 형이 양평에서 받게 되잖아?"

"아니. 집에 놓고 갈 거니까 우리 집사람이 받을 거야. 작업이 일찍 끝나면 내가 받을 수도 있고. 그 전화 왜 하라는 건지 알겠어?"

"그 시간에 집에 있는 형이랑 전화 통화를 했다는 거잖아."

"그래. 그리고 아침 일찍 일어나 조깅을 하든, 동네 약수터를 가든가. 아님 편의점이 있으면 가서 우유나 담배라도 사고. 이것도 알겠지?"

"그러니까 밤새 집에 있었다는 거 아니냐고?"

"맞아. 넌 우리 집에 술 사가지고 와서 나랑 술 마시다가 밤늦게 집에 들어가고 아침 일찍 집에서 나오니까 너의 알리바이는 아주 확실한 거지. 뭐 너야 어차피 현장에 없으니까 굳이 안 만들어도 되긴 하지만 하여튼 확실히 해 놓는 게 좋아."

"……."

"그럼 나는 어떻게 한다?"

"어떻게 할 건데."

"나는 내일 아침 일찍 테니스장에 가서 회원들이랑 공을 치다가 한 11시 반쯤 네 전화를 받은 다음 집에 들어 와. 그런 다음에 뒤 베란다

로 해서 집을 빠져나와 인제로 가는 거고."

"그런 다음엔?"

"인제 가서 모셔다가 규익이네서 작업하고 밤에 집으로 돌아오는 거지. 물론 나갈 때랑 똑같이 CCTV가 없는 뒤 베란다로 몰래. 아마 새벽이겠지? 어쨌든 난 집에 들어오면 조금 있다가 옷을 갈아입고 집 앞 편의점에서 커피 한 잔 마시고 사우나를 가지. 그럼 어떻게 되나 정리를 하자면, 나는 오전에 테니스를 치고, 물론 11시쯤 네가 나랑 통화도 해야지. 통화내용은 저녁에 찾아 가겠다는 내용이고 난 그때 테니스 회원들이 다 보고 듣는 데서 큰 소리로 네가 우리 집에 올 걸 말하는 것이고. 그 후 집에 들어온 나는 오후에 집에서 쉬고 있다가 저녁에 너를 손님으로 맞아 같이 술을 마시고. 새벽 두세 시쯤 네가 집에 잘 도착했다는 또는 파출소에 잡혀 왔다는 내용의 통화를 너와 하는 거겠지? 다음엔 새벽이나 아침에 사우나 가고."

"……."

"우리 집 앞 현관과 엘리베이터 CCTV에는 내가 아침 일찍 테니스 치러가는 모습, 11시 반쯤 집에 들어오는 모습, 그 다음엔 네가 우리 집에 오는 모습, 우리 집 사람이 술 사러 갔다 오는 모습, 너 나가는 모습, 다음 날 아침 내가 사우나 하러 나가는 모습, 뭐 이 정도가 남게될 거야. 그럼 나는 하루 종일 집에 있게 되는 거고."

"형네 집 2층이잖아."

"괜찮아. 뒤 베란다 창문 열면 바로 가스관 붙잡을 수 있어. 알잖아너도. 우리 집 뒤쪽은 야산이라 오가는 사람도 없고 당연 CCTV 같은 것도 없다는 거."

"그래도 형이 빠져 나가는 모습을 누가 보면 어쩌지?"

"난 일단 동네사람들이 나를 보아도 잘 알아볼 수 없게 하고 나올거야. 배관을 탈 그 순간만 눈에 안 띄면 돼."

“대충 그림은 그려지는데 딱딱 맞아 떨어질까?”

“이건 우리가 만약을 대비해서 미리 만들어 놓는 거잖아. 만약을 생각해서 말이야. 혹 미비점이 있으면 나중에 너랑 나랑 얼마든지 보완할 수 있으니까 걱정하지 마.”

“그건 알았고. 형은 가서 일 잘할 수 있겠어?”

“잘해야지. 내가 이 대포로 돌아가는 상황 알려줄게. 절대 전화 헷갈리면 안 돼. 알지?”

“응. 그런데 형, 형수님이 뭔 일인지 알아야 내가 형수님이랑 단 둘이 있고 그러지.”

“걱정 마. 잘 말해 놓을게.”

“형수님이 꼬치꼬치 캐물으면 어떻게 하지? 형수님도 우리가 무슨 일 하는지 알아?”

“구체적으로는 모를 거야. 그래도 너한테 묻고 그러지 않을 거니까 걱정 말고 넌 편하게 술이나 마시면 돼. 알았지? 이제 헤어지자. 작업 상의해야 할 사람도 있고, 울어서 그런지 무지 피곤하네.”

“맞아, 형, 계속 밤 새웠지.”

“하여튼.”

“형, 내일 잘해.”

“그래. 너도 우리 집 사람 술 좀 먹게 해. 그 사람 요새 무지 우울하다.”

“형수님이랑 어려워서 어떻게 단 둘이 술을 마시냐?”

12

다음 날, 주연에게 말한 대로 아침 일찍부터 테니스장에 가서 모처럼 회원들과 즐겁게 어울린 정수는, 11시 조금 넘어 걸려온 주연의 전

화에 대고 과할 정도의 큰소리로 대답을 하여 회원들에게 오늘 저녁 집에 손님이 올 것이라는 사실을 알리고 집에 들어 온 후, 등산복에다 안경을 쓰고 전에부터 가지고 있던 콧수염까지 붙이고선 사람이 없는 것을 확인한 후 뒤 베란다를 통해 밖으로 나왔다.

예상대로 그가 2층에서 가스관을 붙잡고 내려오는 모습을 본 사람은 아무도 없는 듯했다. 정수는 아파트 뒤편 야산을 통해 집에서 멀리 떨어진 공터에 주차해 있던 밴에 올랐다. 얼마 지나지 않아 한 사내가 밴에 올랐다. 중고자동차를 파는 이영걸이었다.

"많이 기다렸지?"

"아닙니다, 반장님."

"그 소리는 빼고."

"예. 형님. 그런데 우리 형님 맞으세요? 그러니까 잘 못 알아보겠네."

"고마워. 돈도 안 되고 자칫하면 또 학교 급식할지도 모르는데 부탁 들어줘서."

"형님, 그런 쓸데없는 말씀은 안 하셔도 좋고요. 오랜만에 좀 흥분이 돼서 도리어 즐겁다니까요."

"아무튼 고마워."

"전 형님이 대포를 찾을 때부터 뭐가 있구나 싶었거든요."

"좀 웃기지?"

"아니요. 처음에는 형님 같은 분이 왜 이러실까 했는데 한편으로는 이해도 되더라고요."

"……."

"나보다도 더 나쁜 놈들도 있나 봐요. 그렇지요?"

"네가 어때서?"

"에이, 저 옛날에 못된 짓 무지 많이 했잖아요. 아시면서."

"이제 보니 너 같은 친구들은 다 재롱이더라."

"형님, 그래도 그렇지, 배나 허벅지에다 연장 쑤셔 박고 그러는 게 재롱이라니요?"

"……."

"정표 형 돌아가셨다고요?"

"그걸 어떻게 아는데?"

"에이, 왜 그러세요. 우리 가게가 강서 관할이기는 하지만 영등포랑도 가깝잖아요. 도난 차니 대포차니 이런 거 때문에 형사들이 바글바글하거든요."

"……."

"형님도 그렇지만 그 형 진짜 형사 같지 않게 착했는데."

"진짜 착하고 좋은 형사가 얼마나 많은데. 하는 일이 그렇다 보니 그렇지."

"형님 앞에서 할 말은 아니지만 치사한 인간들도 얼마나 많은데요."

"어디 가나 그런 인간들은 있잖아."

"하긴 차를 팔다 보니까 세상에 정말 별 인간들이 다 있더라고요."

어느덧 차는 양평을 지나고 있었다. 정수는 이곳 서장에게 주제도 파악 못하고 한껏 호기를 부리다가 망신을 당했다는 상무 생각이 나서 왠지 가슴이 먹먹해지는 듯했다.

"이따가는 밥 먹기 힘들 텐데 저기 휴게소에서 김밥이라도 사자. 사방이 CCTV일 테니 나는 차 안에 그냥 있을게. 네가 가서 좀 사와. 아, 그리고 말이야, 너 혹시 모래가 들어있는 재떨이가 있으면 담배꽁초 몇 개 주워 와라. 깨끗한 걸로."

"꽁초는 뭐 하시게요? 설마 피우시려고 그러는 거는 아니죠?"

"인마, 내가 거지니? 다 쓸 데가 있어서 그래."

맛도 없는 김밥을 우적우적 씹어 밀어 넣는 것으로 점심을 때운 두 사람이 정수가 봐두었던 장소에 도착했을 때는 이미 다섯 시가 넘어

363

서였다. 토요일답게 차가 밀린 탓이었다.

"자, 잘 기억해 둬. 조금 이따 그 차가 도착해 내가 여기서 작업을 할 때 너는 저기 아래 갈림길에서 혹시 다른 차나 사람이 이쪽으로 오나 보고 있다가 그럴 경우 시간을 끄는 거야. 봐서 아무도 안 오는 거 같으면 너도 재빨리 내가 작업한 곳으로 오는 거고. 걸어서, 침착하게. 한 100m 정도밖에 안 되니까 금방 오겠지?

그런 다음에 기절을 한 놈을 밀어서 조수석 쪽으로 옮겨놓고 내가 운전을 해 아까 우리 차 세워 둔 데로 가는 거지. 그때 너는 뒤에 타고 있다가 혹시라도 그놈이 깨어나려고 하면 전기로 다시 지져 버리고."

"처음부터 한 두세 방 놔 버리지요."

"안 돼. 심장마비로 가면 어떻게 할 건데."

"그런가?"

"우리 차 있는 데로 오면 주위를 잘 살피고 놈을 우리 차 뒤칸으로 옮긴 다음 테이프로 손, 발 묶고 눈, 입 다 가린 후 내가 운전을 해서 가면 그걸로 끝이야. 간단하지?"

"예."

"중요한 건 절대 그놈 차엔 우리 지문이나 소지품을 남겨서는 안 돼. 알지?"

"예, 지금도 장갑 끼고 있잖습니까?"

"하다못해 머리카락 하나 흘려도 안 되니까 너도 절대 모자 벗지 말고."

"예. 그런데 형님, 그 새끼 차는 저기 그냥 놔두나요?"

"차는 그냥 놔두는데 그놈 핸드폰은 잘 챙겨야지. 챙겼다가 아까 내가 말한 휴게소에 들어가면 적당한 차에다 던져 버리는 거고."

"그건 왜요?"

"마누라나 누가 갑자기 연락이 안 된다고 신고라도 하면 오늘 밤 당장 핸드폰 위치 추적할 지도 모르잖아. 수사도 늦추고 우리 위치 모르게 하려면 당연히 그래야지."

"아, 그러네요."

"핸드폰 챙긴다, 지문이나 흔적 안 남긴다, 다른 차나 사람 오나 잘 보고 있는다, 뭐 별거 없지?"

"예."

"담배도 절대 피우지 마. 꽁초 나오면 안 되니까. 지금 피우는 꽁초는 주머니에 넣거나 아예 분해해서 날려 버리고."

영걸은 담배를 끄더니 필터를 잘게 찢어 바람에 날려 버렸다.

"자, 전화한다?"

"예."

정수가 놈에게 전화를 걸었다,

"철정 검문소라니까 거의 다 왔어. 차는 비둘기색 '아반떼'란다. 내려가서 준비해. 놈의 눈에 띄지 말고."

영걸이 아래로 내려가 진입로 입구 나무숲에 몸을 숨겼다. 잠시 후 정수에게 전화가 걸려 왔다.

"예, 선생님, 그 펜션 지나셨다고요? 조금만, 그러니까 한 오백 미터만 더 올라 오시면 왼쪽으로 조금 좁은 갈림길이 나옵니다. 거기로 조금만 올라오시면 됩니다. 지금 제가 그리로 나가고 있거든요."

"그쪽에도 집이 있나?"

"예, 외지지만 집이 더러 있습니다."

"알았어요."

사내의 대답이 끝나기가 무섭게 비둘기색 아반떼가 언덕 위로 올라오는 모습이 보였다. 정수는 손을 흔들어 자신이 기다리고 있음을 알렸다. 차 뒤로 영걸이 태연하게 걸어 올라오는 모습이 보였다. 드디어 차가 정수 앞에 멈췄다. 그리고선 운전석의 창문이 스르르 내려갔다.

"여기 집이 어디에, 으윽."

갑작스레 목에 전기 충격을 받은 사내는 즉시 기절을 해버렸다. 어느새 도착한 영걸이 조수석 문을 열고 사내를 끌어당기고 정수는 힘주어 밀어 그를 조수석으로 옮겼다.

"본 사람 없지? 빨리 타."

정수는 차를 돌려 그 곳에서 제법 떨어진 풀 숲 공터에 세워 놓았던 밴이 있는 곳으로 왔다.

"내려서 누구 오는 사람 있나 좀 봐."

영걸이 먼저 내렸다.

"아무도 없습니다, 형님."

"옮기자."

정수와 영걸은 힘을 모아 축 늘어진 사내를 밴 뒤칸으로 옮겨 태웠다. 영걸이 계속 주위를 살피는 동안 정수는 테이프로 그를 완전히 결박을 하고 눈과 입도 가려버렸다. 주머니에서 핸드폰도 꺼냈다.

"저 차에 뭐 떨어진 거 없나 잘 살펴보고 문 잠근 다음에 열쇠는 안 보이는 곳으로 던져버리고 빨리 타. 아, 그리고 아까 휴게소에서 담배 꽁초 주워 온 거 있지? 그거 저 차 옆에 던져 놔."

잠시 후 영걸이 밴에 올라탔다.

"작업 깔끔하네요, 형님."

정수는 오른손 검지를 들어 입을 막는 시늉을 함으로써 앞으로는 조용히 할 것을 영걸에게 알렸다. 정수가 운전을 하는 차는 침착하게 앞으로 나갔다. 정수는 미리 계획해 놓은 대로 CCTV가 버티고 있을 검문소를 크게 우회하여 큰 길로 접어들었다. 사내의 핸드폰은 정수가 말한 휴게소에 들어가 역시 정차되어 있는 트럭의 짐칸에 던져 버렸다. 그리고선 다시 휴게소를 나와 양평 방면으로 질주를 했다. 정수가 차를 세운 곳은 얼마 지나지 않아 홍천 못 미쳐서 작은 산길로 들어서서였다.

날은 이제 거의 다 어두워져 있었다.

"너 번호판 갈 줄 알지? 이걸로 갈아."

"예."

"영걸이 번호판을 가는 동안 정수는 여태 쓰고 있던 모자를 벗고 콧수염도 뜯은 후 안경도 벗어 버렸다. 정수가 입고 있던 잠바를 벗자 안에서 단정한 넥타이의 양복 차림이 나왔다. 차 앞 유리에 몇 장의 스티커도 붙였다.

"됐니? 이제 너도 앞에 타."

번호판도 갈고, 운전자는 전혀 다른 모습의 남자로 바뀌었고, 혼자 앉아있던 앞좌석도 이제 둘이 되었다. 아마도 CCTV의 흐릿한 화면으로는 절대 같은 차라고 할 수 없을 정도였다. 그때부터 차는 규익의 집을 향해 거침없이 달리기 시작했다. 물론 정수는 속도위반 같은 것은 절대 하지 않았다.

13

재판은 정병철이 때와 같은 모습으로 이름, 나이, 주소, 직업, 가족관계에 대해 묻는 것으로 시작되었다. 오태석, 마흔아홉 살, 경기도 성남시 소재 다세대주택 거주, 택시 운전기사, 그리고 고3인 아들 하나, 이게 겉으로 들어나는 그의 모습이었다. 그러나 재판은 단 10분도 채 걸리지 않아 돌연 끝나버렸다.

정수가 물었을 때였다.

"그래, 오태석이, 우리는 너에 대해 모든 사실을 다 알고 있다. 따라서 묻는 말에 사실과 다른 대답을 하게 되면 그만큼 가중 처벌이 된다. 그러니 기억을 잘 더듬어서 신중히 대답을 해. 알았지?"

"예, 모두 사실대로 말씀드릴 테니 살려만 주십시오."

"그동안 전과가 몇 개나 되지?"

태석은 기억을 더듬으려 필사적으로 애를 쓰는 모습이 보였다.

"저 한 열 개쯤 될 것 같습니다."

"기소유예나 벌금 말고 실제로 살고 나온 것만 이야기 해 봐. 몇 개야?"

"예, 여섯 개입니다."

"죄명."

"으음, 특절(특수절도) 한 개, 강간치상 두 개, 보검범죄단속법 한 개, 그리고 특가법(특정범죄가중처벌법) 한 개입니다."

"특가법은 어떤 것으로 적용이 된 건데."

"예, 뺑소니 사망사고입니다."

"그 사건 자세히 이야기해 봐."

"예, 3년 전 어느 날 새벽에 서울 양재동 횡단보도에서 교회를 가던 아주머니를 치고 달아났다가 자수한 겁니다."

"사망사고라고 했으니 피해자는 죽었다는 소리이고."

"예, 잘못했습니다."

"너는 도망갔다가 붙잡힐 게 뻔하니까 미리 자수한 거고?"

"……."

이때 이야기를 듣고 있던 규익이 나지막하게 하지만 아주 단호한 목소리로 외쳤다. 정수는 가면 속 그의 눈이 이글거리는 걸 똑똑히 보았다.

"유죄. 사형."

"예? 사형이라고요? 잘못했습니다. 그것 때문에 징역을 1년 2개월이나 살고 겨우 나온 겁니다. 다 처벌받았지 않았습니까?"

그는 이미 눈물에 콧물이 뒤범벅이 된 역겨운 표정으로 대성통곡을 하고 있었다, 정수는 규익이 진행 도중에 유죄를 선언한 이유를 잘 알고 있었다. 강간과 같은 성범죄를 유독 싫어하는 그였고, 무엇보다도 자신의 어머니가 뺑소니 사고로 돌아가셨는데도 그 사건은 아직도 미제로 남아 있었다. 게다가 그 또한 정표가 이미 죽은 사실, 그 정표를 속여 말도 안 되는 곡물가루를 비싼 값에 팔아먹고 오늘 역시 같은 사기를 치려다가 여기까지 오게 된 것도 알고 있을 터였다.

정수는 아직 단 한 마디 묻지도 않은 그 약 이야기를 새삼 할 필요가 없다고 생각했다, 어차피 신고를 할 인간인 그에게 굳이 정보를 알려줘 스스로를 노출할 필요가 뭐 있으랴.

"저 새끼 너무 시끄러우니까 눈과 입 다시 테이프로 닫아 버려."

영걸이 정수가 말한 대로 테이프로 그의 눈과 입을 봉했다.

"너는 우리에게 가장 소중한 분을 죽였어. 빨리 병원에만 모시고 갔어도 살릴 수도 있었을 분을. 그래 우리가 너에게 사형을 선고한 거다. 하지만 네 말대로 이미 법에 의한 처분이 끝났기 때문에 인간들의 법 부분은 면제해주고, 하늘의 법, 진짜 사람들의 법에 따라 형을 감경해 주겠다. 살려는 준다는 소리야. 어때? 그렇게 해줄까?"

당연히 그의 고개가 빠른 속도로 여러 번 끄덕여졌다.

"대신 평생 반성하면서 살 수 있도록 작은 벌을 주겠다."

이번 도장은 정수의 주문대로 지난번 남 도장보다 조금 작고 겉면이 약간 둥글게 되어 있었다. 마치 중요문서에 찍는 스탬프처럼 한쪽에서부터 눌러 찍으면 전체적으로 균등한 힘이 가해져 어느 한 귀퉁이도 흠이 없이 찍히게끔 고려한 결과물이었던 거다. 아울러 글씨가 양각이 되지 않은 부분도 화기에 달구어져 화상을 입힘으로써 글씨의 윤곽이 또렷하지 않을 것을 감안 속이 아주 깊게 파여 있었다.

역시 토치램프로 글씨와 테두리 부분 이외에는 가급적 열이 더 적게 전달되도록 주의 깊게 도장을 달궈 낙인을 찍는 즉시 정수는 미리 준비한 얼음물로 고통으로 발버둥치는 그의 이마를 한참이나 식혀 주

었다. 물론 바셀린도 잔뜩 발라주었다. 화기가 직접 닿지 않은 부분도 화상이 번져 도장자욱이 선명치 않게 될 것을 우려해서였다. 물론 잘 지켜지지는 않겠으나 마지막 당부도 잊지 않았다.

　울어서 눈이 발갛게 된 규익을 뒤로 하고 정수와 영걸은 그를 다시 차에 태운 후 김포공항 뒤편 광활한 평야 한 가운데 농로에 그를 내려 놓았다, CCTV가 있을 수 없는 곳이며 그곳에서 대로로 접어들어 꽤 긴 거리를 가야만 달려 있는 CCTV는 하루에 수 만대의 차량을 담느라 몸살을 앓고 있던 터였다. 물론 농로에서 대로로 들어서는 부분은 눈이 닿지 않았다. 그에게 다시 전기 충격기 세례도, 친절히 온 몸을 결박하고 있던 테이프를 벗겨주는 것도 잊지 않은 정수네 차량은 그 누구도 눈여겨보는 이 없는 농로에서 사뿐하게 공항로로 몸을 얹었다.
　"오늘 수고했어. 어디다 내려 줄까?"
　"집이 부천이니까 아무 데나 내려 주셔도 택시 타면 금방 갑니다."
　"이거 얼마 안 돼서 미안하지만 아무 소리하지 말고 그냥 받아. 말했던 대로 또 연락할게."
　정수는 영걸에게 콘솔 박스에 들어있던 작은 봉투를 꺼내 내밀었다.
　"예, 형님이 그렇게 말씀하시니 사양 안 하겠습니다. 감사합니다."
　영걸을 내려 준 정수는 밴을 출발할 때 있었던 장소에 세워두고 주위를 살핀 후 야산을 따라 자신의 집 뒤편으로 갔다. 대부분의 집들과 같이 정수네 뒤 베란다에도 불이 꺼져 있었다. 하지만 정수는 그 창문이 잠겨있지 않다는 걸, 아내가 초조하게 그 뒤에 기다리고 있을 것이란 걸 잘 알고 있었다.
　정수는 사방을 살핀 후 재빨리 가스관을 잡고 올랐다. 안으로부터 창문이 스르르 열리고 정수가 그 안으로 사라졌다. 시간은 새벽 두 시에 조금 못 미치고 있었다. 정수가 샤워를 하고 라면으로 허기를 때울 때 시나리오대로 주연에게 전화가 걸려 왔다.

"어? 형수님이 아니라 형이 받네. 일 잘 끝냈어?"

"응."

"별일 없었지?"

"내일 오전에 절로 와. 편의점 잊지 말고."

"알았어, 형. 수고했어."

정수 역시 새벽 네 시가 조금 넘어 편의점을 찾는 것을 잊지 않았다.

14

정수가 자신의 집 가스관을 잡고 있을 무렵, 태석은 의식을 찾았다. 그는 한참 동안이나 자신이 어디에 있는 건지 도대체 감을 잡을 수가 없어 농로에서 멍하니 사방을 바라볼 뿐이었다. 이마의 극심한 고통이 그의 정신을 서서히 깨웠다. 그는 그들이 자신의 이마에 뭔가 뜨거운 것으로 상처를 냈고 머리마저 앞부분을 밀어버렸다는 건 기억해 냈으나 자신이 어떤 상처를 입은 것인지 전혀 알지 못하고 있었다. 그는 가만히 머리를 굴려봤지만 도대체 오늘 있었던 모든 일이 앞뒤가 맞지 않다는 생각뿐이었다.

그가 겨우 찾아낸 결론은 자신이 3년 전에 뺑소니 사고를 내서 죽게 만든 여자의 가족들이 자신을 이렇게 만들었을 것이라는 생각, 그리고 그 장소는 분명 충남 서천 어디쯤일 것이라는 것뿐이었다. 상대가 눈치를 안채게끔 하면서 필사적으로 주위를 둘러 봤고 그곳에서 본 것을 온전히 기억하고 있는 자신이 그는 잠깐 대견스러웠다. 그가 본 것은 달력, 비상 연락망, 그리고 시계였고 그 위에 쓰여 있는 글씨들이었다.

그는 자신은 뺑소니 사고에 대한 대가를 이미 몸으로, 돈으로 다 치

렸다는 걸 잊지 않았다. 따라서 자신에게 이런 끔찍한 고통을 안겨 준 놈들에게도 반드시 그 대가를 치르게 만들어야 한다고 생각했다. 그런 생각에 잠겨 무서운 속도로 차들이 질주를 하는 대로를 따라 하염없이 발걸음을 옮기던 그의 눈에 경찰 지구대의 환한 불빛이 들어왔다. 그는 서슴지 않고 그 안으로 들어갔다.

지구대 데스크에서 서류 정리를 하고 있던 경찰관은 한 사내가 문을 열고 들어서고 마침내 자신의 앞에 섰을 때야 비로소 고개를 들어 사내를 올려다보았다. 그리고 그의 몰골을 보는 순간 그는 이게 제법 심상치 않은 사건이라는 걸 느꼈다. 하지만 그가 이게 진짜 심상치 않은 사건이라는 생각이 든 건 데리고 간 병원에서 물집과 진물이 흐르는 그의 이마의 상처를 치료하는 걸 지켜보다가 그게 '착하게살자'라는 글씨라는 걸 깨닫게 되면서부터였다.

태석의 상처는 한동안 드레싱 혜택을 입지 못했다. 수없이 많은 사진 세례, 그리고 기어이 정확한 실측과 육안으로 확인을 요구하는 형사들 때문이었다. 그가 병원에서 형사계 사무실로 옮겨졌을 때 정수는 편의점과 사우나를 위해 집을 나서고 있던 때였다.

태석이 형사계 사무실에 당도하자 당직팀장이 제일 먼저 한 조치는 조사가 끝날 때까지는 절대 기자들이 그의 상처에 대해 알지 못하게 하는 것이었다. 비록 전치 몇 주에 불과할 화상이지만 기자들이 그 내용을 본다고 생각하면 그 이후의 상황은 아주 끔찍할 터였다. 물론 출입 기자들이 그를 보게 되더라도 이미 붕대가 감긴 그의 머리를 보고서는 그저 한밤중 어느 경찰서 형사계 사무실에서도 흔히 볼 수 있는 그런 사건의 피해자 정도로밖에 안 보일 것이라는 생각은 하고 있으면서도 말이다.

태석은 자신이 인제까지 가짜 약을 팔기 위해 갔다는 사실은 굳이 말할 필요가 없다고 생각했다. 중요한 건 그가 납치를 그리고 엄청난 린치를 당했다는 사실이지, 그곳을 왜 가게 되었는지는 형사들에겐 그 저 지엽적인 문제에 불과할 것이라고 위안을 했다.

"그러니까 선생님 말씀은 인제의 필레 약수터라는 그 먼 데까지 그 냥 물을 뜨러 갔다는 거잖아요, 지금."

"예, 가끔 물을 뜨러 가곤 하거든요."

"그깟 약수를 뜨러 성남에서 인제까지 간다는 게 말이 됩니까?"

"그깟 약수라니요. 그 물 때문에 다니던 직장까지 때려 치고 아예 그곳으로 가 사는 사람들도 얼마나 많은데요."

"뭐 그렇다고 치고 그곳에서 처음 만나는 사람과 말을 하는 순간 정 신을 잃었다 이거지요?"

"예, 그 개새끼가 제 목에다 무엇인가를 대는 순간 차 안에서 그대 로 정신을 잃었던 것 같습니다."

"그리고선 온몸이 묶여 어디로 인가로 끌려갔었고?"

"예. 말씀드렸잖습니까?"

"정신이 든 건 언제인데요?"

"끌려가는 차 안에서였습니다."

"창밖으로 간판이나 뭐 특이한 걸 본 게 없나요?"

"테이프로 제 눈을 가렸었다니까요."

"특별한 냄새나 느낌 같은 걸 받은 건 없고요?"

"예, 계속 지나가는 차 소리들뿐이었습니다."

"선생님을 납치한 차가 분명 승용차는 아니다 그랬지요?"

"예, 내릴 때 문 닫는 소리를 보니까 문을 옆으로 미는 승합차 같았 습니다."

"차에서 내려서 일어난 일에 대해 다시 한 번 말해 보세요."

"몇 번이나 말을 합니까? 옛날에 내가 뺑소니 사고 낸 걸 가지고서

그 새끼들이 저를 이렇게 한 거라니까요. 개새끼들.”

“그들이 자신들이 그 피해자의 가족이라고 이야기를 했다 이거네요.”

“뭐라고 했냐면 자신들에게 제일 귀한 분을 내가 그렇게 만들었다, 그러니 벌을 받아야 한다고 그러더라고요.”

“거기서 본 게 비인축협이라는 글씨가 쓰여 있는 달력. 군사리 비상 연락망, 서천읍장 시계, 이거다 이거지요? 사람은 세 명, 모두 해골가면을 쓰고 있었고.”

“예.”

“그 사람들이 선생님이 인제에 간다는 걸 어떻게 알고 거기서 기다렸다는 소리인가요?”

“그걸 제가 어떻게 압니까?”

“선생님의 통화내역에 대한 조회를 해볼 것이거든요.”

태석은 그 통화내역을 조회해서 결국 그들이 어떻게 인제에 오게 되었는지를 경찰에서 밝혀낸다고 해도 그건 또 그때 가서 대처하면 될 것이라고 믿었다.

“돈이나 다른 물건이 없어진 건 없나요?”

태석은 그들을 강도로 만드는 것보다는 금전을 밝히지 않았다는 것, 즉 뺑소니 사고 피해자가 오직 원한 때문에 그런 것이라는 걸 경찰들이 느껴야만 수사가 집중되어 그들을 하루 빨리 붙잡을 수 있을 것이라는 생각을 순간적으로 하고 돈을 빼앗겼다고 꾸미려던 생각을 얼른 접었다.

“예. 차는 인제에 그냥 있는지는 모르겠고 하여튼 핸드폰만 없어졌어요.”

“핸드폰은 그들이 가지고 갔나요?”

“그거야 저는 모르지요.”

형사들은 사건 자체는 비교적 쉬운 내용이라고 생각했다. 어떻게 알았는지는 모르지만 이 시답지 않은 인간이 인제로 물을 뜨러 간다는 사실을 사전에 알고 있던 뺑소니 사망사고의 피해자 가족이나 지인이 그 원한을 갚기 위해 납치를 하여 린치를 한 후 풀어준 것이고, 린치 장소는 충남 서천 일대의 어느 독립가옥일 것이라 생각했다.

따지고 보면 아주 중범죄라 할 수도 없었다. 납치에다 중상해이니 물론 죗값을 치르자면 만만치 않겠지만 심정적으로 충분히 이해가 가는 사건이기도 했다. 어쩜 단순화상이니 중상해죄를 적용할 수 없을지도 몰랐다. 저 글씨가 과연 피해자의 향후 기능에 심각한 악영향을 끼쳐 중상해가 될지 아니면 단순상해를 적용해야 할지는 검사나 판사가 판단할 문제이기도 했다.

단지 어딘지 모르게 찜찜한 건 아무래도 그 이마에 선명한 글씨, '착하게살자'였다.

15

특종을 건진 건 중앙신보의 수습기자인 성윤아였다. 취업을 위해 대학졸업을 미루고 있다가 크게 기대를 걸지 않고 응시했던 수습기자 모집시험에 그 어마어마한 경쟁률을 제치고 덜컥 붙어버린 그녀는 자신의 합격사실에 스스로 놀라고 또 신기해가며 수습의 신분이 반느시 거쳐야 하는 일명 '사쓰마와리'(기자 사회에서 경찰서 순회를 뜻하는 일본말) 중이었다. 그 혹독함으로 인하여 전 세계적으로 악명이 높은 한국의 수습기자 훈련과정은 잠과 사생활 두 가지에 더하여 사회 초년병에게 겸손함과 예의를 빼앗아가는 과정이기도 했다.

그들을 지휘하는 선배 기자인 캡틴은 그들에게 경찰서장이건 나이가 많이 든 형사건 간에 거침없이 들이댈 것을 요구했다. 그들은 기자

가 상대하여야 할 대상은 대통령부터 주민등록조차도 되어있지 않은 노숙자에 이르기까지 다양하다는 것, 치열해야만 다른 언론의 기자에게 지지 않고 그 사회에서 살아남는다는 것을 그렇게 해서 가르치고 싶어 했다.

여느 날처럼 여태 눈 한숨 못 붙인 윤아가 몇 군데의 경찰서를 거쳐 태석이 조사를 받는 경찰서에 들렀을 때는 새벽 두시 반. 그녀는 그나마 조용한 하루에 감사하며 솜처럼 피곤한 몸을 경찰서 로비에 있는 소파에 앉아 한 잔의 자판기 커피로 달래고 있었다. 종이컵 속의 커피를 다 들지도 못하고 선잠에 빠지려고 하던 그녀의 귀에 사내들의 누가 들을새라 나지막한 대화가 들려왔다.

"진짜 미친놈이네."

"멋있는 놈일 수도 있고."

"와, 그래도 난 여태 사람 이마에다 불도장을 찍는다는 것도 보도, 듣도 못했네."

"연속극엔 많이 나왔잖아. 인두 같은 거로 막 지지고 그러는 거. 실제 가끔 그런 사건도 있었고."

"그래도 저렇게 미리 도장을 파 놓았다가 이마에다 '떠억'하니 찍는 건 처음이지."

"글쎄 말이야. 그리고 그 내용이 더 웃기잖아. 야, '착하게살자'가 뭐냐? 애들 장난도 아니고. 차라리 '차카게 살자'라고 하던지."

윤아는 이미 정신이 번쩍 나 있었으나 그들의 말이 끊길까 봐 절대 눈을 뜨지 않았다, 잠시 후 그들이 사라졌다. 윤아는 커피 한 잔을 뽑아 들고 형사계 사무실로 들어섰다. 데스크가 그녀를 제지했다.

"뭐예요?"

"예, 중앙신보 기자입니다."

데스크 형사는 윤아를 아니꼽다는 듯 위아래로 쳐다보았다. 이제 불과 두 달째의 수습이지만 윤아는 이미 그런 눈길에 익숙했다. 기자라면 아주 특별한 경우를 제외하고 경찰, 특히 형사들에겐 별로 도움이 되지 못하는, 때론 그들을 파멸로 이끄는 존재라는 것도 알고 있었다.

"오늘 별 사건 없는데?"

"압니다. 이거 드세요. 문 좀 열어 주시고."

어쨌든 기자의 출입을 강제로 막을 수는 없는 노릇이었다.

"커피 벌써 몇 잔이나 먹었는데. 아무튼 고맙고."

그가 자신의 책상 위의 단추를 누르자 철창으로 된 형사계 출입문이 묘한 소리를 내며 열렸다.

"저기 조사받고 있는 사건은 뭐예요? 폭력인가 보지요?"

"응. 별거 아니라니까."

윤아는 자신의 아버지를 연상케 하는 늙수그레한 데스크 형사의 눈동자가 아주 잠깐 흔들리는 것을 놓치지 않았다. 형사인지는 모르나 어쨌든 두 사내가 나누던 대화 내용도 떠올랐다. 그녀는 데스크 형사에게 등을 돌리고 태석을 조사하고 있는 형사에게 다가갔다.

"수고하십니다. 중앙신보 성윤아 기자입니다."

형사는 대답 대신 데스크를 바라봤다. 그의 곤혹스런 눈길에서 윤아는 이제 자신이 기자가 되어 첫 특종을 잡았다는 걸 확신했다.

"뭐 별 사건 아닌데. 그냥 싸우다가 이마 좀 다친 거예요."

"오늘 기사거리가 없어서 단신이라도 내야 되거든요. 뭔지 모르지만 우선 피해자 인적사항 좀 적을게요."

윤아는 형사의 승낙을 받지 않고 그의 컴퓨터 화면을 기웃거렸다.

"아이, 이 아가씨가. 별거 아니라니까 왜 자꾸 조사를 방해하지?"

"아가씨가 아니라 중앙신보 사회부 기자라고요."

"글쎄 아무리 기자라도 그렇지 사건 조사하는 데 와서 막 이렇게 방해하고 그러면 어떻게 해요? 그렇지 않아도 피곤해 죽겠구만."

"알아요. 형사님, 피곤하신 거. 저도 안다고요. 그런데 대체 무슨 사건이기에 피해자 인적사항도 안 알려주시려고 하는 건지 모르겠네. 그럼 더 궁금해지거든요. 이분한테 제가 직접 물어볼까요?"

형사가 그녀에게 화면을 돌려 영걸의 인적사항이 나와 있는 부분을 슬쩍 보여 주었다.

"다른 내용도 잠깐만 봐요."

"안 된다니까."

"어차피 알 건데 뭘 그러세요?"

"알게 돼도 딴 데서 알아보쇼. 내가 알려주면 안 된다는 것 알잖아요?"

"그럼 상황실장한테 갈까요? 아님 형사과장님 핸드폰으로 할까요? 별거 아니라고 하면서 뭘 자꾸 감춰요. 다 알고 왔는데."

"뭘 알고 왔는데?"

"착하게살자."

"그게 뭔데?"

"저분 이마에 찍힌 글씨지 뭐겠어요? 내가 다 알고 왔다고 그랬잖아요."

형사의 얼굴이 굳어졌다. 그런 그에게 데스크가 고개를 끄덕였다.

"얼른 보슈. 나는 나가서 담배 한 대 피우고 올 테니. 선생님은 여기 기자 분한테 아무 말씀 하면 안 됩니다. 아니 아예 나랑 나가서 담배나 한 대 피우고 옵시다."

형사가 태석을 데리고 자리를 비워줬다. 윤아는 사건을 대충 메모하여 밖으로 나온 후 캡틴에게 즉시 전화를 돌렸다.

"그게 진짜야? 다른 애들도 알지?"

"아직 모르는 것 같습니다."

"야, 성윤아. 같습니다가 뭐야. 기자가 돼 가지고."

"예. 아직 저만 압니다. 확실합니다."

"알았어. 빨리 나한테 송고해 봐. 다른 집 아이들 오면 적당히 따돌리고. 그 형사한테도 잘 말해서 보안유지 하라고 꾀라고."

"저기, 저희들 요새 사쓰마와리 각 사 공동 풀로 돌리는 중이잖습니까? 공유해야 할 텐데요."

"야, 성윤아, 딴 거 신경 쓰지 말고 넌 시키는 대로만 해. 알았어?"

"예."

"기사 보낸 후 내가 오케이 하면 지금 페이퍼는 다 나갔으니 인터넷 판에 올려놓고 너는 잠수 타버려. 알았지? 내 전화만 받으란 말이야."

"예."

새벽 다섯 시, 인터넷 각 포털에 올린 수습 성윤아 기자의 기사는 아침이 되어 사람들이 너나 할 것 없이 인터넷을 켜면서 세상을 떠들썩하게 뒤집어 놓았다. '착하게살자'는 단숨에 검색어 순위 1번으로 올랐다. 물론 다른 신문사 사회부 기자들의 발등엔 아주 뜨거운 불이 떨어진 후였다.

뭔가 불안하고 찜찜하면서도 조용히 처리하고 넘어가고 싶었던 관할 경찰서 형사들에게도 불똥이 떨어지긴 마찬가지였다.

형사과장은 출근을 하자마자 사건을 접수하여 조사한 당직 팀과 강력계 강력 팀 두 팀 등 총 세 개의 형사 팀 회의를 소집했다.

"밤새 근무한 사람들한테 안 된 소리지만 이런 건 보도가 되기 전에 보고가 돼야 하잖아요. 보안 유지에도 문제가 있고. 안 그래요? 하여튼 뭐 어차피 터진 일이니 수고들 했고. 잡자고. 잡으면 금방 해결될 거니까. 강력계장, 경력을 어떻게 운용할까?"

"예, 어쨌든 피해자가 지목한 뺑소니 사망사고 피해자 주변을 수사하고 용의자를 특정하겠습니다. 일단 27살짜리 아들이 하나 있고, 남편은 지금 57세로 파악하고 있습니다. 연고지가 서초구 양재동이니 강력 2팀 일부를 그리로 보내 부자의 신병을 일단 확보토록 하겠습니다.

2팀 일부는 친인척 및 지인들에 대한 탐문수사에 투입할 것이고, 강력 1팀 일부는 강원도 인제 납치현장으로 보낼 계획입니다. 현장 및 피해자가 탔던 차량 확보, 그리고 주변 도로의 CCTV 일체를 검증토록 할 것이며 나머지 인원은 현재 피해자의 핸드폰이 있는 곳으로 나오는 강원도 고성군 모처로 보내 확인케 하겠습니다.

형사 당직 팀은 어제 밤을 새웠습니다만 각 조별로 피해자가 내려진 김포공항 뒤 편 농로라든지 피해자의 전화통화 내역 확보, 피해자 주변에 대한 탐문조사를 실시할 예정입니다."

"그건 각 팀장들이랑 잘 상의해서 인력 낭비 없도록 좀 하고. 그런데 서천인가 어딘가를 지목했다며?"

"그게 아주 막연합니다. 제 생각으론 서천군 일대의 탐문수사는 필요하겠지만 우리 인력으로 그 넓은 지역을 다 커버할 수는 없고 강력팀이 혹시 인제 현장에서 용의차량을 CCTV 또는 목격자를 통해 확보한다면 그 자료를 가지고 서천군 일대 주요도로의 CCTV와 대조 용의자 또는 범행현장을 확보하도록 하겠습니다."

"도장을 가지고선 확인해 볼만한 게 없던가?"

"재질이야 당연 금속일 것이고, 특이한 게 있다면 테두리 안에 크기가 작아 좀 식별이 어렵습니다만 '장길매'라는 작은 글씨가 음각되어 있는 점입니다. 어이, 과장님께 사진 안 드렸어?"

"장길매? 그게 뭔데?"

"아직 그 글자가 장길매가 확실한지는 모릅니다만 어쨌든 가해자 또는 도장을 제작한 자의 이름이 아닐까 합니다."

"그렇다면 무지 대담한 놈일세. 뺑소니 사고 피해자 가족이 그렇게까지 할 필요가 있을까?"

"글쎄 말입니다. 어쨌든 그 가족이나 지인 중에 비슷한 이름을 가진 자가 있는지, 아니면 그게 다른 것을 의미하는 것인지 등 이것저것 확인해 볼 예정입니다."

"장길매, 그건 보도가 안 되었지?"

"예."

"그럼 그건 보안 철저히 유지들 하시고."

"예."

"내 생각엔 말예요. 피해자가 상당량의 현금을 몸에 지니고 있었음에도 범인들이 그것엔 아예 관심조차 안 두었다는 게 시사하는 바가 큰 것 같아요."

"그러기에 원한에 중점을 두는 겁니다."

"치정 쪽은 어떨까?"

"뺑소니 피해자 측에 대한 수사가 별 성과가 없을 경우 당연 그 부분도 살펴봐야겠지요."

"따지고 보면 이거 우리 사건도 아닌데 말이야."

"맞습니다. 납치는 강원도 인제에서, 린치는 이건 아직 추정입니다만 충청도 서천에서 일어나고, 우리 관내에 차로 내려진 것뿐이니 관할이 좀 애매하긴 하지요."

"우리가 좀 속이 쓰려도 어디 가서 그 이야기는 일체 하지들 맙시다. 괜히 관할을 따지니 어쩌니 소리 나왔다가는 진짜 난리 날 테니까."

"예."

"그럼 수고들 하시고, 직접 뛰는 형사들은 기자들 일체 상대하시 말고 모든 건 팀장이나 여기 형사계장에게 미루고. 알았지요?"

"예."

"형사는 사건이 있어야 하는 맛도 있다고 생각하고 이왕 하는 고생 즐겁게 일 하자고."

형사과장의 관할 푸념은 다음 날 어쨌든 들어맞았다.

16

중앙신보 수습 성윤아 기자의 진짜 특종은 그날 저녁에 나왔다. 그녀의 기사가 세상을, 이번에는 그저 떠들썩한 정도가 아니라 완전히 발칵 뒤집어 놓은 것이었다. 시작은 한 병원의 간호사가 그녀에게 전화를 해오면서부터였다.

"예, 성윤아입니다."

"안녕하세요. '착하게살자' 그거 쓰신 성윤아 기자님 맞지요?"

"예, 제가 중앙신보 성윤아입니다."

"저기요, 말씀드릴 게 있어서요."

"예, 말씀해 보시지요."

"저기요, 그 글씨 찍힌 사람이 또 있거든요."

"예? 죄송하지만 거기 어디시지요?"

"여기 장충동의 태극 병원이에요. 저는 간호사 송이슬이고요."

윤아가 급히 '태극 병원', '송이슬 간호사'라고 메모를 했다.

"죄송한데 송 간호사님, 내용을 조금만 더 구체적으로 말씀해 주시겠어요?"

"얼마 전에 저희 병원에 와서 화상 치료받은 사람 이마에도 '착하게살자'라는 글씨가 쓰여 있었거든요."

윤아의 심장이 급격히 뛰기 시작하였다.

"혹시 다른 분한테 이런 말씀 안 하셨는지요?"

"그건 아직 모르겠어요. 우리 병원 사람들 몇 명이 그 사실을 알기는 하는데. 경찰들도 알거든요."

"경찰들도 그 사실을 안다고요?"

"순찰차가 데리고 왔거든요."

"예, 알겠습니다. 지금 제가 송 간호사님한테 달려 갈 거니까 다른 사람들에게는 일체 이 이야기를 안 해 주셨으면 좋겠습니다. 금방 갈 게요."

"예, 기다리고 있겠습니다."

윤아는 이제 흥분으로 가슴이 터질 것만 같았다. 그녀는 심호흡을 몇 번 하고 캡틴에게 이 사실을 전화로 알렸다. 전화 속에서 캡틴은 그야말로 환성을 질렀다.

"성윤아, 너 어디야?"

"예, 지금 마포 서 기자실에서 나와 병원으로 출발했습니다."

"알았어. 내가 다른 사람도 보낼 테니까 빨리 가서 잘해. 취재 잘하 면 네 이름을 메인으로 해줄 테니까."

병원에서 선배 사회부 기자와 취재를 마친 윤아는 그 선배와 함께 정병철을 최초로 병원에 데리고 간 경찰관을 찾아 관할지구대로 갔다. 이어 경찰서 형사계에 가서 그를 조사한 형사도 만나고 다시 송파 서 로 향했다. 그녀가 그렇게 선배 기자와 함께 동분서주하며 취재에 열 을 올리고 있을 때, 두 군데의 경찰서는 윤아 일행의 방문으로 인해 자신들이 '착하게살자'라는 낙인이 찍힌 기소중지자를 그 사실에 대해 선 일체 조사하지 않고 처리해 버렸다는 사실에 대해 이제 큰일이 났 구나, 하며 망연자실하다가 윤아의 기사가 나가기 전, 세상보다 훨씬 일찍 뒤집어져 버렸다.

따지고 보면 그들이 특별히 잘못한 일도 없었다. 하지만 경찰은 위에 서, 또는 언론에서 잘못한 것이라고 하면 무조건 잘못한 게 되는 조직 이었다. 두 경찰서가 해명과 경위 보고 때문에 부산하고 경찰서장한테 깨지고, 경찰서장은 시경 간부들한테 깨지는 것으로 바쁠 무렵 드디어 윤아가 메인 취재기자로 되어 있는 기사가 종이와 인터넷에 동시에 올 랐다. 그녀가 쓴 기사의 제목은 "착, 하, 게, 살, 자' 또 있었다."였다.

그리고 다음 날, 이 나라와 전 세계의 모든 뉴스는 자취를 감춘 듯

했다. 모든 신문, 방송, 전 인터넷 유저가 오로지 '착하게살자'만 외치고 있었다.

경찰 수뇌부는 당황했다. 온 사방에서 최초의 피해자를 두 경찰서에서 신병을 확보하여 조사를 했음에도 불구하고 그 사실을 은폐한 이유에 대해 집중적인 추궁과 해명을 요구했다. 경위도 제대로 알아보지 않고 자신의 면피를 위해 부하직원들에게 책임을 묻고 보는 경찰 수뇌부의 아주 치사한 시스템은 이번에도 여지없이 즉각 작동되었다. 순진한 아이들이 별 악의도 없이 침을 찍찍 뱉으면서 주위에서 누가 듣거나 말거나 상소리를 태연히 해대는 것처럼 원래 나쁜 짓은 도리어 고민과 심사숙고가 필요 없는 험한 세상인 것이다.

병철의 상처를 보고, 치료까지 시키고 했음에도 그냥 기계적으로 수배관서인 송파서로 인계를 해준 중부서의 서장과 형사과장이 속절없이 은폐의 책임자로 지목되어 '어' 소리 한 마디 하기도 전에 직위해제가 되고. 형사계장, 팀장, 담당 형사는 추후 징계위원회에 회부할 예정이 되어버렸다. 송파서는 정상이 참작되어 서장과 과장이 일단 경고를 받는 것으로 끝난 게 그나마 다행이었다.

서울지방경찰청장의 특별 지시에 의해 즉각 두 개의 사건을 수사하는 수사본부가 발족이 되었다. 본부장은 형사부장, 실무책임자는 시경의 폭력계장이었다. 태석의 신고를 최초로 접해 조사를 한 강서경찰서, 병철의 중부, 송파 경찰서 등 3개 경찰서 형사들이 능력과 경륜에 상관없이 졸지에 시경 폭력계 형사들의 보조나 하는 신세로 전락을 하고 말았다.

그것 역시 그러려니 하며 넘어 가는 관행이었다. 수사책임자라면 가장 중요한 부분, 즉 범인 검거와 최고로 밀접한 수사라면 평소 자신이 믿고 지휘하던 자신의 계원에게 맡길 것이고, 그걸 보완하기 위한 부분은 각 경찰서에서 배속된 형사들에게 맡기는 건데 누가 그걸 지적하고 질타할 수 있을까?

중요한 건 경찰서 형사들의 자존심 따위가 아니었다. 중요한 건 잡는 것, 그리고 다른 이가 아니라 바로 내 부하가 잡아 나중에 망신을 안 당하는 일이었다.

그러나 대규모 인원이 투입된 수사본부의 수사는 처음부터 벽에 부딪혔다. 이제 핵심증인으로 떠오른 정병철이가 잠적을 해버린 탓이었다. 사람이 있어야 뭘 물어보고 확인하고 해서 어떻게 돌아가는 상황이었는지를 파악할 것이고, 그걸 태석의 경우와 연계해 볼 것인데 그 사람이 없어져 버린 것이었다. 오태석이 또한 수사에 별로 협조적이지 않았다.

벽에 부딪히기는 경찰청의 지시에 의해 전담수사팀을 만든 인제와 서천 경찰서도 마찬가지였다. 하지만 그들은 별로 개의치 않았다. 왠지 남의 사건 같아서 도무지 흥도 나지 않았다. 그들은 이건 어디까지나 서울의 잘난 놈들의 일이라는 생각이었다.

17

성윤아의 두 번째 기사로 온 세상이 '착하게살자'는 말을 합창하고 있을 때, 정수와 주연, 그리고 규익은 청량사에서 부부 스님과 함께 접심 공양을 하고 있었다. 물론 지금 앞에 놓인 게 밥상인지 술상인지도 모를 반주도 잊지 않았다. 규익은 모처럼 서울 집에 왔다가 정수의 권유로 이에 합류를 한 터였다.

"우리 심 처사님께서 하산하시자마자 강호에 피비린내가 진동을 합니다그려."

"큰스님, 피비린내가 아니라 살이 타는 냄새던데요."

“어허, 어째 당신은 은유법을 모른단 말이오?”

“어허, 어째 당신은 직설법을 모른단 말이오?”

“타는 내고 비린내고 어차피 둘 다 두 분 스님 모두 좋아하는 냄새인데 굳이 따질 필요 뭐 있습니까? 잘하면 난생처음 스님 부부가 싸움을 하는 것도 보겠네요.”

이미 익숙해진 정수와 주연과는 달리 부부 스님의 수작을 처음 보는 규익은 재미있다는 등 연신 싱글벙글하였다.

“여기 오늘 새로 오신 거사님 두상이 딱 부처님 상이신데, 출가를 하실 생각은 없으신지?”

“예, 스님, 그렇지 않아도 늘 고민하고 있는 문제입니다.”

규익은 농담같이 던진 남자 중의 말을 정색으로 받았다. 정수는 잘 알고 있었다. 그가 불교에 아주 관심이 많고 나아가 출가에 대한 생각에 늘 진지하게 고민하고 갈등하고 있다는 것을.

“바깥 스님 진짜 혜안이시네요. 이 친구 별명이 뭔지 아십니까?”

“묻지 말고 그냥 말씀해 보세요.”

“소도적.”

“참 눈도 어두운 중생들이로다.”

“저한테도 그렇게 보이는데요?”

“우리 심 처사님 듣기에 민망하실지 모르지만 심 처사님은 유다 상이고, 이 양반은 베드로 상입니다.”

“갑자기 웬 예수님 제자들? 그럼 바깥 스님은 당신 스스로 생각하시길 무슨 상이십니까?”

“나요? 나야 땡중 상이고, 사기꾼 상이지.”

“스님, 이 친구 진짜 별명이 ‘생불’에다 ‘사천왕’입니다.”

“참 눈들도 밝은 중생이로다.”

정수는 규익이 어떻게 해서 그런 별명을 가지게 되었는지를 중 부부에게 한강 순찰대에서 있었던 재미있는 에피소드 위주로 설명을 했다.

"나무관세음보살."

중 부부의 입에서 동시에 튀어 나온 말이었다.

"선재중 선재이기는 하나 출가를 하시면 안 되겠네."

"왜요, 스님. 아까는 출가하라고 하셨잖습니까?"

"이미 부처님인데 새삼 먹물 옷 입고 똥 폼 잡으며 탁자 밥 우려먹기에는 너무 아깝다 이거요. 그냥 사바에서 부처로 사셔야 하겠소."

쑥스러운 표정으로 자신의 이야기를 잠자코 듣고 있던 규익이 대화에 끼어들었다.

"스님, 얼마 전 저는 제가 악귀라는 걸 알았습니다. 여태까지 정수, 이 친구가 부처니 어쩌니 하는 과람한 농담을 해도 감히 부인치 않고 웃어넘길 수 있었던 것은, 물론 이 친구가 원래 사람의 좋은 면만 보고 부정적인 건 잘 못 보는, 뭐라고 할까, 사람이 다 자기 맘 같지 않다는 걸 모르는 친구니까 그러려니 한 것도 있지만 한편으로는 부처니 보살이니 절대 그 정도는 아니지만 그래도 나름 남에게 해 안 끼치고 살려고 노력하고 있다는 건 제 자신이 믿고 있었기 때문에 그런 외람을 떨었던 것이거든요."

"나무관세음보살."

"스님, 저희 어머니가 6년 전에 교통사고로 돌아가셨습니다. 청상으로 저 하나만 보고 세상의 온갖 고생을 다하신 분이 말입니다. 세가 왜 군대를 장기 하사로 갔는지 아십니까? 그때 그게 제가 해드릴 수 있는 유일한 효도였거든요. 돈 때문에 저를 대학에 못 보내서 하루가 다르게 수척해지시는 양반을 보고 얼마 정도의 돈을 보내드릴 수 있는 하사관으로 얼른 도망을 가버린 것이지요.

경찰이 돼서 열심히 하다 보니 애들도 생기고 괜찮은 직업을 가진 집사람 덕분에 집도 장만하고 그래서 겨우 맘 편하게 웃으실 수 있구

나 하는 바로 그 순간, 새벽에 교회를 가시다가 횡단보도에서 차에 치신 거지요. 운전을 하던 인간은 도망을 갔습니다. 의사가 그러길 바로 병원에 오시면 사실 수 있었는데 길에서 방치되면서 뇌 속에 피가 너무 고여 돌아가셨다고 하데요.

얼마 전에 그런 인간을 봤습니다. 저는 여태 제가 다 헛살아 왔다는 걸 그 순간 깨달은 거지요."

"나무관세음보살."

"스님도 제게 인명은 재천이라고 하시려고요?"

"나무석가모니불."

"어머니가 다니던 교회 사람들이 와 함께 장례를 치르는데 저보고 다 하느님의 뜻이라고 하더군요. 무슨 하나님이 그렇습니까? 부처님은 안 그러시나요?"

"그 마음속에 든 불을 이번에 못 꺼버리면 다시 소도적이 되겠소."

"스님, '피를 통한 교훈은 사람들이 절대 안 잊는다.'는 말이 있습니다."

"그거야말로 나무관세음보살이로다."

"선배님, UDT."

"왜? UDT는 울면 안 된다고?"

"아니요. 저도 술 한잔 주십사 하고."

규익의 눈물에 입속으로 뭐가 들어가는지도 모르고 착잡한 마음으로 점심 공양을 마치고 셋은 요사채에 들어앉았다.

"형님, 제가 여기 신문 다 사 왔어요."

"주연이 너는 그걸 보니 어떻든?"

"좀 애매하더라고요. 한 편으론 불안하기도 하고."

"규익이 넌?"

"나? 나는 아무 생각 없는데. 그러는 너는?"

"나도 너랑 비슷해. 예상했던 일이고."

"수사가 어떻게 될까요?"

"신문을 보면 일단 정병철이는 전화도 안 받고 가족이랑도 연락을 끊은 채 행불이라잖아. 하지만 똑똑한 형사들이 있다면 시간은 좀 걸린다고 해도 주연이 너와 내가 수면에 떠오르겠지."

"……."

"뭐, 일단 우리의 알리바이를 깨긴 힘들 거야."

"정병철이 건에 대한 알리바이는요?"

"그건 일단 본인이 없으니까 경찰에선 파 볼 여지도 없잖아. 언젠가 그날 행적을 묻는다면 그건 그때 가서 생각하자고. 오태석이 알리바이가 확실하기에 그걸 묻지도 않겠지만."

"정수, 너 언제까지 이 일을 하려고 그러는데?"

"곧 끝내야겠지. 왜냐하면 이런 일엔 중독성이 있게 마련이거든. 자꾸 하다보면 겉잡을 수없이 빠져 들게끔 되어 있다고. 연쇄살인범 같은 놈들도 다 그래서 생기는 거고. 결국 어떻게 끝나는 줄 알아? 스스로 파멸을 초래하는 거지 뭐."

"곧이 언제인데."

"글쎄, 하나 둘 정도 더하면 어떨까 싶네."

"형, 겨우 그 정도 하고 끝내려고 이 일을 시작한 거야?"

"왜? 더 하고 싶니?"

"그게 아니라."

"인마, 처음 생각과는 달리 정표와 관련 있는 일부터 했으니 어쩔 수 없잖아. 벌써 용의선상에 올랐을지도 모른다니까."

"이해는 가는데 그래도 좀 아쉽다."

"하느니 마느니 할 때는 언제고 벌써 맛 들였냐? 걱정 마, 인마. 내가 우리 대신 다른 사람이 해 줄 것이라고 했잖아."

"그건 뭔 소리야?"

“선배님, 이 형이 말이에요, 이 사건이 전국적으로 퍼져서 유행이 될 거래요. 그게 말이 됩니까?”

“……”

“규익이, 네 생각은 어때? 내 전망이 틀릴 것 같아?”

“글쎄, 네가 그런 말을 했다면 분명 이유가 있기는 할 텐데.”

“옛날 마녀사냥 같은 거지. 아니 옛날까지 갈 필요도 없어. 몇 년 전에 구로구 일대 연쇄방화 사건 기억하지? 우리 그때 그 추운 날 군데군데 골목에 배치되어 떨고 그랬잖아. 원래 나쁜 건 누군가가 불씨만 던져 놓으면 걷잡을 수없이 마구 번져 버리는 거라고. 지가 뭐 하는 것인지도 모르고 얼씨구나 하고 나서는 불나방들이 무지 많거든. 옛날에 우리가 데모 진압할 때 봐. 무슨 소리인지 느끼겠지?”

“그럴 것 같기도 하고……”

“주연아, 너도 ‘밥풀대기’ 알지?”

“데모할 때 그 밥풀대기?”

“응.”

“바로 그 원리라니까. 진짜 나쁜 놈들은 슬쩍 분위기만 조성해 놓고 자기들은 뒤로 빠져서 호의호식하면서 뭐가 뭔지도 모르고 그 분위기에 빠져 마냥 날뛰기만 하는 애꿎은 밥풀대기들만 결국 희생되잖아?”

“그럼 우리가 슬쩍 분위기만 만들어 놓고 뒤로 빠지는 나쁜 놈이 된다는 건가?”

“우리가 꼭 그걸 노린 건 아니지만 분명히 그렇게 될 거다 이거지 뭐. 어쨌거나 지금은 우리가 작전상 일단 후퇴라는 걸 할 때야.”

“뭐 작전상?”

“새끼, 진짜 말귀 못 알아듣네. 인마, 우리가 처음 생각한 게 정병철이나 오태석이는 아니었잖아. 그런데 정표 일 생기는 바람에 개들부터 처리한 거고. 그 바람에 우리가 금방 용의자로 떠오를 거라고 아까 말

했잖아. 그러니까 일단은 물러서야 할 거 아니야?"

"그렇게 되나?"

"어쨌든 간에 얼마 동안은 돌아가는 걸 좀 관망하자고. 각자 진짜 추잡한 인간들, 불도장을 맞을 인간들이 있나 생각도 좀 하고."

"형, BMW."

"그건 일단은 조금 고려해 봐야겠어."

"왜?"

"만약에 너랑 나랑 용의선상에 떠오른다고 가정할 때 말이야. 우선 너네 집에서 너무 가깝잖아. 가뜩이나 주목하고 있는 용의자 주변에서 그런 일이 생기면 그땐 집중수사 대상이 된다고."

"이번처럼 알리바이를 확실히 만들어 놓으면 되지."

"아니야. 내 생각은 이게 잘못하면 정표네 제수씨, 그리고 정표 동기들, 뭐 이런 사람들도 귀찮게 될 거라고. 그러니 이번엔 너, 나, 정표, 이런 연결고리가 전혀 없는 인간을 택해야지."

"정수, 너 자꾸 너랑 주연이 이 친구가 용의자로 떠오를 것이라고 했는데 자세히 좀 말해 봐."

"주연이랑 나랑 정표네 고향에 갔었잖아, 그때 정표 처가 말하길 NASA 약인가 팔 때 동창 2명이 왔다고 했거든. 그러니까 정병철이랑 같이 간 그 동창이란 놈은 정병철이가 정표를 찾아갔던 걸 당연 알 것이고. 그럼 그 자식이 끝까지 안 나타난다고 해도 그 사람이 제보를 할 수도 있다는 거잖아. 오태석이 또한 자기 마누라한테라도 청양에 갔다 오겠다는 소리를 한 적이 있을지도 모르고. 그럼 경찰이 정표에게 두 인간이 가짜 약을 팔았다, 그럼 정표와 가까운 인물들이 누굴까 하고 안 파 보겠느냐고?

그러다보면 우리가 청양에 내려갔던 사실도 알게 되고, 단순한 친분 이상의 관계라는 것도 밝혀질 거 아니냐고. 그럼 주연이랑 나는 무조

건 용의자가 되는 거지 뭐."

"알리바이 만들어 놓았잖아요."

"너도 옛날에 조작한 알리바이 많이 깨 보았잖아."

"난 말이야, 말한 대로 일단 지켜보다가 만일 또 하게 된다면 이번에는 아주 평범해 보이는 인간으로 골랐으면 좋겠어."

"형은 어떻게 만날 이상한 소리만 하냐?"

"솔직히 정병철이니 오태석이니 하는 그런 인간도 물론 싫어하기는 하지만 평소에 점잖은 척, 순박한 척, 인정 많은 척 하는 인간들이 더 싫어. 아니 싫다기보다는 역겹다고 하는 게 맞나? 하여튼 내가 표현력이 좀 부족해서 잘 전달을 못하겠는데 무슨 소리이냐 하면, 그 사람들이 내가 방금 말한 것처럼 '척'을 하는 게 아니라 실제로 점잖고, 착하고, 인정 많고, 순박하고 그런 사람들이란 거지. 진짜로 말이야. 시골 어느 동네에 가도 흔히 만날 수 있는 아주 평범한 사람들 있지?"

"그 사람들이 어때서?"

"조금만 파고들어 가보면 그게 얼마나 가식인지 금방 알 수 있다, 이거야. 왜 너희들도 TV같은 데서 봤잖아. 예를 들자면, 조금 모자라는 사람을 보살펴 준다는 이유로 데리고 와 10년 넘게 일만 시키고 옷 한 벌 제대로 안 해주면서 학대를 하고. 거기다가 그 사람이 받는 생활수당이니 장애인 수당 이런 것까지 쪽쪽 빨아먹는 인간이 있음에도 온 동네 사람들이 그걸 뭐라고 하기는커녕 툭하면 데려다가 태연하게 자기 집 일도 시키고 그러잖아. 동네 노예로 부려먹는 거지, 뭐. 인심 좋고, 순박하고, 점잖은 사람들만 있다는 동네에서 말이야.

또 어떤 곳에서는 좀 모자라는 여자애가 있다면 온 동네 놈들이 젊은 것, 늙은 것 가리지 않고 전부 가지고 놀잖아. 이장, 청년회장, 새마을지도자, 영농후계자, 뭐 다 가릴 것 없이 말이야.

그런데 말이야, 그런 일이 다른 동네에서 터지면 전부 저런 쳐 죽일 놈 있냐고 욕을 하지만 그게 바로 자신들의 꼴이라는 건 절대 모른다는 거, 절대 인정하지 않는다는 거, 난 그게 더 싫다 이거야."

"사람이 원래 다 그런 거잖아. 이중성 말이야. 그게 한계라고. 남의 자식은 눈 하나 깜박 안하고 강간을 한 후 목 졸라 죽이고선 태연히 불에 태우지만 자기 자식은 넘어져서 무릎만 조금 까져도 눈물을 보이는 바로 그런 거 말이야."

"으음, 그런 거 보니 생각이 나는 사건이 있네. 내가 옛날에 마포에서 파출소장할 때 일인데, 어떤 놈의 새끼가 자기 아들이 자폐에 걸린 걸 알게 된 거야. 과잉 행동장애에다. 그러니 어린이집 같은 데 보내면 당연히 남의 아이들을 마구 때리고, 할퀴고, 꼬집고, 물고, 그러겠지? 결국 받아주는 어린이집도 유치원도 없자 어떻게 했는지 알아?

지 새끼보다 두 살이나 어린 같은 동네 남의 집 딸을 유괴해서 개 장난감으로 준 거야. 우리가 그 아이를 발견했을 때 어땠는지 알아? 그 여자아이는 그동안 개한테 얼마나 괴롭힘을 당했는지 온몸이 상처 투성이에다 몸은 완전 젓가락이 되어 죽어가고 있었다는 거지. 그 집 새끼는 아주 피둥피둥 뽀얀 살이 올라 있었고. 이게 사람이니? 이게 인간이냐고.

그런데 알고 보니 이 새끼가 그 동네에서 제일 착하다고 소문난 놈이고 자기가 다니는 교회에서 봉사부장으로 갖은 봉사는 다 하고 다녔던 인간이라 이거지. 억지로 하는 위선적인 봉사가 아니라 진심에서 우러나오는 봉사 말이야. 이런 건 어떻게 봐야 하니?"

"맞아, 나도 그 기사 본 적이 있는 것 같아."

"개새끼, 진짜 인간도 아니네. 형, 우리 그 새끼 잡아다가 확 도장 찍어 줍시다."

"그런데 한편으로 보면 아주 착한 인간이라니까? 그 동네에 57번지라고 마포 관내에서 제일 빈민가가 있었는데 그 새끼는 다니면서 독거

393

노인들 똥오줌 잔뜩 묻은 빨래도 해주고 다닌 사람이란 말이야."

"어렵다, 어려워."

"어려울 게 뭐 있어? 우리 현직에 있을 때 별 희한한 놈 많이 봤잖아? 내가 말이야 옛날 초임 때 피비(PB, **파출소**)에 근무할 때 우리 소장이 어떤 새끼를 벗겨놓고 성기를 쇠젓가락으로 열 대인가를 때려 그게 퉁퉁 부은 걸 본 적이 있었어. 그 새끼가 자기 친 딸을 강간했다고 하더라고. 딸이 파출소로 달려와 신고를 한 거지. 그래 파출소로 잡아오기는 했는데 법으로 처벌을 못하니까 열 받은 소장님이 직접 그런 벌을 내린 거지. 그런데 알고 보니까 그 자식이 관내에 있는 초등학교 교감 선생이더라니까. 그것도 점잖고 인품이 높다고 알려진 선생님. 세상이 그런 거 아니겠어?"

"자기 딸을 강간했는데 처벌을 못 하다니 그건 또 무슨 소리야? 그게 말이 돼?"

"인마, 너 공채로 들어 온 거 맞긴 맞니? 인마, 강간죄가 친고죄잖아."

"그러니까 고소하게끔 해서 처벌해 버려야지."

"야, 우리나라에선 자식이 부모 고소 못하게 돼 있는 거 몰라? 고소를 못하는데 어떻게 처벌을 해?"

"엄마 있잖아. 엄마가 하면 되지."

"그럼 자기 남편이나 자기 가정은 완전 파멸을 당하게 되는데? 그러니까 속은 쓰려도 차마 고소는 못하는 거지."

"무슨 그렇게 말도 안 되는 법이 있냐?"

"그래서 법을 새로 만들어서 요새는 그런 거 인지만 하게 되면 고소 없어도 처벌하잖아. 지금 우리 집 사람이 그런 거 담당하고 있거든. 그런데 이 사람이 하는 말이 설마 설마해도 세상이 이 정도로 막장인지 정말 몰랐다고 하는 거 있지. 그런 유의 사건이 무지 많이 들어온다고 그러면서 말이야."

"어떻게 그런 새끼들을 저절로 걸러내는 컴퓨터 프로그램 같은 건 안 나오나?"

"그런 영화 있었잖아. 탐 크루즈 나오는 거 말이야. 하지만 그냥 영화 속 이야기이고 과학이 제 아무리 아무리 발전을 해도 그건 절대 나올 수 없어. 너 '지킬박사와 하이드' 소설 알지? 거기서는 약을 먹어야만 사람이 변하잖아? 하지만 현실에선 약을 먹을 필요도 없다고. 왜? 사람은 누구나 원래 '지킬'이면서 동시에 '하이드'거든. 상무 그 인간 봐. 그 새끼 그렇게 남의 여자들은 마구 만지고, 욕하고 그러면서 자기 딸한테는 정말 백점짜리 아버지더라고. 더 웃기는 건 그 생 지랄을 떨지만 자기가 다니는 성당에선 성가대장이라는 거. 솔직히 나야 하나님이 있는지 없는지 모르지만, 그래, 계시다고 쳐. 과연 그 하나님이 그 인간 노래를 들으시면서 무슨 생각을 하실까? 그 추잡한 인간이 한껏 경건한 표정으로 자신을 찬양할 때 기쁨을 느끼셨을까 몰라. 하여튼 그게 정답이야."

"형이 성가대장 그러니까 생각나네. 맞아, 난 말이야, 나쁜 놈도 밉지만 위선자들, 그러니까 선한 척하는 놈들이 더 밉더라."

"내 말이 그 말이잖아. 내가 상무, 그 인간을 본격적으로 역겨워한 게 성가대장 한다는 소리 들었을 때부터니까 말이야."

"나는 착한 척하는 것보다 더 미운 놈이 겸손하지 못한 놈들이야."

"겸손하지 못한 건 사실 보기만 좀 그렇지, 피해를 주는 건 없잖아?"

"그럼 겸손하지 못하다는 말 대신에 안하무인 인간들로 바꿀게. 어쨌든 그런 새끼들은 내 속을 뒤집어 놓으니 나한테 피해를 주는 거지."

"그렇게 되나?"

"얼마 전에 서울에 나왔더니 집사람이 하도 입맛이 없다고 해서 신사동 게장골목에 간 적이 있거든. 거기 비싼 거 알지? 웃기는 건 말이야, '게장 비빔밥'이라는 아이들 전용 메뉴가 있더라. 아이들 먹기 편하

게 게장 살을 발라서 비빔밥을 만든 거더라고. 그게 만 사천 원하더라니까. 한 서너 숟갈 먹으면 없어질 것 같은 게 말이야. 하기야 일 인분에 십만 원이 넘는 등심도 태연히 먹는 동네니까 그게 뭐 아주 비싸다고 할 수는 없겠지. 그러니 그건 그렇다고 치고. 그런데 그날 우리 옆자리에 한 열 살이랑 일곱 살 정도 돼 보이는 형제를 데려온 부부가 있었어. 애들이 둘 다 좀 비만인 게 딱 봐도 엄청 먹겠더라고. 이놈들이 순식간에 한 그릇씩을 해치운 거라. 그걸 아주 흐뭇하게 바라보던 부부는 한 그릇씩을 더 시켜 주더라고. 다 좋다, 이거야. 자기가 열심히 번 돈 자기 아이한테 쓰겠다는데 자본주의 국가에서 그게 뭐가 나쁘냐고. 그런데 애 아빠, 이 새끼가 일하는 아줌마한테 막 짜증을 내면서 소리를 지르는 거라. 왜 이렇게 늦게 가지고 오냐고 하면서 말이야. 뭐 먹던 참에 먹어야지 늦게 가지고 오면 애들이 그새 식욕이 떨어진다나, 어쨌다나. 아주 그 아줌마를 쥐 잡듯이 잡더라니까. 주방에서 내주는 대로 서빙만 하는데 그런 야단을 맞아야 하는 그 아줌마 심정은 어떨까를 생각해 보았지. 자기는 하루 종일 뼈 빠지게 일해도 절대 못 벌지도 모르는 오만 육천 원어치의 비빔밥을 쥐방울만한 애새끼들에게 아무렇지도 않게 사주면서 애먼 자기에게 막말을 하는 개새끼를 볼 때의 심정. 아마 죽이고 싶다는 생각이 안 들까? 나는 정말 죽어 버리고 싶더라고. 좀 겸손하면 남 주니? 자기 돈 쓰는 거라도 좀 겸손하고 점잖게 쓰면 안 되냐고.”

“이 형이 낙산에서 사고 친 놈도 바로 그런 놈이에요.”

“그럼 말 나온 김에 나도 내가 본 이야기도 해볼까? 어제 동네 목욕탕엘 갔더니 어떤 젊은 새끼 둘이서 탕에서 무슨 대화를 하고 있더라고. 그런데 한 새끼가 하는 말이 정말 가관인거야. 자기가 강남에 살때는 말이야. 애가 ‘베스킨라빈스’인가 하는 아이스크림도 겨우 홀짝거렸는데 어쩌다가 동네 같지도 않은 빈촌으로 이사를 오니까 창피하게 그 싸구려 브라보콘도 환장해서 먹더라, 그걸 볼 때마다 미치겠더라 하더라니까. 애새끼는 냉탕에 사람들이 있건 말건 다이빙을 하네 뭐네 하면서 목욕탕을 발칵 뒤집어 놓고 있는데 그러거나 말거나 쳐다보지도 않고 말이야."

"개새끼, 일산이 빈촌이면 우리 동네는 뭐지? 그냥 달동네인가?"

"상놈이라 그런 거지 뭐."

"문제는 그런 상놈 몇이 아니라 세상자체가 쌍 것이 된 거라니까."

"그래, 상놈의 세상 맞아. 그러니까 배울 만큼 배우고 사회지도층이라 하는 인간이 자기 아들들은 미국으로 보내 시민권 따서 병역이 아예 면제되게 만들었으면서 다른 사람 아들이 군대를 갔네 마네 하면서 마치 죽을죄를 진 사람처럼 몰아붙이는 이런 얼굴 두꺼운 짓을 태연히 하잖아."

"난 그 사회지도층 이딴 말 진짜 역겹더라. 지들이 누구를 지도하는데? 난 그런 용어를 쓰는 사람들이 열등감이나 노예근성이 있다고밖에 생각 안 들거든."

"그런가보다 하면 되는 거지, 그런 단어에 그렇게 과잉반응 하는 게 바로 열등감 아닌가? 지들끼리 그러거나 말거나 내버려 두자고."

"존경은커녕 속으로는 무지 미워하면서도 말할 땐 존경하는 의원님 이런 표현을 입고 달고 있는 새끼들은 어때?"

"그렇게 따지면 한도 끝도 없지. 진짜 국민 알기를 개똥으로 알면서 툭하면 국민의 뜻 어쩌고 저쩌고, 하는 놈들도 있잖아. 난 그럴 때마다 나는 제발 좀 빼주쇼 이러고 싶다고. 개자식들."

"그 인간들이 왜 그러는 줄 알아? 그래도 전혀 문제없거든. 불이익을 안 당하니까 계속 그러는 거라고. 별짓을 다 해도 선거 때 조금만 굽실대고 사탕발림하면 무조건 자기를 또 찍어주는 핫바지들이라는 걸 알거든."

"원래 사기꾼이 못되면 정치를 못하는 나라니까 그렇다고 치고, 자기 애 야단쳤다고 학교 가서 선생님 패는 인간 같은 것들은 어때?"

"형, BMW 그년이 진짜 그랬다니까."

"양아치들이 지 새끼도 양아치 만들려고 지랄 떠는 거지 뭐. 그런 새끼들 확 긁어다 어디 무인도에 버려 버려야 하는데."

"옛날에 우리 많이 봤잖아. 애들이 잘못해서 데려다 놓고 부모 부르면 오자마자 꼭 남의 애 머리 쥐어박고 뺨 때리면서 악담하는 인간들 말이야. 우리 애는 착한데 꼭 이 새끼가 꼬여서 그런다고 지랄 지랄하던 인간들."

"아파트 아래 집에서 올라와 아이들 조금만 조용히 시켜달라고 정중히 부탁하는데 대뜸 쌍욕에다 칼까지 들고 설치는 인간들."

"농사는 안 짓고 만날 군청이나 면사무소에 드나들면서 같이 술 먹고선 영농 자금이니 무슨 지원이니 하는 것들 다 빼먹어 가지고 그 돈으로 일 년 내내 관광버스나 대절해 놀러 다니는 인간들."

"우리 인천공항 갔다 오다가 영종도에서 본 그럴듯한 빈집들 봤지? 개발이 된다고 하니까 보상을 받으려고 아무렇게나 지어 놓은 집말이야."

"맞아, 어떤 데는 벌통을 가져다 놓고 어떤 데는 살지도 못하는 묘목을 심어놓고……."

"그것도 그래. 거기 원주민들은 그렇게 하면 보상이 더 나온다더라 하니까 그런 욕심이 생길 수도 있잖아. 내가 진짜 미워하는 놈은 그런 걸 전문으로 하는 브로커들이 있다는 거야. 그러니까 공무원한테 정보 빼내고 비닐하우스도 지어주고 벌통도 만들어 팔고 하는 놈들. 그런데 걔네들은 먹는 게 규모가 다르다 이거지. 대학교 다니는 지 새끼들한테 몇 억짜리 스포츠카 사주고 하는 넋 빠진 놈들, 나는 그 인간들이 절대 성실한 사람들은 아니라고 보거든. 전에 상무가 나한테 그러더라. 경찰들은 겨우 삼겹살 얻어 처먹고 편의를 봐 주냐고? 한 마디로 그런 인간들 눈으로 보면 우리가 불쌍한 거지. 어쩜 사람 같지도 않게 보일 걸. 그러니까 아까 말한 게장 집에서 일어난 일 같은 게 생긴다고."

"상무 그 새끼가 그런 소리도 했어? 개새끼, 중풍 맞을 소리는 골라 했네."

"규익이 너, 김정일을 제일 미워하는 사람들이 누구인지 알아?"

"웬 김정일?, 우익 단체인가?"

"길거리에서 상자 주워 겨우 입에 풀칠하는 사람들, 이런 극빈층이야."

"……."

"그 사람들은 병신같이 빨리 쳐 내려와서 확 뒤집어 버리지, 순 말로만 불바다 운운한다고 미워한다 이거야."

"맞아. 전쟁나면 그 순간 죽창 들 사람 엄청 많아."

"그게 좀 가졌다 싶은 인간들이 겸손하지 못하니까 그러는 거거든."

"형, 내가 전에 살던 아파트는 말이야, 부녀회장이 엄청 설치더라고. 나중에 알고 보니 이 여자는 새로 입주하는 아파트만 찾아 이사 다니는 거라. 왜? 부녀회장 자리 꿰 차려고. 왜? 돈 엄청 뜯어 먹을 수 있으니까. 이년은 말이야, 할머니들이 쑥이나 호박잎 같은 거 몇 줌 가지고 와서 길가에 주저앉아 팔면 온갖 악다구니를 다하면서 악착같이 몰아낸다니까. 뭐, 자신들이 관리하는 수요 장터인가 뭔가 매상에 지장이 있대나 어쩐다나. 그리고선 툭하면 경로잔치를 열어요. 왜? 예산 삐어 먹을 수 있으니까. 잔뜩 웃으면서 할머니들한테 고명도 없는 떡국 주는 그 상판. 어휴, 하여튼 가지가지로 안 썩은 데가 없다니까."

"평범하고 다정한 이웃인데 실제로는 역겨운 인간들 무지 많지. 난 말이야, 왜 TV 같은 데서 하는 고발 프로그램 있잖아? 수입고기를 한우로 속여 판다든지 이러는 거. 그런데 보면 꼭 자기는 죽어도 그런 양심 없는 사람이 아니라고, 그렇게 안 살아왔다고 펄쩍펄쩍 뛰잖아.

나중에 채증(증거수집) 해놓은 거 보여주면 또 요새 안 그런 사람 있으면 나와 보라고 소리소리 질러대고 말이야. 그래, 먹고 사려고 발버둥치다보니 좀 속였다고 쳐. 뭐 그것도 안 되기는 하지만 어쨌든, 그렇다고 해도 걸렸으면 그냥 '제가 잘못했습니다.' 이러면 좀 안 되냐고."

"그런 거 보면 여기 주연이네 동문 아이들이 참 마음에 든다니까?"

"무슨 소리야?"

"주연이 쟤, 유도만 하는 학교 나왔잖아. 걔네들 어떻게 잘못 풀려 조직에 들어갔다고 해도 일단 걸리면 순순히 시인하잖아. 잡범들처럼 오리발 안 내밀고."

"형, 또 우리 학교 홍보하는 거지? 종합대학교 된 지가 언젠데 그래. 그리고 거기가 지금 얼마나 명문인지 알아? 자기는 순 똥통 나온 주제에."

"성질은. 칭찬하는 거잖아, 인마."

"정수야, 마지막엔 누구인지 알아?"

"마지막? 그래 네가 무슨 말 하는지 알겠다. 마지막은 우리지 뭐."

"우리가 뭐 어때서?"

"인마, 우리 꼴을 봐. 마치 뭐나 되는 양 사람 이마에다 한심하게 불도장이나 찍고 다니잖아. 그게 다 꼴값 떠는 거라고. 한 마디로 웃기는 짬뽕인 거지."

"형, 무슨 성격이 그래? 굳이 그렇게까지 자학을 해야 속이 시원해?"

"쫀쫀하게 화풀이, 분풀이, 한풀이나 하고 있는데 자학 안하게 생겼니?"

"진짜 웃기는 형이네. 아니 정 그러면 안 하면 될 거 아니야. 누가 형한테 이딴 일 하라고 등 떼민 것도 아니잖아."

"야, 이런 못난 짓이라도 해야 그나마 좀 살 것 같으니 그렇잖아. 오죽하면 이러고 있을까?"

"알았어. 그러니까 잘난 형은 마지막에 스스로 이마에다 도장이나 찍어. 못난 나는 절대 사양할 테니까."

18

　정수에게 전혀 예기치 않은 이의 전화가 걸려온 것은 셋이서 그런 대화로 시간이 가는지도 모르고 있을 때였다.

“예, 심정수입니다.”

“팀장님, 저 진희에요, 남진희.”

“어, 이게 누구야. 남 주임 아냐? 와, 남 주임, 오랜만이다. 잘 지내지?”

“예, 저야 잘 지내지요. 팀장님도 건강하시고요?”

“응, 그런데 웬일이야? 나한테 전화를 다하고. 시집가는 모양이네.”

“시집은요. 임도 없는데 어떻게 뽕을 딴다고.”

“뽕은 따는 게 아니라 안 보이게 넣는 거잖아?”

“예?”

“아니야, 농담이야. 미안.”

“아, 그 뽕? 우와, 그새 팀장님 완전 타락하셨네. 성희롱도 하시고.”

“미안하다고 했잖아.”

“그나저나 뭐 제가 전화 드리면 안 되나요? 술 한 잔 사달라고 전화 드린 건데.”

“술? 술 좋지. 그런데 우리 단 둘이 먹으면 재미없잖아.”

“김 대리님도 같이 계시잖아요.”

“……”

　남진희의 단언에 왠지 정수의 등이 서늘해졌다.

“그럼, 우리야 늘 같이 있지. 동병상련이잖아.”

“두 분 다시 취업하신다면서요?”

“그 이야기도 들었어?”

“술 안 사주실 거예요?”

“언제?”

"오늘이요."

"오늘? 오늘은 좀 바쁘고, 내일은 어때?"

"제가 오늘 봄 휴가 마지막 날이거든요. 그래서요."

"지금 어디에 있는데?"

"여기 회사 부근이에요."

"남 주임 집이 어디더라?"

"영천이잖아요. 서대문 영천."

"그래? 그럼 밤에 가는 데 별 지장은 없을 것이고. 알았어, 지하철 타고 지금 구파발로 올래?"

"예, 그럴게요."

"알았어. 지하철에서 내리면 전화해. 데리러 갈게."

"예, 한 삼십 분이면 가겠네요."

그야말로 느닷없는 통화가 끝났다.

"형, 남 주임이야? 왜 전화를 했대?"

"그냥 안부 전화지 뭐."

"그런데 데리러 갈게, 한 건 뭔 소리야?"

"내가 구파발 가서 남 주임을 데리고 올 거라고."

"여길 데리고 온다고? 형, 그건 좀 아닌 것 같은데."

"뭐 어떠냐? 우리가 무슨 역적모의하는 것도 아닌데."

"뭣 하러 데리고 오려고?"

"술 사달래."

"술도 잘 못 먹는 애가 무슨. 정 사주고 싶으면 시내에서 사주면 되지, 여기가 무슨 술집이야?"

"새끼, 하여튼 참 말도 많아요. 인마, 데리고 올 만하니까 데리고 온다는 거잖아."

'김 대리님도 같이 계시잖아요.' 하는 말이 생각났다.

"나 내려갔다 올 테니 이야기를 하든, 퍼 자든 알아서들 하서."

"형 술 먹었잖아."

"아, 그렇지. 규익아, 같이 갈래?"

규익은 원래 술, 담배를 안 하는 사람이었다.

정수는 규익과 함께 산길을 내려오며 남진희에 대해 대충 이야기를 해 주었다.

"너를 좋아해서 그럴 리는 없고, 웬일로 널 다 찾냐?"

"애가 착해서 친하게는 지냈는데 오늘은 기분이 좀 찜찜하네."

"뭐가?"

"……."

두 사람은 남진희를 청량사로 데리고 왔다. 차에서 내리는 그녀를 보자 안주인은 합장을 하며 반색으로 맞이해 주면서도 농담을 잊지 않았다.

"달덩이 영계를 보니 기가 확 죽네그려."

진희는 여전했다.

"어머, 김 대리님 정말 같이 계셨네. 내 느낌이 맞을 줄 알았지."

"남 주임, 잘 지냈어?"

"예, 대리님도요?"

"대리 소리 그만 해. 나 이제 과장이야, 헤헤."

"총무부장님한테 이야기 들었어요. 두 분 축하해요. 하여튼 우리 팀 장님 실력 알아줘야 한다니까."

"배고프지?"

"아니에요, 점심 먹은 지 얼마나 됐다고."

"……."

"저기요, 상무님, 돌아가셨어요."

"그래? 언제?"

"오늘 아침에 발인했잖아요. 그런데 알고 계셨나보네. 안 놀라시는 걸 보니."

"우리가 놀라야 하나? 사실은 얼마 전에 총무부장한테 대충 들었어."

"그럼 그건 새 소식도 못 되고, 맥주 사 올 걸 그랬다."

"정말로 술 마시려고? 그럼 맥주 줄까?"

"여기 절인데 맥주가 있어요?"

"절 이름을 봐, 청량사잖아? 시원한 절, 청량음료 주는 절."

"어머, 정말 그러네."

진희는 맥주를 달게 마셨다.

"술은 역시 낮술이라니까."

"시집도 안 간 여자가 까져 가지고서."

"팀장님이 가르쳐 주신 말인데요?"

"……."

"팀장님, 오늘 내가 왜 팀장님이랑 김 대리님 보고 싶었는지 모르시죠?"

"그렇지 않아도 놀랐잖아."

"착하게살자."

"뭐라고?"

"착하게살자, 때문이라고요."

세 남자의 얼굴이 굳어졌다.

"뭔 소리야? 신문에 난 그 사건 이야기하는 거야?"

"당연하지요. 바로 그 착하게살자."

"그게 어때서?"

"에이, 그거 팀장님이시잖아요."

"그게 나라니? 무슨 소리 하는 거야."

"괜찮아요, 팀장님. 저 아시잖아요, 남진희."

"무슨 소리냐고?"

"저는 TV에서 그 말 듣는 순간, 와 우리 팀장님이 드디어 실천을 하시는구나 하고 환호를 했다니까요."

"……."

"팀장님, 기억 안 나시나보네."

"뭐가?"

"예전에 우리 팀 회식 갔을 때 말이에요. 팀장님께서 '저런 인간들은 이마에다 낙인이라도 찍어줘야 하는 건데.' 그런 말 하신 거요."

"내가 언제?"

"저 보상관리팀 처음에 온 날이요."

"그날 어땠는데?"

"우리 2차 갔는데 옆 자리의 아저씨들이 화장실에서 마주친 저를 희롱을 하다가 잠깐 싸움이 났었잖아요. 김 대리님이 다 정리를 해 버리기는 했지만. 김 대리님 그날 일 기억나죠? 그날 김 대리님 정말 멋있었는데."

"……."

"그때 팀장님이 그러셨거든요. 나이 처먹은 새끼들이 딸 뻘밖에 안되는 여자 애에게 더러운 짓 한다고 하면서 이마에다 콱 낙인을 찍어 주고 싶다고 하셨다니까요."

"……."

"제가 그날 싸움 정리가 되고 나서 팀장님한테 여쭤 봤었잖아요. 무슨 낙인을 찍어 주시고 싶냐고."

어렴풋이 기억이 났다. 종로 피맛골 정종 대폿집에서 있던 일이었다.

"그랬더니 내가 '착하게살자' 불도장을 찍어주고 싶다고 했고?"

"뭐, 다 기억하시네요."

"그걸 믿었단 말이야?"

"신문 보는 순간 딱 팀장님이랑 김 대리님이란 걸 알았다니까요."

"너는 만화를 많이 봐서 상상력이 너무 좋다니까."

"상상 아닐걸요?"

"맥주 이제 두 잔째인데 벌써 취했네."

"아니요, 오늘 취하기는 할 거지만 아직은 아니거든요."

"왜? 실연이라도 당했어?"

"에이, 어영부영 말 돌리지 마시고 '착하게살자' 도장이나 보여 주세요."

"쓸데없는 소리 한다. 갖다 붙일 사람한테 갖다 붙여야지. 나도 그런 배짱이라도 있었으면 정말 좋겠다."

"상무님한테 하시는 거 보니 배짱 좋으시던데요, 뭘."

"그거야 어차피 회사 나올 생각하고 그런 거지. 배짱 좋게 한 것도 없고."

"상무님도 콱 찍어버렸어야 했는데 죽어버려 서운하시겠어요?"

"이 자식이 보자보자 하니까. 야, 인마, 너 뭔 말을 그렇게 험하게 하는 거야. 뭐가 어쨌다고?"

"……."

"어이, 남 주임, 오랜만에 보고선 뭔 농담을 그렇게 썰렁한 것들만 하냐? 사람 봐가면서 해야지. 팀장님 콱 막힌 성격 몰라? 하여튼 그만하고 내려가자. 내가 좋은 데 가서 술 사줄게."

"과장님 되시더니 짭짤하신 모양이네."

"야, 내가 옛날에도 술 많이 샀잖아."

"저도 낼만큼 냈거든요. 하여튼 만날 생색은."

"알았어. 오늘은 아무 소리 안하고 낼게. 형님들 갑시다."

"이야기가 끝나야 내려가지요. 안 그래요? 팀장님."

진희의 심성을 익히 알고 있는 정수는 더 이상 피하지 않았다.

"그런 거 알고 있으면 곤란해지는데."

"왜요? 제가 신고라도 할까봐?"

“…….”

“제가 신고를 안 하게끔 저를 설득을 하시거나 제가 납득할만한 조건을 제시해 보세요. 그럼 내가 생각해 볼 테니까.”

“남 주임이 조건을 제시하는 건 어때?”

“그럼 수락해 주실 건가요?”

“생각해 봐야지.”

“저도 껴 주세요.”

“뭔 소리야?”

“팀장님이랑 김 대리님 일당, 와 ‘일당’ 하니까 멋있다. ‘내일을 향해 쏴라’도 생각나고. 하여튼 그 조직에요.”

“조직 같은 소리 하고 있네. 그런 게 어디 있다고.”

“하여튼 껴주세요. 아니면 신고할 거예요. 사실 신고라는 단어는 생각조차 안 했는데 팀장님 덕분에 갑자기 적절한 말이라는 걸 알았어요. 저 신고 들어갑니다.”

“그건 안 돼.”

“뭐가요? 신고요?”

“신고는 하든 말든 상관없고.”

“내가 신고하면 두 분, 아니 세 분 다 잡혀 가실 텐데.”

“괜찮아, 신고해.”

“나를 너무 믿으시는구나. 아무리 그래도 설마 남진희가 심성수나 김주연을 신고할까, 뭐 이거지요?”

“…….”

“어이구, 이렇게 입 가벼운 형이랑, 내가 미쳤지, 미쳤어.”

“시끄러워 인마. 기억력 좋고 발랑 까진 애가 잘못이지. 술자리에서 농담한 게 잘못이니?”

“하여튼 변명도 잘해요.”

"김 대리님, 우리 아예 조직 이름도 지을까요?"

"다 끝났어. 앞으로는 그런 철없는 일은 안 할 거야. 우리 취직했다고 했잖아."

"거짓말. 저보고 그걸 믿으라고?"

"야, 남진희, 까불지 말고 회사나 열심히 다녀. 너 조금 있으면 대리잖아. 아니면 시집이나 가든지."

"저 벌써 대리 됐거든요."

"그래? 몰랐네. 미안해, 축하하고. 꽃이라도 보내줄걸."

"그런데 사표 내려고요."

"왜? 무슨 일 있어?"

"'착하게살자' 단원이 돼야지요."

"까분다."

"팀장님, 제 나이 맞혀 보세요."

"스물아홉이잖아."

"그건 아시네."

"그게 왜?"

"술 좀 다른 거 없어요?"

"너 술 약하잖아."

"소주 먹어야 딱 어울리는 이야기해 드리려고요."

"정말 소주 먹을래?"

"있으면 달라니까요."

"안주가 있으려나 모르겠네."

정수는 그 말과 함께 문을 열고 밖으로 나왔다. 조금씩 연두 빛을 띠기 시작하는 계곡을 내려다보아도 심란하기는 마찬가지였다.

19

평소에 술을 안 하는 규익이 자기는 처음 와 본 곳이니 주변이라도 둘러보고 오겠다고 일어섰을 때 그를 붙잡은 건 뜻밖에도 진희였다.

"규익이 아저씨. 아저씨한테도 드릴 말씀 있으니까 잠깐만 더 계세요."

규익은 그녀의 예기치 못한 기습에 엉거주춤 자리에 다시 앉았다.

"야, 남 주임, 너는 기껏 성함 가르쳐 줬더니 아저씨가 뭐냐, 아저씨가?"

"그럼 오빠라고 할까요? 김 대리님한테도 오빠라고 부르고."

"야, 난 못생긴 여자가 오빠라고 부르면 우리 마누라 생각나서 싫거든."

"사모님이 오빠라고 부르시나 보네요. 하여튼 가지가지 하신다니까."

"대리되었다고 하더니 이제 막 가네. 야, 남 대리, 나는 과장이라고, 김주연 과장님."

"우리 회사하고 김 대리님 들어간 회사하고는 급이 다르거든요."

"야, 너네 회사는 사람들한테 순 그럴듯한 말로 사기 쳐서 벌어먹고 사는 곳이고, 우리 회사는 당당하게 수출로 먹고 사는 회사거든."

"남 주임, 여기 규익인 왜 붙잡은 거야."

"'착하게살자' 일당이시잖아요. 신문에 세 사람이라고 났었거든요."

"또 그 소리."

"일당이 싫으며 조직."

"자꾸 까불래?"

"일당이고 조직이고 간에 지금부터 세 분한테 쇼를 보여 드리려고요."

"뭔 소리야?"

"쇼를 보여 드리겠다고요. 스트립쇼."

"……"

"자, 지금부터 제가 왜 회사에 사표를 내고 '착하게살자' 조직에 들어와야 하는지 그 이유를 알 수 있도록 스트립쇼를 보여 드리겠습니다.

제 몸매 대충들 알고 계실 테니 별 기대는 마시고요."

술잔을 내려놓은 진희가 자리에서 일어났다. 뜻밖의 상황이 당혹스러워 어쩔 줄 몰라 하는 세 사내를 지그시 둘러 본 진희가 드디어 입고 있던 스웨터를 벗어 던지자 하얀색 블라우스가 나왔다

"야, 남진희, 너 미쳤어? 뭐 하는 짓이야, 인마."

"팀장님, 조용히 하시고 잘 보시기나 하라니까요."

어느새 눈물을 흘리고 있는 그녀는 거침없이 단추를 차례로 풀곤 블라우스도 벗어버렸다. 이제 그녀는 얇은 어깨끈의 슬립 차림이 되었다.

"야, 남 주임."

주연의 소리를 진희는 검지를 세워 입술에 대는 것으로 제지했다.

결국 그 슬립도 벗겨져 나갔다. 세 사내는 더 이상 막지 않았다. 그녀의 눈에서 번뜩이는 눈물이 왠지 그녀의 황당한 행동을 막을 수 없게 만든다는 생각이 들었다. 이제 브래지어 하나만을 걸친 진희가 허리를 굽혀 상 위의 소주잔을 들더니 단숨에 마셔 버리고선 빈 잔을 다시 상위에 내려놓았다.

"팀장님, 아까 뽕 말씀 하셨지요? 저 뽕 안 했거든요."

"인마, 미안하다고 했잖아."

"김 대리님, 못생겨서 죄송한데 그래도 잘 보세요. 명색이 처녀 가슴이니까."

드디어 진희가 두 손을 등 뒤로 돌려 호크를 풀어내곤 브래지어를 벗어버렸다. 별로 크지 않은 그녀의 뽀얀 가슴이 온전히 드러났다.

"잘, 아주 잘 보세요. 이게 하이라이트니까."

그녀의 말대로 세 사내는 왠지 막막해지는 가슴으로 그녀의 가슴을 멍하니 쳐다보았다.

"모르겠어요? 잘 보시라니까요."

진희는 세 사내의 표정에서 아무런 변화를 못 느끼자 갑자기 방문

을 열더니 밖에다 대고 소리를 질렀다.

"스님, 스님."

그건 거의 비명에 가까웠다.

그녀의 악에 받친 듯한 소리를 들은 안주인이 놀라 안채에서 뛰쳐나왔다.

"스님, 죄송하지만 여기 이리로 좀 와 주실래요?"

상의를 완전히 다 벗고 가슴을 드러낸 여인이 자신을 부르는 소리라면 성추행을 당하는 여자가 도움을 요청하고 있는 것이라는 생각을 할 법한데도 자기 방문을 열고 나올 때와는 달리 안주인은 담담한 표정으로 아주 여유 있게 정수네 방 안으로 들어섰다.

"여기는 완전 극락이네."

사내들은 아직도 지금 벌어지고 있는 상황을 도통 이해할 수 없었다.

"스님, 여기 제 가슴 좀 봐 주세요."

안주인의 흠칫 하고 놀라는 표정을 세 사내는 똑똑히 보았다.

"나무관세음보살, 나무관세음보살."

진희가 옷을 다시 주섬주섬 주워 입고선 앉았던 자리에 털썩 주저앉았다. 안주인도 그녀 곁에 앉더니 자기 손으로 소주를 따라 훌쩍 넘겨 버렸다.

"스님, 보신 것 좀 여기 이분들한테 말씀 좀 해주세요."

"나무관세음보살."

참다못한 주연이 나섰다.

"안 스님, 뭡니까? 뭔데 그래요?"

"젖이, 아니 젖꼭지가 없어. 나무석가모니불."

"……"

"처사님들 좋아하는 단어로 말하면 유두가 없다고요."

"……"

“이제 왜 내가 팀장님이나 김 대리님, 그리고 아저씨 앞에서 쇼를 했
는지 말씀드려야겠지요? 우선 한 잔 마시고요.”

“……”

진희가 다시 자작을 하여 소주를 단숨에 들이켰다.

“제가 초등학교 3학년 때 어느 날 밤, 술에 취한 아빠가 제 젖을 빨
고 있었어요. 아직 부풀지도 않은 애기 젖을요. 그때 엄마가 방문을
열고 들어오다가 그 광경을 본 거예요. 다음 날 저는 학교엘 못 갔지
요. 왜냐, 엄마가 아버지 면도칼로 제 젖꼭지를 도려내 버렸거든요.”

이제 진희는 울고 있지 않았다. 그저 눈에서 불을 뚝뚝 떨어트리고
있을 뿐이었다.

“관세음보살, 관세음보살.”

한동안 주인 여자의 목소리만 방을 떠다녔다. 눈물을 보인 건 오히
려 정수였다.

“무슨 소리야? 남 주임 부모님이 그러신 거라는 거야?”

“예, 우리 엄마, 아빠가요.”

“……”

“걱정 마세요, 나를 낳아 준 부모는 아니니까요.”

“……”

“별로 기억하고 싶지도 않고 너무 신파라서 하고 싶지도 않지만 이
야기 할게요. 저 원래 집이 춘천이에요. 제가 6살 때 어느 날부터 엄마
가 집을 나간 건지 아님 이혼을 한 건지 하여튼 저는 아빠랑 둘이서
만 살았거든요. 그러다가 7살 때 정선에 아들이 하나 있는 집으로 오
게 되었지요. 아직도 그 부부가 나를 왜 데리고 살았는지는 이유를
몰라요. 내가 아직도 어렸을 때 내 이름을 그냥 가지고 있고, 호적에
도 안 올린 걸 보면, 또 자라면서 툭하면 맞고 그런 걸 보면 나를 사랑
해서 데려 온 것 같지는 않고, 하여튼 모르겠어요. 어쨌든 저는 성도

다른 그 집에서 그 집 딸로 그러니까 그 부부를 엄마, 아빠라고, 아들은 오빠라고 부르면서 살았어요. 중학교 2학년 가을 때까지. 아빠한테 강간을 처음 당한 건 중학교 1학년 입학하자마자였을 때고요. 처음이라고 말했으니 한두 번이 아니란 건 눈치 채셨을 테고. 결국 저는 엄마에게 거의 강제로 쫓겨났고 진짜 우리 아버지가 있다는 춘천 샘밭이란 델 찾아갔어요. 그동안 연락이 있었는지 엄마가 말해주더라고요. 아버지는 양계장에서 일하고 있었는데 말이 일꾼이지 술로 거의 폐인이 되어 주인한테도 엄청 구박을 받고 있더라고요. 그래서 제가 그 집 일꾼 노릇 다 했지요. 아버지인지 아닌지도 잘 모르는 사람 병구완까지 해가면서 말이에요. 다행히 양계장 주인아저씨가 어린 제가 하도 열심히 일을 하니까 그게 기특해 보였는지 다음 해에 춘천에 있는 학교 2학년으로 다시 편입을 시켜줘서 거기서 중학교 마쳤거든요. 아버지는 제가 중3 때 돌아가셨어요. 그래도 그 집에서 계속 있다가 제가 고등학교를 들어가면서 나왔지요. 다행히 제가 공부를 좀 잘해 학비니 기숙사비니 다 면제를 받았거든요.

저 고등학교 때 어떻게 용돈 벌어 썼는지 아세요? 숙직하는 선생님들 밥해 드리고 설거지하고 심부름도 하고, 그러니까 숙직실 식모한 거예요. 그럼 학교에선 근로 장학금이라는 명목으로 돈을 줬고요.

저 공부 좀 한 편이었거든요. 전교 1등만 했다고요. 그런데 지방대 법대 다녔어요. 왜냐, 학비, 기숙사비, 책값, 용돈 하여튼 모든 걸 학교에서 대주는 곳을 골랐던 거지요. 그 학교에선 제가 혹 고시에 붙을까봐 그렇게 투자한 것이고요. 그런 학교 많이 있거든요. 고시 떨어지고 우리 회사 들어왔으니 미안하기는 하지만 그건 뭐 학교 사정이고."

"……."

"제 이야기 잘들 듣고 계신 거 맞지요?"

"20년 전 일인데 잊어야지. 가슴에 품고 있으면 남 주임만 힘들잖

아? 복원수술도 받고."

"맞아요. 솔직히 저도 거의 잊고 지내 왔거든요. 그런데 지난번에 상무님 쓰러지셨을 때 병문안 갔다가 누구를 만났는지 아세요? 글쎄 그 오빠가 전라도 광주에서 영업소장을 하고 있지 뭐예요? 뭔 악연인지 참, 저 얼마나 놀랐는데요."

"그 친구가 진희 씨를 알아보든가?"

"아니요. 저 잘 못 보았을 거예요. 제가 보자마자 얼른 피했거든요. 아마 얼굴을 마주쳐도 못 알아보긴 했을 것이지만요."

"남 주임은 그 친구를 한눈에 알아보고?"

"예, 저는 이름을 듣고 보니까 금방 알겠더라고요."

"그런데?"

"그 오빠를 보니까 옛날 일이 새록새록 기억이 나더란 거지요. 그래서 지금 엄마, 아빠가 어떻게 사는지 좀 알아 봤다 이거 아닙니까?"

"그걸 왜?"

"그냥 궁금해서요."

"쓸데없는 짓 했네."

"그 사람들이 지금 강원도 횡성에서 순애원이라는 복지시설을 하더라고요. 저 거기 갔다 왔잖아요."

"그걸 어떻게 알았는데?"

"정선 옛날 집 찾아갔다가 동네 사람한테 들었거든요."

"그래서 그 사람들을 만났다고?"

"아니요. 들어가 보지는 않고 주변만 서성거리다가 왔어요."

"……."

"뭐 꼭 서성거리다가 온 것만은 아니에요. 이것저것 알아보고 왔거든요."

"뭘 알아 봤는데?"

"그냥 어떻게 사나 이런 거요."

"횡성엔 처음 간 거 아닌가? 어떻게 알아봤다는 거야?"

"그 동네가 치악산 올라가는 길에 있어서 식당이 여러 개 있더라고요. 카페도 있고. 거기 들어가서 차 마시면서 주인한테 물어 봤지요."

"카페 주인? 그 사람이 잘 안대?"

"시골 동네잖아요. 아주 잘 알고 있더라고요."

"그렇다고 치고, 대체 거긴 왜 찾아 간 거야? 좋은 추억이 있는 것도 아니잖아."

"궁금해서라고 했잖아요. 그냥 궁금해서 뭘 하면서 어떻게 사나 보려고 간 거라니까요."

"⋯⋯."

"카페 주인이 뭐라고 하는지 아세요? 거기엔 주로 몸을 잘 못 가누거나 지능이 떨어지는 여성장애자들, 그리고 미혼모들이 입소해 있다고, 그러니까 예를 들어 갈 때 없는 고등학생 이런 애가 임신을 하면 아기 낳을 때까지 그 집에서 지내다가 거기서 아이를 낳고 한 달 정도 요양을 한 후 떠나고 뭐 그러는 곳이라고 하더라고요."

"그런데?"

"완전 가관도 아닌 데라고 하는 거 있지요? 일단 거기에 있는 여자 장애자들은 원무부장 그러니까 우리 아버지가 마음대로 성추행을 한다고 하더라고요."

"부인은 뭘 하고?"

"우리 엄마요? 엄마는 원장이래요. 그리고 왜 그러는 줄은 모르는데 그 여자는 자기 남편이 그런 짓을 하는 걸 묵인한다고 하더라고요."

"부부가 변태인가?"

"하여튼 그래요. 그리고 거기서 낳는 아이들은요 전부 입양기간에 팔아먹는 거라고도 하더라고요."

"요새도 아기를 산다고?"

"해외 입양뿐만 아니라 요샌 국내입양도 많이 활성화되어서 아이들이 딸린대요. 하여튼 입양기관에서 아이를 사간다고 하네요."

"……."

"또 거기에 있는 미혼모도 늘 그 개새끼, 그러니까 우리 아버지 성추행에 늘 시달린다고도 하고."

"그냥 멀쩡한 여자들이잖아. 어떻게 그게 가능하냐고."

"수법이 뻔하대요. 검진을 한다 이거지요. 그러니까 툭하면 벗겨 놓고 장난을 치고 또 말 잘 들으면 강간도 하고."

"여자들이 그걸 받아준단 말이야?"

"오죽했으면 거기에 가 있겠느냐, 돈도 돈이지만 지능이 떨어지는 여자들도 많고, 하여튼 항거를 못하는 거 아니겠냐 이거지요."

"그게 다야?"

"나라에서 장애인이나 복지시설에 지원되는 돈이 우리가 알고 있는 거보다 훨씬 많은 거 아세요? 하다못해 장애인 아이들이 마라톤대회에 나가도 시에서 보조금을 준다고 하더라고요. 그러니까 그런 애들을 마구 돌리는 거지요. 서커스 시키는 거나 다름없이."

"직원들은?"

"밥 해주는 사람, 감시 겸 막일하는 사람 등등 몇 명 있대요. 그런데 그 사람들조차 아주 무식하거나 정신이 좀 온전치 못한 사람들이다고 그러더라고요. 그러니 뭐가 잘못 되는 건지 판단을 못하고 또 해고 되는 것도 겁이 나고. 물론 남자 직원들이라면 적당히 같이 재미도 볼 수 있을 것이고."

"이해가 안 가는데? 그런 내용들을 아무 상관도 없는 카페 주인이 다 알고 있다는 것도 그렇고, 또 그걸 생전 처음 보는 남 주임한테 그러게 소상하게 이야기를 해 주었다는 게 말이야."

"카페에 손님이 하나도 없어서 그 주인 여자랑 와인 한 병 같이 먹었잖아요. 혼자 먹기 심심하다고 하니까 술친구 해 주더라니까요. 그런데 술 몇 잔 들어가니까 줄줄 나오더라고요. 내가 살살 유도를 했거든요."

"동네에서 그렇게 소상히 알고 있으면 감독기관인 군청이나 하다못해 면사무소에서도 알 텐데 그걸 그대로 방치해 둔다는 게 말이 되나? 동네 사람들도 가만히 안 있을 것이고."

"팀장님, 아직 우리 사회의 시스템을 믿으세요? 그날 제가 그 여자 이야기를 들으면서 느낀 거는요, 솔직히 감독부서 같은 곳에서는 겉으로 드러나는 큰 말썽 없이 운영만 되면 별 간섭을 안 하려고 한다 이거예요. 괜히 확인되지 않은 정보로 긁어 부스럼 만들 일 없다고 생각하는 거지요. 아시잖아요, 공무원. 거기다가 두 부부가 로비에 천재라는 소리도 했고요. 동네 사람들은 안에는 못 들어가니까 흘러 다니는 소리 듣고 그저 혀나 차면서 가만히 있는 것이고. 게다가 그 부부가 동네잔치, 경조사, 뭐 이런 거 하면 엄청 큰 손 노릇을 하는 모양이더라고요. 내 일도 아닌데 가만히 있으면 이래저래 떨어지는 것도 많고, 누가 나서겠어요?"

"그냥 루머일 수도 있네. 난 설마 그 정도라면 감독기관에서 감사라도 나가고 그럴 것이라고 보거든. 지금이 무슨 조선시대도 아니고."

"그럼 실제로 있었다던 이야기해 드릴게요. 거기서 아기를 낳고 나온 여자가 자기 자식을 찾으려고 했었나 봐요. 애는 이미 입양이 되었고, 입소할 때부터 동의서 다 쓰고, 몇 달 동안 먹여주고 재워주고, 산후조리까지 해 줬는데 뒤에 와서 딴 말 한다고 아마 그쪽에서 더 난리를 쳤다고 하더라고요. 물론 법도 그쪽 편이 된 것이고. 그러니까 그 여자가 이젠 성추행 문제로 고소를 했는데 결과가 어떻게 되었는지 알아요?"

"……."

"남자는 증거부족으로 무혐의, 여자는 무고죄로 벌금 200만 원. 어

때요?"

"소문 정도로 파악할 수 있기엔 내용들이 너무 구체적 아닌가?"

"제가 그 여자를 만나게 해드리면 제 말을 믿으시겠어요?"

"유죄."

"인마, 나서지 좀 말고 가만히 좀 있어."

"형, 볼 것도 없네. 그 새낀, 아니 그 부부는 무조건 유죄야. 남 주임 좀 보라고."

"규익이 너는?"

"이런 이야기를 꾸며서 할 리는 없고. 유죄지, 뭐."

"난 유죄 추정. 그러니까 좀 더 확인해 봐야겠지. 남 주임 가슴 빼고는 전부 전해 들은 이야기들이잖아. 안 스님, 안 스님은 어떻게 생각하세요? 여기 우리 남 주임 말이 다 사실이라면 부처님은 어떻게 생각하실까요?"

"천주교에서는 사람은 누구나 연옥, 그러니까 불지옥을 거쳐야 한다고 했지요."

"무슨 말씀인지 알겠네요."

"저는 술맛이 안 나서 이만 나갑니다."

"스님, 흉한 꼴 보여 죄송합니다."

"그나저나 왜 수술을 안 받았수?"

"대학 졸업 때까지는 돈 때문에, 그리고 그 이후는 잊지 않으려고 안 받았습니다. 수술을 받아봤자 수유기능은 회복될 수 없고 그냥 유두만 만든다는 소리도 마음에 안 들었고요."

"어이구, 진짜 나무관세음보살일세."

아낙네 중이 나갔다.

"저 때문에 술맛 떨어진 건 아니지요?"

"남 주임 항상 너무나 밝고 그래서 그런 마음의 상처가 있었는지 전혀 몰랐네."

“팔, 다리 없이도 사는 사람들도 있는데요, 뭘.”

“그런데 그 부부가 남 주임은 왜 키워주었을까? 혹시 친척은 아닐까?”

“저도 그게 궁금했었어요. 고등학교 때 한 번은 그걸 물어보러 일부러 찾아가기도 했었으니까요? 그런데 엄마가 하는 말이 그저 당신 팔자가 사나워서 그렇다는 말 이외 일체 말을 안 해주더라고요. 요새는 혹시 아버지, 그러니까 우리 친아버지가 일정한 보육료를 내는 조건으로 맡긴 게 아닐까 하는 생각도 해보았어요.”

“엄마는 아직도 소식도 모르고?”

“철원인가 어디 산다는 소리를 바람결에 얼핏 들었어요.”

“그럼 남 주임 호적이나 주민등록등본 같은 것은 어떻게 되어 있었어?”

“호적을 보니까 엄마, 아빠는 제가 5학년 때인가 이혼한 거로 되어 있고 그 이후엔 저만 아버지 밑으로 되어 있다가 이젠 혼자지요, 뭐.”

“가족사항이 그러면 회사 들어올 때 지장이 있지 않나?”

“저 명색이 서울대 대학원 나온 석사인 거 아세요? 게다가 공채시험 1등 한 거 모르지요?”

“고등학교 때면 철이 다 났을 땐데 왜 그런 짓을 했냐고 안 물어봤어?”

“물어봤지요.”

“그랬더니?”

“아버지는 보지도 못했고요, 엄마가 하는 말이 네가 아버지에게 꼬리를 치기에 다시는 그런 짓 못하게 하려고 그런 것이라고 그러더라고요. 초등학교 3학년짜리가 꼬리를 쳤다는 말을 별로 미안해하는 기색도 없이 하더라니까요.”

“그래도 꼭 엄마라고 하네.”

“사실 엄마를 무척이나 사랑했었거든요. 제게 저지른 일이 감히 상상치도 못할 만큼 잔인한 짓이란 걸 깨달았을 때까지. 지금도 감정이 좀 묘하고요.”

"질투였을까?"

"형, 형은 참 사람 짜증나게 만드는 거 알아? 아니 초등학교 3학년 아이한테 질투라는 게 말이 돼? 그리고 질투고 뭐고 간에 그까짓 게 뭐가 그리 중요한데? 형, 할거야, 말거야?"

"인마, 가만히 좀 있어봐라. 알 건 알아야 하잖아."

"딱하면 척이지. 알고 말고 할 게 뭐 있다고 그래. 할 건지 말 건지 나 말해 봐. 형이 안 한다면 나 혼자라도 해 버릴 거니까."

"으음, 남 주임 가슴 본 죄로 하긴 해야 되겠지."

"형, 그 엄마라는 년도 젖꼭지를 칼로 베 버리자. 아냐, 아예 눈에다 납 물을 부어 버릴까?"

"쓸데없는 소리. 남 주임한테 한 짓 기억나게 만들려고? 경찰이 바보니?"

"……."

"사실 집에 혼자 누워있으면 달려가 두 인간들을 제 손으로 죽여 버리고 싶다는 생각을 한 적이 한 두 번이 아니에요. 또 어느 날은 바보같이 엄마가 보고 싶다는 생각도 났고요. 늘 그런 이상한 갈등 속에 빠져 살고 있었는데 '착하게살자' 그 뉴스 보고서 딱 이거다 싶더라고요."

"그건 그렇고 사표 이야기는 또 뭐야?"

"그 오빠가 한 회사에 있다는 걸 알고선 저 그 회사 못 다녀요."

"알았어. 다 알았고, 남 주임은 이제 내려가 봐."

"막 술이 당기기 시작하는데 그만 마시라고요?"

"어리석은 생각 말고 일단 회사는 잘 다니고 있어. 남들한테 평상시와 다른 모습도 절대 보이지 말고. '일단'이란 소리, 무슨 뜻인지 알지?"

"예."

"우린 오늘 남 주임한테 아무 이야기도 들은 게 없는 거야. 이 말도 알고?"

"……."

"전에 상무가 그 남연수 과장 성추행 했던 날 있잖아. 그때 남 주임이 나를 보고 하여튼 남자는 다 똑같다고 해서 내가 '무슨 소리냐, 그럼 너네 아빠도 그러겠네.' 그런 말을 한 적이 있었어. 남 주임, 그날 일 기억 나?"

"예."

"난 그때 남 주임 표정보고 조금 이상했었거든. 미안해. 늦었지만 사과할게."

"상무랑 회식 다음날, 제가 '어릴 때 맞은 적은 있다.' 이 소리한 것도 기억하세요?"

안주인이 다시 나타난 건 그때였다.

"아가씨, 오늘 집에 안 가도 되면 나랑 잡시다. 나랑 소주도 한 잔 더 하고."

"고맙습니다, 스님."

20

세 사람은 이번 일은 굳이 규익의 집을 이용할 필요가 없다고 판단을 했다. 한 사람도 아닌 부부를 차를 이용 횡성에서 양평으로 데리고 오기에는 위험부담이 될 변수가 너무나도 많을 것이라 판단했기 때문이다. 그러나 가장 위험한 것은 지난 두 건과 새로운 사건이 병합이 될 경우 정수와 주연이 무조건 용의선상에 오를 것이라는 아주 쉬운 예측이었다.

정수 등 세 사람 모두 비록 지금은 수사가 난항을 보이고 있다고는 하나 경찰에서 정병철, 오태석 두 인물이 가짜 약을 팔고 다녔다는 사

실을 밝혀내고, 두 사람이 정표와 동시에 관련이 있다는 것을 알아내는 것은 결국 시간문제라는 걸 다 알고 있었다.

그것만 가지고서도 정수와 주연이 자연스레 용의선상에 떠오를 것인데 새로운 피해자가 정수와 주연이 다녔던 회사 그것도 같은 부서에 근무하던 직원과 그런 악연이 있었다는 사실까지 밝혀진다면 어쩜 다른 증거 없이도 두 사람이 체포될 수 있을 판이었다. 숙고 끝에 이번에는 정수가 빠지고 두 사람의 알리바이를 만드는 역할을 하기로 했다.

정수는 주연에게 이영걸을 소개해 주었다. 그는 규익과는 오태석의 사건을 통해 이미 구면이었다. 차도 영걸을 통해 되팔고 새로 구입했다. 이번에는 아주 평범한 검정색의 중형 승용차였다. 물론 대포차였다. 역시 CCTV를 대비해 정수가 전에 확보해 두었던 번호판도 따로 준비했다. 아울러 대포폰도 다시 한 대 샀다.

현장 답사는 규익과 영걸이 맡았다. 두 사람은 규익의 차를 이용해 등산복 차림으로 진희가 예전에 살던, 그리고 자신들이 침입을 하여 낙인을 찍어줄 두 인간이 운영하는 순애원이 있는 동네로 갔다. 치악산 자락이고 등산로도 있는 터라 두 사람의 등산복 차림은 전혀 튀지 않았다. 둘은 생각보다 크지 않은 2층짜리 순애원 주위를 꼼꼼히 살펴보고 나서 진희가 말한 카페로 갔다.

카페라기보다는 식당 같기도 하고 대폿집 같기도 한 그곳에서 두 사람은 진희의 말이 거의 사실이라는 걸 확신했다. 영걸의 능란한 언변에 주인 여자가 순애원 사정을 줄줄이 털어놓은 것이었다. 고소를 했던 여자의 이야기 또한 사실이었다. 주인 여자는 그 여인네가 고소를 하는 과정에서 자기 집에 와서 몇 번인가 밥과 술을 먹고 가는 바람에 이야기를 다 들었다고 했다. 그 일이 있은 후 시청에서 미혼모를 들이는 것을 금해 현재는 배부른 여자들은 한 명도 없으며, 밤에는 부부가 2층 자신들의 살림집에서 지내고 1층에는 장애인들과 주방을 담당하는 아낙만 있다는 사실까지 이야기해주었다.

건물 외벽에 2층으로 직접 오르는 계단이 있는 것을 이미 본 두 사람에게는 아주 고급 정보였다. 순애원에 개를 키우지 않는다는 사실, 방범등은 동네 곳곳에 있지만 순애원은 좀 외진 곳에 홀로 떨어져 있고 담도 그냥 금속으로 된 1.5m 높이 정도의 펜스뿐이라는 사실도 두 사람을 고무케 했다. 순애원에서 제법 떨어진 곳에 사슴을 여러 마리 키우는 농장 외에 CCTV가 달려있는 집이 동네에 단 한 군데도 없다는 사실 역시 마찬가지였다.

두 사람은 일이 별로 어렵지 않을 것이라는 확신을 가지고 서울로 돌아왔다. 정수는 새로 산 승용차를 이용해 주연과 충주 일대를 맴돌다 목적을 이루고 돌아왔다. 다음 날 정수와 주연은 권 사장 네, 아니 이제는 자신들이 다니는 회사에 가서 사장의 아들인 인사부장을 만나 출장명령을 내어 줄 것을 부탁했다.

올해 주력제품으로 심혈을 기울여 기획 출시한 핸드 케어(Hand care) 세트가 중국에서 만들어진 카피 제품이 대량으로 유입되어 유통되는 것에 골머리를 앓던 회사 입장에서 그런 제품이 들어있는 컨테이너가 있다는 첩보를 입수했다며 출장을 자청한 두 사람이 고맙게 생각된 인사부장은 오히려 출장비가 적게 지급되는 것을 미안해하며 아주 쉽게 2박 3일의 출장명령을 내려 주었다. 그는 아버지로부터 두 사람의 일에 대해 일체 캐묻지 말고 하겠다는 대로 도와주라는 말을 아주 질 기억하고 있던 터였다.

다음 날, 두 사람은 한 컨테이너 야적장이 보이는 모텔 1층에 방부터 잡아 놓고서는 야적장 사진도 찍고 식당, 술집 등을 분주히 돌아다녔다. 그들이 모텔로 돌아와 잠을 청한 것은 저녁 10시가 넘어서였다. 이튿날, 두 사람은 역시 아침 일찍부터 부지런히 돌아 다녔다. 충

주경찰서를 방문해 자신들의 신분을 밝힌 후 불법 제품이 들어있는 것으로 추정되는 컨테이너를 발견했는데 이에 대한 강제 개봉 수사가 가능한지를 어설피 캐물어 박대를 당하고 나오기도 했다.

저녁엔 어제 갔던 식당에서 주인 내외와 농담을 주고받으며 밥을 먹고 나와 모텔로 돌아와선 티켓다방에 차를 주문, 배달을 온 아가씨에게 과한 농담과 어설픈 스킨십 시도로 아가씨에게 시끄러운 망신을 당하고 모텔 주인으로부터 제발 조용히 좀 해 달라는 질책을 받기도 했다. 화가 잔뜩 났던 다방 아가씨가 몇 푼 더 쥐어준 돈에 웃음을 찾아 돌아가고, 잠옷 격인 트레이닝복으로 갈아입은 두 사람이 주인에게 일부러 찾아가 사과를 하며 이제부터 잠을 자겠다고 하고선 방으로 돌아 왔을 때의 시간은 밤 9시, 잽싸게 옷을 갈아입고 운동화 차림으로 방 창문을 통해 뒤뜰로 나서는 주연을 본 사람은 아무도 없었다.

주연이 도로를 따라 조금 걸었을 때 승용차 한 대가 그에게 다가왔다. 규익과 영걸이 탄 차였다. 차는 제한속도를 넘지 않고 달려 밤 10시 30분 경 순애원이 있는 동네에 도착했다.

바로 그 시간, 충주의 모텔에서는 정수가 카운터로 비누와 수건이 떨어졌다는 전화를 했다. 모텔 주인이 투덜거리면서 방문을 열자 정수가 비누와 수건을 받아 들었다. 욕실에선 샤워하는 소리와 함께 주연의 '형, 비누 어떻게 된 거야? 아직 안 가지고 왔어?' 하는 소리가 났다.

"새끼, 성질머리 하고는. 감사합니다."

모텔 주인은 목욕탕 안에서 나는 소리가 녹음기에서 흘러나온 것이라고는 감히 꿈도 꾸지 못했다.

세 사람은 순애원에서 조금 떨어진 공터에 차를 세웠다. 그리고선 한 명씩 차에서 내려 조심스레 걸은 후 펜스를 넘었다. 세 사람은 2층으로 통하는 계단 입구에서 합류를 했다. 현관문을 조심스레 두드린 건 규익이었다.

"누구세요?"

안으로부터 시끄러운 TV 소리와 함께 여자의 목소리가 들려왔다.

"예, 저예요. 문 좀 열어 주세요."

"누구신데 이 밤중에."

"예, 저라고요. 성현이 아버지."

"성현이가 누구래?"

여자는 별 의심 없이 문을 열어 주었다. 순간 세 사람은 해골가면을 뒤집어쓰고 여인을 밀치면서 안으로 들어섰다.

"어구구, 누구요? 인영 아버지, 인영 아버지."

여인이 마구 비명을 지르자 욕실 문이 열렸다. 사내는 목욕 중이었던 모양이었다.

"옷 입어."

사내는 말대답도 못하고 사색이 되어 옷을 입었다. 손을 벌벌 떠는 바람에 옷을 입는 데 제법 시간이 걸렸다. 사색이 되어 있기는 여자도 마찬가지였다. 그들은 두 부부를 우선 소파에 앉도록 했다.

"지금부터 우리가 시킨 말 이외의 말을 하면 이 칼로 목을 벤다. 그리고 기름을 뿌리고 태워버릴 거야."

"돈, 돈은 저기 저 안방에 있어요."

"조용히 하라고 했지?"

"예, 조용히 할 테니 돈 다 가져 가세요."

"조용히 하라니까 자꾸 돈, 돈 하네. 그럼 아줌마가 가서 돈을 가져와."

주연이 남자의 몸을 테이프로 결박을 하여 바닥에 눕혀놓는 동안 영걸이 그녀를 데리고 안방으로 들어갔다가 곧 바로 다시 나왔다. 여자는 제법 커다란 종이 쇼핑백을 들고 있었다.

"더 나오면 죽는다."

"아시잖아요. 돈은 이게 다예요."

"알긴 뭘 알아?"

"이거 알고 온 거잖아요."

"꺼내 봐."

순간 해골 속의 세 사람 눈이 마주쳤다. 안에 오만 원권 묶음이 상당히 많이 들어있었던 것이다. 총 40묶음. 그러니까 2억 원의 현금이 그들의 눈에 들어왔다. 주연은 여자도 묶었다.

"너네들은 내 아이를 외국에다 팔아먹었어. 우리 와이프한테는 입양을 해도 우리나라의 점잖은 집이니 보고 싶으면 언제든지 볼 수 있고 형편이 나아지면 다시 데리고 올 수도 있다고 하고선."

여자가 그런 게 아니라고 울부짖었다. 주연이 부부 모두의 입과 눈을 테이프로 봉한 후 여자 역시 그녀의 남편과 같이 버둥거리지 못하도록 팔과 몸을, 그리고 무릎을 모아 테이프로 감싸 버렸다. 다음엔 영걸이 나섰다.

"이 개, 돼지만도 못한 새끼. 너는 우리 애인을 강간했어. 만삭이 된 여자를 말이야. 말 안 들으면 길바닥에다 애를 낳게 만들겠다고 하면서 몇 번이나 강간을 했다고. 거기다가 도리어 죄까지 뒤집어씌우고."

부부는 땀을 흘리면서 필사적으로 도리질을 했다.

규익의 차례였다.

"긴 말 할 필요 없고 너희들은 둘 다 유죄다. 이제 형을 집행한다. 죽이지는 않는다. 하지만 만약에 준비하는 동안 반항을 하거나 발버둥을 치면, 하여튼 숨만 크게 쉬어도 당장 이 칼로 목을 따버린다. 말 잘 들을 거지?"

이번에는 *끄덕끄덕.*

"형을 집행하기에 앞서 이 돈 이야기를 하겠다. 우리는 너희들이 이 돈을 어떻게 만든 것인지 그리고 어디다가 쓰려고 한 건지 다 안다.

그러니까 나중에 돈에 관해 신고를 하든 말든 상관은 안하겠고. 단지 이 돈의 출처와 용도가 밝혀지는 순간 어차피 너희 부부들은 이 더러운 돈을 다시 찾을 수도 없는 것은 물론 도리어 너희들의 추잡스런 삶이 온 세상에 알려지게 될 뿐이고, 무엇보다도 광주에 있는 아들의 목숨을 조금이라도 생각한다면 절대 어리석은 짓은 안 할 것이라 믿는다. 믿어도 될까?”

“대답해. 이 더러운 새끼야.”

영걸이 남편의 몸을 발로 걸어찼다. 부부의 목이 다시 거의 필사적으로 여러 번 끄덕였다.

주연이 전기 이발기로 사내의 앞머리를 밀었다. 여자는 돌려서 엎드리게 한 후 상의 뒷부분을 찢고 잡아내려 등 윗부분이 완전히 드러나게 만들었다. 부부는 반항도, 몸을 뒤척이지도 않았다. 드디어 규익이 토치램프로 도장을 달구었다.

영걸이 몸에 올라타 누르고, 주연은 머리를 움직이지 못하도록 남아 있는 머리카락을 잡아 누르고 있는 상태에서 남자의 이마에 낙인이 찍혔다. 남자는 고통에 못 이겨 발버둥을 치다가 똥을 쌌는지 갑자기 구린내가 방 안에 진동을 했다. 여자는 목 뒷덜미에 낙인이 찍혔다. 상처를 생수로 식혀주고 바셀린 연고를 발라주는 일은 영걸의 몫이었다.

주연은 고통으로 몸부림치는 남자에게 전기 충격을 가해 기절을 시켰다. 부인은 이미 기절을 한 상태라 전기 충격기를 쓸 필요조자 없었다. 세 사람은 방 안을 세심히 살핀 후 돈을 다시 쇼핑백에 주워 담고선 방을 빠져 나왔다. 세 사람이 탄 차가 다시 정수가 초조히 기다리고 있는 충주 외곽의 한적한 모텔 인근에 도착했을 때 시간은 밤 한 시가 채 안 되고 있었다. 정수는 주연이 창문을 통해 들어오자마자 주연을 데리고 방 밖으로 나와 카운터 쪽으로 갔다. 주인은 작은 창문이 달린 방안에서 영화에 빠져 있다가 밤늦은 시간에 자지 않고 나타

난 두 사람이 영 못마땅했다.

"어디 나가세요?"

"술 생각에 도저히 잠이 안 와서요. 여기 어디 편의점 같은 데 없
어요?"

"한참을 가야 하는데."

"야, 그것 봐. 오늘은 참고 그냥 들어가서 자자. 멀다고 그러잖아."

"그러지 뭐."

두 사람은 다시 자신들의 방으로 사라졌다.

21

다음 날 두 사람은 서울로 올라와 회사로 갔다. 별다른 성과를 내지
는 못했으나 일단 의심이 가는 컨테이너가 야적된 곳을 확인하였으며
충주 경찰서와 향후 합동으로 조사를 실시하기로 했다는 출장 보고
서를 사무실이 아닌 회의실에서 작성하는 두 사람을 보며 인사부장은
영 미안했다. 그래서 아버지에게 건의를 하여 그들의 사무실 공간을
만들어 주기로 결심을 했다.

영걸과 규익도 역시 무사히 귀경을 했다. 그리고 그 다음날 정수와
주연은 다시 청량사에 모였다. 모든 신문, 방송이 예상대로 평창에서
의 일로 다시 한 번 발칵 뒤집어진 날이었다. 두 사람은 바로 그 곳에
서 정말 놀랄만한 뉴스를 들었다. 정수네 일행 중 그 누구도 감히 예
상치 못해 귀를 의심할 정도의 내용이었다. 신기한 우연이기도 했다.

어젯밤 정수와 주연이 성공을 자축하며 연신내에서 술을 마시고 있
던 바로 그 시간에 주연의 동네에 사는 여자의 이마에 '착하게살자'라
는 낙인이 찍힌 것이다. 두 사람은 동네 이름, 대형 호프집 운영, 46세

윤 모씨, BMW, 역주행 등의 단어에서 바로 그 여자가 바로 자신들의 입에 처음 거론되던 여자라는 걸 직감했다.

드디어 정수의 예언대로 모방 범죄가 터진 것이다. 드디어 누군가가 뇌관에 불을 붙여 버린 것이었다. 절에서 돌아가는 추이를 지켜보던 세 사람의 마음을 묘하게 만든 뉴스가 다시 나온 것은 BMW 여자가 처음 거론된 지 불과 세 시간 후였다.

범인이 붙잡혔다는 내용이었다. 현금인출기에서 돈을 빼는 장면이 나온 것으로 따지면 겨우 두 시간. 범행 시각으로 따져도 만 하루도 되지 않은 시점이었다. 3인조인 범인은 역주행을 하는 여자의 차를 일부러 충돌을 한 후 강제로 자신들이 탄 승합차에 태워 납치한 후 몇 군데의 현금인출기를 돌며 3천만 원 정도의 현금을 인출한 후 차 안에서 이마에 낙인을 찍었다고 했다.

그들의 범행 내역은 곳곳의 CCTV에 고스란히 담겨 있었다. 그들이 해골 가면을 사간 문방구도 한 동네에 있었다. 여자의 신고를 접하고 몇 군데의 CCTV 화면과 차 안에 남은 지문 등으로 여자의 호프집에서 일한 전력이 있는 스물한 살의 주범과 그의 친구들인 공범 2명을 그 범행 내용이 서울지방경찰청 수사본부에 자세히 통보가 되기도 전에 쉽사리 검거한 범행현장 관할 중랑 경찰서 형사들은 처음에는 자신들이 올린 개가에 환호했었다.

하지만 소식을 듣고 쏜살같이 달려온 수사본부 형사들이 범인들이 잡혀 있다는 경찰서의 정문을 통과할 무렵엔 벌써 중랑서 형사들이 허탈감에 빠져 있을 때였다. 녀석들의 행색이나 하는 꼬라지가 도저히 세상을 뒤흔들고 있는 두 건의 범인으로 봐주려야 봐줄 수가 없을 정도로 허술했던 것이다. 그 두 건의 사건은 이런 조무래기들이 할 수 있는 것이 절대 아니었다. 녀석들이 만든 '착하게살자' 도장은 나무를 깎아 만든 조악한 것이었다. 글씨가 있는 도장의 단면은 불에 그슬려

새카맣게 변색이 되어 있었다. 피해자의 이마에도 상처 주변으로 숯이 묻어 있었다.

수사본부 형사들 역시 씁쓰레한 미소를 남기고 중랑 경찰서를 떠났다. 하지만 그들이 다시 수사본부에 도착했을 때는 씁쓰레한 것일망정 미소는커녕 그들의 뺨을 후려갈기는 듯한 강렬한 소식이 그들을 얌전히 기다리고 있었다. 강원도 횡성 사건이 비로소 알려진 것이었다.

그들은 그 사건 또한 자신들이 좀 전에 다녀왔던 경찰서 사건과 같이 차라리 모방범죄로 밝혀지길 바랐다. 하지만 이메일과 팩스로 날아온 낙인 상처를 보는 순간 자신들의 바람이 헛된 꿈이라는 걸 알아챘다. 두 개의 도장은 완벽하게 일치했다. 식별하기가 만만치 않은 '장길매'까지.

졸지에 대형 뉴스의 본산지가 되어버리는 바람에 식겁을 한 강원지방경찰청에서 사건 관할 횡성경찰서에 자체 수사본부를 차리느라 부산한 시간, 서울의 수사본부 형사들은 때 아닌 이사를 하고 있었다. 경찰청의 지시에 의해 수사본부가 강서 경찰서에서 서울 청 소회의실로 옮기게 된 것이었다. 책상 배치와 팩스 등 장비가 제대로 진열이 되자마자 그들은 새로운 손님을 접대하여야 했다. 강원지방경찰청 강력계 및 산하 횡성 경찰서 최고 베테랑 형사 등 3명의 형사가 수사본부에 합류하게 된 것이었다.

수사본부장인 서울 청 형사부장은 즉각 회의를 소집했다. 회의는 그의 인상만큼이나 무거운 분위기에서 진행이 되었다.

"그러니까 여태 놀고 다녔다는 소리 아니냐고?"

"……."

"뺑소니 사망사고 피해자 가족, 친, 인척 등에 대한 수사랍시고 남편이랑 아들을 불러와 대충 조사한 것 빼놓고 한 게 뭐 있어? 어이, 폭력계장, 당신 입이 있으면 말 좀 해 봐."

"예, 말씀하셨다시피 남편과 아들을 소환 조사했는데 알리바이가 완벽하고 여러 정황으로 보아 전혀 그럴 범행을 저지를 사람들이 아니라는 판단으로 그 두 사람에 대한 수사는 일응(일단) 종결하였고, 나머지 친, 인척이나 지인에 대해서는 여전히 탐문 수사를 진행 중에 있습니다. 아울러……."

경정인 폭력계장의 말은 경무관인 형사부장에 의해 중도 제지당했다.

"뭐라고? 그럴 범행을 저지를 사람이 아닌 것으로 판단? 어이, 당신 지금 무슨 공자 말씀을 하는 거야? 그런 일을 저지를 사람은 따로 있다는 거야? 당신, 폭력계장 맞아?"

"예, 시정하겠습니다. 보고 계속 드리겠습니다. 강원도 인제 납치현장에서는 피해자의 차량을 발견 회수하였으나 범행 흔적은 일체 남아 있지 않았습니다. 차량 주변에서 수거한 담배꽁초 3개의 혈액형 조사는 끝났고 현재 DNA 분석 중에 있습니다. 주변 철정 검문소와 국도상에 설치된 CCTV 화면을 입수 분석 중에 있으나 용의차량을 특정 지을 만한 단서는 아직 발견치 못하였습니다. 그러나 비교적 통행량이 적고 현장인 약수터로 향하는 도로를 비추는 검문소 CCTV에 나타난 차량 총 84대에 대하여는 현재 전수 조사 중에 있습니다.

아울러 강원도 고성에서 발견된 피해자의 핸드폰과 관련 현장인 인제부터 고성까지 당일 통행차량들에 대한 분석 조사도 함께 실시하고 있습니다."

"그 1차 피해자라는 놈 아직 못 찾았지?"

"예. 검사의 협조를 구해 '참고인 중지' 내려놓았고 각 연고지에도 직원들이 나가 있습니다."

"두 사건이 동일범 소행인지 아닌지도 아직은 모르는 거 아니야?"

"예. 첫 번째 피해자의 상처에는 장길매라는 이름도 없고 또 도장의 크기나 글씨체도 조금 다르기 때문에 아직까지는 동일범이라고 확언

할 수 없는 단계입니다."

"도장의 출처에 대해선?"

"계속 탐문 중에 있으나 글씨만 보고서는 그게 전문가가 판 것인지 아니면 범인들이 직접 만든 건지 알 수가 없어 곤란을 겪고 있습니다."

"그래. 그 두 건은 그렇다고 치고, 횡성 건은 뭐 좀 나온 게 있나? 강원도에서 온 팀장이 직접 말해 봐."

"예, 현재 여러 가능성을 가지고 수사 중에 있습니다만 현재까지는 별 특이사항이 없습니다."

"피해자는 뭐래? 얼굴도 못 봤대?"

"해골가면을 써서 얼굴은 전혀 못 보았다고 합니다. 그런데 더 큰 문제는 피해자가 별로 협조적이지 않다는 겁니다."

"뭔 소리야, 그게?"

"괜히 신고를 했다고 하면서 도통 입을 안 열고 있습니다. 다른 협박 때문에 그러지 않나 추정하고 계속 설득 중에 있습니다."

"다른 건?"

"목격자 확보를 위해 탐문 중이고 그 동네로 들어가는 도로와 가까운 곳의 CCTV 테이프를 확보 분석 중에 있습니다."

"거기는 CCTV가 없는 곳이라고 들었는데."

"예, 그래서 간선도로 두 곳의 것을 분석하는 겁니다. 한쪽엔 나와 있고 나머지 한쪽엔 안 나와 있는 차가 있으면 그중 그 동네로 들어간 것을 발견할 수도 있기에 말입니다."

"아직 나온 건 없고?"

"예, 워낙 통행량이 많은 도로고 양 CCTV 사이에 그 동네 들어가는 것처럼 진입도로들이 몇 개 있어서 조금 시간이 걸릴 것 같습니다."

"폭력계장, 횡성 피해자한테 찍은 도장은 인제 건이랑 일치한다고 했지?"

“예, 일치합니다. 그래도 확실히 하기 위해 국과수에 사진을 보내 대조 감식은 하고 있습니다.”

“역시 동일범이겠구먼.”

“예, 거의 그런 것으로 추정됩니다.”

“이봐, 만날 추정만 하지 말고 구체적인 걸 만들어 내라고. 말은 많아도 맨 추정뿐이고 희망적인 내용은 하나도 없다는 거잖아?”

희망적인 내용이 전혀 없는 건 아니었으나 폭력계장은 오늘 비록 수사본부장에게 더 깨질 때 깨지더라도 아직은 내놓고 싶지 않았다.

“……”

“회의 더 이상 하나마나네 뭐. 당신들 잘 들어. 지금 바깥세상을 보면 잘 알겠지만 이건 단순히 청장님이나 본청장님 관심 차원의 문제가 아니야. 오늘 상봉동에서 잡힌 놈들을 보라고. 이거 말이야, 그런 모방범죄가 터지기 시작하면 한도 끝도 없다는 거 당신들이 더 잘 알잖아. 봐, 벌써 신문 사설에도 나오는 거 봤지? 그놈들이야 모방범죄가 우려되느니 어쩌니 하고 떠들고들 있지만 그게 다 모방범죄를 부추기고 있는 거 아니냐고. 그럼 어떻게 할래? 어떻게 할 거냐고. 우린 다 죽는 거야. 청장님 정도 날아가는 게 아니라 우리도 다 죽는 거라고. 내 말 알겠지?

오늘부터 집에 들어간다, 피곤하다, 이 따위 생각 다 버리고 무조건 잡으라고, 무조건. 폭력계장이 이런 큰 수사를 많이 해본 베테랑이라는 거 내가 잘 알기는 하지만 계장도 좀 분발하고 여러분들도 계장이나 각 팀장의 지시에 나 죽었다 생각하고 무조건 따라 뛰라고.

지금 이 순간부터 범인을 검거한 직원들은 인원에 상관없이 경감까지 1계급 특진이야. 검거 즉시 본청장님이 불러서 그 자리에서 계급장을 달아 준다고 말씀하셨다고. 무슨 소리인지 알지? 아 그리고 말이야,

강원도에서 올라 온 직원들도 그렇고 각 서에서 차출된 직원들도 그렇고 남의 일이다 생각지 말고 열심히 좀 수사를 해 보라고. 폭력계 직원들도 그 직원들 은근히 따돌리지 말고. 무슨 말인지 다들 알았지?"

"예."

"본청 수사지도관께서는 뭐 특별히 하실 말씀이 없는지?"

"예, 부장님, 저희도 아직은 판단 단계입니다."

"그래요. 그럼 수고 좀 해 주시고."

형사부장과 경찰청에서 파견된 2명의 수사지도관이 나간 후 다시 형사과장의 일장 훈시가 이어졌다. 그가 나가자 폭력계장은 각 팀별로 보고를 받고 그에 상응하는 지시를 내리느라 한동안 부산했다. 이윽고 길고 지루했던 회의가 끝났다.

"자, 자, 다들 힘내자고. 누가 우리보고 형사 하라고 등 떠민 거 아니잖아. 자, 다 같이 파이팅!"

"파이팅!"

형사들이 우르르 밖으로 쏟아져 나갔다.

"2팀은 좀 남아."

4명의 형사가 계장의 주위에 둘러앉았다.

참고인중지
검사가 참고인·고소인·고발인 또는 같은 사건 피의자의 소재불명으로 수사를 종결할 수 없는 경우에 그 사유가 해소될 때까지 행하는 처분

22

"2팀장, 그러니까 아까 대충 이야기 한 것 좀 자세히 말씀해 보세요."

형사부장이 희망적인 게 없냐고 물었을 때 머리 속에만 담고 있던

걸 자세히 알아 볼 요량이었다.

"예, 계장님, 지금 잠적한 1 피해자 정병철이 있지 않습니까? 그 친구가 미국 NASA에서 만든 약이라고 하면서 말기 암 환자들에게 거액을 받고 가짜 약을 팔고 다녔다는 제보가 들어 왔습니다. 그런데 제보자가 말하는 내용이 아주 의미심장하더라고요. 그 약을 한 두어 달 전 충청남도 청양에서 요양 중이던 경찰관에게 팔았다, 그 경찰관은 이미 사망을 했다, 그 경찰관과 정병철이는 초등학교 동창이다, 이겁니다."

"최근에 암으로 사망한 경찰관은 확인해 보았고?"

"예, 확인되었습니다."

"그런데?"

"그 말을 들으니까 2 피해자 오태석이 문득 생각나더라고요. 그 자식 전과에 보건범죄 건 있던 거 계장님도 기억하시죠?"

"그래서?"

"좀 몰아붙였더니 자기가 이번에 납치된 게 선약이라는 가짜 약을 암 환자 가족에게 팔려고 하다가 그랬다는 거예요."

"뺑소니 사고 때문이라고 했잖아요."

"그러니까 린치는 뺑소니 피해자 측한테 당했는데 인제까지 간 이유가 약을 팔러 갔다 이거지요. 즉 약을 사겠다고 한 것은 자기를 납치하기 위한 미끼라고 하면서요. 그런데 이 새끼가 좀 전에 말씀드린 그 암으로 사망한 직원 있지 않습니까? 그 친구네 집 즉 청양에 가서 약을 팔아먹은 사실을 저희가 알아낸 겁니다."

"그러니까 죽은 그 직원에게 정병철, 오태석이 모두 비슷한 시점에 가짜 약을 팔았다는 소리네. 직원은 죽었고."

"예."

"그럼 2 팀장은 두 개 사건이 도장은 다르지만 동일범 소행이다 이렇게 접근을 한 거고."

"예, 제 판단은 그렇습니다."

"그 직원이 누구라고 했지요?"

"예, 영등포 형사계에 근무하던 홍정표 경사입니다. 사람이 착하고 똑똑했는데 폐암으로 갔다고 하네요. 어쩜 계장님이랑도 같이 근무한 적 있을 겁니다."

"내가 예전에 광역수사대 제대장으로 있을 때 이름을 들어 본 것 같기도 하네요."

"저는 이 사건이 아깝게 죽은 그 직원이랑 반드시 관계가 있다고 믿습니다."

"명색이 경찰관인데 NASA에 만들었느니 하는 말에 속아 넘어갔을 리가 있나?"

"죽는다는데 무슨 생각을 못 하겠습니까?"

"으음, 그럴 수도 있겠네."

"문제는 그 직원 부인도 우리 직원이라는 겁니다."

"그래요?"

"예, 한소은 경사라고 동대문서 여청계(여성청소년계)에 근무하고 있습니다."

"한소은? 그럼 나도 누군지 대충 알 것 같네요."

"그러니까 만약에 범인이 죽은 홍 경사와 관계가 있다고 가정할 때 그럼 범인은 누구일까? 이게 관건인데요, 말씀드렸다시피 미망인도 직원이고 또 친구들 대부분이 우리 직원이고 하니까 어쩜 우리의 내부 소행일지도 모른다는 말씀입니다. 수법이 대담하면서도 아주 치밀해서 증거를 거의 하나도 안 남기고 한 걸 보면 말입니다."

"범행현장에 달력이니 시계니 이런 게 다 노출이 되었잖아요."

"그러니까 그것도 교묘히 세트를 만들었고 말입니다. 나아가 뺑소니 사고 피해자 이런 것도 다 우리의 수사를 혼선에 빠트리려고 꺼낸 이야기라고 저는 생각합니다."

"으음, 그럴 수도 있겠네. 만일 정말로 그렇다면 이거 보통 일이 아니네. 현직 경찰관들이 이런 범행을 하고 다녔다고 확인된다?"

폭력계장은 머리를 절레절레 흔들었다. 상상하기도 싫었다.

"그런데요, 계장님, 어쩜 용의자일 수도 있는 인물이 하나 떠올랐습니다."

"그래요? 역시 직원인가?"

"아닙니다. 전직자입니다. 심정수라고 그러니까 6년 전에 경감으로 마포경찰서 교통사고조사계장을 하다가 갑자기 퇴직을 하고선 보험회사로 옮긴 친구입니다, 사실 저도 잘 아는 직원입니다."

"심정수? 그 심정수? 에이, 아니에요. 그 친구는 그럴 사람이 못돼요."

"계장님, 죄송합니다만 아까 부장님 말씀 기억하시지요? 그럴 사람이 따로 있는 게 아니거든요."

"그래도 그렇지, 아주 얌전한 친구인데……."

"계장님, 그 친구가 죽은 홍정표라는 친구 임종도 다 지키고 무엇보다도 죽기 전에 청양까지 가서 홍 경사와 부인도 만나고 잠까지 자고 갔다는 사실도 다 확인이 되었습니다. 장례식장에서 유독 슬퍼하더라는 것도. 알고 보니 두 사람이 마포경찰서 소년계, 그러니까 지금 여청계에 함께 근무하면서 친 형제같이 지냈다는 사실도 확인이 되었고요."

"서원인가 어디든가 하여튼 보험회사에서 부장인가 팀장인가로 잘 근무하고 있다고 들은 것 같은데."

"예, 그러나 이번 사건들이 벌어지기 얼마 전 자진하여 퇴직을 했다고 합니다."

"왜?"

"상사랑 다툼이 많았던 모양입니다."

"그 친구 자존심은 세지만 그렇다고 상사한테 함부로 들이대고 그럴

사람은 아닌데."

"계장님, 또 있습니다. 그 심정수가 근무하고 있던 팀에 우리 전직들이 몇 명 있는데 그 중 한 명이 심정수와 함께 퇴직을 한 게 확인이 되었습니다. 이름은 김주연. 역시 강남서, 형사기동대, 광역수사대 이런 데서 형사로 근무를 하다가 약 3년 전에 독직사건으로 퇴직을 한 후 심정수의 추천으로 그 회사에 함께 근무하던 친구라고 합니다.

그런데 그 친구 나이가 죽은 홍경사와 동갑이고 또 심정수가 청양에 내려갔을 때 동행을 했다는 사실도 알아냈습니다. 그렇게 보면 김주연과 홍정표가 또 아주 각별한 사이일 수도 있다는 추정이 되지 않겠습니까?"

"으음, 팀장 말씀대로 냄새가 나네."

"예, 제 직감으로는 틀림없다는 생각이 듭니다. 두 사람이 홍 경사의 죽음에 분노하여 복수를 함과 동시에 사회에 일종의 메시지를 던지려고 한 게 아닌가 싶거든요. 심정수, 김주연은 모두 그 얼마 전 다니던 회사에서 해고가 되었습니다. 심정수야 희망퇴직이라고는 하지만 해고나 다름없고 김주연은 재계약을 거부당한 겁니다. 느닷없이 나타난 새로운 상무와의 갈등 때문에 잘 다니던 회사를 관두어야 했을 때 그들은 분명 분노했을 겁니다."

"그럼 횡성 건은?"

"글쎄요, 그 건이 이 두 사람이랑 어떻게 관련이 되었는지에 대해선 조사가 필요할 겁니다. 어쨌든 아직은 나온 게 없습니다."

"비록 전직이라고 해도 기자들이라도 알면 엄청 물고 늘어질 테니 수사를 아주 은밀히 해야 될 거예요. 혐의가 드러날 때까지는 다른 팀에게도 일체 이야기하지 말고요."

"예."

"정 필요하면 강제 수사라도 하세요. 장소를 잘 물색해서."

"예, 우선 탐문수사를 진행한 다음에 필요하면 어디 한갓진 곳에서 소환도 불사할까 합니다."

"그리고 말이에요, 우리 내부 소행 즉 그 부인, 친한 동료 등 현직들에 대해서도 은밀히 내사를 해 보세요. 보안유지 아주 철저히 하면서 은밀히요."

"예, 알겠습니다. 그렇지 않아도 장례식장 CCTV 벌써 입수해서 한 명씩 알아보고 있습니다."

"보안 유지 알지요?"

"예, 유념하겠습니다."

"이봐요, 임 팀장. 그건 그렇고 그 자식도 입건해야 하는 거 아닌가?"

"누구 말씀이신지?"

"죽은 직원한테 가짜 약을 팔아먹었다는 그 오태석인가 뭔가 하는 피해자 놈 말이에요. 아주 악질이잖아."

"예, 그렇기는 한데 그게 좀."

"왜요?"

"그놈을 사기나 보험범죄단속법 같은 거로 입건하는 건 어렵지 않지만 그러자면 죽은 직원 미망인한테 피해조서도 받고 그래야 하잖습니까? 근데 그렇게 되면 방금 말씀드린 심정수에게도 우리가 자신들을 주목하고 있다는 걸 노출하는 것이나 마찬가지다 이거지요."

"으음, 그렇게 되는 건가?"

"그래 우선 이 사건을 마무리한 다음 천천히 생각해봐도 괜찮을 것 같습니다."

"그럼 일단 그럽시다."

23

"형, 그 돈 어떻게 할까?"

"돈? 아, 그 돈. 뭘 어떻게 해. 좋게 써야지."

"어떻게 쓰는 게 좋게 쓰는 건데? 설마 또 위선 떨려고 그러는 건 아니지?"

"야, 어차피 그 돈 있다는 거는 상상도 못했었잖아. 그러니까 생각지도 않은 게 들어온 거 아니냐고. 규익이 오면 상의해 보자."

"형, 그래도 영걸인가 하는 그 친구는 좀 챙겨 줘야지. 양아치잖아. 괜히 우리가 독식을 한다고 오해를 하면 가만히 안 있을 걸?"

"당연히 챙겨 줘야지. 하지만 오해하고 그럴 친구는 아니니까 걱정은 마. 더더군다나 걔는 네 말대로 양아치가 아니라 제대로 된 조폭이었거든."

"여보세요, 돈 앞에는 장사 없거든요."

"알아. 그러니까 그 친구도 오고 규익이도 오고 그런 다음에 의논을 하자고 그러잖아."

"형, 횡성 말이야, 돈 이야기는 일체 없더라."

"네가 그랬잖아, 돈에 관해선 아마 신고 못 할 거라고."

"그럴 거라 짐작은 했지. 왜냐하면 돈을 딱 준비해 놓고 있더라니까. 왜 가끔 부잣집 털린 뉴스 나오면 안방 금고에서 몇 억이 나왔네, 막 이러잖아. 그런데 이건 그런 게 아니라 쇼핑백에 담아서 안방에다 그냥 놔두었더라고. 아마 누구에게 뇌물 같은 걸로 주려고 준비했던 거 같아. 떳떳한 돈이 절대 아니다 이거지."

"뒤가 구린 놈이 팬티 못 벗어 보이는 거나 똑같지, 뭐. 아마 돈 뿐만이 아니라 남 주임 이야기 같은 것도 절대 못 꺼낼 거야. 어쩜 아예 기억을 안 하고 살고 있을지도 모르고."

"자기들이 한 더러운 짓, 잔인한 짓이 있으니까 아마 의식적으로도 그렇겠지. 그런데 형, 생각보다는 조금 잠잠하지 않아?"

"봐, 절대 잠잠하지 못할걸? 내가 전에 이야기했잖아."

"너무 요란해져도 영 불안한데."

"불안하긴. 수사가 분산화 되고 혼란을 주니까 다행이지."

"형, 만일 누가 남 주임 사연을 경찰에 알리면 어떻게 하지?"

"뭘 어떻게 해? 그때 가서 부딪치면 되지. 그리고 알리긴 누가 알린다고 그래?"

"남 주임 어렸을 때 그 집에서 자라고 한 거 기억하는 사람들 있을 거 아니야?"

"야, 누가 남의 생활에 그렇게 신경을 쓴다고 그래. 벌써 15년 전의 일이잖아. 정선에서 횡성으로 이사 온 지도 오래 되었고."

"황인영이 있잖아."

"그 자식도 대충 지네 아버지와 엄마의 악행에 대해선 짐작할 거야. 그러니까 이 건에 대해선 일체 입 다물고 있을 거야. 알려질수록 자기만 창피하잖아."

"……"

"어쨌든 간에 오늘 도장이니 도치램프니 뭐 이런 거 일단 다 묻자."

"어디다가?"

"여기 뒷산에다."

"아예 없애 버리지 왜?"

"인마, 나중을 생각해야지."

"또 하게?"

"……"

"형, 그건 그렇고 장길매가 뭐냐니까?"

"풀어 보라고 했잖아."

"여보세요, 나 머리 나쁜 사람이거든요."

"잘 생각해보면 알 거야."

"그냥 말해주면 어디가 덧나냐?"

"주연아, 너 오늘부터 늘 조심하고 다녀. 언제 형사들한테 채여 갈지 모른다는 생각으로 주머니에 불필요한 거 일체 넣지 말고 항상 신경 쓰라고. 집 사람 입도 잘 단속해 놓고."

"그런데 형, 정병철이 건 말이야, 그날 일 물어보면 뭐라고 그러지? 그날 일도 입을 맞춰 놓아야하는 거 아닌가?"

"매번 우리 둘이 같이 있었다고 하면 그게 더 이상하잖아. 그날 일 잘 떠올려서 네가 적당한 대답 만들어 놔. 오래 전 일이라 기억 안 난 다고. 어떻게 자신이 한 일을 일일이 다 적어 놓고 있겠냐고 하면서 우 리 집 주변에 있는 CCTV들 화면을 가지고 와 봐라. 그럼 기억을 더듬 어서 말해줄 수 있다고 한다든지. 형사 했다는 놈이 그런 것까지 다 나한테 물어보냐?"

"입을 맞춰야 될 것 같아 그런 거지. 하여튼 잘난 체는. 아저씨, 아저 씨나 잘하세요, 예?"

"내일 모레 그러니까 월요일부터 회사로 정식 출근해. 양복 입고. 8 시 30분까지 시간 늦지 말고. 장난 아닌 거 알지?"

"아니 처음에는 적만 올려놓기로 했잖아."

"그러긴 했는데 인사부장이 우리 사무실 만들어 놨다고 하더라. 그 렇게까지 이야기하는데 안 나가 볼 수도 없잖아."

"그런데 어디로 가야 되는 거야?"

"8시 반에 내가 회사 정문에서 기다리고 있을게."

"형, 우리 충주에 내려간 날 말이야, 정말 무슨 첩보가 있었던 거야, 아니면 횡성 일 때문에 그냥 간 거야?"

"첩보가 있으니까 그리로 갔지. 나중에 이야기 해 줄게."

“그럼 마지막 질문. 형 진짜 장길매가 뭐냐니까?”

“인마, 전에 말했었잖아. 장총찬, 홍길동, 일지매. 됐냐?”

“겨우 그거야? 하여튼 그럴 줄 알았다니까. 꼭 별것도 아닌 거 가지고 쌩 폼을 잡아요.”

24

규익과 영걸이 한꺼번에 도착을 했다. 몇 마디가 오고 간 뒤 정수가 돈 이야기를 꺼냈다.

“규익아, 너는 그 돈을 어떻게 해야 좋을 것 같니?”

“나? 그거 어차피 우리 것 아니었잖아.”

“선배님은 여기 정수형이랑 입을 맞추셨어요? 어떻게 똑같은 말씀을 하세요?”

“시끄러 인마. 영걸이 너는?”

“제가 뭘 압니까? 형님들이 알아서 하시는 거지요.”

“내가 이야기 하나 할게. 집에 전혀 예기치 않던 갑자기 돈이 들어올 때가 있잖아. 가령 기대하지도 않았던 연말 성과급이 나온다던지 잊고 지냈었는데 공제조합 만기 일이 찼다고 한다든지 말이야. 그럼 어떻게 되는지 알아? 알고나 있는 듯이 반드시 돈 쓸 일이 생기는 서야. 냉장고가 고장이 난다든지 아님 차가 가다가 서 버린다든지 이런 식으로 말이야.

그럼 그냥 쓰게 되는 거지 뭐. 이건 내가 지어낸 게 아니라 이런 걸 말하는 법칙도 있어. 그러니까 뭐냐면 그 돈이 없을 때는 우리가 전혀 생각도 안 하면서 없으면 없는 대로 살았는데 돈이 있으니까 마음이 자꾸 흔들린다 이거지. 그리고 말이야, 우리가 그 돈을 그냥 나누어

쓰면 우린 반드시 잡히게 되어있기도 하고. 영화에서도 많이 봤지?"

"형, 그러니까 연설 그만 하고 어떻게 할 것인지만 말해 보라니까?"

"새끼, 참. 알았어. 내 의견을 말할 테니 너희들도 편하게 이야기 해 봐. 특히 영걸이 너."

"아닙니다, 형님."

"난 우선 정표 부인한테 아주 조금은 주고 싶어. 두 새끼들한테 뺏긴 건 찾아 주어야지. 다음에 영걸이는 그냥 함께 고생해 줘서 고맙다는 생각으로 며칠 동안 일 못한 거는 꼭 해주고 싶고. 그 다음이 문제인데 안 스님에게 부탁하여 남 주임 설득해서 수술을 받게끔 했으면 좋겠어. 우리 모두 결혼을 한 사람들이니까 무슨 뜻인지는 알거야. 여기서 오해를 안 했으면 좋겠는데 내가 누구에게 조금 주고 싶다 이런 말은 진짜로 조금이라는 말이야. 즉 말 그대로 딱 실비 변상만 해주는 거지."

"나머지는?"

"나머지는 좋은 일에 써야지. 세상에도 좋은 일이지만 특히 우리에게 좋은 일. 그러니까 세상엔 좋은 일이고 우리에겐 보험, 뭐 이런 거지."

"그게 뭔데요?"

"만일 내 의견에 찬성을 해주면 그건 내가 알아서 할게. 너희들이 고개를 끄덕일 정도의 일일 테니 미리 묻지는 말고. 어때?"

"참, 그 형, 그러니까 구체적으로 말을 해 보시라고요."

"남 주임, 천만 원, 정표 부인 5백만 원, 규익이, 주연이, 영걸이 각 5백만 원, 총 삼천은 그렇게 쓰고 나머지 일억 칠천은 내가 알아서. 어때?"

"형은? 형은 천사고 나는 그깟 5백에 나쁜 놈 되라고? 그리고 정표 씨 부인에게 치사하게 5백이 뭐예요, 5백이. 무슨 아이들 돌잔치 하는 것도 아니고. 하여튼 쫀쫀하기는."

"인마, 정표 제수씨 입장이라고 생각해 봐. 그런 돈으로 배 좀 불리면 얼마나 도움이 된다고 그래. 뺏긴 것만 찾으면 그게 마음이 제일 편한 거지."

"영걸이 아우는 그렇다고 치고 나는 왜 주는 건데?"

"너? 너는 전화기 등 준비하면서 생활비 많이 축났잖아. 그러니까 너도 실비 변상이야."

"그럼 형은? 형은 차도 사고 뭐하고 하여튼 돈 무지 들어갔잖아."

"인마, 나는 알게 돼. 난 아주 크게 먹을 거야. 내가 왜 지금도 거의 백만 원씩 보험료 내고 있는지 모르지? 그러니 내 이야기는 하지 마."

"진짜 보험사기로 한바탕 할 모양이지?"

"나중에 다 알게 돼. 지금은 그저 얌전히 보험료 잘 내면 되는 거야. 어쨌든 난 신경 쓰지 마."

"그래, 정수가 나름 생각이 있어 그렇게 정한 것 같으니까 그대로 하지 뭐. 그나저나 영걸이한테 너무 미안한데."

"형님, 저랑 형, 아우 하기로 했잖습니까? 저를 겨우 그 정도 인간으로 생각하고 그러자고 한 겁니까?"

"그래, 미안해. 그럼 정수 말대로 하자. 주연 아우도 괜찮게 생각하지?"

"저야 생각하면 혼나는 놈인데요, 뭘."

"무슨 소리야?"

"무슨 소리는요, 여기 선배님의 위대한 파쇼 동기 정수형한테 물어보세요. 매일 나보고 너는 생각하지 마라, 생각은 내가 할 테니 너는 시키는 것이나 잘해라 이런다니까요. 콱, 엎어치기 한 판 해야 되는 건데."

"그 새끼 참 오래도 우려먹네. 인마, 그렇지 않아도 저번에 상무가 나한테 계속 그 말 하는 바람에 네 생각나서 뜨끔했었어. 미안하다. 됐냐?"

"그게 미안한 사람 말투야?"

"자, 그건 됐고. 우리 오늘부터 일단 서로 찢어지자고. 영걸이는 차도 원 번호판 달아서 다시 가져가고. 핸드폰 세 개는 그냥 없애 버리

고, 나머지는 다 묻고. 어때?"

"……."

"며칠 안 있으면 주연이랑 내가 일단 소환된다고 봐야 돼. 그러니까 미리미리 대비하는 거지. 어차피 꼬리는 길어졌지만 지금이라도 더 늘리면 안 되잖아."

"……."

"그리고 말이야, 주연이랑 나랑은 모레부터 회사 다닐 거야. 그냥 참고해."

"형님, 제가 혹시 잠수 탈 일 있으면 꼭 미리 연락 좀 주십시오."

"당연하지. 걱정 말고 당분간 일 열심히 하고 있어. 내가 많이 생각 안 한 것도 다 그런 이유 때문이니까. 그 동네에서 갑자기 돈 씀씀이 이상해지면 그냥 달려가잖아."

"예, 압니다."

"나나 주연이가 먼저 전화할 때까지 미안하지만 전화도 하지 말고."

"알겠습니다, 형님."

"규익아, 너는 그냥 양평에 있을 거지?"

"그래야지."

"미안한데 그 창고 철거해 버리면 어떨까? 리모델링을 하든지."

"네가 나에게 5백, 그랬을 때 벌써 알고 있었어. 걱정 마, 알아서 할게."

"뭐 그거야 당연히 알아서 할 것이고, 너 만약에 서울 생활하게 되면 그 집은 어떻게 되는 거니?"

"뭘 어떻게 돼? 별장 되는 거지. 그런데 왜?"

"혹시 나랑 같이 일하게 될 일이 있을지 몰라 그러지. 어쨌든 별 걱정 없네."

"별 걱정이 아니라 아무 걱정 없는 거지."

"마지막으로 다시 이야기 할게. 우리도 수사해 봐서 알겠지만 사건은 결국 풀리거든. 단지 시간문제라 이거지. 우리 건도 정표 때문에 나랑 주연이 용의선상에 오를 것이고 분명 황정태의 아들이 서원보험에 근무한다는 것도 알게 될 것이거든. 그럼 빤하잖아. 남 주임까지 등장하면 완전 게임 끝이겠지만 그거야 뭐 시간이 걸릴 것이고. 하여튼 나랑 주연이는 어차피 풍파를 한 번 넘어가야 하거든. 그때까지는 각자 조심하자 이거야. 알지?"

"알지는 털 없는 쥐거든?"

"새끼, 60년대 개그하고 있네. 따라 와, 인마."

"왜?"

"말 나왔을 때 빨리 해치워 버려야지. 묻자고."

"형, 나중에 말이야, 누가 여기 땅 파다가 이 도장 나오면 뭐라고 할까?"

"그건 왜?"

"왜 그런 거 있잖아. 꿈에 누가 나타나서 어디 땅을 파 보아라, 하는 소리를 듣고 가서 파 보았더니 불상이 나왔더라, 그래 그 자리에 절을 세웠느니 하는 말."

"그거 다 순진한 사람 속여서 신도 만들려고 지어낸 말이야."

"그건 아는데 땅에서 불상 대신 이게 나오면 뭐하지? 무지 웃길 거 같지 않아?"

"아무 데나 막 찍고 다니겠지, 뭐. 그나저나 주연아, 우리말이야, 뭐 거기까지 갈 일이 없긴 하지만 그래도 허탐기(거짓말 탐지기) 대비까지 해 놓아야 되는 건 알지?"

"우리가 해낼 수 있을까?"

"방법은 하나야. 마인드 컨트롤. 네가 생각해서 그건 우리가 한 일이 아니라고 계속 스스로를 세뇌해 둬야지."

"우리 박한복 선배한테 가서 배울까?"

"참 가지가지 한다. 그럼 인마 우리 스스로 자백하는 거나 다름없
잖아."

"그런가?"

"알았지? 끊임없는 마인드 컨트롤. 네 스스로 믿을 때까지."

"응, 해볼게."

"어렵게 생각할 필요 없어. 단순한 논리니까."

"어떻게?"

"예를 들어 가난해서 고등학교를 못 간 사람이 있다고 쳐. 창피하니
까 주위 사람들, 심지어는 가족들에게도 자기는 어느 고등학교를 나왔
다고 늘 이야기하는 거야. 그럼 진짜로 자기가 그 학교를 나온 것으로
믿게 돼서 괜히 애착이 가고, 하다못해 동창회라도 나가봐야 할 것 같
은 기분이 든다 이거지. 나중엔 거길 진짜 나가기까지 한다니까."

"글쎄. 그게 될까?"

25

이틀 후인 월요일, 정수는 주연과 함께 권 사장을 만나고 있었다. 전
무라는 사람과 아들인 인사부장이 배석을 하고 있는 자리였다.

"그러니까 우리 심 반장, 아니 심 팀장께서 우리 회사에서 본격적으
로 일을 하고 싶다 이 소리네."

"예, 그렇습니다, 사장님."

"왜? 바깥일이 잘 안 풀리나 보지?"

"아닙니다. 제가 어찌 다른 일이 안 풀린다고 언감생심 이런 말씀을
올립니까? 바깥일은 계획 이상으로 풀려서 곤혹스러울 지경입니다."

"그럼 편한 마음으로 하시던 일이나 계속 하시지 그래."

"허락해 주신다면 여기 김주연 과장이랑 나름 열심히 해서 회사에 조금이라도 보탬이 되도록 하겠습니다."

"이미 우리 회사 간부직원인데 허락하고 말고 할 것이 있나? 그나저나 심 팀장이 그렇게 생각했다면 분명 뭔가 보탬이 될 수 있다는 판단이 선 것일 테니 믿기야 믿지만 그래도 제도 안으로 들어오면 고달픈 게 많을 텐데."

"여기 부장님께서, 죄송합니다, 인사부장이 지난번 출장 때 저희들에게 해준 예우나 방까지 마련해 준 걸 계기로 많이 생각을 해 보았습니다. 결과, 분명 회사에 나름 기여를 할 수 있겠다는 결론이 난 것이고요."

"그거야 인사부장이 알아서 해 준 것이니 내가 뭐라고 할 건 아니고."

"사장님, 외람되지만 제가 그려 본 내용에 대해 잠깐 말씀드려도 괜찮을까 모르겠습니다."

"나야 요새 남는 게 시간인걸 뭐. 전무께서는 바쁘시면 나가보셔도 돼요."

"아닙니다. 저도 심 팀장 말을 좀 들어보겠습니다."

"예, 그럼 말씀 드리겠습니다. 사실 지난 번 충주 출장 건은 저 개인적인 일도 일이지만 회사 차원에서도 아직 첩보 차원이기는 하지만 나름 근거가 조금 있기도 합니다. 또 여기 인사부장과 영업부장에게 현재 회사 사정에 대해서도 들은 바 있고요. 그래서 그려 본 안입니다. 즉 지금 저와 이 친구 때문에 위인설관 식으로 만든 시장질서팀을 조금 개편해서 실질적으로 일을 할 수 있는 조직으로 만들었으면 합니다.

인원은 저를 포함 총 5명, 그러니까 3명을 보완해서 확대하는 것입니다. 일단 비용대비 효과에 대해서는 차장 1명, 과장 2명, 대리 1명, 사원 1명으로 가정하고 살펴볼 때 5명의 연봉 총 약 2억 5천만 원에다 각종 복지, 보험, 사무실 등등 경상비를 전부 포함하면 1년에 3억 5천만 원 정도가 저희들을 운용하기 위한 비용이라 할 수 있겠습니다.

　물론 제가 이 부문에 대해서는 거의 문외한이기 때문에 분석이나 판단이 미비할 것입니다만 어쨌든 큰 그림으론 그래도 최대 4억 원 정도면 되지 않을까 사료되고요. 이와 대비 만일 저희 팀에서 1년에 10억 원 상당의 컨테이너 딱 한 대만 적발을 해도 회사 차원에서는 비용 투자 가치가 있지 않나 하고 감히 생각하는 겁니다.”

　“인사부장, 핸드 케어 컨테이너 한 대분이 얼마지?”

　“약 10억 맞습니다.”

　“심 팀장, 구성원에 대한 구상은 이미 되어 있다는 소리로 들리네.”

　“예, 저와 여기 김 과장 뿐 아니라 제가 염두에 두고 있는 두 명도 절대 사장님이나 경영진을 실망시키지 않을 능력과 인성을 가지고 있다고 감히 생각합니다. 단지 사원 1명은 행정능력을 지닌 젊은 직원을 회사에서 배치해 주셨으면 합니다.”

　“전무, 어떠세요. 여기 심 팀장 이야기가 어떻게 들립니까?”

　“뭐 계산대로만 되지는 않겠지만 그래도 충분히 일리는 있습니다. 그렇지 않아도 카피제품들이 다시 기승을 부리고 있는 시점이고요.”

　“사장님, 한 말씀 더 올리자면 5명 전체가 시장질서 업무에 투입되지는 않습니다. 그중 2명은 우리 회사 직원들을 대상으로 한 업무를 생각 중입니다.”

　“예를 들자면?”

　“제가 지난번 회사에 근무하면서 조금 의아했던 게 굴지의 대 기업임에도 직원들을 보호하는 시스템이 거의 없었다는 겁니다. 물론 복리 후생에는 아주 큰 신경을 쓰고 그만큼 비용도 투입하고는 있지만 실제로 근무에 전념할 수 있게 만드는 정서적인 시스템 이런 게 없더라고요.”

　“그래서?”

　“아시다시피 서원화재의 구성원이라면 대부분 최고의 학력을 지닌 친구들입니다. 그런데 이렇게 똑똑한 인재들이 말도 안 되는 빚 독촉에 시달린다든지, 게임이나 경마 중독에 허덕인다든지, 여자를 잘못 만나 협박을 받는다든지, 아주 사소한 잘못을 저지르고 경찰에서 오라는 전화 한 통에 하루 종일 불안해서 전전긍긍한다든지, 하여튼 이런 경우가 굉장히 많다 이겁니다. 누구와 상의할 수도 없고 어떻게 대처해 나가야 하는 줄도 모르고 말입니다. 괜히 회사에 알려지면 도움은커녕 불이익을 당할 것이라 생각을 하는 겁니다. 그러다 보니 거기에 따른 인력 낭비가 아주 심하다고 저는 봤습니다.”

“…….”

“그럴 때 범죄만 아니라면 묻지도 따지지도 않고 도와주는 겁니다. 철저한 비밀유지와 함께 말입니다. 다시 예를 들자면, 도박을 하다 빚을 져 폭력조직에게 시달리는 사람을 합리적인 가격으로 합의하여 갚아주고 회사엔 그 일을 일체 이야기하지 않는 식으로 말입니다.”

“맞아. 그럴 듯해.”

“사장님, 심 팀장의 지금 이야기는 노조 내부에서도 못해주고 있는 일입니다. 활성화만 되면 아주 획기적인 관리기법이 될 것 같습니다.”

“물론 회사는 어떤 직원이랑 어떤 대화가 오갔는지, 저희가 무슨 일을 어떻게 해 주었는지에 대해 일체 관여를 안해야 한다는 전제조건이 있습니다. 그래 적어도 저희들에겐 자기의 고민이나 나아가 치부까지도 아주 편안한 마음으로 할 수 있게 만들어야 정착이 가능한 제도라고 생각합니다. 이런 말씀 조금 건방진 말씀이라는 것 압니다. 죄송합니다.”

“OK, 아무튼 우리도 절차가 있고 그러니 토의 한 번 해 볼게요. 그나저나 오늘 사무실 가 보았나?”

“예.”

“불편하지?”

“아닙니다. 정말 감사드립니다.”

"회사 공간이 좀 협소해. 우선은 이해하시라고."

"아닙니다, 사장님."

"그럼 나가서들 일 보지."

"사장님, 따로 좀 드릴 말씀이……."

"어, 그래요? 그럼 전무랑 인사부장은 먼저 나가요."

두 사람이 나갔다. 정수는 사장에게 앞으로 자신이나 주연에게 별로 향기롭지 못한 일이 있을 수 있음에 대해, 그것 때문에 회사의 이미지 측면에서도 흠결이 생길 수도 있음에 대해 차분히 설명을 하고 이해를 구했다.

사장의 대답은 아주 간단했다.

"Never mind, No problem."

26

그날 저녁 서울역 앞 작은 광장, 모자를 눌러 쓴 한 사내가 서서 맞은편의 거대한 빌딩들을 바라보며 담배를 피우고 서 있었다. 한눈에 봐도 노숙자임을 알 수 있는 사내가 이미 거나하게 술이라도 취했는지 비척비척 그에게 다가갔다.

"나 천 원만."

"……."

"그럼 담배 한 대만."

"아저씨, 내가 만 원 드릴 테니 간단한 심부름 하나 할래요?"

"정말 만 원을 준다고?"

"아니, 이만 원 드릴게."

사내는 지갑에서 만 원권 지폐 2장을 꺼내 그에게 내밀었다. 노숙자가 그 돈을 가로채려 하자 사내는 얼른 손을 거두었다.

"무슨 심부름인데?"

"간단해요. 이거, 저기 저 문 열면 바로 보이는 물품보관함에 넣고 오기만 하면 돼요."

"그걸 왜 나한테 시키는데?"

"뭐 싫으면 관두고."

"그 돈 꼭 줘야 돼."

"넣고만 오라니까. 내가 지켜보고 있으니까 딴 짓 하면 그땐 바로 도둑놈으로 신고할 거란 것만 알고."

사내가 그에게 내민 것은 흔히 선물을 할 때 쓰는 검정색의 고급 비닐 포장지로 야무지게 포장된 작은 상자였다. 노숙자는 사내에게 그걸 받아 쥐더니 안으로 들어가 익숙하게 보관함에 넣고 '34'라고 찍힌 손잡이가 달린 열쇠를 들고 다시 사내에게 돌아왔다. 사내는 열쇠를 받고 약속대로 돈을 건넸다.

조선일보 사회부로 한 통의 전화가 걸려온 것은 그로부터 30분쯤이 지나서였다. 전화 내용은 간단했다. 지금 서울역 매표소 앞 34번 보관함에 폭발물이 있다는 신고였던 것이다. 기자는 장난전화인지 판단이 서지 않았다. 하지만 그냥 넘길 일은 아니라고 생각했다. 그는 일단 112로 경찰에게 자기가 방금 전에 들은 내용을 전해 준 후 시경 캡틴에게 이 사실을 알렸고 캡틴은 '사쓰마와리'중인 수습기자에게 즉시 서울역으로 가서 상황을 살펴보라고 명했다.

서울역에서 멀지 않은 서대문 경찰서 형사계를 기웃거리고 있던 참인 수습 이성근 기자는 명령대로 즉시 서울역으로 향했다. 성근이 도착했을 때는 이미 역에 붙어있는 지구대 경찰들이 나와 물품보관함 앞에 노란색 테이프로 통제선을 설치해 놓고 사람의 접근을 막고 있을 때였다. 119 구급대에 이어 얼마 후 경찰특공대가 나타났다.

453

주변의 사람들을 멀리 물린 후 폭발의 충격에서 피해를 최소화할 수 있는 방호복 차림의 특공대 폭발물 처리팀원이 한참을 살핀 후 드디어 34번 보관함의 작은 문을 열었다. 그리고선 안에 들어있는 상자를 탐지기를 가지고 아주 조심스레 수색을 했다. 손을 뻗어 살짝 들어보기도 했다. 이윽고 그는 방호 마스크를 벗고 멀리 떨어져 있는 동료들에게 두 손으로 X자 모양을 지어 보임으로써 그것이 폭발물이 아님을 알렸다.

상자를 꺼내 바닥에 내려놓는 그의 주위에 곧 지구대와 특공대 경찰, 성근과 같은 기자들이 몰려들었고 어느새 와 있었는지 3개의 공중파 TV 카메라가 뜨거운 조명을 상자에다 쏘고 있는 가운데 특공대원 한 명이 혹시나 남아 있을지도 모르는 상자의 주인공 지문이 훼손되지 않도록 조심을 하며 포장지를 벗겨냈다. 검은색 광택을 반짝이는 포장지는 출동한 관할 남대문 경찰서 형사가 들고 있던 비닐봉지에 담겨졌다.

구두를 담는 종이 상자가 나타났다. 역시 조심스레 뚜껑을 여는 순간 사람들은 보았다. 그 안에 가득 담긴 오만 원권 지폐들과 얌전히 접혀 돈 위에 놓여 있는 한 장의 A4 종이를. 상자를 꺼낸 특공대원이 종이를 펼치고 그 순간 그 안에 쓰여 있는 모든 내용은 이미 방송과 성근과 같은 기자들의 카메라에 고스란히 간직되었다.

"시민 여러분, 그리고 경찰관 여러분, 그간 심려와 수고를 끼쳐 죄송합니다. 저는 '정의는 원래 가혹한 것이다.'라고 배워왔고, '피를 통하지 않고서는 절대 교훈을 얻을 수 없는 사람들이 있다'고 느껴왔습니다.

같은 하늘 아래서 더불어 살기엔 너무도 버겁고, 반성을 기대하기에는 너무나 무너진 인성을 가진 몇 명을 '神'을 대신하여, '法'을 대신하여, '참 사람들'을 대신하여 감히 벌하였습니다.

제 자신에게 먼저 묻건대 저에게 감히 그럴만한 자격도 없거니와, 私感에 치우친 한갓 치기에 불과하다는 것도 잘 알고 있고, 別無效果라는 것도 알고 있으며, 무엇보다도 犯罪라는 걸 아주 잘 압니다. 언젠가는 이에 대한 죗값을 반드시 치르겠습니다.

이 돈은 한 인간이 반성의 뜻으로 희귀병에 걸렸으나 돈이 없어 제대로 치료를 받지 못하는 어린아이들을 위해 내놓은 것입니다. 그는 이 돈으로 단 한 명의 아이라도 살아날 수 있다면 좋겠다고 했습니다. 아무쪼록 그 이의 뜻대로 쓰일 수 있도록 도와주시리라 믿습니다.

폐만 끼침에 대해 다시 한 번 사죄드립니다.

2010년 벚꽃 비가 눈부시게 아름다운 어느 봄날. 장길매.”

그날 밤 그리고 다음 날 아침, 모든 신문과 방송의 헤드 뉴스는 이 한 장의 편지가 장식했다. 하지만 헤드 뉴스는 그것뿐이 아니었다. 부산, 경북 영주, 충남 태안에서 ‘착하게살자’ 낙인을 찍은 끔찍한 사건이 밤새 또 발생한 탓이었다. 그것뿐이 아니었다. 낙인까지는 아니지만 ‘착하게 살자’라는 말이 동원된 수없이 많은 사건이 전국에서 일어난 것이었다. 경찰은 한숨이 나왔다. 하지만 경찰만 한숨이 나온 것이 아니었다.

그로부터 일주일 후, 국무총리가 생방송으로 특별담화를 내 보낼 때는 대통령까지 절로 한숨이 나올 지경이었으니까. 그 일주일 동안 정말 수많은 일이 벌어졌다. 우선 인천과 충북 제천에서 이마에다 ‘착하게살자’는 낙인을 찍는 사건이 다시 발생했다. 게다가 평소에 원한이 있던 사람의 집을 침입하여 ‘착하게 살라’며 폭행한 사건, 길거리에다 오줌을 누는 사람, 침을 뱉는 사람에게 ‘착하게 살자’고 소리쳤다가 시비가 되어 상호 폭행으로 이어진 사건, 불법 주차된 차량에 스프레이로 ‘착하게 살자’고 휘갈기는 사건 등 온갖 종류의 소소한 사건은 헤아릴 수가 없어 아예 사건 대접도 못 받을 지경이었다.

정수의 예언대로, 아니 그 예언을 훌쩍 뛰어 넘어 온 세상이 ‘착하게 살자’ 이 다섯 글자 화두와 ‘장길매’라는 뜻도 모를 이름에 빠져든 것이다. 운전을 하던 사람들은 앞 차의 뒤 유리창을 보고 경악을 했다. ‘착

455

하게 살자'는 스티커가 붙어 있었던 것이다. 곧 수많은 차량들이 이 스티커를 붙이기 시작했다. 동네 문방구에서도 아이들에게 여러 종류의 '착하게 살자' 스티커를 팔기 시작했다. 아이들은 친구의 얼굴, 가방, 등짝, 버스 정류장, 가로수, 전봇대 등 온갖 것에 이 스티커를 붙이는 놀이를 즐겼다. 스탬프도 출시되었다. 갖은 책, 공책에 이 스탬프가 찍혀야만 했다. 문방구가 짭짤한 재미를 본 품목은 또 있었다. 해골가면 '스크림'이 때 아닌 호황을 누린 것이다.

급기야는 '착하게살자'라는 문구가 담긴 티셔츠도 세상에 모습을 드러냈다. 징그러운 낙인을 찍는 잔인한 사건도 계속 이어졌다. 강릉에서는 '차카게 살자'라는 낙인 사건도 발생했다.

이와 함께 '장길매'라는 영웅이 세상으로 재림을 했다. 인터넷 포털 사이트엔 '도와주세요, 장길매'라는 코너가 생겼고 그것을 클릭하면 '우리 집 이 층에서 밤마다 쿵쾅 거리는데 올라가서 항의를 하면 도리어 쌍욕을 해댄다. 와서 좀 벌해 달라.', '어느 식당에 갔더니 반찬을 재활용 하더라. 따끔한 맛을 보여줘야 한다.', '우리 동 몇 호 사는 누구는 매번 차에다 사이드 브레이크를 채운 채 남의 차 앞에 주차를 하는데 전화로 나와서 빼 달라고 하면 차를 긁던 말든 맘대로 하라고 하는데 어떻게 했으면 좋겠느냐.', '나는 아파트 경비원인데 딸보다도 어린년이 반말로 하인 대하듯이 한다.'는 식의 온갖 사연들이 그득했다.

드디어 '장사모' 즉 '장길매를 사랑하는 사람들'이라는 모임도 활동을 시작했다. 그들은 '장길매님의 뜻을 이어받아 비열한 인간들은 직접 벌하면서 아울러 가난하고 소외받는 사람들을 돌보는 데도 앞장서겠다.'고 태연히 공언을 했다. 회원이 수만 명에 이른다며 각 시도별로 지부까지 결성이 되었다. 다른 문제도 있었다. 사건의 피해자들 그러니까 정병철 오태석, 황정태의 삶이 인터넷 상에서 마구 파헤쳐진 것이었다.

그들의 살아온 세월이 알려지면 알려 질수록 '착하게살자' 열풍과 '장
길매'의 추종자는 기하급수적으로 늘어갔다. 이제 세상은 미쳤다.

27

　각 지방에서 일어난 낙인 사건들은 거의 대부분 사건 발생 후 얼마
지나지 않아 검거가 되었다. 경찰에서는 일단 사건이 발생하면 도장의
모양 등을 감안 모방범죄 여부를 먼저 판단하고 판단에 따라 관할 별
로 알아서 수사를 하도록 방침을 정했다. 다행히 장길매라는 이름이
찍힌 원조 낙인 사건은 일억 칠천만 원이 담긴 상자와 편지가 서울역
에서 발생한 이후에는 일어나지 않았다.

　문제는 정작 서울 수사본부의 수사는 여전히 답보상태를 면치 못하
고 있는 것이었다. '경찰청장'이 경질된 건 국무총리의 대국민 담화가
발표되던 날이었다. 그러나 임기가 한참이나 남은 경찰청장을 문책성
으로 경질을 한다고 해서 범인들이 잡히는 것도, 아님 거의 광란의 도
가니 상태가 된 사회가 갑자기 조용해지는 게 아니란 것을 아는 건 그
를 문책한 어마어마한 지위의 사람들이나 시골 재래시장의 장삼이사
나 모두 마찬가지였다. 국면전환용 인사가 진짜로 국면을 전환시키는
게 아닌 것이었다.

　수사의 실무 책임자인 폭력계장은 오늘도 형사부장에게 실컷 깨지
고 있었다. 형사부장의 질책은 이제 거의 협박에다 애원까지 더한 수
준이었다.

　"폭력계장, 이번에 왜 우리 청장님이 본 청장으로 못가고 순위에서
밀리는 대학장이 갔는지 알아, 몰라?"

　"예, 압니다."

"그 양반들만 파리 목숨이 아니라고. 당신 어디 시골경찰서에 가서
경비과장이나 할 거야? 과장이 말이야, 어차피 정년이라고 탱자탱자하
고 있다고 당신도 대충 넘어가려면 오산이라는 거 알잖아. 내년이면
총경을 달 똑똑한 사람이 일하는 게 왜 그 모양이냐고. 내가 40년 가
까이 근무하고 곧 정년 할 당신 과장을 인정머리 없게 날려 버리면 당
신 좋겠어?"

"죄송합니다."

"아직도 뭐 좀 나온 게 없어?"

"예, 조금씩 실마리가 잡혀 가고는 있는데 아직은 보고드릴 단계는
아닙니다."

"지금 나라 꼴 봐. 이러다가 청장 아니라 행안부 장관이나 총리까지
옷 벗게 생겼잖아. 어저께 국회에서 청장님 데려다가 그 개지랄 떠는
거 당신도 봤지?"

"예."

"그 양반이 무슨 죄냐고. 죄인이라면 무능한 우리가 대역죄인 아냐?"

"……."

"그 실마리라는 게 뭐야? 용의자라도 떠오른 건가?"

"아직 용의자라고 부르기엔 좀 그렇고, 좀 의심이 가는 전직들 몇 명
을 내사 중에 있습니다. 구체적인 게 나오면 그때 보고 드리겠습니다."

"전직이라니? 우리 전직자 말이야?"

"예."

"그래? 거 좀 곤란하게 됐구먼. 말이 나와서 그러는데 괜한 변수 안
생기게 수사 아주 조심스레 해야 돼. 전부 우리만 쳐다보고 있는 거
알지?"

"예, 신중히 하겠습니다."

"뭐 어쩔 수 없으니까 전직이고 현직이고 간에 아주 조그만 것이라

도 나오면 진돗개처럼 물고 늘어져 봐."

"예, 잘 알고 있습니다."

"현상금 관련해서 제보는 어때?"

"그게 사실 더 골치 아픕니다. 말도 안 되는 내용의 제보가 빗발치고 있는데 그렇다고 무시해 버릴 수도 없고 일일이 확인을 해야 하니 직원들이 아주 죽으려고 합니다."

"뭐 어쨌거나 본청장님이 직접 결심한 사항이니 그러려니 하고 열심히 해야지 어쩌겠어."

"예, 열심히 하겠습니다."

그가 수사본부로 내려오자 정수네를 집중 수사하고 있던 2팀장이 그를 기다리고 있었다.

"많이 깨지셨죠?"

"그러거나 말거나지요. 신경 안 씁니다."

"계장님, 아무래도 심정수와 김주연이를 소환해야 할 것 같습니다."

"뭐 새로운 게 나오기라도 한 건가요?"

"계장님, 횡성 피해자 있잖습니까? 그 부부 아들이 현재 서원보험에 다니고 있습니다."

"뭐라고요?"

"현재 광주에서 영업소장으로 근무하고 있다고요. 이게 과연 우연일까요?"

"……."

"전 아니라고 봅니다. 그 아들을 통해 그 부부에 대한 정보를 입수했을 것이라 생각합니다."

"그나저나 그걸 왜 이제야 확인했어요?"

"횡성 팀에서 놓친 겁니다. 가해자 쪽에만 초점을 맞추다 보니 피해자 쪽을 제대로 못 살핀 것이지요."

"그렇다고 소환 조사를 하기엔 좀 이르지 않아요? 아무 증거도 없이 혐의자로 모는 것 같잖아요."

"뭐 그렇게 생각할 수도 있지만 그래도 이제 정공법을 써야겠습니다. 조금이라도 빈틈이 보이면 허탐기(거짓말 탐지기)에도 태우고 DNA 검사도 하고 말입니다."

"DNA라니?"

"인제 현장에서 발견한 담배꽁초 타액 검사 해 놓은 것 있지 않습니까? 그러니까 대조 검사도 해야지요."

"만약 그 친구들이 범인이라면 그렇게 허술하게 현장에다 담배꽁초를 남겨 놓을 리가 있나? 자기들도 형사 출신인데."

"맞습니다. 그래도 미리 예단하고 안 해볼 수도 없잖습니까?"

"거부를 하면? 그럼 영장을 받아야 할 텐데 누가 발부해 주겠어요?"

"거부하지 않을 겁니다."

"왜요?"

"두 사람 다 자기들도 형사 밥 먹은 사람들인데 거부를 하면 어떻게든 영장을 받아 강제수사로 돌입될 것이라는 잘 알겠지요. 저라면 차라리 자진해서 응할 겁니다."

"서울역에 남긴 그 편지에 대한 프로파일링 결과는?"

"계장님이 아시는 수준에서 더 발전한 건 없습니다. 사용한 단어나 문장 구성력 등으로 미루어 고등교육을 받은 내성적인 남자다, 벚꽃비 운운한 마지막 문장을 보건데 문학적 소양이 뛰어나거나 평소에 시집 등을 탐독하는 자일 가능성이 높다, 뭐 이 정도 뿐입니다."

"놀고들 있네. 그런 사람이 천만은 되겠네. 안 그래요? 하여튼 수사도 모르면서 전부 영화 같은 줄 알고 되도 않는 짓거리 하는 인간들 무지 많다니까."

"뭐 추세가 그러니 할 수 없지요."

"두 사람에 대한 탐문수사는 어떻게 돼가고 있지요?"

"두 사람 다 지금 '555'라는 회사, 아마 계장님도 아실 겁니다. 꽤 중견기업이거든요. 그 회사에 팀장, 과장으로 잘 다니고 있습니다."

"특이 동향은 없고요?"

"아직은."

"재주들도 좋네. 거긴 또 어떻게 들어갔지?"

"옛날에 심정수가 광역수사대에 있을 때 그 회사 사장이랑 인연을 맺었던 모양입니다."

"그래서 사람을 잘 사귀어 놔야 한다니까. 사람이 재산인 거라고."

"계장님, 두 사람 소환 조사하고, DNA도 대조해 보고, 허언 탐지기 태우고, 안 되면 압수수색 영장 받아서 집, 차, 회사 사무실까지 순차적으로 싹 훑어보겠습니다."

"그럼 기자들이 알 텐데."

"최대한 보안유지 해야겠지만 사실 알아도 할 수 없잖습니까? 감수해야지요."

"진범이면 괜찮아. 그런데 만일 혐의점이 없다고 나오면 범인도 못 잡으면서 자기들 식구들조차 마구 강제 수사를 한다고 파렴치한 집단으로 몰아붙일 거라고."

"뭐 그래도 어떻게 합니까? 해볼 건 해봐야지요."

"무슨 말인지는 알겠는데, 내가 저 번에 말했지요? 심정수, 나도 잘 아는 친구라고요. 혐의가 있으면 당연히 수사는 해야겠지만 그래도 방법이라도 심사숙고해야 할 거예요."

"당연합니다. 저희들도 곧 전직이 된다는 거, 저도 잘 압니다. 최대한 예우를 해주면서 파 보겠습니다."

"내 생각엔 제일 중요한 건 알리바이라고 봐요. 알리바이만 확실하다면야 허탕이고, 압수 수색이고 뭐고 간에 모두 다 해 볼 것도 없는

것 아닌가?"

"물론입니다. 우선 그것부터 시작하겠습니다."

"그 누구더라. 아, 죽은 홍 경사부인. 그러니까 현직자들에 대해서도 살펴보고 있지요?"

"예, 특별히 나오는 건 없습니다."

"인원 보강 좀 시켜줄까?"

"아닙니다. 저희 팀이면 됩니다. 사람만 늘면 괜히 정보만 새나갈지도 모릅니다."

"그게 무슨 소리요?"

"이게 우리 현직자들인지, 아님 심정수 같은 전직자들인지, 그것도 아니면 서로 힘을 합했다든지 했을 경우 등 어떤 경우에도 그들에게 우리 내부 수사 정보가 새나갈 가능성도 절대 배제 못한다, 이겁니다.

"알았어요. 그건 알겠고. 2팀장 알다시피 지금 모든 수사가 거의 벽에 막혀 있다고. 믿을 데는 2팀장네뿐이란 거 알지요?"

"예. 잘 알고 있습니다."

"잘돼서 이번에 경감이 되었으면 좋을 텐데. 아니 이번 일로 경감이 못 되는 일이 생겨서는 안 되는데."

"계장님이야말로 총경에 이상전선 생기면 안 되는데. 하여튼 열심히 하겠습니다."

늘 그러하듯 세상일이란 게 열심히 한다고 해서 다 이루어지는 건 아니었다.

28

정수에게 전화를 한 이는 폭력계 1반 2팀장, 바로 정수와 주연을 용의자로 본 임상만 경위였다.

"안녕하세요? 나 시경에 임상만이라고 하는 사람입니다. 혹시 나 기억하시려나 모르겠네."

정수는 드디어 올 것이 왔다고 생각했다. 고름이 굳는다고 살로 되지는 않는 법. 어차피 부딪혀봐야 할 벽이란 생각에 내심 기다리고 있던 참이었다.

"예, 선배님, 안녕하십니까? 당연히 기억하지요. 그런데 어떻게 저한테 전화를 다 주시고."

"나도 사실 얼마 안 남았는데 심 반장처럼 퇴직 후에도 좋은 회사 착착 들어가는 보니 정말 부럽네요."

"무슨 말씀을요. 밖은 무지 춥습니다."

"그래도 우리만 하겠어요."

"그냥 거기서 정년하시고 나중에 낚시나 다니시는 게 제일 배짱 편하실 겁니다."

"정년 해 봤자 쥐꼬리만 한 연금 가지고 애새끼들은 어떻게 하려고. 그나저나 심 반장 말이요, 내일 쯤 시간 좀 낼 수 있겠어요?"

"왜 무슨 일 있습니까?"

"경찰한테 전화 와서 뭐 좋은 일 있겠수? 시간되면 우리 차나 한 잔 합시다. 이야기도 나누고."

정수는 조금은 당황한 모습을 보여야 한다고 생각했다. 태연할 때는 따로 있는 것이다.

"저 죄송하지만 무슨 일이신데요?"

"아니 심 반장 회사에서 곤란하다면 내가 출석요구서 정식으로 보내 드리고."

"뭐 그건 필요 없습니다만 그래도 무슨 일인지는 알아야……."

"선수끼리니까 그러지 마시고, 그럼 내일 언제쯤 오시려우?"

"저 죄송합니다만 선배님 지금 보직이 어떻게 되시는지?"

"나요? 나야 계속 폭력계지 어디 가겠어요? 나 요새 장길매 사건 수사본부에 있어요."

"무슨 사건이요?"

"장길매, 왜 아실 텐데."

"아, 그 시끄러운 사건이요? 그런데 왜 저를?"

"웬만하면 그러지 좀 마시라니까. 심 반장, 내일 시간 됩니까, 안 됩니까? 오실 때 김주연 씨도 같이 왔으면 좋겠는데."

"어디로 갈까요?"

"우리 사무실은 좀 그렇고, 내일 요 앞에 와서 전화를 하면 내가 안내할게요. 점심 드시고 두 시쯤 오시는 건 어때요?"

"예, 그럼 두 시까지 시경 앞으로 가서 전화 드리겠습니다."

"내 번호 찍혔지요?"

"예."

"그럼 내일 봅시다."

다음 날, 시간에 맞춰 찾아 간 정수와 주연을 임상만과 다른 형사 한 명이 데리고 간 곳은 의외로 지하의 방재실이었다. 두 사람은 각각 형사 한 명과 다른 방에 들었다. 정수의 담당은 역시 전화를 건 2팀장 임상만 경위였다.

"심 반장, 여기로 모신 건 기자나 다른 직원들을 피하려고 그런 거라는 건 아시지요? 지하라고 기분 나빠하지 않으셨으면 해서."

"예, 압니다."

"솔직히 장길매 사건 관련해서 심 반장이랑 말씀 좀 나누려고 부른 거요."

"제가 그 사건 용의자라도 되는 건가요? 단순 참고인이라면 이리로 데리고 오지는 않으셨을 텐데."

"보쇼, 여기 피심(피의자 심문조서)이나 진술조서가 있나. 저쪽 방에도 안 가지고 갔어요, 대충 메모만 할 테니 그냥 이야기나 좀 합시다."

"예."

"솔직히 말해서 내가 심 반장을 좀 알기 때문에 예우하는 거라는 건 알고 넘어갔으면 좋겠어요."

"예, 당연히 알지요."

"심 반장, 얼마 전에 죽은 영등포 홍정표 경사 알지요?"

"예, 잘 압니다."

"얼마나?"

"저는 친동생이라 생각해 왔습니다. 제가 원래 막내라서."

"예, 형제 같은 사이라는 이야기는 들었어요. 젊은 친구가 참 안 됐 더라고. 그럼 죽은 홍 경사한테 가짜 약을 판 놈들도 알겠네요. 정병 철, 오태석, 이 새끼들."

"가짜 약을 사 먹었다는 소리는 들었습니다만 그걸 판 사람들이 누 구인지는 잘 모르겠습니다."

"내가 알기는 그게 아닌데?"

"무슨 말씀이신지."

"나는 말이요, 솔직히 말해서 우리 심 반장이 옆방에 김주연이와 같 이 그놈들에게 낙인을 찍었다고 봅니다. 물론 황정태도 그렇고."

"제가 왜 그런 짓을 했다고 생각하십니까? 저노 그러고는 싫지만 그 럴 배짱이 없습니다."

"아니에요. 들어 보니까 심 반장 배짱이 아주 대단하시더라고."

"……."

"전에 다니던 회사 상무 빰도 때리셨더라고."

"그럴만한 일이 좀 있었습니다."

"뭐 이야기하는 걸 보니 시인할 마음은 없으신 것 같고, 그럼 사건

하나씩 따져 볼게요. 3월 7일 그러니까 정병철이라는 인간이 낙인을 찍힌 날인데 그날에 대해 이야기 좀 해봅시다."

"지금 알리바이 수사하는 겁니까?"

"알잖아요."

"3월 7일이라면 벌써 두 달 가까이 됐는데 어떻게 갑자기 기억을 해냅니까?"

"나도 알아요. 기억을 더듬어 보라는 거지."

"전혀 기억나지 않습니다. 뭐 그때는 회사 그만두고 얼마 안 있어서일 테니 아마 집에 있었거나 산이라도 갔겠지요 뭐."

"산에 다니시는 모양이네."

"그때 거의 매일 다녔던 것 같습니다. 딱히 할 일도 없고 그렇다고 집에만 있기도 모양 사납고 그래서."

"어느 산을 다니시는데?"

"집에서 가까운 북한산에 주로 가곤 합니다."

"코스는요?"

"뭐 특별히 정하지 않고 그날 기분 따라 갑니다만 교통이 그나마 편해서 보통 산성입구 쪽으로 많이 올라갑니다. 내려오는 건 발길 닿는 대로 다니고요."

"국립공원이니까 등산로 입구에 CCTV도 있고 그렇겠네요."

"그건 잘 모르겠습니다. 한 번도 신경 안 써 봤거든요."

정수는 탐방 안내소 CCTV에 자신이 어떤 모습으로 담겨 있을까를 생각해 보았다.

"그럼 그날은 산에 가셨다 이거고?"

"산에 갔다는 게 아니라 그즈음에 산에 자주 다녔다고 말씀드린 겁니다."

"혹시 수첩이나 이런 거 안 갖고 다니나요?"

“제가 형사입니까?”

“심 반장, 나도 예우를 갖추고 이러는 거라고 이야기했잖아요. 묻는 대로만 대답 좀 부탁합니다.”

“선배님, 저도 전직자이기 때문에 아무 말씀 안 드리고 여기 앉아 있는 겁니다. 지금 제가 정표랑 친하다는 이유, 그리고 그 사람들이 죽은 정표에게 가짜 약을 팔았다는 이유, 딱 그거 두 가지 가지고 저를 용의자로 본 거 아닙니까?”

“만약에 이 자리가 불편하거나 기분이 나쁘다면 출석 요구서를 보내 정식으로 소환할까요?”

“그거야 선배님께서 알아서 판단하실 문제지요.”

“그럼 제 물음에 대답은 해 주시고요.”

“예, 아는 대로는 말씀드리겠습니다만 묻는 거나 대답하라는 등의 말씀 같은 건 좀 불편합니다.”

“심 반장 수사 오래 해 보았잖아요. 경찰로야 내가 선배지만 그래도 현직 땐 나보다도 계급도 높았고. 그 정도도 이해 못 합니까?”

“물론 이해는 합니다만 현직에서 벗어나니까 생각이 복잡해지더라고요.”

“알았어요. 우리 부드럽게 갑시다. 나도 심 반장이랑 한 식구라는 생각 잊지 않을 테니.”

“예, 말씀하십시오.”

“그럼 인제 이야기 좀 합시다. 그러니까 두 번째 사건이 발생한 날, 즉 3월 17일은 기억할 수 있나 생각 좀 해보세요.”

“그 사건 뉴스를 본 게 일요일이어서 그날 일은 대충 기억하고 있습니다.”

“맞아요, 토요일.”

“토요일은 늘 비슷합니다. 아침에 일어나서 동네 테니스장에 가서

볼치고 점심때쯤 집에 와 샤워하고 한숨 자거나 아님 하루 종일 볼치고 저녁에 회원들이랑 술 마시고 뭐 그러거든요."

"그날은 어땠는데요?"

"아마 그날이 저기 저 방의 김주연 그 친구가 집에 놀러와 술 마신 날일 겁니다. 만약 그게 맞는다면 저녁에 술 마시러 온다고 해서 테니스는 오전에만 치고 집에 들어 왔었고 저녁 때 그 친구가 맥주 사 가지고 와서 밤늦게까지 같이 마시고 그 친구 간 다음 잤다가 새벽에 운동이나 사우나 가고 아마 그랬을 겁니다."

"김주연 씨가 간 시각은요?"

"글쎄요. 그날 제 집사람이 중간에 나가서 술도 사오고 그랬으니 상당히 마셨거든요. 아마 밤 12시 가까이 돼서 갔을 겁니다."

"그런 다음에 그냥 주무셨고요?"

"예, 잤겠지요."

"아침엔 몇 시에 일어나시고?"

"제가 취미로 마라톤을 하기 때문에 일요일은 보통 새벽 네다섯 시면 일어납니다. 아마 그날도 그랬을 겁니다."

"대충 몇 시에 일어나셨는지 기억할 수 없나요?"

"글쎄요, 네다섯 시가 맞을 겁니다. 정확히는 모르겠습니다."

"지금 심 반장이 말씀하신 걸 증명해 줄 사람이 있을까요? 사모님이나 가족 말고."

"글쎄요? 맞다. CCTV가 있지 않습니까? 거기에 다 찍혔을 텐데요, 뭘. 테니스 회원이나 가게 주인들도 있을 테고."

"그렇지 않아도 우리가 그걸 확보할 거예요. 알잖아요, 우리 방식."

정수는 그들이 말과는 달리 이미 CCTV 화면을 모두 확보, 분석까지 끝냈을 것이라는 걸 쉽사리 짐작할 수 있었다. 아마도 그들은 정수가 나가자마자 북한산성 입구에 있는 CCTV 역시 확보할 터였다.

“아마 들고 나는 거 다 찍혀 있을 겁니다.”

“그럼 그건 저희가 나중에 확인해 보기로 하고, 지난 4월 12일은 기억하시는지?”

“4월 12일이라. 아, 그날은 제가 회사를 옮기고 처음으로 간 출장이어서 기억합니다. 제가 4월 11일에 출장을 갔다가 13일 날에 왔거든요.”

“어디로요?”

“충주입니다.”

“김주연 씨도 같이 갔나요?”

“예.”

“출장 목적은요?”

“우리 회사 카피 제품이 들어있는 컨테이너가 입고되어 있다는 정보를 확인하러 간 겁니다.”

“주변에 그런 데가 있었나 보지요?”

“예, 컨테이너 야적장이 있습니다.”

“잠은 어디서 주무시고?”

“야적장 부근에 있는 모텔에서 묵었습니다.”

“이틀 다 거기서?”

“예, 그렇습니다.”

“모텔 이름이랑 12일 날 일과 기억나세요?”

“글쎄요, 충주 경찰서에도 갔다가 야적장 관리 사무소에도 갔다가 다른 야적장이 있다고 해서 거기도 가 봤다가, 뭐 이러다가 저녁 먹고 모텔 들어와서 잤습니다. 모텔은 아마 그린장인가 그럴 겁니다.”

“모텔엔 몇 시 경에 들어오셨는데요?”

“글쎄요, 어두워질 무렵이니까 한 일곱 시 정도 됐을 겁니다.”

“그 이후엔?”

“뭐 했더라? 아, 저 친구가 커피를 마시고 싶다고 그래서 다방에서

차 시켜 마신 게 기억나네요."

"그때가 몇 시쯤인데요?"

"한 9시쯤 됐을까?"

"그 후엔 주무시고?"

"예."

"두 분 다 아침까지 계속?"

"글쎄요, 아, 제가 한 새벽 한 시경 차 가지고 편의점에 가서 담배 사 왔습니다."

"두 사람이 같이 나갔었나요?"

"저 친구랑 담배도 사고 술도 한잔 더 하려고 같이 나갔었는데 모텔 주인한테 편의점이고 술집이고 모두 제법 멀어 차를 가지고 가야 된다는 말을 듣고 저 친구는 다시 방으로 들어갔을 겁니다. 그리고선 저 혼자 나갔다 왔습니다."

"그럼 새벽 한 시에 모텔 주인이 두 분을 본 거란 말인가요?"

"그렇지요."

"주인과 맞닥트린 게 그 정도뿐인가요?"

"글쎄요, 아, 기억나는 게 또 있네요. 뭐냐 하면 저기 김주연 저 친구가 샤워를 하다가 비누가 없다고 해서 주인이 와서 가져다 준 게 밤 11시 가까이 돼서거든요."

"밤 11시에 모텔 주인이 두 사람을 또 보았다는 소리네요?"

"그렇게 되나요?"

"어느 모텔이나 CCTV 다 있는 거 아시지요? 편의점도 그렇고."

"무슨 말씀입니까? 제가 거짓말이라도 한다, 이건가요?"

"그게 아니라 좀 정확히 기억을 해 달라는 소리예요."

"글쎄, 시간이 완전히 정확할 줄은 모르지만 대충은 비슷할 겁니다."

"심 반장, 혹시 황인영이라고 압니까?"

“처음 듣는 이름인데요.”

“심 반장 다니시던 서원화재에 근무하는 친구인데.”

“본사 직원들 이름은 제가 거의 다 아는데 잘 모르겠습니다. 어디 근무하는데요?”

“그건 됐고, 심 반장 오늘 이야기들 우리가 다 확인을 한 후에 다시 불러도 괜찮겠지요?”

“다음엔 회사나 집으로 정식 출석 요구서를 보내 주셨으면 좋겠습니다. 아무래도 매인 몸이라서 말이지요.”

“내가 심 반장을 생각해서 그냥 오라고 한 것이라는 말 했잖아요. 아직도 그게 불쾌해요?”

“그건 아니고요.”

“언론에 노출되고 그러면 곤란해질까 봐 그런 거란 말이에요.”

“언론에 노출되어도 저는 상관없습니다. 저는 그런 거 걱정 안 합니다. 저만 떳떳하면 되는 거지요, 뭘.”

“그래요. 심 반장 뜻이 그렇다면 다음엔 출석요구서 보내고 우리 방으로 부를게요.”

“다 된 겁니까?”

“아니, 나 심 반장한테 부탁 하나만 할게요.”

“무슨 부탁…….”

“미안한 소리인데 심 반장 머리카락 몇 올만 솜 뽑읍시다. 무슨 뜻인지 알지요? 기분 나쁘면 나중에 정식으로 절차를 밟아도 좋고.”

“기분 좋을 리야 없지만 굳이 나중에 할 거 있습니까? 그렇다고 제 DNA가 변할 것도 아니고.”

정수는 휴게소에서 주워 인제 현장에다 놓아둔 담배꽁초를 떠 올리며 머리카락 몇 올을 뽑아 임 반장에게 건네주었다.

“심 반장, 이게 마지막이 될지 아니면 다시 보게 될지는 모르지만 일

단은 오늘의 마지막으로 하나만 더 이야기합시다. 심 반장도 자존심 강한 분이니 차마 대놓고 거짓말은 안 할 것이라 믿고 묻습니다. 심 반장, 솔직히 이 사건, 심 반장이 저 방의 김주연이 데리고 한 거 맞지요?"

"만약 선배님이라면 이런 경우 예, 제가 했습니다, 이러시겠습니까?"

"한 거구먼."

"정말로 제가 했다고 생각하시면 그걸 입증할 증거를 먼저 찾아보서 야지요."

"자신이 있나본데, 나 시험하지 마쇼. 나도 수사를 할 만큼 했거든."

"그러니까 드리는 말씀입니다."

"솔직히 심 반장 답변하는 태도 보니까 알리바이 수사 해보아도 별 거 안 나올 것이란 거 나도 압니다. 다 조치해 놓았겠지."

"제가 아무리 했네, 안 했네, 해도 팀장님께서 저에 대한 의심은 절 대 못 버리실 것 같아 구차하게 말씀 안 드리는 겁니다. 어차피 제가 안했습니다, 그런다고 믿지도 않으실 것 아닙니까?"

"어쨌거나 나도 나름 끈질긴 놈이라는 거만 기억해요."

"예, 그러지요, 그럼 다 된 거지요?"

"일단 오늘은요."

"하여튼 수고 많았습니다. 수사본부 무척 고생 될 텐데."

"그거야 심 반장께서 잘 아실 테고. 그래서 하는 말인데 오늘 혹시 불쾌했으면 이해하세요."

"무슨 말씀을요, 이해라니요. 당연히 협조해 드려야지요."

"지금 그 회사 팀장이지요?"

"팀장이지만 차장입니다."

"연봉은 얼마나 받아요? 많지요?"

"아무래도 공무원보다는 좀 많은 편입니다."

"나도 그런 회사나 들어가야 될 텐데 이건 빽도 없고 실력도 없고."

“제가 말씀 드렸잖아요. 그냥 여기서 정년 하시는 게 최고라고요. 나와 보면 그 설움 말도 못 합니다.”

“우리 조직에도 좀 그런 직원들이 있지요?”

“대부분은 잘해 주시지만 간혹 속 뒤집는 직원들도 있지요.”

“나중에 순사들한테 머리 숙여야 되는 일 하면 안 될 텐데.”

“그런데 나와 보시면 실제로 할 만한 일이 없거든요. 아파트 경비 할 수도 없고 그렇다고 평생 형사만 했으니 다른 재주도 없고. 경찰관이 순진하기는 얼마나 순진합니까? 사업한다고 했다가는 거의 100% 사기 당하지. 그러니까 돌아오는 일은 맨 현직한테 아쉬운 소리해야 되는 자리뿐이지요. 그냥 정년 하시고 낚시나 다니시라니까요.”

“심 반장 지금 자리는 현직한테 아쉬운 소리 안 해도 되는 데인 모양이네요.”

“그렇지는 않지만 이젠 회사에서 무능력 하다는 소리 들어도 굽실 대는 일은 안 하려고요.”

“회사에서 가만히 놔두나. 실적 따질 텐데.”

“짤리면 또 딴 일 찾아보는 거지요, 뭘.”

그때 주연을 조사하던 형사가 안으로 들어섰다.

“팀장님, 머리카락은 못 뽑겠다는데요.”

임 팀장이 조치 좀 해달라는 표정으로 정수의 얼굴을 바라보았다.

“제가 마음 편하게 협조해 드리라고 하더라고 해 보세요.”

잠시 후 그 형사가 다시 나타나 모두 끝났다고 임 팀장한테 보고를 했다.

“이야기 다 끝난 모양이네. 나가 봅시다.”

정수는 주연을 데리고 들어갔던 형사의 표정에서 주연도 자신과 마 찬가지로 고비를 잘 이겨냈다는 걸 알았다. 두 사람은 형사들의 배웅 을 받으며 주차장으로 향했다.

29

"아무래도 내가 직접 챙겨야겠어. 이건 뭐 믿고 맡겨 놨더니 수사를 하는 건지, 마는 건지. 폭력계장, 아직도 아무 진전이 없는 거야, 뭐야?"

"예, 다들 열심히는 하고 있는데. 죄송합니다."

"이 사람아, 지금 나한테 죄송한 게 문제가 아니잖아? 그저께 이야기했던 전직인가 뭔가는 어떻게 된 거야. 뭐 좀 있는가 하고 기대를 해보았는데 왜 아무 말 없어? 그것도 황인 거야?"

"그렇지 않아도 오늘 소환해서 1차 조사를 했습니다."

"뭐? 소환을 했다고? 그런데 왜 나한테는 보고를 안 한 건데?"

"예, 그게 정식 소환이 아니고 일단 그냥 만나 본 것이라 그렇습니다."

"그냥 만나? 뭔 소리야, 그게?"

"예, 아무래도 전직자라서 자칫 잘못하다가는 시끄러워 질 것 같아 비공식적으로 만나 이야기를 들어 본 겁니다."

"그건 그렇다고 치고. 그래, 뭐 좀 나온 게 있냐고?"

"조금 더 조사해 봐야 할 것 같습니다."

"어이, 폭력계장, 당신 생각에 이 사건이 왜 이리 어려운 거 같아? 지금 수사본부에서 맡고 있는 것만 해도 세 건인데 그럼 뭔가 연관성이 있을 거 아니야."

"말씀드렸듯이 피해자들이 전혀 협조적이지 않기에 이래저래 어려움이 많습니다."

"그 이유가 있을 것 아니냐고?"

"저희 판단으로는 피해자들 모두 약점들이 있어 그런 것 같습니다. 그러니까 우리에게 협조할수록 자신들의 악질적인 행동이 드러나게 되는 걸 염려하는 겁니다."

"피해자고 뭐고 간에 범죄 사실이 있으면 그냥 입건해 버리지 그래.

그럼 협조 할 거 아니냐고."

"예, 그것도 현재 고려중에 있습니다."

"답답하구먼. 그나저나 서울역에서 발견 된 돈의 출처는 확인됐나?"

"예, 횡성 팀에서 피해자 황정태 부부의 금융거래 내역을 조사해 본 바 사건 발생 이틀 전 은행에서 현금 2억 원을 인출해 간 걸 확인했습니다."

"그래? 그럼 그자들 돈인가?"

"그런데 본인들은 이를 완강히 부인하고 있습니다. 돈을 뺏긴 적이 없다는 것입니다."

"그럼 그걸 어디다 썼다는 건데? 집에 없으면 쓴 데가 있을 거 아니야?"

"현재까지 그 문제에 대해 일체 답을 안 하고 있습니다. 그냥 쓸 만한 데 썼다고만 할 뿐입니다."

"그럼 그자 말만 듣고 더 이상 확인도 안 해 봤다는 거야?"

"본인이 피해를 입은 게 없다고 하니 더 이상 강제 수사는 불가능한 상태입니다."

"압수수색이라도 해 봐야지."

"그렇지 않아도 벌써 영장 받아서 집이고 뭐고 간에 다 해봤습니다. 그 어디에서도 돈은 발견이 안 되었습니다."

"거짓말 탐지기라도 동원해보지 그래."

"피해자 신분인데 그건 곤란합니다. 아무런 명분이 없거든요."

"그렇게 따지면 명분 없기야 압수수색도 마찬가지지 뭐. 그나저나 서울역에서 발견될 때 돈이 묶음으로 안 되어 있었나? 묶음이면 은행 띠지라도 있을 것 아니냐고. 그걸 확인하면 되잖아."

"묶음 띠지가 전부 제거된 상태로 담겨 있었습니다."

"치밀하구먼. 횡성에서 더 나온 건 없고?"

"예, 현재까지는 별 특이사항 없습니다."

"그거 전혀 다른 건인데 다 동일범 소행이라고 예단을 갖고 있기에 더 꼬이는 거 아닌가?"

"아닙니다. 국과수 분석결과도 도장이 동일한 것으로 나왔습니다."

"이봐, 도장 한 개 가지고 여러 놈들이 번갈아 쓸 수도 있는 거잖아. 안 그래?"

"말씀대로 매 범죄에 직접 참여한 자들은 일부 바뀔 수 있을지 모르나 어쨌든 동일 조직의 소행은 분명합니다."

"어이, 횡성 건은 그냥 강원도 직원들한테만 맡겨 놓고 나 몰라라 하는 거 아냐? 이렇게 아무 것도 안 나온다는 게 이상하잖아."

"아닙니다. 그렇지 않아도 특진이니 이런 문제 때문에 정보를 공유치 않을 수도 있다는 생각으로 저희 계원 두 명을 횡성 팀에 합류시켜 놓았습니다."

"뭐 하고 있기는 하는 거야?"

"예, 현재는 피해자들과 원한 관계가 있을만한 자들을 중점 수사 중입니다."

"원한관계?"

"예, 최근에 피해자가 자신이 운영하는 미혼모 시설에서의 성추행 문제로 재판을 받은 사실도 있고, 그런데 성추행을 당했다고 고소를 한 여자가 도리어 무고죄로 처벌을 받은 바도 있고 그렇습니다."

"그 자식도 더러운 자식이구먼."

"예, 부장님, 확인을 해보니 질이 아주 나쁜 자라는 게 밝혀졌습니다. 그러니까 아까 말씀드린 대로 피해자들이 모두 뒤가 구린 인간들입니다."

"지금 그 돈은 어떻게 처리가 된 거지?"

"예, 현재는 청사에 들어 와 있는 은행 금고에 보관 중입니다. 그런데 그게 참 곤란합니다."

"뭐가?"

"일단은 범죄의 증거물로 판단해서 압수 영장 받아 보관을 하고는 있습니다만 여기저기서 항의가 들어오는 상황입니다. 독지가가 기부를 한 돈을 왜 경찰에서 압수를 하느냐고 말입니다."

"일리가 있는 말이네, 그거. 같이 들어있던 편지만 가지고 장길매인가 뭔가 하는 놈이 범죄로 취득한 것이라고 판단을 한 거잖아. 증거도 없으면서."

"예, 그런 측면도 있습니다."

"유실물로 처리하면 어떨까? 그럼 한 1년 보관했다가 국고로 귀속시키면 되잖아?"

"그게 또 애매합니다. 저희의 추정과는 달리 정말 익명의 독지가가 내놓은 것이라고 본다면 유실물로 처리할 수도 없거든요. 정말로 범죄 증거물이라고 해도 그렇고요."

"뭐가 이렇게 어렵냐?"

"죄송합니다."

"어이, 거 왜 자꾸 죄송하다고 그러는 거야? 이 사람아 죄송하면 잡으라고."

"……"

30

아무리 임 팀장이 여전히 확신을 버리지 않고 또 아쉬워 발버둥을 쳐봐도 결국 수사본부에서는 정수와 주연을 용의선상에서 제외를 하여야만 했다. 정수네 아파트는 CCTV가 50일이면 저절로 과거에 녹화한 걸 지우고 새로운 화면이 들어선다고 했다. 그래서 확인할 수 있는

것은 오태석 사건뿐이었다. CCTV의 화면은 정수의 진술과 거의 완벽하게 일치를 했다. 주연 역시 마찬가지였다. 주연이 진술한 내용 그대로 당일의 행적이 정수의 아파트, 시내버스, 호프집 등의 CCTV에 고스란히 남아 있었던 것이다. 새벽 두 시경에 정수와 주연이 각자의 집에서 전화 통화를 한 것도 확인이 되었다.

결론적으로 오태석이가 린치를 당한 것으로 추정되는 시간에 두 사람은 절대 현장에 있지 않았다는 것이 확인이 된 것이다. 횡성의 황정태 사건 역시 같았다. 모텔이나 편의점의 CCTV도 다방이나 모텔주인의 진술도 두 사람의 말과 완벽하게 일치를 했다. 강원도 횡성에서 황정태 부부가 불도장을 찍히는 그 순간에 멀리 충주의 모텔 주인은 정수와 주연을 똑똑히 보았고 증거도 남아 있었다. 현장에 없던 사람을 범인으로 볼 수도, 몰아 갈 수도 없는 건 당연한 일이었다.

오태석이 인제 현지에서 사건 발생 직전 범인과 통화한 것도 정수나 주연이 아니었다.

정병철 관련, 두 달 전의 알리바이는 그것이 허위라는 걸 입증하기가 더 막막했다. 아니 처음부터 불가능했다. 이건 뭐 피해자인 정병철이가 있어야 사건 발생 시각도 그렇고 그날의 정황도 그렇고 뭐 하나라도 정확히 알 수 있는 것이고, 그래야 거기에 맞춰 알리바이 수사를 제대로 해 볼 수 있지 않나 말이다. 결코 안개나 아지랑이를 움켜질 수는 없는 노릇이었다.

더욱 답답한 건 정병철이 사건이 날 무렵 산에 열심히 다녔다는 정수의 진술에 따라 혹시나 해서 확보하여 분석을 한 사건 당일인 3월 7일 오전 CCTV 화면에 등산복을 입고 배낭을 맨 채 그곳을 통과하는 정수의 모습이 확인된 것이다. 물론 북한산 어느 코스를 확인을 해보아도 내려오는 모습은 담겨 있지 않았으나 임 팀장은 그 많은 코스에 CCTV를 다 달 수는 없다는 걸 잘 알고 있었다. 물론 정수가 산에 가는 척하다가 다른 샛길로 빠져 나와 범행을 한 것일 수도 있겠지만 어쨌든 그의 진술에 신빙성이 있다는 걸 간접적으로나마 보여주는 것이기는 했다.

횡성 황정태의 아들 황인영이가 서원화재에 다닌다는 사실도 아무런 도움이 되지 않았다. 그는 심정수와 김주연에 대해 일체 모르고 있었다. 물론 그의 알리바이도 아주 확실했다.

형사들은 소송을 벌였던 여자 주변은 물론 황정태 부부가 운영하는 순애원에 수용되어 있거나 근무를 했던 모든 사람들에 대한 수사까지 해보았지만 역시 아무 소득이 없었다. 더욱 답답한 건 그 부부가 한결같이 수사에 전혀 협조적이지 않다는 것이었다. 그들은 며칠 전 횡성 팀장의 보고대로 신고한 것 자체를 정말로 후회하는 듯했다. 물론 자신들이 인출한 2억 원의 행방에 대해서도 여전히 강력하게 진술을 거부하고 있는 상태였다.

인제 납치 현장에서 발견된 담배꽁초에서 추출한 타액에 대한 혈액형이나 DNA 대조 검사 결과도 정수와 주연과는 전혀 일치하지 않았다.

사흘 후, 폭력계장은 지푸라기라도 건지는 심정으로 마다하는 검사를 설득, 영장을 발부받아 정수와 주연의 집, 차에 대한 압수수색을 실시하였다. 물론 예상대로 사건과 관련되어 의심이라도 해볼 만한 그 어떤 물건도 발견되지 않았다. 폭력계장은 씁쓸한 입맛을 나지며 임상만 팀장에게 이제 그들을 용의선상에서 빼버리고 다른 수사에 집중하라고 공식 지시를 했다.

수사본부의 유일한 희망이었던 정수와 주연이 그렇게 수사 선상에서 제외된 후 경찰의 수사는 방향도 목적도 없이 마구 배회를 했다. 그들 스스로 자기 옆의 동료인 현직 경찰들부터 동네의 조무래기 양아치들까지, 돈이 들어있던 상자 포장지에 남아있는 지문 주인인 노숙자와 심

지어 그의 지인들까지 가히 안 쑤셔본 데가 없다고 한탄을 하면서 이 제 영구미제사건으로 남겠구나 하는 불길한 예감에 젖게 되었다.

충남 서천군 일대에 있는 모든 독립가옥이 탐문이라는 이유로 실제 로는 가택수택을 당했음에도 달력이나 시계가 붙어있는 또는 붙어 있 었을 방은 전혀 발견되지 않았다. 발견되지 않기는 제일 먼저 화를 당 한 정병철이 역시 마찬가지였다. 참고인 중지 처분도 아무런 소용이 없었다.

아주 작은 성과가 있기는 했다. 횡성 현장을 잇는 간선도로에 설치되 어 있던 CCTV를 통해 지방도인 사건 현장으로 빠졌을 가능성이 있는 차는 무려 164대. 경찰은 나오느니 한숨뿐인 걸 억누르며 한 대 한 대 차적 조회를 하고 차량 소유주들을 만나 혐의가 있는지를 살펴보았다. 그중 차적이 현재는 존재하지도 않는 회사로 되어 있는, 즉 대포차가 한 대 나온 것이었다. 하지만 야간인데다 화면까지 불량해 운전자의 얼굴 은 전혀 확인할 수 없었다. 아무리 과학적인 기법을 동원해도 몽타주조 차 제대로 만들지 못하는 화면에 형사들은 절망했지만 그걸 들여다보 고 또 들여다본 임 팀장의 절망은 더 컸다. 아무리 맞춰 보려고 해도 도 저히 정수나 주연의 모습이라고는 볼 수 없어 그게 어쩜 공범자의 모습 일수도 있다는 위안을 가져보려 해도 절망감은 쉬 가시지 않았다.

모든 건 결국 지나가고 또한 잊히는 법, 사회와 인터넷에서는 아직 도 '장길매'와 '착하게살자'의 득세가 여전했지만 사실 하루하루 날이 가면서 모방범죄도, 장길매 놀이도 시나브로 줄어 가고 있었다. 서울 의 수사본부에서 담당하였던 세 건 외의 그간 전국 각지에서 진짜 낙 인을 찍었던 여러 건의 모방범죄 범인들은 이미 거의 다 검거가 되었 다. 완전 미쳐 돌아가던 세상은 늘 그렇듯 또 그렇게 서서히 제 자리 를 찾아가고 있었다. 언론에서도 또 그렇게 야금야금 잊혀 갔다.

31

가장 기본이 되는 알리바이 수사부터 시작해서 나름 해볼 만한 모든 것을 다 하였음에도 아무런 혐의를 발견치 못해 어쩔 수 없이 수사 선상에서 제외를 하기로 결정이 되었음에도 불구하고 정수와 주연에 대한 미련을 끝내 버리지 못하고 있는 이는 임상만 경위였다.

그는 그들이 누가 뭐래도 범인이 분명하다는 확신을 절대 버리지 않았다. 자신의 직감뿐만 아니라 사건의 배경이나 정황, 자신의 물음에 아주 여유롭게 답할 때의 정수가 풍기던 묘한 분위기, 심지어는 그들의 완벽한 알리바이조차 역설적으로 그들이 범인임을 말해 주고 있는 것이라 믿었다.

그는 그런 알리바이라면 자신도 얼마든지 만들어 낼 수 있다고 생각했고 자신이 할 수 있는 것이라면 정수도 당연히 할 수 있다는 걸 알고 있었다. 그는 그가 여태 보아 온 정수와 주연이 범인이 아니라는 증거에는 전혀 개의치 않고 아직 그들이 범인이라는 증거를 못 찾았을 뿐이라고 자신을 몰아세웠고 또 다독였다.

그는 미제로 넘어갈 확률이 높은 이 사건 때문에 당장의 특진은커녕, 거의 따놓았다고 믿고 있던 심사 승진 기회마저 날아갈 것 따위는 아깝지도 않았다. 경찰관으로서 사명감이나 정의 구현 따위의 거창한 생각 같은 것도 하지 않았다. 그의 머릿속을 떠나지 않는 화두는 오로지 '형사로서의 자존심과 오기' 하나뿐이었다.

그들이 비록 전직이기는 하지만 그래도 여전히 정이 가는 한 식구라는 감상적인 생각이나, 피해자들의 악행과 함께 가엾게 죽은 한 경찰관을 떠올리면 충분히 이해하고 공감할 수 있는 범행이라는 인간적인 심경도, 형사로서의 자신의 직감에 대한 믿음과 반드시 밝혀내고 싶다는 욕망, 자존심을 걸고 꼭 밝혀내고 말겠다는 다짐을 넘어 설 수

는 없었다. 그는 흔들릴 때마다 공(公)은 공이고, 사(私)는 사라고 스스로에게 주문을 걸었다.

그는 적어도 자신이 담당하는 사건의 틀림없는 범인이 증거 불충분이라는 갑옷을 걸치고 거리를 또 다시 활보하게 만드는 건 더 이상 용납할 수 없다는 결론을 내렸다.

이제 마지막 남은 방법은 단 하나, 그들 스스로 망가지고 무너지는 걸 바라는 일이었다. 그래서 그는 드디어 마지막 도박을 해보기로 했다.

다음 날, 한 조간신문이 특종을 건졌다. 기사의 제목은 '린치사건, 유력 용의자 확보'였다. 내용은 경찰에서 두 명의 전직 경찰관을 사건의 유력한 용의자로 보고 수사를 진행 중이라는 것이었다. 범행 동기는 말기 암에 걸린 옛 동료 경찰관에게 가짜 약을 팔아 사망에 이르게 만든 데 대한 복수로 추정된다고 되어 있었다. 물론 그 안에 정수와 주연의 실명은 그 어디에도 없었다.

하지만 전직 경찰관, 보험회사 최근 퇴직, 사망한 경찰관과의 관계 등 문맥이나 사용된 단어를 두고 조금만 유추를 해보면 누구나 그게 바로 정수와 주연을 지목한 것이라는 걸 쉽게 알 수 있을 정도로 내용이 아주 구체적이었다. 기사는 그들이 틀림없는 범인이라고 말하고 있었다. 물론 임상만 경위가 짐짓 기자에게 흘림으로써 쳐놓은 덫이었다.

상만은 어쩜 이 기사를 통하여 그간 잠적해 있던 정병철이 자신에게 씻을 수 없는 상처와 고통을 준 잔인한 인간들의 정체를 파악하고선 복수를 위해 나타날 수도 있다고 생각했다. 오태석이나 황정태도 나설지도 모르는 일이었다. 아울러 정수와 주연 또한 예상치 않던 신분 노출과 그에 따른 피해자들과의 대면으로 인해 자신들이 범인으로 체포되는 걸 또는 그들의 복수를 막기 위해 분명 먼저 움직일 것이라고 믿었다.

피해자와 가해자가 한편에서는 분노와 복수심에 불타, 또 한편에서는 위기의식으로 서로를 향해 움직인다면 그 과정에서 반드시 허점이

나 자충수가 나올 것이란 걸 예상했고 기대한 것이었다.

어쩜 복수를 하기 위한 또는 복수를 막고자 사전에 제거하기 위한 처참한 살인극이 벌어질지도 모르는 일이었다. 하지만 경찰관 상만은 결코 개의치 않았다. 망설이지 않았다.

임 경위의 마지막 패에 마지못해 동의를 한 형사부장은, 그리고 폭력계장은 그 기사의 진위에 대한 기자들의 집요한 질문에 시인도 부인도 하지 않았다. 하지만 부인하지 않는 것은 바로 인정하는 것이라는 걸 몰라서 그런 건 아니었다. 어김없이 온갖 상상력이 더해진 기사들을 보면서 그들은 임 팀장의 호언대로 이 정도면 피해자들과 가해자일 수도 있는 정수, 주연에게 미끼가 충분하게 던져졌다고 생각했다.

이제 먼저 미끼를 문 물고기가 빠져나가려고 몸부림치면서 도리어 제 몸에 상처를 입히고 비늘을 떨어트릴 뿐인 것을 기다리면 될 터였다. 어차피 다른 도리도 없던 참이었다.

32

"형, 어떻게 할 거야?"

"뭘 어떻게 해?"

"세상사람 모두 우리를 범인으로 생각하게 됐잖아. 하다못해 우리 애 엄마도 날 의심하고 있다고."

"그런데?"

"정병철이 기억 안 나? 우리를 잘근잘근 씹어 먹겠다고 하던 때의 그 표정 말이야. 오태석이나 황정태 그 새끼들도 가만 안 있을 거고 말이야."

"……."

"형, 그 새끼들만 아이들이 있는 게 아니잖아. 이렇게 넋 놓고 있을 때가 아니라고."

"알지? 이거 수사본부에서 낚시 던져 놓은 거라는 거."

"그랬겠지. 거기서 누군가가 기자에게 흘렸으니까 정식입건도 안 된 우리 이야기가 그렇게 세세하게 다 나왔겠지, 뭐. 그런데 누가 그랬을까? 뭐 때문에?"

"너같이 불안에 떨다가 우리가 섣불리 움직이길 기다리겠다는 거잖아."

"어쨌든 우리가 차라리 잡힌다면 모를까, 잡히지도 않으면서 범인이 되어버린 이 상태로는 불안해서 못 살잖아. 무슨 수를 내야 된다고."

"인마, 지금 경찰에서 바라는 게 바로 그런 거라니까."

"그럼 어쩔 건데?"

"정공법, 기억하지? 내가 늘 어려울 때일수록 정공법을 써야 한다고 했던 거. 가자."

"어딜?"

"그 새끼 참, 인마, 그냥 따라와."

정수가 주연을 이끌고 간 곳은 서울 시경이었다. 폭력계장을 만나러 왔다고 하여 허락을 받아 들어간 그 곳에서 정수네는 기자실을 먼저 들렀다.

그리고 얼마 후, 정수와 주연은 폭력계장, 그리고 임상만 경위와 마주 앉았다. 모두들 서로 안면이 있는지라 의례적인 인사가 오갔으나 폭력계장과 임 팀장의 얼굴은 전혀 예상치 않게 맞이한 상황 때문인지 잔뜩 상기되어 있었다.

"그런데 같이 오신 분은 누구신가?"

"어? 저 모르세요? 시경 출입하는 동아일보 신기자인데요."

두 사람은 기자라는 말에 흠칫 놀랐다.

"예, 이 기자 분, 제가 와 주십사 한 겁니다."

"무슨 일로?"

"오늘 저와 여기 김주연, 우리 두 사람은 경찰에 공개적인 항의와 부탁을 드리고자 왔기 때문입니다. 이게 저희들의 입장을 밝힌 겁니다."

정수가 들고 있던 봉투에서 몇 장의 종이를 꺼내 폭력계장, 임 경위, 기자 앞에 한 장씩 놓았다. 상만은, 그리고 폭력계장은 이 상황이 아주 당혹스러웠다. 자기들이 그린 그림은 결코 이런 모습이 아니었던 것이다.

"분명히 하기 위해서 제가 여기서 한 번 읽은 후 저희들은 돌아가겠습니다."

정수가 그 종이에 쓰인 글을 읽기 시작했다.

"앞의 인적사항은 빼겠습니다. 이상 2명은 최근에 벌어진 세칭 '낙인 린치 사건'과 관련하여 다음과 같이 말씀드립니다.

1. 수사의 편의를 위하여 아무런 증거도 없이 오직 추정 하나로 내사 중인 사람에 대하여, 누구나 유추할 수 있을 정도의 구체적인 인적사항을 귀 청에서 언론에 제공함으로써 범인으로 단정되어 명예훼손은 물론 정상적인 사회생활을 할 수 없게 만든 행위에 대해 항의함.

2. 언론에 게재된 대로 위 두 명을 용의자로 판단하고 있다면 그 판단 근거를 제공하고 정식으로 입건하여 신속하고도 철저히 수사를 하여 줄 것을 요구함.

3. 수사 결과 위 두 사람에게 혐의점이 없다고 인정될 시는 허위로 피의사실을 공표한 관련자에 대해 처벌하고 공개사과를 할 것을 요구함.

4. 혐의점이 없다고 인정이 됨에도 요구사항을 이행치 않을 경우 민형사상 책임을 물을 것임을 고지함. 이상입니다."

"이봐, 심 반장, 지금 장난치는 거요?"

임 경위는 탁자 위의 물 잔을 들어 벌컥벌컥 들이켰다.

"팀장님, 제가 감히 여기까지 와서 장난치는 거로 보입니까?"

"이 양반 이거 인간적으로 대해 주었더니 안 되겠구먼."

"인간적으로 대해 준 게 언론에다 흘려서 범인을 만든 겁니까? 만일 저나 이 친구, 그리고 가족들이 그 피해자들에게 위해라도 당하면 어떻게 하지, 하는 걱정 같은 거 해 보았습니까? 가족들이 갑자기 들이닥친 경찰관들에게 가택 수색을 당할 때의 심정 같은 걸 생각해 봤냐, 이겁니다."

"당신들이 범인이 아니면 그만이지, 위해는 무슨?"

"팀장님은 본인 이마에다 그런 끔찍한 상처를 입힌 놈이 있어도 그냥 놔둔다, 이겁니까?"

"아니 그걸 법에서 해결해야지 사적으로 복수를 한다는 게 말이 되요?"

"그러니까 정식으로 조사해서 범인이다, 아니다, 명백히 밝혀 달라는 거 아닙니까?"

"당신 무척 자신 있는 모양인데 우리가 그렇게 만만히 보여?"

"저보다 선배님이라는 건 압니다만 그래도 말씀 좀 가려해 주셨으면 좋겠습니다. 당신, 당신 하니까 듣기가 영 껄끄럽습니다."

"……."

"하여튼 길게 이야기할 것 없습니다. 저도 수사를 해 봐서 팀장님 심경 이해 못하는 건 아니지만 그래도 먹잇감이 된 판에 가만히 있을 수는 없지 않습니까? 입장 바꿔 생각해 보시지요."

"먹잇감이라니 그건 또 무슨 말이요?"

"팀장님이 던져 놓은 먹잇감, 잘 아실 텐데요?"

"내가 사람 잘못 봤구먼. 난 말이야, 심 반장이 양심의 가책을 느끼고 자수라도 하러 왔나보다 했다고."

"자수라니요? 팀장님은 아직도 우리가 온 이유가 감이 안 잡히시는 모양인데 우리는 내 자신과 식구들의 안전을 위해서, 하다못해 아이들 마음 놓고 학교 보내고, 슈퍼라도 마음 편히 가기 위해서 이러는 거란 말입니다. 하여튼 저희들에 대한 혐의를 정 못 버리시겠다면 여태 그래왔듯 모든 적극 협조할 테니 언제든지 출석요구서 보내든지 이 자리에서 증거를 제시하고 체포하든지 하시고, 그러니까 정식으로 입건해서 수사를 해주셨으면 합니다. 저희는 이만 돌아가겠습니다.”

“이봐요, 심정수 씨, 당신 심정은 대충 알겠는데 그래도 한솥밥 먹었던 사람들끼리 이건 아니잖아요?”

“예, 계장님, 그래도 한때 상사로 모셨던 분인데, 저도 솔직히 이런 상황이 온 게 영 껄끄럽고 죄송합니다. 하지만 역지사지 해 보시면 저희들을 이해하실 수 있을 겁니다.”

“심정수 씨라고 했지요? 아까 여태 그래왔듯 협조를 하겠다고 했는데 무슨 협조를 하셨다는 말씀인가요?”

“그건 여기 계신 임 팀장에게 물어보시는 게 나을 것 같습니다.”

다음 날, 조간신문에 ‘용의자, 자진출석, 공개수사 요청’이라는 제목 하에 정수와 주연이 시경 수사본부를 찾아 피의사실을 흘린 것에 대해 강력 사과하고 차라리 공개수사를 하여 자신들의 무고함을 밝혀 딜라며 정수가 읽은 세 개 항에 대한 자세한 묘사와 그 자리에서 나눈 대화의 내용이 실렸다.

그리고 그 다음 날 신문에는 ‘용의자 2명, 혐의 벗어’라는 제목 하에 ‘수사본부에서 제보에 의해 두 사람에 대한 내사를 벌인 바 있으나 혐의점이 전혀 없어 이미 용의선상에서 완전 제외를 시킨 바 있다. 전에 나온 기사는 기자의 추측성 보도일 뿐이었다. 확인이 되지도 않은 피의사실을 누출하여 물의를 야기한 관련자가 있는지 조사하여 확인되면 처벌하겠다.’라는 수사본부의 발표가 있었다는 기사가 실렸다. 물

론 개인의 안전과 명예를 고려치 않는 경찰의 언론 플레이 관행에 대해 따끔히 나무라고 개선을 촉구하는 기사와 사설도 함께였다.

아울러 '장길매를 사랑하는 사람들의 모임'에서 서울역에서 발견된 돈을 피해자의 신고도 없는데 멋대로 범죄의 증거물이라고 추정하고선 부당하게 압수한 것에 대한 항의와 이를 돈을 내어놓은 사람의 뜻에 따라 신속하게 좋은 일에 사용할 것을 촉구한다는 성명과 함께 관할 검찰청에 압수물 가환부 청구를 하였다는 기사도 실렸다.

다시 그 다음 날 또 다른 신문에, 경찰의 발표와는 달리 이미 두 사람에 대한 압수수색을 실시하고, 머리카락을 채취 DNA 조사까지 했다는 내용의 기사가 실렸다. 알리바이가 확실한 사람을 아무런 증거도 없이 오직 추정만을 가지고 그러한 강제수사를 한 경찰의 인권의식에 대한 날 선 비판기사와 함께였다.

돈은, 의견이 다양하였으나 범죄의 증거물이라는 증거가 없이 추정만으로 장기간 압수를 한다는 것은 부당하다는 전문가의 의견이 월등히 많음에 따라 가환부 결정을 하여 '난치병 어린이 재단'에 기증이 되었다. 하지만 결정을 한 검찰에서는 만약 장길매가 잡히고 그 돈의 출처와 취득 방법이 밝혀졌을 때는 어떻게 해야 될지 모두들 막막한 심정이었다. 그들은 차라리 장길매가 잡혀도 그 돈은 자신과 상관없는 것이라 말해 주거나 아예 안 잡히는 게 낫겠다는 마음이 들었다. 따지고 보면 가해자보다 피해자들이 더 나쁜 놈들이라는 생각도 함께였다. 당할 놈들이 당한 것이었다.

그 시간, 임 경위는 덤덤히 짐을 꾸리고 있었다.

압수물 가환부
범죄의 증거로 인정되어 압수한 물건을 원 소유자나 피해자 등에게 돌려주어도 재판이나 수사 진행에 지장이 없다고 인정되는 경우 미리 돌려주는 것

2010년 7월 1일, 그러니까 정수와 주연이 수사본부에 불려갔다가 온 지 50여 일 되는 날. 주식회사 '555'에서는 시장질서 팀을 확대 개편한 SIU(Special Investigation Unit), 그러니까 굳이 번역해 풀이하자면 '특수조사팀'이 정식으로 발족을 했다. 사무실은 '555'의 본사 옆에 있는 오피스텔 빌딩 8층에 위치했다. 구성원은 팀장 심정수, 그리고 시장 질서를 담당하는 김주연 과장과 성민철 주임, 200여 명의 직원들의 애로사항을 해결해주는 임무를 맡은 조규익 차장과 남진희 대리 이렇게 5명이었다.

같은 날, 서울지방경찰청의 수사본부는 대대적인 개편을 했다. 경찰청에서 파견 나온 수사지도관, 강원도 횡성과 서울의 3개 경찰서에서 파견되었던 형사들은 모두 원대 복귀를 했다. 전담 인원도 시경 폭력계 2반 2팀 6명이 고작이었다. 이들은 또 얼마 지나면 자신들도 한가하게 이 사건만 전담하고 있지 않게 되리란 걸 잘 알고 있었다. 분명 6명이 4명, 2명 이런 식으로 줄 것이고 나중에는 유야무야될 터였다.

영구 미제사건의 수순이 원래 그런 것이었다. 변치 않고 남은 것은 수사본부로 쓰던 소회의실에서 떼어와 폭력계 사무실 입구에 달아놓은 '낙인 린치 사건 합동수사본부'라는 촌스럽고 그래 더욱 초라해 보이는 나무 간판뿐이었다. 언젠가 바뀐 지휘관이 우연히 들렀다가 보고선 활동도 안 하면서 아직도 붙여 놓았느냐는 불호령이 내려지는 날, 어느 집 불쏘시개로 전락할 운명의 간판이었다.

횡성경찰서에 있던 강원지방경찰청의 이름뿐인 수사본부는 아예 정식으로 해체가 되어 버렸다. 그들은 뭐 살인도 아니고 그저 야간에 주거침입 하여 상해만 입히고 달아난 사건이니 따지고 보면 수사본부를 차릴만한 일도 아니었다며 멋쩍은 자위와 자기 합리화를 했다. 인제서

의 전담인원들은 자신들이 납치 사건을 전담하고 있다는 사실을 잊
고 지낸 지는 이미 오래 전이었다.

34

　경찰병원에서 정표가 원하던 순찰차를 수배해 주었던 중부경찰서
강력팀의 김결 형사가 가는 가지에 소담스런 꽃이 위태롭게 달린 난
화분을 들고 주식회사 '555'의 'SIU' 사무실로 쓰는 오피스텔을 찾은
건 그로부터 다시 열흘 후, 열어 제친 창문 사이로 요란한 도심 매미
소리가 처음으로 들려 온 날이었다. 직원들은 외근 중이었고 사무실
엔 정수 혼자였다.
　"선배님, 지난번에 정표 49제 때 정말 고생 많으셨습니다. 선배님 좋은
회사 새로 다니신다는 소리 듣고 좀 늦었지만 인사드리러 왔습니다."
　"그냥 와서 소주나 한잔 같이 하면 되지, 이런걸 뭐 하러 사와요? 미
안하게."
　"무슨 말씀을요. 당연히 와 봐야지요. 그나저나 사무실 좋은데요."
　"전망이 괜찮지요?"
　"지난번에 몇 번이나 말씀드렸는데 또 그러시네. 선배님, 저 정표 친
구 아닙니까, 말씀 좀 편하게 하시라니까요."
　"그래도 될까?"
　"당연하지요. 그래야 제가 편하잖습니까?"
　"뭐 그거야 더 친해지면 자연스레 되겠지. 이거 시원할 때 들어요."
　정수가 그에게 주스가 담긴 잔을 건넸다.
　"예, 잘 마시겠습니다."
　"강력팀이라 고생이 많이 되시겠네."

“아닙니다. 선배님 계실 때나 지금이나 강력이야 사건 없으면 거의 백수잖습니까? 그나저나 선배님, 조규익 선배님은 어디 가셨습니까?”

“우리 조 차장을 아는 모양이네.”

“그럼요. 얼마 전엔 그 선배님 양평 집에도 갔다 왔는데요, 창고 부술 때 갔던 포클레인 기사도 만나보고.”

“……”

여전히 심상해 보이는 정수의 눈이 잠시 흔들리는 듯했다.

“모르셨어요? 정병철이 사건 제일 먼저 맡은 게 저거든요. 도꾸다이로 뛰느라 좀 외로웠습니다만.”

아직도 정수의 표정은 변하지 않았다. 그저 김결 형사의 선한 눈매를 지그시 바라볼 뿐이었다.

“경찰병원에서 정표 마지막으로 보낼 때 말입니다. 선배님께서 우시면서 정표 부인에게 하신 말, 저 잘 기억하고 있었거든요.”

그 때 규익과 진희가 문을 열고 들어 왔다. 진희의 손에는 ‘착하게살자’ 스티커 두 장이 들려 있었다.

“팀장님, 아직도 이걸 붙이는 사람들이 있네요. 조 차장님이 괜찮다고 해서 잠깐 세워 놓았더니 이렇게 앞 유리창에 두 장이나 붙여 놓더라고요.”

“어이, 남 대리, 듣기가 영 거북하니까 조차장, 조차장 하지 말라니까. 자네도 좀 이상하다며?”

“내가 언제 이상하다고 그랬어요? 아무렇지도 않은데. 이상하게 생각하는 게 더 이상하지. 김 과장님은 하루에 최소 100번은 불러 드리라고 했거든요.”

“너 김 과장이랑 연애하니?”

“제가 미쳤어요? 애가 둘이나 딸린 유부남한테. 거기다가 그게 곰이지, 사람 몸이에요?”

"김 과장 없다고 막 가는구나. 그나저나 손님이 와 계시네."

앉아있던 김결 형사가 자리에서 일어나 규익에게 공손히 허리를 굽혔다.

"조규익 선배님, 안녕하십니까? 저는 중부에 근무하는 김결이라고 합니다."

"아, 예, 직원이셨네. 그런데 저를 어떻게 알지요?"

"선배님뿐만 아니라 저기 계신 강원도 횡성의 황정태 씨 따님 남진희 씨도 잘 압니다. 남진희 씨 안녕하세요?"

순간 규익과 진희의 얼굴이 굳어졌다.

창밖의 매미소리는 점점 더 요란해져 가고 있었다.

"어, 분위기 싸해지네. 죄송합니다. 저는 그냥 형사생활하면 할수록 정의는 가혹한 것이고, 피를 통하지 않고서는 제대로 된 교훈을 얻지 못하는 인간들이 있다는 장길매 그 양반의 이야기가 자꾸 가슴에 와 닿아서 찾아 뵌 것일 뿐인데……."

그는 자신을 쏘아보는 정수의 눈길을 피하지 않았다.

"또 도장도 좀 빌려 주셨으면 하고 말입니다."

"나가자고. 모처럼 낮술이나 한잔하지."

도꾸다이
單獨, 형사세계에서 조를 이루지 않고 혼자 수사를 할 때 쓰는 속어, 일본말

35

아스팔트 위를 걸으면 구두가 쩍쩍 달라붙는 느낌이 드는 찌는 듯

한 여름날이었다. 밤에 들어 온 폭력사건 조사를 겨우 마무리한 구로 경찰서 형사계 임상만 경위는 한껏 기지개를 켠 후 언제부터 켜 있는지도 모르는 TV를 침침한 눈으로 무심히 바라보다가 자리에서 벌떡 일어났다.

화면에서는 마이크를 쥔 기자가 어젯밤, 석 달 만에 '착하게살자' 사건이 또 터졌다며 잔뜩 흥분한 목소리로 떠들어 대고 있었다. 기자는 도장의 크기, 글자의 모양이나 장길매 글씨 등 모든 것이 '장길매' 사건과 완벽히 일치되는 것으로 보아 그동안 잠적해 있던 장길매 일당이 다시 활동을 시작한 것으로 보인다고 했다.

상만은 가슴을 두근거리며 즉시 정수네 사무실로 전화를 걸었다. 전화를 받은 직원은 정수와 주연 등 자신을 제외한 모든 팀원이 포상 휴가를 받고 3일 전에 필리핀으로 출국하여 현재 마닐라의 한 호텔에 머무르고 있다고 알려 주었다. 끝내 미련을 못 버린 상만은 출입국 사무소에서 그들의 출국 사실을 확인하고 나자 온 몸에서 맥이 빠져 나감을 느꼈다.

그는 이제 자신이 완벽하게 졌다는 걸 인정했다. (끝)

이 책을, 너무나도 아까운 나이에 사랑하는 부인과
성민, 세미 어린 남매를 두고 먼저 먼 길로 떠난 무정한 동생,
대한민국의 자랑스러운 경찰관이었던
故 '홍은표' 경사의 영전에 바칩니다.

"은표야, 성민이는 벌써 키가 180이나 된다더라.
세미도 아주 예쁜 숙녀가 되었고…….
짐일랑 훌훌 다 내려놓고 잘 쉬고 있어라.
많이 보고 싶구나, 형이 너무도 미안하다."